한민족 문학사 1

— 남북한 문학사 —

한민족 문학사 1

— 남북한 문학사 —

김종회 외 지음

역락

책머리에

왜, 어떻게 한민족 문학사인가

문학사는 문학 연구의 총체적 결과이다. 작품론, 작가론, 주제론 등의 연구가 작은 물줄기에 해당한다면, 문학사는 그 숱한 물줄기가 모여 이루는 강물의 흐름이라고 할 수 있다. 따라서 문학사는 한 국가, 한 민족의 정신과 사상의 발전 경로를 그대로 응축하고 있는 문화사의 일부이기도 하다. 흔히 사람들은 문학사를 문학의 역사, 즉 특정한 시기에 생산된 문학 작품들을 시간의 흐름에 따라 정리한 것이라고 이해한다. 하지만 문학사는 거대한 시간의 흐름을 분절하는 시각의 특별함이 전제되지 않으면 제대로 쓸 수 없다. 왜냐하면 문학사의 궁극적인 목표가 모든 문학 작품을 포괄하는 것이 아니라, 일정한 가치 기준에 따라 중요하게 평가된 작품들의 경향을 포착하는 데 있기 때문이다. 이것은 문학사 기술이 선택과 집중의 원칙에 근거하며, 때문에 선택되는 작품보다 배제되는 작품이 훨씬 많을 수밖에 없음을 의미한다. 바로 이 원칙 때문에 문학사는 매번 다시 쓰여질 수밖에 없다.

우리 사회에는 이미 다양한 문학사가 존재하고 있다. 5천 년 한국 문학의 역사를 통괄하고 있는 한국문학사, 근대 또는 현대 시기의 문학을 집중적으로 기술한 현대 문학사, '민족문학'의 관섬에서 기술된 민족 문학사, '분단시대'라는 문제의식 아래 집필된 남북한 문학사 등이 그것이다. 기존의 문학사들은 그 기술 방향의 차이 때문에 다양한 형태를 띠고 있음에도 불구하고 한 가지 공통점을 지니고 있다. 그것은 문학사의 공간적 대상을 한반도에 한정한다는 점이다. 여기에는 그 나름의 이유가 있다. 해외에서 한글로 출간되는 방만한 자료들이 국내에 연구·소개되기가 어려웠기 때문에 이를 문학사 기술에 직접 활용할 수 없었다. 또한 문학사 기술에 있어 작가·작품의 미학적 성취와 민족문화의 원형이 잘 드러나는 작품을 위주로 하다 보니 한반도 영역 밖의 작품은 상대적으로 주목받기 어려웠다.

문학적 성취를 논외로 할 수는 없지만 문학사는 개별 작품의 성취도보다 한 민족의 문화사와 정신사를 총괄적으로 기술한다는 관점에 의거하는 것이 보다 타당하다. 이 때문에 여기서 새롭게 선보이는 한민족 문학사는 남북한문학은 물론 재외 한인문학 전체를 하나의 문화권으로 바라봄으로써 진정한 의미에서 민족 문학의 역사를 기술하려 한다. 물론 이러한 문제의식이 기존 문학사의 성과와 시각을 전면적으로 부정하는 것은 아니다. 하지만 문학사의 기술 대상을 한반도로 한정하는 것과 중국, 중앙아시아, 일본, 미국 등 재외 4개 지역을 포함하여 6개 지역으로 확장하는 것은 양적인 차이 이상의 중요한 의미를 갖는다. 공간적인 측면에서 살펴보면 과거의 문학사는 정주민 문학의 역사였고, 그런 점에서 외세의 침략과 영토의 보존이 갖는 의미가 상당히 컸다. 이것은 민족 국가(Nation-State) 형성에서 '영토'가 차지하는 중요성을 고스란히 반영한 결과라고 말할 수 있다.

한 민족이 가진 예술의 역사를 고찰함에 있어 영토에 특권적인 지위를 부여하는 방식은 타 문화와의 자연스러운 혼종까지도 부정적인 요소로 간주하는, 배타적 동일성의 늪으로 귀결될 위험이 크다. 반면 한 민족이 오랜 세월을 두고 이루어 온 예술의 역사를 기술함에 있어 다양한 디아스포라적 경험을 포함하여, 다각적인 문화의 굴절과 교섭을 그 민족의 정신사에 포함하는 것은 이와 사뭇 다르다. 그 방향은 포스트 민족 국가 시대가 요청하는 바람직한 문학사의 관점이라고 평가할 수 있다. 우리는 지금

유사 이래 가장 빈번하고 광범위한 지구적 이동의 시대를 맞고 있으며, 이러한 경험은 머지않아 공간적 동질성에 기초하여 문학사를 기술하는 것이 불가능한 시대가 도래할 것임을 예고한다. 디아스포라는 이주와 생존의 역사이고, 그런 점에서 그것은 한 문화가 타 문화와 접촉하여 새로운 문화를 배태하는 생산의 계기로 작용한다. 이런 까닭에 이 책은 디아스포라적 경험을 부차적인 것으로 간주하는 문학사 기술 태도에 비해 그 시발에서부터 일정한 차별성을 드러내고 있다.

한민족 문학사의 방향과 시기 구분

다시 강조하여 언명하자면 남북한문학과 함께 중국 조선족문학, 중앙아시아 고려인문학, 일본 조선인문학, 미국 한인문학을 하나의 문화권으로 바라보고 그 작가와 작품을 유기적으로 고찰하는 문학사를 새롭게 기술해 보자는 것이 한민족 문학사의 창의적 의도이며 도전적 의욕이다. 이는 우리 문학사가 이미 북한문학과 재외 동포문학을 포함한 한민족 전체의 문학사를 작성해야 할 시기에 이르렀다는 뜻이다. 이 시도는 남북한 문학사의 성과를 이어 받으면서 지금까지 없던 문학사의 새로운 길을 내는 일이므로 향후의 후속 연구와 자료 활용에도 초석이 되어야 한다. 한민족 문학사는 크게 구분하여 남북한과 재외 4개 지역 등 모두 6개 지역이 세항을 이루는 하나의 일관된 문학사로서 통합적 기술의 성격을 가진다. 하지만 각기 세항의 실상에 있어 상이한 대목이 많기 때문에 그러한 상이점들을 어떻게 전체적인 범주 안에 조합할 것인가가 과제가 된다.

한민족 문학사는 궁극적으로 지역별로 독립적 지위와 선개양싱을 보이고 있는 한민족 디아스포라 문학을 독자적으로 연구하되, 그 개별성이 수렴되고 통합되어 하나의 문학사론을 이루는 데까지 나아가야 한다. 각기 지역의 연구에 있어서는 각기의 역사성과 문학의 미학적 가치가 결부되는 문학사적 평가가 수행되어야 하고 이 개별적 가치들이 통합적 보편성을 가질 수 있는 공통분모가 한민족 전체의 문학사로 인도되어야 한다. 부분과 전체가 하나의 유기적 관계망으로 연결되어 있으면서 부분은 부분대로 의의를 갖고 전체는 그 의의들의 연합에 의해 공동체적 의미를 발양하는 문학사의 범례가 새롭게 시도되어야 할 것이다. 이는 국경과 지역적 한계를 넘어서고 디아스포라의 개념을 분산에서 통합으로 이끄는 '도전적인 문학운동'에 이르러야 제 값어치를 다할 것으로 본다.

이 문학사 기술의 기초적 설계에 있어 가장 먼저 주목한 것은, 각기 다른 지역의 문학적 성과들에 통합적으로 접근할 시기 구분의 문제였다. 너무 큰 틀로 포괄해서 세부적 특성이 허약해져서는 안 되지만 동시에 너무 분석적으로 접근해서 전체를 아우를 수 있는 구도를 상실해서도 안 되었다. 그런가 하면 선제적으로 제시된 시기 구분이 개별 문학사의 특징적 성격과 충돌하는 부분이 발생할 때, 그 문학사 자체의 논리를 우선적으로 수긍하는 방식도 염두에 두어야 했다. 공동저자들은 이러한 사항을 유념하면서 수차례의 논의를 통하여 한민족 문학사를 관류할 네 시기의 구분을 설정했다. ① 1910년 **국권상실 이전** 유이민 문학이 태동하는 **디아스포라 형성기**, ② 1910년에서 1945년까지 국권상실기 문학의 빛과 그늘을 보여주는 **일제강점 침탈기**, ③ 1945년에서 1980년까지 분단시대 문학의 꽃과 열매를 볼 수 있는 **민족분단 대립기**, ④ 1980년 **이후** 다원주의 문학과 정체성의 확장에 이른 **글로벌시대 확산기**의 분별이 그것이다.

각 시기 문학사의 기술 방향에 있어 지속적인 주안점을 두기로는, 문학사적 가치 평가와 판단에 민족정체성의 개념과 디아스포라적 시각을 전제하는 것이었다. 그러기에 이 방대한 한민족 문학의 사료를 담은 새로운 문학사를, 광복 70주년에 이른 2015년에 발간하는 것이 특별한 의미가 있다고 여겼다. 시기 구분에서 1980년 이후를 글로벌시대 확산기로 설정한 것은, 남북한은 물론 세계사적 조류가 그 이전의 시대적 상황과 현저히 궤를 달리하고 있기 때문이다. 한국에서는 산업화 개발독재로부터 문민정치로 넘어가는 과정의 여러 사건들이 발생하고, 북한에서는 주체사상과 주체문학의 부수적 현상이기는 하나 사회주의현실주제 문학의 첫 걸음이 시작된다. 국제사회에서는 10년 내에 구체화될 동구권 사회주의 정권의 위기와 동서냉전의 종식이 새로운 물결을 형성하는 지점이다. 당연히 문학은 이러한 시대·역사적 상황에 대응하고 반응한다. 이와 같은 국내외 정황의 총체적 변화가 1980년대 초반부터 대두되었다고 보고, 그 이후의 시기를 문학에 있어 글로벌한 소통과 교류의 출발로 평가한 것이다. 이 문학사는 이런 의미들을 적극적으로 반영해서 구성했다.

한민족 문학사의 구성과 미래

총 2권으로 나누어 제1권은 남북한의 문학사, 제2권은 재외 한인 문학사와 그 성과들을 다루었다. 제1권의 제1장에서는 전체적으로 한민족 문학사의 기술방식, 기술방법론, 기술의 주안점, 기술방향 등을 제시하고 있으며, 제2장의 '한국문학 : 시'에서는 개화기 이후부터 1990년대까지의 시사를, 제3장의 '한국문학 : 소설'에서는 마찬가지 시기의 소설사를 디아스포라적 관점에서 통합적인 문학사를 염두에 두고 기술했다. 제4장 '북한문학 : 시'와 제5장 '북한문학 : 소설'은 남북 분단으로 나뉘어 버린 북한 문학의 문학사적 가치를 복원하는 방향으로 기술했다. 제1권을 독립해서 보면 그대로 새로운 남북한 문학사가 된다.

이어지는 제2권의 제1장 '중국 조선족문학'에서는 항일 저항운동 시기를 비롯하여 중국의 사회역사적 흐름 속에서 소선족문학이 어떤 방향을 보여 주었는가를 중점적으로 고찰하였으며, 제2장 '중앙아시아 고려인문학'에서는 강제 이주의 아픈 역사와 중앙아시아라는 특별한 환경 가운데서 고려인문학이 어떻게 형성 발전되어 왔는가를 강조하여 서술했다. 제3

장 '일본 조선인문학'에서는 일본 사회에서 민족적 자기정체성을 모색해 온 조선인문학의 역사와 성과를 검토했으며, 제4장 '미국 한인문학'에서는 미국 이민의 역사 속에서 한인의 민족정체성에 대한 문학적 탐색과 그 형상화 과정을 주의 깊게 살펴보았다. 제2권을 독립해서 보면 이 또한 그대로 새로운 재외 한인 문학사가 된다.

제1권과 제2권을 합하여 무려 850쪽에 이르는 방대한 기술을 계획하고 진행하는 동안 여기에 참여한 공동저자들을 포함하여 많은 분들이 노력하고 수고했다. 모두 19명에 달하는 집필진은 대표저자와 함께 오래도록 대학에서 남북한문학과 재외 동포문학을 연구해 온 후배요 제자들이다. 이분들은 각자의 집필 분야에서 박사학위를 받았고 그 전문성을 대학 강의와 연구에 적용하고 있다. 이분들의 참여가 없었더라면 당초 엄두를 낼 수 없는 작업이었다. 가능하다면 앞으로 각자가 담당했던 저술을 창의적으로 확대하여 지역별로 독립된 문학사를 작성해 나갈 수 있기를 바란다. 그와 같은 학문적 미래가 가능하다면, 이는 한국문학과 문학사 발전에 크게 기여하는 결과를 가져올 것이다. 한국문학사에 있어 초유의 일이 된, 이 문학사의 상재를 흔쾌히 맡아준 도서출판 역락의 이대현 대표 그리고 편집실의 오정대 선생에게 깊은 감사의 뜻을 밝혀둔다.

2015. 12.
광복 70주년, 고황산자락 경희대 교수회관에서
대표저자 김종회

/ 차례 /

차례 / 한민족 문학사 2

■──── 제1장 총론 : 한민족 문학사의 통시적 연구와 기술의 방향

김 종 회

1. 서론

문학사란 말 그대로 문학의 역사이다. 학문 영역으로는 문화사나 예술사에 속하지만, 역사가 갖는 실증적 개념보다는 문학적 자율성에 대한 평가, 곧 문학 현상의 통시적 전개에 따른 가치 판단에 더 중점을 둔다. 그것은 문학 작품이나 작가에 대한 객관적 평가가 어렵고 또 주관적인 평가 기준을 사용하기 쉽다는 측면과 관련이 있다. 문학은 고도의 정신 영역에서 일어나는 주관적 반응이며, 그것이 일정한 시간 및 공간상의 집적을 형성하면서 보편성·특수성을 가진 여러 문화 유형으로 발전되어 가는 다원주의를 미덕으로 한다. 따라서 문학의 역사는 구성 요소들이 통계화되고 수치화 될 수 있는 다른 역사들과는 그 입지점이 다르다. 그런 만큼 하나의 문학사는 그 문학사가 대상으로 하는 자료에 접근할 때 평가와 판

단의 다층적 의미에 유의해야 한다. 여기서 기술하려고 하는 한민족 문학
사[1]처럼, 기술 대상의 스펙트럼이 확장되어 있는 경우는 더 말할 나위가
없다.

그동안 한국문학 연구 및 그 범주의 확산과 관련하여 한국문학사, 북한
문학사, 남북한 문학사 등의 기술이 이루어져 왔고 한민족 디아스포라 문
학에 대한 기술도 가 지역별로 이루어져 왔다. 한국문학사를 여러 방향의
시각으로 기술하는 것은 이미 오랜 경과를 가졌던 사실이지만, 여기에 북
한문학사의 기술을 더하고 특히 남북한 문학사를 통합하여 당대적 의의
의 추출에 도달하려 한 시도는 문학사 기술의 새로운 전환점에 해당하는
것이었다.[2] 물론 여기서 말하는 북한문학사는 분단 이후 북한에서의 문학
사 기술을 제외하고 남한에서 수행된 북한문학 연구와 그에 이어진 문학
사 기술을 말한다. 북한문학에 대한 연구는 기본적으로 남북한의 문화와
사회의 통합을 전제로 하는 일종의 불문율이 작용하기 마련인데, 남북한
문학사는 이를 보다 구체적으로 적용한 사례이다.

남북한 분단의 역사는 이제 70년의 시간적 경과를 헤아리는데, 그중에
서 남북한 문화 통합에 대한 인식을 바탕으로 문학사 연구에 대응한 기간
은 불과 20년 안팎에 지나지 않는다. 이와 같은 시간상의 변별이 노정된
데는, 그 시기에 비로소 남북한의 문학을 포괄하여 살펴볼 수 있는 여력
이 생성했다고 할 수밖에 없다. 오늘과 같은 글로벌 빌리지(global village), 국
제화 시대에 있어서 남북한 간의 소통이 차폐되어 있고 전근대적인 갈등
과 대립의 현실을 목도해야 하는 것은 어불성설이다. 하지만 그것 또한

---

1) 여기에서의 한민족 문학사는 남북한문학과 해외 여러 지역에서 이루어지는 한민족
  디아스포라 문학을 총칭하는 개념이다.
2) 남북한 문학사에 대한 통합적 논의의 시발은 다음 문학사에서 볼 수 있다. 권영민,
  『한국현대문학사』1·2, 민음사, 1993 ; 최동호 편, 『남북한 현대문학사』, 나남출판,
  1995.

분명한 현실의 한 국면이다. 한민족 디아스포라, 곧 한민족이 집단적으로 거주하고 한글로 문학 창작이 이루어지는 지역의 문학을 남북한문학과 병렬하여 연구하자는 한민족 문화권 문학의 논의는 이러한 상황에서 하나의 출구로 기능할 수 있다.

남북한문학과 함께 중국 조선족문학, 중앙아시아 고려인문학, 일본 조선인문학, 미국 한인문학을 하나의 문화권으로 바라보고 그 작가와 작품을 유기적으로 고찰하는 문학사를 새롭게 기술해 보자는 것이 한민족 문학사의 창의적 의도이며 도전적 의욕이다. 요약하여 말하자면 북한문학과 재외 동포문학을 포함한 한민족 전체의 문학사를 작성해야 할 시기에 이르렀다는 뜻이다. 이 시도는 남북한 문학사의 성과를 이어 받으면서 지금까지 없던 문학사의 새로운 길을 내는 일이므로, 향후의 후속 연구와 자료 활용에도 초석이 되도록 해야 마땅하다. 크게 구분하여 남북한과 재외 4개 지역 등 모두 6개 지역이 세항을 이룰 한민족 문학사는, 하나의 일관된 문학사로서 통합적 기술의 성격을 갖는 것이 당연하다. 하지만 각기 세항의 실상에 있어 상이한 대목이 많기 때문에 그러한 상이점들을 어떻게 전체적인 범주 안에 조합할 것인가가 과제가 된다.

남북한 문학사는 분단 이래 양 체제 간의 삶과 문학이 서로 판이한 경로를 지나왔으므로 그 내용 또한 기술상의 합치점을 찾기 어려우나, 중요한 역사적 전환기들을 함께 공유하고 그 접점이 공통적으로 형성되어 있으므로 그나마 통합적 상관성의 적출과 다음 시기의 행로를 설정하는 데 적절한 로드맵을 구성할 수 있다. 그러나 재외 동포문학, 곧 해외에 있는 한민족 디아스포라 문학에 있어서는 각 지역별 이주와 생존의 역사 그리고 그것을 정신 영역의 활동으로 치환한 문학의 형용이 서로 다르므로, 이를 공통의 유대로 묶을 수 있는 주제론적 지침이 필요하다. 그것은 역사적 사실에 있어서는 한반도의 주요한 역사적 사건 및 계기에 따른 유이민사가 될 것이고, 문학의 실제에 있어서는 시간·공간적 환경이 달라져도 한결같은 지향점을 보이는 민족정체성이라는 주제가 되어야 할 것이다.

한민족 문학사의 통시적 연구와 기술의 방향에 대한 서설(序說)이 될 이글은, 문학사기술 방식과 한국문학사 기술방법론에 대한 검토를 거쳐 6개 지역 문학사에 대한 기술의 방향을 개진하는 데까지 나아갈 예정이다. 특히 기술 방식에 있어서는 사마천의 『사기(史記)』가 그러했듯이 한 지역의 문학사에 대한 다각적이고 다층적인 관점의 가동이 있어야 서로 다른 문학사들을 통합하여 살펴보는 장점이 발양될 수 있다고 본다. 궁극적으로는 이러한 한민족 문학사의 기술이 단순히 문학사의 계보를 수립하거나 작가·작품을 통시적으로 계열화 하는 데 그치지 않고, 한민족의 삶과 문화 그리고 문학을 통어하고 그 미래적 전망을 불러오는 데 효용성 있는 자양분이 되었으면 한다.

2. 문학사 기술방식과 한민족 문학사 기술방법론

1) 기전체로서의 한민족 문학사 기술방식

역사 기술의 방식과 체제에는 그동안 동양문화권의 사서 기록에서 채택하던 몇 가지 유형이 있다. 인물 중심의 서술 방식을 사용하는 기전체,[3] 사건의 발생 시기에 따라 서술하는 편년체,[4] 사건의 경과를 중심으로 서

---

3) 우리나라에 있어서 현재까지 전하는 가장 오래된 기전체 사서는 『삼국사기』이다. 『고려사』 또한 기전체에 속하며, 논자에 따라 『삼국유사』를 기전체로 분류하기도 한다.

4) 삼국시대의 사서로서 이름만 전하는 『유기(留記)』, 『신집(新集)』, 『서기(書記)』, 『국사(國史)』 등이 편년체 사서로 추측된다. 고려 현종 때 실록으로서는 처음 편찬된 『칠대실록(七代實錄)』 이후 『고려사절요』, 『조선왕조실록』 등이 편년체로 편찬되었다.

술하는 기사본말체[5] 등이 대표적이다. 기전체는 사마천의 『사기』에서 처음 시작되었고 「본기(本紀)」, 「세가(世家)」, 「표(表)」, 「지(志)」, 「열전(列傳)」으로 구성되어 있다. 편년체는 공자가 노나라의 역사를 쓴 『춘추(春秋)』에서 시작하여 역사적 사실을 연(年), 월(月), 일(日) 순으로 기록하는 것으로 가장 보편적인 기술 방법이다. 기사본말체는 남송(南宋)의 원추가 처음 사용하였으며 사건의 발단, 전개, 결말을 한꺼번에 기술할 수 있는 장점을 가졌다.

이상의 세 기술 방법이 동양문화권의 3대 역사 편찬 체제로 지칭되며, 그 외에도 편년체의 일종으로 연대순으로 기록하는 형식은 같으나 기록 방식에 약간의 차이가 있는 강목체[6]가 있다. 강목체는 주희의 『자치통감강목(資治通鑑綱目)』이 그 효시이다. 이러한 기술의 유형들은 한국의 사서 기록에도 그대로 적용되어, 각 유형별로 다수의 사서가 문화적 유산으로 남아 있다. 그동안의 한국문학사와 북한문학사 그리고 남북한 문학사의 기술에는 주로 편년체의 방식이 사용되었고 작가·작품과 문학사적 사실을 연도 및 날짜순으로 기록하는 것이 통례였다. 그런데 한민족 문학사의 기술에 있어서는 그처럼 평면적인 기술의 방식으로 소기의 성과를 거두기가 용이하지 않을 것으로 보인다.

우선 남북한 문학사의 경우, 서로 상이한 비교 대상이 있고 서로 연접한 지정학적 특성을 갖고 있으나 그 내부에서 일어난 사건들의 방향이 매우 다른 형편에 있다. 남북한 각기의 문학사를 독자적으로 기술한다 하더라도, 상대방과의 교호작용과 연관 관계에 유의하고 비교 고찰이나 통합적 전망을 전제한다면 편년체와 같은 기술 방식에 의존하기 어렵다. 재외

---

5) 우리나라의 기사본말체 사서로는 이긍익의 『연려실기술(燃藜室記述)』, 서문중의 『조야기문(朝野記聞)』 등이 있다.

6) 고려시대의 김관의가 『본조편년강목(本朝編年綱目)』을 편찬하였으나 전하지 않고 대표적인 강목체 사서로 홍여하의 『동국통감제강(東國通鑑提綱)』, 안정복의 『동사강목(東史綱目)』 등이 있다.

동포의 디아스포라 문학에 있어서도, 비록 수평적 비교가 어렵다 할지라도 각자 다른 유이민사와 민족정체성을 함께 포괄하자면, 그 다층적 자료들을 집약하여 일관된 방향을 제시할 수 있는 입체적 서술 형식이 필요하다. 이와 같은 상황이 한민족 문학사 기술에 『사기』와 같은 기전체 방식이 필요한 이유이며, 각 지역별 문학사의 상황에 따라 기사본말체를 보완의 형식으로 활용할 수 있을 것이다.

『사기』의 「본기」가 편년체로 기록된 것처럼 문학사적 사건의 흐름을 기술하는 데 있어서는 연도 및 날짜의 순서를 따라갈 수밖에 없다. 그러나 「세가」와 「열전」에 해당하는 작가·작품론의 경우에는 편년체가 아니라 기사본말체가 훨씬 효율적이며 동시대를 배경으로 한 가치 평가에서도 균형성을 담보하기에 용이하다. 「표」는 문학사적 연표, 「지」는 제도·문화·사상 등을 다루었던 것처럼 그 시대의 문학적 상황에 대한 서술로 가늠할 수 있을 것이다. 이와 같이 편년체와 기사본말체의 서술 유형을 하위 개념으로 포함한 기전체 방식이 한민족 문학사 기술의 효용성 있는 기준이 될 수 있겠다.

이러한 기술 방식을 전제하고 보면, 시대적 상황과 사건의 개관을 편년체의 유형으로, 작가·작품론을 기사본말체의 유형으로 그리고 연표와 관련 자료의 정리를 이에 덧붙이는 기전체 유형으로 수행하는 것이 바람직해 보인다. 그리고 이를 전체적으로 규정짓는 기술 방식은 곧 기전체의 유형이 되는 문학사여야 할 것이다. 다만 기술 방식이 갖는 자기규정의 논리에 얽매여 작가와 작품이 갖는 독자적 가치의 판단 및 평가에 일종의 규제 심리가 작용해서는 안 된다. 기술자의 자유롭고 창의적인 시각이 발양되어야 할 대목이 바로 이 지점이다. 연구 대상 및 서술 분량의 문제로 인하여 다수의 집필자가 참가할 때는 더욱 그러한 형국이다.

2) 한국문학사 기술방법론과 그 전개

그동안의 한국문학사 기술은 발생론, 형식론, 다원론 등 세 영역으로 분류하는 것이 통례가 되어 왔으며 각기의 영역은 문학의 역사성, 언어의 내재성, 포괄적 해석방법론 등에 중점을 두고 있었다. 이 가운데 가장 높은 빈도를 보이는 것은 발생론의 관점으로 그것은 실증적 방법, 정신사적 방법, 사회학적 방법 등의 기술 태도에 의거한다. 이 기술방법론을 개진한 논문은 많으나 그 가운데 가장 체계적이고 설득력 있게 보이는 것은 임성운의 논문[7]이다. 여기에서는 그의 분류방법을 원용 또는 요약하면서 논의를 전개할 예정이며, 경우에 따라 분류를 조정하거나 다른 관점을 추가할 것이다. 물론 이러한 문학사 기술의 방법들은 서구의 문예 논리와 문학사적 관점을 우리 문학사 기술에 적용한 것이다.

실증적 방법은 19세기 이래의 서구에서 가장 큰 부분을 차지해 왔으며, "나의 의도는 문학의 박물학을 확립하려는 것"이라고 언명한 생트 뵈브와 역사주의 비평가 테느에 의해 확립되었다. 정신사적 방법은 19세기 말엽 자연과학적 시각의 실증적 방법에 회의를 품은 일련의 역사학자와 문학 연구자의 등장과 함께 하며, 주관적인 체험 곧 '삶의 현실'에 대한 개별 인간의 심리적 반응 등 내면적 문제에 더 비중을 둔다. 사회학적 방법은 "문학은 인간이 몸담고 있는 사회의 성격에 의해 규정 된다"는 명제에서 출발하며, 문학 연구에 있어 주관적 요소보다는 객관적이며 작품 외재적 요소를, 과거보다 현재의 관점을 더 중시하는 경향을 지닌다.

그런데 이러한 기술 방법들은 각각의 한정적인 방향과 다층적 현실 상황을 모두 포괄할 수 없는 한계로 인해 기술상의 문제를 노정하게 되고, 그에 대한 보완의 개념으로 제시되는 것이 형식론적 방법 또는 다원론적

---

7) 임성운, 「한국문학사 기술방법론 연구」, 『동악어문논집』 24호, 동악어문학회, 1989.

방법 등이다. 이제까지 한국문학사 기술에 가장 많이 사용된 것은 발생론적 방법이며, 백철, 조연현, 조윤제, 조동일, 임화의 문학사가 여기에 속한다. 형식론적 방법으로 이재선, 다원론적 방법으로 김윤식・김현의 문학사를 들 수 있다. 이들보다 후대에 이르러, 예컨대 1980년대 이후에 민족문학사의 관점에 의거한 기술 방법, 문학사의 내재적 기술 방법, 통일 지향의 문학사 기술 방법 등 새로운 경향을 볼 수 있는데 이를 순차적으로 살펴보기로 한다.

실증적 방법의 문학사를 이끈 백철은 「국문학사 서술방법론」[8]에서 "국문학사란 국문학의 발생과 그 발전과정을 기술하는 것이 그 내용이요 목적"이라고 주장함으로써 자신의 문학사관이 발생사로서의 기술방법론에 근거함을 밝혔다. 그의 『신문학사조사』[9]는 고전문학사로부터 이어지는 통시적 계보를 중시하며, 작품의 역사보다 근원적 사상에 유의하여 '사조사'란 용어를 사용했다. 그러나 실증적 방법을 사용하면서도 작품의 실상을 서구적 사조의 흐름 아래 복속시키는 형식이 되었다. 조연현의 『한국현대문학사』[10]는 갑오경장을 근대화의 기점으로 보고 그 이후 근・현대문학의 계보를 기술했다. 갑오경장 이후 한일병합까지의 15년을 개화기 곧 근대문학의 태동기로 하여 실증적 문학관을 전개했다. 그러나 이 문학사는 일반적 역사의 시대구분을 벗어나지 못한 연대기적 서술에 머물렀다.

정신사적 방법의 문학사를 쓴 조윤제는 국문학 내부의 변화와 지속성에 주목했다. 그의 『국문학사』[11]는 조선의 사상이나 민족정신을 근간으로, 생물학적 진화론을 기반으로 하였으며, 근대문학에 대한 구체적 가치

---

8) 백철, 「국문학사 서술방법론」, 『사상계』 44호, 1957, 315~327쪽.
9) 백철, 『신문학사조사』, 신구문화사, 1982.
10) 조연현, 『한국현대문학사』, 현대문학사, 1956.
11) 조윤제, 『국문학사』, 동서문화사, 1949(초판본), 1987 ; 『한국문학사』, 탐구당, 1987.

의 평가가 부족했다. 유사한 방법의 문학사로 조동일『한국문학통사』[12]는 구석기・신석기 시대 문학의 복원을 추구하는 폭넓은 정신사적 시야를 보여주면서 발해의 문학, 일제강점기의 해외 망명문학에까지 서술의 영역을 확장했다. 동시에 구비문학과 교술 장르에 대한 새로운 형식의 논의를 전개했다. 그의 문학사는 분명 다른 문학사들과 구분되는 광범위한 인식의 지평을 확보하고 있으나, 정신사적 방법의 문학사가 가지는 한계로서 시대 변화에 따른 작품의 구체적 세부를 면밀히 다루는 데는 이르지 못했다.

사회학적 방법의 문학사 이론으로서 임화의 「신문학사의 방법」[13]은 대상・토대・환경・전통・양식・정신 등 6개 항목을 문학사 기술의 기본 고려사항으로 들었다. 그의 주장은 사회경제적 토대와 마르크스주의 미학을 반영하고 있고, 신문학의 특수성을 설명하는 자리에서는 이른바 이식문학론을 도입하고 있다. 임화의 경우는 사회경제적 문학사관과 이식문학사관이 함께 결부되어 있는 외양을 가지는데, 이와 같은 기술의 태도는 개별적 작품의 실제적 가치보다는 미리 주어진 형식적 범주 안에서 그것이 논의될 수밖에 없는 제한성이 따른다.

형식론적 방법의 문학사로는 이재선의『한국소설사』[14]가 대표적이다. 이 문학사는 작품 외현의 발생 배경이나 사실성 그리고 연대기적 질서에 편중된 시각에서 벗어나 작품 자체의 내재성과 미학성을 살리려 했다. 동시에 현실의 역사성도 아울러 고려함으로써 그 상호 간의 긴밀한 유기성을 구명하는 새로운 문학사 서술을 지향했다. 하지만 이 문학사는 논의의 대상을 소설로 한정하고 있는 단점이 있고, 근대 및 현대의 개념을 명확히 제시하지 못한 채 소설사를 기술한 측면이 있다.

---

12) 조동일,『한국문학통사』, 지식산업사, 1987.
13) 임화,「신문학사의 방법」,『문학의 논리』, 학예사, 1940(초판본) ; 소명출판, 2009.
14) 이재선,『한국현대소설사』, 홍성사, 1979(초판본) ;『한국소설사』, 민음사, 2000.

다원론적 방법의 문학사로 지칭되는 김윤식·김현의『한국문학사』[15]는 방법론 비판과 시대구분론 등에서 문학사의 새로운 개념을 제시하면서 "문학사는 실체가 아니라 형태이다"라는 명제를 전제했다. 이들은 문학적 집적물을 부분과 부분의 상호관계로 이루어지는 전체로 파악하려 했다. 그런가 하면 모든 역사는 현재의 역사이며 문학사도 당대의 실천적 요구에 부응해서 기술되는 것이므로, 문학사 기술을 위해서는 현재 우리 삶의 좌표를 다원적으로 파악해야 한다는 인식 태도를 보였다. 이 문학사의 방법론에는 주관적·객관적·본질주의적 인식의 패턴이 복합적으로 작용하고 있다. 그러나 이러한 인식과 방법론의 논리적이며 철학적인 개진에도 불구하고, 저술의 분량 때문에 작품의 분석 및 평가가 개괄적인 고찰에 머물렀다.

당대, 곧 한국문학의 형상이 면모를 일신하고 문학을 바라보는 시각도 현장성의 변화에 연접하여 새롭게 정립되던 1980년대 이후에는 문학사 기술 방식 또한 과거와 달라지기 시작했다. 시대의 화두로 떠오른 '민족문학론'에 근거한 소장 연구자들의 문학사[16]가 나타났고, 문학사 기술의 대상과 방향에 '미적 근대성' 개념이 부하된 새로운 문학사[17]가 선보였다. 여기서 논거한 두 문학사 중, 전자는 리얼리즘의 이념적 논리가 우세하여 모더니즘 계열의 작품이나 순수문학에 대한 주목이 덜했으며, 후자는 미적 자율성과 거기에 연동된 내면적 필연성으로서의 문학을 체계적으로 구명했으나 용어의 함의 그대로 현실과 역사성의 기술에는 소홀할 수밖에 없었다.

새로운 세기를 맞는 시기의 시대정신(Zeitgeist)을 반영한 통일 지향 문학

---

15) 김윤식·김현,『한국문학사』, 민음사, 1973.
16) 김재용 외,『한국근대민족문학사』, 한길사, 1997.
17) 이광호,『미적 근대성과 한국문학사』, 민음사, 2001.

사는 권영민의 『한국현대문학사』[18]와 최동호 편 『남북한 현대문학사』[19]를 들 수 있다. 권영민의 문학사는 역사주의적 방법과 내재주의적 방법을 결합한 서술을 보여주고 있으며, 특히 남한과 북한의 문학사를 동등하게 다루려는 노력을 보였다. 남북한문학의 역사적 가치와 미학적 가치를 동시에 포괄하려 한 이 문학사는 기술의 실제에 있어서는 의도한 바를 충분히 수행하지 못했다. 그것은 두 문학사의 통합의 근본적으로 안고 있는 과제이기도 할 것이다.

최동호 편 문학사는 남북한의 문학을 통합하여 공통된 시기 구분을 적용했다는 점에서, 문학사를 바라보는 관점에 큰 진전을 보인 경우다. 해방 50년을 기하여 상재된 이 문학사는 해방공간과 1950년대(1945-1960)를 '분단체제의 성립기'로, 1960-70년대(1960-1980)를 '분단체제의 심화기'로 그리고 1980년대 이후(1980-1995)를 '분단체제의 변화와 반성기'로 설정했다. 그리고 각 시기별로 시·소설·비평의 장르에 걸쳐 남북한문학을 순차적으로 서술하고 있다는 점에서, 남북한 통합문학사 기술에 새로운 장을 열었다. 이 시기구분을 위해 포괄의 논리, 사실의 논리, 근대성 극복의 논리, 민족문학의 논리를 적용하고 있으나 이 강제적 시대구분에 순응하기 어려운 작품은 그 가치를 평가하기 어려운 난제가 있다.

그 외에도 여기의 논의에서 언급하지 못한 다수의 문학사가 남아 있다. 이 모든 문학사들의 진전을 바탕으로, 그리고 그 장점과 단점을 함께 보유한 채로 한국문학 및 북한문학의 문학사 연구는 일정한 학술적 성과에 도달해 있다. 발생론, 형식론, 영향론 등으로 범주가 대별된 각기 영역의 문학사는 내용과 형식 양 측면에 걸쳐 다른 영역의 문학사와 비교되는 장단점을 가지고 있다. 이 경우의 장단점 및 기술상의 공과는 기실 회피할

---

18) 권영민, 앞의 책.
19) 최동호, 앞의 책.

길이 없다. 그와 같은 성격적 특성 자체가 그 문학사의 당위적 기술방향을 말하기 때문이다. 이는 발생론적 관점으로 통칭되는 실증적, 정신사적, 사회학적 방법 등이 유사성과 차별성을 함께 갖는 상호관계에 있어서도 마찬가지다.

그런가 하면 민족문학론 또는 미적 근대성의 방법 그리고 남북한 현대문학사 등 동시대에 출현한 새로운 문학사 기술의 방법 또는 유형은 차세대 문학사 기술의 방향을 설정하는 데 있어 중요한 계기요, 지침이 된다. 그러한 단계가 있기에 다음 단계의 설정이 안정적 설득력을 얻을 수 있다. 앞으로의 연구는 다시 그 경과 과정으로 돌아가서 미소한 시각상의 차이나 오류를 탐색하는 데 머물 것이 아니라, 새로운 미개척의 지형을 도전적으로 밟아 나가야 한다. 그것은 서두에서 언급한 바와 같이, 남북한문학과 해외에서의 한민족 디아스포라 문학을 함께 결부하는 한민족 문학사의 기술을 향해 가는 길이다. 그 길이 복잡다단하고 복합적인 만큼, 앞의 항에서 언급한 기술 방식도 『사기』의 기전체 유형을 제시할 수밖에 없었던 것이다.

3. 한민족 문학사 기술의 주안점과 기술방향

1) 한국문학사

한민족 통합문학사의 관점으로 한국문학사를 바라볼 때의 시대구분은, 대체로 다음과 같은 4가지 단계가 합당할 것이다. 제1기는 1910년 한일병합 이전까지로 한민족 디아스포라의 형성기다. 민족적 삶의 근대적 인식과 근대문학의 발아 그리고 유이민 문학의 태동기에 해당한다. 제2기는 1910년에서 1945년까지 일제강점 침탈기다. 국권상실기 문학의 빛과 그늘

을 구분하여 살펴보아야 할 것이다. 제3기는 1945년에서 1980년까지 민족
분단 대립기다. 분단시대 문학의 꽃과 열매가 탐색 대상이다. 제4기는
1980년대 이후로 글로벌시대 확산기다. 다원주의 문학과 정체성 확장이
이 시기 문학의 특성으로 연구될 수 있을 것이다.

한국문학사의 기술에 있어 우선적인 장르 구분은 시와 소설의 분할에
있을 것이고, 이 양자를 따로 기술하더라도 시대 및 역사적 상황이나 문
학사적 상황에 따른 시기구분은 하나로 통어되어 각기의 기술에 공통적
으로 적용될 수밖에 없다. 더 나아가 북한문학사와의 상관성을 다루는 남
북한 문학사의 관점에서는 역사적 사건과 문학의 전개에 있어 공통되는
부분과 차별되는 부분이 여러 항목에서 나타나게 될 것이다. 이 두 측면이
면밀히, 또 유기적으로 고려되어야 하며, 특히 외형적 범주의 고착성으로
인해 작품 자체의 평가가 훼손되지 않도록 유의해야 한다. 이러한 선행 조
건들을 전제해 두고 보면, 그 다음에는 한국문학사 내부에서 시기구분과
더불어 작가 및 작품의 평가에 어떤 잣대를 사용할 것인가가 문제이다.

시기구분은 앞서 언급한 바와 같이 서로 다른 장르 또는 인접한 다른
문학사 영역과의 공통성을 중시해야 한다. 하지만 작가·작품에 대한 판
단이나 평가의 경우에는 먼저 주제론적 고려에서 시작할 수밖에 없고 그
주제의 중심에는 '민족정체성'이라는 개념이 놓이게 될 것이다. 이는 한민
족 문학사라고 하는 광범위한 통합문학사를 지향한다는 차원에서도 온당
한 방식이라 할 수 있다. 다만 그와 같은 강조점을 가지게 되면, 그동안의
여러 문학사에서 널리 평가 받은 작품을 논외로 할 수도 있고 그다지 문
학사의 수면으로 부상하지 못했거나 삭가의 납·월북으로 인하여 주목
받지 못했던 작품을 우선적으로 다룰 수도 있다. 이때 때로는 그 미학적
가치가 낮은 감식을 받는 작품이라 할지라도 그러하다.

민족정체성을 중심 개념으로 하되 한국문학의 통시적 계보와 흐름을

수용하고, 인접 영역과의 친연성 및 단절성의 문맥을 잘 살피는 것이 필요하다. 독자적이고 개별적인 한국문학사가 아니라 한민족 문학사의 한 부분인 까닭에서이다. 예컨대 한민족 디아스포라 형성의 유이민 문제나 한 세기가 경과한 해외 각 지역의 한민족 문학을 두고, 지속적으로 한국문학사와의 상관관계를 검토해야 하는 것도 그 때문이다. 한민족 문학사의 시기구분을 국권상실기 이전과 국권회복 이후 그리고 1980년대를 구분의 기점으로 하자는 것은 바로 이러한 문제들에 대한 숙고의 결과이다. 한민족에게 있어 1980년대는 과거와 다른 민권이 작동하고 전민족적으로 글로벌 시대를 향한 지평을 넓히는 시기였다.

2) 북한문학사

해방과 분단 이래 70년에 이르도록 한국문학사와 이마를 맞대고 있는 북한문학사에는, 주지하다시피 이미 그 내부의 자기체계 안에서 확립된 문학사의 시기구분이 있다. 『조선문학통사』,[20] 『조선문학사』,[21] 『조선문학개관』[22] 등 북한의 주요 문학사가 수행한 시기구분이나 작품에 대한 평가를 구태여 부정하거나 도외시할 이유가 없다. 다만 그렇게 확정된 북한문학사의 실제를 한국문학사와 결부하여 어떻게 통합적인 관점과 문학의 구체성에 대한 서술을 이끌어 낼 것인가가 과제다. 할 수만 있다면 이 새로운 문학사의 작성에 북한의 연구자가 참여하는 것이 바람직하지만, 그것은 아직 요원한 소망에 불과하다. 하지만 남북한 통합문학사와 공통의 문학연구가 양자가 문화통합을 앞당기고 문화의 길을 열 수 있는 미래의

---

20) 과학원 언어문학연구소 문학연구실, 『조선문학통사』, 1959.
21) 사회과학원 문학연구소, 『조선문학사』, 1977-1981.
22) 정홍교・박종원・류만, 『조선문학개관』 1・2, 사회과학출판사, 1986.

꿈을 담보하자면 마냥 멀리 미루어 둘 일이 아니다.

『조선문학개관』의 시기구분을 보면 평화적 민주건설 시기(1945.8-1950.6), 위대한 조국해방전쟁 시기(1950.6-1953.7), 전후복구 건설과 사회주의 기초건설을 위한 투쟁시기(1953.7-1960), 사회주의의 전면적 건설과 사회주의의 기초건설을 앞당기기 위한 투쟁시기(1961년 이후) 등의 시대사적 분할이 제시되어 있다. 그 이후 북한문학의 변화는 주체사상 및 주체문학의 확립(1967년), 사회주의현실주제 문학의 등장(1980년 이후), 김일성 사망에 따른 내부 성찰(1994년), 김정일 시대에 뒤이은 김정은 시대 문학의 전개(현재) 등을 후속 항목으로 하는데 물론 이는 남한의 연구자들이 북한사회의 현실 변화를 작품의 내용 변화에 견주어서 설명하는 방식이다.

문제는 위의 시기구분에서 볼 수 있듯이, 남북한에 공통된 여러 역사적 사건이 있고 접촉 부면의 공유가 있음에도 불구하고 1960년대 이후에는 남북한의 문학이 각자의 길을 걸어갈 수밖에 없었다는 사실이다. 한반도의 남북에 수립된 두 독재정권은 각각 '한국적 민주주의'와 '우리식 사회주의'의 슬로건을 내걸고 자기 유형의 정치 및 사회체제를 개발해 왔으며, 주적(主敵)으로 분류된 상대측으로 인하여 자기 정권의 공고화를 도모하는 기이한 현상을 초래했다. 남북한 또는 한민족 통합문학사의 과제는 70년에 이르도록 중첩된 이 불신과 대립의 전사(前史)를 넘어서 문화교류와 문화통합을 매개로 한 새로운 화해협력의 시대를 예비해야 한다는 것이다. 남북 상호간의 문학관과 문학사관 그리고 그에 대한 해석이 너무 판이하므로, 양자의 접근은 매우 신중하고 사려 깊게 이루어져야 한다.

이를 위해 먼저 포괄적인 시각으로 시대구분의 통합을 어떻게 운행해야 할지를 염두에 두어야 하고, 오랜 세월에 걸쳐 적층된 문학의 실체에 대해 어떻게 판단해야 할지를 검토해야 한다. 특히 작가와 작품에 대한 가치판단에 있어서는 관점 자체가 충돌하고 파열할 수 있으므로, 객관적 사실의 공유나 박태원을 비롯, 양측에서 함께 논의할 수 있는 작가의 상정을 시도하는 것도 기대할 만하다. 또한 1980년 사회주의현실주제의 강조 이후 북한문학이 새롭게 평가하기 시작한 실학파, 카프, 친·항일 문학 등을 공동의 연구과제로 내세울 수도 있다. 지속적인 주체문학의 강세와 선군혁명문학의 강조에도 불구하고, 여러 부면에서 부분적으로 변화하고 있는 동시대의 북한문학을 폭넓게 응대하는 문학사 기술의 태도가 필요하다.

3) 중국 조선족문학사

한민족은 19세기 후반부터 중국으로 이주하여 '조선족' 집단을 형성하였으며, 현재 중국의 동북3성을 중심으로 거주하는 조선족의 숫자는 200만 명을 상회한다. 이들의 조선족 문단 구성 초창기에 그 중심인물로 안수길이 있었으며, 중국 내부의 소수민족 가운데 하나로 정착한 조선족은 20세기 후반부터 활발한 문학 활동을 전개했다. 문학동인 단체인 '북향회'가 발족하고 『북향』이라는 문예지를 발간하기 시작했으며 향토 문인으로 작가 김창걸과 시인 리욱 등을 배출했다. 이 무렵 중국으로 건너간 강경애가 거기서 작품을 썼고, 최서해는 거기서 얻은 체험을 국내로 돌아와 작품화 했다. 중국 조선족문학을 대표할 만한 작가로 꼽히는 『격정시대』의 김학철은, 항일 투사였던 그의 자전적 기록을 소설에 담았고 그와 같은 작품의 내용은 한민족 디아스포라 문학의 한 전형이 되었다.

조선족문학사의 대표적인 저술로 조성일·권철 외『중국 조선족 문학사』[23]가 있고, 오상순 외『중국조선족문학사』[24]도 있다. 전자는 발간 이래 조선족문학사의 대표적 교본으로 조선족문학의 발전과정, 기본특성,

---

23) 조성일·권철 외,『중국 조선족 문학사』, 연변인민출판사, 1990.
24) 오상순 외,『중국조선족문학사』, 민족출판사, 2007.

문학사적 의의 등을 비교적 체계적으로 서술하고 있다. 후자는 시간의 경과에 따른 전자의 부족분을 보완하여 해방 이전의 문학사료를 수록하고, 개혁개방 이후의 문학에 대한 체계적이고 객관적인 연구를 수행하여, 누락된 일부 중요한 작가 및 작품을 보정하는 등의 저술방침을 추구했다. 이 외에도 여러 문학사가들이 조선족문학사를 저술하고 다양한 시기구분론을 전개했으며,25) 그중 오상순 외『중국조선족문학사』를 보면 이민시기의 문학(이주-1945년), 정치공명시기의 문학(1945-1978), 다양화시기의 문학(1979-1999) 등 세 단계로 나누고 있다.

이러한 시기구분은 조선족의 유이민사 이후 중국 내부의 정치적 변동과 그에 반응한 문학의 변화를 함께 바라보고, 양자 간의 상관성에 주목한 결과이다. 중국 내의 지방문학이란 범주만 바라보자면 이 시기구분은 그것 자체로서 충분한 자기규정력을 가질 수 있다. 그러나 조성일·권철의 문학사에서도 인지하고 또 표현하고 있다시피 양의론(兩義論), 곧 중국문학이면서 동시에 조선족 문학이라는 다층적 시각을 부양하고 보면 보다 다른 논의가 요구된다. 또 한글로 창작되는 문학이란 속문주의(屬文主義)에 의거하면, 조선족문학과 남북한문학의 통합적 고찰에 대한 논의의 당위성이 한층 강화된다. 이러한 기조 위에서 시기구분의 연관을 검토하고 작품과 작품 사이의 친족관계를 연구하는 방식이 도입되어야 한다. 그리고 각 작품의 주제론적 차원에서 민족정체성의 문제를 병행하여 살펴보아야 할 것이다.

---

25) 중국 조선족 문학사의 시기구분론은 북경대학교 조선문화연구소 편『중국조선민족문화사대계 문학사편』(2006), 전성호의『중국조선문학예술사 연구』(1997)를 비롯, 윤윤진·리광일·정덕준 등의 여러 저술이 있다.

4) 중앙아시아 고려인문학사

구소련 지역에서 '고려인' 집단을 형성하기 시작한 19세기 후반부터의 이주는, 발생 시기로는 중국 유이민과 유사하고 삶의 궁핍이 주된 원인이었다는 사실도 유사하다. 중앙아시아 고려인의 통계는 현재 50만 명을 넘는다. 이들의 문단 구성 초창기에, 중국에 안수길이 있었다면 고려인 문인들에게는 조명희가 있었다. 고려인문학은 그 집단 거주지가 연해주 지역이 중심이었던 시기와 1937년 중앙아시아로의 이주가 강제된 이후의 시기로 구분하여 논의되는 것이 일반적이다. 이 서로 다른 과정들에 걸쳐 초창기에 발아한 고려인문학은 지속적으로 이들의 삶과 그 애환을 기록했으며, 그것은 역사적 사건들을 반영하는 동시에 그 질곡을 겪으며 살아야 했던 이들에게 표현 욕구의 해소를 통한 위안이 되기도 했다.

고려인문학사의 시기구분에 있어 이정희, 김정훈·정덕준, 장사선·우정권 등의 여러 연구가 있다. 본격적인 연구는 중앙아시아의 카자흐스탄과 우즈베키스탄 등지로의 강제 이주 이후를 대상으로 하고 있으며, 필자가 나눈 문학사의 시기구분[26]은 다음과 같다. 제1기는 1938년 한글신문『레닌기치』의 창간으로부터 카자흐스탄 소비에트 공화국 신문으로 승격되기 직전인 1953년까지로, 강제 이주 이후의 억압으로 문필활동이 어려웠던 암흑기였다. 제2기는 그 이후 페레스트로이카 직전인 1985년까지로, 고려인이 공화국 시민으로 인정되고 문학활동이 활발해진 고려인문학 형성·발전기였다. 특히 이 시기에 북한에서 리진·한진·양원식 등의 문인이 합류했다.

제3기는 페레스트로이카로부터『레닌기치』가『고려일보』로 바뀌기 직

---

26) 김종회, 「고려인문학의 의의와 작품의 성격」,『디아스포라를 넘어서』, 민음사, 2007, 241쪽.

전인 1990년까지로, 문화적 해빙기에 민족 감정의 문학적 표현이 일정 부분 허용되어 민족정체성에 대한 서술이 증가하던 급격한 변화기였다. 그리고 제4기는 그 이후『고려일보』가 발간되고 소련이 해체된 현재까지의 시기로, 고려인문학은 과거의 창작 관행을 그대로 답습하되 향후의 방향을 모색하는 새로운 과도기에 해당한다. 이러한 문학사적 과정의 전개에 따라 아나톨리 김 같은 세계적 명성을 가진 문인이 출현하는가 하면 미하일 박, 라브렌띠 송, 연성용 등 다수의 문인들이 한글로 창작을 해왔다. 이들의 작품과 문학사적 시대구분을 정치하게 연계하여 연구하고, 동시에 다른 지역의 디아스포라 문학 및 남북한문학과의 상관관계를 구명하는 것이 한민족 문학사에 있어서 중앙아시아 고려인문학의 몫이 될 것이다.

다만 이 지역 문학의 특성상 활발한 한글창작의 시대가 사라지고 있는 형편이어서, 내왕과 소통은 자유로우나 디아스포라 문학의 텃밭은 왜소해지는 상황을 연출하게 된 것이 목전의 과제가 되었다. 이른바 "길은 열렸으나 여행이 끝났다"의 형국이 될 수 있는 것이다. 그러나 이 궁색한 상황을 타개하는 데는 두 가지 길이 있다. 하나는 오랜 압제 체제의 그늘 아래 숨어 있던 문학적 사료들을 찾아내는 일이며, 필자의 편저『중앙아시아 고려인 디아스포라 문학』[27]이 그 한 예증이다. 다른 하나는 문학 영역의 속문주의를 넘어서, 한민족 문학이냐 아니냐를 두고 '가부를 판단'하는 방식으로부터 한민족 문학의 요소가 얼마나 포함되어 있느냐를 두고 '정도를 측정'하는 방식으로 그 접근법을 바꾸는 일이다.

5) 일본 조선인문학사

일제강점기와 남북분단이라는 특수한 사회·역사적 배경과 더불어, 근

---

27) 김종회,『중앙아시아 고려인 디아스포라 문학』, 국학자료원, 2011.

대 이후 자·타의에 의해 일본에 거주하게 된 재일조선인의 삶은 처음부터 뿌리를 잃은 자의 모습으로 출발했다. 현재 일본에 거주하는 재일동포는 약 1백만 명으로 추정된다. 이 중 60만 명이 한국·조선 국적을 갖고 있고 20만 명 이상이 귀화동포이며 나머지는 일본 체류 동포이다. 이들의 삶을 배경으로 형성된 문학을 '일본 조선인문학'이라고 할 때, 거기에는 조선어 곧 한국어로 기록된 문학과 현지어인 일본어로 기록된 문학의 두 범주가 있다. 조선어 문학의 경우에는 분량에 있어 우위를 보이는 조총련계 '문학예술가동맹'의 문학적 활동과 작품의 축적을 유의하지 않을 수 없고, 일본어 문학의 경우에는 현지 문단에서 인정을 받고 있는 일군의 문인들을 중심으로 논의하지 않을 수 없다.

일본 조선인문학의 문학사적 시기구분은 이한창,[28) 홍기삼,[29) 유숙자[30) 등의 논의가 있으며 이 논의들은 시대 또는 연대의 성격에 따라 구분하거나 아니면 세대별로 구분하여 시기별로 작가와 작품에 대해 언급하고 있다. 이한창의 시기구분은 초창기(1981-1920년대 초반), 저항과 전향 문학기(1920년대-1945), 민족 현실 문학기(1945-1960년대 중반), 사회 고발 문학기(1960년대 후반-1970년대 말), 주체성 탐색 문학기(1980년대 이후) 등 다섯 단계로 되어 있다. 홍기삼은 1930년대의 김사량·장혁주, 1940-60년대의 김달수·이은직·김석범, 1970년대의 이회성·김학영, 1980년대의 이기승·이양지 등 구체적인 작가 및 작품의 분석을 시도했다. 유숙자는 일본 조선문학을 1세대, 2세대, 3세대의 문학으로 나누고 각 세대별로 작가를 선별하고 작품 세계를 설명했다.

이들의 시기구분 및 작가·작품의 연구는 유이민사와 동북아 정세 및

28) 이한창, 「재일교포문학 연구」, 『외국문학』, 1994년 가을호.
29) 홍기삼, 「재일 한국인 문학론」, 『재일 한국인 문학』, 솔, 2001.
30) 유숙자, 『재일 한국인 문학연구』, 월인, 2000.

한일 관계사 등이 그 배경에 깔려 있고, 그런 만큼 시기별로 민족의식이나 민족정체성에 대한 인식이 차별적으로 드러날 수밖에 없다. 이 시기별 차별성과 민족정체성의 표현 양상은 한민족 문학사에 있어 일본 조선인 문학의 좌표와 성격을 결정하는 중요한 단서가 된다. 이와 함께 현지 문단에서의 활동으로 아쿠다카와상(芥川賞)을 받거나 그 후보군에 진입하는 등 문학적 성과를 보인 작가들의 작품을 언어적 측면, 주제적 측면에서 연구하고 이를 한민족 문학사의 관점에서 다시 검토할 필요가 있다. 이상의 논의에서 도출될 수 있는 김달수 · 김석범 · 이회성 · 양석일 · 이양지 · 유미리 · 현월 · 가네시로 가즈키 등의 작가들이 한민족 디아스포라의 성격적 특성과 어떻게 결부되어 설명될 수 있는지의 각론도 앞으로의 과제가 될 것이다.

6) 미국 한인문학사

한국인이 미국으로 이민하기 시작한 역사는 1903년 1월 13일, 93명의 노동자가 하와이 사탕수수 농장 노동자로 취업하여 도미한 것을 시발로 한다.[31] 이들 이후로 여러 유형의 이민이 이루어지고 본토에까지 정착된 삶을 확대하면서 자연스럽게 한글로 된 문학작품들이 생산되기 시작했다. 현재 미국에 거주하는 한인 동포는 200만 명을 넘는다. 초창기 재미 한인들의 문화적 역량이 결집된 『신한민보』에서 한글 문학 작품들을 지속적으로 게재하기 시작한 것은 여기에 주요한 기반이 되었다. 재미 문단의 형성과 시기구분은 그동안 시대와 작품의 성격에 의한 분류보다는 현지에서의 삶이 어떤 양태를 가지는가를 두고 세대별 분류와 그에 해당하는 작가의 설명을 위주로 해 왔다. 한국에서 태어나 청 · 장년기에 이민한 1세

---

31) 이광규, 『재미한국인』, 일조각, 1989, 22~25쪽.

대, 유·소년기에 이민하여 성장기의 대부분을 미국에서 보낸 1.5세대, 1세대의 부모 아래 미국에서 태어나 성장한 2세대, 1세대가 조부모인 3세대의 분류가 그것이다.[32]

이들 세대 가운데 한글로 작품 활동을 하는 문인들은 미국의 주요 도시에서 문학단체를 결성하고 학습과 창작의 과정을 공유하는 한편, 독자적인 문예지 발간 등을 통해 미국 문단의 형성을 이루었다. 로스엔젤레스의 '미주문인협회'나 뉴욕의 '미동부한인문인협회', 시카고의 '시카고문인회', 워싱턴의 '워싱턴문인회' 그리고 샌프란시스코의 '샌프란시스코 한국문학인협회' 등이 그 대표적인 문학단체들이다. 이들은 글로벌 시대의 편의한 소통과 교류로 인해 더 이상 한국문단과 거리감을 느끼지 않아도 되는 창작환경을 갖게 되었으며, 그 성과는 활발한 작품의 생산으로 나타나고 있다. 이는 분량에 있어서도 간략하지 않거니와 근자에 이르러서는 작품으로서의 수준 또한 괄목할 만한 지경에 이른 것이 많으니, 향후 한민족 문학사의 주요한 서술 대상이 될 것이다.

영어로 창작되는 문학의 경우 첫 작품으로 일컬어지는 것이 류일한의 『나의 한국 소년 시절(When I was a boy in Korea)』(1928)이고, 강용흘의 『초당(The grass roof)』(1931)은 발간과 더불어 미국 문단의 호평을 받았다. 이어서 김용익의 『꽃신(The wedding shoes)』(1956), 김은국의 『순교자(The martyred)』(1964) 등 이민 1세대 작가들의 작품이 나오기 시작했다. 차학경의 『딕테(Dictee)』(1982), 김난영의 『토담(Clay walls)』(1986) 등 1.5세대와 2세대 작가들을 거쳐 1990년대 이후에는 작품의 수준과 분량에 있어서 놀라울 만큼 향상을 보였다. 이러한 상황에 대해 한국계 미국작가의 르네상스 시대라는 평가도 있었다.[33]

---

32) 이일환, 「재미 한국계 작가 연구」, 『어문학논총』 제21집, 국민대학교 어문학연구소, 2002.

이창래의 『네이티브 스피커(Native speaker)』(1995), 노라 옥자 켈러의 『종군 위안 (Comfort woman)』(1997), 수잔 최의 『외국인 학생(Foreign student)』(1998) 등의 작품으로 시작되는 이 새로운 조류는 이들 외에도 많은 문인들의 '한국계 미국인(Korean-American)' 특유의 문학세계를 형성하였다. 이들의 영문 작품에 대한 평가와 한민족 문학에의 수용 또한, 앞서 고려인문학에서 언급한 바와 같이 '정도의 측정'을 기준으로 삼아야 할 것이며 주제론적 측면에서는 여전히 '민족정체성'의 문제가 유효한 잣대가 될 것이다. 한반도에서 태평양을 건너 8만 리의 상거에 있는 미국 한인문학은, 이중언어와 이중문화의 경계인으로 살아가는 한민족 디아스포라 가운데서도 본국 문단과 가장 빈번하고 수월한 교류를 맺고 있다. 그런 만큼 그에 대한 한국문학의 책임 또한 더욱 무거워지는 국면에 있다.

4. 결론

이 글에서는 지금까지 한민족 문학사의 통시적 연구와 기술의 방향을 주제로 하여, 그 기술방법론과 함께 남북한 및 세계 각 지역에 산포되어 있는 한민족 디아스포라의 유형을 살펴보고 문학사 기술의 주안점과 기술방향에 대해 검토해 보았다. 우선 역사서의 기술방법론을 살펴본 것은, 적절하고 온당한 방법론이 없이는 아무리 잘 연구된 문학사라 할지라도 객관적이고 체계적인 성과에 도달할 수 없으리라는 판단에서였다. 한민족 문학사가 가진 성격적 특성을 훼손 없이 살려 기술하자면 『사기』와 같은 기전체 기술 방식이 가장 효과적이라는 논리는 이러한 판단을 문학사의

---

33) 유선모, 『미국 소수민족 문학의 이해 - 한국계 편』, 신아사, 2001, 150쪽.

현장에 적용함으로서 도출된 결과이다.

이어서 한국문학사의 기술방법론과 그 전개를 구명한 것은 한민족 문학사가 여러 지역의 디아스포라 문학을 모두 포괄하며 기술된다 할지라도 그 시각의 입지점은 결국 한국문학이 선 자리일 수밖에 없다는 상황에 기인한다. 그것이 이 다양다기하고 다층적인 문학 현상을 하나의 꿰미로 엮는 연결고리에 해당하기 때문이다. 다만 그렇게 함으로써 각기 문학의 현지적 특성을 간과하고 무리하게 한국문학에 연접 또는 예속시키는 잘못을 범하지 않도록 경계해야 마땅할 것이다. 뿐만 아니라 새롭게 시도되는 한민족 문학사는 한국문학사의 관점과 시기구분 그리고 작가 및 작품 분류의 연장선상에서 기존의 연구 성과를 바탕으로 진전되어야 한다. 이 대목에서는 한국의 대표적인 문학사론을 일정한 형식 유형에 따라 검색했다.

다음으로 한국, 북한, 중국, 중앙아시아, 일본, 미국에 터전을 두고 있는 한민족 문학, 곧 한민족 디아스포라 문학의 형성과 문학사의 시기구분 그리고 중점을 두어 연구해야 할 항목과 방향을 서술했다. 이들 6개 지역의 문학을 하나의 범주 안에서 같은 기준으로 통할하여 기술할 수는 없으나, 전체를 관류하는 최대공약수로서 역사적 사실 및 유이민사의 전개, 그리고 민족의식과 민족정체성의 소재를 반영해야 함을 강조했다. 이와 더불어 각 지역 문학사의 의미와 그것이 갖는 독자적 성향 그리고 작품의 미학적 가치와 구체성이 훼손되지 않도록 보다 유연하고 관용적인 시각이 적용되어야 함을 알 수 있었다. 이는 곧 한민족 문학사의 기술이 단순히 문학연구의 영역에만 머물지 않고 민족적 미래의 화해와 협력, 교류와 통합의 길을 예비해야 한다는 당위성을 말하는 것이기도 하다.

한민족 문학사는 궁극적으로 세계 6개 지역에서 독립적 지위와 전개양상을 보이고 있는 한민족 디아스포라 문학을 독자적으로 연구하되, 그 개별성이 수렴되고 통합되어 하나의 문학사론을 이루는 데까지 나아가야 한다. 각기 지역의 연구에 있어서는 각기의 역사성과 문학의 미학적 가치가 결부되는 문학사적 평가가 수행되어야 하고, 이 개별적 가치들이 통합적 보편성을 가질 수 있는 공통분모가 한민족 전체의 문학사로 인도되어야 한다. 부분과 전체가 하나의 유기적 관계망으로 연결되어 있으나, 부분은 부분대로 의의를 갖고 전체는 그 의의들의 연합에 의해 공동체적 의미를 발양하는 문학사의 범례가 새롭게 시도되는 한민족 문학사여야 할 것이다. 이는 국경과 지역적 한계를 넘어서고 디아스포라의 개념을 분산에서 통합으로 이끄는 '도전적인 문학운동'으로 호명될 수 있어야 제 값어치를 다할 것으로 본다.

근대 이래 오늘까지 한민족 디아스포라 문학의 지평 위에 떠오른 작품들이 한민족 문학사의 텃밭에 핀 꽃무리라면, 이들을 잘 가꾸고 그 명맥을 이어가도록 할 화훼사의 책임은 '한국문학'에 있다. 그 책임의식으로 남북한문학, 납・월북 문인 문제 등을 디아스포라적 차원에서 살펴볼 때, 덧붙여 언급해야 할 문제가 있다. 이 한민족 문화권의 논리와 의미구조 가운데로, 해방 이래 한국문학과 궤(軌)를 달리할 수밖에 없었던 '북한문학'을 적극적으로 초치하는 일이다. 북한문학에 대결 구도의 인식으로 접근해서는 접점이나 소통의 전망을 마련하기 어렵다. 여기에 한민족 문화권의 운동 범주를 원용할 수 있겠다. 이는 남북한문학을 포함하여 재외 한글 문학의 전체적인 구도 속에서 남북한문학의 지위를 자리매김 해 나가자는 논리다.

그리하여 남북한문학이 보다 자유롭게 만나고 그 효력의 대외적 확산을 도모하며 봉일 이후에 개화(開化)할 새로운 민족문학의 장래를 예비하자는 것이다. 이는 한반도를 둘러싼 비핵화 논쟁의 당사국들이 벌이는 6자회담을 문학의 이름으로 옮겨 놓은 구도이다. 결국은 '사람'이 있는 곳에 '힘'의 충돌이 있다는 뜻이다. 필자는 6자회담이란 정치적 이슈가 등장하기 전부터 남북한과 네 지역의 디아스포라 문학을 합하여 '2+4시스템'으로 불러왔다. 이 길은 남북한문학, 더 넓게는 한민족 디아스포라 문학의 교류와 연대를 내다보는 새 통로이며, 정치나 국토의 통합에 우선하는 문화 통합의 추동력이 될 수 있다.

참고문헌

과학원 언어문학연구소 문학연구실, 『조선문학통사』, 1959.

권영민, 『한국현대문학사』 1·2, 민음사, 1993.

김윤식·김현, 『한국문학사』, 민음사, 1973.

김종회, 「고려인문학의 의의와 작품의 성격」, 『디아스포라를 넘어서』, 민음사, 2007.

_____, 『중앙아시아 고려인 디아스포라 문학』, 국학자료원, 2011.

백　철, 「국문학사 서술방법론」, 『사상계』 44호, 1957.

_____, 『신문학사조사』, 신구문화사, 1982.

사회과학원 문학연구소, 『조선문학사』, 1977~1981.

오상순 외, 『중국조선족문학사』, 민족출판사, 2007.

유선모, 『미국 소수민족 문학의 이해-한국계 편』, 신아사, 2001.

유숙자, 『재일 한국인 문학연구』, 월인, 2000.

이광규, 『재미한국인』, 일조각, 1989.

이광호, 『미적 근대성과 한국문학사』, 민음사, 2001.

이일환, 「재미 한국계 작가 연구」, 『어문학논총』 제21집, 국민대학교 어문학연구소, 2002.

이재선, 『한국현대소설사』, 홍성사, 1979(초판본) : 『한국소설사』, 민음사, 2000.

이한창, 「재일교포문학 연구」, 『외국문학』, 1994년 가을호.

임성운, 「한국문학사 기술방법론 연구」, 『동악어문논집』 24호, 동악어문학회, 1989.

임　화, 「신문학사의 방법」, 『문학의 논리』, 학예사, 1940(초판본) : 소명출판, 2009.

정홍교·박종원·류만, 『조선문학개관』 1·2, 사회과학출판사, 1986.

조동일, 『한국문학통사』, 지식산업사, 1987.

조성일·권철 외, 『중국 조선족 문학사』, 연변인민출판사, 1990.

조연현, 『한국현대문학사』, 현대문학사, 1956.

조윤제, 『국문학사』, 동서문화사, 1949(초판본). 『한국문학사』, 탐구당, 1987.

최동호 편, 『남북한 현대문학사』, 나남출판, 1995.

홍기삼, 「재일 한국인 문학론」, 『재일 한국인 문학』, 솔, 2001.

홍용희·강정구·고봉준

1. 민족의 재발견과 디아스포라의 발생

1) 개화기 시가의 형성 배경

개화기의 사전적 정의는 1876년 강화도 조약 이후 우리나라가 서양 문물의 영향을 받아 종래의 봉건적인 사회 질서를 타파하고 근대적 사회로 바뀌어간 시기이다. 즉 역사적인 맥락에서 '개화기'는 두 시대의 '사이'에 위치한 일종의 과도기로서 중세와 근대의 '사이', 또는 봉건사회가 시민사회로 바뀌는 '전환기'나 '과도기'에 해당하는 일시적인 기간이다. 개화기의 이러한 이중적 특징으로 인해 개화기 시가는 고전문학과 근대문학 그 어디에도 속하지 않으면서 동시에 그것들 모두의 장르적 규칙에 근본적인 문제를 야기한다. 요컨대 개화기는 인습과 전통적 질서에서 벗어나 새로운 가치체계를 받아들이기 시작한 개혁·개방의 시기이면서, 동시에 문명과 진보라는 이념을 앞세운 서구 열강의 침략에 의해 한민족의 운명이 위협받던 위기의 시기이기도 했다. 이러한 역사적 부침과 갈등은 곧바로 개화기문학의 내용과 형식을 규제하는 원리로 작용했다. 가령 개화기 시가가 그 내용에 있어서 중세적 질서에서 벗어나 근대사회로 나아가려는 열망을 반영하고 있으면서도 정작 형식에 있어서는 전근대적 음악성이나 정형시적인 규칙성을 벗어나지 못하고 있는 것도 이러한 과도기적 성격에서 비롯된 특징의 하나라고 말할 수 있다.

개화기 시가의 역사적 형성배경은 외부적인 요인과 내부적인 요인으로 구분된다. 이는 개화기 당시 조선이 안팎 모두에서 강력한 압력을 받고 있었다는 의미이기도 하다. 개화기 시가의 장르적 성격은 당시 사회상의 변화와 분리해서 이해될 수 없다. 19세기 후반에 접어들면서 세계의 세력 판도는 하루가 다르게 바뀌고 있었으니, 근대국가로의 성장이 더뎠던 조선 또한 그 세계사적 압력에서 자유롭지 않은 위태로운 나라 가운데 하나였다. 그뿐 아니다. 당시 조선 사회는 인습과 전통에서 벗어나려던 민중들의 자생적인 개화·계몽사상이 점차 힘을 얻고 있었고, 문명개화를 통해 중세와 단절해야 한다는 대중들의 자생적인 열망도 고조되고 있었다. 또한 조선의 바깥에서는 서구의 충격과 일본의 침략으로 상징되듯이 조선을 향해 몰려오는 서구 열강과 대면해야 한다는 국제적 압력이 강하게 작용했다. 그리하여 조선은 중세적 질서로부터 벗어나는 동시에 문명개화를 통해 자주독립 국가로 성장해야 한다는 이중의 과제에 직면해 있었다. 개화기 시가는 이러한 역사적 배경에서 등장한 한시적인 문학 형태로서 문명개화와 자주독립이라는 시대적 역사의식에 의해 요청된 계몽주의 문학의 일종이었다. 즉 보편사적 맥락에서는 중세에서 근대로의 전환이, 특수사적 맥락에서는 국권상실과 전통적인 가치질서의 붕괴라는 문화적 아노미 상태에서 등장한 것이 개화기 시가였던 것이다.

개화기 시가의 사상적 배경은 광의(廣義)의 개화사상과 맥락을 같이한다. 이는 개화기 시가의 상당수가 당시 새로운 매체로 등장한 『독립신문』과 『대한매일신보』에 게재된 사실에서도 분명하게 확인된다. 이들 신문은 개화기를 상징하는 새로운 매체로서 『독립신문』은 문명개화, 자유민권사상, 평등사상, 민주주의 사상 등의 근대적 가치를 지향했고, 『대한매일신보』는 우국(憂國)과 저항을 중심으로 반(反)외세 독립사상을 강조했다. 개화기 시가의 상당수는 이들 매체에 집중적으로 발표되었고, 발표 작품 또한 이들 매체의 기본적인 지향점에서 크게 벗어나지 않았다. 개화기 당시의 조선은 서구의 충격과 일제의 침략 그리고 봉건적 질서에서 기원하는 부패와 모순의 삼중고에 시달리고 있었다. 때문에 개화기의 시대정신은 서구의 충격을 능동적으로 수용하면서도 일본과 그 추종세력의 침략을 견제하는 것, 나아가 봉건성에서 비롯된 부패와 모순을 극복하는 것으로 압축될 수밖에 없었고, '문명개화'라는 슬로건은 그 모든 문제점을 일소할 수 있는 가능성을 대표하는 명사였다. 당시 조선의 많은 지식인들과 민중들에게 문명개화는 강력하고도 유일한 이념이었다.

　하지만 을사조약을 계기로 조선은 주권상실과 문명개화라는 모순적인 상황에 직면하게 되었다. 이때부터 일본을 문명개화의 모범으로 삼고 그들의 힘을 빌려야 한다는 급진적 개화론과 외세 및 그 추종자들로부터 국권을 지키는 것이 문명개화보다 더 중요하다고 주장하는 점진적 개화론이 대립하게 되었다. 이러한 사상적 배경 위에서 등장한 개화기 시가의 상당수는 조선이 발전하기 위해 봉건적인 성격을 고집하지 않고 근대적인 미래를 지향해야 한다는 진보적 입장을 견지하면서도 그 문명개화의 미래가 국권을 외세에 넘기는 종속적인 것이어서는 안 된다는 주체적 개화사상을 보여주었으니, 이런 의미에서 이 시기의 개화사상은 자주 독립적인 민족의식이 서양의 충격으로 획기적인 변혁기를 맞아 우리 민족의 생존과 번영을 모색한 근대민족사상의 일종이었던 셈이다.

　　그렇다면 개화기의 시간적 범위는 어디서부터 어디까지일까? 일찍이 조동일은 "개화기라는 명칭은 문호 개방하면 문명개화에 이른다고 하는 개화론에 일방적인 가치를 부여하고, 이런 개념의 개화에 대한 반론은 문제 밖의 것으로 삼거나 모두 수구로 취급하려는 의도를 내포하고 있다."[1] 라고 하면서 '개화기'라는 명칭 자체를 재검토해야 한다고 주장하기도 했다. 하지만 아직까지 이 명칭을 대체할 중립적인 개념이 제시되지는 못한 실정이다. 개화기의 시간적 범위는 흔히 강화도 조약(1876)부터 한일병합(1910)까지라고 주장하는 입장과 갑오경장(1894) 전후부터 3·1운동(1919)까지라고 주장하는 두 입장으로 구분된다. 이러한 시각 차이가 발생하는 이유는 중세적인 질서가 근본적인 위험에 직면하기 시작할 때, 그리고 근대적인 질서가 안정적으로 자리 잡기 시작할 때를 확정하는 기준이 학자나 학문에 따라 다르기 때문이다. 하지만 이 다양한 시각들은 표면적인 차이에도 불구하고 몇 가지 공통점 위에 서 있다. 우선 위에서 언급한 시각들, 특히 이들 시각에 기초하고 있는 문학사들은 한국문학사를 한반도 중심의 문학사로 이해함으로써 한반도 외부에서 발생한 디아스포라 문학의 가치에 대해 관심을 갖지 않는다. 또한 이들 시각은 '근대'를 도달해야 할 당위적 목표로 설정함으로써 중세적 질서의 극복이나 개화사상의 수용 같은 몇몇 주제의 중요성을 과장해서 평가한다.

　　'한민족 문학사'라는 새로운 틀의 중요성이 바로 여기에 있다. 우리가 소위 '근대'라고 불렀던 시기 또는 가치하에서 일국(一國)의 문학사는 대개 영토적 동일성에 기초하여 서술되었다. 이는 '근대'가 국가주의와 민족주의의 시기였기 때문에 생기는 문제였다. '국가=영토=민족'이라는 등식을 전제하고 기술된 이들 문학사가 잘못 되었다고 단정할 수는 없지만,

---

1) 조동일, 「개화기 문학의 개념과 특성」, 『국어국문학』 68·69 합병호, 국어국문학회, 1975, 314~315쪽.

'근대'를 이해하는 시각 자체가 근본적으로 재조정되어야 한다는 학문적 압력이 지배적인 지금, 문학사 기술이 반드시 그 등식을 따라야 할 이유는 없을 것이다. 오히려 디아스포라의 가치와 함의가 완전히 달라진 세계화·국제화 시대의 문학사는 과거의 방식과 달라야 한다는 것이 시대의 요청이다. 이 경우 필연적으로 '국가=영토=민족'을 전제하는 시각은 비판될 수밖에 없으며, 대신 문학사의 시각이 미국 한인문학, 일본 조선인문학, 중국 조선족문학, 중앙아시아 고려인문학 등의 디아스포라 문학에까지 확장될 필요가 있다. 이런 시각에서 보면 한민족의 개화기 문학사는 한인 최초의 이주가 행해진 1860년 무렵으로 재설정될 수 있을 듯하다.

한인들의 이주가 최초로 시작된 1860년 무렵의 문학 자료, 특히 이주 한인들이 해외에서 창작활동을 한 자료들을 확인하는 일은 매우 어렵다. 그럼에도 불구하고 이 글에서 개화기의 출발점을 한인 이주가 시작된 1860년 무렵으로 설정하는 까닭은 문학사 기술이 단순히 문학 작품의 연대기를 작성하는 일에 그치지 않기 때문이다. 개화기(1860-1910)는 재외한인이주사의 첫 번째 시기와 거의 일치한다. 알려진 바에 따르면 조선 후기에 일부 한인들이 중국 만주와 러시아 연해주 등 당시 입국이 금지되었던 지역에 이주하여 농지를 개간하면서 신분상으로 불안정한 생활을 시작한 것이 최초의 한인 이주이다. 기록에 따르면 1863년 함경도와 평안도 등지에 심한 가뭄이 들었고, 이 때문에 1867-1869년 사이에 1,800명이 연해주 등지로 이주하여 티진해, 안치혜, 시디미 등의 마을을 형성했다고 한다. 지금까지 확인된 바로는 1864년 1월 14가구 65명의 한인들이 국가의 허락을 받지 않은 채로 러시아로 이주하여 노브고로드 국경초소에서 약 15킬로미터 떨어진 곳에 한인 거주 지역 '지신허' 마을을 건설한 것이 최초의 러시아 이주이다. 1870년대에도 한인들의 러시아 이주는 계속되어 남부 연해주에 이주자들의 마을이 계속 생겨났는데, 극동 지역의 극심한 노동력을 해결하고 시베리아 철도 건설에 한인 노동력을 동원할 수 있다고 판단한 러시아 당국으로서는 한인들이 국경을 넘어서 이주해오는 것을 제지할 이유가 없었다.[2]

하지만 1880년대 후반 러시아에서 한인 이주가 사회적인 문제로 제기되기도 했는데, 역설적으로 이는 그만큼 한인의 이주 규모가 컸다는 뜻이기도 하다. 또 다른 연구에 따르면 현재 중앙아시아 일대에 거주하고 있는 고려인, 즉 한민족 디아스포라가 발생하기 시작한 것은 아이훈조약(1858)과 베이징조약(1860)이 체결됨으로써 극동 지역 일부가 러시아에 귀속되면서부터이다. 한편 중국으로의 한인 이주 또한 러시아와 비슷한 시기에 이루어졌다고 한다. 한 가지 분명한 사실은 한국문학사에서 흔히 개화기라고 명명되는 시기, 또는 그 이전에 우리 민족의 일부가 중국, 러시아, 미국, 멕시코 등지로 이주하기 시작했으며, 따라서 한반도에서 생산된 작품을 중심으로 기술된 기존의 문학사와 달리 한민족 문학사는 이들 한민족 디아스포라의 문학적 행위 일체를 연구의 대상으로 포괄하지 않을 수 없다는 점이다.

2) 개화기 시가의 장르 유형과 특성

문학 장르의 성립과 변화는 사회 현실의 변화에 직접 관계된다. 특히 장르의 변화는 한 사회를 유지하고 떠받쳐온 질서에 급격한 변화가 생겼을 때 주로 나타나는데 개화기가 바로 그런 경우이다. 이때의 '장르'는 츠베탕 토도로프(Tzvetan Todorov)가 문학의 일반적 장르와 구별하여 설명한 역사적 장르를 일컫는다. 개화기 시가의 장르는 이처럼 개화기에 나타난 상

---

2) 김엘레나, 「1864-1937년간 연해주 한인의 인구 변동과 경제활동」, 고려대학교 석사 학위논문, 2011, 7쪽.

대적으로 제한적인 형태와 성격을 띠는 일체의 운문 형식을 포괄하는 개념이다. 개화기 시가는 외부에서 밀려드는 서구의 사상과 문물, 제도 등이 점차 영향력을 잃어가던 기존의 사상, 문물, 제도 등과 갈등하는 관계 속에서 배태되었다. 이 때문에 개화기 시가는 전통 장르와 신흥 장르가 혼재하는 과도기의 성격을 지닐 수밖에 없었다. 예컨대 '애국가'나 '개화가사'처럼 전통 장르에 가까운 시가 장르와 '신체시' 또는 '신시(新詩)'처럼 외부의 영향이 분명하게 느껴지는 시가 장르가 동일한 시·공간에서 동시에 창작되고 읽혔던 것이다. 개화기 시가의 장르 유형을 구분할 때, 신흥 장르와 전통 장르의 경계를 확정하고, 전통 장르 내에서 발생한 변화를 어떻게 분류할 것인가를 둘러싸고 다양한 시각이 제출되는 이유도 궁극적으로 이러한 과도기적 성격의 탓이 크다.

개화기 시가의 대표적 장르로는 한시, 시조, 가사, 창가, 신시, 민요 등이 있다. 이 가운데 개화기 가사는 전통 가사의 변형에 해당하며, 창가와 신시(新詩)/신체시는 새롭게 탄생한 시가 형식이다. 따라서 개화기 시가 연구는 주로 이들 세 장르, 즉 가사, 창가, 신시를 중심으로 진행된다. 이때 신시(新詩)의 전(前) 단계를 어떤 장르로 규정하느냐가 중요한 논점이 된다. 기존 연구들에서 이 질문에 대한 답변은 크게 세 방향으로 제시되었다.

첫째, '창가→신시/신체시'로 전개되었다는 학설. 조윤제, 임화, 백철, 조연현, 김춘수, 문덕수 등이 여기에 해당한다. 조윤제는 『조선시가사강(朝鮮詩歌史綱)』(1937)에서 창가가 4·4조 리듬을 갖췄다는 점에서 조선조 가사와 동일하다고 말할 수 있으나 궁극적으로 서양식 악조(樂調)에 의해 불리고, 6·5조, 7·5조, 8·5조 등 새로운 리듬을 갖추게 되었다는 점에 근거하여 창가를 새로운 장르로 규정했다. 그리고 창가를 개화가사의 변모과정으로 간주함으로써 개화기 시가가 창가에서 신시/신체시로 변화했다고 주장했다. 또한 그는 『국문학사』(1949)에서도 최남선과 이광수의 신시/신체시가 4·4조의 전통적인 리듬을 벗어나 자유시 내지 산문시를 지향했다는 점을 강조했는데, 조윤제는 창가와 신시/신체시의 차이를 '리듬'의 유무로 구별했다.

'리듬'을 중시했던 조윤제와 달리 임화는 『조선신문학사』(1940)에서 '문체'를 기준으로 개화기의 문학에 접근했다. 하지만 임화는 '창가'를 "신시의 선구"로 규정하는 데에는 주저함이 없었다. 그는 '개화기'보다는 '과도기'라는 표현을 주로 썼는데, 이는 '개화기'라는 용어에 포함되어 있는 문명개화의 역할에 대한 서구 문화의 강력한 영향력을 의식한 탓이었다. 임화에 따르면 '과도기' 문학은 '한문'이 아니라 '언문' 문화의 전통을 이어받은 산물이다. 즉 개화기문학의 지배적인 문체인 국한문혼용이 보여주는 한문 문화로부터의 해방이 '신문학'의 핵심이라는 것이다. 그는 시조, 가사(歌詞), 창곡(唱曲), 소설 같은 조선시대 언문문학의 유산 가운데 소설, 창곡, 가사 등의 소위 평민문학이 개화기에 새로운 시대의 정신을 담는 낡은 그릇으로 이용되었고, 따라서 개화기문학은 이들 기존 장르의 변형이라고 생각했다. 그래서 그는 창가를 4·4조와 같은 낡은 형식을 답습한 것으로 이해했다. 그렇지만 창가가 전통가사와 운율 형식만 동일할 뿐 내용과 노래하는 곡(曲)이 전혀 다르다는 사실을 모르지 않았다.

이 밖에도 백철, 조연현, 김춘수 등이 비슷한 입장을 보였다. 백철은 『신문학전사』(1957)에서 개화기 시가를 '창가'와 '신시'로 양분했다. 그에 따르면 초창기의 창가는 찬송가의 영향으로 탄생했으며 조선 시대의 가사의 대구식 4·4조를 답습했으나, 점차 5·7조, 7·5조의 음수율로 변화해갔다. 그러다가 결국 어떠한 음수율에도 구애되지 않는 형식이 등장한다. 백철은 창가의 이 마지막 형식을 신시와 연결시켜 이해한다. 조연현 또한 『한국현대문학사』(1957)에서 '창가'와 조선 시대의 가사가 다르다는 기존의 학설에 공감을 표시하면서, 다른 한편으로 창가가 민요와 시조의 영향 때문에 4·4조의 가사형식으로 출발했다는 새로운 의견을 제시한다. 조연현은 신시 이전의 시가를 모두 창가에 포함시키는 포괄적인 입장을 갖고 있었다. 그리고 신시에 관해서는 조윤제의 입장에 전적으로 동의하는 태도를 보였다. 김춘수는 『한국현대시형태론』(1959)에서 창가가 두(二) 구로 '행 구분'을 한다는 점에 주목하여 이전 시기의 시조, 가사 등과 구별한다. 그리고 창가는 변격형 정형시/준(準)정형시이고 신시는 기형적인 자유시/준(準)자유시라고 규정, 전자에 비해 후자를 한 걸음 진보한 형태로 규정했다.

둘째, '개화가사 → 창가 → 신시'로 전개되었다는 학설. 조지훈, 정한모 등이 여기에 해당한다. 조지훈은 『한국현대시문학사』(1965)에서 기존의 학설인 '창가 → 신시' 이행론이 전통단절론에 근거하고 있다고 비판한다. 조윤제, 임화, 김춘수 등이 리듬, 문체, 형태 같은 고유한 잣대를 근거로 개화기 시가의 장르를 구별하고 그 역사적 발생과정을 재구성하려 했다면, 조지훈은 철저하게 작품의 역사적 시기를 실증하는 방식의 태도를 취하려했다. 그 방법의 하나로 조지훈이 선택한 것이 바로 각 장르의 첫 작품이 발표된 연대에 주목하는 것이었다. 이러한 기준에 따라 조지훈은『독립신문』의 시가들을 모두 가사로 분류한다. 따라서 그는 후렴이 붙은 창가마저 가사로 분류했다. 그에게 '창가'는 오직 육당 최남선의 창가일 뿐이었다. 이러한 시각이 새로운 것은 사실이었으나 조지훈의 이 책은 창가와 신시에 대해서는 구체적으로 언급하지 않은 채 오직 가사에만 집중하고 있다. 이 책의 핵심 주장을 요약하면『독립신문』의 개화가사 시기에 존재했던 한시, 시조, 가사 가운데 가사만 선택을 받은 이유는 그것이 모든 계층이 자유롭게 사용할 수 있었기 때문이며, 하지만 낡은 형식에 새로운 사상, 즉 개화사상을 담은 시가였기에 개화가사가 빛나는 것이다.

정한모는 『한국현대시문학사』(1974)에서 '형식'에 초점을 맞춘 기존 연구를 비판하면서 시대정신, 즉 '내용'에 주목하여 개화기 시가의 성격을 살폈다. 이 책의 핵심적인 내용은 개화기 시가를 자주독립과 개화사상을 노래한 시가, 규탄과 저항을 노래한 시가, 그리고 계몽의 시가의 세 가지로 구분한 것이다. 또한 그는 가사, 창가, 신시 외에도 기존 연구가 주목하지 않았던 시조를 개화기의 중요한 장르로 편입시켰고, 가사와 시조를 대표적인 전통적 장르로 간주하면서 창가와 찬송가를 그것과 반대되는 대표적인 외래적 장르로 규정했다. 그리고 이 외래적 장르의 다음 단계로 최남선의 신시를 놓았다. 이로써 그는 가사, 시조, 찬송가, 창가, 신시의 다섯 가지를 개화기 시가의 장르로 평가했다. 정한모에 따르면 창가는 일본 창가의 영향, 특히 7・5조라는 자수율의 영향을 받은 산물이다. 또한 그는 신시와 신체시로 구분되어 사용되던 명칭을 '신시'로 통일할 것을 제안하면서 육당이 '시(詩)'와 '가(歌)'를 구분하지 못했다고 장르의식의 결핍을 비판했다.

　　김용직의 『한국근대시사』(1983) 역시 '개화가사→창가→신시' 유형을 주장하고 있다. 그는 임화와 조지훈이 주장했던 것처럼 시조는 일정한 소양과 격식이 필요하기 때문에 상대적으로 고전시가처럼 까다로운 구속 없이 일정한 잣수만 맞출 수 있으면 쉽게 창작할 수 있는 개화가사가 주류적 장르로 선택되었다고 보았다. 또한 그는 어조와 제시형식을 기준으로 연행체인 개화가사와 찬송가, 군가, 교가 등 음악적 요소를 수용함으로써 형성된 창가를 구별하면서 창가의 분절현상에 각별한 의미를 부여했다. 일반적으로 고전시가에 행과 연 구분이 존재하지 않는다. 그것은 정형시가 엄격한 율격적 제한을 갖기 때문에 행과 연 구분이 없어도 판별할 수 있기 때문이다. 반면 자유시는 형태적인 특징이 행과 연을 구분하는 데 있다. 이러한 논리에 따라 김용직은 창가의 분절현상을 그만큼 근대적인 자유시에 근접해 있음을 나타내는 증거로 간주한다.

　　셋째, '개화시→개화가사→창가→신시'로 전개되었다는 학설. 송민호는 「한국시가문학사」에서 삼분법설('개화가사→창가→신시')의 개화가사를 다시 '개화시'와 '개화가사'로 세분했다. 송민호는 개화기 시가에 끼친 찬송가의 영향을 특별히 강조한다. 그에 따르면 개화기 최초의 시가는 서양식 가곡에 맞춰 부른 찬송가이고, 개화시는 바로 이 찬송가의 영향을 받아 등장했다. 개화시는 4·4조의 가사형식을 계승하고 있는 듯하지만 연가체(連歌體)인 점, 2행씩 분절된 점, 내용·어조·문체의 차이에서 조선시대의 가사와 구별된다. 이러한 차이에 근거하여 그는 개화시를 서정시에 포함시키는데, 이때 그가 개화시로 분류하는 것은 『독립신문』에 실린 시가이다. 한편 그는 『대한매일신보』에 실린 시가들은 개화가사로 분류한다. 송민호는 개화시와 개화가사를 구분하면서 개화가사를 찬송가가 아닌 전통적인 가사의 영향을 받은 낡은 형식으로 규정했고, 가사보다는 짧지만 개화시보다는 길다는 점. 그리고 가창을 위주로 하지 않아 후렴구와 합가가 없다는 점, 내용과 창작계층 등의 차이를 강조한다. 하지만 개화가사가 순한글로 표기되었다고 잘못 이해하고 개화가사가 모두 분절되어 있다는 점 등을 고려하지 않는 등의 오점을 남기기도 했다. 뿐만 아니라 개화가사와 달리 개화시에서 '가창'이 중요한 요소라고 주장하면서도 '시'라는 명칭을 부여한 것, 그가 개화시로 분류한 작품들 가운데 상당수가 합가와 후렴구를 갖지 않은 것 등은 후대의 연구자들에게 지속적으로 지적되었다. 송민호는 장르 구별에서도 적지 않은 문제점을 남겼다. 그는 창가를 찬송가조에서 벗어나 서양식 악곡에 근거한 노래로 인식했다. 그래서 그는 개화시의 일부가 창가의 일종임을 인정하지 않을 수 없었는데, 그러면서도 이것을 창가에 포함시키지 않고 개화시로 분류했다. 왜냐하면 그는 창가를 악보를 수반하고 가창을 전제하는 것으로 이해했고, 따라서 최남선의 7·5조, 8·5조, 8·6조 등을 창가로 간주했기 때문이다. 또한 시조와 창가는 악곡과 가사를 겸한 명칭이라는 점에서는 같지만 창가가 서양식 악곡이고 자수율이 시조와 다르다는 근거로 시조와 구분했다.

  개화기문체를 대별하면 ① 한문체 ② 국문체 ③ 국한체로 나누어 볼 수
있다. ①과 ②는 종래부터 있어온 것으로 전자는 양반 계층의 전용어로 후자
는 부녀 및 서민층의 전용어로 병행되어 이중구조를 보여 주었으나 ③에 와
서 이중구조의 양상을 보여 주게 된다. 그러나 이 이중구조의 양상은 그 기
간이 별로 길지 못하고, 국한혼용체와 국문체라는 새로운 이중구조로 대치
된다. (…중략…) 비판 기능을 제거당한 국문체는 점점 세련을 거듭할수록
그 기능은 감각적 심정적인 등가물로 번져 사고의 심화 내지는 문학의 중요
기능인 사상적 측면을 단순화시키는 결과를 낳게 된다. 결국 국문체 운동이
비판적 측면을 거세당한 채 국한문체로 잔존하게 되고, 그 극단적인 형태로
서 정서적 측면에만 매달린 문학작품, 특히 소설 속에서만 살아남은 것이
개화기 국문체 운동의 한계이다.[3]

  개화기 시가에 대한 장르비평적 접근은 김윤식과 조동일의 연구에서
본격적으로 시작되었다. 김윤식은 『한국문학사』(1973)에서 개화기문학을
'문체'의 차원에서 면밀하게 분석했다. 그에 따르면 국문체는 조선시대부터
논리적인 기능보다는 감성적 기능에 호소하는 장르에 주로 사용되어 왔고,
이러한 국문체가 개화기에는 특유의 감성적 기능으로 인해 신소설(新小說)
같은 장르에만 국한되어 사용되었다. 특히 개화기의 국문체는『독립신문』의
사례가 증명하듯이 서구적인 표현이나 영어문장의 번역체 같은 부정적
기능으로 전환되어 구미지향적인 국문체로 자리 잡기도 했는데, 이는 개
화기 당시의 국문체가 언문일치에서 비롯되는 민중언어가 아니라 지배계
층에 의한 혁명의 소산이기 때문에 생긴 현상이었다. 김윤식에 따르면 조
선시대의 한문과 언문의 이중구조를 극복한 개화기의 국한체는 일본 문
체의 영향과 사상성의 확보라는 문제 때문에 공적 언어로서 지배적 언어
가 되었다. 이러한 문체 분석을 통해 그가 주장하려는 것은 '문체'와 '계
층(의식)'이 직접적으로 연결되어 있다는 것이다.

---

3) 김윤식 · 김현, 『한국문학사』, 민음사, 1996, 83~93쪽.

김윤식은 개화기문학을 문체, 양식, 장르의 세 단계로 연구되어야 한다
는 시각을 제시하고 있다. 그런데 김윤식의 연구에서는 항상 장르보다 문
체에 관한 강조가 선행하고 있는데, 이는 개화기 시가의 장르 연구에서
특히 분명하게 확인된다. 그는 외래적인 요소의 침입과 영향이 강했음에
도 불구하고 문학사의 연속성을 강조하기 위해 개화기 시가를 '개화기가
사(歌辭)'로 총칭한다. 김윤식에게 '개화기가사(歌辭)'는 개화기에 등장한 율
문양식을 총괄하는 용어이다. 그는 이 용어에 한문으로 된 사조(詞藻), 종
교적인 가사(찬송가 등), 의병들이 지은 가사, 개화를 찬양한 것, 애국가류,
교가(校歌)류, 사회고발의 가사 등을 모두 포함시킨다. 그리고 개화기의 율
문양식을 총괄한 '개화기가사(歌辭)'와 개화를 노래한 '개화가사'는 구별되
어야 한다고 주장한다. 이런 맥락에서 그는 창의가, '사회등 가사' 같은 저
항적인 성격의 시가들을 개화가사에서 제외한다. 개화기 시가에 관한 김
윤식의 입장은 기존 연구들과 분명하게 구별된다. 예컨대 그는 이전 시기
에 많은 연구자들이 그 존재 자체에 많은 관심을 표시했던 신체시를 "엄
격한 의미에서 신체시란 존속한 바도 없고, 또한 존속할 필요도 없었던
명목상의 명칭"에 불과했다고 평가한다. 그는 최남선이 「해에게서 소년에
게」를 서명 없이 잡지의 권두시로 게시했고, 나아가 일본투의 신체시라는
용어를 사용한 적이 없다는 점, 특히 신체시라는 새로운 형식을 수용할
문화적 계층이 존재하지 않았다는 사실에 근거하여 신체시는 새로운 '장
르'가 아니라 '논설의 율문화'였거나 "전통시와 다른 서구적인 것 비슷한
새로운 시가 시도되있다는 것 정도"였을 뿐이라고 주장했다. 김윤식은 이
처럼 '장르'로 정착되지 못한 것을 '양식'이라고 불렀는데, 그의 주장을 한
마디로 정리하면 개화기 시가 모두는 '장르'가 아니라 '율문양식'의 수준
에 머물러 있었다는 것, 따라서 개화기 시가를 언급할 때 등장하는 명칭
은 장르 명칭이 아니라 율문양식의 명칭이라는 것이다.

조동일은『개화기의 우국가사』(1974)에서 '가사'와 '창가'를 개화기 시가의 핵심장르로 규정했다. 조동일의 연구에서 가장 눈에 띄는 것은 시가를 자수율이 아니라 음보율을 중심으로 이해하는 것이다. 그는 가사의 형식을 자수율에 근거해 이해한 연구자들과 달리 4음보를 1구로 쓴 것이 가사의 특징이며, 이것은 전통가사와 동일한 점이기도 하다고 주장한다. 조동일에 따르면 자수율을 엄격하게 지키는 일본의 경우와 달리 한국의 시가에서 자수율은 불규칙적이기 때문에 자수율보다는 음보율에 근거해서 이해해야 한다. 그리하여 그는『독립신문』의 시가는 대부분이 가사이지만 그 가운데 분절되고, 합가와 후렴이 붙어 있는 작품은 가사가 아니라 창가에 포함시켜야 한다고 주장한다. 나아가 가사가 급변하는 시대의 요구에 부응하기 위해 짧아지고 분연체가 되는 변화를 거치면서 창가가 형성되었다는 가설을 제시한다. 이 가설에 따르면 가사와 달리 창가는 개화기에 새롭게 등장한 장르가 된다.

조동일 외에도 개화기 시가연구에서 주목해야 할 연구로는 김학동의『한국문학연구입문』(1982)과『한국개화기시가 연구』(1990)가 있다. 김학동의 개화기 시가 연구는 최근『개화기시가 연구』(2009)로 정리되어 출간되었는데, 이 책에서 그는 개화기 시가 유형을 애국가, 개화가사, 시조형 단가, 창가, 신체시 등의 5가지로 구분한다.

개화기 시가 유형은 위에서 논의된 바, '애국가'·'개화가사'·'창가'·'신체시' 등과 이에 더하여 '시조형' 단가를 들 수 있다. 그런데 이들 시가 유형에서 '애국가'와 '개화가사'와 '시조형' 단가는 전통시가 형식을 차용한 것들인 데 반해서 '창가'나 '신체시' 유형이 새로운 시가형식이라 할 수 있다. 물론 '애국가' 유형의 시가도 한말기에 이르러 신교육기관이 설립되면서 서구적 신교육과정의 도입으로 음악, 곧 '창가'나 그 이전의 천주교가사 및 동학가사는 물론, 전통시가나 민요의 음수율과 대구형식을

바탕으로 형성된 것이기는 하지만, 근대시가로 이행되는 과도기적 현상으로 볼 수 있다.[4]

김학동은 '천주교가사'와 '동학가사'를 개화기 시가의 전사(前史)로 이해한다. 즉 조선 후기에서 구한말에 이르는 시기에 등장한 이들 가사가 조선조 사회의 양반 및 지배계층을 중심으로 형성된 유교적 전통사상을 거부하고 민중의식을 일깨웠다는 공통점을 지닌다는 주장이다. 김학동은 개화기 시가의 여러 장르를 분류하는 데 있어서 최남선의 등장에 각별한 의미를 부여한다. 예컨대 그는 '애국가'와 '개화가사'와 '시조형' 단가 유형의 시가는 최남선이 등장하기 이전에 등장한 것으로 주로 『독립신문』, 『대한매일신보』, 『경향신문』에 발표되었다고 이해하고, '창가'와 '신체시' 유형의 시가는 "최남선이 처음으로 시도한 시가유형으로 우리 근대시단에 전문시인의 등장을 의미하"[5]는 것으로 평가한다. 이는 "최남선이 심혈을 기울인 것은 창가이다."[6]라는 주장으로 '신체시'의 가치를 근본적으로 부정해버린 김윤식의 입장과는 분명하게 구별된다. 특히 김학동은 "'창가' 유형의 시가들은 최남선에 국한되지만, '신체시' 유형의 시가들은 이광수나 현상윤 등도 시도하고 있다."[7]라고 주장함으로써 '신체시'의 장르적 독자성을 사실상 인정하고 있다. 하지만 이 주장을 입증하기는 쉽지 않은데, 그 때문인지 김학동 역시 신체시가 양적으로 극히 한정된 것으로 보아 실험의 단계에서 멈추어진 것으로 보인다는 제한을 부가하고 있기는 하다.

한편 개화기 시가의 주요 형태를 가사, 시조, 민요, 창가, 변조체 등으로 구분하는 경우도 있다. 대표적으로 김영철의 연구가 여기에 해당한다. 여

---

4) 김학동, 『개화기시가 연구』, 새문사, 2009, 25쪽.
5) 같은 책, 76쪽.
6) 김윤식 · 김현, 『한국문학사』, 민음사, 1996, 110쪽.
7) 김학동, 『개화기시가 연구』, 새문사, 2009, 76쪽.

기에서 '변조체'란 개화가사 가운데 4·4조 2행의 배열에 불규칙성이 나타나는 시가를 일컫는다. 이처럼 개화기 시가의 장르 규정과 그것들의 발생론적인 관계에 대해서는 아직 논란의 여지가 많은데, 이것은 당시 창작자들의 장르적 규범에 대한 의식의 유무와 개화기 시가의 내용적 성격에 따라 다양한 해석이 가능함에서 비롯되는 문제이다.

한편 개화기 시가에 대한 최근 연구는 '형식'의 차이와 그에 따른 장르 분류, 특히 개화기의 여러 장르들을 다양한 이름과 명칭으로 하위분류한 이전의 연구 경향과 달리 '매체'에 더 많은 관심을 기울임으로써 개화기 시가 자체를 집대성하는 방향으로 나아가고 있다. 예를 들면 강명관·고미숙의 『근대계몽기시가자료집 1~3』(성균관대학교 대동문화연구원, 2000)은 구한말의 중요 매체였던 『대한매일신보』의 시가 자료들과 대한협회 기관지 『대한민보』에 수록된 수천 여 수의 시조를 묶었고, 송기한·김교식의 『한국 개화기의 시가 1~2』는 개화기 시가를 총체적으로 정리한 자료집의 필요성을 강조하면서 『대한매일신보』, 『경향신문』, 『공립신보』, 『그리스도신문』, 『그리스도회보』, 『대한크리스도인회보』, 『제국신문』, 『독립신문』, 『만세보』, 『매일신보』, 『신한민보』, 『예수교회보』, 『조선크리스드인회보』, 『협성회회보』, 『황성신문』에 수록된 시가를 매체별로 분류해 실었다.

그리고 신지연·최혜진·강연임의 『개화기 가사 자료집 1~6』은 개화기에 발표된 가사 전체를 문명·개화, 민족·애국, 교육, 전통·윤리, 종교, 기행 및 기타의 여섯 개 범주로 구별하여 집대성했다. 개화기 가사는 시가와 산문의 중간 형태로 평가되며, 형식은 대체로 3·4조, 4·4조로 된 4음보 운율을 지닌 양식으로 공연 및 음악적 요소가 특징인 민요, 잡가, 가창가사, 판소리 단가 등과는 구별되는 장르이다. 특히 '가사'는 개화기 시가의 성격을 이해함에 있어 매우 중요한 의미를 갖는다. 이 시기의 '가사'는 지식인이나 정치인 같은 특정 계층만의 것이 아니라 사실상 국민

전체가 읽고 쓴 국민적 형식의 하나였고, 그 내용과 형식에 있어서도 유례를 찾기 어려울 정도의 다양성을 보여주었다. 그럼에도 불구하고 개화기 시가 연구에서 김학동의『개화기시가 연구』(2009)와 김영철의『한국 개화기 시가 연구』(2004)의 위치는 두드러진다.

　개화기 시가의 장르 유형 구분에 있어서 '매체'의 중요성 또한 간과될 수 없다. 오랫동안 개화기의 대표적인 매체는 신문, 특히『대한매일신보』와『독립신문』으로 인식되었기에 개화기 시가 연구에서 이들 매체가 차지하는 비중은 상징적이었다. 이는 개화기에 '신문'이라는 매체가 외래문화의 유입을 주도하고 소개한, 동시에 공론을 주도한 매체였다는 사실과 무관하지 않다.『대한매일신보』는 1904-1910년 양기탁, 신채호, 박은식 등 당대 최고의 지식인들이 참여한 계몽담론의 산실이었다. 특히 '시사평론', '사조', '사회등' 같은 별도의 면(面)을 할애해 시가를 실었는데, 여기에 실린 대부분의 작품은 민족주의와 계몽담론을 4음보 후렴구의 가사체로 다듬은 것들이었다. 개화기 시가는 흔히 최남선의 등장을 기점으로 구분되기도 하는데, 애국가, 개화가사, 시조형 단가 등은 주로 최남선 등장 이전에 발생한 유형이라고 말할 수 있다.『독립신문』은 갑신정변의 주역이자 개화파의 상징적 인물인 서재필이 1896년에 창간한 국문신문으로 1899년 12월 4일 278호를 끝으로 폐간될 때까지 애국·독립가 유형의 작품을 집중적으로 게재하고 민족의 독립정신과 민주적인 정치의식을 고취시키는 데 상당한 노력을 기울였다.

　개화기 시가 가운데 애국기 유형은『독립신문』을 시작으로『대한매일신보』와『경향신문』, 기타 개화기의 신문과 잡지에 많이 발표되었고, 개회가사나 시조형 단가는『대한매일신보』에만 집중적으로 발표되었다. 개화기 시가와 관련한 매체 연구에서 간과하지 말아야 할 것은 1906년부터 1918년 사이에『신한민보』에 발표된 해외 유이민 시가의 존재이다.[8) 순국문의 4면으로 발행된 주간지 『신한민보』는 재미 교포 단체인 공립협회의 기관지로 창간(1905.11.20)된 『공립신보』의 후신이다. 공립협회는 1902년 시작된 미주지역 한인 이주노동자들이 1905년에 창립한 교민단체로, 이 단체는 1907년부터 활자 인쇄 방식으로 『공립신보』를 발행했다. 그러다가 1909년 2월 여러 교민 단체들이 통합되어 '국민회(대한인국민회)'로 개편되었고, 이에 따라 기관지인 『공립신보』 또한 『신한민보』로 대체되었다. 이 매체에는 재외동포 소식과 노령, 중국 등지에 흩어져 있는 동포들의 소식도 실렸다. 특히 해외에서 발행됨으로써 일본 당국의 감시와 간섭에서 자유로웠고, 이 때문에 구한말의 연해주와 북간도의 교포들 사이에서도 널리 읽혔다고 한다. 현재까지 알려진 바에 따르면 『신한민보』에 게재된 시가는 가사 45편, 시조 32편, 한시 14편, 언문풍월 10편, 창가 45편, 자유시 21편, 산문시 1편, 번역시 6편, 민요 2편으로 개화기 시가의 장르적 다양성을 그대로 보여준다.

3) 개화기 시가의 민족의식 형성과 전개

개화기 시가의 근본적인 성격과 전반적인 내용적 특징을 이해하기 위해서는 개화기 시가의 창작 배경과 구체적인 창작 계층에 대한 이해가 선행되어야 한다. 알다시피 개화기는 국내적인 모순과 국외적인 세계사적 압박이 교차하는 역사적 · 정치적 상황에서 '개화'와 '척사'의 두 이념이 정치적 긴장관계를 형성했던 시기였다. 때문에 개화기 시가의 다양한 장르적 특징과는 별개로 내용의 층위에서는 '개화'와 '척사'의 이념을 중심으로 한 현실 비판, 민족의식, 문명개화, 계몽주의의 중요성을 강조한 것

---

8) 『신한민보』에 관해서는 정명숙, 「한국 개화기 해외 유이민 시가 연구」, 대구대 석사학위논문, 1987 참고.

들이 절대적인 다수일 수밖에 없었다. 이는 개화기 시가의 주요 창작자가 언론인, 유학생, 개화된 서민 계층, 전문적인 작가군이었음에서도 동일하게 확인된다. 개화기 당시의 저널리즘의 특징 때문에 구체적인 창작자를 확인할 수 있는 개화기 시가의 수는 제한적이지만 당시의 문화적 수준이나 교육 정도를 고려할 때 창작 계층이 전사회적으로 확대되었을 가능성은 매우 드물다. 따라서 이민자 집단 같은 예외적인 경우를 제외한 대부분의 개화기 시가는 일정한 교육 수준을 지닌 지식인 그룹과 개화된 서민층에 의해 창작되었다고 보아야 할 것이다.

개화기 시가의 구체적인 발표 지면은 상당히 다양했으나 그 상징적 성격은 『독립신문』과 『대한매일신보』에서 확인할 수 있다. 알다시피 『독립신문』은 기독교를 중심으로 한 개화사상의 영향권 내에 있었다. 『독립신문』은 구한말의 대표적인 개화파인 서재필이 1896년 4월 7일 창간한 한국 최초의 민간신문이다. 당시 이 신문은 '독립협회'의 기관지로 창간되었다. 하지만 서재필이 미국으로 망명한 후에는 미국인 선교사 헨리 아펜젤러가 발행인을 맡고 윤치호가 실무를 맡아 발행했으며, 1899년 12월 독립협회 해산과 동시에 폐간되었다. 근대적 여론형성의 기틀을 만들었다고 평가되는 이 신문은 당시 권력을 쥐고 있던 정치세력, 특히 영어파 세력의 지원을 받고 있었다. 이 때문에 "대한 사람들이 영어를 배우고자 하나 학교에는 다닐 수 없고, 또 선생이 없어서 못 배우는 이가 많다 하기로, 영국 선비 하나가 특별히 밤이면 몇 시간씩 가르치려 하니, 이 기회를 타서 종용히 영어를 공부하려는 사람들은 독립신문사로 와서 물으면 자세한 말을 알지어다."처럼 영어 교습 광고가 실리기도 했다. 이러한 영어권 문화의 영향력은 개화의 개념과 방향성을 기독교 문화로 설정하고 있는 것에서도 쉽게 확인된다.

힘써보세힘써보세
아국경무잘ᄒ보세
힝뎡ᄉ범공부힘써
인민권리보젼ᄒ세
학도로공부ᄒ여
뎡부를도와보세
집집마다ᄌ쥬ᄒ고
인민마다ᄌ립ᄒ니
뎡부를도운후에
백셩들을보젼ᄒ세
대죠선국독립형졔
민국애쟝ᄒ도다
경무관리되고보면
우리공업막대ᄒ다
쟝ᄒ도다쟝ᄒ도다
우리독립쟝ᄒ도다
뎡부에니목되여
억조챵생보호ᄒ세
대죠선국태극긔호
세계샹에높히단니
법관에슈족되여
악ᄒ사람경계ᄒ세
영화롭다영화롭다
대죠선국영화롭다
만세만세만만세
대쥬쥬폐하만만세

　　　　－「경무학도들노래」 전문(『독립신문』 제1권 44호(1896.7.16))－

　『독립신문』 소재 개화기 시가의 특징은 첫째, 보수적인 정치세력에 대한 비판과 저항, 둘째, 자주독립과 애국사상의 고취, 셋째, 민족의 단결과 신교육의 중요성 역설 등으로 요약할 수 있다. 특히 이들 주제에서 공통적으로 드러나는 문명개화, 자유민권사상, 평등사상 등은 이 시기의 시가들이 계몽주의로부터 강력한 영향을 받고 있었음을 말해준다. 이 때문에 이들 개화 시가에서는 전통문화를 일소하고 서구의 신학문과 신교육을 적극적으로 받아들이는 것만이 문명개화와 자주독립의 길이라는 주장들이 빈번하게 나타난다. 『독립신문』과 관련하여 한 가지 흥미로운 사실은 서재필이 창간호에서 "각국에서는 배호는 사람들이 남며 무론호고 본국 국문을 몬저 배화 능통혼 후에야 외국글을 배호는 법인데 조션셔는 국문은 아니 배호드리도 한문만 공부호는 까닭에 국문을 잘 아는 사람이 드물미라."라고 강조해서 밝힌 한글 우위론과 언문일치로 요약되는 민족어에 대한 자각이다. 즉 『독립신문』은 자주독립과 애국사상을 담론의 차원에서만이 아니라 신문 발행에 있어서도 실천적으로 활용하려고 노력했는데, 단적으로 이는 '언어'에 대한 자각으로 가시화되었다.

한편 『대한매일신보』는 『런던 데일리 뉴스』의 특파원 E. T. 베셀이 취재차 조선에 왔다가 양기탁과 만나 신문 창간을 계획하고 1904년 7월 18일 창간한 신문이다. 창간 당시에는 국한문판과 영문판을 발행했으나 1907년 순한글판을 별도로 창간해 한글판, 국한문판, 영문판의 3가지로 발행되었다. 양기탁이 편집과 경영 모두에서 사실상의 책임자 역할을 맡아 중요한 논설을 직접 집필했고, 일제의 침략에 저항하는 민족의식을 고취시키고 신교육의 중요성을 알렸으며, 애국계몽운동과 개화사상에도 상당한 기여를 했다. 특히 일본의 침략에 대한 비판은 물론 친일 정치세력도 비판함으로써 저항적 민족의식을 강조한 것으로 유명하다. 이러한 매체의 기본 성격으로 인해서 『대한매일신보』에 발표된 개화기 시가 또한 애국계몽운동의 성격을 강조한 작품들이 대다수였다.

『대한매일신보』에 발표된 개화기 시가의 기본 성격은 현실 비판과 근대성에 대한 지향으로 요약할 수 있다. 요컨대 『대한매일신보』에 발표된

시가들의 대체적인 내용은 국내·국외 정치 상황에 대한 비판과 사회현
실에 대한 비판이 압도적이다. 전자의 경우에는 각종 협약 체결의 불합리
성을 비판하거나 해당 협약의 체결을 주도한 정치인 및 관료의 부패상을
비판하는 내용이 대부분이며, 후자의 경우에는 봉건시대의 요소를 비판함
으로써 조선 사회가 근대의 방향으로 나아가야 한다는 당위적인 주장이
대다수를 차지하고 있다.

> 大臣이라 ᄒ난것은 그 地位가 關重이라 體統부터 正當인디 妓夫餘習 그
> 져잇셔 少不如意 ᄒ량이면헛흔盟誓 鹿흔쥬먹 尊嚴咫尺 쎄여드니 狗尾三年
> 이아닌가 辱잘ᄒ고 쌈잘ᄒ기 宋秉畯이 날기로다 蚯蚓갓흔 微物로도 발부며
> 는 搖動인디 四肢百骸 一般이오 地位亦是 同列이라 졔가혼져 賣國ᄒᆡᆺ다 얼
> 픗ᄒ면 逆賊이라 毆打叱辱 當ᄒ고도 甘受甘受 말못ᄒ니 민잘맛고 도(詔)잘
> ᄒ기 趙重應이 날기로다 …… 暴虐ᄒ고 돈잘먹기 朴重陽이 날기로다 ……
> 新聞보난 代金으로 一身保養 ᄒ다더니 新聞紙는 어셔난나 咨嗇ᄒ고 請잘ᄒ
> 기 閔泳徽의 날기로다
>
> —「春下春」(사회등, 1909.2.12) 일부—

이 글은 흔히 '사회등가사'로 불리는 작품의 일부이다. 『대한매일신보』에
발표된 개화기 시가는 정치적 현실에 대한 비판으로 유명한데, 특히 1907
년-1908년 무렵부터는 정치인들의 실명(實名)을 직접 언급하면서 그 비판
의 수위를 점차 높여나갔다. 당시 국내의 정치 상황은 조선이 일본의 식
민지로 전락하는 것이 기정사실로 굳어지고 있었는데, 이를 반영하듯이
이 글에는 송병준, 조중응, 박중양, 민영휘의 실명이 직접 등장한다. 송병
준은 당시 내부대신이었고 조중응은 농상대신이었다. 그런데 작가는 이들
관료들을 욕과 싸움을 잘하는 인물로, 또는 잘 맞고 의심을 잘하는 인물
로, 포학하고 돈을 밝히는 인물로 표현하고 있다. 요컨대 민중의 시선에는
이들 정치인과 관료들이 자신들의 현실적인 이익만을 취하는 탐욕스럽고
썩어빠진 인물로 인식되었던 것이다. 분명한 사실은 이러한 비판의식의

밑바탕에 민족적 현실이 부정적인 상황으로 흘러가고 있으며, 그 흐름이 강력한 민족의식에 근거한 애국·독립의 의지와 서구화를 통한 문명개화의 힘에 의해 바뀌기를 기대하는 역사적 상상력이 놓여 있다는 점이다.

이상에서 살폈듯이 개화기 시가의 대표적인 주제는 '문명개화'와 '애국·독립'으로 요약된다. 이는 개화기의 시작점에 위치한 개항(1876)의 이중적 성격에서도 선명하게 드러난다. 한국의 역사에서 개항은 전통적·봉건적 질서가 극복되는 긍정적인 면모와 서구의 제국주의적 침략이 시작되는 부정적인 면모가 교차하는 지점이었다. 또한 개항은 기존 질서의 모순이라는 내적 논리와 문명개화를 통해 서구적 근대화를 이룩해야 한다는 외적 논리가 겹쳐진 이중적 사건이라는 점에서 문제적이었다. 그래서 개항에서 시작된 문명개화의 흐름은 억압적인 구질서와의 단절이라는 긍정적 측면에도 불구하고 우리 민족 내부의 역량에 의해 주체적으로 주도되지 못했다는 한계로 인해 근대사에 엄청난 왜곡을 불러왔다. 이 과정에서 등장한 개화기 시가는 '문명개화'라는 상징적 가치로 다가온 '서구'의 충격을 수용하여 근대적인 세계로 도약해야 한다는 응전의 의지가 낳은 근대적인 산물이면서, 동시에 '문명개화'를 내세운 서구와 일본의 침략에 저항해야 한다는 반외세 '애국·독립'의 의지가 낳은 자연발생적인 민족의식의 문화적 산물이기도 하다. 이처럼 개화기 시가에는 자생적인 민족의식이 투영되어 있다. 물론 그것은 전통적인 질서를 지키려는 보수적 의지와 새로운 질서를 수립하려는 진보적 의지가 뒤섞인 혼합물이었다. 이 시기의 민족의식에는 전통적인 유교적 세계관에 기초한 반근대·반외세의 목소리도 있었고, 조선 후기에 등장한 민중적 세계관에 기초하여 역사의 흐름을 민족적 위기로 인식하려는 민중들의 목소리도 있었다. 하지만 이런 차이에도 불구하고 이 시기의 시가에서 널리 목격되는 민족의식은 위기의식의 산물이라는 공통점을 더욱 강하게 드러내었다. 위기의 대상을

'민족'으로 인식하는 이러한 위기담론은 우리 민족과 외세, '우리'와 '그들', '안'과 '밖'을 선명하게 구별하는 사상체계를 낳았는데, 이러한 구별 방식은 근대 시기를 내내 무의식적인 위계로 작동했다.

2. 저항민족주의와 국권상실

1) 식민지 시기의 민족과 문학

'민족이란 누구이냐'라는 정체성의 물음 앞에 놓여야 하는 더 근본적인 질문은, 어떻게 말하느냐 하는 기술자의 기술 방식에 관한 것이다. 그동안 한국문학사·시사에서 언급된 민족은 거의 대부분이 민족사를 발전시켜온 순수하고 유일한 공동체로 논의되었기 때문이다. 이렇게 되면 근대시는 민족의 발전을 이끌고 주도한 민족문예 장르의 하나로 설명된다. 특히 이 글에서 검토하고자 하는 식민지 시기 시단의 민족 표상은 기존의 한국 문학사·시사에서 일본과 맞서 저항·대항하는 역경 속에서 스스로를 발견하고 발전시켜온 단수적인 의미의 공동체로 서술되어 왔다.

이처럼 단수적인 의미의 공동체로 민족을 논의한다면, 식민지 시기 일본 정책의 몇몇 국면에 따라서 주요 문인집단들이 대응하면서 상상한 다층적인 표상들은 사라지거나 은폐되고 만다. 이제 문학담론 속의 민족 논의를 할 때에 그 방향은 조정될 필요가 있다. 민족이란 일본과 이분법적인 극한 대립 속에서 상대적인 한 극을 차지하고 그 대립을 극복했거나 극복하고자 했던 유일하고 절대적인 기표가 아니라, 일본의 식민지 정책에 따라 다층적으로 유동하는 표상들임을 분석하는 것이다. 다시 말해서 한국문학사·시사의 기술자가 암암리에 재론의 여지가 없을 정도로 유일한 의미의 기표로 전유해 왔던 민족을 주요 문인집단들이 상상해온 다양한 정치공동체들로 다시 읽는 작업을 하는 것이다.

이런 작업을 위해서 가장 우선적으로 해야 하는 일은 민족을 문학담론 속의 표상(언어)으로 이해하는 것이다.9) 민족이란 일본의 식민지 정책의 몇몇 국면에 따라서 대응한 한인 속의 주요 문인집단들이 한반도 내의 영토와 정부를 지니지 않은 한계에도 불구하고 일본과 심리적인 경계를 지니고 주권을 가진 정치공동체를 다양하게 상상한 표상들의 집합인 것이다.10) 따라서 문학담론 속의 민족 표상은 일본의 식민지 정책과 유동하는,

___

9) 이 글에서는 민족을 문학담론 속에 나타난 하나의 표상으로 규정하고자 한다. 민족은 기존의 문학사·시사 속에서 기술자(발화자)와 기술대상자(문학사 속에서 언급된 민족)와 독자(수신자)를 포함한 공동(운명)체로 설명되었던 경향이 있다. 이렇게 되면 민족을 말하는 자는 이미 듣는 자를 자신의 발화내용 속에 포함시킨 자기대화(모놀로그)를 유포하는 것이 될 뿐이다(가라타니 고진, 송태욱 역, 『탐구 I』, 새물결, 1998, 9~28쪽). 이러한 自己對話의 규칙 속에서는 민족이라는 용어에 대한 비평적인 거리를 두기 힘들다. 이 때문에 이 글에서는 민족을 식민지 시기 시단에 나타난 문학담론 속의 표상(언어)으로 규정하는 방식으로 거리를 두고서 비평자의 담론적인 위치를 확보하고자 한다. 이때 담론이란 미셀 푸코의 담론이론을 참조한 개념이다. 담론은 주체의 입장에서 볼 때에 자신의 주관·의지를 언어화한 것이지만, 담론 자체적으로 볼 때에는 언어가 주체의 입을 통해서 발화된 것이다(미셀 푸코, 홍성민역, 『임상의학의 탄생』, 이매진, 2006, 17~19쪽). 이러한 담론에 대한 인식은 민족(표상)이 식민지 시기 시단의 주요 문인집단들에 의해서 다양하게 발화될 때에 당대의 언어적·사회적 조건에 의해서 특정한 담론의 질서가 형성됨을 암시한다. 이 글은 이러한 담론의 질서에 의해서 민족 표상이 어떻게 談論化되는가 하는 점을 살펴보는 작업이 된다.

10) 民族(nation)이라는 용어는 상당히 문제적인 것이다. 민족은 영토와 (行)政府와 민중(혹은 國民 people)으로 구성된 국가(state) 개념으로 사용될 때에 그 실체를 지닌다. 그렇지만 베네딕트 앤더슨이 말한 것처럼 다른 민족과 경계를 지니고(혹은 제한되고) 주권을 가진 것으로 상상된 정치공동체로 이해될 때에는 실재가능성의 집단으로 규정될 뿐이다(베네딕트 앤더슨, 윤형숙 역, 『상상의 공동체』, 나남출판, 2003, 19~27쪽). 이러한 집단은 갤너가 "민족주의는 민족이 없는 곳에서 민족을 발명하는 것이다."(Ernest Gellner(1964), *Thought and Change*, London : Weidenfeld and Nicholson, p.169.)라고 한 것처럼 發明(상상)된 것이다. 이러한 베네딕트 앤더슨의 민족 개념은 이 글에서 분석하고자 하는 식민지 시기 시단의 민족 표상을 이해할 때에 중요한 도움을 준다. 식민지 시기 시단의 민족은 주요 문인집단들에 의해서 상상된 정

혹은 그 정책을 수용하면서도 비판・대응하는 양가적인(ambivalent) 태도의 소산인 것이다.

이러한 민족 표상은 종족문화공동체인 한인(일본의 표현으로는 조선인)과 혼용되면서 실체(한인)와 상상(민족)이 동일시되는 현상을 불러일으켰다. 민족 표상은 한인을 실체적으로 지시하면서도 문학사・시사를 기술하는 자의 상상—독립되는 민족, 발전・진보되는 민족, 자기 발견되는 민족 등등—에 결합되어왔다. 따라서 한인은 곧 반(反)외세를 지향한 독립, 반(半)봉건을 극복하는 근대적인(사회주의적인・자본주의적인) 발전・진보, 단일민족성에 대한 자기 발견 등을 실현시키는 민족으로 문학사・시사에서 서술되었다. 이러한 동일시 현상은 엄밀히 말해서 기술자가 심리적・문화적으로 속한 집단의 이념을 나름대로 드러내는 과정의 부산물이지만, 다양한 민족 표상을 자기 이념으로 전유했다는 점에서 문제점이 많은 것이다.

한국문학사・시사의 주요 기술자들이 민족을 바라보는 방식 역시 이러했다. 한국문학사・시사에서 가장 주목되는 임화와 김윤식의 문학사도 이러한 실체와 상상의 동일시 현상 속에서 서술되었다. 임화는 그의 문학사에서 자신이 속한 1920-30년대 카프문학이 계급주의적인 관점의 민족지향성을 지녔음을 잘 보여준다. 그는 한인의 사회적 계급이 미분되었던 1920년대에 계급주의적인 인식을 명확히 했고, "외래 문화의 영향하에 생장한 근대 시민"[11] 중심의 문학을 발전시킨 것이 혹은 "그 모든 것의 전

치공동체의 표상들인 것이다. 이러한 표상 개념은 한반도를 터전으로 오랫동안 살아온 종족문화공동체의 실체인 한인과도 엄밀히 말해서 구분되는 것이다. 이 글에서는 그동안 한반도 내에서 터전을 잡고 살아온 종족문화공동체를 실체적으로 지시할 때에는 한인으로, 그리고 한인 속의 주요 문인집단이 특정한 민족주의에 동조・반응하여 상상한 정치공동체를 의미할 때에는 민족으로 구별하여 표현하기로 한다.

11) 임화, 「개설조선신문학사」, 2회, 『조선일보』, 1939.12.7.

면적 종합적 계승표"12)인 것이 카프였음을 강조한다. 여기에서 근대 시민
이란 소수의 부르주아 계층을 배제한 대부분의 민족, 즉 한인(실체)의 대표
성을 띠고서 계급·민족 해방과 진보의 주체(상상)로 동일시됨은 물론이다.
  김윤식의 문학사는 임화의 근대 시민 역할이 역사의 각 단계에서 있었
고 근대에서는 조선 후기 영·정조 때의 실학파·서민층·상민들이었음
을 논의했다.13) 김윤식이 바라본 실학파·서민층·상민(실체)은 "자체 내
의 구조적 모순과 갈등을 이해하고 그것을 극복하려는 정신"14)을 가진 자
들이었다. 그들은 역사의 각 단계에서 그 단계의 민족을 대표하고 '모순→
극복'이라는 발전·진보의 공동체(상상)로 이해되었던 계층이다. 이러한
김윤식의 구상은 반(反)전통단절과 역사발전주체로서의 평민을 강조했던
1960년대 비판적 지식인의 진보적 민족주의적인 입장과 유사한 것이다.15)
  이들의 문학사는 모두 실체와 상상을 동일시하는 방식으로 계급·평
민·민중·민족을 극복·발전·진보의 공동체로 기술했다는 공통점을 지
닌다. 이들뿐만 아니라 국가 건립 이후에 제출된 문학사·시사들 중의 많
은 경우에는 민족주의의 입장에서 시단 속의 민족 표상을 발전·진보의
공동체로 보면서 실체로 혼동한 경우가 많다. 조지훈이 "계몽주의 – 인도
주의 – 이상주의 – 민주주의 – 사회주의의 순"으로 "변천한 바닥에 깔려있
는 주류는 역시 민족주의"16)임을 강조했거나, 정한모가 계몽기 의병의
(나라를 지키려는) 대의명분이 "근대적 의식을 초월"하여 "조국을 지켜온

---

12) 임화, 「조선신문학사론서설」, 18회, 『조선중앙일보』, 1935.11.2.
13) 김현·김윤식, 『한국문학사』, 민음사, 1973, 48~66쪽.
14) 같은 책, 33쪽.
15) 평민과 평민문학의 재인식에 대해서는 다음의 논문을 참조할 것.
    강정구·김종회, 「평민 문학의 전통화와 민족문학적인 글쓰기의 재창조」, 『비평문
    학』 36집, 한국비평문학회, 2010, 33~56쪽.
16) 조지훈, 「한국 현대 시문학사」, 『조지훈 전집 2』, 나남출판, 1996, 319쪽.

선열의 정신으로 숭앙"[17]된다고 했거나, 혹은 1960-80년대 진보적 민족주
의자들과 그 동조자들이 지속적으로 민중을 민족의 대표성을 띤 역사발
전의 주체로 살펴봤던 것이 그 사례가 된다.[18]

 실체와 상상의 동일시 현상은 다양한 민족 표상을 자기 이념에 맞게 전
유하여 유일한 발전·진보의 공동체로 바라보게 만든다는 점에서 문제점
이 있다. 이러한 상황에서 식민지 시기 시단의 민족 표상을 일본 정책의
몇몇 국면에 대응하는 주요 문인집단의 다양한 양상으로 바라보려는 본
글의 필요성이 제기된다. 이 글에서는 민족을 문학담론 속의 표상으로 인
식한 뒤에 일본 정책의 몇몇 국면 — 한일병합, 3·1운동, 중일전쟁 — 에
따른 주요 문인집단의 대응 과정에서[19] 민중에 대한 특정한 담론의 질서
가 형성되는 모습을 배제(exclusion)의 과정에 따라 검토해보고자 한다. 식민
지 시기 시단의 민족 표상은 한일병합 이후의 시기에 일본의 조선 개칭
또는 대한제국 명칭 금지로 인해서 환유되는 양상으로, 3·1운동 이후의
시기에 일본의 한인 차별(분할과 배척)로 말미암아서 유기체적인 개념으로

---

17) 정한모, 『한국 현대시문학사』, 일지사, 1974, 75쪽.
18) 1960년대 이후 조동일, 백낙청, 김지하, 최원식, 민족문학연구소 등은 평민·민
    중·시민 등이 민족의 대표성을 띠고서 역사발전의 주체가 됨을 표나게 강조했다
    (강정구·김종회, 「평민 문학의 전통화와 민족문학적인 글쓰기의 재창조」, 『비평
    문학』 36집, 한국비평문학회, 2010, 33~56쪽 ; 강정구, 「1970-90년대 민족문학론
    의 근대성 비판」, 『국제어문』 38집, 국제어문학회, 2006, 287~310쪽).
19) 이 글에서는 식민지 시기의 몇몇 국면에 따라 정책의 변화를 보인 일본에 다각도
    로 대응한 한인의 주요 문인집단의 문학담론을 연구범위로 설정하고자 한다. 따라
    서 일본의 정책에 따른 직접적인 영향 관계를 형성하지 않는 외국 — 미국, 상해 등
    에 있는 한인 집단의 텍스트에 대해서는 논외로 치고, 훗날 연구의 범위를 확대하
    기로 한다. 일본 정책의 몇몇 국면에 따른 주요 문인집단의 대응은 대략적으로 한
    일병합과 그 영향이 중심이 되는 식민지의 초기, 3·1운동과 그 영향이 주된 민족
    주의운동의 시기, 중일전쟁과 태평양전쟁으로 인해 한인의 생존위기가 제기되는
    시기 정도로 나뉜다. 이 글에서 각각 한일병합 이후의 시기(1910-1919), 삼일운동
    이후의 시기(1919-1937), 중일전쟁 이후의 시기(1937-1945)로 부르기로 한다.

재확산되거나 비판되는 양상으로, 그리고 중일전쟁 이후의 시기에 대동아
공영권이라는 당대의 진리로 여겨졌던 일본의 정책에 대해서 흉내내기
(mimicry)하는 양상으로 나타남을 각각 살펴보고자 한다.[20]

2) 한일병합과 근대시의 성립

한일병합 이후, 일본은 대한제국이라는 국호를 금지시켰고 조선으로 개
칭했다. 원래의 국호가 금지되었다는 사실은 한인 문인집단에게 커다란
슬픔과 분노를 유발시켰으나,[21] 그들은 차츰 식민지라는 현실을 냉정하게
인정하고 대응하게 되었다. 이러한 대응이란 공론장에서 직접 말하고 토

---

20) 이 글에서는 식민지 시기 시단의 민족 표상을 검토하기 위해서 미셸 푸코의 담론
   이론을 방법론으로 활용할 계획이다. 그의 담론이론에서는 특정한 표상이 담론화
   될 때에 배제의 과정을 거쳐서 질서화됨을 잘 밝힌다. "어떤 사회에서든 담론의
   생산을 통제하고, 선별하고, 조직화하는 나아가 재분배하는 일련의 과정들 — 담론
   의 힘들과 위험들을 추방하고, 담론의 우연한 사건을 지배하고, 담론의 무거운, 위
   험한 물질성을 피해 가는 역할을 하는 과정들 — 이 존재한다."(미셸 푸코, 이정우
   역, 『담론의 질서』, 서강대학교출판부, 1998, 10쪽.) 그는 배제의 외부적인 과정들
   을, 누구나 모든 것을 말할 수 있는 권리가 없다는 '금지', 기호들이 특정하게 위계
   화되고 나눠진다는 '분할과 배척', 그리고 참과 거짓을 구분하는 보이지 않는 강제
   적인 힘이 지속적으로 작용한다는 '진리에의 의지'로 구별하는데, 이러한 과정들
   은 식민지 시기 시단의 민족 표상이 담론화되는 양상을 잘 보여준다. 식민지의 각
   시기는 이러한 과정들을 참조하면 그 특성이 잘 드러난다. 한일병합 이후의 시기
   에는 일본이 대한제국을 조선으로 개칭했기 때문에 민족에 대한 직접적인 발화와
   상상이 금지되면서 민족 표상은 준비론·교육론으로 환유되어 표출된다. 3·1운
   동 이후의 시기에는 일본이 일본인과 한인을 차별(분할·배척)했기 때문에 한인의
   유기체적인 민족 개념이 확산되고 그 개념에 대한 여러 비판논리들이 나타난다.
   중일전쟁 이후의 시기에는 일본이 대동아공영권 정책을 유일한 진리로 전개시키
   기 때문에 한인은 대동아공영권 정책에 충실히 따르면서 어긋나는 흉내내기
   (mimicry, 호미 바바의 용어)의 의미로 민족을 담론화한다.
21) 한일병합의 슬픔을 가장 잘 나타낸 것은 "槿花世界已沈淪(무궁화 세계는 이미 사라
   지고 말았는가)"라는 황현의 한시 「절명시」이고, 그 분노를 가장 잘 표출한 것은
   "우습고 분통하다 無國之民 되단 말가"라는 의병 김대락의 가사 「분통가」이다.

론하는 것이 불가능한 (상상의 정치공동체인) 민족이라는 표상을 주로 환유시킨 것을 의미했다. 민족 대신에 환유된 이 기호들은 마치 민족 표상인 것처럼 발화되고 당대인들에게 공감되며 구체화됐다. 민족을 대신한 이 기호들은 민족주의 논의를 금지하는 일본의 정책을 지속적으로 순응하면서 무화시킨 한인 문인집단의 양가적인 태도를 잘 보여줬다.

조선 개칭으로 환유된 표상을 가장 잘 보여준 것은 최남선·이광수 중심의 잡지·신문편집자들이 신문『붉은 져고리』와 잡지『아이들보이』,『새별』,『청춘』 등에서 구상한 '아희', '아이들', '벗', '청년' 등의 기호들이다. 이러한 기호들은 실력 양상을 요지로 주창한 도산 안창호의 민족주의를 이념적인 배경으로 하고[22] 한일병합의 위협 속에서 독립의 활로를 모색했던 민족의 이상상인『소년』지의 '소년'이 의미 분화된 것으로써,[23] 일본의 식

---

22) 한일병합 직전까지 최남선이 발행한 잡지『소년』이 신민회의 기관지 역할을 했고, 그가 신민회에서 주요 역할을 담당했다는 점에서『소년』의 편집자들이 안창호의 민족주의 이념에 동조했음은 분명한 사실이다(권희영, 「20시기 초 잡지『소년』지에 나타난 소년의 정체성」,『정신문화연구』112권, 한국학중앙연구원, 2008, 363~387쪽). 한일병합 직후에 안창호가 도미하여 실력양성을 주요 골자로 하는 민족주의 이념을 심화·발전시켰고, 최남선 등의 잡지·신문편집자들이 신문『붉은 져고리』출간 이후에도 잡지『소년』에서 보여줬던 계몽·교육 등을 강조했음을 염두에 둘 때에 안창호의 민족주의 이념에 지속적으로 동조했던 것으로 이해해도 큰 무리가 없다고 본다. 1910년대 민족주의 이념은 박은식의 민족평등론, 신규식의 민족정신론, 안창호의 실력양상론 등으로 세분화되는데(박찬승,『민족·민족주의』, 소화, 2010), 최남선 등의 잡지·신문편집자들이 안창호의 민족주의 이념을 주로 수용한다는 점은 추후 연구과제가 된다.

23) 잡지『소년』에서는 '少年=國民'으로 이해될 정도였다(최현식, 「1910년대 번역·번안 서사물과 국민국가의 상상력」, 연세대 근대한국학연구소 기초학문연구팀,『한국 근대 서사양식의 발생 및 전개와 매체의 역할』, 소명출판, 2005, 195쪽). 소년이 곧 대한제국의 국민이요 대한제국이 지향하던 상상적·이상적인 정치공동체인 것이다. 이러한 민족 표상은 한일병합 직후부터 公論場에서 금지되었고, 그 대신에 상상적·理想的인 정치공동체를 대신하는 혹은 준비하는 새로운 기호들이 신문『붉은 져고리』에서부터 등장한다. 그것이 바로 '붉은 져고리 입는 이들'·'아희들'·'산아회'·'어린이'·'아동'·'아기' 등이다. 이러한 소년 기표의 의미 분화를 교육

민지 지배하에서 주창·상상되는 것이 금지된 민족의 환유물들이다. 이
환유물들은 상상의 정치공동체를 직접 의미하는 것이 아니라, 식민지 이
후의 상상적인 정치공동체를 만들기 위해서 그 정치공동체에 걸맞은 교
양을 지녀야 하고 준비해야 하는 예비국민 정도의 위상을 지닌다.

> 가) 얼만콤 숨돌리면 비걸네 들고
> 번갈아 방마루를 쓸고칩니다.
> 그려고 겨눔으로 다름박질히
> 문밧게 마당으로 놀라나가서
> 수수대말을 타고 쮜기도 ᄒ고
> 풀각시 숨박곡질 깃비놀다가
> 저물면 저녁먹고 등알에 모혀
> 낫동안 배흔공부 문답을 ᄒ되[24)]

> 나) 宇宙의임자인 우리사람은
> 地位도놉거냐 소임크다
> 아아썰치지 아닐싸보냐
> 하늘도우리들의 손을비샤
> 거룩한배포를 이루시나니
> 사람이란自覺과 自任으로
> 宇宙에큰체함 막으리업네[25)]

위의 인용시 가)와 나)에서 공통된 점은 아이와 사람이 해야 할 일이나
도리를 말한다는 것이다. 한일병합 직후에 민족을 발설하는 것이 금지된
식민지외 공론장에서 이처럼 해야 할 일이나 도리를 서술하는 일이란 식

주객의 분화로 살펴본 다음 논문을 참조할 것. 강정구·김종회, 「근대적 교육 주객
의 분화와 아동의 발견-신문 『붉은 져고리』를 중심으로-」, 『국제어문』 52집, 국
제어문학회, 2011, 205~230쪽.
24) 「우리 오누」, 『붉은 져고리』, 제1년 제4호, 1913.
25) 「사람의 자랑」, 『청춘』 8호, 1917.6.

민지 이후의 예비국민이 받아야 할 교육과 지녀야 할 교양을 말하는 것이
된다. 시 가)에서는 아이가 하교 후에 집안일과 놀이와 공부를 하는 모습
을, 그리고 시 나)에서는 사람이 우주의 임자이기 때문에 지위도 높고 소
임도 크다는 점을 강조한다. 이렇게 교육받고 교양을 쌓자고 하는 의도는
충량한 신민화라는 일본의 식민지 정책을 어기지 않으면서도 식민지 이
후의 한인적·국민적인 자질을 육성하는 양가적인 전략이 된다.

문제는 이러한 양가적인 전략이 역으로 일본의 식민지 정책에 이용당
할 수 있다는 점이다. 예비국민을 위한 교양·계몽·교육이라는 과정은
그 목적이 식민지 이후를 겨냥한다고 해도, 식민지 현실 속에서는 일본
식민지의 충량한 신민이 되는 결과를 초래할 위험이 있기 때문이다. 일본
식민지에서 정치적·문화적인 지도자가 되기 위해서도 혹은 일본 식민지
의 국민이 되기 위해서도 교양·계몽·교육의 과정이 요구되었기 때문이
다. 이러한 딜레마에서 최남선·이광수 등의 잡지·신문편집자들은 자유
롭지 못하고, 이로 인해서 그들이 구상한 민족의 환유물들은 오늘날 다분
히 추상적이고 이상적인 이미지로밖에 설명되지 못한다.

이러한 딜레마를 넘어서기 위한 한인 문인집단의 또 다른 방법은 예비국
민을 위한 교양·계몽·교육의 과정을 좀 더 심화시키는 것이다. 일본의 식
민지 정부가 의도한 교양·계몽·교육 과정 중의 하나인 근대문학(근대시)을
성실하게 학습하면서도 모국어(한글)를 기반으로 한 한인 고유의 근대문학
(근대시)으로 수용하는 기획들이다. 그 기획들 중 대표적인 사례는 김억, 현
상윤, 최승구, 김여제 등의 일본유학생 출신들이 일본의 교양·계몽·교육
과정 중에서 서구의 상징주의 시를 번역·번안하고 한인의 근대시로 수용
하는 것이다. 그러한 수용 양상은 일본유학생 출신들 중심으로 만들어진 잡
지 『학지광』과 신문 『태서문예신문』의 주요 시편들에서 잘 나타나 있다.

다) 밤이 왔다. 언제든지 같은 어두운 밤이, 원방(遠方)으로 왔다. 멀리 끝없는 은가루인 듯 흰눈은 넓은 빈들에 널리었다. 아침볕의 밝은 빛을 맞으려고 기다리는 듯한 나무며, 수풀은 공포와 암흑에 싸이었다. 사람들은 희미하고 약한 불과 함께 밤의 적막과 싸우지 마지 아니한다. 그러나 차차 오는 애수, 고독은 가까워 온다. 죽은듯한 몽롱한 달은 박암(薄暗)의 빛을 희(稀)하게도 남기었으며 무겁고도 가벼운 바람은 한없는 키스를 땅위며 모든 것에게 한다. 공중으로 날아가는 낡은 오랜님의 소리 <현실이냐? 현몽(現夢)이냐? 의미있는 생이냐? 없는 생이냐?

사방은 다만 침묵하다. 그밖에 아무것도 없다. 이것이 영구의 침묵! 밤의 비애와 및 밤의 운명! 죽음의 공포와 생의 공포! 아이들은 어두운 밤이란 곳으로 여행온다. <살아지는 대로 살까? 또는 더 살까?> 하는 오랜 님의 소리. 빠르게 지나간다.

고요의 소리. 무덤에서. 내 가슴에. 침묵.[26]

일본의 교양·계몽·교육 과정으로서 시를 학습·수용하는 일은 한글을 기반으로 한 한인 고유의 근대시를 발명하는 것이지만, 엄밀히 말해서 최남선·이광수 등의 편집자들이 민족의 환유물들을 드러내고 확산시킨 것과는 그 맥락이 다른 것이다. 위의 인용시를 쓴 김억은 서양 근대시의 리듬을 모방하여 "한아한아의 호흡을 잘 언어 또는 문자로 조화식힌"[27] 노력을 하면서 리듬과 어휘의 측면에서 한인 고유의 근대시를 창작하려고 했고, 다)에서처럼 어느 정도 오늘날의 근대시에 준하는 시형과 리듬과 정서를 표출해낸 공로가 있다. 그럼에도 김억을 비롯한 일본유학생 출신들의 근대시는 민족이라는 상상의 정치공동체를 그 내용으로 하거나 그 배경으로 하는 시를 제작하려는 노력과는 일정한 거리가 있다.[28] 당대 한

---

26) 김억, 「밤과 나」, 『학지광』 제5호, 1915.
27) 김억, 「시형의 음률과 호흡」, 『태서문예신보』 제14호, 1919, 5쪽.
28) 이러한 경향은 일본유학생출신들의 민족주의 동향과 다르게 미학주의를 강조하는 것이었다. 이 점에 대해서는 다음의 논문을 참조할 것. 노춘기, 「근대시 형성기의 창작주체와 장르의식」, 『어문논집』 54집, 민족어문학회, 2006, 225~248쪽.

인의 민족주의 이념을 수용하려는 새로운 움직임은 3·1운동이라는 민족
주의 운동을 거치면서 가능해진다.

3) 국민문학파, 카프문학, 순수시파·주지주의의 경향

일본은 한일병합 이후 공식적으로 일시동인을 표방했지만, 실제적으로는
한인을 정치적·경제적·문화적으로 차별(분할·배척)했다. 이러한 차별로
인한 한인의 불만은 3·1운동의 주요 원인이 되었다. 한번 분출된 민족주의
운동의 경험으로 인해서 문인집단을 비롯한 한인은 상상적인 정치공동체를
만들어 나아가는 과정에서 개인의 희생을 불사할 수 있고 스스로 민족의
구성원임을 인식한다. 개인의 생사를 초월해서 영속하는 하나의 정신 혹은
혼이라는 유기체적인 민족 개념이 한인 사회 전반에 광범위하게 재확산되
었고,[29] 반대로 그 개념에 대한 직·간접적인 비판들도 함께 있었다.

이러한 유기체적인 민족 개념을 문학에 직접 끌고 들어온 한인 문인집
단은 국민문학파였다. 국민문학파는 최남선, 이광수, 염상섭, 김동인 등이
참여했고, 1926년 최남선의 논문 「조선 국민문학으로서의 시조」에서 그
집단의 논리를 구체화했다. 이러한 과정 중에 1920년대 초반부터 민요시
운동을 전개한 김억, 홍사용 등의 민요시파가 가세함으로써 더 크게 세력
화됐다. 국민문학파 중의 하나인 최남선의 논리는 "민족적 리듬"[30]을 강
조한 홍사용과 "현대의 조선심을 배경"[31]으로 하는 민요시를 쓰자는 김억

---

29) 이러한 유기체적인 민족 개념을 잘 보여준 당대의 글은 「세계개조의 벽두를 당하
여 조선의 민족운동을 논하노라」(『동아일보』 1920.4.6)이다. 이러한 유기체적인 민
족 개념은 본래 근대계몽기에 국가유기체론의 형태로 등장했다. 신채호는 국가를
민족정신으로 구성된 유기체로 여겼다(신채호, 「독사신론」, 『단재 신채호 전집』 상,
단재신채호선생기념사업회, 1977, 467~513쪽). 이런 유기체적인 민족 개념이 3·1
운동으로 인해서 한인 사회에 광범위하게 재확산된 것이었다.
30) 홍사용, 「六號雜記」, 『백조』 2호, 1922.

의 주장을 시조의 부흥으로 확장한 것이었다.

　민요시파·국민문학파의 유기체적인 민족 개념은 김성수·박영효·장덕준 등이 주도·간행한『동아일보』의 우파 문화적 민족주의 이념에 동조하면서 수용된 것으로 추측된다. 민요시파·국민문학파가 주장한 조선심이란 "조선인의 정신은 조선혼에서 나오는 것이며, 조선인의 생활은 조선식으로 영위하는 것"32)이라는『동아일보』의 사설에서 제기된 핵심적인 주장이었고, 주요 멤버들이 주로『동아일보』를 무대로 하여 글을 발표했기 때문이다.33)

　　　　라) 이 나라 나라는 부서졌는데
　　　　　이 山川 여태 山川은 남아 있드냐
　　　　　봄은 왔다 하건만
　　　　　풀과 나무에 뿐이어34)

　　　　마) 아득한 어느 때에
　　　　　님이 여기 나리신고,

　　　　　뻗어난 한 가지에
　　　　　나도 열림 생각하면,

　　　　　이 자리 안 찾으리까
　　　　　멀다 높다 하리까.35)

31) 김억, 「조선심을 배경 삼아」, 『동아일보』, 1924.1.1.
32) 「自精神을 煥하고 舊思想을 논함(사설)」, 『동아일보』, 1920.6.22
33) 『동아일보』의 문화적 민족주의 이념과 민요시파·국민문학파의 논조에 대한 상호 영향관계는 추후 연구과제가 됨을 밝힌다.
34) 김소월, 「봄」, 『조선문단』 3, 1926.
35) 최남선, 「단군굴에서(묘향산)」, 『백팔번뇌』, 한성도서주식회사, 1926.

민요시파·국민문학파의 주요 시 작품들은 유기체적인 민족 개념이 전제된 우파 문화적 민족주의 이념에 동조한 것이다. 이 때문에 시의 화자는 1910년대 최남선·이광수 등의 잡지·신문편집자들이 '아희', '아이들', '벗', '청년' 등으로 표현했던 민족의 환유물에서 벗어나서 근대적인 욕망과 감성을 지닌 근대시의 개인(내면)을 의미하면서도, 동시에 (상상의 정치공동체인) 민족의 한 구성원으로 이해되었다. 인용시 라)의 화자는 "이 나라 나라는 부서졌"음을 걱정하는 민족의 한 구성원이면서도, 그러한 걱정을 감성적으로 드러내는 근대적인 개인이 되는 것이다. 또한 인용시 마)에서 '님'은 시적 화자에게 있어서 개인적으로 연인·인간이면서도, 집단적으로는 영속적으로 존재하는 민족 그 자체(민족성, nationality)가 된다.

이러한 중층적인 시적 화자의 창조는 필연적으로 민족주의를 가로막는 식민지의 현실과 민족 건설·독립의 이상 사이의 커다란 불일치를 암시하고, 그 불일치로 인해서 시의 정서가 주로 희망과 절망 사이를 극단적으로 오갈 수밖에 없게 된다. 우파 문화적 민족주의 이념으로 민족을 만들어야 하는 사명의 이상이 강조될 때에는 님은 갔지만 나는 님을 보내지 아니하였다는 한용운의 각오와 희망으로, 반대로 그 사명이 현실에서 불가능하다는 것이 인식될 때에는 탄식, 공허, 허무, 좌절, 퇴폐감, 절망, 슬픔 등으로 나타난다.

3·1운동 이후의 시기에는 이러한 유기체적인 민족 개념이 한인 특유·특수의 것이라는 점에서 특수보다는 그 특수를 매개로 한 보편을 중시하는 문학적인 경향이 함께 발생한다.36) 그 경향이란 김창술, 김기진,

---

36) 대부분의 기존 문학사에서는 국민문학파와 카프의 관계에 대해서 카프의 성립과 그 반발로서 국민문학파가 대타적으로 성립되었다는 정도로 설명되어 왔다(김윤식, 『한국근대문예비평사연구』, 한얼문고, 1973). 이러한 설명은 카프와 국민문학파 시작 시점인 1925년과 1926년을 놓고 볼 때에 선후가 맞는 얘기로 보인다. 그렇지만 3·1운동 직후인 1920년 『동아일보』 창간과 더불어 유기체적인 민족 개념을

유완희, 임화, 권환, 박세영, 박팔양, 권환 등의 신경향파·카프, 김영랑, 박용철 등의 순수시파 그리고 김기림, 이상, 김광균 등의 주지주의·이미지즘을 의미한다. 신경향파·카프와 순수시파와 주지주의자들은 한인의 특수성보다는 그 한인을 매개로 한 인간의 보편성을 주목한다. 신경향파·카프는 인간의 계급 억압과 해방이라는 틀에서, 그리고 순수시파는 인간의 순수성 훼손과 회복이라는 틀에서, 또한 주지주의자·이미지스트들은 인간의 근대적인 부조리와 극복이라는 틀에서 사유했기 때문에 유기체적인 민족 개념이 독자적인 논리를 지니기 힘들다. 오히려 유기체적인 민족 개념이 특수로 비판되면서 역사적·사회적·존재론적인 인간의 보편성을 지향하는 그들의 논리로 흡수되거나 전유된다.

> 바) 빗켜라! ××들!
> 그들의 행렬을 더럽히지 말라! 굿세게 전진하는 그들의 압길을
>
> 행렬! 푸로레타리아의 행렬!
> 가정에서 전원에서 공장에서 쏘 학교에서
> 가두로 가두로 흩터저 나온다[37)]
>
> 사) 내 마음의 어딘 듯 한편에 끝없는
> 강물이 흐르네

핵심으로 하는 우파 문화적 민족주의 이념이 확산되었고 그 이념의 영향으로 인해서 1920년대 초반에 민요시파가 發生했으며 1926년에 국민문학파로 이합집산되었음을, 그리고 그 사이에 1921년에 간행된 일본 잡지 『씨뿌리는 사람들』에 영향 받아서 1922년과 1923년에 각각 염군사와 파스큘라가 조직되었고 이어 1925년에 카프로 발전적으로 해체·재구성되었음을 고려한다면, 민요시파·국민문학파의 우파 문화적 민족주의 이념이 선행하고 그 비판으로 카프의 계급주의가 후행한 것으로 再서술될 필요가 있다. 이 점에 대해서 추후 논의와 좀 더 많은 논거가 필요하다.

37) 유완희, 「民衆의 行列」, 『조선일보』, 1927.12.8

도처오르는 아침날 빛이 빤질한
은결을 도도네
가슴엔 듯 눈엔 듯 또 핏줄엔 듯
마음이 도른도른 숨어 있는 곳
내 마음의 어딘 듯 한편에 끝없는
강물이 흐르네.[38]

아) '넥타이'를 한 흰 식인종은
'니그로'의 요리가 칠면조보다도 좋답니다.
살갗을 희게 하는 검은 고기의 위력
의사 '콜베-르' 씨의 처방입니다.
'힐메트'를 쓴 피서객들은
난잡한 전쟁경기에 열중했습니다.[39]

인용시 바)-아)는 모두 유기체적인 민족 개념보다는 인간의 보편성을
중요시한 공통점이 있다. 인용시 바)에서는 1920년대 대다수의 한인이 당
면한 일본의 식민지 억압으로 인한 프롤레타리아의 계급적인 피억압이
서술된다. "푸로레타리아의 행렬!"을 강조하는 서술 내용은 "우리는 단결
로써 여명기에 있는 무산 계급 문화 수립에 기"[40]한다는 1926년의 카프와
조선공산당의 이념에 일정 부분 동조한 것이다. 유기체적인 민족 개념은
곧 식민지의 대다수 민중=피식민자=프롤레타리아라는 도식으로 전유된
것이다. 이러한 논리 속에서는 민족이냐 계급이냐 라는 것이 하나의 선택
지로 시인들에게 이해되고, 인용시 바)를 창작한 유완희의 경우에는 1920년
대 후반 이후 카프의 이념과 멀어졌던 중요한 이유가 된다.[41]

---

38) 김영랑, 「동백잎에 빛나는 마음」, 『시문학』 창간호, 1930.3.
39) 김기림, 『기상도』, 창문사, 1936.
40) 카프 강령, 1926.12.24.
41) 민족을 중시하는 유완희의 이러한 선택은 식민지 시기에 민족주의의 이념이 현실
화·구체화되지 못하고 실천의 단계에 이르지 못한 관계로 인해서 시 속의 민족

인용시 사)와 아)에서는 유기체적인 민족 개념뿐만 아니라 카프의 계급 개념까지도 비판적인 태도를 지녔다는 유사점이 있다. 사)에서는 유기체적이고 원초적인 민족 개념을 구현한 정신과 리듬이 아니라, (그러한 민족 개념을 매개로 한) 보편적인 인간의 순수하고 원초적인 정신과 리듬을 추구했다. "내 마음의 어던 듯 한편에 끝없는/강물이 흐르네"라는 구절에서는 보편적인 인간의 순수한 정신을 순수한 리듬으로 표현한 것이다. 또한 아)에서는 식민지 내에서 유기체적인 민족 개념의 실현 여부에 따라 희비가 엇갈리는 것이 아니라, 세계 내에서 (그러한 민족 개념을 매개로 한) 보편적이고 근대적인 인간의 부조리한 상황과 그 극복이라는 과제에 따라 희망과 절망을 오갔다. "'넥타이'를 한 흰 식인종은/'니그로'의 요리가 칠면조보다도 좋답니다."라는 구절에서는 백인를 비롯한 제국주의자의 세계사적인 식민지 침탈 상황에 대해서 냉소적인 비판을 가한 것이다. 이처럼 유기체적인 민족 개념이 재확산되거나 비판되는 상황은 중일전쟁 이후 급변하면서 민족 표상에 새로운 변화가 일어나게 된다.

4) 국민문학과 조선학·고전부흥

중일전쟁과 태평양전쟁은 일본뿐만 아니라 식민지 상태인 한인에게도 자신들의 정치공동체를 상상하는 과정에서 사활이 걸린 문제이다. 일본은 자국을 중심으로 한 동아시아의 협력을 전제한 뒤에 서로 갈등하는 서양과의 대결·승리를 통해 세계의 패권을 장악하고자 하는 대동아공영권 정책을 폈다. 한인이 이런 상황에서 상상할 수 있는 정치공동체란 상당히

은 상당히 관념적·추상적인 수준에 머무를 수밖에 없게 된다. 아울러 계급을 선택한 카프 시인들 역시 민족을 매개로 한 계급의 개념에 대한 회의와 갈등이 지속될 수밖에 없었다. 특히 유완희의 이념에 대해서는 추후 연구가 필요하다.

제한적이다. 서양의 침략을 막자면 일본에 협력해야 했지만 협력하면서
정치적인 독자적 위치를 찾기란 현실적으로 어렵기 때문이다. 이런 상황
에서 주요 문인집단들이 상상했던 정치공동체란 일본의 대동아공영권 정
책에 충실히 따르면서도 어긋나는 바바(Homi Bhabha)적인 의미의 흉내내
기[42]를 하는 것이다.

이러한 흉내내기의 논리 중에서 기존의 문학사·시사에서 가장 냉소적
으로 평가되어왔던 것은 이른바 친일문학으로 알려진 국민문학이다. 이광
수, 최남선, 서정주 등의 상당수 문인이 참여한 국민문학 집단은 국가를
위해서 개인의 희생을 공공연하게 요구하는 일본의 전체주의 이념과 그
이념이 구체화된 황민화정책·내선일체론에 동조했다. 이러한 전체주의
이념은 전쟁 동원을 위한 극단적인 논리임은 물론이고, 유기체적인 민족
개념을 지니지만 아래로부터의 혁명인 3·1운동의 이념과는 질적으로 다
른 위로부터의 강요인 것이다. 국민문학 집단은 이러한 일본의 전체주의
이념과 정책에 충실히 따르면서도 어긋나는 흉내내기를 통해서 식민자가
구축한 피식민자 사이의 인종적·이념적인 경계를 분열시키는 혼동을 일
으킨다.

> 자) 마쓰이 히데오!
> 그대는 우리의 가미가제 특별 공격 대원.
>
> (…중략…)
>
> 우리의 동포들이 밤과 낮으로

---

42) 호미바바적인 의미의 흉내내기(mimicry)란 지배자의 모범을 충실히 따르는 미메시
스(mimesis)인 듯하지만 동시에 이를 우습게 만드는 엉터리 흉내(mockery)가 되는
전복의 전술을 의미한다(Homi Bhabha(1994), *The Location of Culture*, London :
Routledge, p.86).

정성껏 만들어 보낸 비행기 한 채에
그대, 몸을 실어 날았다간 내리는 곳.
소리 있어 벌이는 고운 꽃처럼
오히려 기쁜 몸짓하며 내리는 곳.
쪼각쪼각 부서지는 산더미 같은 미국 군함!(43)

국민문학 집단은 일본의 전체주의 이념과 정책에 충실히 따름으로써 일본보다 더 "완전히 일본민족"(44)이 되는 혼동의 상황을 잘 보여준다. 일본의 조선총독부 고위관리인 야마나 슈키오는 "항상 조선사람이 기대어서야 할 내지인이 조선인보다도 두 발·세 발 앞서서 가야 하고 조선사람을 이끌어 나가야 하며, 또 조선인도 내지인에게 감사하는 마음으로 배워야 한다"(45)는 식민자의 동화주의를 말한 바 있었다. 인용시 자)에서는 이러한 동화주의를 극단으로 밀고가서 일본인보다 더 일본인다운 모습을 보여준다. 한인들이 비행기를 만들고 창씨개명한 마쓰이 히데오가 가미가제 공격 대원으로서 미국 군함과 싸운다는 내용은, 일본이 태평양전쟁 때에 폈던 정책들—징병제, 내선일체론, 황민화정책—을 충직하게 따라하는 차원을 넘어서서 대표하고 주도하는 수준에 이르기 때문이다. 일본인도 하기 힘든 자살공격을 한인이 한다는 것이다. 이러한 내용은 내선일체를 넘어서서 내선평등의 차원에 이르는 수준으로써 일본(인)의 우월성을 전제하는 식민자 정체성이 분열되고 고유한 권위가 붕괴되어서 식민자 / 피식민자 간의 우 / 열이 무화되는 혼동을 일으키는 것이다.(46)

---

43) 서정주, 「松井伍長 頌歌」, 『국민문학』, 1944.12.9.
44) 玄永燮, 『朝鮮人の進むべき道』, 綠旗聯盟, 1938, p.29.
45) 企劃部計劃課長 山名酒喜南, 「朝鮮人を中心として」, 『內閣總力戰研究所におる講演要旨』, 1942.8.20, p.14.
46) 일본의 미나미 총독이 나서서 "내선일체의 궁극적인 모습은 내선의 무차별평등이다"라고 말했고, 천황이 일시동인을 식민지의 핵심정책으로 내세웠다. 한인은 이러한 핵심정책을 출세욕망이나 생존욕구 등으로 인해서 잘 따른 경우가 많았다.

아울러 일본의 동아시아론에서 촉발된 『문장』지의 조선학·고전부흥 논의는 한인의 흉내내기가 전개되는 또 다른 방식을 잘 보여준다. 1940년 전후의 일본 지식계는 당국의 대동아공영권 정책에 부응해서 일본이 주도하는 협력·합동을 통한 새로운 동아시아를 만들어야 한다는 것을 취지로 동양의 문화적 전통과 특성을 주목한 동아시아론을 전개했고,[47] 동아시아 각국에 대해서 식민지 구축·유지를 위한 지역학 연구를 병행했다. 이러한 지역학 중의 하나가 조선학이다. 조선학은 일본인 학자들 중심으로 전개되었는데, 이러한 조선학을 흉내내기하면서 차이를 드러내는 논리를 구축한 한인 문인집단이 주요 매체로 활용했던 것 중의 하나가 『문장』지였다.

『문장』지는 이태준, 정지용, 이병기 등이 중심이 되었고, 이 문학집단은 "경서성전류를 심독하여 시의 원천에 침윤하는 시인은 불명하리라"[48]하는 정지용의 서술에서 확인되듯이 '조선적인 것'을 고전에서 살펴봤다.

이러한 식민지 동화주의 정책은 한일 간에 인종적·언어적인 차이가 거의 구별되지 않는 상황에서 정치적인 이념마저 똑같아져서 정말 식민자/피식민자가 혼동되는 상황에까지 도달하게 된다. 국민문학 집단의 문학은 이러한 혼동의 상황을 잘 보여준다. 또한 이러한 혼동으로 인해서 일본이 오히려 내선결혼을 금지시키거나 자신과 유사해진 한인을 멸시한 경우도 많이 생겼다(기획부계획과장 산명주희남, 「朝鮮人を中心として」, 『內閣總力戰研究所におる講演要旨』, 1942.8.20, pp.51~52).
국민시를 혼동의 논리로 바라본 이 글의 입장에 대해서 많은 논란이 발생할 것으로 추측된다. 기존의 문학사에서는 국민시가 민족을 배반한 친일시로 규정되었기 때문이다. 물론 국민시는 해방 이후에 보면 반(反)민족적인 요소가 다분한 것이 엄연한 사실이고 비판·성찰의 대상이 된다. 그렇지만 이 글에서는 중일전쟁 이후의 시기에 일본의 정책에 대응한 주요 문학집단들의 민족 표상을 다루기 때문에 각 집단들이 민족 표상을 다루고 활용하는 논리를 주목한다는 점에서 기존의 문학사와는 시각을 달리하게 된다. 이 점에 대해서 추후 심도 있는 후속논의가 필요하다고 본다.

47) 대표적인 글은 다음을 참조할 것. 미키 키요시, 유용태 역, 「신일본의 사상 원리」, 최원식·백영서 외 역, 『동아시아인의 '동양' 인식 : 19-20세기』, 문학과지성사, 1997, 57~58쪽.
48) 정지용, 「시의 옹호」, 『문장』, 1939.6, 125쪽.

"조선의 문화는 그 원류가 지나에서 비롯된 것이 극히 많은 까닭에 내지
와 조선과 지나, 삼자의 상관적 연구는 우리 제국의 문화를 판명하기 위
해 극히 중요한 지위를 점"49)한다는 일본인 학자의 말에서 잘 드러나듯
이, 조선학 연구의 목적은 일본 중심의 동아시아학을 구축하는 위한 것이
다. 『문장』지에 참여한 문학집단은 이러한 동아시아론에 대응해서 일본의
조선학 동향에 따르면서도 어긋나는 흉내내기를 통해서 '조선적인 것'의
차이를 모색한다.

> 카) 벌목정정(伐木丁丁) 이랬거니 아람도리 큰 솔이 베혀짐즉도 하이 골
> 이 울어 멩아리 소리 쩌르렁 돌아옴즉도 하이 다람쥐도 좇지 않고 묏새도
> 울지 않어 깊은 산 고요가 차라리 뼈를 저리우는데 눈과 밤이 조히보담 희
> 고녀! 달도 보름을 기달려 한밤 이 골을 걸음이란다? 웃절 중이 여섯 판에
> 여섯 번 지고 웃고 올라간 뒤 조찰히 늙은 사나이의 남긴 내음새를 줏는다?
> 시름은 바람도 일지 않는 고요에 심히 흔들리우노니 오오 견디란다 차고 올
> 연히 슬픔도 꿈도 없이 장수산 속 겨울 한밤내 ─50)

> 타) 어디다 무릎을 끊어야 하나
> 　한 발 재겨 디딜 곳조차 없다
>
> 　이러매 눈감아 생각해 볼밖에
> 　겨울은 강철로 된 무지갠가 보다51)

『문장』지에 참여한 문학집단이 추구한 '조선적인 것'은 일본이 주도한
동아시아론 속의 조선학 동향에 따르면서도 어긋나는 흉내내기의 양상을
지닌다. 인용시 카)와 타)의 시적 화자는 모두 전시상황으로 혼란스러운

---

49) 平井三南, 「京城帝國大學における規模組織とろの特色」, 『朝鮮』, 1925.4, p.43.
50) 정지용, 「장수산 1」, 『문장』, 1939.3.
51) 이육사, 「절정」, 『문장』, 1940.1.

현실을 인고하면서 절개를 지키는 전통적인 한인 선비의 자세를 견지한
다. 카)에서 "시름은 바람도 일지 않는 고요에 심히 흔들리우노니 오오 견
디랸다"라는 인고와 타)에서 "이러매 눈감아 생각해 볼밖에 / 겨울은 강철
로 된 무지갠가 보다"라는 절개는, 조선 시대의 선비가 지녔던 전통적이
고 고전적인 자세인 것이다. 이러한 자세는 "동양 문화에 대해서는 아직
충분히 열리지 않은 전통의 보고를 열어 그 세계적 가치를 발견"[52]해야
한다는 일본 주도의 동아시아론에 따르면서도, 한인 특유의 선비적인 인
고와 절개를 중심적으로 드러냄으로써 일본의 전통과 다른 문화적인 차
이를 만들어내는 것이다.

이러한 한인 문학집단들의 시도는 일본의 동아시아론·대동아공영권의
논리 앞에서 크게 자유로운 것은 아니다. 흉내내기와 문화적인 차이 만들
기라는 시도는 전시상황 속에서 일본의 정책과 그 문화논리에 휩쓸려 해
석·인식될 위험이 상당히 컸기 때문이다. 1945년 8월을 향해 전쟁이 점
점 확산될수록 한인 문인집단이 일본과 구별되는 독자적인 정치공동체를
상상·표상하기란 어려운 일이 아닐 수 없다. 이런 의미에서 해방은 도적
같이 찾아온 것이고, 민족 표상 역시 탈식민이라는 예측하지 못한 현실
앞에 새로운 전기를 맞이하게 된다.

5) 식민지에 대한 비판과 대응

이 글에서는 민족이 누구이냐라는 정체성의 물음 앞에서 기존 한국문
학사·시사에서 질문하던 방식을 바꾼다. 기존의 질문 방식에 따르면 식
민지 시기의 민족이란 일본과 맞서 저항·대항하는 역경 속에서 스스로

---

52) 미키 키요시, 유용태 역, 「신일본의 사상 원리」, 최원식·백영서 외 역, 『동아시아
인의 '동양' 인식 : 19-20세기』, 문학과지성사, 1997, 57~58쪽.

를 발견하고 발전시켜온 단수적인 의미의 공동체였다. 이러한 방식은 일
본의 식민지 정책에 따라서 다층적으로 유동하는 민족 표상들을 간과·
무시·전유한 것이다. 이 글의 출발점은 이 지점에 있다. 이 글에서는 민
족을 문학담론 속의 표상(언어)으로 이해한 뒤에, 식민지 시기의 민족 표상
이 주요 문인집단들이 상상해온 다양한 정치공동체들임을 밝히고자 했다.

그 결과 식민지 시기의 민족 표상이란 일본의 식민지 정책과 유동하는
혹은 그 정책을 수용하면서도 비판·대응하는 양가적인 용어였다. 좀 더
구체적으로 말하면 한일병합 이후 시기의 시단에 나타난 민족 표상은 일
본의 조선 개칭 또는 대한제국 명칭 금지로 인해서 '아희', '아이들', '벗',
'청년' 등의 기호들로 환유되었고, 모국어를 기반으로 한 근대시는 이 환
유물들과 일정한 거리가 있는 지점에서 발생했다. 3·1운동 이후 시기의
시단에 나타난 민족 표상은 일본의 한인 차별로 말미암아서 민요시파·
국민문학파의 '조선심'으로 대표된 유기체적인 개념으로 재확산되었다가,
인간 보편성을 강조하는 여러 경향들 — 신경향파·카프, 순수시파, 주지
시파·이미지스트들 — 에 의해서 직·간접적으로 비판되었다. 그리고 중
일전쟁 이후의 시기에 엿보이는 민족 표상은 대동아공영권이라는 당대의
진리로 여겨졌던 일본의 정책을 흉내내기하는 양상으로 — 식민자／피식
민자의 우／열을 혼동시키거나 혹은 일본 조선학의 '조선적인 것'과 유사
하면서도 구별되는 문화적 차이를 드러내는 양상으로 — 나타났다.

이처럼 민족을 담론적으로 규명해낸 일은 분명히 기존의 한국문학사·
시사와는 다른 방식이다. 또한 많은 자료와 사유를 보충해야 하는 것이다.
다시 말해서 기존의 한국문학사·시사에서 발선·신보의 주체로서 당연
시되던 민족의 정체성에 균열을 내고 다층적이고 다양한 민족들에 대한
논의를 새롭게 시작하는 것이 된다.

3. 민족분단과 국가주의

1) 분단 성립기의 국가주의와 시적 대응

(1) 분단시사와 시중지도의 방법론적 인식

분단체제라는 용어는 민족 통일을 향한 열망을 머금고 있다. 특히 한반도의 분단체제가 2차 세계대전 이후 냉전구도와 이에 상응하는 좌·우파의 세력 분화의 변수에 따른 타의적 산물이라는 점은 자주적이고 주체적인 민족 통일의 당위성을 더욱 부각시킨다. 따라서 분단시대의 민족문학의 지향성은 민족적 삶의 온전성과 분단 극복이 절대적 가치 개념으로 상존한다. 그러나 분단체제는 민족적 삶의 연대와 통합 보다는 서로 다른 국가주의의 이분법적인 분화와 편향을 강요한다. 이점은 정치적 지배 논리뿐만이 아니라 문학적 삶의 양식에서도 고스란히 반영된다. 분단체제의 성립과 더불어 좌우 통합과 화해를 지향하는 중도파의 민족주의 운동 세력이 소멸되면서 남북한의 문학 역시 순수와 이념 편향으로 치닫는 양극화 현상을 드러낸 것이다. 따라서 분단체제가 지속될수록 중도적 전통과 가치에 대한 창조적 모색이 소중한 의미를 지닌다.

한국 현대사에서 중도의 전통이 가장 표나게 드러난 경우는 해방 직후이다. 해방 직후 중도파는 단일한 내적 통합성을 갖는 고정된 정치세력은 아니었으나 주체적, 자주적, 통합적 세계관 속에서 정치, 경제, 사회, 문화의 국내외적 변수에 적극적으로 대응해 나가는 민족주의 운동 세력이었다. 여운형, 김규식, 안재홍 그리고 1948년 이후 김구 세력 등이 중심을 이룬 이들 중도파들은[53] 정세 인식과 정책 내용에 있어 서로 다른 편차가

---

53) 윤민재, 『중도파의 민족주의 운동과 분단국가』, 서울대학교출판부, 2004, 2~10쪽 참조.

있었지만 좌우합작, 남북협상, 단독선거 반대운동의 현안을 놓고는 연대와 결속을 뚜렷하게 보여주었다. 그러나 분단의 고착화와 함께 남한의 여운형, 백범, 장덕수, 송진우 등과 북한의 현준혁, 조만식, 오기섭 등이 죽음을 맞게 되고, 6·25전쟁을 겪게 되면서 중도 노선은 분단체제의 대립 구도 속에 흡수되고 만다. 1948년 제기된 남북협상운동과 같은 평화적이고 타협적인 통일운동을 전개했던 중도 노선이 남과 북에서 견고한 입지를 확보했었다면 민족분단과 전쟁이라는 상황은 피할 수 있었을지도 모른다.54) 6·25전쟁 이후 조봉암의 진보당과 같은 혁신세력이 중도 노선의 가능성을 잠시 드러내었으나 역시 분단 구조에 의존하는 이승만 지배정권에 의해 와해되고 만다.

이제 우리에게는 잃어버린 중도적 세계관을 복원시키는 것이 요구된다. 중도적 세계관을 찾고 회복하는 것은 분단체제 속에서 길들여진 이분법적인 인식 구도를 넘어서서 양극단의 허실을 규명하고 생산적인 대안을 도출하는 방법 찾기와 연관된다. 이때 중도란 공자의 시중지도(時中之道)의 세계관으로 설명된다. 시중지도에서 시(時)는 가변적인 상황을 가리키고 중(中)은 대립적인 상대성을 넘어 통합적인 보편성에 해당하는 형이상의 지점을 가리킨다.55) 따라서 중도(中道)라고 할 때 중(中)은 이변비중(離邊非中), 즉 양 극단을 떠나되 가운데를 가리키는 것은 아니다. 양 극단과 중간을 동시에 바라보면서 이들 전체를 들어 올리는 지점이다. 따라서 시중지도란 시세와 상황에 따라 객관적 진리를 차원 높게 구현해 나가는 역동적인 세계관으로 요약된다.

---

54) 위의 책, 4쪽.
55) 유칠로, 「孔子의 時中之道에 關한 硏究」, 성균관대학교 대학원 석사논문, 1978, 8~12쪽 참조 : 이동준, 「시중지도의 재인식」, 『유교의 인도주의와 한국사상』, 한울, 1997 참조.

이 글은 이러한 문제의식에 기반하여 해방공간과 1950년 6·25전쟁의 시적 대응에서 중도적 관점을 탐색하고 이에 입각한 가치 판단을 시도하고자 한다. 분단체제에서 진리-현실의 연속성을 추구하는 시중지도의 논리는 참된 민족적 통합의 삶을 위한 미래지향적인 방향성만이 아니라 과거의 역사에 대한 가치판단의 기준으로도 유용하다. 미래의 가치는 과거의 성찰의 거울로 작용하기 때문이다. 특히, 분단체제 성립기(1945-1959)의 중심적 계기에 해당하는 6·25전쟁의 문학적 대응과 중도적 지형의 탐색은 분단체제 심화기(1960-1979)와 분단체제 전환기(1980-현재)[56]의 중도적 노선의 원형성을 가늠하는 일이라는 점에서 중요한 의미를 지닌다.

(2) 해방직후 문단 질서와 이념적 대응

민족은 있으나 국가가 없었던 식민지 시대와 달리 하나의 민족에 두 개의 국가가 형성되기 시작한 해방 공간은 서로 다른 지배 체제와 권력의지의 배타적 대립과 충돌의 혼란상을 극명하게 드러낸다. 해방공간은 얄타회담(1945.2)에서부터 가시화된 미, 소 군정에 입각한 분단을 기반으로 하면서 좌익, 우익, 중도 좌익, 중도 우익 세력이 서로 혼전을 벌인다. 특히, 이들은 친일파 처단, 토지제도 개혁, 모스크바 3상회의(1945.12) 이후 신탁과 반탁, 정부수립 등을 두고 견해 차이를 보이면서 정국의 혼란을 증폭시킨다.

해방 직후의 문단은 우익의 '전국문필가협회', 극좌의 '조선프롤레타리아예술연맹'(약칭 '예맹'), 중도 좌익의 '조선문화건설중앙협의회'(약칭 '문건')로 나누어지는데 크게 보아 좌우, 그리고 내용적으로 3파전의 양상을 띠게 된다. 그러나 각기 다른 노선을 걸고 있던 '문건' 측과 '예맹'은 '조선문학가동맹'(약칭 '문맹')으로 통합(1945.12)되고, 이에 맞서 '문협'은 '청년문

---

56) 최동호, 『한국현대시사의 감각』, 고려대학교 출판부, 2004, 41쪽.

학가협회'를 결성(1946.4)한 이후 다시 '전국문화단체총연합회'(1947)로 통합
된다. 그리하여 문단은 1920년대의 프로문학과 국민문학이 대결하던 양상
과 흡사하게 '문맹'과 '문총'의 양대 진영으로 갈라지게 된다.57) 우익진영
의 민족문학론 계열에서 기성세대로는 국민문학파의 박종화, 해외문학파
의 이헌구, 김광섭 그리고 주요 창작 문인으로 채만식, 변영로, 오상순, 김
영랑 등이 있었다. 소장파에 해당하는 청년문학가협회의 구성원은 김동
리, 조연현, 조지훈, 임긍재, 곽종원, 서정주, 유치환, 박목월, 최태응, 김송,
김광주, 박두진 등이 주도적이었다.

해방 이후 전개된 우익진영의 민족문학 논의의 핵심 내용은 '문학의 자
율성'을 강조하는 '순수문학론'으로 요약된다. 김동리의 '인간성 옹호론',
조지훈의 '순수시론', 조연현의 '생리론'으로 대표되는 이들의 민족문학론
은 좌익계열의 계급적, 이념적, 공리적 문학과의 논쟁의 과정에서 대타적
으로 정립된 특성을 지닌다. 이들 우익진영의 민족문학론의 관점은 출발
부터 좌익진영과 맞서는 반공논리의 연장선에 있었다.58)

한편, 북한의 시단은 해방공간까지만 해도 독자성을 지니고 있지 못했
으며, 오영진, 남국만, 한재덕, 최명익, 백석 등 고향이 북쪽인 문인들이
이른바 재북 문인군으로 형성되어 있을 뿐이었다. 여기에 조선프롤레타리
아 문학동맹과 조선문학건설본부가 1945년 12월 조선문학가동맹으로 통

---

57) 이들 문예단체들의 양대 진영은 결성대회에서부터 각각 여운형, 김구 등이 참석하
  여 축사를 하는 데에서 보듯 짙은 정치색을 드러낸다. 좌우 문예단체의 정치적 성
  향과 활동 양상에 따라 선조석으로 계열화하면 다음과 같은 연속성을 이룬다. 좌익
  진영으로는 건국준비위원회 – 인민공화국 – 찬탁 – 조선공산당 – 남로당 – 조선문학
  건설본부 – 조선프롤레타리아문학동맹 – 조선문학가동맹으로 계열화 할 수 있다.
  반면에 우익 진영으로는 한민당, 임시정부, 이승만 노선 – 반탁 – 중앙문화협회 – 전
  조선문필가협회 – 조선청년문학가협회 – 단독정부수립의 계열로 정리된다.
58) 권영민, 「해방공간의 민족문학론과 그 이념적 실체」, 『한국 민족문학론 연구』, 민
  음사, 1988.

합되는 과정에서 주도권을 상실한 이기영, 윤기정, 안막, 박세영 등이 월북함으로써 북한문단의 원형이 형성된다. 그리고 조기천 등 소련파들이 귀국하고, 박헌영을 비롯한 남로당 주체세력과 이태준, 임화, 김남천, 이원조 등이 1947년과 1948년 사이에 월북하면서 북한문단의 확장이 이루어진다. 그리고 다시 6·25를 전후해서 정지용, 김기림, 박태원, 설정식, 이용악, 송완순 등이 입·월북하여 북한문단 질서의 재편성이 마무리된다. 대체로 북한 시단에서 일제강점기 및 해방공간 사이에 등장하여 지속적으로 활약한 시인으로 박세영, 박아지, 이찬, 안용만, 박팔양, 백인준, 조벽암, 정서촌, 김북원, 정문향, 조영출, 이맥, 이흡, 조기천, 민병균, 이용악, 강승한, 김상오, 리정구, 김학연, 김상훈 등을 꼽을 수 있다.

한편, 해방이후 좌우 대립 구조의 양극화 사이에서 김광균의 경우처럼 문학가동맹의 지나친 정치주의에 대한 비판과 백철, 염상섭, 서항석 등의 경우처럼 순수문학진영을 비판하는 방식을 통해 형성된 노선이 있었는 바, 중간파가 그것이다. 문학가동맹의 정치주의와 순수문학진영의 초월적 관념론을 동시에 비판하면서 등장한 중간파의 주요 구성원은 백철, 염상섭, 홍효민, 김광균, 최정희, 박영준, 계용묵, 정비석, 김영수, 이봉구, 장만영, 손소희, 장덕조, 임옥인 등이다. 좌익과 우익 진영으로부터 동시에 공격을 받은 이들은 김동석이 김광균을 향해 "좌우합작과 같은 노선을 시단에서 걸어가고 있"다는 지적에서 보듯, 1) 좌우문학단체의 통일을 강조한다는 점, 2) 순수문학을 비판하면서 동시에 '당의 문학'의 비판을 견지한다는 점 그리고 3) 문학에서의 윤리성을 강조[59]한 특징을 보인다.

이들 중간파 문학 진영은 편향된 이념적 명분 보다 문학적 진정성과 구체적인 삶의 리얼리티를 우선적으로 앞세우고 있어 주목된다. 현실적인

---

[59] 임헌영, 『한국현대문학사상』, 한길사, 1990, 27쪽 참조.

삶의 구체 앞에서 좌우 이데올로기란 한갓 관념의 허구일 뿐이라고 이들
은 파악한다. 중간파의 비평적 논의는 김광균의 '문학 위기론', 백철의 '신
윤리문학', 홍효민의 '민족적 사실주의', 염상섭의 사실주의 미학 등에서
집중적으로 드러난다. 여기에서 김광균과 염상섭의 육성을 직접 인용하면
다음과 같다.

> ① 8·15 이후 정치성을 띤 행사나 혹은 비상사건이 있을 적마다 거의 시
> 인들이 이를 취재하여 시를 썼다. 신년이 왔다고 시를 썼고, 학병사건에 일
> 제히 붓을 들었고, 3·1 기념시집을 냈고, 6월 10일 청년데이, 미국독립기념
> 일 — 또 무엇무엇에 시필을 잡았다. (…중략…) 문학에 뜻을 둔 사람이 문학
> 을 통하여 자기 인생이나 사회의 진보에 기여하는 바 있는 것을 바란다면
> 스스로 심사하는 바 있어야 할 것이고 문학뿐 아니라 딴 예술 부문도 역시
> 마찬가지일 것이다. 결론부터 말하자면, 예술성을 상실한 시란 정치에 기여
> 는 고사하고 모체인 문학까지도 상실하는 우스꽝스러운 결과를 맺을 뿐이
> 다.[60]

> ② 문학은 문학하는 사람의 '나'의 표현이며 민족으로서의 '나'의 표현인
> 동시에 사람으로서의 '나', 인생의 일면으로서의 '나'의 표현인 것이다. 예술
> 과 문학은 개인과 민족에서 한 걸음 더 나아가서 자기를 세계인 '나', 인류
> 로서의 '나'를 인식하게 한다. 그러므로 문학에 있어서 자기표현에 충실함은
> 민족 표현에 충실한 소이요 민족문학의 선양은 국제적 모든 정치적 외교적
> 노력보다도 세계평화와 인류애의 체현과 인류 공영의 길을 뚫어가는 가장
> 솔직하고 값있는 노력이라 할 것이다.[61]

①에서 김광균은 서정 양식으로서의 시의 본질을 염두해 두고 있다.[62]
그는 시적 자아의 진정성이나 개성과 무관하게 정치적 대의에 따라 "문자

---

60) 김광균, 「문학의 위기 – 시를 중심으로 한 일년」, 『신천지』, 1946.12, 116쪽.
61) 염상섭, 「민족문학 수립의 이념」, 『조선일보』, 1950.1.1.
62) 권영민, 『한국현대문학사』, 민음사, 1993, 69쪽.

의 숙련공"처럼 쓰는 시를 문학의 위기라고 인식하고 있다. 이것은 좌익 진영은 물론 우익진영에서도 드러나는 공리적, 교조적, 정치주의적 시편의 관념적 편향성에 대한 지적으로 이해된다.

②에서 염상섭은 개인적 자아가 민족적 자아이고 세계적인 자아이기도 하다는 동시적이고 연속적인 인식 속에서 충실한 "자기표현"을 강조한다. 그에게는 특정 이념에 복무하지 않을지라도 문학 행위 자체가 사회 역사적인 동시에 민족적, 세계적인 연대성을 지닐 수 있는 것으로 파악한다. 그의 이러한 문학관은 스스로 사실주의 미학을 선택한 배경이 된 것으로 보인다. 그는 일제강점기의 수난에 대한 충실한 증언의 문학형식으로서 「만세전」, 「삼대」 등을 낳았고 전쟁시기에는 일상성에 충실한 「취우」와 같은 사실주의 문학을 낳는다. 「취우」에서 염상섭은 6·25전쟁을 한갓 소나기 (취우)의 일종으로 취급하고 있는데, 이것은 좌우합작 노선의 문학적 수준을 새삼 말해 주는 것이다.[63] 그에게 6·25전쟁 문학의 주역은 초국가주의의 이념이 아니라 전쟁 속에서도 꾸준히 지속되는 일상적 삶의 시간성이다. 이렇게 보면, 염상섭은 전쟁기에도 중간파의 노선을 지속적으로 견지함으로써 현재적 진정성을 구현할 수 있었던 것이다.

이상에서 보듯, 해방 공간에서부터 서로 대타적인 양상을 드러내었던 좌·우 문단은 6·25전쟁을 계기로 더욱 뚜렷하게 양극화 된다. 그러나 이들은 제각기 새롭게 건국해나갈 국가주의에 충실히 종속되는 양상을 보인다는 점에서 공통적이다. 이를테면, 이들은 시중지도에서 도의 자리에 제각기의 국가주의의 절대적 이념을 올려놓고 있었던 것이다. 그러나 이 때의 이념은 편벽되지 않는 중용과는 거리가 멀다. 중도란 "투철한 참여정신과 엄정한 객관정신이 조화롭게 결합된 지공무사(至公無私)의 경지"이

---

63) 김윤식, 『한국현대문학사론』, 한샘, 1988, 82쪽.

며 "'사무사(思無邪)'의 경지와도 다르지 않을 것"[64]이기 때문이다. 이렇게 보면, 시중지도에 가장 근접한 문단 진영은 대립적인 국가주의와 무연한 자리에 거점을 둔 중간파로 보인다. 이들은 시중지도의 도의 자리에 문학적 진정성과 일상적 시간성을 두고 있었던 것이다.

(3) 국가주의 전쟁문학론과 중도적 지형

6·25전쟁기 문학은 전쟁 이데올로기의 영향권에서 자유롭지 못하였다. 남·북한의 대부분의 중요 문인들이 이른바 문화전선을 구축하고, 종군작가단을 결성하여 전쟁의 선무공작에 가담한 것은 그 단적인 예이다. 다시 말해서 전쟁 시기 남북한 문학은 공통적으로 국가주의의 권력적인 제도 담론의 성격을 지니고 있었다.

남한의 우익진영의 문인들은 먼저 종군문인단체 '문총구국대'(1950.6.28)[65]를 조직하고, "반공전쟁 수행에 끝까지 행동을 통일할 것을 다짐"[66]한다. 이후 9·28 서울 수복 이후 자진 해산했던 종군 문인들은 다시 1951년 1·4후퇴를 겪으면서 대구, 부산 등의 피난지를 중심으로 각 군의 종군작가단[67]을 결성하여 전장의 현장으로 직접 참여한다. 이러한 상황 속에서

---

64) 백낙청, 「시와 리얼리즘에 관한 단상」, 『실천문학』, 1991년 겨울호.

65) 문총구국대(文總求國隊)의 주요 구성원은 조지훈, 서정주, 김송, 이한직, 박목월, 구상, 이정호, 임긍재, 박화목, 조흔파, 서정태, 김윤성, 유치환, 오영수, 박용덕, 홍영희, 최태응, 오영진 등이다.

66) 구상, 「6·25동란 발발과 대구 후퇴」, 『죽순』 20, 1986, 198쪽.

67) 육군종군작가단 : 박영준, 장덕조, 최태응, 조영암, 정비석, 김송, 이덕진, 김진수, 박영준, 정운삼, 성기원, 박인환, 방기환, 최상덕 등.
　　해군종국작가단 : 윤백남, 염상섭, 이무영, 박계주, 박연희, 김종호, 이종환, 윤고종, 안수길, 이선구 등.
　　공군종군작가단 : 김기완, 마해송, 조지훈, 최인욱, 최정희, 곽하신, 박두진, 박목월, 김윤성, 유주현, 이한직, 이상로, 방기환, 황순원, 김동리, 전숙희, 박훈산 등.

남한 문단은 지배 권력의 국가주의에 복무하는 우익 편향으로 극단화 된다. 특히 전쟁 초기 '부역문인'[68]사건은 해방 직후 열려 있었던 문학인들의 좌·우 이데올로기의 선택 가능성을 완전히 차단하고 반공 이념을 중심축으로 하는 하나의 상징질서 속에 복속되는 길만을 강요한다.

그렇다면 이와 같은 보수 우익 진영의 전쟁 상황에 대한 적극적인 참여와 정치주의, 공리주의 배격을 주장하며 순수성, 자율성을 내세웠던 논리와의 관계는 어떻게 해명될 수 있을까? 여기에 대해 우익진영의 이론적 맹장인 김동리의 답변은 그 해결의 실마리를 제공한다.

> 정치주의, 공리주의를 배격한다고 해서 정치성이나 공리성 그 자체를 배제하는 것은 아닌 동시에 그것을 포함한다고 해서 그것이 인간성보다 우위에 놓이거나 주축이 되는 것은 아니다. 그 아래서 제이의적이요 부차적인 요소로서 복무하는 것이다.[69]

위의 전언에서 김동리는 결과적으로 좌익문학에 대한 핵심적인 비판 논거였던 공리성과 정치성을[70] 부차적이나마 스스로 순수문학의 범주에 포괄시키는 면모를 보이고 있다. 따라서 이들 우익 진영의 문학론이 6·25전쟁기에 문화 전선 구축론, 문인 책무론 등으로 변주 되면서 국가주의의 특성을 선명하게 보이는 것[71]은 결코 어색하지 않다. 전쟁 문학론의 특성

---

68) 부역문인사건은 1950.9.28 서울수복 이후 인민군의 점령기간 동안 서울에 남아있던 문인들의 행적을 사법처리 대상으로 심사한 것을 가리킨다(조연현,『문학과 사상과 인생』9, 문학세계사, 1982, 177~180쪽 참조).

69) 김동리, 「戰爭과 文學의 根本問題」,『協同』35호, 1952.6, 50쪽.

70) 조선청년문학가협회는 강령에서 '자주독립 촉성에 문화적 헌신을 기함', '민족문학의 세계사적 사명의 완수를 기함'과 더불어 '일체의 공식적, 노예적 경향을 배격하고 진정한 문학정신을 옹호'를 강조한다.

71) 이 시기 남한 문단의 문인들은 주로 군 및 군과 관계되는 기관지『전선문학』(육군종군작가단),『창공』(공군종군작가단),『코메트』,『해군』등과 전시하 피난지에서 '전시판'으로 잠정 속간된『문예』,『주간문학예술』,『문화세계』,『신천지』,『현대

을 드러내는 주요 내용을 살펴보면 다음과 같다.

① 따라서 인류 공존의 진정한 민주 이념의 팽배와 옹호를 위하여 전 세계 문화인은 총집결되어 하나의 국제적 문화전선을 구축하여 가려는 이 과정에서 서서 한국의 위치는 너무나 중차대한 것이다. (…중략…) 자유와 독립을 위하여 생사를 선택하는 자주적 문화적 전투정신과 당을 위하여 불가항력으로 주검의 구렁 앞에 나서는 피동적 야만적 굴종 상태와의 대결인 것이다.[72]

② 전쟁의 목적은 승리함에 있다. 우리의 문학도 승리 없이는 존재하기는 불가능한 것이다. 그러므로 우리 문학의 불가결의 요소는 철석같은 전우애, 조국애 발양과 열화 같은 적개심의 양양이다.[73]

①은 이른바 '문화 전선 구축론'을 언급하고 있다. 문화전선구축론이란 6·25전쟁을 자유민주주의와 국제 공산주의의 대결로 파악하고 자유민주주의의 국제적 전선을 통한 대결의 필요성을 강조하는 것이다. 이러한 문화전선구축론이 강조될수록 반공과 멸공의 국가주의가 절대적 위상을 지니게 된다. 문화전선구축론은 6·25전쟁 문학에 반전문학의 가능성을 억압하고 우리 문학을 반공이데올로기에 가두어 놓는 결과를 초래한다.[74] ②는 전쟁상황에서의 문인의 책무가 강조되고 있다. 문학이 전쟁의 승리를 위한 선무공작의 역할을 감당해야 한다는 것이다. 전쟁 상황에서 문학은 또 다른 무기가 되어야 한다는 인식이다. 문인 책무론은 문학적 진정

공론』, 『신문학』(광주) 등의 잡지 그리고 『연합신문』, 『서울신문』, 『국제신보』 등의 일간지에 주로 논설문이나 격문 혹은 보고문 따위에 준하는 짧은 글들을 발표하여 자신들의 주장을 개진하였다.

72) 이헌구, 「문화전선은 형성되었는가」, 『전선문학』 2호, 1952.12.

73) 김팔봉, 「전쟁문학의 방향」, 『전선문학』 3호, 1953.2.

74) 오세영, 「6·25와 한국전쟁 문학론」, 『한국근대문학론과 근대시』, 민음사, 1996, 513쪽 참조.

성과 자율성의 미의식을 완전히 휘발시킨다.

한편, 북한은 한국전쟁을 '조국해방전쟁'으로 명시한다. 그들은 전쟁의 성격에 대해 "미국이 시행한 전쟁은 무너져가는 제국주의적 식민통치체제를 유지하며 조선전쟁을 세계제패의 야망을 실현해 보려는 침략적이며 반혁명적인 부정의의 전쟁"이라고 하고, 이와 반대로 "조선인민이 수행하는 전쟁은 미제와 그 앞잡이들의 무력침공을 반대하고 조국의 자유와 독립을 고수하기 위한 정의의 조국해방전쟁이었으며 조국통일 위업을 완수하고 전국적 범위에서 민족자주권을 확립하기 위한 혁명전쟁"75)으로 규정한다. 북한은 한국전쟁의 대결양상을 북한 대 미국, 전 한국 민중 대 미국으로 파악한다.76)

이와 같은 전쟁인식은 당시 북한의 문예이론의 기본 토대가 된다. 전쟁을 겪으면서 북한문단은 월북 작가의 동참과 함께 독자적으로 재편되었고, 당의 문예이론과 정책의 내용 또한 더욱 직접적이고 강경하게 나아간다.77) 전쟁 시기 북한 문예창작에 가장 큰 영향을 끼친 김일성의 교시 「우리 문학예술에 있어서의 몇 가지 문제에 대하여」(1951.6)는 이러한 사정을 선명하게 드러낸다.

---

75) 과학원력사연구소, 『조선통사(하)』, 오월, 1988, 388쪽.
76) 한국전쟁에 대한 북한의 성격규정을 개념화하여 정리하면 다음과 같다.
　　① 전쟁의 대의 목적에 있어서는 정의의 전쟁, 해방전쟁, ② 전쟁의 주체에서는 계급투쟁, 민족해방전쟁, ③ 전쟁의 수행범위에서는 조국해방전쟁, 민족해방전쟁, ④ 전쟁의 내용에 있어서는 통일과 민주혁명전쟁, ⑤ 전쟁주체의 구성에서는 내전의 국제전으로의 성격변화, ⑥ 전쟁기술과 장비에서는 육·해·공 종합의 현대전쟁.
　　류상영, 「북한의 한국전쟁인식과 성격규정」, 『한국전쟁연구』, 태암, 1990, 72쪽.
77) 해방 이후 북한문학은 '북조선예술총연맹'(1946.3.25)이 결성된 이래 '건국사상운동'(1946.11.25)에 입각한 시집 『응향』 사건(1946.12.20)의 비판, 1947년 김일성에 의해 제기된 '고상한 사실주의' 등을 거치면서 교조주의적인 공리성, 도식성, 교양성의 특성을 뚜렷하게 드러낸다.

오늘 조선인민이 미제 침략자들을 반대하며 조국의 자유와 독립을 수호하기 위한 성스러운 해방전쟁을 진행하고 있는 이때, 우리 작가, 예술가들에게는 매우 중대한 임무가 부과되어 있습니다. 우리의 작가, 예술가들은 인간 정신의 기사로서 자기들의 작품에 우리 인민의 숭고한 애국심과 견결한 투지와 종국적 승리에 대한 확고한 신심을 뚜렷이 표현하여야 하며 그들을 최후의 승리에로 고무하는 거대한 힘으로 되게 하여야 합니다.

위의 전제에 이어 몇 개의 항목에 걸쳐 작품 활동의 구체적인 실행방법이 제시되었다. 이를 들면, ① 인민의 숭고한 애국심을 표현할 것. ② 인민군의 영웅성을 묘사할 것. ③ 적에 대한 불붙는 증오심과 애국심을 고취할 것. 미제국주의자들은 교활할 뿐 아니라 가장 포악하고 추악한 현대의 야만인이라는 것을 폭로시킬 것. ④ 소련을 위시한 여러 인민민주주의 나라와의 유대감, 단결심 고취와 그 수용을 통한 민족문학의 건설을 시도할 것 등이다. 6·25전쟁 시기 당의 문예정책은 조국해방전쟁에 대한 선전, 선동, 투쟁의 무기화로 집중됨을 알 수 있다.

이상에서 보듯, 6·25전쟁 시기 북한 문단은 물론 남한 문단의 경우에도 국가주의의 지배 논리에 종속되고 있음을 볼 수 있다. 이러한 전쟁 시기 남·북한의 국가주의 논리는 분단체제의 고착화와 더불어 지속된다. 전쟁이후 분단과 더불어 북한은 김일성 우상화와 반미 주의를 통한 내적 통합을 추구하고 남한은 반공, 반북, 분단논리를 기반으로 하는 지배정책을 추구해 나간다. 이와 같은 초국가주의의 패권 속에서 해방 이후 중간파의 연장선상에 해당하는 중도적 문학론을 찾는 일은 쉽지 않다. 그럼에도 불구하고 전쟁 중에 발표된 조연현의 "경험"으로서의 문학과 백철의 반전 문학에 대한 언급은 탈국가주의의 성향을 비교적 뚜렷하게 읽을 수 있다.

전쟁이라는 거대한 한 소재가 옳은 문학적 표현을 얻는 데에는 그것이 작가의 내부적인 경험과 일치되는 것이 필요하다. 즉 전쟁이 객관적인 소재로서

가 아니라 자기의 주체적인 인생이요 현실이어야 한다는 뜻이다. (…중략…)
어떤 외부적인 체험이 어떤 내적 경험을 형성시키는 데에는 상당한 시간이
필요하다. 체험이란 그 성질상 진행 중인 미완료의 어떤 상태라면 경험이란
이미 완료된 어떤 상태가 아닐 수 없다. 즉 체험이 행동의 상태라면 경험은
반성의 상태이다. 이것은 경험이라는 것이 체험의 기록인 동시에 체험의 요
약된 의미라는 것에서도 명백한 것이다. 이것은 진정한 의미에 있어서의 경
험이다. 문학은 어느 편이냐 하면 체험의 기록이기보다 경험의 형상화이다.
이것이 하나의 체험이 작품을 낳게 되는 정상적인 문학의 생리적 과정이
다.[78]

　조연현은 전쟁문학이 소재주의가 아니라 "내부적인 경험"을 바탕으로
한 주체적인 창작의 진정성을 강조하고 있다. 이것은 전쟁 이념과 전투의
식을 고취시키는 수단으로서의 문학에서 벗어나 주체적인 "경험의 형상
화"의 강조로 이어진다. 특히 그는 "경험"과 "체험"을 구별하고 있는데,
체험이 즉자적이라면 경험은 "반성"적 거리를 지닌 대자적 상태이다. 따
라서 경험의 문학이란 국가주의의 지배 이념을 탈각한 "주체적인 인생"과
현실성의 중요성을 강조하고 있는 것이다. 이것은 결국 전쟁 문학의 주역
이 관념적인 이념이 아니라 전쟁 속에서도 엄존하는 일상의 시간성이란
점을 드러내고 있는 것으로 보인다. 이렇게 보면, 조연현의 "경험의 형상
화"로서의 전쟁문학의 당위성은 해방 이후 중간파의 노선과 연속성을 이
루는 것으로 해석된다.

　(4) 국가주의 전쟁 시와 중도적 상상

　우리 민족사에서 6·25가 갖는 전환적 계기로서의 위상은 문학의 경우
에도 동일하게 적용된다. 6·25를 계기로 남·북한은 제각기 새로운 문단

---

78) 조연현, 「한국전쟁과 한국문학」, 『전선문학』 3호, 1953.2.

의 재편성과 문학적 지향성을 분명하게 정립한다. 해방 이후 좌·우 문학 단체를 중심으로 한 양대 진영과 중간파의 활동은 전쟁을 통해 월북·월남의 과정이 마무리되면서 분단체제에 상응하는 문단 질서의 새로운 재편을 이루어 나간다. 특히 6·25전쟁 문학은 남·북한 모두 종군작가단을 중심으로 전개되면서 전쟁이라는 급박한 상황 속에서 나타난 초국가주의에 복속된 양상을 첨예하게 드러낸다.

6·25전쟁을 계기로 우익진영을 중심으로 완전히 재편된 남한 문단의 시편은 '문화전선구축론'과 '문인책임론'의 전쟁문학론에 상응하는 반공의식의 고취와 국군의 승전의식을 고무 찬양하는 시편들이 주류를 이룬다.

> ① 악마의 궁궐 크레믈린의 심장에다 다이나마이트를 장치하자./순이야, 그리하여 너는 불을 질러다오. 꼭두서니 빛으로 활활 타오르는 죄악의 궁궐을/깔보며 아침에로 내닫는 신작로에서/머리카락올랑 날리며 휘휘날리며
> ─조향, 「순이야」─

> ② 그날 당신이 당신의 조국을 애중함에 못지 않어/남나라의 조국도 아끼기에 진정 용감하였으므로/그 갸륵한 뜻을 마지막 신께 증거하여/이 불행한 코리아의 토지를 껴안듯 쓸어지며 적셔준 선혈인즉/반드시 인류에게 해바라기 같은 자유와 우애의 꽃을 피우리니.
> ─유치환, 「화란기에 영원히 영광 있으라」─

시 ①은 소련에 대한 적개심을 직접적으로 표출하고 있고 ②는 유엔군의 일원으로 참전한 네덜란드 병사를 예찬하고 있다. 1950년 6월 25일 한국전쟁이 발생하자, 유엔은 같은 헤 7월 7일 유엔군 구성을 승인하고 군사작전 지휘권을 미국에 양도한다. 미국을 중심으로 한 16개국의 유엔군이 한국전에 참전하면서 1950년 9월부터 전쟁의 추이는 유엔군의 공세기에 해당하는 제2국면으로 접어든다.[79] 당시 문인들에게 한국전쟁의 구도는 자유진영과 소련을 중심으로 한 공산진영과의 대결로 인식된다. 따라

서문인들은 한국전쟁을 단순한 남·북한의 대결이 아니라 국제 문화 전
선의 충돌 현장80)으로 파악한 것이다.

한편, 다음 시편들은 '군인 책무론'에 입각한 전쟁시편의 현장을 직접
적으로 드러낸다.

> ① 불어라 푸른 바람/肉彈戰이 벌어진 저 골짝의/피비린내와 초연을 뒤섞
> 어/금강산 향로봉 넘어로 불어라/국군의 용사들 이렇듯 과감하다고/붉은 원
> 수들의 귓초릴 불어라//꽈르르릉 쾅/쓸 쓸 날아가는/山록에서 쏴넘기는 砲聲
> 砲聲/멋지게 적진에 명중하는 砲聲 爆音//―//여기에 세기를 쥐어 흔드는 浪
> 漫이 있다./여기에 正義를 宣言하는 절규가 있다.
>
> ―양명문,「향로봉(香爐峰)에서」―

> ② 누른 유니폼, 햇빛에 반짝이는 어깨의 표식/그대는 자랑스런 대한민국
> 의 소위였구나./가슴에선 아직도 더운 피가 뿜어나온다./장미 냄새보다 더욱
> 짙은 피의 향기여!/엎드려 그 젊은 주검을 통곡하며/나는 듣는다! 그대가 주
> 고 간 마지막 말을―//나는 죽었노라, 스물 다섯 나이에, 대안민국의 아들로/
> 나는 숨을 마치었노라./질식하는 구름과 바람이 미쳐 날뛰는 조국의 산맥을
> 지키다/드디어 나는 숨지었노라.
>
> ―모윤숙,「국군은 죽어서 말한다」―

시 ①은 금강산 향로봉의 한 무명고지를 탈환하는 전투현장에서 승전
의식을 고양시키기 위한 선무시이다. 인민군대를 섬멸하는 것을 "세기를
지어 흔드는 낭만/정의를 선언하는 절규"라고 규정하며 적개심을 선동하

---

79) 참고로 한국전쟁의 전쟁국면을 정리하면 다음과 같이 다섯 시기로 구분된다.
   제1국면(1950.6.25-9월 중순) : 북한 인민군의 공세기, 제2국면(1950.9월 중순-11월 하
   순) : 유엔군의 공세기, 제3국면(1950.11월 하순-51년 1월 말) : 북한 인민군과 중국 인
   민지원군의 공세기, 제4국면(1951.2월-6월 말) : 전선의 교착기, 제5국면(1951.7-1953.7월) :
   휴전협상과 소모전기(박명림,「한국전쟁의 전개과정」,『한국전쟁연구』, 태암, 1990
   참조).
80) 오세영, 위의 책, 510쪽.

고 있다. 시 ②는 남한의 대표적인 전쟁시로 알려진 반공의식 고취시이다. 전장에서의 국군 소위의 죽음을 추모하는 형식을 통해 인민군에 대한 적 개심과 반공의식의 고취를 정서적으로 호소하고 있다.

반북, 반공 이데올로기를 반복적으로 투사하고 있는 이들 시편들은 국가 주의의 동의를 창출시켜내는 공적 담론 기제로서의 역할을 수행했다. 특히 반북, 반공 이데올로기는 6 · 25전쟁을 겪으면서 남한의 지배이데올로기로 정착되었을 뿐만 아니라 사회의 정신습속에까지 깊이 내면화된다. 그리하여 점차 분단체제의 문제점과 그에 따른 사회적 갈등의 실상을 은폐, 왜곡하고 사회 결속을 유도해나가는[81] 국가주의의 억압적 이데올로기로 정착되기도 한다. 이외에도 남한의 국가주의에 입각한 전쟁시편은 찬가, 애도시, 격시, 기원시, 결의시[82] 등의 양식으로 변주되면서 다양하게 창작된다.

한편, 해방 공간의 재북 문인과 좌익 문인의 월북 과정을 거치면서 형성 된 북한 시단은 "조국해방전쟁"의 전위로서의 역할을 충실하게 수행한다.

① 딸라로 빚어진 월가의 네거리에/넥타이를 맨 식인종/실크햇트를 쓴 사람 버러지/자동차에 올라 앉은 인간 부스러기/성경을 든 도적놈/온갖 잡색/력사의 저주스런 추물들이(─)/죽고도 영원히 벗지는 못할/침략자의 락인을 이마에 찍고

　　　　　　　　　　　　　　－백인준, 「얼굴을 붉히라 아메리카여」－

② 따바리 불타는 총자루/앞세워 승승장구/38선을 넘어/벌써 아득한 천리 길,/나의 따발총이여/(─)나의 따바리! 가자/대구 진주를 거쳐/려수 목포 부산 으로/아니 제주도 끝까지/가자 나의 따바리!

　　　　　　　　　　　　　　　　　　　－안용만, 「나의 따발총」－

---

81) 유재일, 「한국전쟁과 반공이데올로기의 정착」, 『역사비평』, 1992년 봄호.
82) 오세영, 위의 책, 310쪽.

③ 당신께서 계심으로 하여 저희는/5각별 찬란한 조국의 깃발과 더불어/자유로운 하늘과 기름진 땅을 가진/자유조선의 공민으로 되었습니다./당신의 슬기로운 가르치심 받아 저희는/삶의 보람과 귀중함을 배웠고/자기 힘의 굳세임을 깨달은/새 조선의 주인으로 되었습니다.

－김우철, 「수령」－

비시적인 격정적 어조와 원색적인 어투가 주조를 이루고 있다. 시 ①은 반미의식 고취의 시이다. 김일성이 "작가들은 특히 미제국주의자들의 만행을 폭로하는 글을 많이 써야 하겠습니다."고 공식적으로 시달한 이후 미군에 대한 비난은 더욱 경직된 어조로 강화된다. 이 당시에 발표된 반미의식 고취의 시는 남한의 '문화전선구축론'의 시편들과 상응한다. 시 ②는 인민군의 영웅적 투쟁성, 호전성, 용감성이 직정적으로 드러나고 있다. 전쟁 시기 북한시는 전쟁의 가장 실질적인 수행주체자에 해당하는 인민군 찬양시가 가장 많이 창작된다. 시 ③은 김일성 우상화를 드러내고 있다. 전쟁을 거치면서 북한 사회에서 김일성은 모든 삶의 원리의 정점에 놓인 신화적 상징성으로 표상된다. 북한에서 수령의 신격화는 김일성의 지배 욕망과 의지를 정당한 공권력으로, 통제를 귀속감으로 여기도록 하는 통치 양식을 가능하도록 한다.

북한의 문학은 '적아'와 '선악'이 확연히 구분되는 문학이다. 적과 악으로 규정되는 대상에 대해서는 죽음 이후까지도 이어지는 철저한 저주와 증오의 결의가 드러난다. 이와 같은 뚜렷한 이항대립적인 사고는 반미·반제국주의에 입각한 북한식 사회주의 체제의 국가주의를 부각시키는 전략적 기능을 수행한다. 이외에도 6·25전쟁 시기 북한 시단은 인민 영웅시, 소·중공군에 대한 헌사시 등으로 변주되며 조국해방전쟁의 전투적 구호로서의 역할을 담당한다.

한편, 6·25전쟁 시기 중도 노선은 남북한의 초국가주의의 패권적 대립 속에 매우 미미한 양상을 드러낸다. 당의 공식적인 지배 정책 속에 지도, 관리, 생산되는 북한문학에서 중도 노선의 가능성은 완전히 차단된다. 북한에서 문예지는 당의 기관지에 다름 아닌 것이다. 반면에 남한의 6·25 전쟁시편에서는 전쟁이념의 선전·선동의 경우와 달리 구체적인 일상성이 주조를 이루는 작품들을 만날 수 있다. 물론, 중도 계열의 시인들이 내적 통합을 이룬 일군의 계보를 이루지는 못했다. 다만, 우익 진영의 전쟁시편들 가운데 이념 과잉의 풍조로부터 벗어나서 현재적 리얼리티와 내면적 진정성을 추구한 작품을 찾을 수 있는 것이다.

　① 바지보다는 치마가 너무 짧아 우습고/숯 꺼멍이 남아 있는 처음 얼굴이/별로 정다울 리도 없건만/순 평안도 사투리에 이끌려 어쩌다가 마주치는 그 눈동자는/산포도 알처럼 무르익었다.//진격의 명령이 내려/내일이면 영원(寧遠)으로 떠나야 할 그날 밤/살며시 방문 열어/채림 단정히 그 처녀는/동김치에 국수 두 그릇을 고이왔다./<감촤둔 뫼밀이 고냥 있었다우.>
　　　　　　　　　　　　　　　　　　　　　　－장호강, 「맹산처녀」－

　② 여기 망망한 동해에 다달은/후미진 한 적은 갯마을//자나 깨나 푸른 파도의 근심과/외로운 세월에 씻기고 바래져/그 어느 세상부터/생긴대로 살아온 이 서러운 삶을 위해//어제는 인공기 오늘은 태극기 관언(關焉)할 바 없는 기폭이 나부껴 있다.
　　　　　　　　　　　　　　　　　　　　　　－유치환, 「기의 의미」－

　③ 일찍이 한 하늘 아래 목숨 받아/움직이던 生靈들이 이제//싸늘한 가을 바람에 오히려/간고등어 냄새로 썩고 있는 多富院 //진실로 運命의 말미앎음이 없고/그것을 또한 믿을 수가 없다면/이 가련한 주검에 무슨 安息이 있느냐//살아서 다시 보는 多富院은/죽은 者도 산 者도 다 함께/안주의 심이 없고 바람만 분다.
　　　　　　　　　　　　　　　　　　　　　－조지훈, 「다부원(多富院)에서」－

위의 시편들은 공통적으로 탈이념적인 생활상의 구체가 시적 주체를 이루고 있다. 시 ①은 적진에서 "진격의 명령"을 받고 떠나기 전에 일어난 애틋하고 소박한 사랑의 정감이 흥미롭게 개진되고 있다. "맹산 처녀"에 대해 "별로 정다울 리도 없건만" "마주치는 그 눈동자는 산포도 알처럼 무르익었다"라는 표현은 이미 서로가 깊은 연정을 느끼는 사이라는 점을 암시한다. 과연 "맹산처녀"는 "내일이면" "떠나야 할" 시적 화자에게 "살며시 방문 열어", "동김치에 국수 두 그릇을" 들고 들어온다. 험열한 전쟁 상황에서 "<감촤둔 뫼밀>"로 만든 것이다. "국수 두 그릇"이 전쟁의 혼란 속에서도 피어난 아름다운 사랑을 드러내는 객관적 상관물이다. 이들의 사랑은 "진격의 명령"에 따라 안타깝게도 내일이면 마감될 것이다. 그래서 시상은 어느덧 반전의식을 환기시키게 된다. 전쟁이 이들의 사랑을 단절시키고 있기 때문이다. 순박한 사랑이 전쟁 이데올로기를 완전히 압도하고 있는 형국이다.

시 ②는 "후미진 한 적은 갯마을"에 "어제는 인공기 오늘은 태극기"가 교차하는 상황이 무연한 풍경으로 묘파되고 있다. 여기에서 "인공기"냐 "태극기"냐 하는 것은 중요하지 않다. 오직, 소박한 갯마을에 공포와 폭력의 표상인 깃발이 나부낀다는 사실이 비감을 느끼게 한다. "자나 깨나 푸른 파도의 근심" 속에 "생긴 대로 살아온" 삶 앞에서 전쟁 이데올로기란 한갓 허구적 관념에 불과하다는 인식이다.

시 ③은 전장의 현장을 배경으로 하고 있지만 시상의 주체는 전쟁 이념이 아니라 "다부원"이라는 경상북도의 한 작은 마을이다. "다부원"은 시적 화자에게 인간이 "간고등어"로 전락한 현장을 보여준다. 인간이 "간고등어"로 비유되는 가련한 상황 앞에서 과연 전쟁 이데올로기의 명분이란 어떤 의미가 있을 것인가? "죽은 者도 산 者도 다 함께/안주의 집이 없고 바람만 분다."는 것은 전쟁 이데올로기의 절대적 무상함에 대한 직시가 스며있다. 현실적인 삶의 내력 앞에서 전쟁은 하염없이 덧없는 관념적 허구일 따름인 것이다.

　이상에서 보듯, 전쟁시편에서 시상의 초점을 국가주의 이데올로기가 아니라 가치중립적인 일상적 시간성에 둘 때 자연스럽게 반전시의 성향을 드러내게 된다는 점을 알 수 있다. 전쟁 문학의 본령이 "전쟁을 통해 휴머니티의 문제를 탐구하는 문학"[83]임을 염두 해 둘 때, 이들 탈이념적인 생활시편들은 궁극적으로 전쟁문학의 참된 양상이라고 할 것이다. 또한 이들 시편에서는 서정적 밀도와 환기력 역시 매우 높다는 점을 알 수 있다. 그것은 이들 시편이 타의적인 이념의 교양적 수단이 아니라 주체적인 내면 의식을 통과한 진정성 이 바탕을 이루고 있기 때문인 것으로 보인다.

　한편, 이러한 시편은 해방 직후 중간파에서 드러나는 중도노선의 연장선에 놓이는 것으로 보인다. 물론 시적 중도란 단순히 이념적 중용을 가리키는 것은 아니다. 시적 위의와 현실성을 바탕으로 한 시적 중도의 핵심적인 요건을 정리해 보면 ① 시적 상상이 현실적 진정성을 지닐 것, ② 심미적 주관성이 공동체적 보편성을 지닐 것, ③ 시적 미의식이 자연의 이법(천지공심(天地公心)의 정서적 이치)으로 열려 있을 것 등으로 정리해 볼 수 있다.[84] 이렇게 보면, 위의 탈이념적인 생활시편들이 전쟁시의 중도적 지점에 가장 근접한 것으로 판단된다.

　(5) 결론

　6·25전쟁을 계기로 한반도 질서는 두 개의 국가주의가 상호 의존, 대립, 긴장 속에서 전개된다. 일제강점기가 민족은 있으나 국가가 부재하는 상황이었던 것에 비해, 해방 이후 형성되기 시작한 분단체제는 하나의 민

---

83) 오세영, 위의 책, 2쪽.
84) 홍용희, 「1980년대 현실주의 시사와 역동적 중도의 지형」, 『한국근대문학』, 한국근대문학회, 2009, 12쪽.

족에 두 개의 국가 형태가 공존하는 특이한 상황 속에서 전개된다. 특히 남북한의 국가주의가 가장 첨예하게 충돌한 6·25전쟁은 이후 전개되는 분단체제의 지향성을 선명하게 드러낸다. 전쟁을 거치면서 남한은 반공, 반북 이데올로기에 입각한 국가주의를 정비해 나가고 북한의 경우는 반미, 반제국주의에 의존한 북한식 국가주의를 정비해 나간다. 6·25전쟁의 이와 같은 전환기적 특성은 문학의 경우에도 동일하게 적용된다. 해방 이후 좌·우익 진영과 중간파가 어우러지면서 3파전의 양상을 드러내었던 문단 질서가 분단체제의 고착화와 더불어 서로 변증법적인 내적 통합의 논리를 찾아가지 못하고 타의적인 정치적 판도에 의해 순수와 이념 편향으로 양극화되는 양상을 보인다. 6·25전쟁 문학은 이러한 특성을 극명하게 보여준다. 주로 종군작가단을 통해 창작된 우익진영의 남한시는 "문화 전선구축론"과 "문인책임론"에 따라 국가주의 이데올로기의 선전·선동의 수단으로서의 역할을 담당한다. 반면에 북한의 경우는 김일성의 교시에 입각한 문예지침에 따라 창작의 지도, 관리, 생산이 교조적으로 이루어진다. "김일성 우상화 시", "반제반미시", "인민군 찬양시" 등으로 변주된 북한시편들은 김일성 중심의 교조적인 북한식 국가주의의 지향성을 분명하게 드러낸다.

이와 같이 6·25전쟁 시기 첨예하게 표면화된 남·북한 국가주의의 패권적 대립은 해방 이후 비교적 활발하게 전개된 중도적 노선의 거점을 와해시킨다. 이점은 정치적 노선은 물론 문학의 경우에도 동일하게 적용된다. 그러나 6·25전쟁에 대응한 시적 양상에서 관념적인 전쟁 이념보다 생활세계의 구체가 시상의 주조를 이루는 시편들에서 중도의 가능성을 찾아 볼 수 있다. 이들 시편들은 국가주의 시편들이 지닌 관념적 편향의 생경하고 경색된 어법과 달리 시적 진정성과 경험적 보편성을 성취해내고 있다. 또한 전쟁 문학의 본령이라고 할 수 있는 휴머니즘과 반전의식을 환기 시키고 있다. 따라서 이들 시편에서 남북한의 국가주의 시편들의 관념적 허실을 비판적으로 성찰할 수 있게 된다.

이와 같이 전쟁시편에서 중도적 지형을 추적해 보는 것은 전쟁시의 본령을 점검하는 일이면서 동시에 국가주의에 입각한 전쟁시편을 균형 잡힌 시각에서 성찰하고 가치 평가할 수 있는 거점을 찾는 다는 점에서 중요한 의미를 지닌다. 그리고 더 나아가 이것은 6·25전쟁을 중심으로 하는 분단체제 성립기(1945-1959)를 거쳐 분단체제 심화기(1960-1979)와 분단체제 전환기(1980-현재)[85]로 규정되는 현대시사에서 미래지향적인 분단체제 극복 혹은 통일시대의 논리를 모색하는 일과 연관된다. 통일 시대의 문학 논리는 남북한의 국가주의 이념의 편향으로부터 탈각한, "투철한 참여정신과 엄정한 객관정신이 조화롭게 결합된 지공무사(至公無私)의 경지"[86]에 터를 둔 경험적 진정성과 보편성의 구현에서부터 가능할 것이기 때문이다.

2) 산업화시대와 민족문학

(1) 서론

1970년대의 남한 사회에서는 참여적 경향의 문학을 이른바 '민족문학'이라고 불렀다. 1970년대에 박정희 정권은 '민족중흥'의 구호를 내걸고 근대화에 집중했는데, 이 근대화는 다수의 하층민인 '민중'을 배제하고 소수의 특권층을 위한 형태로 전개되었다. 민중은 고강도의 노동을 하면서도 저임금으로 소외 받았고, 정치적으로도 자신의 의사를 자유롭게 개진하지 못했다. 남한의 진보적 지식인들은 이런 상황을 비판하고 나섰는데, 문학 분야의 비판 운동이 민족문학운동이었다. 민족문학은 발생단계부터 소외

---

85) 최동호, 『한국현대시사의 감각』, 고려대학교 출판부, 2004, 41쪽.
86) 백낙청, 위의 글.

된 민중의 해방이라는 목적을 가졌다.

민족문학운동은 소외된 민중의 입장을 대변하고자 했기 때문에 필연적으로 지배권력의 탄압을 받았고, 그 탄압에 맞선 저항의 양상으로 전개됐다. 민족문학 주창자들은 지배권력이 근대화를 강조하면서 외면한 여러 사회문제들을 지적했다. 그것은 정치적 자유, 부의 재분배, 남북 통일, 인권의 회복, 민주화, 반외세 등이었다. 이러한 지적에 대해서 지배권력은 공권력을 앞세우고 언론을 통제함으로써 민족문학운동을 탄압했다. 그렇지만 민족문학운동은 민중의 입장을 대변하고 지배권력의 문제점을 비판한다는 시대적 사명감을 지니고서, 탄압에 맞서 문학적 저항을 보여줬다.

이때 민족문학의 저항은 지배권력과 극단적인 대립을 보이는 것으로 이해되었다. 남한 사회에서 민족문학운동은 '저항적 민족주의'로 명명되었다. 저항적 민족주의는 지배권력의 민족주의(신식민주의)와 대립되었다. 지배권력의 민족주의란 겉으로는 국민 또는 민중을 위한다면서 속으로는 민중의 노동력을 착취하고 인권과 자유를 억압하며 외세와 결탁함으로써 장기집권을 이루고 특권계층을 옹호하는 것을 의미했다. 따라서 1970년대의 남한 사회는 지배권력과 민족문학운동 집단이 상극적인 대립을 이룬 시대로 이해됐다.

이러한 민족문학운동은 동구권 사회주의 붕괴가 있은 직후인 1990년 이후부터 차츰 남한의 지식인과 민중의 관심에서 멀어졌다. 남한 사회에서는 상극의 시대가 가고 화해의 시대가 왔다는 인식이 퍼졌다. 화해의 시대에는 대결의 논리가 설 공간이 없었다. 곧 민족문학은 시대착오적인 문학으로 생각되었다. 차츰 민족문학은 진보적 지식인과 민중의 관심에서 사라졌고, 포스트모더니즘과 포스트구조주의 등의 새로운 담론들이 그 자리를 대신했다.

이러한 상황에서 이 글은 민족문학 '다시 읽기'를 하면서, 민족문학이

지닌 저항성을 새로운 관점에서 해명하려고 시도한다. 민족문학은 백낙청
의 말을 빌면 세계문학에 내세울 수 있는 선진성이 있다. 그것은 단순히
상극의 논리를 지닌 저항적 민족주의가 아니기 때문이다. 그러한 관점에
서 민족문학에 접근하면, 민족문학의 중요한 가치와 의미를 놓치는 측면
이 있다. 민족문학은 시대를 초월하는 세련된 사유와 의미 있는 성과가
있는데, 이 글에서는 그러한 사유와 성과를 탈식민주의의 관점에서 설명
하고자 한다.

탈식민주의는 파농(F. Fanon)부터 시작하여 사이드(E. Said), 바바(H. Bhabha),
스피박(G. Spivak)이 본격화시킨 논의이다. 이들 논의에서 가장 중요한 공통
점은 (신)식민주의와 저항적 민족주의의 사고방식에 반대한다는 것이다.
이 둘은 중심과 주변을 이분화시키고 중심이 주변을 배제하거나 주변이
새로운 중심이 되려고 하면서 상극의 형태를 띤다. 그러나 탈식민주의는
신식민주의를 넘어서려고 하되, 저항적 민족주의의 상극적 논리와는 달리
전복과 경계와 초월의 논리로 넘어서려고 한다. 여기에서는 남한에서 민
족문학을 전개했던 대표적인 두 사람인 김지하와 신경림의 문학에 나타
난 저항성을 탈식민주의의 관점에서 살펴보고자 한다.

(2) 민족문학이 지닌 탈식민주의적 경향

① 김지하의 경우

1970년대에 김지하의 문학적 행보는 사이드가 말하는 오리엔탈리즘
(Orientalism)의 영향을 극복하려는 의지로 정리된다. 1970년대의 남한 사회
는 지배권력이나 그 비판세력 모두 오리엔탈리즘에 깊은 영향을 받았다.
이들 중 한쪽은 근대화를 지향했고 다른 한쪽은 그것을 비판했다는 점에
서 상극의 모습을 보여줬다. 그렇지만 양쪽은 서구가 동양을 지배하면서
만들어 놓은 동양의 이미지를 별 반성 없이 수용했다. 서구가 바라보는

동양이란 열등, 미개, 후진의 사회였는데, 양쪽은 모두 서구를 모델로 하는 발전과 진보의 열망이 있었다.

지배권력은 발전의 열망을 경제적 근대화로 표현했다. 그 근대화는 미국과 유럽, 혹은 일본을 발전의 모델로 하여 그들을 따라잡는 방식이었는데, 열망이 강할수록 빈부격차와 민중의 정치소외라는 부작용도 함께 낳았다. 그런데 이러한 부작용을 지적하고 비판하는 지식인들도 발전의 열망에 사로잡혀 있다. 그들은 마르크스(Marx)의 진보사관에 영향을 받아서, 현재 억압된 민중은 가까운 미래에 주인이 된다는 신념을 지녔다. 그들은 근대 시민혁명을 지지하고, 지배권력에 맞선 상극의 저항을 보여줬다.

이런 오리엔탈리즘의 영향은 처음에는 김지하의 문학에도 그대로 수용됐다. 가령, 그는 1970년에 담시 「오적(五賊)」과 평론 「풍자냐 자살이냐」를 통해서 지배권력을 비판하고 역사의 발전을 신뢰했다. 그는 담시 「오적」에서는 지배권력을 미친 개, 곱사등이 원숭이, 돼지, 오랑우탕 등으로 희화화하면서 벼락을 맞아 급살하는 것으로 풍자했다. 그리고 「풍자냐 자살이냐」에서는 시적 폭력을 통해서 소외된 민중이 주인이 될 것을 주장했다.

그러나 김지하는 1970년대 후반부터 '발전'과 '진보'라는 사유 자체에 문제를 삼았다. 왜냐하면 진보사관에 입각하면 "맨날 앞서 간 놈이 제일이고 꼴지는 병신이라는 생각"이 들기 때문이었다. 이러한 이분법적 사유는 "서양 사람들에게 세뇌 당했기 때문"(「민중은 생동하는 실체」)이었다. 오리엔탈리즘에 물든 남한의 비판적 지식인은 서구의 혁명모델을 추종하는 것을 발전이라고 믿었지, 남한의 주체적 역사와 문화에서 대안을 찾지 못했다.

이 부분에서 김지하는 서양을 선진으로 믿고 그들이 우월하다는 동양적 지식인의 열등감을 정확하게 지적했다. 동양은 그 나름대로 가치 있는 전통과 사유가 있는데도, 자신을 비롯한 비판적 지식인들은 지배권력과 마찬가지로 우월한 서양을 쫓아가려는 오리엔탈리즘의 사유에 빠져 있었다는 것이다. 김지하는 남한 사회에 뿌리깊은 오리엔탈리즘의 영향에서 벗어나고자 시도했다.

그러한 구체적인 시도가 바로 동양의 유불선 사상을 바탕으로 한 '생명사상'이었다. 김지하는 오리엔탈리즘에 물든 서양의 사유를 거부하고 생명사상을 통해서 민중과 저항에 대한 사고방식을 바꿨다. 생명사상은 마르크스적인 진보사관의 범위를 훨씬 뛰어넘어서는 초역사적이고 근원적인 사유로 전개됐다. 마르크스는 지배와 피지배를 경제적 관계로 설명하지만, 그러한 설명은 남한 사회를 충분히 해명하지 못한다. 김지하는 남한 사회의 민중 억압은 경제적인 것만이 아니라 삶을 삶답지 못하게 하는 모든 억압에서 비롯된다고 생각했다. 따라서 민중만이 아니라 지배권력도 삶답지 못하게 사는 생명억압의 현실을 자각하고, 생명을 회복하자고 주장했다.

생명의 관점에서 볼 때, 민중은 자신의 생동하는 생명을 깨닫고 담지하려는 좀 더 근원적인 존재이고, 그의 저항은 모든 생명을 억압하는 존재들과 맞서는 형태로 이해됐다. 지배권력과 민중 그리고 지식인이 오리엔탈리즘의 영향을 받아서 발전과 진보를 신뢰하고 이항 대립하는 것이 문제가 아니었다. 문제는 전지구적인 생명 억압 현상과 그 극복이 문제가 되는 것이다. 김지하는 1980년대 초반부터 『애린』과 『중심의 괴로움』 등의 시집과 사상집 『밥』을 발표했다. 여기에서는 마르크스의 이항 대립적인 진보사관을 넘어서서 동양의 전일적인 사고방식에 바탕을 두고서 억압된 생명의 해방 문제를 풀어갔다.

② 신경림의 경우

신경림은 1973년에 출간된 시집 『농무』를 통해서 바바(Bhabha)적인 의미의 혼성된(hybrid) 존재를 민중에게서 발견했다. 바바는 (신)식민지 내부의

민중이 지배권력과 분명한 경계를 가진 것처럼 생각하는 저항적 민족주
의의 사고방식을 비판한 뒤에, 그 둘은 이미 혼성되어 있음을 강조했다.
그의 논의를 참조하면, 민중은 지배권력과 극단적으로 이항 대립된 집단
이 아니라, 지배권력의 정책을 따르고 그들의 욕망을 모방하는 집단이었
다. 또한, 민중의 저항은 상극적 투쟁이 아니라 '모방'(mimicry)을 통한 정책
의 모순과 불합리를 드러내는 데에 있었다.

1970년대 초반에 진보적 지식인은 민중을 지배권력과 분명히 구별되고
차별되는 이항 대립적인 존재로 인식했다. 그 과정에서 민중은 현실변혁
의 비전 또는 현실극복의지를 가진 존재로 무리하게 선규정됐다. 그러나
신경림은 그의 문학에서 민중이 지배권력과 경계가 불분명하고 서로의
욕망이 뒤섞여 있는 혼성적 존재임을 보여줬다. 일상을 살아가는 민중은
저항적 민족주의의 이항대립적인 논리로는 설명되지 못하는 복잡성이 있
는 것이었다.

신경림이 혼성적 민중을 발견하고 형상화할 수 있었던 결정적 이유는
그의 민중 체험에 있었다. 그는 1950년대에 대학을 다니다가 시국사건에
연루되어 낙향한 뒤, 거의 십여 년을 그의 고향인 충주에서 살았다. 거기
에서 농사와 막노동과 같은 하층민 체험을 하는데, 그의 문학은 이러한
체험을 바탕으로 했다. 그는 당대의 진보적 지식인들이 자신의 권력비판
욕망을 민중에 투사하는 것과는 달리, 하층민 체험을 통해 민중을 바라보
기 때문에 일상의 민중을 형상화할 수 있었다.

신경림 시의 출발점이랄 수 있는 시 「겨울밤」에서부터 혼성의 존재는
잘 표현돼 있었다. 시 「겨울밤」은 고향의 협동조합 뒷방에서 마을의 젊은
이들이 모여 이런 저런 애기를 하는 풍경을 서술한 시였다. "쌀값 비료값
애기가 나오고,/선생이 된 面長 딸 애기가 나오고,/서울로 식모살이 간 분
이는/아기를 뱄다더라. 어떡헐거나./술에라도 취해 볼거나. 술집 색시/싸구

려 분 냄새라도 맡아 볼거나./우리의 슬픔을 아는 것은 우리뿐."이라는 구
절을 보면 시인이 서술한 민중의 성격을 파악할 수 있었다.

이 시의 민중은 저항적 민족주의가 생각하듯이 현실변혁주체가 아니라
혼성적 존재이었다. 그는 현실을 생생하게 살아가는 일상인들로서 지배권
력의 정책을 모방하고 그 과정에서 정책이 실패되었음을 드러내는 자들
이다. 신경림 시의 저항은 이 부분에서 발생했다. 비료값도 안 나오는 '쌀
값'이나 상경한 '분이'의 원치 않는 임신, 그리고 "올해는 닭이라도 쳐 볼
거나"라는 구절에서 알 수 있는 생계의 곤란은 지배권력의 근대화 정책을
충실하게 따르는 촌민들이나 도시로 간 이농민들의 얘기였다. 그들의 얘
기 속에는 근대화의 부와 행복을 얻지 못하는 삶이 있었고, 근대화의 실
패가 암시돼 있었다.

뿐만 아니라, 신경림의 민중은 지배권력의 도시화 정책을 지지함으로써
역설적으로 도시화의 실패를 보여줬다. 가령 시 「이발 최씨」에서 '이발 최
씨'는 지배권력의 근대화 환상에 빠져 있는 자였다. 근대화란 전근대를 부
정하는 욕망 위에서 성립하는데 '이발 최씨'는 그러한 욕망을 지녔다. 이발
사 최씨는 "쉴 새 없는 싸움질과 아귀 다툼"이 있는 '서울'이 '그래도' 좋다
고 말했다. 그는 농촌의 전근대적인 "가난과 두려움"이 서울의 힘든 생활보
다 더 두렵기 때문에 "그래도 서울이 좋단다"고 말했다. 이 말 속에는 농촌
정책의 실패와 아울러 도시화의 문제점도 역설적으로 드러나고 있었다.

이처럼 신경림은 일상적 민중을 생생하게 서술함으로써 지배권력과 투
사의 경계에 있는 혼성적 민중을 발견했다. 이 민중은 저항적 민족주의의
이분법적인 논리로 설명되는 존재가 아니었다. 저항적 민족주의는 계몽적
인 논리에 의거해 자신의 변혁 욕망을 앞세워 민중을 이항 대립적인 현실
변혁존재로 이미지화하는 경향이 있었다. 신경림은 그와 달리 지배권력의
욕망과 비판의 욕망이 혼성된 민중을 발견했다.

(3) 탈식민주의적 저항의 의미

1970년대에 남한의 문학은 그동안 지배권력과 민중 사이의 이항 대립적 경향을 보인 것으로 이해되었다. 민중은 지배권력에 맞서 역사의 주인으로 회복되는 존재로 선규정되었고, 민족문학의 저항성은 국가권력의 민족주의(신식민주의)에 맞서는 이항 대립적인 투쟁성으로 이해되었다. 그러나 이러한 선험의 논리와 상극의 논리는 자칫 민족문학의 탈식민주의적 저항성을 간과할 위험이 있다. 민족문학은 상극의 대립이 아니라 그러한 상극의 대립을 초월하는 경향을 가지고 있었다. 이 글은 이러한 초월성을 발견하고자 주요 시인들의 문학을 탈식민주의적 논리로 '다시 읽기'를 시도했다. 그 결과 민족문학의 저항성은 대립의 논리를 넘어서는 전복과 경계와 초월의 특성을 지닌다는 것을 알 수 있었다. 김지하는 오리엔탈리즘에 영향받은 지배와 저항의 논리를 전복하고자 생명사상을 개진했고, 신경림은 역사변혁주체로 선규정된 민중의 이미지와 거리를 두면서 지배권력과 투사의 경계에 있는 혼성적 민중을 발견했다.

남한의 민족문학은 상극과 투쟁의 논리가 아니라 그러한 논리를 초월하는 탈식민주의의 논리를 가졌다. 민족문학운동은 사회적이고 문학적인 실천을 통해서 남한 사회의 민주화와 인권회복을 앞당기는 데에 견인차 역할을 했다. 나아가 인간의 자유와 사랑이 실현될 수 있다는 의지를 제시함으로써 문학의 사회적 역할과 소임을 다 했다. 이 점에서 민족문학은 문학이 사회 속에서 존재해야 할 의미와 가치를 시대를 초월해서 제시해 줬고, 세계문학의 높은 수준을 선취했다.

4. 글로벌시대와 한민족의 지평

1) 1980년대, 민족민중문학의 분화와 시적 지형

(1) 서론

한국문학사에서 1980년대는 시의 시대이고 이론의 시대였다. 1979년 10 · 26
이 1980년 5 · 18로 이어지는 긴박하고 절망적인 역사적 충격을 원점으로
시적 증언과 이론적 선언이 급속도로 확산되었다. 그러나 이러한 급진적
인 시와 문예이론의 자기증식은 "혁명의 고양의 산물"이 아니라 "혁명의
좌절"의 산물이었다. 그래서 혁명운동은 오히려 "이론이 현실을 돌아보지
아니하고 가속이 붙은 채 자기운동을 계속"[87]하는 양상을 드러낸다. 현실
적 토대의 뒷받침을 받지 못한 채 자가 발전하는 혁명적 이론과 시적 상
상은 어느 한순간 자기모순에 직면하면 걷잡을 수 없이 사그라지는 운명
에 처하게 된다. 1980년대 급진적인 변혁운동과 혁명문학론을 주도했던 한
비평가의 다음과 같은 진술은 안타깝게도 이미 예고된 것인지도 모른다.

> 문제는 혁명성인데, 역시 상론이 필요하겠지만 혁명성에 관한 한 한국의
> 노동자계급은 이미 한 고비를 넘었다고 생각된다. 바로 이 점 때문에 채광석
> 에서 김명인을 거쳐 조정환으로 이어지는 80년대 비평가들의 모든 급진적
> 행위들이 그 비길데 없는 열정과 노고에도 불구하고 하나의 거대한 해프닝
> 으로 전락하고 있는 것이다."[88]

1980년대 급진적인 문예이론가들이 전망했던 '노동자계급의 역사주체
로서의 대두'가 현실화 되지 못하면서 이들이 추구했던 혁명의 열정은 하

87) 최원식, 「80년대의 문학운동과 오늘의 문학 – 민족문학론의 새로운 구도를 위하여」,
　　민족문학연구소심포지움자료집『해방 50년과 한국문학』, 1995, 35쪽.
88) 김명인, 『불을 찾아서』, 소명출판, 2000, 195쪽.

나의 "거대한 해프닝"의 차원에 머무르게 되었다는 것이다. 분명, 1980년대는 역사현실에 대한 엄밀한 해석 보다 변혁의 계몽적인 선동이 앞섰던 들뜬 시대이고 과잉 이념의 시대였다. 그렇다고 해서 1980년대 현실주의 시사 자체가 결코 "거대한 해프닝"인 것은 아니다. 분단모순과 계급모순 그리고 군사정권이 서로 견고하게 결탁한 지배동맹 속에서 이를 정면으로 돌파하기 위한 "비길데 없는 열정과 노고"는 그 자체로 1980년대가 어느 때 보다 뜨겁고 순정한 문학의 시대였음을 드러낸다. 또한 1980년대의 급진적인 문예운동은 문학의 보수적 제도화를 격파하고 현실적 순발력을 전위의 첨단으로 끌어올린 계기가 되기도 했다.

이제, 우리에게는 1980년대 현실주의 문학의 공과를 좀 더 차분하게 인식하고 그 시사적 의미를 입체적으로 자리매김하는 것이 요구된다. 지금까지 1980년대 현실주의 시사에 대해서 주로 선명성과 선동성에 주목하고 극명한 이념의 언어로 뭉뚱그려 규정하는 관행을 보여 왔다. 이것은 1980년대 현실주의 시의 다층적인 계열과 시적 성취를 지나치게 평면화하고 단순화시키는 혐의를 안고 있다. 급진적인 혁명문학론을 주도했던 문예 이론가들의 자설 철회가 이어졌으나 정작 시적 현상에 대해서는 성찰적인 평가의 과정을 거치지 못했던 것이다.

따라서 여기에서는 중도적 시각에서 현실주의 시의 내적 편차를 입체화시켜 조망하고 그 공과를 논의해 보기로 한다. 이러한 방법적 고찰은 1980년대 현실주의 시의 가치 척도를 선명성 위주에서 중도적 성향으로 이동시키는 작업이다. 다시 말해, 이것은 또한 1980년대 현실주의 시사에 대해 노동자계급의 미적 이상화를 부각시켜온 관행을 현실적 진정성과 공동체적 보편성의 미의식 위주로 전도시키는 의미를 지닌다.

물론, 이러한 중도적 균형감각에서의 시사적 검토는 1980년대뿐만이 아니라 현대시사 전반을 입체적으로 이해하는 데 도움이 될 것이다. 특히

8·15 해방과 전쟁, 4·19와 5·16, 10·26과 5·18 등 양극의 충돌과 격절을 중심으로 분단체제 성립기(1945-1959), 분단체제 심화기(1960-1979), 분단체제 전환기[89]로 이어져온 현대시사는 제3의 중도적 시각에서 조망할 때 양극의 공과를 온전히 규명하기에 용이할 것이다. 그러나 분단체제의 지속과 더불어 이항대립적인 편향이 극단화되면서 중도의 가치는 휘발되어온 것이 사실이다. 따라서 민족적 삶의 온전성과 분단극복이라는 대의 속에서 현대시사의 입체적인 이해를 위해서는 중도적 감각을 복원하고 이에 입각한 시사적 조망을 개진하는 것이 요구된다. 이 글은 이러한 문제의식을 전제로 출발한다.

(2) 분단시대의 시사와 시중지도(時中之道)의 방법론적 인식

한국 현대 시사는 분단시대라는 전제 속에서 전개된다. 한국 현대사는 1945년 식민지 지배로부터 해방되었으나 다시 민족 분단이라는 상황적 조건 속에 놓이게 된다. 민족 해방은 식민지 문학의 잔재 청산과 새로운 민족 문학의 수립을 요구하였다. 해방 공간에서 전개된 서로 다른 정치적 노선에 대응하는 좌·우 문단의 재편성과 민족문학론의 활발한 분화와 대립의 과정이 이를 반증한다. 그러나 해방 공간에서 부르주아 독재형 국가모델, 연합독재형 국가모델, 노동계급 독재형 국가모델을 지향하는 노선에 상응하는 전조선문필가협회, 조선문학가동맹, 북조선문학예술총동맹을 중심으로 한 민족문학 논쟁은 변증법적인 통합의 과정으로 수렴되지 못하고 분단의 역사와 더불어 이항대립적인 편향의 극단으로 치닫게 된다. 조선문학가동맹 측에 의해 날카롭게 제기된 바 있는 인민적 민수수의 문학론[90]은 북조선예술총동맹의 진보적 민족주의와 맞서면서 전조선문필

---

89) 최동호, 『한국현대시사의 감각』, 고려대학교 출판부, 2004, 41쪽.
90) 월북한 이원조에 의해 가장 구체적으로 제기된 모택동의 「신민주주의론」(1940)에

가협회의 보수적 민족주의와도 맞서는 제3의 논리를 드러내었으나 분단
체제의 고착화와 더불어 수면 아래로 가라앉게 된다. 식민지 시대의 문학
이 분단시대의 문학이라는 또 다른 비극적인 상황적 요건 속으로 이월되
어 간 것이다.

분단시대라는 용어는 통일시대를 향한 열망을 머금고 있다. 특히 한반
도의 분단체제가 2차 세계대전 이후 냉전구도와 이에 상응하는 좌우파의
세력 분화의 변수에 따른 타의적 산물이라는 점은 자주적이고 주체적인
민족 통일의 당위성을 더욱 부각시킨다. 따라서 분단시대의 민족문학의
지향성은 민족적 삶의 온전성과 분단 극복이 절대적 가치 개념으로 상존
한다. 그러나 분단체제는 민족적 삶의 온전한 균정과 통합보다는 이분법
적인 분화와 편향을 강요한다. 이점은 정치적 지배 논리뿐만이 아니라 문
학적 삶의 지배 양식에서도 고스란히 반영된다. 분단체제의 성립과 더불
어 상호 타협과 화해의 민족 통합을 지향하는 중도파의 민족주의 운동 세
력이 소멸되면서 남북한의 문학 역시 순수와 이념 편향으로 치닫는 양극
화 현상을 드러낸 것이다. 따라서 분단체제가 지속될수록 통합적인 중도
적 가치와 전통에 대한 창조적 모색이 소중한 의미를 지닌다.

한국현대사에서 중도의 전통이 가장 표나게 드러난 경우는 해방 직후
이다. 해방 직후 중도파는 단일한 내적 통합성을 갖는 고정된 정치세력은
아니었으나 주체적, 자주적, 통합적 세계관 속에서 정치, 경제, 사회, 문화
의 국내외적 변수에 적극적으로 대응해 나가는 민족주의 운동 세력이었
다. 여운형, 김규식, 안재홍 그리고 1948년 이후 김구 세력 등이 중심을 이

근거한민족문학론(1948)의 지향점은 이른바 남로당의 민족문학론이거니와 윤세평,
안막 등이 들고 나온 북로당의 민족문학로선과 정면으로 맞서는 제3의 논리로서
의의를 지닌다(김윤식, 『해방 공간 한국작가의 민족문학 글쓰기론』, 서울대학교출
판부, 2006, 132~141쪽 참조).

룬 이들 중도파들은[91] 정세 인식과 정책 내용에 있어 서로 다른 편차가 있었지만 좌우합작, 남북협상, 단독선거 반대운동의 현안을 놓고는 연대와 결속을 뚜렷하게 보여주었다. 그러나 분단의 고착화와 함께 남한의 여운형, 백범, 장덕수, 송진우 등과 북한의 현준혁, 조만식, 오기섭 등의 죽음과 1950년 전쟁을 계기로 분단체제의 대립 구도 속에 흡수되고 만다. 1948년 제기된 남북협상운동과 같은 평화적이고 타협적인 통일운동을 전개했던 중도파가 남과 북에서 견고한 입지를 확보했었다면 민족분단과 전쟁이라는 상황은 피할 수 있었을지도 모른다.[92]

전쟁 이후 조봉암의 진보당과 같은 혁신세력이 중도 노선의 가능성을 잠시 드러내었으나 역시 분단 구조에 의존하는 이승만 지배정권에 의해 와해되고 만다. 조봉암의 사형(1959.7.31)에 대한 신경림의 다음과 같은 시편은 분단체제에서 중도파의 민족주의 노선이 소멸되어가는 현장을 실감 있게 정서적으로 환기시켜 준다. "젊은 여자가 혼자서/상여 뒤를 따르며 운다/만장도 요령도 없는 장렬/연기가 깔린 저녁길에/도깨비 같은 그림자들/문과 창이 없는 거리/바람은 나뭇잎을 날리고/사람들은 가로수와/전봇대 뒤에 숨어서 본다/아무도 죽은 이의/이름을 모른다 달도/뜨지 않은 어두운 그날"(신경림, 「그날」) 이와 같이 분단체제에서 중도파는 죽음의 길마저 은폐의 대상이었던 것이다.

이제 우리에게는 잃어버린 중도적 세계관을 복원시키는 것이 요구된다. 중도적 세계관을 찾고 회복하는 것은 분단체제 속에서 길들여진 이분법적인 인식 구도를 넘어서서 양극단의 허실을 규명하고 생산적인 대안을 도출하는 방법 찾기와 연관된다. 이때 중도란 공자의 시중지도(時中之道)의

---

91) 윤민재,『중도파의 민족주의 운동과 분단국가』, 서울대학교출판부, 2004, 2~10쪽 참조.
92) 위의 책, 4쪽.

세계관으로 설명된다. 시중지도에서 시(時)는 가변적인 상황을 가리키고
중(中)은 대립적인 상대성을 넘어 통합적인 보편성에 해당하는 형이상의
지점을 가리킨다.[93] 따라서 중도(中道)라고 할 때 중(中)은 이변비중(離邊非
中), 즉 양 극단을 떠나되 가운데를 가리키는 것은 아니다. 양 극단과 중간
을 동시에 바라보면서 이들 전체를 들어 올리는 지점이다. 따라서 시중지
도란 시세와 상황에 따라 객관적 진리를 차원 높게 구현해 나가는 역동적
인 세계관으로 요약된다.

분단체제에서 진리 – 현실의 연속성을 추구하는 시중지도의 논리는 참
된 민족적 통합의 삶을 위한 미래지향적인 방향성만이 아니라 과거의 역
사에 대한 가치판단의 기준으로도 유용하다. 미래의 가치는 과거의 성찰의
거울로 작용하기 때문이다. 이 글은 이러한 문제의식에 기반하여 1980년대
다채롭게 전개된 민족문학논쟁과 시적 상상에서 중도적 관점을 규명하고
이에 입각한 가치 판단을 시도하고자 한다. 특히, 분단 시대의 시사를 크
게 세단계로 나누어 본다면, 1980년대 이후는 분단체제 성립기(1945-1959)
와 분단체제 심화기(1960-1979)를 거친 이후의 분단체제 전환기[94]에 해당된
다. 따라서 1980년대 현실주의 시론과 시적 상상을 성찰적으로 검토하는
것은 분단체제 전환기의 민족적 삶의 온전성을 위한 방법적 실천을 이해
하는 데에 도움이 될 것이다.

(3) 민족문학론의 분화와 중도의 지형

1980년대에 들어서면서 민중성에 집중된 민족문학론은 1980년대 중반
을 넘어서면서 민중적 민족문학, 노동해방문학, 민족해방문학 등으로 분

---

93) 유칠로, 「孔子의 時中之道에 關한 硏究」, 성균관대학교 대학원 석사논문, 1978, 8~12쪽
　　참조 ; 이동준, 「시중지도의 재인식」, 『유교의 인도주의와 한국사상』, 한울, 1997 참조
94) 최동호, 『한국현대시사의 감각』, 고려대학교 출판부, 2004, 41쪽.

화되어 상호 비판과 논쟁의 대결 국면을 낳는다. 이들 세 진영은 공통적으로 '노동자 계급의 역사 주체로서의 대두'라는 인식을 전제로 하고, 이를 각각 민족문학의 주체론, 노동자 계급의 당파성, 민족해방론을 핵심 논점으로 부각시킨다.

(가) 70년대 운동에서는 소시민계급의 헤게모니가 전반적으로 관철되었음에 반해서, 80년대에 들어오면 기층민중의 폭발적인 성장에 의해 이 헤게모니는 심각한 위기에 처하게 된다. 상대적으로 70년대 내내 꾸준히 지속되어 온 소시민계급의 몰락과정은 그들에게서 물적 토대를 거의 박탈했기 때문에 그나마 일정한 물적 토대를 전제로 했던, 소시민계급의 민족운동에서의 헤게모니는 사실상 해소될 수밖에 없게 되었다.

이제 소시민계급운동은 소생산자계급의 생존권 보장 운동이나 다양한 중간층 시민운동의 차원으로 분해되어 각기 여러 부문 운동 중의 하나로 재조정될 수밖에 없으며 그렇게 재조정된 상태에서 반파쇼민주화연합전선의 일원으로 평등하게 참여해야 할 것이다.[95]

(나) 노동해방문학은 무계급적 민족문학과 다를 뿐만 아니라 무당파적 노동문학과도 달라야한다. 노동해방문학은 노동문학의 최고형태로서 민중문학의 구심이 되고 영도자가 되어야 한다. 이러한 노동해방문학은 무엇보다도 노동자계급 당파성을 분명히 하고 노동해방사상을 견지하며 노동자계급 현실주의 방법에 의거하지 않으면 안 된다.

그러나 이것이 지금까지 민족문학, 민중문학이 담아 왔던 민족자주, 분단극복, 민주쟁취 등의 문제를 배제하는 것이 될 수는 없다. 오히려 노동해방문학은 민족해방과 민주주의 변혁의 제 과제를 노동자계급의 입장에서 가장 첨예하게 그리고 가장 적극적으로 다루어야 한다.[96]

---

95) 김명인, 「지식인문학의 위기와 새로운 민족문학의 구상」, 『사상문예운동』 1집, 풀빛, 1987.
96) 조정환, 「민주주의민족문학론에 대한 자기비판과 <노동해방문학론>의 제창」, 『노동해방문학론』, 노동문학사, 1990.

(다) 과거, 변혁의 불길이 치솟던 그 시절부터 '주체적·자주적 원칙'에 의거해 자주적 입장과 창조적 방법으로 전개해온 변혁전통과 변혁적 문예전통을 계승, 발전시키고 있는 노동자 계급의 지도사상에 철저히 기초해야 한다. (…중략…) 지도사상에서의 철학적 원리, 사회역사적 원리 등의 기본원리는 절대적 진리이다. 이 기본 원리들과 진리의 객관성, 당파성, 과학성과의 일치여부는 지금까지 사상, 이론, 방법 등 모든 영역에 걸쳐 실천에 의해 충분히 검증되었다. 비록 이 지도 사상의 기본원리는 자연, 인간, 사회의 개조 과정을 통해 더욱 발전하고 있지만, 그렇다고 해서 이 지도사상의 기본원리들의 절대적 진리성은 결코 부정될 수 없다. 민족해방문학이 사상문제를 이 지도사상에 기초하면서 과학적 문예운동을 조직·전개하려는 이유가 바로 여기에 있다.[97]

(가)의 민중적 민족문학론은 채광석, 이재현, 김명인에 의해 주도되었으며, '소시민적 민족문학에서 민중적 민족문학으로'[98] 의 자리 이동이 핵심내용을 이룬다. 채광석과 이재현에 의해 주도된 초기의 민중문학론은 "소시민성의 극복"과 역사의 전면으로 부상하는 "민중성의 획득"에 초점을 두었으나 김명인에 이르면, 소시민, 지식인 범주의 민족문학을 민중주체 민족문학 속에 하나의 부분으로 격하시켜야 한다는 주장에 이른다. 그 주된 이유는 소시민계급이 80년대 들어서면서 사회경제적으로 몰락하게 되고 따라서 더 이상 혁명적 전망을 담지하지 못하게 되었다는 판단이다. 소시민계급의 몰락을 지식인 문학의 위기로 단정하는 논리의 근저에는 "소시민계급의 시각으로는 더 이상 눈앞에 펼쳐지는 세계와 진리의 총체상을 보는 것이 불가능하기 때문이란 판단인데, 이것은 생산주체의 계급성과 예술성의 관계를 지나치게 도식적으로 단순화[99] 하는 함정에 빠지게 된다.

---

97) 백진기, 「민족해방문학의 성격과 임무」, 『녹두꽃』 2, 1989.

98) 채광석, 「소시민적 민족문학에서 민중적 민중문학으로」, 『민족문학의 흐름』, 한마당, 1987, 293쪽.

99) 홍정선, 「노동문학과 생산주체」, 『노동문학』, 1988.1.

또한 지식인과 민중을 지나치게 이원화함으로써 상호보완적인 지도, 자극, 검증의 관계성을 무화하고 작가의 상상력을 작가 개인의 계급적 범주 속에 규정하는 결정론적인 도식주의를 드러내고 있다. 백낙청이 작가 개인의 계급이 중요한 것이 아니라 "각성한 노동자의 눈"을 갖는 것에 주안점을 두어야 한다는 지적이나, 엥겔스의 발자크론을 환기시키면서 작가 개인의 당파성 내지 당성 보다 '작품의 당파성'[100]을 중시하는 것이 리얼리즘의 승리라는 것을 지적한 것은 민중적 민족문학론이 지식인 문학의 위기론에서 드러낸 과오에 대한 날카로운 비판적 인식이다. 작가란 자기 계급에 충실하든 배반하든 계급적 이해관계에 순응하기 보다는 그것들의 역학관계를 통찰하며 장인적 언어 탐구를 통해 새로운 지평으로의 의식의 확대와 개척을 수행하는 창작 주체이기 때문이다.

(나) 노동해방문학은 노동자계급의 당파성을 분명히 하고 노동해방 사상을 견지하며 노동자계급의 현실주의 방법을 전면에 내세운다. 이들은 출발부터 민족모순을 계급모순 속에 복속시킬 것을 주장한다. 조정환의 "민족문제의 해결은 오직 계급문제의 발전적 해결 속에서만 가능하다"[101]는 선언이 그것이다. 이러한 입장은 마르크스-레닌의 문예이론의 기본을 이루는 "노동자 계급은 인류역사상 유일의 보편계급이며 총체적 계급"이라는 인식을 전제로 "노동해방문학은 보편적 해방자로서 인류가 봉착한 모든 문제를 고민하며 이를 노동자계급 당파성의 입장에서 인식하고 평가한다."[102]고 보는 시각을 바탕으로 한다.[103] 조정환으로 대표되는 이들

---

100) 백낙청, 「사회주의 리얼리즘론과 엥겔스의 발자크론」, 『창작과비평』, 1990년 가을호.
101) 조정환, 「80년대 문학운동의 새로운 전망」, 『서강』 17호, 1987.
102) 조정환, 「민주주의민족문학론에 대한 자기비판과 <노동해방문학론>의 제창」, 『노동해방문학』, 1989.4.
103) 이러한 당파성의 인식은 노동자 계급의 미적 이상을 지적한 다음의 마르크스 레닌주의 미학에 직접 닿아 있다. "사회주의 미적 이상은 당파성과 깊게 관련된다.

의 주장은 마침내 '볼세비키화'의 '관념적 전위주의화'에 이르면서 노동자
계급의 미학 보다는 투쟁의 전략에 104)집중한다. 이것은 노동해방문학론
이 <사회주의노동자동맹>(사노맹)이라고 하는 전위적 노동운동의 외곽 조
직으로서 대중적 선전수단의 역할론에서 벗어나지 못한 한계로 보인다.

(다)는 북한의 주체사상을 사상적 기반으로 하여 북한정권의 지배 원리
를 남한 변혁운동의 근거로 삼고 있다. 따라서 문예 창작의 인식과 방법
론이 주체사상에 입각한 주체문예이론에 준거를 두고 있다. "지도사상"에
대해 절대적 진리라는 것은 북한식 교조주의의 특성을 고스란히 노정시
킨다. "지도사상"에 대해 불멸의 진리라는 인식은 그 자체로 역사 변혁의
살아있는 구체성을 억압하고 감금하는 폐쇄적인 권력적 사고임을 가리킨
다. 남한사회의 변혁의 논리적 기준과 통일전선의 주도권이 북한정권에
복속되는 노선을 드러내고 있다. 특히 친북적인 태도로 인해 민족모순과
계급 모순의 극복에 관한 내적 매개항을 찾을 여지가 없다. 이미 북한의
견고한 당의 정책과 창작 방법론이 나아갈 길을 설정해 놓고 있기 때문이
다. 남한 노동자계급의 독자성과 주도성을 인정하지 않는다는 점에서 기
왕의 민족문학론과 가장 대척점에 놓이는 이질성을 보인다.

이상에서 개략적으로 검토한 (가), (나), (다)는 공통적으로 강조해온 민중
성, 대중성 강화와는 달리 오히려 전문성을 띤 지식인들 사이의 관념적인
이론 논쟁에 머무르는 양상을 보여준다. 그래서 이들 민족문학논쟁에 대해

사회주의 예술가의 당파성은 다른 무엇보다도 어떻게 노동하는 인간이 그 열악
한 비인간적인 외적 조건하에서도 새로운 아름다움과 더욱 풍부한 인간성을 발
양시켜 나가는가를 발견하는 데서 표현된다. 즉 인간의 아름다움을 좀 더 충만하
게 밝혀낸다는 점에서 미적 이상에 닿아 있다."(에르하르트 욘, 임홍배 역, 『마르
크스 레닌주의 미학 입문』, 사계절, 1989, 94쪽.)
104) 김명인, 「80년대 민중·민족문학론이 걸어온 길」, 『불을 찾아서』, 소명출판, 2000,
204쪽.

"지식에 대한 절대적 신앙이라는 이데올로기를 은닉"하고 있으며 "노동계급의 헤게모니라는 명분 아래 실은 지식인의 헤게모니를 기도"[105])하고 있다는 비판이 제기되기도 한다. 이들의 민족문학논쟁은 문예 혁명적 실천을 강조했으나 정작 문예 대중화 사업을 통한 검증으로 나아가기도 전에 무기력하게 표류되고 와해되는 양상을 드러낸다. 1989-1990년 소련 및 동구권의 붕괴와 더불어 현실적 변혁의 뒷받침을 받지 못하는 관념적 한계가 극명하게 노출된 것이다. 그래서 유중하, 이재현, 김명인 등의 자기 반성과 자설 철회가 이어지게 된다.

한편, 위의 (가)와 (나), (다)에서 (가)는 1970년대 이후 진보진영의 민족문학론의 범주 속에 포괄된다면, (나), (다)는 당파성을 내세웠던 북조선예술총동맹의 노선과 가깝다. 특히 (나), (다)의 노동자계급의 당파성에 대한 헌신의 수준으로까지 문학의 민중성과 변혁지향성을 고양시켜 이를 한국사회의 총체적 변혁을 위한 무기로 삼고자 한 이 급진적이고 야심적인 기획들은 그러나 섬광으로 끝나버리고 대부분 형해화되고 말았다.[106])

그 가장 주된 이유는 무엇일까? 첫째는 자본의 지배력의 강화와 함께 "소시민계급은 물론이고 프롤레타리아까지 혁명적 의식화의 가능성이 사물화된 의식으로 변질"[107]) 될 수 있는 속성을 무시한 채, 노동자 계급의 미적 이상화라는 순박한 관념적 도식에서 벗어나지 못했던 것이다. 둘째는 "우리의 민중문학론은 구체적으로 분단사회의 민중문학론이요, 분단시대를 끝장내려는 민족문학론이기도 함으로 분단체제가 개입되지 않은 사회나 사회이론을 표준으로 노동계급의 주도성문제를 가늠하는 것은 관념적 태도"[108]라는 점이다. 분단시대의 극복이라는 구체적인 매개항이 없는

---

105) 정과리, 「민중문학론의 인식구조」, 『문학과사회』, 1988년 봄호.
106) 김명인, 『불을 찾아서』, 소명출판, 1985, 185쪽.
107) 성민엽, 「전환기의 문학과 사회」, 『문학과사회』, 1988년 봄호.

계급 혁명론은 현실적으로 구체성을 띨 수 없기 때문이다.

그렇다면 (가), (나), (다)에서 중도의 균형점은 어디에서 찾을 수 있을까? 일단 표면적으로는 (가)에 가깝다. 1970년대까지 전개되어온 진보진영의 민족문학론을 계승하면서도 1980년대 들어 점차 부상한 기층 민중의 존재성을 적극적으로 포괄한 기우뚱한 균형의 지점이 중도의 지형일 것이다. 다만, (가)의 경우에서 뒤로 갈수록 강조된 "지식인 문학의 위기"에서 지식인을 '지식인 일반'이 아니라 '참된 지식인 여부'에 초점을 둔 것으로 해석하면 중도의 지점에 더욱 가깝게 해석된다.

이에 대한 날카로운 인식은 1980년대 민족문학 논쟁과는 일정 거리를 두고 있었으나 누구보다 문학사적 감각과 현장문학에 가까이 있었던 김윤식에 의해 제기된 「민중문학론 비판」(1985)에서 찾을 수 있다. 그에 따르면 전위운동으로서의 민중문학은 1) 지식인이 주체가 된 문학운동 2) 민중이 주체가 된 문학운동 3) 민중이 즐기는 문학운동의 길로 나누어진다. 여기에서 그가 가장 많은 지면을 할애하고 있는 샤르트르에 의해 제기된 바 있는 지식인의 이중적 존재성에 대한 설명이 주목된다. 이를 요약하면, 지식인은 지배계급에 의존하며 살아가지만 보편적 진리를 추구하는 속성을 지닌다. 그래서 이들은 지배계급에 동화되지 않으면서 동시에 노동자 계층에도 결코 동화되지 않는 이중적인 모순의 존재성을 지닌다. 바로 이 이중적 모순의 존재성이 모든 계층의 반성적 자각을 대행하며 보편화를 추구하는 주체로 작용할 수 있는 근거가 된다는 것이다.

김윤식이 설명하는 이중적 존재자로서 지식인이 담당해야 하는 반성적 자각이란 ① 노동자계층 내부에서 지식의 전문가가 자라나도록 돕는 일 ② 노동자 계층 내부에 움트는 부정적 요소인 지배계층적인 이데올로기를 막는

---

108) 백낙청, 「통일운동과 문학」, 『창작과비평』, 1989년 봄호.

일 ③ 노동자계층의 최종적 목표로서의 보편화를 보이는 일 ④ 지식인 자신의 목적(지식의 보편성, 사상의 자유, 진리)을 구출하고 거기에 인간의 미래를 보이는 일 ⑤ 일체의 권력에 저항함으로써 민중이 추구하는 목적의 파수꾼이 되는 일 등이다. 따라서 일체의 권력에 저항해 민중이 추구하는 목적을 지켜야 하므로 그는 노동자 계층이 만든 정당의 권력에도 비판적이어야 하며 그 정당이 목적에서 벗어날 때는 그것을 고발하지 않으면 안 된다.[109]

이와 같은 참된 지식인의 역할론은 1980년대 중도의 지점을 좀 더 선명하게 보여주는 대목이기도 하다. 이것이 민중주체의 민족문학론과 만나면, "지식인이 얼마나 노동자에게 배우고 노동자가 지식인에 의해 얼마나 자기혁신을 꾀하느냐를 문제 삼는 일과 함께 전문적 작가의 상상력의 메마름을 노동자에게서 얼마나 메우는가를 문제 삼는 일, 그리고 그런 일이 어느 정도 떳떳한 단계에까지 이를 것인가"[110]가 핵심적인 과제가 된다. 실제로 1980년대 현실주의 시와 문예 이론 역시 그 중심에는 참된 지식인의 역할이 중요하게 작동하고 있었다. 선명성과 선동성이 표면화되면서 중도의 노선이 수면 아래로 은폐되기도 했지만 그러나 지속적으로 시적 상상과 문예 이론의 방향성을 선도하는 내적 영향력을 뿜어내고 있었던 것이다. 이것은 또한 은폐된 참된 지식인의 역할이 선명성과 선동성을 내세운 노동해방문학론과 민족해방론을 점차 쇠잔하게 만든 동력이었던 것으로 정리된다.

(4) 현실주의 시사와 중도의 지형

1980년대는 시의 시대였다. 5·18의 좌절의 비극성은 비명, 증언, 저항, 위안, 연대의 시적 언어를 필요로 했다. 그래서 1980년대에 들어서서 시 전문

---

109) 김윤식, 「민중문학론 비판」, 『한국문학의 근대성과 이데올로기 비판』, 서울대학교 출판부, 1987, 292~293쪽.
110) 위의 글, 301쪽.

동인지와 무크지가 현저하게 증가한다. 1980년의 『시운동』, 『열린시』, 『실천문학』, 1981년의 『시와 자유』, 『오월시』, 『시와 경제』, 1982년의 『우리 세대의 문학』, 『언어의 세계』, 『집단시』, 1983년의 『공동체문』, 『삶의 문』, 『평민』, 『국시』 등이 잇달아 창간되어 시단의 백가쟁명 시대를 열어간다. 시단의 보수주의가 한순간에 격파되고 등단 제도의 변화와 현실적 대응력이 질풍노도의 기세로 개진된다.

1980년대 등장한 현실주의 시사의 중심부는 박영근, 전인화, 김해화, 박노해, 백무산 등의 노동 현장성이 표나게 드러난 시편들과 김남주, 오봉옥, 이산하, 고규태, 김주대 등의 반외세와 민족해방의 언어가 주조를 이루는 시편들, 그리고 곽재구, 김용택, 김정환, 김진경, 나해철, 최두석, 김사인, 윤재철, 안도현, 도종환, 이은봉, 이재무 등의 민족적 민중의식을 견지한 시편들이 차지한다.[111]

그렇다면, 이들 시편에서 시중지도(時中之道)의 지형은 어디에서 찾을 수 있을까? 그것은 일단, 앞 장에서 지적한 바대로 계급 이기주의를 넘어서서 보편적 성찰을 지향하는 참된 지식인의 장인적 역할에서 찾을 수 있을 것이다. 그렇다고 해서, 기층민중과 노동자 계층은 시중지도의 지형에 포괄될 수 없다는 것은 결코 아니다. 다만, 계급 혁명론과 당파성을 내세운 합목적론적인 변혁 논리가 지닌 허구성을 경계하는 것이다. 이를테면, 『마르크스 레닌주의 미학입문』에서 강조하는 "사회주의 예술가의 미적 이상은 당파성과 깊게 관련된다."는 전제하에 "계급투쟁의 실천은 인간의 본질 역량을 풍부하게 만들고, 발전 향상시켜, 인간의 행동으로 하여금 갈수록 사회발전의 법칙과

---

111) 물론, 1980년대 시사는 현실주의 시편 이외에도 이성복, 이윤택, 이문재, 기형도 등으로 이어지는 모더니즘 지향시와 황지우, 박남철, 하재봉, 장정일로 이어지는 해체적 상상력이 또 다른 한 부분을 이룬다. 그러나 여기에서는 현실주의 시적 계보에 논의를 집중하기로 한다.

이상에 자각적으로 부합"한다는 논리를 교조적으로 적용하는 것은 현실주의 시가 견지해야 할 살아 있는 리얼리티의 구현과 변별된다는 것이다.

노동해방문학과 민족해방론을 내세운 민족문학론은 시중지도(時中之道)의 방법론에서 도(道)의 자리에 노동자계급적 당파성과 주체사상을 올려놓은 형국이다. 이에 대한 비판적 입장을 개진하고자 하는 자리에서 리얼리즘 시에 대한 마지막 논쟁이 뜨거웠던 1991년 백낙청에 의해 제기된 「시와 리얼리즘에 관한 단상」은 직접적인 시사점을 제시하고 있어 주목된다.

> 나는 리얼리즘 논의의 중심에 놓이는 '당파성'의 개념은 어디까지나 '객관성'과 일치하는 것이어야 함을 강조했다. 말하자면 투철한 참여정신과 엄정한 객관정신이 조화롭게 결합된지공무사(至公無私)의 경지라야 하는 것이다. 이는 또한 참된 의미의 중도(中道)이기도 하며, '사무사'의 경지와도 다르지 않을 것이다.
>
> 바로 이런 의미의 '시'가 특정 시대의 특정 작품에서 얼마나 달성되었는지를 가리는 것이 리얼리즘 논의의 본뜻이 아닐까 한다. 이 차원에 미달하는 리얼리즘론이라면 예술의 어느 한정된 부문에만 해당되는 논의이거나, 마땅히 어느 일부에 국한되어야 할 것을 무리하게 일반화하는 논의가 될 수밖에 없다. (…중략…) 사실주의 전통과 어떤 식으로든 관련된 장편소설에 근거한 전형성, 사실성, 현실 반영성 등의 기준을 짧은 서정시라든가 기타 온갖 종류의 운문작품(그리고 산문)에 적용하는 데에 아무래도 억지가 따른다는 점은 상식이 아닐까 한다. 반면에 그러한 기준이 일부 한정된 갈래의 시들에만 적용한다고 말하면 훨씬 무난하기는 하지만, 대신에 '다시 문제는 리얼리즘이다'라는 주장이 조금은 무색해짐을 피할 수 없게 된다.[112]

민족문학론을 주도해온 비평가에 의해 중도가 운위되고 있어 이채롭다. 그는 당파성을 객관성으로 치환시키고 있다. 이때 객관성은 가장 본질적이고 보편적인 경지를 가리키는 것으로 보인다. 그래서 지공무사(至公無私),

---

112) 백낙청, 「시와 리얼리즘에 관한 단상」, 『실천문학』, 1991년 겨울호.

사무사와 연속성을 이루는 중도(中道)의 명제가 동원되고 있다. 시적 장르에서 "전형성, 사실성, 현실 반영성"을 강조하는 것은 "어느 일부에 국한되어야 할 것을 무리하게 일반화하는 논의"라는 지적이다. 이러한 지적에는 현실주의 시란 객관적인 현실성과 동시에 시적 위의를 고려해야한다는 당위성이 강조되고 있는 것이다.

여기에서 시적 위의란 시의 장르론과 연관된 것으로 또 다른 본질적인 논의가 뒤따라야 할 것이다. 그러나 여기에서는 일단 시적 위의에 대해 심미적 주관성과 현실적 진정성을 연관시켜 보면, 심미적 주관성을 결여한 정치 투쟁의 슬로건주의나 합목적론적인 역사관에 의한 현실성의 결여는 시적 중도의 지점과 거리가 멀다는 것으로 요약된다. 문학의 사회적 참여가 강조된다고 해서 문학의 심미적 주관성이 약화되는 것은 결코 아니다. 아도르노에 따르면, 문학의 심미적 주관성은 삶의 곤경이 가하는 억압으로부터 보편성을 획득할 수 있는 상황에 이를 때 획득되는 것이지 모든 문예창작의 일반적인 특성은 아니라고 해명한다. 즉 전체주의를 목적으로 하는 공식적인 지배문화에 대한 부정의 문제의식이 전제되어야 심미적 주관성이 빛을 발한다는 것이다.

또한, 아도르노가 심미적 주관성과 문학적 자율성을 강조하는 배경에는 헤겔의 합목적적인 변증법에 대한 부정을 바탕으로 한다. 그는 헤겔의 변증법이란 부르조아적 이상론에 입각한 주관과 객관의 비동일성을 동일화하는 개념화이며 유형의 더미라고 파악한다. 변증법적 통합이 강요된 화해를 유도하는 것은 전체주의화의 오류에 가깝다는 인식이다. 따라서 그는 헤겔의 변증법을 극복하는 방법으로 개념화를 차단하고 개별화를 강조하는 부정의 변증법을 내세운다. 이와 같은 그의 부정의 변증법에 입각한 개별성의 강조는 예술이란 직접적인 방법으로 정치적 태도를 취할 수가 없다는 논리로 이어진다. 정치적 논리와 문법을 통한 문학적 저항은 스스로 정치적 개념 속에 흡수되어버리는 결과를 초래한다는 것이다.[113] 그레고리 베이트슨에 따르면 변증법의 정반합에서 정반의 이중성은 동의 하지만 합의 과정은 정반의 숨어있던 차원이 살아 생동하여 올라오는 것이 아니라 동일 현실의 연장선에서 인위적으로 조직하고 취합하는 데 그치는 것 으로 파악한다. 즉, 변증법은 보이는 현실의 역사 표면에만 주목하는 데 그치 면서 보이지 않는 숨은 차원의 변화의 동력을 봉인하는 과오를 반복한다는 인식이다. 그가 모든 생명운동이나 정신운동 심지어 물질운동까지도 그 기본 구조는 이중적이라는 것은 변증법에서 합명제의 3분법의 허구를 지적하는 근거들이다.[114] 이상에서 논의한 시적 위의와 현실성을 바탕으로 한 시적 중 도의 지점을 가늠해 보면 1) 시적 상상이 현실적 진정성을 지닐 것, 2) 심미적 주관성이 공동체적 보편성을 지닐 것, 3) 시적 미의식이 자연의 존재원리와 이치(천지공심(天地公心)의 정서적 이치)로 열려 있을 것 등으로 정리된다.

이러한 전제 속에서 1980년대 현실주의 시사의 중도의 지점을 시 작품 을 통해 직접 감지해 보기로 하자.

> ① 눈 내리는 만경들 건너가네
>   해진 짚신에 상투 하나 떠가네
>   가는 길 그리운 이 아무도 없네
>   녹두꽃 자지러지게 피면 돌아올거나
>   울며 울지 않으며 가는
>   우리 봉준이
>   풀잎들이 북향하여 일제히 성긴 머리를 푸네

---

113) 아도르노의 이러한 입장은 현실과 무관해 보이는 초현실주의와 같은 전위예술들 이 현실과 무관해 보이지만 현실적 부자유에 대응하는 주관적 자유의 극단적 추 구란 점에서 아픈 고통의 언어라는 결론으로 귀결된다(T.W 아도르노, 김주연 역, 『아도르노의 문학이론』, 민음사, 1985, 71~113쪽 참조).
114) 그레고리 베이트슨, 박지동 역, 『정신과 자연』, 까치, 1998 참조.

그 누가 알기나 하리
처음에는 우리 모두 이름 없는 들꽃이었더니
들꽃 중에서도 저 하늘 보기 두려워
그늘 깊은 땅 속으로 젖은 발 내리고 싶어하던
잔뿌리였더니

그대 떠나기 전에 우리는
목 쉰 그대의 칼집도 찾아주지 못하고
조선 호랑이처럼 모여 울어주지도 못하였네
그 보다도 더운 국밥 한 그릇 말아주지 못하였네
못다 한 그 사랑 원망이라도 하듯
속절없이 눈발은 그치지 않고
한 자 세 치 눈 쌓이는 소리까지 들려오나니

(…중략…)

들꽃들아
그날이 오면 닭 울 때
흰 무명띠 머리에 두르고 동진강 어귀에 모여
척왜척화 척왜척화 물결소리에
귀를 기울이라
　　　　　　　　　－안도현, 「서울로 가는 전봉준」 일부[115] －

② 작업복을 입었다고
　사장님 그라나다 승용차도
　공장장님 로얄살롱도
　부장님 스텔라도 태워 주지 않아
　한참 피를 흘린 후에
　타이탄 짐칸에 앉아 병원을 갔다

---

115) 안도현, 「서울로 가는 전봉준」, 민음사, 1985.

기계 사이에 끼어 아직 팔딱거리는 손을
기름 먹은 장갑 속에서 꺼내어
36년 한 많은 노동자의 손을 보며 말을 잊는다
비닐봉지에 싼 손을 품에 넣고
봉천동 산동네 정형 집을 찾아
서글한 눈매의 그의 아내와 초롱한 아들놈을 보며
차마 손만은 꺼내 주질 못하였다

-박노해, 「손무덤」 일부116)-

③ 아버지여
　북쪽 들에는 웃음이 무성하나요

　당신께서 넘어간 산 고개는
　어느 메 뿌리를 세웠기에 저리 높은가요
　북녘으로 머리를 두고
　남녘으로 다리를 뻗고
　누가 이마를 깎았기에 그토록 가파른가요
　아비도 아제도 늙은 당숙까지 넘어간
　그 고개는
　영영 돌아올 수 없는 그 깊은 고개는
　어쩌지요
　나이 어린 혼들이
　날지도 떠돌지도 못하고
　땅살에 반쯤 박혀 엎드려 있는데
　어쩌지요
　나이 어린 송장들이
　제 몸도 가리지 못하고
　앙상히 북쪽만 비리보고 있는데

-오봉옥 「붉은 산 검은 피」 일부117)-

---

116) 박노해, 「노동의 새벽」, 풀빛, 1984.
117) 오봉옥, 「붉은 산 검은 피」, 실천문학사, 1989.

　시 ①의 전경은 만경들을 가로질러 서울로 압송되는 동학 농민 전쟁의 지도자 전봉준이다. 반외세와 반봉건 민중항쟁을 주도했던 미완의 혁명가 전봉준이 끌려가는 길에 민초들은 물론 들판의 풀잎과 “동진강”의 물결들까지 비감어린 정서적 공감의 연대를 이룬다. 시적 화자의 눈 길 역시 전봉준의 모습보다 이를 지켜보는 주변의 민초들, 더 나아가서는 그 민초들의 마음결에 더 많은 관심을 할애한다. “목쉰 그대의 칼집도 찾아주지 못하고 / 조선호랑이처럼 울어 주지도 못하였네 / 그 보다도 더운 국밥 한 그릇 말아주지 못하였네”라고 노래하는 실패한 혁명가에 대한 연민과 동정의 순박한 인간애가 시상의 기본 정조를 이룬다. 절망적인 고통 속에서 역설적으로 피어나는 공동체적 미의식이 형상화되고 있다.

　미완의 혁명가에 대한 민초들의 연민과 회한은 점차 “한 자 세 치 눈 쌓이는 소리”에도 가슴 아파하는 살가운 죄의식으로 깊어진다. 이러한 민초들의 마음결의 지고지순함은 “일제히 성긴 머리를 푸”는 “풀잎”과 “동진강” 물결들의 감응과 공명에서 표상되듯 자연의 뜻이며 순리에 해당된다. 그래서 마지막 연의 “그날이 오면” “척왜척화 척왜척화 물결 소리에 / 귀를 기울이라”는 언명은 동학 농민전쟁의 처절한 싸움에 대한 정서적 환기와 동시에 고통스럽지만 천지공심의 정서에 이르렀던 시절에 대한 그리움을 강조하고 있는 것으로 보인다.

　시 ②는 자본가와 대립되는 상대적 존재자로서의 노동자상이 극명하게 표상되고 있다. 자본가와 노동자의 대결 구조 속에는 증오, 분노, 소외 의식이 폭약처럼 농축되어 있다. 한 노동자가 노동 중에 손목이 절단되었다. 피의 참상이 벌어졌으나 지나가는 사장님, 공장장님, 부장님의 승용차들은 모두 병원으로 이송해야할 그를 차갑게 외면한다. 그 이유는 그가 “작업복을 입”은 노동자라는 이유 때문이다. 시적 화자는 “기름 먹은 장갑 속에서 꺼”낸 “정형”의 손을 “비닐봉지에” 싸서 “정형”의 아내와 아들이 있는 집으로 간다. 그러나 그는 차마, 이들 앞에 "정형"의 잘린 손을 꺼내 놓지 못하고 뒤돌아선다. 시적 서사가 계급적 적대감을 극단화시키고 있다. 자본가가 노동자를 인간으로 예우하지 않는다는 고발이 곧바로 자본가는 인간이 아니다라는 명제로 이어지고 있다.

계급혁명을 위한 시적 선동성이 부각되면서 지배와 종속, 억압과 저항의 대립 구도가 시상의 구조로 작용하고 있다. 이때, 시적 리얼리티는 상대적으로 약화된다. 노동자 계급의 당파성에 입각한 변혁 논리에 따라 현실 상황이 재구성되고 있는 것이다. 그래서 자본가와 노동자의 실질적인 삶의 현실과 관계성은 휘발되고 있다. 그러나 합목적적인 역사관에 따른 개념화된 전망이 한갓 신기루에 가까운 운명임을 이 당시의 당파성을 내세운 시인들은 미처 알아채지 못하고 있었다. 이들은 대부분이 마르크스-레닌주의에 입각한 당파성과 계급성을 뚜렷한 노선으로 정립시키면서 계급 혁명을 위한 전선문학을 추구해야 한다는 당위성에 갇혀 있었던 것이 사실이다. 그리하여 시적 언어가 총알이 되는 전위적 공격성에는 충실 했으나 노동자적 세계관을 통해 승화되는 공동체적인 미적 건강성을 노래하지는 못했다. 노동자가 비인간적인 외적 조건 속에서도 새로운 아름다움과 풍부한 인간성을 발양시켜 나가는, 노동자 계급의 미적 이상에 다가서지는 못하고 있는 것이다. 노동시의 정치적 슬로건화가 노출되는 배경도 여기에 있다.

물론 이러한 노동해방문학이 당대적 유효성을 지니지 않은 것은 결코 아니다. 당시의 열악한 노동환경과 분배의 불균형, 인권 유린의 현실을 변혁시키는 방법론으로 마르크스-레닌주의는 매우 유효한 역할을 수행하였다. 그러나 자본주의는 다른 한견에서 강력한 현실 적응력과 위기 대응 능력을 발휘하면서 자기증식을 지속적으로 수행해 나가고 있었다. 그리하여 다층적이고 다차원적으로 형질전환을 일으킨 자본주의 현실은 이미 마르크시즘의 계급 모순과 생산력과 생산 관계의 방법론으로 해명할 수 없는 차원에 도달하고 있었다. 그래서 목적론적인 변혁논리에 충실한 노동시는 숨은 차원의 새로운 질서의 가능성을 감각화할 수 있는 여지를 확보하지 못하고 있었던 것이다.

시 ③은 세 편의 서시와 9개 장의 본 편, 그리고 맺음시 한 편을 통한 구성으로 1940년대 일제 말 항일투쟁기에서 1946년 10월 인민항쟁기까지를 다룬 서사시이다. 「서시 1」은 갑오농민전쟁 – 항일무장투쟁 – 해방 후 남한 빨치산 투쟁 – 광주민중항쟁을 민족해방투쟁의 연속성 속에서 파악하고 있고, 「서시 2」는 1946년 8월 15일 전남 화순에서 일어난 '화순 탄광 노동자 학살'사건을 반미항전의 시각에서 다루고 있다. 「서시 3」은 씻김굿 형식을 통해 민족해방의 초혼제를 펼쳐 보이는 마무리 부분으로 구성되어 있다.

이 서사시의 가장 큰 특징은 해방 직후 남한 민중들 사이에 김일성에 대한 동경과 영향력이 강하게 작용했다고 보는 시각이다. 북한의 혁명전통과 남한의 혁명전통을 연속성 속에서 파악하고 있다. 그러나 이것은 역사적 사실과는 거리가 멀다. 또한 시인은 김일성 중심의 항일혁명투쟁사에 입각하여 노동계급과 민중의 혁명적 입장에 서서 오늘의 변혁과업 수행에 기여하고자 한다. 그러나 김일성의 항일무장투쟁을 지도사상으로 하는 혁명 과업은 남한의 노동자 계급의 혁명 역량과 내적 모순의 인식을 주체적으로 수용해낼 수 없는 한계를 처음부터 안고 있다.

이상의 시편들을 앞 장에서 살펴본 민족문학론에 대응시켜 볼 때, ①은 민중적민족문학론에 ②는 노동해방문학론에 ③은 민족해방문학론에 가까운 것으로 파악된다. 물론, 한 편의 시는 그 유기적인 생물적 속성으로 인해 문예이론의 논리 체계에 직접 상응하지 않는 특징을 지닌다. 시적 상상은 문예미학의 어느 특정 계열에 속하지 않을 수도 있고 모든 계열에 두루 포괄될 수도 있다. 또한 어느 한 특정 시인의 작품이라 할지라도 상황에 따라 수시로 다양하게 변화하는 유연성을 지닐 수 있을 것이다. 이러한 상황적 인식을 바탕으로 위의 시 ①~③에서 시중지도(時中之道)의 나침반이 가리키는 지점을 가늠해 보면, ①의 지점이 가장 근접한 것으로 파악된다. 그것은 시적 상상이 합목적론적인 인식론에 갇히지 않고 현실적 진정성을 추구하고 있다는 점, 시적 정서가 개별적 존재성을 넘어 천지공심(天地公心)의 정서에 이르는 근원 심상으로 열려 있다는 점, 절망적인 고통 속에서 성취하는 공동체적 보편성의 미의식을 보여 주고 있다는 점 등에서 찾아진다. 이렇게 보면, 1980년대 현실주의 시사의 시중지도의 지형은 곽재구, 김용택, 김정환, 김진경, 나해철, 최두석, 김사인, 윤재철, 안도현, 도종환, 이은봉, 이재무 등의 민족적 민중의식을 견지한 시편들의 계열과 근접한 것으로 보인다.

(5) 결론

한국현대시사는 분단시대라는 상황적 조건 속에서 전개된다. 분단시대는 사상과 이념은 물론 시적 삶에서도 균정과 통합보다는 이항대립적인 양극화를 가속화시켰다. 그래서 양극을 포괄하는 역동적 중도의 노선은 분단 구조 속에 급격하게 와해되어 갔다. 한국현대정치사에서 여운형, 김규식, 안재홍, 김구 등을 거쳐 조봉암, 장일순 등으로 이어지는 중도파가 급격한 쇠퇴의 길을 걷게 된 것처럼 문학사에서도 조선문학가동맹 측의 인민적민주주의 문학론의 노선이 남북에서 모두 거세되면서 양극화의 대결 구도로 치닫는 양상을 보인다. 특히 한국현대시사는 8·15와 6·25, 4·19와 5·16, 10·26과 5·18로 점철되는 양극의 충돌과 격절을 마디절로 각각 분단체제 성립기(1945-1959), 분단체제 심화기(1960-1979), 분단체제 전환기로 이어진다.

따라서 이들 각 시기에 대한 인식 역시 제3의 중도적 시각을 견지할 때 올바르게 조망할 수 있을 것이다. 물론 중도는 단순히 중간을 가리키는

것은 아니다. 양극을 포괄하면서 동시에 가운데를 응시하며 적절한 상황
에 따라 객관적 진리를 관철해내는 성지시자(聖之時者)[118]의 세계관을 가리
킨다. 이제 우리에게는 온전한 민족적 삶과 분단 극복의 지향을 위해서도
다시 중도적 노선의 복원이 요구된다. 1980년대는 해방직후 민족문학논쟁
의 노선 투쟁을 방불케 하는 이론적 각축전을 보여주었다. 따라서 1980년
대의 현실주의 시사를 시중지도(時中之道)의 방법론적 인식에 따라 규명하
는 것은 1980년대의 급진적인 문예이론과 시적 상상을 입체적으로 조망하
고 이를 균형 잡힌 시각에서 가치 평가하는 데 유효하다.

  1980년대 민족문학론은 민중적 민족문학론, 노동해방문학론, 민족해방
문학론 등으로 크게 나누어지며, 시적 상상 역시 이에 대응하는 계열체로
나누어 볼 수 있다. 여기에서 중도의 지점은 민중을 포괄하면서도 지식인
중심의 민족문학론을 견지하는 기우뚱한 중심에서 찾을 수 있었다. 그리
고 이러한 작업은 1980년대 현실주의 시사의 가치평가의 기준을 합목적론
적인 역사관에 입각한 노동계급적 당파성을 내세운 선명성 위주에서 현실
적 진정성과 공동체적 보편성의 미의식 그리고 자연의 이치로 열려 있는
시적 정서로 이동시키는 의미를 지닌다. 이것은 궁극적으로 오늘날의 우리
시가 지향해야할 방향성을 가늠하는 데에도 중요한 좌표가 될 것이다.

2) 1990년대, 창조적 혼돈과 시적 다원화

(1) 세기적 전환기와 시적 다원화

  주지하듯, 우리 사회는 1990년대를 마디절로 급속한 변화를 경험했다.

---

118) 이동준, 「시중지도의 재인식」, 『유교의 인도주의와 한국사상』, 한울, 1997, 15쪽.
   성지시자(聖之時者)란 맹자가 공자의 처세를 가리킨 것으로 '미리 일정한 방식을
   정하지 않고 상황에 따라서 그에 합당하게 대응하는 것을 가리킨다.

이러한 급속한 변화의 배경에는 1980년대 우리 사회 전반의 심급을 형성했던 마르크시즘과 근대 이성중심주의에 대한 근본적인 부정이 작용한다. 마르크시즘과 근대 이성중심주의의 부정은 거시적인 공적 담론에서부터 미시적인 개인적 욕망의 언어로, 관념적인 이데올로기로부터 구체적인 삶의 실재로, 남성적인 종속의 질서로부터 여성적인 수평의 관계성으로, 집단적 공공성에서 개별적 주체성으로 인식의 토대를 변화시키는 동력으로 작용했음은 주지의 사실이다. 이러한 변화의 단층은 분명 역사적 퇴행이 아니라 진보였다. 관념적인 이념의 미망에 갇혀있던 인간의 주체성과 개별성을 복권시킨 과정이기 때문이다. 그러나 개별적 주체성의 가치, 의미, 지향성을 제대로 정립하기도 전에 후기산업사회의 소비조장의 운용원리가 사회 전반으로 급속하게 확산된다. 그리하여 우리의 일상은 이른바 기호와 이미지의 제국으로 변질되는 양상을 띠게 된다. '나는 나다'라고 외치지만, 이미 나는 후기산업사회의 전체주의적인 획일화·단순화·집중화의 자본·논리에 의해 구성된 '나'로 전락한다. 그래서 자기만의 개성을 강조하고 연출하기 위해 선택하는 일련의 행위들이 사실은 '선택하는 것'이 아니라 '선택되어지는' 결과로 귀착된다.

물론 이와 같은 후기산업사회의 지배 메커니즘이 1990년대 이후 갑자기 등장한 것은 아니다. 1980년대 마르크시즘의 광휘가 한창 빛을 뿜어대던 시대에도 자본주의는 현실 적응력과 위기 대응능력을 발휘하며 도도하게 팽창하고 있었던 것이다. 다만 1980년대 마르크시즘의 논의 수준이 자본주의의 제 모순의 극대화와 혁명적 붕괴라는 고전적인 논리의 맹목적 추종에서 크게 벗어나지 못하고 있었던 것이나.

1990년대 들어 사회주의 혁명의 꿈과 신화는 소련을 위시한 동구 사회주의권의 몰락과 더불어 급격하게 쇠잔해 갔다. 마르크시즘의 계급모순과 생산력 생산관계에 대한 분석은 오늘날 다층적으로 변화된 자본주의의 현실을 더 이상 설명해내지 못하는 녹슨 유물이 되고 말았다. 역사변혁의 추동력인 프롤레타리아 계급은 부르주아 계급과 상호의존 내지 결탁 관계를 맺게 되면서 그 독자적인 기반을 잃게 되었고, 생산관계는 생산력의 증대와 발전에 따라 붕괴되기는커녕 거듭되는 자기재생산을 통해 오히려 생산력을 조직·규제·관리해내고 있다. 노동자들의 의식이 물화되고 그들이 자본주의 문화에 동화되어 버리면서 사실상 역사 변혁의 주체는 사라져간 것이다.

이와 같이 자기 팽창하는 자본주의의 체제구조는 이제 더욱 높은 가속도로 행진하면서 우리 일상의 구석구석까지를 상품논리의 가치질서 체계에 따라 수열적으로 코드화하는 작업을 신속하게 감행하고 있다. 1990년대 이후 우리 사회는 이른바 후기산업사회의 중심권으로 흡수된 것이다. 후기산업사회의 고도의 경제적 기술발전은 종전의 파시즘적인 정치적 통제수단으로 전환되는 일종의 사회적 과정의 성격을 드러낸다. 고도로 발전한 기술메카니즘은 생산양식, 도구나 기계장치의 총체이고, 사회관계를 조직하고 지속시키는 양식이며, 현존 사고방식과 행동양식의 표현이며, 통제와 지배의 수단으로 자리 잡고 있는 것이다. 이러한 기술과 생산력의 진전은 획일화·단순화·집중화라는 새로운 삶의 문화를 사회 전반에 확산시키고 있다. 기술관료주의 사회는 체제대립적 힘을 화해시키고, 자유를 전망하는 모든 저항을 타파하는 생활형태를 창조하며, 직업이나 기술뿐만 아니라 개인적 욕구와 열망까지도 결정(마르쿠제식으로 표현하면)하는 전체주의의 속성을 본령으로 한다.

1990년대 시는 이러한 이념의 시대의 퇴조와 후기산업사회의 진입이라는 전환기의 시대적 상황 속에서 전개된다. 그리하여 1990년대 시는 종전과 달리 상당히 폭넓고 다채롭고 새로운 시적 프리즘을 펼쳐보여 준다. 1990년대 시사의 주요 경향을 유형화해보면 다음과 같다.

먼저, 민중시의 새로운 변모를 들 수 있다. 1980년대의 민중시는 목적론적인 역사의 합법칙적인 발전의 도식에 입각한 개념화된 전망에 의해 현실을 재구성하고, 평가·비판하는 양상을 보여 온 것이 사실이다. 이에 반해 1990년대의 민중시는 목적론적인 역사관, 개념화된 전망의 이상론이 지닌 이데올로기적인 허구성에 대한 뼈아픈 인식과 자각의 자리에서 출발한다. 그래서 1990년대 민중시는 일반론적인 개념화 대신 존재론적인 개별화의 원리로 나아가는 양상을 보여준다. 김신용, 고형렬, 최두석, 고재종, 이재무, 정윤천, 조기조 등의 시편들은 이러한 1990년대 민중시의 변모의 단층을 뚜렷하게 보여주는 대표적인 경우이다.

둘째, 생태시의 확산을 들 수 있다. 생태시학은 1990년대 이후 전면에 떠오른 대표적인 시적 계보학에 속한다. 생태시의 확산은 근대산업문명의 급속한 발달과 더불어 작게는 인간의 정체성 상실에서부터 크게는 전지구적 환경파괴로 요약되는 죽임의 현실 속에서 인간과 자연, 인간과 인간의 관계성에 대한 전면적인 성찰과 더불어 살림의 문화의 재건 혹은 신생의 길을 향한 추구와 연관된다. 따라서 생태시는 단순히 환경오염에 대한 고발, 비판, 탄식의 소재주의적 차원에 그치지 않고 20세기 근대기계주의적 패러다임에 대한 근본적인 성찰과 대안 문화의 모색으로 연결된다. 김지하, 정현종, 이하석, 이수익, 고재종, 최승호, 이문재, 박용하 등의 시편이 그 대표적인 경우이다.

셋째, 여성주의 및 페미니즘 시편을 들 수 있다. 1990년대 포스트모더니즘의 확산과 함께 가장 중요하고도 큰 비중으로 떠오른 시적 경향은 페미니즘 시편일 것이다. 기존의 가부장적 이데올로기 아래에서 억압되어 온 여성성이 탈중심과 해체의 사회적 풍조를 타고 전면에 등장하면서 새로운 문화적 패러다임을 창출하기 시작한 것이다. 남성성의 수직적인 경쟁, 종속, 공격의 성향에 대응하여 여성성의 수평적인 방어, 통합, 수렴적 성향의 강조는 궁극적으로 여성해방의 차원을 넘어 부드러움과 상생의 문화의 재건으로 귀착된다. 김승희, 김혜순, 최승자, 나희덕, 이진명, 박서원, 이경림, 김정란, 이수명, 이선영, 노혜경 등은 그 대표적인 시인이다.

넷째, 세기말적 죽음의 의식과 모더니티의 시편을 들 수 있다. 우리 시사에서 1930년대 이상을 위시한 김기림, 김광균 등에서부터 본격화된 모더니즘의 계보학이 1990년대 들어와서는 세기말의 불안의식과 결부되면서 더욱 강한 부정과 불온의 열기를 뿜으며 현대적 삶의 근원을 향한 탐문으로 나아갔다. 남진우, 유하, 이창기, 박주택, 함성호, 윤의섭, 배용제, 이수명, 성기완 등은 그 대표적인 시인이다.

다섯째, 내성의 탐구와 일상시편을 들 수 있다. 1990년대 들어서면서 현실 변혁논리가 급격하게 퇴조하자 반복되는 삶의 일상에 대한 재발견과 존재체험의 견인 속에서 도달한 절제된 자기 성찰과 유현한 허욕의 감성이 주조음을 이룬다. 신경림, 최하림, 이시영, 천양희, 김형영, 송수권, 최동호, 이성선 등은 그 대표적인 시인이다.

이상의 개괄적인 점검에서 보듯, 1990년대 시사는 그 어느 때보다 폭넓고 다채로운 시적 계열들이 펼쳐졌다. 탈중심과 가치의 다원화로 요약되는 1990년대의 시대정신이 시적 자율성과 개성을 확장하는 추동력이 되었던 것이다.

(2) 민중시의 지속과 새로운 가능성

1990년대 이래 우리 시사에서 '민중' 및 '노동'에 관한 문제의 조망은 목적론적인 역사관의 이데올로기적 허구성에 대한 뼈아픈 인식과 자각의 자리에서 출발한다. 공산주의 종주국인 소련에서 레닌의 동상이 붕괴되는 현장을 목도하면서 민중 및 노동해방문학론은 전면적인 자기부정을 감당하지 않을 수 없게 된다. 노동의 소외현상으로부터 자유로운 '민중의 나라'가 가상의 허구라면, 여기에 입각해서 재해석되고 의미 부여된 노동현실 역시 허구로 전락될 수밖에 없게 된다. 따라서 노동자의 암울한 현실의 고통을 "노동의 새벽"의 전조로 인식하는 방법론은 전면적인 궤도 수정을 할 수밖에 없게 된다.

그리하여 1990년대 이래 민중과 노동의 제 문제에 관한 인식의 무게 중심이 마르크스의 "중요한 것은 현실을 어떻게 해석하느냐가 아니라 어떻게 변혁시키느냐"에 있다는 언명의 문맥에 대응시키면, 1980년대와 달리 전자 쪽으로 이동하는 형국을 보이게 된다. 즉 민중의 현실에 대한 인식의 가치 적도가 당위적인 미래에서 현재로 이동하고 있는 것이다. 따라서 1990년대 민중시는 일반론적인 개념화 대신 존재론적인 개별화의 원리로 나아간다. 1990년대 민중시들이 일반론적인 추론을 거부하고 개체로서의 참잠을 통해 보편성을 획득하는 방법으로 나아간 것은 이러한 문면에서 파악된다. 다시 말해서, 1990년대 민중시편들은 목적론적인 역사관의 낙관주의, 이상주의를 버리는 대가로 구체적인 삶의 체험과 성찰의 언어를 획득했다고 말할 수 있다. 그리하여 1990년대 이래 시적 대상으로서의 민중 및 노동은 상대적 가치 개념이 아니라 본래 그 자체의 의미에 집중되는 양상을 보인다.

> 남루가 노가리로 여위게 하곤 했지
> 바깥의 찬바람이 제 가고 싶은 데로 불고 있었고
> 담 밑의 지게들은 서로 온몸 오그려
> 추위를 견디고 있었지만 노상 비틀거리는 것은
> 가난의 앙상한 형해(形骸), 그림자뿐인
> 귀로, 아무리 갈아도 자꾸만 돋아나는
> 쥐의 이빨처럼 취기가
> 하루의 발 뒤꿈치를 야금야금 갉고 있을 때
> ─김신용, 「청계천 시 편 3-춘삼이」 부분─

"추위를 견디고 있었지만", "가난의 앙상한 형해(形骸)"에서는 한 치도 벗어나지 못하는 지게꾼들의 일상이 사실적으로 그려지고 있다. 이외에도 김신용은 이와 같은 '빈민문학'의 진경을 실감 있게 펼쳐보여 주었다. '빈민문학'이란 민중문학의 하위 범주로서 특히 빈민들의 삶의 애환과 정서의 굴곡을 사실적으로 드러내고 아울러 그 이면에 내재하는 *끈끈한* 공동체적 삶의 양식과 인간애를 노래한다. 김신용은 하층민의 삶을 직접 체험하면서 그 속에서 부딪히는 질곡의 정서를 생생한 현장의 언어로 드러내 주고 있었다. 역사적 합목적성이라는 명분에 의해 재구성되고 가공되지 않은 삶의 실재와 진정성이 표나게 부각되고 있었던 것이다.

이 점은 1990년대 등장한 이대흠의 시편에서도 선명하게 목도할 수 있다.

> 첫눈 오지 않았지만 일산 신도시 건설 현장은 겨울입니다 이 집 다 지어도 나의 것이 아니라는 절망은 겨울로 서둘러 들어섭니다 바람은 차고 우리는 옹기종기 모여 앉아 모닥불을 피웁니다 합판 쪼가리며 각목을 부러뜨려 우리는 잠시 따스합니다 태양은 모닥불보다 작게 멀리서 자신의 언 손에 입김을 불고 있습니다 누구도 태양이 뜨거워질 날을 기다리며 쪼그리고 있지는 않습니다 믿고 싶은 건 일당처럼 동그란 모닥불입니다
>
> ─이대흠, 「율도 2」 부분─

시적 화자는 신도시 건설 현장에서 건축 노동을 하고 있다. 그에게 노동의 결과물은 항상 깊은 절망으로 되돌아온다. "이 집 다 지어도 나의 것"은 아닌 것이다. 그런 어느 누구도 이글거리는 거대한 태양을 동경하거나 원망하지 않는다. 태양은 추위 속에서 옹기종기 모여 앉는 "모닥불"과 대위되면서 이상적인 동경과 희망의 의미를 획득한다. 이들이 믿는 것은 오직 "동그란 모닥불", 즉 "지금, 여기"에서 가시적으로 보이는 생활의 위안이고 하루의 "일당"이다. 시적 화자는 현실이 절망적이라고 해서 미래의 가상적인 희망을 설정하지 않는다. 미래의 희망의 꼭지점이란 항상 부재하는 관념의 세계이며, 유예되는 허구라는 것을 그는 이미 냉정하게

자각하고 있는 것이다.

이와 같이 미래의 합목적적인 이상주의에 대한 낙관을 버릴 때 노동하는 삶의 실체는 온전하게 부각된다. 다시 말해서, 노동의 극심한 소외와 고통을 현실 변혁의 질료로 치환시키지 않음으로써 실재하는 그 자체를 객관화 할 수 있게 되는 것이다. 이것은 마치 지하 셋방에서 지상 3층 정도의 높이로 올라와서 바깥 세계를 조망하는 거리 확보에 비견할 수 있을 것이다.

> 지하 셋방을 살다 지상 3층으로 이사했다 (…중략…) 지긋지긋한 공장이 뭐가 신난다는 지 자기가 다니는 공장 굴뚝을 가리키며 아내가 깔깔거리자 아이는 칭얼거리며 자기도 보여달라고 생난리다 아이를 들어 안아 창가에 세워주니 아이가 지 에미의 웃음소리를 흉내내며 여기저기 손가락을 가리킨다 자동차, 학교, 운동장의 아이들, 다닥다닥 붙은 집들, 공장 굴뚝, 뿌연 하늘……가리키는 손가락 끝이 내 머리 속 깊은 어디를 콕콕 찌른다 자식에게 보여주기에 민망하기 짝이 없는 애비의 세상이지만 어쨌든 물려주어야 할 세상인데 애비가 치러야 할 몫을 다하지 못하고 있는 것이나 아닌지 전망 좋은 방으로 이사를 하고 나니 갈길이 구만 리다 이 아이가 미움을 알기 전에 나는 지금보다 더 세상을 사랑해야 한다.
> —조기조, 「전망 좋은 방」 부분—

지하 셋방에서 지상의 셋방으로 이사를 한 직후 가족 셋이 함께 창밖의 풍경을 바라보고 있다. "자동차, 학교, 운동장의 아이들, 다닥다닥 붙은 집들" 그리고 아내가 다니는 "공장 굴뚝, 뿌연 하늘"이 눈앞에 펼쳐져 있다. 아내와 아이의 깔깔거리는 웃음소리가 온 방안에 울려 퍼진다. 즉물적인 분노와 증오는 어느새 멀리 사라지고 없다. 이 시가 쓰이는 시적 화자의 위치는 이미 아내와 아이 그리고 "민망하기 짝이 없는 애비의 세상"을 처연하게 관조하는 원근법을 확보하고 있기 때문이다. 시적 화자는 자신의 눈앞에 펼쳐진 이 모든 것이 "어쨌든 물려주어야 할 세상"이라는 인식을 하게 되면서 자기가 해야 할 몫을 성찰한다. 과연 그 몫이란 무엇인가? 여기에 대해 화자는 "사랑"을 내세우고 있다. 이때, 사라이란 현실을 감싸고 포용하는 내성의 힘과 연관된다.

합목적적인 미래 세계에 대한 낙관주의를 배제하게 되면서 표나게 드러나는 것은 자신의 현실 삶을 견디고 감싸 아는 포용력이다. 즉, 현실 삶에서의 노동의 왜곡이 극심할수록 이를 긍정하면서 초극하는 내성의 힘이 신장되는 역설이 성립되고 있는 것이다.

1990년대 민중시편들은 개념의 함정에 빠지기 쉬웠던 1980년대와 달리 구체적인 삶의 현상학에 대한 깊은 탐구로 육박해 들어가는 새로운 가능성을 보여주었다고 할 것이다. 따라서 1990년대 들어 민중시학은 언어미학과 서정성을 접수하면서 일상시편과 생태학적 상상력으로 다채롭게 변주되는 양상을 보이게 된다. 신경림, 이시영, 김진경, 이영진, 김정환, 박몽구, 이재무, 박영근, 김용락, 유용주, 이대흠, 최종천 등은 그 전위에 놓이는 대표적인 시인이다.

(3) 생태시학과 대안문화론

1990년대 이래 환경·생태론이 전면에 등장한 배경은 20세기에 들어서면서 놀라운 가속도를 자랑하며 질주한 근대산업사회가 결과적으로 초래시킨 전지구적 차원의 생명 파괴, 인간의 정체성 상실이라는 극한적인 위기적 현실로부터의 신생의 출구 찾기에 있다. 주지하듯, 근대 패러다임은 16-7세기 이래 갈릴레이, 데카르트, 베이컨, 뉴톤 베버 등에 의해 천문학, 철학, 과학, 수학, 사회학 등의 다양한 분야에 걸쳐 세계 인식의 기본 틀로 정착된 기계주의적 환원주의, 이성 중심주의, 진보에 대한 절대적 신뢰 등으로 요약된다. 생명현상을 물질적인 객체적 대상으로 파악하는 근대 기계주의적 세계관에서 과학의 목표는 이제 더 이상 고대와 중세에서처럼 자연질서를 이해하고, 자연과 조화로운 생활을 영위할 지혜의 터득을 위한 것이 아니라, 자연을 지배하고 통제하는 반생태학적인 방향으로 치닫게 된다. 물질과 정신을 이원론적으로 분리시킨 기계적 환원주의의 세계관에서 인간의 자연에 대한 지배, 착취, 조종, 정복은 문명의 진보라는 명분으로 쉽게 승인되고 명령될 수 있었다. 또한 이와 같은 자연의 지배는 모성성, 여성성에 대한 남성 우위의 부권사회의 구조적 강화라는 모습으로 구체적인 생활 속에 내재화되기도 한다. 자연(대지)이 지닌 모성성, 여성성의 신화적 상징이 자연스럽게 부권 중심의 수직적인 사회질서체제의 강화로 전이되었던 것이다.

이렇게 볼 때, 인류의 문명적 진보와 번영을 약속하며 비약적인 발전가도를 행진했던 20세기의 기술산업의 혁신이 결과론적으로 공해의 급속한 증대, 지구의 급격한 노화, 생명 가치의 균형 상실을 초래하게 된 것은 필연적인 귀결이다.

생태, 환경 문제의 출현은 낡은 근대 기계주의적 패러다임을 초극하는 21세기의 전환기적 문명사적 대안에 해당하는 생명의 패러다임으로서의 위상을 지닌다. 생명의 패러다임은 세계를 분석적, 합리적, 기계적 사고를 통해 수치적으로 체계화하고 환원할 수 있는 대상으로 확신한 근대기계주의적 세계관을 부정하고, '역동적 상호관계의 과정'에 의해 자기 조직화하는 전일적, 유기적, 시스템론적 대상으로 파악한다. 근대 자연과학의 울타리에서 출발하여 스스로 자신의 전통을 부정, 배반, 탈주하면서 등장한 신과학 운동에서부터 선도적으로 제기된 이러한 전체론적 세계관에서 세계는 결코 물질의 기본 구성체와 같은 근본적인 실제로 환원될 수 없으며, 전적으로 자기조화(self-consistency), 관계의 역동성의 장(場), 상호 의존적인 현상들의 연결망(network)으로 인식되어야 한다는 것이다.

한편, 여기에서 지적할 중요한 문제는 21세기의 문명사적 대안으로 제시되는 생명의 패러다임의 일원론적인 세계관이 동양의 가장 전통적인 우주관인 기(氣)의 활동 원리인 음양오행론은 우주만물의 근원을 이해하는 방법론으로서 민중 종교, 한의학, 철학 일반에서부터 민속제의, 풍수지리, 생활 풍속 등의 일상적 습속에까지 깊이 내면화되어 있다. 생명의 세계관은 우리 삶의 문화의 가장 본래적인 원형적 사고였던 것이다. 1990년대 들어 동양의 전통적인 유・불・선을 비롯한 철학적 원리에 대한 관심의 증폭이 이루어진 까닭이 여기에 있다.

생명의 패러다임에서는 개체 생명의 본성은 물론 인간과 인간, 인간과 자연간의 상호 관계, 생활양식 전반 등에 걸쳐 종전과 다른 근본적인 사고의 전환이 요구된다. 이를테면, 모든 개체 생명의 자기조직화 운동이 깊은 우주적 질서와 상호 공명, 순환, 연관 속에서 전개된다는 것은 세계의 삶의 질서 체계 역시 주체 중심의 이원론적인 계층적 관계에서 일원론적인 통합의 생명공동체적 세계관에 의해 재규명되어야 한다는 논법으로 연결된다. 다시 말해 생명의 패러다임의 전환은 종전의 강요・공격・경쟁・분석・합리의 양(陽)적 질서관에서 수렴・반응・협동・직관・종합의 음(陰)적 질서관으로의 가치 변화와 연관된다. 이것은 우리의 전통 민중사상에 해당하는 동학, 강증산사상 등에서 주장하는 후천개벽과 상통한다. 이들 사상에서는 선천개벽이 상극(相克)적인 양(陽)적 질서였다면, 후천개벽은 상생(相生)적인 음(陰)개벽이라고 주장한다.

그러나 1990년대 들어 활발하게 개진되고 있는 생태문학은 이와 같은 삶의 양식 전반에 걸친 근본적인 패러다임 전환 차원의 인식 수준에 도달하지 못하고 있는 것이 사실이다. 대부분의 생태문학이 자연파괴, 공장폐수, 대기오염, 원자력과 핵 위기 등에 대한 극명한 고발, 비탄, 풍자의 소재주의적인 차원에 머무르는 면모를 보인다. 이러한 소재주의적 한계는 이른바 민중적 생태지향시, 전통적 생태지향시, 모더니즘적 생태지향시 등에서 공통적으로 드러나는 일반적인 양상이다. 물론 이러한 부류의 환경·생태를 다룬 문학이 현실의 심각한 죽임의 위기적 상황에 대한 대중적인 각성과 생명의 세계관을 촉발시키는 중심적인 역할을 수행했음은 주지의 사실이다. 그러나 생명의 세계관에 입각한 문학의 본령은 궁극적으로 인간과 세계의 본성과 존재원리, 우주생명의 공동체적 질서관에 대한 재인식과 발견의 차원으로 열려있어야 할 것이다.

21세기를 목전에 둔 시점에서 그동안 비교적 활발하게 논의되고 창작되었던 생태문학은 새로운 패러다임의 전환으로서의 본질적인 의미와 가치 인식의 깊이를 확보해내는 자기 갱신의 노력이 요청된다.

이러한 맥락에서 다음 시편은 생태 문학의 철학적 원리와 더불어 소재적 영역의 확장을 보여주는 한 예가 될 수 있다는 측면에서 주목된다.

> 내 나이
> 몇인가 헤어려보니
> 지구에 생명 생긴 뒤 삼십오억살
> 우주가 폭발한 뒤 백 오십억살
> 그전 그후 꿰뚫어 무궁살
> 아 무궁
> 나는 끊임없이 죽으며
> 죽지 않는 삶
>
> 두려움 없어라
> 오늘
> 풀 한포기 사랑하리라
> 나를 사랑하리.
>
> ─김지하, 「새봄·8」 전문─

위 작품은 자신의 우주 생명으로서의 본성에 대한 발견과 이를 통한 세계에 대한 재인식의 시적 직관을 노래하고 있다. 나는 누구인가. 나는 곧 우주이다. 내 몸은 우주 역사의 집적물인 것이다. 그래서 내 나이는 지구와 우주의 연륜으로 소급된다. 내 몸의 유전자에는 전우주의 유전정보가 수렴되어 있으며, 심층 의식 안에 전진화의 기억이 축적되어 있다는 홀로그래피의 통찰이 투영되어 있다. 개체 생명의 자기조직화는 보생명(complement life)과의 관계성 속에서 이루어지기 때문에, 생명의 주체는 보생명과 연결된 우주적인 생명공동체의 표현물로서 파악되어야 한다는 인식이 토대를 이루고 있는 것이다. 즉, 나는 우주적 영성체인 것이다. 그러나 이것은 나에게만 국한되는 것이 아니라, 외부의 모든 대상에게도 동일하게 적용된다. 나와 세계는 영성공동체를 이루고 있는 것이다. 그래서 마지막 연에서 화자가 "풀 한 포기 사랑하리라"고 노래하는 것은 곧 "나를 사랑하"는 것과 등가의 의미를 지니는 것이다. 이와 같은 생명공동체의 세계관은 동학의 창시자 최제우의 시천주(侍天主)사상을 설명하는 '내유신령(內有神靈), 외유기화(外有氣化)'의 이치와 연관된다. 내유신령이란 자신이 스스로 우주적 영성을 모시고 있다는 뜻이며 외유기화는 외부의 모든 대상 역시 영성의 활동, 순환, 활성의 장이라는 것이다. 이러한 세계관에서 인간과 자연은 온생명119)의 한 단위체로서 파악된다. 따라서 자연의 파괴는 곧 인간 생명의 파괴로 등식화된다. 김지하 시인이 "나 한때/ 바람도/ 모두 다 형제"(「새봄·3」)라는 물오동포(物吾同胞)의 세계를 노래하는 것은 이러한 맥락에서 그 본래의 의미가 드러난다. 생태시학의 본령은 궁극적으로 자신에 대한 발견으로부터 시작되고 또한 귀결된다고 할 것이다.

한편, 생태문학의 형식원리에 관한 창조적인 모색이 요구된다. 생태문

---

119) 인간을 비롯한 지구상의 모든 생물과 자연적 요소, 그리고 물리적 힘은 서로 뗄 수 없는 의존관계를 맺고 있는바, 이 유기적 총체의 독자적인 단위를 가리켜 '온생명'이라 한다(장회익, 『삶과 온생명』, 솔, 1998, 209쪽 참조).

학에 대해 주제론적인 차원에만 집착할 것이 아니라 생태적 형식론과 담론 양식에 대한 탐구가 요구된다는 것이다. 이를테면, 인간의 육체가 소우주적 특징을 지니고 있어서 우주 생명과의 상호 공명과 교감을 할 수 있는 것처럼 생태시 역시 살아 있는 생물적인 구성원리, 화법, 운율이 요구된다는 것이다. 정진규의 시집 『몸시』, 『알시』 등에서 보여준 일련의 형식론적 탐색은 이러한 가능성을 보여주는 대표적인 경우이다.

이상에서 논의한 바처럼 생태문학은 21세기가 지향해야할 "지속가능한 경제발전"이 아니라 "생명지속적 발전"의 선도적인 전위로서 중요한 의미를 지닌다고 할 것이다. 정현종, 최승호, 이문재, 고재종, 이재무, 고형렬, 박용하 등은 이러한 생명주의 시학을 심화시켜나가는 대표적인 시인이다.

(4) 여성주의 혹은 페미니즘 시학

페미니즘의 시학은 1990년대 가장 전면에 약진한 시적 계보의 하나이다. '여류시'라는 말 대신 '여성시'라는 말이 보편화되었고, 여성 시인은 물론 비평 및 이론가 역시 양적으로도 남성보다 우위를 차지하는 현상을 불러왔다. 물론 이와 같은 여성시의 대두는 궁극적으로 여성해방을 넘어 남성해방 내지 인간해방의 범주로 확산된다. 경쟁, 대결, 종속의 위계서열 속에 구축된 남성중심주의 문화는 역설적으로 남성들에게도 강박적인 고통, 수난, 부담을 가중시키기는 지배구조이기 때문이다.

여성적 글쓰기는 남성중심주의, 이성중심주의에 맞서 문명과 자연, 동일자와 타자, 주체와 객체의 경계를 넘나드는 혹은 그 이전의 근원적 세계에 가깝다는 점에서 기본적으로 시적 본질과 맞닿아 있다. 여성적 정체성의 추구가 시적으로 드러나는 방식은 먼저 히스테릭한 위반의 언술이었다. 남성적 언설체계에 대한 반항, 저주, 비웃음을 온몸으로 시도한 것이다. 그리하여 1990년대 여성시는 1980년대 민중시로부터 전수된 것이라는 평가를 받기도 한다. 기존의 남성지배이데올로기에 의해 강요된 여성 상과 그 언술체계에 대한 과감한 부정을 통해 삶의 주체로의 회복을 추구 하는 것이다. 다시 말해, 오랜 세월 동안 남성의 환상 속에서 만들어진 순 종적, 수동적, 무자아적 여성이거나 창녀, 요부, 마녀 등으로 이분화 되어 온 여성상을 깨드리기 위한 분노와 저항의 목소리가 펼쳐지고 있었던 것 이다.

> 우리가 적의 쪽으로 팔을 뻗었다
> 더욱 완벽하게 절망하기 위하여
> 우리는 남아 있는 너절한 생명의 온기를 집어 던졌다
> 생명이여, 오욕이여, 찌끄러기여 안녕히
>
> 이제 적의 불을 키우리라 이 존재의 마지막 흔적을
> 우리가 삶의 유일한 징표로 여기리라
>   —김정란, 「젊은 프랑켄슈타인—젊은 프랑켄슈타인」 부분—

위 시의 화자는 "생명의 온기"마저 스스로 버리는 자기결의를 통하여 "적의의 불을 키우"고자 한다. 즉, 죽음의 힘까지 동원하여 "오욕"과 "찌 끄러기"의 삶을 부정하고자 하는 강렬한 저항의지를 표출하고 있다. 이러 한 적의와 저항의 대상은 무엇인가? 그것은 물론 기존의 남성중심적인 관 습, 관행, 금기, 제도 등의 일반을 가리킨다. 그러나 이러한 공격 대상으로 서의 남성중심적 세계관은 외부세계에만 존재하는 것이 아니라 자신의 내면에 협착되어 있는 것이기도 하다. "엄마"의 위치에서 전언하는 언술 은 기존의 남성중심적 질서에 입각하여 짜여진 시나리오를 그대로 읊고 있지 않은가?

> 나 그토록 제도를 증오했건만
> 엄마는 제도다.

나를 묶었던 그것으로 너를 묶다니!
내가 그 여자이고 총독부다.
엄마를 죽여라! 랄라.

－김승희, 「제도」 부분－

그토록 증오했던 "제도"가 뜻밖에도 자신의 목소리 속에서 살아나고 있다. "나를 묶었던 그것으로 너를 묶다니!" "엄마"라는 위치는 굳건한 기존의 질서체계가 만들어 놓은 제도의 산물이었던 것이다. 그래서 시적 화자는 자신이 "총독부"라고 생각하며 "엄마를 죽여라!"라고 외친다. 자신 속에 내재하는 타성적인 지배권력에 대한 발견과 비판인 것이다. 이와 같이 안팎으로 견고하게 스며있는 지배질서에 대한 위반과 저항은 박서원, 김언희, 황인숙, 허혜정, 이수명, 노혜경, 성미정 등을 통해 매우 강한 공격적인 울림으로 등장했다. 이러한 대결적 저항의 언술은 페미니즘 시학의 궁극적인 목표라기보다는 방법론적인 차원의 단계로 인식된다.

한편, 남성 중심의 사회 체제나 합리적, 논리적, 기계주의적인 물질문명의 병폐 등에 왜곡된 근원적인 모성성 회복을 위한 시적 추구가 대두되었다. 나희덕, 이진명, 이선영, 김선우 등의 견인과 따뜻한 포용성의 세계가 여기에 해당한다.

세상에!
오동나무 한 그루에
까치가 이십 마리라니.

크기는 크지만
반 넘어 썩어가는 나무였다.

그 나무도
물기로 출렁거리던 때
제 잎으로만 무성하던 때 있었으리

빈가지가 있어야지.
제 몸에 누구를 앉히는 일
저 아닌 무엇으로도 풍성해지는 일.

툭 툭 터지는 오동 열매에
까치들 놀라서 날아올랐다가
검은 둥걸 위로
다시 하나 둘 내려앉고 있었다.

─나희덕, 「품」 전문─

시인은 "품"을 노래하고 있다. 그 "품"이란 어떤 것인가? "제 몸에 누구를 앉히는" 것. 그리하여 "저 아닌 무엇으로도 풍성해지는"것을 가리킨다. "물기로 출렁거"리고 "제 잎으로만 무성하던 때"에는 지니지 못했던 것이 "품"이다. "품"은 "빈가지가 있어야"하는 것, 즉 자신을 스스로 비워야 얻을 수 있는 실존적 풍요이다. 마치 컵이 비었을 때 무엇인가를 채울 수 있는 존재성을 얻을 수 있는 것처럼, "오동나무" 역시 "반 넘어 썩어가"면서부터 "까치"들이 앉을 수 있는 이타적인 존재성으로서의 진경을 얻게 된 것이다.

여기에 이르면, 여성의 존재성 역시 세상으로부터 무엇을 얻기 위한 상대적인 투쟁과 대결이 아니라 스스로를 비움으로써 대상을 폭넓게 포용해내는, 상생의 품을 얻는 과정을 통해 온전히 구현될 수 있는 것으로 정리된다.

한편, 이외에도 1990년대 여성시의 향방은 '무당적 상상력', '주모적 상상력'[120]등으로 세분해 볼 수 있다. 무당적 상상력이란 김혜순이 언급한 바대로 여성시는 무언가에 들린 언어이며 그 들림이란 시인이 스스로를 세상으로부터 추방된 상태의 고통과 희열을 온몸으로 견디[121]는 것의 언설체계를

---

120) 오형엽, 「전환기적 모색, 현대와 탈현대의 경계에서」, 『신체와 문체』, 문학과지성사, 2001.
121) 김혜순, 『여성이 글을 쓴다는 것은』, 문학동네, 2002.

가리킨다. 자신의 몸의 고통을 토로하고 폭로하는 이른바 무당적 상상력의 계보학은 김승희, 최승자, 박서원에게서 뚜렷하게 목도할 수 있다.

또한 '주모적 상상력'은 타락한 고통의 세계 속에 자신을 개입시켜 동일자와 타자의 경계를 허물어냄으로써 세계의 상처를 위무하고 치유하는 언어를 가리킨다. 허수경, 이경림, 이진명 등은 끈덕진 부드러움의 화법을 통해 메마르고 경색된 세계의 일상성을 유연하게 연성화시켜 나가고 있다. 이외에도 어느 계보에 뚜렷하게 포함시키기는 어렵다 할지라도 제각기 다양한 위치에서 개성적인 여성적 삶의 글쓰기를 보여준 시인으로 최정례, 김길나, 이연주, 정화진 등을 꼽을 수 있다. 마지막으로 여성주의 시학은 굳이 창작자가 여성이냐 아니냐의 문제에 얽매일 성격은 아니다. 여성시인의 작품이라 할지라도 경색된 공격성, 투쟁성, 야유, 폭력의 성향이 두드러지면 그것은 억압적인 남성문화에 대한 대항담론이라 할지라도 남성적, 아니무스적 범주에 복속시켜야 할 것이다.

(5) 전위적 모더니티의 심화와 확산

1990년대 이후 다채롭고 현란하게 표출된 새로운 시적 모색과 실험의식의 양상은 전위적 모더니티로 지칭해 볼 수 있다. 모더니티란 통상적으로 근대사회의 한 특성을 가리킨다. 근대란 물론 매우 다양하고 이질적인 의미로 해석된다. 베버의 경우는『프로테스탄트 윤리와 자본주의 정신』에서 근대를 "합리적인 생활양식"으로 규정지었다. 그에게 근대란 중세의 주술적 세계로부터 벗어나 합리성의 질서로 진입한 해방의 과정이었던 것이다. 그러나 아도르노에게 근대는 매우 비관적인 현상으로 파악되었다. 그는 이성과 계몽으로서의 근대에서 서구사회의 자기 파괴적 논리를 읽어낸다. 그에게 근대란 도구적 이성과 상품의 물신숭배라는 이중적 질서에 의해 강요된 비합리성과 야만주의일 따름이다.

1990년대 모더니티는 세기말적 상상력과 결부되면서 대체로 후자의 비관적 전망에 바탕한 전위적 양상을 띤다. 특히 1990년대 전위적 모더니티는 1980년대 우리 지성사를 떠받치고 있던 합법칙적인 역사의식의 낙관주의가 와해된 자리에서 출발하고 있기 때문에 매우 뜨겁고 활발한 자기 증식의 양상을 보인다. 그리하여 시적 경향 역시 유행과 소비주의, 끊임없이 새로움을 갈구하는 혁신, 허위 욕망의 질주와 결핍감의 증대 등의 현상에 대한 불안, 부정, 허무의식이 주조를 이룬다. 특히, 이러한 세기말적 상상력의 내면에는 죽음의 시학이 짙게 스며들고 있었음을 목도할 수 있다.

> 이 밤
> 대지 밑 죽은 자들이 웅얼거리는 소리가
> 내 잠을 깨운다
>
> 지하를 흐르는 검은 물줄기가
> 누워 있는 내 귓속으로 흘러들어와
> 몸 가득히 어두운 말을 풀어놓는 시각
> 죽은자의 입에 물린 은전의 쓴맛이
> 목구멍을 타고 내 몸 곳곳에 번져나간다
>
> 죽은 자들로 가득 찬 몸을 일으켜
> 창가로 걸어가보면 멀리 밤하늘에 떠 있는
> 차가운 달의 심장
>   ─남진우, 「죽은 자들을 위한 기도」 부분─

"대지 밑"에서부터 "웅얼거리는" "죽은 자들"의 소리가 지상으로 스며 올라오고 있다. 삶의 세계 깊숙이 죽음의 그림자가 파고들고 있는 것이다. 이내 죽음의 그림자는 독약처럼 온 몸으로 번진다. "죽은 자들로 가득찬 몸을 일으켜/ 창가로 걸어가 보면" "달" 역시 차갑게 죽음의 세력에 점령당하고 있다. 죽음이 삶의 영지를 접수하고 있는 형국이다. 이와 같이 1990년대 시단의 한켠에는 검은 망령들의 잔치가 벌어지고 있었다. 이러한 망령들이란 물론 현실에 대한 부정과 허무의 지점에서 서식하는 것이면서 동시에 미래에 대한 전망 부재의 상실감에 의해 더욱 급격하게 번식하는 속성을 지닌다. 박남철, 채호기, 박주택, 함성호, 배용제, 이수명, 성기완, 배신호, 김태동, 진이정, 허연, 윤의섭, 강정 등은 이와 같이 세기말적 정서의 실험적 모험을 시도하고 있었다.

특히 박남철은『자본에 살어리랏다』에서 자본주의 사회의 안과 밖을 거침없는 독설과 사랑과 익살이 엇섞이는 언어와 파격적인 형식을 통해 풍자하고 유린하는 면모를 유감없이 보여주었다. 그러나 그의 이러한 형식파괴와 자유로운 실험적 언어의 이면에는 현대사회의 비인간성, 사물화 현상에 대한 짙은 페이소스와 비감이 배어나오고 있다. 또한 채호기는『슬픈 게이』에서 사랑의 완성을 향한 지난한 에로티시즘의 언어를 통해 삶의 비애를 펼쳐보여 주었고, 허연은『불온한 검은 피』에서 삶과 죽음의 불협화음의 내적 공명음을 처연하게 보여주었고, 강정은『처형극장』에서 죽음과 파멸의 시대의 위장된 평온을 날카롭게 파헤치고 해부하는 역동성을 보여주었다.

또한 함성호, 배용제, 이수명, 성기완, 배신호, 김태동, 진이정 등은 각각 세기말의 시대상에 대한 응전을 통해 부정과 일탈의 게릴라적인 문화 양식과 실험을 독창적으로 펼쳐 보여주었다. 그러나 이러한 부정, 파괴, 허무, 죽음, 해체 등의 언어는 궁극적으로 세기말의 불안과 허무 속에서 추구하는 신생의 출구 찾기에 잇닿아 있다. 현실 부정의 에너지는 새로운 자기 초극과 창조의 동력을 내포하고 있기 때문이다.

간월도가 소나무 숲 사이에 떠 있다
안에는 바다를 바라보는 길이 있어
자꾸 미끄러지는 운명을 불러
그 속을 바다에 재우게 하고
달이 훤히 떠, 바다를 어루는 밤이면
섬도 몸을 열어 교교한 달빛을

쐬게 되는 것이리라
철새들의 떼가 바다 위를
가로질러 갔다가는 다시,
제 곳으로 되돌아간다
멀리, 아이의 가족들이 간월도를 향해
하얗게 걸어가고 있다

―박주택, 「간월도」 부분―

이 시는 시집 『방랑은 얼마나 아픈 휴식인가』 등을 통해 세상과의 불협
화음의 미의식을 뜨거운 죽음의 충동을 통해 노래해온 박주택의 시세계
에서도 다소 이색적인 특성을 보여준다. 그러나 이러한 이색적인 면모는
곧 1990년대 세기말적 상상력이 추동해나간 행로이기도 하다. 죽음의 시
학의 내적 지향성의 궁극은 열반의 정적이기 때문이다. "자꾸 미끄러지는
운명을 불러 / 그 속을 바다에 재우게 하고", "섬도 몸을 열어 교교한 달빛
을 / 쐬"는 풍경에 해당하는 신비롭고 아름다운 정적의 지대가 세기말적
죽음의 상상력의 지향점인 것이다. 그것은 마치 죽음의 충동이란 극명한
삶의 욕망과 상통하는 것과 같은 이치이다. 박주택의 불협화음의 미의식
과 열반의 정적의 세계가 1990년대 전위적 해체와 모더니티시의 속성을
보여주는 대표적인 사례로 들 수 있는 까닭도 여기에 있다.

(6) 일상시와 내성의 언어

1990년대 주류를 이룬 시적 계보의 근저에는 공통적으로 이념의 공적
담론이 지나간 뒷자리에서 구체적인 개별적 삶에 대한 천착으로의 선회
를 바탕으로 한다. 그리하여, 1990년대 시편들은 생래적으로 '일상시'의
범주에 근접하는 속성을 지닌다. 즉, 시적 탐구의 무게 중심이 미래사회에
대한 전망에서부터 '지금, 여기'로 옮겨지면서, 현실적 삶의 실재에 대한
탐색과 미적 가치 및 의미를 구현하기 위한 시편이 급격하게 확산되기 시

작한 것이다. 시인들은 제각기 고유한 성찰과 관조의 원근법을 설정하고
여기에 입각하여 자신의 삶과 세계의 의미를 배열·평가·재발견하는 시
적 추구의 면모를 보여 주었다. 따라서 일상시편은 그 유형에 따라 매우
큰 낙차를 지닌다. 반복되는 일상성에 대한 표면적인 소묘에서부터 그 심
연의 비가시적인 무한에까지 깊이 천착하는 양상이 다채롭게 펼쳐진다.
따라서 '일상시'편은 반복되는 삶의 실재에서부터 도저한 내성의 언어와
불교적, 노장적 전통의 미감과 사유의 경지로 깊숙이 들어서는 양상을 드
러낸다.

> 오늘도 시간 팔아 침묵을 산다 저마다 사는 일이 초침처럼 바쁠 때 덩달
> 아 마음 바쁜 나도 내쫓고 시 덮고 책 덮고 생각도 끈다 (…중략…) 이 세상
> 길 눈은 노인들이 더 밝다 먼 것은 안경을 벗어야 잘 보이는 눈 나도 이젠
> 도가 트려나 간 적 없는 산과 들 소문 밖 외딴 섬이 보인다 섬 기슭에 방금
> 핀 동백꽃도 보이고 꽃술과 수작하는 벌 나비 소리까지 들린다 나 홀로 집
> 에 남아 침묵과 놀다보면.
>
> ―임영조, 「나 홀로 집에」 부분―

시적 화자의 시선이 일상성의 굴레 속에서 점차 그 밖으로 트이는 원심
력적인 확산의 정황을 노래하고 있다. "시 덮고 책 덮고 생각도" 끄고, "덩
달아 마음 바쁜 나도 내쫓고" 침묵과 느림의 공간 속에 침잠하면서 시적
자아는 일상성의 차폐 막을 넘어서고 있다. 반복되는 일상성의 굴레가 어
떤 사유의 여백도 허용하지 않는 폐쇄 회로로 치닫게 된 까닭은 정신없이
바쁘게 회전하는 가속도에서 기인하는 것이었다. 그래서 집 안에 혼자 남
이 있는 무료함과 권태로움이 오히려 발견의 통찰을 가져오는 원동력이
되고 있다.

이와 같이 일상성의 시편은 평이한 생활 속에서 새로운 발견과 깨달음
으로 나아가는 특징을 보인다. 1990년대 등장한 신진 시인의 경우에서도

이러한 양상은 매우 유현하게 노래되는 모습을 볼 수 있다. 선미적 감각
과 허(虛)의 미학은 비단 중진세대뿐만이 아니라 신진 세대의 시편에서도
깊이 있는 형상을 얻고 있어 새삼 주목된다.

> 산책로 삼거리 나무 그늘 사이로
> 햇살 밝고
> 개미들 분주하다
> 어떤 녀석은 제 키보다 더 긴 벌레를,
> 제 덩치보다 큰 씨앗을 끌고 간다
> 아까 올라간 뚱뚱한 아주머니는
> 벌써 꼭대기까지 돌아 내려온다
> 플라타너스 높은 가지에 노랑새가 울고
> 하루살이는 떼지어 난다
> 비로자나는 쉬지 않는다
> 아기는 아빠 손을 놓고
> 아장아장 걷고
> 쪽진머리 할머니가 쥘부채를 쥐고
> 아카시아 그늘 아래 자빵하게 서서
> 숨을 고른다
> 아카시아 푸른 가지가 장삼자락을 치켜든다
> 　　　　　　　　－장철문, 「비로자나는 쉬지 않는다」 전문－

　이 시의 시안(詩眼)은 10행의 "'비로자나는 쉬지 않는다"에 있다. 1행에
서 9행, 11행에서 16행까지의 시상 전개가 각각 10행을 중심점으로 하여
내밀하게 모여지고 거슬러 흩어진다. 이 시에서 시인의 시선은 뚜렷한 지
향점을 지니지 않는다. 우주의 어느 공간이나 영성스런 비로자나의 세계
인 점에서 근원 동일성을 지닌다. 삼거리 나무, 개미, 씨앗, 아주머니, 플
라타너스, 노랑새, 하루살이의 제각기 분주한 움직임 모두가 쉬지 않는
"비로자나"이다. 이 점은 아기, 아빠, 할머니, 아카시아의 경우에도 동일하

게 적용된다. 그래서 마지막 연의 "장삼자락을 치켜"드는 주체는 아카시
아 가지뿐만이 아니라 1행에서 15행까지의 시상에 등장하는 모든 개체생
명이라고 볼 수 있다. 모든 개체생명이 우주적 영성을 지니고 있는 한, 이
를 부처의 진신, 비르자나라고 할 수 있다는 인식이다.

한편, 일상성에 대한 깨우침과 발견의 언어는 원심력적 확산뿐만이 아
니라 실존적 근원에 해당하는 내적 깊이로 향하기도 한다. 다음 시편은
설명될 수 없으나 현존재성의 가능 조건이 되는 깊은 심연의 섬뜩한 원형
공간을 중심점으로 하고 있다. 이 원형 공간에 의해 시의 표면에는 주술
적 염력이 배어나온다.

> 밤하늘 하도 푸르러 앞산 선돌바위 앞에 앉아 밤새도록 빨래나 했으면 좋
> 겠다 흰 옥양목 빨래하고 나면 누런 삼베 헹구어 빨고, 가슴에 물 한번 끼얹
> 고 하염없는 자유형으로 지하 고성소까지 왕복했으면 좋겠다.
>
> 갔다 와도 다시 가고 싶으면 다시 갔다 오지 여태 살았지만 언제 정말 살
> 았다는 느낌 한번 들었던가
>
> ─이성복, 「추석」 전문─

이 시편의 시안(詩眼)은 "고성소"이다. "고성소"가 시적 생성을 가능하게
하는 내적 요소이다. 그러나 "고성소"는 자신의 실체의 해석을 끝까지 저
항한다. "고성소"란 의미의 방해물이 아니라 의미를 생성시키는 가능 조
건이지만 상징적 언술로 규정하기는 어려운, 의미의 배꼽, 오브제아(objet a)
에 해당하는 것이다. "고성소"의 신화적 무한의 세계가 작품 전체의 분위
기를 주술적인 울림으로 물들이고 있다.

그렇다면, 과연 이 시에서 앞산 계곡 깊은 곳에 있는 "고성소"의 실체란
무엇일까? 이를 분명하게 규정하는 것은 지난하다. 다만, 생명력의 위기와
재생이라는 신화적 패턴의 전이지점으로 추정될 뿐이다. 시적 화자가 어
두운 밤에 미끄러지듯 다녀오는 것으로 미루어 매우 낯익은 곳으로 이해

되면서도 동시에 지하의 어둠의 두께만큼이나 신비로운 전율을 느끼게 한다. 낯익으면서도 신비로운, 실재하면서도 규정할 수 없는, 그럼에도 불구하고 시적 화자의 삶의 의미를 형성하고 지배하는 대상이 고성소이다. 이것은 마치 우리 일상 속에 내재하면서 일상을 관장하는 어떤 신화적인 근원의 요소에 해당한다. 따라서 이 시에서 느끼는 섬뜩함은 자신도 모르게 자신의 삶의 일상을 관장하는 존재의 심연에 대한 인식에서 비롯된다.

일상시편은 반복되는 섬세한 일상에 대한 새로운 시각에서의 묘사와 발견 그리고 이를 통한 삶의 이치에 대한 깨우침과 확인을 기본 모형으로 한다. 오규원, 임영조, 김명인, 장영수, 양정자, 최영철, 김기택, 연왕모 등은 주로 전자의 시편에 가깝고, 최하림, 천양희, 정진규, 김지하, 오세영, 이성선, 조정권, 최동호, 최승호, 황지우, 장철문 등은 후자의 시편에 가까운 면모를 보여준다. 중진 시인의 경우는 물론이고 그 시대의 새로운 문제의식에 대한 모험을 전위에서 감당해야할 신진의 경우에도 이와 같은 일상시편의 영토에 안주하는 면모를 자주 목도한다. 물론 일상시편은 우리 생활 주변의 사소한 대상을 시적 언어를 통해 새롭게 조명함으로써 이미 구태의 선입관에 갇힌 생활 세계의 진면목을 깨워낸다는 점에서 중요한 의미를 지닌다. 그러나 이러한 일상시편이 대부분 표면적인 방법론의 변주에 그치면서 그 존재론적 본질에 육박하지 못할 경우 현학적인 관념이나 허무주의로 귀결되기 쉽다. 그래서 내성의 언어와 일상시편은 일상을 넘어서는 일상시의 출현을 요구한다.

(7) 창조적 혼돈의 질서를 위하여

1990년대 시단은 그 어느 때보다 시적 다원화의 양상을 선명하게 보여준 연대기이다. 새로운 민중시의 출현, 페미니즘시, 생명주의시, 세기말적 죽음의 시학과 모더니티, 일상성과 내성의 시 등의 다양한 유형이 서로 다른 자리에서 태동하여 다채롭게 펼쳐지고 있었던 것이다. 그러나 페미니즘의 시편이 대립적인 전투성의 강건함을 자랑하는 남성적 체위로 출현하기도 하고, 생명주의 문학이 환경 파괴의 현실에 대한 비탄의 포즈에 머무는 경우도 적지 않았다. 특히 포스트모더니즘 및 전위적 실험의 계열에 해당하는 시편들은 대부분이 전복의 순발력, 수평적인 발랄함의 탄성, 과도한 비관주의, 자기연민의 도취, 조형적 언어 감각의 탐닉 등의 범주에서 크게 벗어나지 못했음을 우리는 깊이 성찰해야 할 것이다.

1990년대 시사의 중심 주류를 이룬 이러한 시편들이 1980년대 리얼리즘의 문예미학이 많은 경우에 노정한 도식적인 관념과 경색된 목소리의 경쟁적 나열의 범주에서 크게 벗어나지 못한다고 할 것이다. 다시 말해, 1980년대를 들림의 시대의 들림의 문학이라고 한다면 현란한 이미지와 성급한 위반의 언어가 넘쳐흐른 1990년대 역시 그러한 양상과 크게 다르지 않다는 것이다. 이를테면, 전위예술의 경우 (피터 뷔르거의 말을 빌면) 그 미학적 가치의 본령은 제도예술을 파괴하여 예술을 다시 삶으로 되돌리려는 혁명적 운동이라는 점에 있지만, 오늘날 상투적인 도식성에 봉착해서 자기 반복을 일삼는 경우를 적지 않게 목도하기도 한다. 해체와 실험적 모험 그 자체가 목적이 될 때 이들 시편들은 본래의 소명 의식, 즉 현실 세계에서 '비스듬한 것, 붙잡을 수 없는 것, 불투명한 것' 들을 발견하고 구현하고자 하는 과업과는 정작 무연하게 된다. 부정의 시학과 전위적 실험의식이 상투성의 늪에 빠지게 되면 일상시편으로 고착되고 만다. 1990년대 후반에 들어서면서 반복되는 일상성에 관한 시적 탐구의 급증은 이와 같은 일탈적 역동성의 둔화와 깊이 연관된다.

1990년대 시사는 이와 같이 다채로운 시적 모색과 실험의 양상을 선명하게 보여주었다. 그러나 다양한 계보학적 유형은 점차 그 시적 본령의 깊이에 육박하면서 표면적인 경계선이 무화되는 양상을 띠게 된다. 이를테면, 생명주의 시편과 페미니즘시 혹은 일상성과 내성의 시편들이 서로 회통하고 겹쳐지는 점이 지점이 확대되고 있는 것이다. 따라서 1990년대 시사의 다원성의 특성은 궁극적으로 하나의 새로운 창조적 질서를 향한 도정으로도 설명된다. 다시 말해, 1990년대 시적 다원성은 2000년대 새로운 시적 질서를 찾아가는 창조적 혼돈으로서의 의미를 지니기도 한다.

참고문헌

1. 기본자료

『독립신문』

『대한매일신보』

「사람의 자랑」, 『청춘』 8호, 1917.6.

「세계개조의 벽두를 당하여 조선의 민족운동을 논하노라」, 『동아일보』, 1920.4.6.

「우리 오누」, 『붉은 져고리』, 제1년 제4호, 1913.

「自精神을 煥하고 舊思想을 논함(사설)」, 『동아일보』, 1920.6.22.

카프 강령, 1926.12.24.

김기림, 『기상도』, 창문사, 1936.

김소월, 「봄」, 『조선문단』 3, 1926.

김 억, 「밤과 나」, 『학지광』 제5호, 1915.

_____, 「시형의 음률과 호흡」, 『태서문예신보』 제14호, 1919.

_____, 「조선심을 배경 삼아」, 『동아일보』, 1924.1.1.

김영랑, 「동백잎에 빛나는 마음」, 『시문학』 창간호, 1930.

서정주, 「松井伍長 頌歌」, 『국민문학』, 1944.12.9.

유완희, 「民衆의 行列」, 『조선일보』, 1927.12.8.

이육사, 「절정」, 『문장』 1, 1940.

정지용, 「시의 옹호」, 『문장』 6, 1939.

_____, 「장수산 1」, 『문장』 3, 1939.

최남선, 「단군굴에서(묘향산)」, 『백팔번뇌』, 한성도서주식회사, 1926.

현영섭, 『朝鮮人の進むべき道』, 綠旗聯盟, 1938.

홍사용, 「六號雜記」, 『백조』 2호, 1922.

가라타니 고진, 송태욱 역, 『탐구 I』, 새물결, 1998.

2. 단행본

김윤식・김현, 『한국문학사』, 민음사, 1996.

김윤식, 『한국근대문예비평사연구』, 한얼문고, 1973.

김용직, 『한국근대시사』, 새문사, 1983.

김학동,『개화기시가 연구』, 새문사, 2009.

박찬승,『민족・민족주의』, 소화, 2010.

백 철,『신문학사조사』, 신구문화사, 1999.

임화문학예술전집 편찬위원회,『임화문학예술전집 2 : 문학사』, 소명출판, 2009.

정한모,『한국 현대시문학사』, 일지사, 1974.

조연현,『한국현대문학사』, 성문각, 1992.

조지훈,『시의 원리 : 또 하나의 원리, 한국현대시문학사』, 나남, 1996.

3. 논문

강정구,「1970-90년대 민족문학론의 근대성 비판」,『국제어문』38집, 국제어문학회,
        2006.

강정구・김종회,「평민 문학의 전통화와 민족문학적인 글쓰기의 재창조」,『비평
        문학』36집, 한국비평문학회, 2010.

_____,「근대적 교육 주객의 분화와 아동의 발견 – 신문『붉은 져고리』
        를 중심으로 – 」,『국제어문』52집, 국제어문학회, 2011.

권희영,「20세기 초 잡지『소년』지에 나타난 소년의 정체성」,『정신문화연구』112권,
        한국학중앙연구원, 2008.

기초학문연구팀,『한국 근대 서사양식의 발생 및 전개와 매체의 역할』, 소명출판.

김엘레나,「1864~1937년간 연해주 한인의 인구 변동과 경제활동」, 고려대학교
        석사학위논문, 2011.

노춘기,「근대시 형성기의 창작주체와 장르의식」,『어문논집』54집, 민족어문학회,
        2006.

박용규,「경성제국대학과 지방학으로서의 조선학」, 구재진(2007),『'조선적인 것'의
        형성과 근대문화담론』, 소명출판, 2007.

신채호,「독사신론」,『단재 신채호 전집』상, 단재신채호선생기념사업회, 1977.

임 화,「조선신문학사론서설」18회,『조선중앙일보』, 1935.11.2.

_____,「개설조선신문학사」2회,『조선일보』, 1939.12.7.

정명숙,『한국 개화기 해외 유이민 시가 연구』, 대구대 석사학위논문, 1987.

조동일,「개화기 문학의 개념과 특성」, 국어국문학회 편,『국어국문학』68・69 합
        병호, 1975.

조지훈,「한국 현대 시문학사」,『조지훈 전집 2』, 나남출판, 1996.

최현식, 「1910년대 번역·번안 서사물과 국민국가의 상상력」, 연세대 근대한국학
　　연구소, 2005.

4. 국외자료

企劃部計劃課長 山名酒喜南, 「朝鮮人を中心として」, 『內閣總力戰硏究所におる講
　　演要旨』, 8.20, 1942.

三木靑, 유용태 역, 「신일본의 사상 원리」, 최원식·백영서 외 역, 『동아시아인의
　　'동양' 인식 : 19-20세기』, 문학과지성사, 1997.

平井三南, 「京城帝國大學における規模組織とろの特色」, 『朝鮮』 4, 1925.

Anderson, Benedict., 윤형숙 역, 『상상의 공동체』, 나남.

Gellner, Ernest, *Thought and Change*, London ; Weidenfeld and Nicholson, 1964.

Bhabha, Homi, *The Location of Culture*, London : Routledge, 1994.

Foucault, Paul Michel., 이정우 역, 『담론의 질서』, 서강대학교출판부, 1998.

　　　　　　　　　　., 홍성민 역, 『임상의학의 탄생』, 이매진, 2006.

고 인 환·백 지 연·이 훈

1. 유이민 발생기

19세기에 들어서서 조선 사회는 더 이상 자체의 개혁능력을 담보하지 못한다. 수많은 백성들은 가혹한 부세로 인해 겨우 연명하는 생활을 유지한다. 백성들의 요구는 결국 1862년에 삼남지방에서 일어난 임술년 농민란, 1898년 방성칠란, 1901년 5월의 이재수의 난 등으로 이어진다. 봉건 논리를 벗어나 근대적 자의식을 지닌 개인으로 탈바꿈해 나가는 과정에 근대 소설사가 놓인다.

이 시기 다양한 장르의 서사양식들이 등장한다. 먼저 민족의 방향성과 정체성을 찾는 노력으로 영웅전기가, 지배층과 사회의 부조리를 비판하는 다양한 풍자와 우화 등이 창작된다. 개화기문학의 가장 큰 특징은 바로 현실 개입을 목적으로 하는 계몽성이다. 신소설 또한 이 계몽성의 요소를 필히 지니게 되는데, 신소설은 계몽과 함께 근대적 소설의 핵심요소인 허구적인 면모의 조화를 통해 근대적 제도로써의 소설의 기틀을 만들게 된다. 신소설의 대표적인 작가인 이인직은 기존의 서사장르들이 보여준 당대 정치현실에 대한 인식을 포함하여 자유로운 개인으로서의 자각이라는 근대적 소설인식의 시발점을 보여준다. 하지만 이런 시도는 후에 대중 영합적으로 흐름에 따라 그 의미가 퇴색한다.

1) 애국 계몽기와 서사 형식

개화공간의 소설들은 「설중매」(1908)를 비롯한 일본 정치소설의 번안물, 애국계몽사상을 노골적으로 드러낸 「자유종」(1910), 「소경과 앉은뱅이 문답」(1905) 등 계몽성을 강조한 작품들이 두드러진다. 특히 정치, 사회풍자적 소설류는 토론소설로 불리며 직접적인 정치적 담화를 실어 나르는 계몽성을 매우 강조하는 문답체의 형식을 빌린다. 대표적인 작품인 「소경과 앉은뱅이 문답」은 도입과 결말 부분을 제외하면 완벽한 문답체의 전형으로 되어 있다. 내용은 점치는 것과 망건 파는 일을 생계로 하는 각각의 인물을 통해 봉건적인 인식을 비판하고 있다. 부패한 관료들의 매관매직과 이로 인해 지방관들까지 모두 백성들을 수탈하는 악정을 말하며 진정한 개화를 해야 모두를 살린다는 주장을 한다.

「거부오해」(1906)는 문답체 형식의 변형인 왈(曰)체 형식이 보인다. 내용은 을사조약 이후 친일파들의 행태와 개화라는 이름으로 행해지는 여러 사회제도에 대한 비판적인 인식을 노출한다. 문답체가 두 사람의 대화인 반면 왈체는 여러 사람이 등장한다. 그리고 문답체가 아무래도 작가의 입장을 보다 일방적으로 전달하는 데 유리하다면 왈체의 경우는 보다 많은 인물의 등장과 함께 필연적으로 계몽의식의 전달뿐만 아니라 현실에 대한 작가인식을 보다 포괄적으로 드러내는 데 유리한 형식으로 볼 수 있다. 보다 현실에 귀를 기울이는 방향으로 작가를 강제한다는 데 그 의의가 있다는 말이다. 근대적 산물인 신문과 함께 이들 문답체 소설은 "신문 논설이 감당할 수 없는 영역을 메우기 위해 고안해낸 장치"[1]이다. 신문사설의 계몽을 보충해주는 역할로 등장한 게 바로 이런 유의 소설들이라는 것이다.

개화기에는 또한 전기가 많이 번역되거나 창작된다. 번역된 작품들은 주로 나폴레옹, 워싱톤, 비스마르크 등의 민족 영웅들이 주류를 이루는데, 『비사맥전』(1907), 『이태리건국삼걸전』(1907), 『화성돈전』(1908) 등이 있다. 창작전기로는 신채호의 『을지문덕』(1908), 『이순신전』(1908), 『최도통전』(1912), 장지연의 『애국부인전』(1907), 박은식의 『천개소문전』(1911) 등이 있다. 전기에서 다루는 인물들의 공통점은 모두 민족을 이끌어서 국난을 이겨내고 어떤 방향성을 제시해주는 인물들이라는 점이다. 이 중에서 장지연의 『애국부인전』은 프랑스의 영웅인 잔다르크를 다룬 전기이다. 이 전기에는 전통소설의 잔영이 남아 있는데, 이야기를 사건 중심으로 나누고 각각 제목을 붙인 회장체(回章體) 형식으로 짜여 있다. 주인공이 여성이라는 점은 남녀평등을 내세운 계몽 담론의 특징을 살펴볼 수 있다. 하늘이 남녀를 낼 때, 남녀가 평등하다는 이런 사상은 아직까지 뿌리깊이 남아있는 남존여비의 봉건적 사고방식에 대한 비판을 보여준다. 또한 외세에 맞서 위기에 처한 고국을 구하는 잔다르크의 상황은 똑같이 위기에 처한 대한제국의 상황과 겹친다. 애국심을 드높이고 인식의 재고를 노리고 있는 것이다.

또한 황폐한 삶의 터전을 버리고 간도를 배경으로 이상향 건설을 꿈꾸는 「소금강」(1910) 등의 작품이 있다. 임오군란의 주동자는 서간도로 가서 삶을 터전을 다시 다지며 군대를 양성하며 다른 나라의 침입을 막아 낸다.

> 가혹ᄒᆞᆫ형벌과 가난ᄒᆞᆫ둥리를 구제ᄒᆞ기로 목적을삼으니 비리의 재산가진 쟈는 밤에잠을편히못자고 자로놀나되빈한ᄒᆞᆫ인민들은 돌어혀한영을ᄒᆞ야 그 도당을 활빈당(活貧黨)이라 일컷더라[2]

---

1) 김윤식·정호웅, 『한국 소설사』, 문학동네, 2000, 25쪽.

우리 고전인 홍길동전에서 익히 봐오던 의로운 도적과도 맥이 닿아 있
는 이 작품을 통해 작가는 현실 개혁에 있어서 아무런 힘도 행사하지 못
한 채 백성들을 상대로 가혹한 착취만을 일삼는 위정자들을 비판하고 있
다. 활빈당을 올바른 정치의 대리자로 설정하면서 이들이 백성들의 생산
활동을 장려하고 외부의 적으로부터 지켜내는 모습에는 새로운 평등사회
와 이상사회에 대한 작가의 염원을 읽을 수 있다.

2) 근대문학 제도의 발생

이때에는 여러 가지 장르의 이야기 형식이 존재했지만 가장 중요한 장
르는 신소설이다. "신소설처럼 일상의 공간에서 이루어지는 모든 언술을
풍부하게 담론화하기 시작한 문학 양식은 그 이전에는 존재한 적이 없었
다. 이 같은 일상성의 구형은 바로 신소설이 서사 담론으로서 추구하고
있는 새로운 가치"[3]라는 평가를 받는다. 당시의 작가들이 이 문제를 이해
하는 방식은 이해조가 『화의 혈』(1912)에서 "기자왈, 소설이라 하는 것은
매양 빙공착영(憑空捉影)으로 실정에 맞도록 편집하여 풍속을 교정하고 사
회를 경성하는 것이 제일목적"[4]이라고 말한 데서 잘 드러난다. 빙공착영
은 소설이 지닌 허구적인 특징을 가리킨다. 실정에 맞도록 현실을 파악한
뒤에 이를 허구적으로 재구성하되 현실의 풍속을 교정하고 사회에 분명
한 메시지를 전달하는 것을 소설의 임무로 본 것이다.

위의 계몽적인 전기류에서 보듯 이 시기는 국가가 위기에 처한 위기의
식의 상황에서 전개되었다. 당연히 문학은 현실에 보다 적극적인 입장과

---

2) 빙허자, 『대한민보』, 1910.1.11.
3) 권영민, 『한국현대문학사』, 민음사, 2002, 123쪽.
4) 이해조, 『화의 혈』, 보금서관, 1912, 100쪽.

분명한 메시지를 전하는 경향에 있다. 즉, 당시의 정치성은 계몽이라는 문제로 표출되었다. 소설은 사람들의 달라진 생활상을 전달하는 것과 함께 변화하는 사회정치적 환경을 동시에 제기해야 하는 역할을 가진다. 이런 소설의 새로운 가능성을 확인한 이가 바로 이인직이다. 그를 통해서 신소설은 그 장르적 가능성을 확인하게 된다. 이인직이 신소설의 모델로 참고한 것은 일본에서 활발히 창작된 정치소설들이다. 정치소설은 서로 다른 정견을 가진 정치인들이 자신들의 정견을 선전하고 소개할 목적으로 신문 등을 통해 창작된 소설들을 가리킨다. 그러나 일본에서는 근대적 의회제도가 가능했기에 이에 근거를 둔 정치소설들이 발흥할 여건이 된 반면에 당시의 조선은 이게 불가능했다.[5]

이인직의 경우도 일본과 다른 우리나라의 현실에서 본래적 의미의 정치소설을 포기하고 새로운 형식을 고민하지 않을 수밖에 없었고 그래서 나오게 된 것이 신소설이다. 이인직의 소설은 작가의 직접적인 설명의 방식이 아니라 묘사를 통해서 상황을 제시하고 이를 통해 독자가 판단하고 느끼게 하는 소설의 특징을 앞세운다. 이인직의 대표작인 「혈의 누」(1906)에는 일본식 훈독인 루비, 숨쉬기 단위의 띄어쓰기, 구두점 등의 일본식 언문일치의 문체가 사용되고 있다. 특히 청일전쟁이 아니라 일청전쟁으로 표현하고 있는데, 이는 기존 봉건적 체제의 중심이었던 중국 중심의 사고에서 벗어나서 새로운 준거점으로 일본을 선택한 작가인식을 확인할 수 있다. 물론 이 소설이 기대고 있는 정치적 논리는 일본이 강제한 조선보호론에 대한 승인에 다름 아니다. 소설 속에서 일본 군대는 청에 지배로부터 소선을 해방시켜 주는 해방군의 모습으로 그려지고 있으며, 주인공이 난관을 이겨나가는 조력자로 등장하기 때문이다. 하지만 소설이 본래

---

5) 김윤식 · 정호웅, 앞의 책, 38쪽.

길 찾기의 양식이라면 이 소설은 일본, 미국 등을 거치며 여러 가지 사건들을 만들어내며 소설의 본래적 재미라는 것이 어떤 것인지를 보여준 점은 평가받을 만하다.

그러나 이인직이 「혈의 누」에서 보였던 일정정도의 성취는 이후에 다시 퇴보한다. 문체는 다시 고전소설투의 "더라" 형태로 바뀌고 시대적 상황에 대한 정치적 인식이 사라지고 흥미위주의 서술로 바뀐다. 축첩의 문제나 가부장제 속 여인들의 암투와 비극 등을 다룬 「귀의 성」(1907), 「치악산」(1908) 등에서는 고전소설의 익숙한 주제로 회귀하고 만다. 다른 신소설 작가인 이해조의 대표작 「자유종」(1910)은 문답체, 왈체 형식의 작품들이 보여준 계몽적인 형식의 연장선상에 있다. 여러 부인들이 모여서 개화, 계몽 사상을 토론하는 모습을 보여준다. 그러나 이 소설은 한 공간 안에서 서로의 주장만을 나열하는 방식을 택하다 보니 소설 구성의 연관성이 떨어지고 단조롭다는 단점을 보여준다. 계몽적인 측면만을 강조하다 보니 소설이 지닐 흥미로운 전개방식이라는 장기를 놓치고 만다.

이해조의 「자유종」이 계몽성을 지나치게 의식한 나머지 소설의 장르적 특징을 사상했다면 최찬식의 「추월색」(1912)은 남녀간의 연애문제에서 한 발짝도 벗어나지 못한 구태의연한 단점을 노정한다. 주인공 정임이 일본에 유학가고 거기서 우여곡절 끝에 다시 사랑하는 남자를 만나 행복하게 산다는 내용이 가장 중심에 있고 나머지 개화사상, 신교육 등의 이념적인 것들은 장식적인 의미로 작품에 덧붙여진 형태를 보인다. 이처럼 신소설은 이후에 점차 이념적이고 정치사상적인 측면을 사상하면서 흥미 위주의 이야깃거리로 전락하면서 역사적 의미를 상실하고 만다.

2. 일제강점기의 소설

1910년대 중반에 오면 근대적 소설의 맹아가 발아하기 시작한다. 이광수의 『무정』은 교육을 통해 민족의식 함양이라는 시대정신을 보여주었으며 삼인칭 대명사 "그"가 나타난다. 1920년대에는 김동인이 예술 자체의 예술을 주장하며 예술성이 가장 중요한 가치임을 역설한다. 근대적 소설이 작가 내면 공간의 탄생에서 시작됨을 상기해 본다면 김동인의 서간체 형식의 소설은 그 가능성을 보여주고 있으며, 염상섭에 오면 비로소 분명한 근대적 자의식의 모습이 드러난다.

1920년대 중반에 들어서면 사회주의 사상의 영향으로 창작된 경향소설이 등장한다. 경향소설은 경제적 토대와 상부구조를 통합적으로 인식하고, 당대 현실의 전체성 차원에서 대상을 이해하고자 했다. 또한 추상화된 관념적 태도를 버리고 객관 현실에 대한 구체적 탐구에서 출발했다. 그럼에도 불구하고 경향소설은 서로 상반되는 두 가지 오류를 지닌다. 첫 번째는 최서해의 경우에서처럼 소재주의적 경향이다. 인물들의 궁핍한 삶이 보여주는 구체적인 직접성에 매몰되어 전체적이고 대안적인 전망을 보여주지 못했다. 두 번째는 박영희가 전형적으로 보여준 문제점으로 사회주의 사상에 맞추어 현실을 재단하고 도식화하는 경향이다. 현실과 이념이 변증법적으로 상호 지양되지 못하고 이념의 절대성으로 인해 현실의 살아 숨 쉬는 면모를 다 탈각한 경우라 하겠다. 물론 경향소설 중에서도 이기영의 『고향』(1934) 같은 경우는 주인공과 농민들의 상호교정과 지양의 과정을 생생하게 형상화한 수작이라 평가할 수 있다.

1930년대는 이상과 박태원으로 대표되는 모더니즘적 작품들이 다수 창작된다. 이상 문학은 죽음을 글쓰기의 방식을 통해 극복하려고 했다. 그의 문학은 예술의 자율성을 목표로 한 일종의 무목적적 문학이며 일상화된 삶을 완전히 파괴하고 소비하는 방법으로서의 문학이었다. 박태원의 문학은 흔히 고현학으로 지칭되는데, 이는 문학을 근대적 기계체제로 비슷한 과정으로 환치한다. 설계도에 따라 작품을 조립, 해체하며 작가 스스로 자신의 작품을 인공적인 대상으로 이해한다. 어떤 신적 초월성으로 작품을 이해하는 태도와 정반대된다.

1930년대는 또한 장편소설의 시대이기도 했다. 염상섭은『삼대』(1931)에서 서울 중산층 생활상을 핍진성 있게 형상화하고 있다. 그는 작품 속 덕기의 중도적 입장으로 세계를 이해했다. 또한 작품 속에서 인물들을 둘러싼 욕망과 갈등의 핵심에 돈이 있음을 설득력 있게 보여주고 있다. 자본주의 시스템이 결국 돈의 문제임을 간파한 것이다. 마찬가지로 채만식도『탁류』(1937)에서 미두취인소를 배경으로 일본자본에 의해 소멸해가는 민족자본의 모습, 고리대 등의 문제를 고발하고 있다.

또한 1930년대는 역사소설이 융성한다. 식민지 지배체제가 공고하면서 작가들은 현실에서 어떤 돌파구를 찾기 힘들어지게 되자, 과거로 눈을 돌린 것이다. 때문에 이 시기 역사소설들은 과거를 낭만화하는 경향으로 흐르게 되고, 역사소설이 원래 담보해야할 현재에 대한 인식을 보여주지 못한다. 1940년대가 되면서 중일전쟁이 격화하고 일제의 전시동원체제에 의해서 문단에도 암흑기가 도래한다. 일제는 1942년 조선문인협회를 조선문인보국회로 개칭하고 본격적으로 민족어 말살 정책을 실시한다. 창씨 개명과 함께 이루어지는 이런 조치들로 황국신민화 정책을 더욱 강압적으로 밀고 나간다. 동아일보와 조선일보는 총독부 기관지인 매일신보로 흡수되어 버리고『인문평론』은『국민문학』으로 개칭하고 적극적인 친일매체로 변모한다. 많은 지식인들과 작가들도 자의반 타의반 친일문학의 길로 들어선다.

1) 근대소설의 출발과 1920년대 소설

개화기를 넘어서 소설사가 본격적인 의미에서 새로운 단계에 들어선 건 1910년대 중반이다. 이 시기는 준비론6)이 사상적 공감을 얻었다. 준비론적 관점에서 교육과 학습의 중요성을 강조한 대표적인 작가가 이광수이다. 이광수의 『무정』(1917)은 우리 한민족이 교육을 통해 일본 정도의 문명에 충분히 도달할 수 있음을 강조한다. 이광수의 입장은 우리가 열린 마음을 가지고 세계의 기술과 지식을 열심히 습득하고 배우면 어느 순간 민족의 독립도 얻을 수 있으리라는 일종의 단계론적 입장으로 볼 수 있다. 작가의 세계관에 맞게 등장인물들의 관계설정도 모두 스승과 제자의 형식을 취하고 있다. 주인공 이형식과 선영뿐만 아니라 김병욱과 박영채의 관계 또한 마찬가지로 가르치고 배운다. 이 작품은 또한 독자의 흥미를 끌만한 요소를 두루 가지고 있다. 지고지순한 여인이 악독한 인물에게 핍박을 받는 설정이라든지 한 남자를 사이에 두고 여인 두 명이 경쟁하게 만든다든지 하는 것들은 모두 독자들에게 강한 흡인력을 발휘하는 요인이다. 소설의 하이라이트는 삼랑진 수해 지역에서 수재민을 돕는 장면이다. 그들이 배운 지식을 활용해서 어려운 상황에 처한 사람들을 돕는다는 설정에는 작가인식이 전형적으로 드러난다. 『무정』에서는 고전소설적인 문체와 새로운 문체가 혼재한다. "이라"체가 아직 사용되기도 하지만 3인칭 대명사 "그"가 도입된다.

한편 1919년 김동인, 김억, 김환, 전영택, 이광수, 주요한 등이 주축이

---

6) 1907년 결성된 신민회의 기념이념으로 국권회복을 위해 국문운동, 교육운동, 출판운동 등을 촉구했으며, 우리가 위기에 처한 건 힘이 없었기 때문으로 본다. 준비론적 입장에서는 힘을 쌓아 키우면 국권회복의 기회는 반드시 온다고 이해한다. "준비론은 약육강식과 우승열패가 세계와 우주의 진리라고 파악한 사회진화론을 세계관적 기반으로 하여 당대의 현실을 재단하고 미래의 전망을 제시하였다."(문학과문학교육연구소, 『한국현대소설사』, 삼지원, 1999, 34쪽.)

되어 동인지『창조』가 창작된다. 이 잡지의 대표적인 작가인 김동인은 기존 소설들의 과도한 정치성과 거리를 두고 예술 자체로써의 소설에 대한 입장을 정리한다. 이른바 참예술론으로 불리는 그의 입장에서 관심거리는 새로운 근대적 문물과 시스템 그리고 여기에 관련된 인간 그 자체에 대한 탐구였다. 김동인은 기존의 소설이 너무 흥미 위주의 지엽적 것에 매몰되어 진정한 소설에 대한 연구에 소홀했다고 본다.

예술은 개인에 대한 깊이 있는 탐구여야 하고 참문학 작품은 어떤 보편적인 진실을 알려주는 소리요, 정전이라고 말한다. 김동인은 톨스토이를 높이 평가했다. 톨스토이는 자신이 창조한 작품 안의 인물과 세계를 작가가 원하는 바대로 자유롭게 배치하고 조종했다고 평가한다. 현실에 대한 문학작품의 우위를 주장한다. 김동인에게 오면 문학은 그 위상이 크게 바뀐다. 조선시대부터 시작된 일종의 도를 담기 위한 그릇 정도로만 평가했던 문학의 가치가 외적 종속변수로부터 벗어나 자체의 예술성을 평가받기 때문이다.

기존의『창조』파가 평양 중심이라면『폐허』는 서울 중심의 동인지이다.『폐허』의 대표적인 작가가 바로 염상섭이다. 염상섭은 김동인과의 논쟁을 통해 김동인의 작가 우위의 태도를 비판하며 작가를 평가할 때 그 작가의 모든 걸 음미할 수 있음을 주장한다. 염상섭은 작가가 지니고 있는 독특한 정신 내용이 예술의 본질이어야 함을 말한다. 작가의 개성은 그만큼 매우 중요하다는 것인데, 또한 이런 작가의 개성이 현실에 대한 탐구와 같이 결합해야 한다고 말했다. 동시에 그는 문예는 생활의 표백이고 기록이며 흔적이고 주장이라고 말한다. 생활에 대한 철저한 연구와 탐구 없이는 문학이 성립할 수 없다는 인식이다. 염상섭이 말하는 개성은 현실의 평면적인 사고와 달리 현실에 대한 거리감을 체현한 작가의식의 발로를 가리킨다.

염상섭 소설의 문체 또한 더욱 근대와 가까워진다. 그의 소설에서 彼/彼
女(그/그녀)의 성별구분까지 나눈다. 특히 「만세전」(1924)에 오면 "나"의 사
용이 빈번해진다. 서술자이자 등장인물인 나의 시각으로 3·1독립만세운
동 전의 음울한 풍경과 내면의 고민을 토로하고 있다. 일본 동경에서 아
내의 위독 전보를 받고 귀국하고 다시 일본으로 돌아가기까지의 여정을
다룬 이 소설에서 주인공은 "그러나 나는 스스로를 구하지 않으면 안이될
책임이 잇는 것을 깨다랏습니다. 스스로의 길을 차자내이고 개척하여 나
가지 안으면 안이될 자기 자신에게 스스로 부과한 의무가 잇는 것을 깨다
랏습니다."[7]라고 선언한다. 개인을 독립적인 존재로 파악하고 세계와의
구별과 소통을 통해 형성되는 근대적 자의식의 모습을 보여준다 하겠다.

1922년에는 『백조』 동인지가 창간된다. 현진건, 나도향, 박영희, 이상화
등이 포함되어 있는데, 이 중 현진건 소설을 보면, 초기 소설의 인물들은
대부분 고등교육을 받았지만 현실의 모순된 모습과 전통적 인습의 굴레에
얽매여 고통에 시달리는 감상적인 인물들이 주로 등장한다. 그의 대표작인
「할머니의 죽음」(1923)은 할머니의 임종을 앞두고 모인 친척들의 이중적이
고 탐욕스런 모습을 냉정하게 관찰하고 있으며, 「B사감과 러브레터」(1925)
등에는 인간의 욕망과 대치되는 사회적 관계의 피상성이 폭로된다. 「운수
좋은 날」(1924)은 식민지 조선의 하층 노동자의 비참한 현실을 아이러니한
기법으로 형상화한 작품이다. 당대의 가난이 얼마나 심각했는지를 오히려
적절한 슬픔의 통제를 통해 더욱 날카롭게 드러낸 작품이다.

가난한 이들에 대한 관심은 같은 동인 작가인 나도향 소설에서도 두드
러지게 나타난다. 그의 소설에서 인물들은 봉건적 세도 아래 신음하고 결
국 그 제도 아래에서 비참하게 죽음을 맞이한다. 주인에게 아내를 빼앗긴

---

7) 『만세전』, 고려공사, 1924, 190쪽.

주인공이 아내를 죽이고 마지막에 자살로 삶을 마감하는 내용을 그린 「물레방아」(1925), 신분제 사회의 폐해와 남녀 간의 비극적 사랑이 죽음으로 끝나는 갈등상황을 보여준 「벙어리 삼룡이」(1925) 등은 모두 당대의 모순을 잘 형상화한 작품들이라 하겠다.

2) 카프의 결성과 프로문학

1920년대 중반이 되면, 김기진의 「붉은 쥐」(1924), 조명희의 「땅 속으로」(1925), 이기영의 「가난한 사람들」(1925), 주요섭의 「살인」 등의 소설들이 한꺼번에 창작된다. 이 소설들에 대해 박영희는 기존의 "부르조아 문학의 전통과 전형에서 벗어나와서 새로운 경향을 보여주었다"[8]라고 평가하며 신경향파 문학으로 일컫는다. 이 소설들은 사람들의 궁핍한 삶을 소재로 삼되 이를 계급적 시각으로 파악하고 있으며 기존 질서에 대한 반감으로 결말을 대부분 방화와 살인 등의 극단적인 형태로 그리고 있다. 경향문학은 3·1운동 이후 더욱 공고해지는 일제의 통제하에서 새로운 대안을 모색하던 당시 상황에서 열풍처럼 수입된 외국의 이데올로기라는 배경이 있었다.

이들 경향 소설은 크게 두 가지 경향을 보인다. "하나는 김기진, 박영희로부터 송영, 김영팔 등에 이르는 주관의식의 강렬한 경향으로 그 조류는 신흥한 계급의식을 내용으로 하였음은 재언할 필요가 없으나 계열적으로 『백조』적 분위기 가운데를 관류하던 낭만적 주관주의와 관계되는 것이다. 그러나 최서해, 이기영 등의 작가에 있어선 분명히 동인으로부터 상섭에 이르는 조선 자연주의의 영향이 압도주의적이었다."[9] 임화의 이 평가는 경향문학의 흐름을 일목요연하게 정리하고 있다. 임화가 "자연주의"적이

---

8) 박영희, 「신경향파 문학과 그 문단적 지위」, 『개벽』, 1925, 12월호
9) 임화, 「소설문학의 20년」, 『동아일보』, 1940.4.16.

라고 비판한 최서해 소설에는 막노동자나 간도를 떠도는 이민자 등 사회 빈곤층이 항상 등장하며 그들은 극단적인 가난과 중국인들에게 시달리는 인물들이 반복적으로 등장한다. 임화가 비판한 최서해적 경향은 문학이 소재를 파격적으로 노출하고 천착하는 데서 그쳐서는 안 된다는 지적이다. 가난의 문제가 왜, 어떤 사회구조에서 필연적으로 발생할 수밖에 없었는지에 대한 분석과 여기에 근거한 시야를 넓게 지녀야 함을 말한 것이다.

최서해는 1918년 실제로 이주했다가 1923년 귀국할 때까지 간도에서 생활했다. 최서해의 대표작인 「탈출기」는 작가 자신의 간도 체험이 바탕이 되고 있다. 이 작품은 편지를 보내는 형식을 통해 서술되고 있다. 주인공이 애초에 건설적인 농촌건설의 꿈을 가지고 향했던 간도에서의 경험이 어떻게 좌절되고 있는지를 생생하게 보여준다. 막상 간도에 갔지만 농사지을 땅을 구하지 못하고 두부를 만들어 팔지만 쉽지 않고 나무를 하다가 중국 경찰서에 붙들려가 맞고 아내는 굶주림에 귤껍질을 먹기도 한다. 결국 주인공은 가족을 버린 채 독립단에 가입하게 된다. 이 작품은 개인의 생활적인 문제와 일상의 틀을 바꾸기 위해서는 똑같이 생활과 일상의 문제로 접근해서는 안 된다는 작가인식을 보여주고 있다. 생활을 바꾸기 위해서는 그것과는 다른 차원의 접근, 즉 정치적이고 혁명적인 힘이 필요함을 결말에서 보여준 것이다.

한편 김기진은 박영희와 함께 1923년 '파스큘라'라는 계급 문학단체를 만든다. 그리고 1925년 염군사라는 단체와 결합하여 '조선프롤레타리아예술동맹'(KAPF)이 탄생한다. 이 단체의 핵심인물이 바로 김기진, 박영희이다. 그리고 1926년 김기진은 박영희의 「절야」(1926), 「시옥순례」(1926)가 너무 계급의식에만 투철한 이념 중심적 소설이라며, 소설은 내용 못지않게 형식도 중요하다는 입장으로 비판하자 박영희가 소설에서는 오직 마르크스주의 내용만이 아니면 문학이 아니라고 반박하는 '내용, 형식논쟁'을 벌인다. 그러나 후에 박영희는 얻은 것은 이데올로기요 읽어버린 것은 예술 그 자체라는 자기모순적 발언과 함께 전향한다. 이후 카프는 몇 번의 방향전환 논의를 통해 새로운 모색을 해보지만 일제의 탄압으로 10년 남짓한 활동을 접고 해산하고 만다.

프로문학 중에서 가장 큰 성과로 꼽히는 게 이기영의 『고향』(1934)이다. 카프는 초기의 논쟁들을 통해 프로문학의 관념적인 성향을 자기비판하고 이기영은 이런 논의를 바탕으로 『고향』을 창작한다. 일본유학을 마치고 고향에 돌아온 김희준이 가난한 마을 사람들과 힘을 함께 해 마름 안승학에게 승리한다는 내용이다. 이 작품이 높게 평가받는 이유는 인물의 전형성을 성공적으로 그리고 있기 때문이다. 지식인 주인공이 농민과의 소통을 통해 자신의 오류를 구체적으로 확인하고 점차 고쳐나가는 과정, 농민들도 주인공의 도움으로 문제를 해결하는 과정 등을 상호 연관시켜 형상화하는 데 성공했기 때문이다. 이 소설 이전까지 일방적인 시혜자이자 완벽한 인물로 그려지던 지식인 주인공들의 계몽성은 이 작품에서 수정된다. 또한 혁명적인 투사로 상투적으로 묘사되던 농민, 노동자들의 모습도 이 작품에서는 현실에 기반한 그들의 모순적인 부분들, 가령 농민들의 보수적인 면모와 모든 걸 운명에 맡기곤 하는 모습들을 있는 그대로 잡아내서 형상화하고 있다는 점에서 다른 작품들과 차별화된다. 농민들과 이런 문제에 부딪혀 갈등하고 방황하는 주인공의 모습은 작품을 통해 핍진성 있게 형상화된다.

3) 구인회와 모더니즘 소설

1935년 문단에서 강력한 헤게모니를 행사하던 카프가 해체되고 1931년 만주사변 등이 발발하는 상황에서 작가들은 어떤 강력한 외적 준거점을 잃어버리게 됨에 따라 일종의 정신적 공백 상황을 맞게 된다. 이 시기 문인들은 소규모 동인지 등을 중심으로 활동하며 정치적인 소재가 아닌 일상성 자체의 의미를 탐구하는 작품들을 주로 창작하게 된다. 임화는 당대문학의 흐름을 진단하면서 본격적인 소설의 가능성을 환경과 성격의 조화에서 찾는다. 그가 볼 때 지금의 소설은 외면, 환경에 치우치거나 내면, 성격 속으로만 함몰된 경우라 보고 있다. 전자가 세태소설로 흐르고 후자는 내면소설로 흐른다는 것이다. 작가가 그리려는 것과 말하려는 것의 분열을 느끼는 상황은 사실 임화의 설명처럼 당시의 특정한 시기에서의 문제라기보다는 소설이 지닌 본래적인 성향으로 이해해야 맞을 것이다. 문제는 그 두 가지 성향의 '조화'라는 이상에 매달리기보다는 그것의 부조화가 근대적인 문학의 본질 그 자체임을 인식하는 것이다.

30년대는 이상과 박태원으로 대표되는 모더니즘 소설이 만개한 시기이다. 이상은 1930년에 『조선』에 『12월 12일』을 연재하면서 문필 작업을 시작한다. 다른 작가들의 경우처럼 첫 작품은 해당 작가의 방향성을 가늠할 중요한 지점이 되곤 하는데, 이상의 경우도 마찬가지였다. 주인공은 불운이 몰고 온 가난을 극복하고자 노모를 모시고 일본까지 가서 막노동을 한다. 그 후 노모가 죽고 주인공은 다리를 다쳤다가 운 좋게 의사가 되어 다시 조선으로 돌아온다. 그런데 조카를 도와주려다가 오히려 죽음에 빠뜨리게 되는 지독한 불운을 다시 만난다. 주인공은 미로와도 같은 생의 문법에서 결코 벗어나지 못한 채 무한 반복하는 운명만을 지닌다. 작품의 제목인 12월 12일은 삶의 벗어날 수 없는 면모를 1과 2의 무한 반복체로 암시한다.

이상은 작품의 서문을 통해 살겠다는 희망도 죽겠다는 희망도 아무것도 아니고 다만 펜은 나의 최후의 칼이라고 선언한다. 즉 현실의 혼돈을 벗어나기 위해 가능한 것이 글쓰기라는 것이다. 삶의 희로애락이 지니는 표피적 사태를 넘어선 변하지 않는 지점을 갈구했을 것이다. 그 대안으로 등장한 게 바로 기하학의 규칙적 대칭성이다. "이상은 언어를 시각예술의 방식으로 가시화시킴으로써 그의 문학적 도정의 첫출발을 삼았다. 그가 배워온 건축미학에는 대칭의 형식이 절대적인 것인데 마찬가지로 문학에서도 그것은 절대적인 것이 될 수 있으리라고 확신한 때문이다."10)라는 평가도 이상 문학의 기하학적 수리체계가 미친 영향이 지대함을 말한다. 이상을 모더니즘의 대표적 작가로 평가하는 이유는 바로 전통적인 천재적 작가에 의한 유기체적 작품론과 단절되었기 때문이다.

이상의 모더니즘은 기하학적 이성체계의 법칙성으로 삶의 혼란함을 수렴시켜냈다. 지적 조정과 공학적인 체계에서 삶은 새로운 문법을 부여받는다. 이별과 만남의 인간관계는 기하학의 대수관계로 다시 읽힌다. 이상의 작품 속 인물들은 이상 자신과 거의 분리가 되지 않는다. 「종생기」에서 보이는 여자와의 방탕한 삶은 이상 자신의 삶 그 자체이기도 하다. 그의 소설은 현실에서 우리가 가치 있다고 말하는 상식적인 것들을 모두 뒤집어 놓을 뿐만 아니라 작가가 작품에 대해서 가지는 간격도 뒤집어놓았다.

이상의 기하학적 세계와 대응하는 게 박태원에게는 고현학이었다. 원래 고현학이란 현대 사회의 생활양식이나 문화 현상 따위를 조사, 기록, 연구하고 그 참모습을 파악하여 장래의 발전을 위한 자료를 제공하는 학문으로 현대의 풍속이나 세태를 어떻게 기록, 해설하느냐에 그 목적이 있는 학문으로 정의된다. 문학은 기록과 지적 기술 개념으로 대체된다. 이상과 마찬가지로 박태원도 문학을 기계의 설계도를 다루듯 조작되는 인공건축물의 개념으로 이해했다. 또한 앞에서 보듯 작가 자신을 그 설계도 안에 기꺼이 포함시켜 삶과 작품을 하나로 묶어 버렸다.

박태원의 대표작인 『소설가 구보씨의 일일』(1934)은 집을 나서서 자기소

---

10) 문학과 문학교육연구소, 앞의 책, 206쪽.

개를 하고 시내를 산보하다가 새벽 2시에 친구와 헤어지는 하루 동안의 일을 기록하고 있는 소설이다. 이 소설에서 자연인 박태원은 사라지고 오직 소설가 구보만이 존재한다. 현실의 박태원이 사라지고 소설 속 구보는 글과 문면에서만 존재하며 현실이 증류된 일종의 순수한 소설적 인물이 된다. 오직 순수하게 소설로만으로도 생존하는 인물들이 등장하는 소설이라는 면에서 '순수'한 소설 그 자체이다. 이런 글쓰기는 리얼리즘 소설과는 극명하게 다르다. 리얼리즘에서는 뼈와 살, 세계관을 지닌 작가가 작품 밖에 분명 존재하고 작가의 세계관을 실현하려는 도구로 구성, 문체, 전형 창조 등의 방법으로 글쓰기를 한다는 방식이다. 반면 이런 고현학에서는 소설가 박태원이 아니고 소설가 구보가 모든 걸 결정한다. 구보는 현실적 인간이 아니기에 굳이 세계관을 가질 필요가 없다. 구보 자신이 갖는 생각을 그냥 묘사해도 되니까 일종의 자기를 대상으로 한 자기 언급적, 자기 반영적 글쓰기라 하겠다.

　또한 허준과 최명익도 이 시기에 활발히 활동한 작가이다. 허준은 인간의 기이한 복수심리를 깊이 있게 드러냈으며, 최명익은 대표적인 작품「심문」(1939),「무성격자」(1937),「장삼이사」(1941) 등으로 근대적 가치체계를 비판했다. 인물들의 삶은 생활인으로서 살아가는 사람들과 세계에 대한 비판적 거리를 보여준다. 인물들은 자아와 세계 사이에 건너갈 수 없는 깊은 틈을 자각한다. 즉, 자아와 세계 사이에는 일종의 깊은 고랑이 가로놓여있다. 세계는 자아와 더 이상 아무런 소통의 계기도 찾을 수 없는 불모지로 드러난다. 그의 소설은 비타협적이고 자기모멸적인 행위로 스스로를 파괴하는 인물들의 내면에 대한 분석적 기술의 전형을 보여준다.

4) 1930년대 장편소설의 확장

30년대에는 장편소설들이 활발히 창작된다. 염상섭은 초기의 고백체 소설의 형태를 벗어나 현실의 숨겨진 진실을 형상화하는 데로 향하게 된다. 이런 고민을 바탕으로 창작된 『삼대』(1931)는 30년대 리얼리즘의 수준을 한 단계 높인 작품으로 평가받는다. 이 작품은 중산층의 현실적 토대와 생활상을 정밀하게 포착했다. 소설은 조의관, 조상훈, 조덕기 등의 조씨 일가와 사회주의자 김병화, 그리고 수원 댁을 중심으로 한 부도덕한 인물들의 갈등으로 이어진다. 조의관은 사당과 족보로 상징되는 구세대의 대표적인 인물로, 조상훈은 개혁적이지만 현실의 한계를 극복하지 못하고 타락하며, 조덕기는 친구 김병화와 장훈 등의 사회주의적 이념을 보여주는 인물들과 조의관 등의 구세대 중간에서 동조자(Sympathizer)유형의 인물형을 구현한다.

염상섭 문학은 친일, 민족주의, 사회주의 등의 선택들 앞에서 중간적인 인물을 주도적으로 보여준다. 그의 문학은 식민지 조선의 근대적 제도와 인간들의 모습에 관심을 두었다. 치열한 논점으로부터 한발 떨어진 그의 입장은 사회주의자 김병화를 친구로서만 이해하려거나 필순의 사고보다는 그녀의 아름다운 외모에 관심을 두는 것으로 파악된다. 염상섭의 이런 동조자 유형이 과연 현실적 진실을 담보하고 있는지에 대해서 "조작된 추상적 개념에 불과하다. 현실 변혁의 가능성을 담지하고 자본주의적 현실의 태내에서 성장하고 있던 노동계급의 실체와는 무관"[11]하다는 평가도 있다. 하지만 덕기가 보여주는 일종의 중간적인 태도는 당대현실의 다양한 이념 군들을 비교적 객관적 거리감을 가지고 소설화하는 데 유리한 장치인 것은 분명하다. 특히 『삼대』는 덕기가 일종의 중산층 현실주의에

---

11) 김윤식·정호웅, 앞의 책, 181쪽.

안주하는 것을 비롯해 조의관이 생의 전체를 관통한 욕망으로 설정된 게 돈이라는 사실을 명확히 밝히고 있다. 바야흐로 돈이 식민지 조선의 최고 가치임을 파악한 것이다. 돈에 눈 먼 인간 군상들을 파헤치는 그의 날카로움은 당대현실의 리얼리티 재현으로 이어졌다.

염상섭과 함께 30년대에 대비되는 작가가 채만식이다. 특히 그의 장편 『탁류』(1937)는 조선 경제의 실상을 미두 거래를 매개로 보여준 대표적인 작품이다. 쌀 거래의 시세차익을 노리고 하는 투기적 행위가 미두이다. 소설은 식민지 조선의 경제적 실태가 이런 허상 위에 세워져 있으며 그 위를 불나방처럼 떠돌고 타죽는 인물 유형들을 담담하게 묘사한다. 일본자본의 하청위치로 전락해가는 민족자본의 모습, 자본주의화가 이루어지면서 여기에서 탈락하고 착취당하는 동인을 보여주고 있다. 작품 속에서 작가의 전망을 대리하는 인물이 남승재인데 그는 소설 속 다른 인물들이 철저히 돈의 노예로 살아가는데 반해 계몽적인 사고를 지닌 인물이다. 사실에 근거한 자연과학의 힘을 강조하거나 사람들의 불행이 결국 무지한 데서 온다고 말하기도 한다. 이런 점은 작가 인식의 발로로 보이는데 다만 이런 것들이 소설의 중심내용과 유기적으로 굴러가지는 못한 채 겉도는 데서 이 작품의 한계를 지적할 수 있다.

이어서 나온 소설이 『태평천하』(1938)이다. 이 작품에서 채만식은 풍자의 방법이라는 나름의 소설적 대안을 발견한다. "어두운 시대를 모멸하는 정신적 배치의 기록으로서 역사와 제도를 날카롭게 야유[12]"했다는 평가를 받는다. 소설은 중심인물인 윤직원에게는 화적떼로부터 안전하게 재산을 지킬수 있는 일세강점기가 태평천하이다. 사회주의 활동을 하다가 경찰에 잡혀가는 손자 소식을 듣고 태평천하 운운하는 그의 모습은 조롱의

---

12) 정한숙, 『현대한국작가론』, 고대출판부, 1976, 189쪽.

대상이 된다. 부정적 인물들을 소설의 앞에 두고 희화화하는데 이는 「치숙」에서도 익히 사용된 방법이다. 상점에서 일하며 완전한 일본인이 되기를 바라는 통속적인 인물을 역시 아이러니의 방법으로 조롱하고 있다.

30년대에는 또한 프로문학이 창작역량이 부족했다는 반성을 통해 새로운 장편의 전형을 창출하기도 한 시기이다. 위에서 살펴본 『고향』뿐만 아니라, 강경애의 『인간문제』(1934), 한설야의 『황혼』(1936) 등이 창작된다. 강경애의 작품은 농민들이 자본주의화하는 식민지수탈구조 속에서 도시 빈민, 노동자로 분화되어 가는 모습을 형상화하고 있으며 한설야의 작품은 당시 대규모로 체계화되어가는 공장노동자들의 생활상과 이념적 투쟁상 등을 그리고 있다. 주인공 여순은 가정교사를 하다가 사장의 비서까지 하게 되지만 사장의 겁탈 시도 후에 공장에 취직하게 된다. 그곳에서 그녀는 의식화된 노동자로 성장해 간다. 그러나 이 소설은 최초의 본격적 노동 장편소설이라는 위상에 걸맞지 않게 인물들이 행동해 가는 동인을 너무 추상화했다는 단점을 지적받는다. 의식화의 계기가 순식간에 이루어지고 남녀 간의 갈등구조가 작품 주제와 어울리지 못하고 따로 분리되고 마는 결과를 보인다.

5) 1930년대 후반 소설과 1940년대 국민문학

1930년대 후반에는 역사소설과 통속소설의 시대였다. 역사소설 작가로 이광수, 박종화, 김동인, 윤백남, 현진건, 이태준, 홍명희, 홍효민, 김기진 등이 활약했다. 이 시기 역사소설이 활발히 창작된 이유를 개화기와 비교할 수 있다. 개화기에는 새로운 국가건설의 염원과 구체제와 사고에 대한 반성 등의 이유로 역사적인 인물을 소재로 한 전기류가 많이 창작되었다면 30년대 후반에 접어들면서 등장한 역사소설은 독자의 흥미를 끌려는 통속적인 측면에서 기인한 바가 크다. 카프 해체 후 새로운 이념적 지향과 방향성을 상실한 분위기에서 당대의 단단한 식민체제와 싸우는 부담보다는 손쉬운 복고취향의 대리세계로 도피한 면이 강하다. "당시 작가들은 일간 신문사의 전속 작가로 취직되어 신문 연재물을 쓰는 변화된 문학 생산 조건 속에 놓여 있었으며 이런 상황에서 '역사물'은 제재의 안정감, 독자들의 흥미 및 식민지 지배 정서 구조에 부합하여 실리와 명분을 마련할 수 있는 좋은 제재가 되었던 것"13)이다.

이광수의 『단종애사』(1928)는 대중성에서 성공한 작품으로 손꼽힌다. 세종의 죽음과 단종의 성장 과정, 수양대군의 왕권을 향한 탐욕 등을 궁중 암투사의 관점에서 흥미진진하게 서술하고 있다. 인물들이 보이는 갈등상을 생생하게 서술했다는 점에서 평가할 수도 있지만 역사소설이라면 갖추어야 할 미덕들, 즉 역사적 사실을 통해 현재 우리가 어떤 점을 배울수 있고 조망해야 하는지, 혹은 표면화된 역사적 사실 너머 당대의 어떤 구조적 문제점들이 관련성을 지니며 인물들을 통해 형상화되는지 등의 관점에서 보면 매우 빈약함을 노정한다. 이 시기의 역사소설은 당대 현실과 치열한 문제의식을 공유하지 않은 채 자유로운 상상과 관습화된 갈등 구조 속에 갇혀 있다. 역사는 사라지고 개인화된 인물들의 사실성에 매몰되면서 갈등구조 자체도 너무 뻔한 선악대결 정도로 단순화된다. 주인공 인물은 너무 뛰어나고 아름답고 훌륭한 반면 나머지 인물들은 여기에 종속되거나 주인공을 두드러지게 하는 소모품으로 전락한다.

소설이 대중 영합적으로 흐르면서 나타난 또 하나의 흐름이 통속소설들이다. 대표적으로 김말봉의 『찔레꽃』(1937)이 있다. 이 작품으로 심말봉은 대중적 작가로서의 명성을 확고히 하게 된다. 가난한 처녀 안정순이

---

13) 문학과 문학교육연구소, 앞의 책, 247쪽.

부자 조만호 집안 남자들과의 복잡한 삼각관계에 휘말리는 이야기인데, 인물들은 애정의 대상이거나 증오의 대상으로만 등장한다. 연인을 만들려 하거나 연적이 되거나 하는 수준을 벗어나지 않는다. 물론 순결한 사랑의 성취가 어려운 현실의 어두운 면을 고발하는 특면을 가지고 있지만 대중들의 기대수준에서 전형적인 선악대비의 구도를 벗어나지는 못한다.

한편, 일제는 1942년 조선문인협회를 조선문인보국회로 개칭하고 본격적으로 민족어 말살 정책을 실시한다. 창씨개명과 함께 이루어지는 이런 조치들로 황국신민화 정책을 더욱 강압적으로 밀고 나간다. 동아일보와 조선일보는 총독부 기관지인 매일신보로 흡수되어 버리고 『인문평론』은 『국민문학』으로 개칭하고 적극적인 친일매체로 변모한다. 많은 지식인들과 작가들도 자의반 타의반 친일문학의 길로 들어선다. 이광수는 1940년 창씨개명 후 「국민문학과 그 순진성」(1940), 「창씨와 나」(1940), 「지금이야말로 봉공의 기회」(1942) 등 외에도 다수의 글에서 일제를 찬양하는 글을 발표했으며 1943년부터는 학병 권유의 글을 잇달아 발표한다. 소설 「병사가 될 수 있다」(1943)를 보면 주인공의 아들은 유치원에서 죽으면서 조선인은 병사가 될 수 없냐는 말을 반복한다. 주인공 또한 어린 두 아들이 일본군이 될 수 없다는 사실에 비통해하다가 징병제가 발표되자 감격해한다. 주인공은 나도 병사가 될 수 있다고 자랑스럽게 외친다는 내용이다.

김동인은 1939년 성전 종군작가로 황군 위문을 하고 조선문인보국회 간사를 지내며 1944년엔 친일소설 「성암의 길」을 발표한다. 카프의 지도적 이론가이자 작가였던 박영희는 1938년 도쿄에서 시국대응 전국위원에 참석하면서 본격적으로 친일활동을 시작하며 시국대응 전선사상 보국 연맹의 간사, 황군 위문 작가단으로 「신시대의 문학적 이념」(1942), 「이천오백만의 기대」(1943) 등을 창작한다. 백철 또한 평론 「낡음과 새로움」(1942)에서 국민문학의 원칙을 밝히며 일본정신을 실천적으로 수용하자고 주장한다.

한설야는『대륙』(1939)에서 대동아공영론에 동조한다. 일본인 청년 오야마와 만주 여인 조마려, 오먀아의 연인인 류키코의 삼각관계를 그리고 있다. 소설의 뒷부분에 가서 병원에 있는 오야마와 하야시는 신일본인론과 대륙 예찬론을 말한다. "그러나 앞으로의 시대를 짊어질 신일본의 성격은 반드시 대륙을 바탕으로 형성되어야 해. 그래, 확실히 지금은 어느 큰 전환기에 서 있지."[14] 또한 최정희는 「2월 15일의 밤」(1942)에서 일본의 싱가포르 함락 소식을 접한 남편이 아내에게 애국반장을 허락하는 내용을 그린다. 국민들도 군인처럼 긴장하면서 불꽃처럼 적군의 비행기를 추적하여 싸우는 비행기가 훨씬 좋다고 생각한다거나 하늘을 바라보면 저 하늘을 어떻게 지킬까 생각하는 여자가 훨씬 아름답게 보인다는 대화를 나눈다.

3. 해방과 분단, 전후 복구 및 산업화 과정

1) 민족문학론의 전개와 해방기 소설

한국소설사에서 '해방직후에서 6・25전쟁이 일어나기 전'까지의 시기를 정의하는 개념적 용어들은 매우 다양하다. 해방 직후, 해방공간, 해방정국, 해방기 등 이 시기를 명명하는 용어들도 다양할 뿐만 아니라 이에 따라 당대 문학의 흐름을 짚는 방식도 각기 다른 관점 속에서 명명된다. 이 중에서 문학사에서 가장 자주 쓰인 용어는 '해방공간'의 문학이다. 해방 직후부터 단정 수립 직전까지의 만 3년간(1945년 8월-1948년 8월)에 발표된 문학작품을 대상으로 삼는 구분의 방식[15]인데 이 관점에서 본다면 "해

---

14) 김재용・김미란・노혜경 편역,『식민주의와 비협력의 저항-일제말 전시기 일본어 소설선 2』, 역락, 2003, 160쪽.
15) 김승환, 심범순 엮음,『해방공간의 문학-소설』2권, 돌베개, 1988.

방공간의 전체적 현실 및 그 정치적 의미가 보다 구체적이고 부분적인 민중 제 계층의 삶과 싸움 속에서 어떻게 용해 구체화되어 나타나는지를 보여주는 작품들"16)을 주목하게 된다. 미국과 소련의 냉전체제 속에서 우리나라가 겪게 된 첨예한 정치적 질서의 갈등과 더불어 역사적인 격변이 함께 응축된 시기로서의 중요성을 강조한 시대구분이라고 할 수 있다.

문학적인 시대구분으로서 해방기를 '8·15에서부터 6·25'에 이르는 5년여의 과정으로 보는 견해는 분단사의 중요한 분기점인 6·25에 관한 전전(戰前)의 역사로 해방기를 바라본다.17) "민족문학의 새로운 인식과 그 확립의 문제가 문학적 관심사로 제기되"18)는 시기를 주목하는 견해도 유사한 문제의식의 연장선에 있다. 해방부터 분단이전까지의 시기에 "식민지 문화 잔재에 대한 청산과 함께 민족문화의 기반을 확대하기 위한 문단의 조직 정비, 새로운 문인들의 등장과 그 문학 활동" 등이 집중적으로 전개되었음을 강조하는 논의라고 할 수 있다.

해방 직후 유례없는 민족대이동과 재편성은 식민지 시대의 문학과는 다른 급격한 변화의 양상을 보이게 된다. 해방 후 귀국해 돌아온 동포들의 삶에 대한 형상화를 포함하여 식민지의 억압적 상황으로부터 풀려나 어떻게 새로운 사회를 만들 것인가가 급박한 과제가 되었다. 이 시기의 문학 역시 사회 역사적인 급변상황과 맞물려 정치적인 특성을 강하게 드러낼 수밖에 없었다. 특히 문학의 '정치화'는 시장르와 비평장르에서 두드러진 반영 양상으로 나타났다. 해방의 기쁨과 새로운 사회에 대한 열망을 직설적인 표현으로 담아낼 수 있었던 시장르와 강력한 이념을 선도하며 정치적인 문건을 피력할 수 있었던 비평 장르에 비해 소설은 상대적으로

---

16) 위의 책, 6쪽.
17) 송희복, 『해방기의 문학비평 연구』, 문학과지성사, 1993, 13쪽.
18) 권영민, 『한국현대문학사 2』, 민음사, 2002, 20쪽.

서사화의 거리를 확보해야 하는 불리한 입장에 있기도 하였다. 이 시기의 소설적 성취를 채만식, 염상섭 등 일종의 중간파적인 작가들에게서 찾을 수 있는 것도 이 때문이다.

해방과 분단에 이르는 이 시기의 문학은 "어떤 완결적이고 독자적인 성격을 갖지 못한 미정형의 과도적 양상"[19)에 가까운 혼란의 정국을 드러낸다고 할 수 있다. '문학과 정치'가 강력한 표어가 될 수밖에 없던 해방 직후의 문학적 상황은 정치적 신념과 지향에 따라 복잡한 갈래로 나뉘었다. 이기영, 한설야, 한효 등이 조직한 '조선 프롤레타리아 동맹'(1945)이 임화, 김남천, 이태준, 김기림 등이 주도한 '조선문학건설본부'(1945)와 대립하였다가 '조선문학가동맹'으로 합쳐졌고 '전조선문필가협회'(1946)와 '조선청년문학가협회'(1946)이 대립을 일으켰다. 서로 다른 문학이념과 정치 논리를 주장하는 문학조직들 사이에서 중간파로 불리는 염상섭, 채만식, 계용묵과 같은 작가들도 있었다. 결국 해방을 맞아서 다양한 입지를 가진 문학 조직의 활성화는 그 자체로 풍부한 가능성들을 보여주었지만 민족문학의 건설이라는 명제 속으로 쉽게 수렴되지는 못하였다. 이 시기의 소설 문학의 성과 역시 이념 선택의 다양한 양상들을 드러내면서도 식민지 시대 청산에 대한 지식인적 자의식의 혼돈과 새로운 사회 구상에 대한 복잡한 기대들이 뒤섞인 당시 현실의 모습을 잘 반영하고 있다.

(1) 식민지 시대의 청산과 지식인의 자기 성찰

해방 직후 문학에서 가장 직접적으로 표면화된 지식인의 자기 성찰이라는 과제는 작가 개개인에게도 뼈아픈 윤리적인 과제였다. 김동인은 「반역자」(1948)와 「망국인기」(1947)를 통해 식민지 시대의 지식인이 겪을 수밖

---

19) 임규찬, 「국민국가의 수립과 문학적 대응」, 민족문학사연구소 엮음, 『새민족문학사 강좌 2』, 창비, 2009, 269쪽.

에 없던 고통과 갈등을 생생하게 드러내지만 자기합리화의 틀을 크게 벗어나지 못하였다. 채만식은 친일의 문제를 포함하여 식민지 시대의 지식인이 어떤 방식으로 생존할 수밖에 없었는가를 끈질기게 천착한다. 채만식의 「민족의 죄인」(1948)은 식민지 시대의 지식인이 보여준 현실 적응의 방식을 세 인물 유형으로 포착하면서 친일의 문제를 신랄하게 성찰하고 있다. 자기의 신념에 의해 절필한 인물이 현실에 순응했던 다른 인물들을 비난하는 방식을 통해 친일의 문제를 따지고 있지만 실질적으로 이 작품역시 단면적인 비판을 넘어선 식민지 현실에 대한 복합적인 인식을 담아냈다고 보기는 어려웠다. 식민지 치하에서 살아왔다는 사실 자체가 죄가될 수밖에 없는 고통스러운 현실을 '민족이 모두 죄인'이라는 논리 이상으로 설명할 거리감각이 확보되지 않은 탓이었다.

이태준의 「해방전후」(1946)는 절필하고 낙향한 주인공과 고향을 지키는 노인을 대조적으로 그려내면서 해방 후 새로운 이념에 몰두하는 주인공을 통하여 당대 지식인들이 열망했던 새로운 사회 건설의 비전을 보여준다. 해방직후의 문학에서 식민지 시대 청산 못지않게 완전한 해방을 지향하는 새 사회 건설이 핵심적인 전망이자 문학적 과제였음을 선명히 드러내고 있는 것이다. 그러나 이 작품 역시 해방기 소설이 부딪치는 지식인의 갈등과 혼란의 지점들이 단순히 새로운 사회 건설의 비전으로만 해결되지 않는 딜레마를 드러낸다. 식민지 시대를 돌아보고 자기 해부의 심화과정을 갖는 것보다는 새로운 이념의 선택을 통해 현실을 돌파하려는 급박한 심경 토로가 압도적이었던 것이다.

그런 점에서 지하련의 「도정」(1946)은 해방 후 지식인의 치열한 자기 성찰을 세밀하게 보여준다는 점에서 주목할 만하다. 기회주의적인 지식인의 속성을 냉철하게 비판하면서 심리적인 갈등들을 섬세하게 묘파했다는 점에서 이 작품이 갖는 장점이 보인다. 지식인이 자신의 사상과 이념에 대해 치열하게 돌아보면서 이념적인 선택을 선명히 하는 과정은 이태준의 전향소설과는 또 다른 층위의 성찰을 보여준다.

(2) 귀환동포의 삶과 농민 소설의 양상

식민지 시대의 이주, 망명, 난민의 문제는 코리아 '디아스포라 문학'을 설명하는 데 핵심적인 내용이 된다. "유대인의 경험뿐 아니라 다른 민족들의 국제 이주, 망명, 난민, 이주노동자, 민족공동체, 문화적 차이, 정체성 등을 아우르는 포괄적인 개념"[20]인 디아스포라는 문학의 영역과 접합하여 "자신의 기원인 민족 국가의 영토를 벗어나 '바깥'에 거주하는 이산인의 문학"[21]으로 정의될 수 있다. 해방은 바로 이러한 디아스포라의 체험을 전면적으로 개방하는 실질적인 장이 되었다. 그런 점에서 해방 직후 귀환동포 문제를 다룬 소설은 일제 식민지 시기의 디아스포라 문학과 연속선상에 놓여 있다고 할 수 있다. 해방 직후는 "우리 역사상 유례가 없는 민족 대이동과 재편성의 시기이기도"[22] 할 정도로 인구의 대대적인 이동이 이루어진 역사적 시기였다. 당시 소설들의 소재 대부분이 유랑과 이산을 겪은 사람들, 그리고 이들이 고국에 돌아오는 힘겨운 과정을 다루고 있다.

특히 허준의 「잔등」은 해방 직후 중국 장춘에서 회령을 거쳐 청진으로 향하는 주인공의 여정을 통해 식민지 치하에서 벗어난 일상적인 사람들의 모습을 세밀하게 드러낸 성취작이다. 해방 공간과 귀향 모티프를 결합한 이 소설은 해방 후 현실에서 오히려 극대화된 폭력과 억압의 세계를 사실적으로 묘파하고 있다. 작품에 형상화된 조선인의 입장 역시 피해자만이 아니라 가해자라는 이중적인 위치 속에서 그려지면서 작품이 형상

---

20) 윤인진, 『코리안 디아스포라』, 고려대학교 출판부, 2004, 5쪽.
21) 정은경, 『디아스포라 문학』, 이룸, 2007, 11쪽.
22) 임규찬, 앞의 책, 284쪽.

화하는 만주의 디아스포라 체험은 매우 생생한 것으로 그려지고 있다. 해방이 기쁨의 순간만이 아니라 그동안 산적해 있던 문제들을 전면으로 꺼내놓고 살펴보게 하는 적나라한 현실 인지의 순간임을 차분하면서도 명료한 어조로 살피고 있는 것이다. 주인공이 느끼는 "내 가슴속에 고유하니 본성으로 잠복해 있는 내 구슬픈 제삼자의 정신"은 해방기 소설이 보여주는 자기성찰의 한 지점을 선명하게 드러낸다. '제 삼자의 정신'이라는 성찰의 가능성은 소설 속의 노파가 일본인에게 보여주는 따뜻한 연민의 시선으로 구체화된 것이기도 하다. "명멸하는 희멀끔한 불빛 속에서 인생의 깊은 인정을 누구이 이야기하며 밤새도록 종지의 기름불을 졸이고 앉았던, 온 일생을 쇠정하게 늙어온 할머니의 그 정갈한 얼굴"과 "그 비길 데 없이 따뜻한 큰 그림자"는 주인공이 바라보는 해방 후의 '황량한 폐허'를 견디게 하는 힘이기도 하다.

김동리의 「혈거부족」(1947)과 최인욱의 「개나리」(1948), 계용묵의 「별을 헨다」(1946) 역시 귀향과 고향 상실의 모티프를 함께 다루고 있는 작품들이다. 이 시기의 소설이 보여주는 귀환동포의 삶에 대한 형상화는 "민족적인 일체감을 고무하고 집단적 정체성을 강화함으로써 민족 형성을 위한 문화적. 심리적 기초를 마련한"[23] 의의를 보여준다.

이산 소설의 새로운 전개와 더불어 해방 직후의 소설 흐름 속에서 각별한 주목을 요하는 것은 농민 소설의 양상이다. 토지 개혁 문제라는 첨예한 주제는 많은 소설들에서 집중적으로 다루어진 사안이기도 했다. 가령 채만식의 「논 이야기」(1946)에서는 소작농으로 몰락한 집안이 해방 후에도 여전히 토지를 찾지 못하는 빈농의 삶을 지속하는 이야기가 다루어진다. 작가는 이 소설에서 "나라라고 하는 것은 내 나라였건 남의 나라였건 있었댔자

---

23) 진정석, 「8·15 해방에서 1950년대까지 한국소설의 전개과정」, 『20세기 한국소설 길라잡이』, 창비, 2006, 52쪽.

백성에게 고통이나 주자는 것"이라는 과격한 주인공의 발언을 통하여 사회주의도 민족주의자 선택할 수 없는 소시민적인 풍자의식을 보여준다.

봉건적인 소작제도를 타파하고 새로운 국가를 세우자는 토지 개혁의 명분은 북한의 무상몰수 무상분배, 남한은 유상몰수 유상분배로 각기 다르게 시행되었는데, 1946년 완성된 북한의 토지 개혁 문제는 이태준의 「농토」(1946) 이기영의 「개벽」(1946), 이선희의 「창」(1946)에서 사회주의적 전망을 담지한 현실로 드러난다. 위의 작품들처럼 계급혁명의 관점에서 해방이 갖는 의미를 바라보려는 시도들에 대립하여 김동리의 「역마」는 '생의 구경적 형식'에의 지향이라는 의미에서 문학을 통한 인간 운명의 새로운 발견을 주창하게 된다. 역사적 삶의 변화에 대한 깊은 회의와 운명론은 관념적인 현실인식이라는 비판을 낳기도 하였지만 이러한 관념성 역시 해방 직후의 혼란스러운 현실이 배태한 한 산물이라고 할 수 있다.

(3) 중립의 시선과 현실 비판

염상섭, 채만식, 계용묵, 이무영, 정비석, 황순원, 박영준 등으로 거론될 수 있는 '중간파' 작가들은 해방 직후의 각기 다른 이념적 대립 속에서 문학의 독자적인 영역과 윤리의식을 강조하게 된다. 염상섭의 「양과자갑」과 「재회」, 채만식의 「논 이야기」와 「도야지」는 당대의 타락한 현실 세태를 날카롭게 비판하는 시선을 보여준다. 채만식의 중도적인 위치는 염상섭과 자주 비교되는데 염상섭이 중립적 관찰자로서의 자리를 지킨다면 채만식은 지식인의 내면에 밀착되어 풍자적이고 자조적인 방식으로 인물의 심리를 그려냈다. 채만식의 「논 이야기」에 담겨 있던 지식인의 자기성찰적인 풍자의식은 채만식 자신의 허무주의적인 시선을 내장한 것이기도 하다. 「도야지」에서도 "나라가 다 무어 말라비틀어진 거야? 나라 명색이 내게 무얼 해준 게 있길래"라는 인물의 항변이 직설적으로 서술된다. 소설의 마지막 대목에서 "독립됐다구 했을 제 내 만세 안 부르길 잘했지"라는 단언은 당대의 혼란스러운 현실에 대한 쓰디쓴 자괴감과 항변으로 읽힌다.

염상섭 역시 채만식과는 다른 방식으로 중립적인 시선의 균형을 통해 해방 직후 이념적 갈등과 대립의 상황을 세심하게 포착하는 성취를 보여주었다. 「양과자갑」은 해방 직후 미군에게 기생하여 살아가는 속물적인 인간군상을 냉정하게 묘파하고 있다. 소설은 미군에게 기생하면서 물질적인 이득을 취하는 주인집 가족들도 부정적으로 응시하지만, 역시 현실적인 자생력 없이 하루하루를 소모하는 지식인 주인공 역시 비판적으로 바라본다. 이러한 염상섭의 균형 감각은 사람들의 구체적인 삶을 장악하고 있는 물질적인 일상에 대한 냉정한 관찰에서 비롯되는 것이다. 이념적 현실과 물질적 삶이 뒤얽혀 있는 복합적인 상황을 서사적으로 포착하는 것이 염상섭 소설의 힘이라고 할 수 있다. 그러나 해방기의 현실에서 염상섭이 보여준 균형적 시선의 성취는 이후 전쟁을 거치면서 평이한 세태묘사로 가라앉게 된다. 이는 해방 직후에 표면화된 좌우의 이념대립과 정치적 현실의 격변적 상황이 문학 창작에도 걸림돌로 작용할 수밖에 없었던 현실을 증거하는 것이기도 하다.

2) 전쟁체험과 1950년대 소설

1950년대 소설은 6·25전쟁과 분단이라는 역사적 비극을 출발점으로 한다. 전쟁이 불러일으킨 물질적, 정신적 상처는 전후에 작품 활동을 시작한 모든 작가에게 있어 중요한 문학적 관심사였다. 당대의 작가들에게는 피폐한 현실을 살아나가는 생활 자체가 그대로 문학적 행위로 연결될 수밖에 없었다. 모든 가치 기준이 상실된 전쟁 후의 황막한 상황에서 작가들이 가장 고심했던 것은 자기존재 양식을 어떠한 방식으로 수립하는가

하는 문제였다. 현실 상황에 대한 저항과 비판의 정신은 이러한 자기 탐구 양식의 한 갈래로서 문학화되어 나타난 주제이다.

한국전쟁과 분단은 월남, 월북, 이산 등 대규모의 인구 이동이 일어난 사회적 변동 상황을 불러일으켰으며 이는 문학적 현실에도 그대로 적용된다. 임화, 김남천, 박태원, 이태준, 정지용, 이기영, 한설야, 오장환 등 상당수의 문인들이 월북하였으며 황순원, 최태웅, 안수길, 정비석 등의 문인들이 월남하였고 전후에 새롭게 등장한 신진 작가들의 수도 많았다. 전쟁 후 남한은 '조선청년문학가협회'를 중심으로 하는 김동리, 조연현, 서정주 등과 백철, 김광균, 염상섭 등의 중간파 작가들이 대립하는 흐름을 취했으나 이후에는 청년문학가 협회가 주도하는 흐름을 갖게 되었다. 전쟁과 분단이 가져온 이데올로기적 대립 양상과 전쟁이 남긴 상흔은 소설가들에게도 고통스러운 기억과 검열로 작동하였다. 전후 소설에서 이념에 대한 무조건적인 부정이나 막연한 인간애의 강조가 두드러지게 나타난 것도 이와 연관된다.

1950년대의 문학은 대체로 전쟁 직후의 상황이 지속된다는 점에서 1955년까지의 전반기 소설들과 이후 1960년 이전까지의 후반기 소설들로 나누어 살필 수 있다. 작가군 역시 기성 작가였던 김동리 황순원 안수길 최정희, 박화성, 이무영, 최태웅 등과 해방 직후 혹은 전쟁 전후로 등단한 오영수, 손창섭, 유주현, 손소희, 한무숙, 장용학, 강신재, 이범선, 정한숙, 전광용, 김성한, 선우휘, 박경리, 이호철, 한말숙, 오유권, 오상원, 하근찬, 서기원, 최일남 등 신세대 작가들로 다양한 흐름을 이루었다. 전쟁 체험으로부터 객관적인 거리를 확보하기 어려웠기에 비극적 상황의 직접적 묘사에 치중했던 1950년대 전반의 소설들에 비하여 1950년대 중반 이후로는 신세대 문인들이 대거 등장하고 다양한 매체가 나타나 상대적으로 다양한 흐름의 소설 역시 형성될 수 있었다. 전후 소설의 새로운 기법들과 언어의식은 1950년대 중반 이후에야 본격화되었다고 볼 수 있다.

이러한 전반적 특징들의 개요에 덧붙여 1950년대 문학을 바라보는 데 전후문학과 실존주의, 전쟁의 체험성이나 민족 수난의 서사라는 특징이 일정한 시각의 제약을 가져올 수 있다는 논의도 주목할 필요가 있다. 가령 하정일은 "한국전쟁의 체험을 역사적으로 고립되고 단절적인 개별적 체험으로 한정짓지 말고, 그 앞에 놓여 있었던 '태평양전쟁'이나 '중일전쟁'의 체험과 연결하여 이해하는 인식의 전환" 및 한국전쟁을 "국민국가의 형성과정과 연결 짓는" 과정을 주목해야 한다고 강조한다.24) 이 논의는 내부적으로는 민족주의와 반공주의가 어떻게 서로 얽혀 있는지 고찰해야 하며, 관점을 넓혀서 세계 체제의 변화 속에서 한국 전쟁의 의미를 인식할 필요성을 환기한다.

(1) 전쟁체험의 직접성과 인간애의 탐구

김동리 황순원 안수길 선우휘 하근찬 이범선의 소설은 보편적인 인간애의 문제와 관련하여 전쟁이 남긴 상흔을 다루는 방식을 취하고 있다. 전쟁이 극화한 불안과 공포, 인간 존재의 본질에 대한 성찰은 김동리의 소설에서 운명에 맞서 싸우는 초인적 존재로서의 인간형으로 드러난다. 고통스러운 현실에 대한 사유는 초월적 세계, 구원의 모티프로 드러나는데 「귀환장정」(1950), 「홍남철수」(1955) 등에서 이후 운명론적 세계에 대한 본격적인 탐구로 진행된다. 황순원의 「학」(1953)은 순수한 인간애를 통해 이념적 갈등을 넘어서려는 염원이 드러난 작품이다. 간결하고 압축적인 문체를 통해 서정적인 단편소설의 미학을 구축한 황순원은 1950년대 중반 이후 『카인의 후예』(1954), 『인간접목』(1957), 『나무들 비탈에 서다』(1960) 등의 장편 창작을 통해 서정적이고 감각적인 언어의 심화를 계속 추구해간

---

24) 하정일, 「식민지, 전쟁 그리고 혁명의 도상에 선 문학」, 민족문학사연구소 엮음, 『새 민족문학사 강좌 2』, 창비, 2009, 299~300쪽.

다. 전쟁의 폭력성을 넘어서려는 순수하고 자연적인 인간 본성의 탐구는 오영수의 「갯마을」(1953)과 안수길의 「제3인간형」(1953)에서도 나타난다. 선우휘의 「불꽃」과 이범선의 「학마을 사람들」(1957), 하근찬의 「수난이대」(1957)에서도 전쟁의 폭력성에 대응하는 전후 소설의 휴머니즘이 고스란히 드러나 있다. 특히 하근찬의 소설은 일제 식민지 시대와 6·25를 통과하면서 민중들이 겪어야 했던 고난의 과정을 다양한 일화를 통해서 생생하게 전달함으로써 주목을 요한다. 「수난이대」는 전후 소설이 도달한 한 성취라고도 할 수 있으며, 전쟁의 참상에 대해 객관적이고도 절제된 시선을 보여줌으로써 고발과 분노라는 단면적 대응을 벗어난다.

(2) 전후소설의 언어와 새로운 기법

장용학 손창섭 김성한 등 상당수의 전후 소설들에 드러난 수난의 서사는 반공 이데올로기의 검열과 냉전 체제의 영향, 공권력의 억압 등으로부터 자유롭지 못했던 당대 소설의 한계를 반영하는 것이기도 하였다. 이러한 전후소설의 특성은 장용학 손창섭의 소설에서 연결되면서 독특한 인물형과 형식 기법으로 독자적 개성을 이뤄낸다. 장용학의 『요한시집』(1955)은 특유의 알레고리 기법을 통해 전후의 파편화된 삶을 포착하였다. 병리적이고 왜곡된 인물 양상을 통해 부조리한 삶을 포착한 손창섭의 소설 역시 전후 소설의 새롭고 독특한 지점을 보여주기에 부족함이 없다. 손창섭의 소설에는 해체된 가족을 대리하는 유사가족 형태의 인물 관계가 지속적으로 등장하며 병리적인 인물들이 내뿜는 폭발적인 정서는 당시 사회의 모순을 압축해서 보여주는 역할을 한다. 작품집 『낙서족』(1959), 『비 오는 날』(1959)은 어둡고 암울한 세계의 단면을 효과적인 에피소드로 포착하였다. 장용학과 손창섭의 소설과 대조적으로 김성한의 소설은 행동하는 인물을 통하여 적극적인 상황의 해결 의지를 보인다. 전후 사회의 참상에 대한 비판적 시선과 왜곡된 상황을 극복하려는 의지가 소설의 주제로서 선명하게 드러난다는 점이 특징적이다. 김성한의 소설도 알레고리 기법을 특징적으로 사용하고 있는데 「오분간」(1955)과 「바비도」(1956)는 신화적 세계를 모티프로 사용하여 현실의 문제를 비유하고 있다. 그러나 전후 소설이 보여준 병리적인 인물 유형, 관념적인 서사, 알레고리의 기법 등은 그 이면에 부조리한 현실에 대한 비관론적인 허무주의를 내장하고 있다는 점에서 일정한 한계를 지닐 수밖에 없었다.

더불어 전후 소설에서 박경리, 강신재, 한무숙 등의 여성 작가들이 보여준 독특한 성취도 기억해둘 필요가 있다. 박경리는 「불신시대」(1957)에서 전쟁으로 남편을 잃고 가장의 역할을 수행하는 젊은 여성들의 가파른 삶을 세밀하게 다룸으로써 당대의 피폐한 삶을 사실적으로 묘파하였다. 당시 여성작가의 소설에서 전쟁의 상흔이 포착되는 구체적인 방식은 바로 남성 부재의 가족 관계 형상화이다. 여성이 가장이 되어 생계를 담당해야 하는 가족관계는 전쟁으로 파손된 한 가정의 모습을 그대로 드러낸다. 여성 인물들이 인식하는 전후의 사회 현실은 무력한 개인을 짓밟는 비정하고 폭력적인 대상이라는 점에 공통점이 있다. 주인공들은 윤리와 도덕이 상실된 타락한 사회에 대항해 부정한 현실에 대한 저항의 자세를 견지한다. 작품에서 이러한 저항의 자세는 전후 사회의 풍조에 대한 비판적 묘사와 주인공의 심리적 저항, 혹은 민중과 괴리된 일부 집단의 이해관계로서 발발된 전쟁이 얼마나 큰 희생을 가져오는가를 고발하는 발언으로 나타난다. 자신과 가족에게 가해지는 부조리한 상황을 바탕으로 한 주인공의 현실 인식은 폭력적인 대상에 대한 증오, 원한 등의 주관적인 감정을 벗어나기 힘들다는 데 근본적인 한계가 있다. 그러나 여기에서 나타난 부정한 현실에 대한 비판과 부정의 정신은 상황에 타협하지 않고 다음 단계로의 극복 과정을 마련한다는 점에서 매우 소중하다.

3) 4 · 19혁명과 1960년대 소설[25]

4 · 19혁명의 열기와 5 · 16군사쿠데타의 충격으로 시작된 1960년대는 사회사뿐만 아니라 문학사적으로도 급격한 변화 양상을 보여준 시대였다. 자유와 민주의 이념적 깃발을 높이 내건 4 · 19혁명은 전쟁 후의 폐허화된 사회의 분위기를 극복하려는 시민들의 염원과 열망을 고스란히 대변했다. 그러나 4 · 19혁명이 기도했던 민주사회 건설은 곧 이어 발생한 5 · 16군사쿠데타로 인해 장벽에 부딪치게 된다. 4 · 19혁명은 이승만 독재체제에 맞서서 정치, 경제, 문화를 아우르는 체제 전반의 개혁 요구를 응집해 보였지만, 한편으로는 그 요구를 관철할 주체적인 실천 세력이 현실적으로 부재함을 아프게 일깨웠다. 불운하게도 새로운 혁명의 기운은 이후 정권을 장악한 박정희 군부 체제에 의해 변화와 시련을 겪어야 했다. 성장과 개발을 내세운 박정희 정부의 전무후무한 경제적 근대화의 프로젝트는 분단체제의 모순을 심화시키며 새로운 계급적 대립과 갈등을 예비하였다.

한반도를 둘러싼 대외적 상황 속에서 볼 때도 4 · 19혁명의 실패와 군부정권의 등장은 동아시아 신국냉전체제의 심화를 각인시키는 결정적 계기가 되었다. 당시 일본과 한국을 방패막이로 내세워 동시아의 반공프로젝트를 성사시키려 했던 미국은 이승만 정권의 퇴진을 부추기고 자신들에게 협조적인 박정희 군부정권을 적극적으로 지지하였다. 분단 냉전 체제가 실질적으로 정착되고 자본주의 근대화 프로젝트의 험난한 여정이 시작되는 계기가 이때부터라고 해도 과언이 아닐 것이다. 4월 혁명의 역사적 의미가 있다면 이렇듯 한국을 둘러싼 복잡다단한 대외적 상황을 새삼 자각하게 하면서, 개인 주체의 자율성을 바탕으로 한 새로운 공동체의 결성을 독려

---

25) 1960년대 소설의 전개과정에 대한 고찰은 백지연, 「4 · 19 혁명과 1960년대 소설의 전개과정」(『20세기 한국소설 길라잡이』, 창비, 2006)을 보완 수정하였다.

했다는 데 있을 것이다. 이는 일제강점기 3·1운동이 이후의 수많은 정치적, 문화적 독립 운동의흐름을 이끌어낸 것과 같은 맥락에 있다.

4·19혁명이 자각시켰던 자유와 개인의 발견, 현실의 부패상황에 대한 강한 비판과 저항의식은 문학 속에서도 현실적인 움직임으로 나타나기 시작했다. 전후문학의 폐쇄성과 허무주의를 극복하는 동시에 자유로운 주체의 실현의지를 주창하는 새로운 작가군의 등장은 1960년대 문학을 이전 세대의 문학과 차별화하려는 욕망을 강하게 표명하였다. 전후문학과의 결별 속에서 자신들의 세대의식을 부각시키려는 이러한 인정투쟁의 욕망은 한동안 우리 문학사에서 1960년대 문학이 지닌 문학사적 연속성의 의미를 제대로 들여다보지 못하게 하는 결과를 가져오기도 하였다. 이 시기의 문학 속에서는 체험을 성찰하고 객관하려는 새로운 인식의 태도가 싹트고 있는 것은 사실이지만, 또 한편으로 전쟁체험의 상흔으로부터 이 시기의 문학이 여전히 자유롭지 못한 것도 사실이다. 그러한 맥락에서 최근 1960년대 문학에 대한 연구는, 단절의 입장보다는 연속성의 입장에서 전후문학과의 차별성을 섬세하게 들여다보는데 초점을 두고 있다. 세대론적 감수성을 강조하는 기존의 일부 논의가 개인주의의 발현에 묶여서 오히려 4·19혁명을 비롯한 1960년대의 시대적 정치적 성격을 몇 가지의 특징 속에 묶어두는 문제는 이후의 연구들에 의해 비판적으로 검토되고 보완되기 시작하였다.[26]

문단사적인 변화의 측면에서 살펴보면, 1960년대에 이르러 각종 문예지와 비평적 성격을 띤 동인지, 대중적인 잡지가 활발하게 간행되기 시작했

---

26) 한 예로, 권성우는 김현, 김치수, 김주연, 김병익 등의 문지 그룹 평론가들이 문단입지를 굳히는 과정에서 김승옥을 위시한 1960년대 작가의 새로움을 전략적으로 평가한 측면이 적지 않다고 보고, 4·19 세대가 60년대 문학의식을 전대와 구분하는 것은 일종의 세대론적 전략이자 문학사적 인정투쟁이라고 분석한다(권성우, 「60년대 비평문학의 세대론적 전략과 새로운 목소리」,『1960년대 문학연구』, 예하, 1993).

음을 알 수 있다. 김승옥, 김현, 최하림, 강호무, 서정인, 김치수, 염무웅, 곽광수 등이 참여한 동인지 『산문시대』(1962)가 출범하였고 이후 김승옥, 김치수, 박태순, 염무웅, 김주연, 이청준이 주축이 되어 『68문학』을 간행하였다. 이들은 이후 『창작과비평』(1966)과 『문학과지성』(1970)으로 나뉘어 상호보완적이며 경쟁적인 잡지의 구도에 참여하게 된다. 당시 작가들이 작품을 발표했던 대표적인 문예지들로는 『현대문학』, 『자유문학』, 『사상계』, 『신사조』, 『신세계』, 『세대』 등의 종합지를 들 수 있으며, 『여원』, 『여상』 등의 대중 잡지들도 눈에 띈다. 더불어 비평지로서 『한양』, 『청맥』, 『상황』지를 통해 임헌영, 임중빈, 김병걸 등의 비평활동을 엿볼 수 있는 점도 주목할 만하다.

1960년대 문학에서 주목할 만한 문학비평적 주제로는 '순수' '참여' 논쟁의 전개 과정을 꼽을 수 있을 것이다. 순수·참여논쟁은 서정주와 홍사중, 이형기와 김우종, 김병걸, 김진만의 논쟁을 통해 본격화되어 김붕구의 사회참여문학론을 통해 논의가 진전된다. 이 중에서도 이어령과 김수영의 불온시 논쟁 때는 많은 문인들이 참여하여 자신의 의견을 피력하였다. 60년대 문단의 순수·참여논의는 문학의 자율적 존재 가능성과 사회적 역할의 필요성을 두고 표출되는 문학적 입장의 차이를 보여준 것으로 의미를 찾을 수 있다. 이 시기의 문학적 논쟁과 흐름들이 이후 1970년대에 들어서 『창작과비평』이 주창하는 문학의 사회참여적 역할과 『문학과지성』이 주창하는 문학적 자율성으로 특화되는 것은 눈여겨볼 만하다.

작가군으로 따져보면 1960년대에 활동했던 대부분의 작가들이 전후세대 출신임을 알 수 있다. 세대별로 분류해보자면 이미 50년대 문단에서 활빌한 활동을 펼쳤던 강신새, 김동리, 김성한, 박경리, 손소희, 안수길, 오영수, 이호철, 전광용, 정한숙, 하근찬, 황순원 등이 1960년대 문단에서도 활발하게 활동하고 있음을 알 수 있다. 자칭 4월 혁명세대로서 자신의 정체성을 부각시킨 최인훈, 김승옥, 이청준, 박상륭, 이제하, 서정인, 박태순,

백인빈, 방영웅, 천승세, 남정현, 이문구, 송상옥, 이병주, 정을병, 이문희, 김문수, 이제하, 박순녀, 김의정, 전병순, 이정호, 한남철 등의 신진작가들 역시 전세대의 전쟁체험을 공유하면서도 이를 차별화하는 소설적 방법의 새로움을 탐구하는데 힘을 쏟았다.

전후 소설의 세계가 파편화된 현실을 포착하는 단편 중심으로 이루어져 있다면 4·19혁명 이후 분출된 객관현실의 기록 욕구는 1960년대 전반에 일련의 장편들로 나타난 바 있다. 전후소설의 연장선상에서 살펴본다면 장용학의『원형의 전설』(1962)이라든가 박경리의『시장과 전장』(1964) 이호철의『소시민』(1965)이 전쟁 체험을 해석하는 방식의 갈래들을 보여주는 성과들이다. 또한 일제시대의 4대 수난사를 그린 안수길의『북간도』(1963)라든가 황순원의『나무들 비탈에 서다』(1960),『일월』(1964) 등의 성과도 기억해둘 만하다.

단편 소설 세계를 중심으로 보면, 1960년대의 작가군은 크게 세 갈래의 흐름 속에서 살필 수 있다. 우선 관념론적 성찰과 독특한 인식의 글쓰기를 보여준 작가군으로 최인훈, 이청준, 박상륭, 최상규, 이병주, 송상옥 등을 주목할 수 있다. 다음으로 도시빈민의 삶과 소외된 개인의 문제를 서정적인 문체로 포착하고 있는 작가들을 만날 수 있다. 김승옥과 박태순, 서정인과 이제하, 백인빈과 한남철의 작품 세계를 여기서 거론할 수 있을 것이다. 마지막으로 토착적인 풍습과 전통적인 상상력에 기대어 공동체의 삶을 형상화한 계열로서 남정현과 천승세, 방영웅, 이정호, 전병순 등의 작가를 들 수 있을 것이다.

(1) 관념적 현실 인식과 성찰적 글쓰기

1960년 11월『새벽』에 발표된 최인훈의『광장』은 60년대의 시대정신을 예민하게 보여주는 작품인 동시에 4·19혁명에 대한 문학적 응답으로서도 주목할 만한 작품이다.『광장』은 자유와 평등의 정신, 남북한의 체제비

판과 이데올로기 비판을 적극적으로 드러내면서 60년대적 소설의 성격을
뚜렷하게 드러낸 작품이다. 주인공인 이명준이 남과 북, 제3국 그 어느 곳
도 선택하지 못하고 바다에 몸을 던져 자살하는 소설의 마지막 장면은 억
압적인 사회체제와 이데올로기에 환멸을 표현하는 섬세한 지식인 청년의
내면을 보여준다. 결국『광장』이 보여주는 밀실과 광장, 사랑과 이데올로
기의 대조적 항목은 주인공이 성찰적 지식인으로서의 자신의 위치를 매김
하기 위한 장치인 셈이라고 할 수 있다. 미국이 증식시킨 천민자본주의를
경멸하며, 냉정한 이성적 고찰을 촉구하는 이명준의 모습은 4 · 19 세대의
자기 성찰이 도달한 현실 인식의 한 지점을 선명하게 보여준다.

　4 · 19혁명의 정신이 제기한 자유로운 개인의 의지와 시민사회에 대한
성찰은『광장』이 포착한 60년대 소설의 성과임에 틀림없다. 그러한 한편으
로 이 작품은 관념의 추상화라는 측면에서 전쟁과 분단이 제기한 구체적
인 삶의 양상을 그려내는 데 일정한 한계를 갖는 것도 사실이다. 이 지점
에서 최인훈의『광장』을 이호철의『소시민』과 잠시 비교해보는 것도 흥미
롭다.『광장』이 관념론적인 측면에서 분단 현실에 대한 지식인의 성찰을
이끌어냈다면『소시민』은 미국의 자본경제에 예속되어 있던 전쟁 후의 혼
란스러운 상황을 구체적으로 예시하면서 그 속에서 본격적으로 한국적 근
대화의 모순을 지적한다. 이호철 소설에서 지식인의 자기성찰은 '소시민'
이라는 위치 자각과 연결되며, 소설 말미에서 작가가 제시하는 4 · 19 세대
의 진보적 이념은 미래사회에 대한 희망을 암시적으로 보여준다.

　최인훈의 소설과 더불어 이청준의 소설 역시 지식인을 주인공으로 설정
하고 있다는 점에서 같은 계보에서 살펴볼 수 있다. 「병신과 머저리」(1966)
를 포함하여 1960년대에 발표된 이청준의 소설은 전쟁의 상흔을 개인의
병리학적 징후와 연결시켜 형상화해 보인다. 일례로 「소문의 벽」(1971)에서
전짓불의 상징은 개인의 자유와 진실을 억압하는 사회적인 담론과 관습,

보이지 않는 이데올로기의 강박에 시달리는 개인의 내면을 은유적으로 표현하고 있다. 흥미로운 것은 이 뚜렷한 기원을 알기 힘든 공포와 막연한 불안감이 구체적인 전쟁의 결과와 연결되기보다는 늘 일상 속에 잠재하고 있는 모호한 강박증이라는 점일 것이다.

50년대 소설들과 이청준, 최인훈의 소설이 구별되는 것이 있다면 이렇듯 전쟁의 상처와 환멸을 즉각적으로 기록하는 것이 아니라 이를 인식하고 내면화하여 거르는 성찰적 주체가 부각된다는 점일 것이다. 이청준의 경우 초기작의 이러한 경향은 점차 언어와 권력, 자유와 폭력, 종교와 세속의 문제들로 확장되어 폭넓은 주제를 아우르는 소설세계로 발전하게 된다. 이청준과 최인훈의 지적이고 관념적인 소설들은 1930년대의 이상과 박태원이 표현했던 식민지 상황의 자의식적인 모더니즘 경향과도 변별되고, 장용학과 손창섭이 표현했던 극심한 자기 환멸과 소외의 양상에 탐닉한 전후 모더니즘 세계와도 차이를 보인다. 이들의 지적인 언어유희는 이성적인 소설 쓰기의 주체를 선명히 내세우는 성찰적 면모를 뚜렷하게 표현한다.

최상규와 송상옥, 이병주, 강용준의 작품들 속에서도 전후 문학의 불안한 흔적이 가득한 관념소설의 한 경향을 살펴볼 수 있다. 한 무명작가가 입대영장을 받고 아내 앞에서 내적인 갈등과 자기 고민을 털어놓는 내용을 담은 최상규의 「포인트」(1956)는 시대 현실 앞에서 무기력할 수밖에 없는 유약한 개인의 문제를 섬세하게 묘파한다. 전쟁의 잔혹성을 고발한 강용준의 「철조망」(1960)과 「광인일기」(1970) 역시 전쟁체험의 보고적 기록을 바탕으로 개인의 존재적 위기를 부각시킨 작품이다. 더불어 송상옥의 「흑색 그리스도」(1965)와 「열병」(1968)에서도 부조리한 현실을 바라보는 무기력한 개인을 만날 수 있다. 이병주의 초기 소설들도 관념적이고 지적인 주인공의 독백을 통하여 강렬한 사회비판 의식을 표현한다는 점에서 살펴볼 만하다. 「소설 알렉산드리아」(1965)와 「겨울밤-어느 황제의 회상」(1974)은 감옥의 상상력을 보여주면서 작중 인물이 보여주는 현실 일탈의 욕구를 집요하게 형상화한다. 유현종의 「거인」(1965), 정을병의 「까토의 자유」(1966)에서 부각되는 개인의 문제 역시 집단적 체험에서 변별되기 위한 의식적 노력을 보여준다. 이 소설들은 현실의 체험으로부터 거리를 확보하고 자기 성찰을 소설 작업의 전면에 내세움으로써 1960년대 소설이 지닌 차별화된 특징을 선명하게 보여준다.

(2) 도시적 삶의 포착과 낭만적 서정

김승옥의 소설은 '1960년대'와 떼어놓고 생각할 수 없을 정도로 긴밀한 시대적 연관성을 보여준다. 전후문학과의 단절을 주창하며 '4월 세대'의 독자성을 주창한 『산문시대』의 동인이기도 했던 그의 행보는 활동 당시에도 많은 문학적 조명을 받았다. 그의 소설이 주창하는 '자기 세계'의 새로움과 독자성은 동세대의 문학인들에게 강렬한 인정투쟁의 욕망을 불러일으켰으며, 그것은 역설적으로 그의 소설을 강박하는 카테고리로 작용하기도 하였다. 대다수의 60년대 소설들이 그러하듯이 김승옥의 소설에서도 전쟁의 상흔은 하나의 희미한 원죄의식으로 등장인물들의 내면에 자리잡고 있다. 「건」(1962)이나 「생명연습」(1962)에서도 전후의 황량한 분위기는 희미한 배경으로 등장한다. 김승옥의 소설이 이청준이나 최인훈처럼 지식인, 혹은 예술가형 주인공들을 소설의 전면에 부각하고 있다는 점도 흥미롭다. 대신 그의 소설 인물들은 이성적이고 냉철하기보다는 미정형의 일탈 충동에 끊임없이 휘둘리며 관념적이고 탐미적이며 자기도취적이다.

예술가적 지식인의 등장과 더불어 김승옥의 소설을 특징짓는 것은 도시문화에 대한 감각적 반응이다. 「서울, 1964년 겨울」(1965)에서 각자의 내면에 유폐되어 의미없는 말을 주고받는 사람들의 모습은 타인과의 관계가 철저하게 절연된 도시공간의 한 풍경을 예리하게 형상화한다. 김승옥

소설의 인물들이 이러한 단절된 소통의 현실을 견디는 방식은 허무주의
와 권태, 끊임없는 자기연기술뿐인데 「무진기행」(1964)은 이러한 인물들의
자조와 독백을 가장 매력적으로 드러낸 작품이라고 할 수 있다. 그러나
도시사회의 물화된 허위의식과 그것을 견제하려는 지식인의 자의식은 곧
생명력을 잃고 동어반복적 세계에 갇히고 마는데, 김승옥 소설이 60년대
문학의 한계 속에서 논의되는 아쉬움도 이러한 맥락에서이다.

　　김승옥의 소설이 지식인 특유의 위악적인 제스처를 통해서 근대도시의
물화된 풍경을 감각적으로 포착했다면 박태순 소설이 다루는 도시의 풍경
은 민중의 활력에 대한 낙천적인 상상력을 기조로 하고 있다. 60년대 작가
로서 4월 혁명에 대한 박태순의 문학적 응답 역시 주목해볼 만한데 「무너
진 극장」(1968)은 그 대표적인 예라고 할 수 있다. 사실보고적인 기록의 시
선을 담은 이 소설은 극장이 무너지는 풍경 속에서 군중들의 해방심리를
날카롭게 직시한다.

　　4·19혁명 속에 새로운 기운을 잉태하는 창조적 활력과 한계가 동시에
존재함을 짚어낸 이 소설은 「광장」과는 다른 시각에서 4월 혁명을 해석한
다. 「무너진 극장」의 세계는 80년대 박태순 소설에서 「밤길의 사람들」(1988)
을 통해 6월 항쟁의 복판에 서 있는 노동자들의 모습으로 다시 현현한다.
「정든 땅 언덕 위」(1966)로 대표되는 외촌동 연작 시리즈를 통해 도시빈민
의 삶을 애정적이고 따뜻한 시선으로 묘파한 그의 소설은 「홍역」(1972) 등
에서 월남민들의 삶에 대한 독특한 역사적 성찰을 보여주기도 한다. 박태
순의 소설에서 발견되는 민중적 상상력의 활기가 70-80년대 소설들에도
일정한 영향을 미치고 있음은 주목을 요한다.

　　소통 단절의 세계를 미학적으로 포착했다는 점에서 김승옥 소설과 비
교해볼 작품은 서정인의 소설들이다. 서정인의 「강」(1968)과 「나주댁」(1968)
은 60년대 소설이 획득한 뛰어난 서정성의 미학을 유감없이 보여준다. 절

제된 심리 묘사와 서정적 분위기를 자아내는 풍경의 포착은 일상에 잠재한 고독한 소외의 풍경을 잘 전달한다. 미래의 전망이 존재하지 않는 황폐하고 답답한 일상에 대한 섬세한 묘사는 이후의 작업 속에서 언어실험으로 기울어지게 된다. 「철쭉제」(1983), 「달궁」(1985) 연작은 그 산물이라고 할 수 있다.

한국문학에서 보기 드문 요설체, 독특하고 기괴한 인물들로 시선을 모으는 이제하의 소설은 예술가의 자의식과 낭만성을 극화하여 드러낸다. 그의 소설인물들은 늘 현실과 불화하며 내면적 갈등을 겪는다. 예술가를 주인공으로 내세운 「유자약전」(1969)은 타락한 세계에 대한 주인공들의 감정적 분노와 더불어 현실에 대한 부정적인 대응으로 나아간다. 이 부정적인 꿈꾸기의 방식은 종종 소설의 사건이나 시간적 흐름을 교란시키는 환상적 모티프들을 등장시킨다.

김승옥과 박태순, 서정인, 이제하의 소설과 함께 어린아이의 시점으로 서정적인 성장담을 드러낸 백인빈과 한남철의 작업도 주목된다. 「바닷가 소년」(1963), 「어둠의 숲」(1965)에서 소년 시점의 섬세한 묘사를 활용한 한남철은 서정인의 초기 소설과도 상통하는 단아한 서정의 세계를 보여준다. 더불어 60년대 소설이 공유하는 현실 비판적인 상상력과 서정적인 묘사력의 힘을 동시에 보여주는 작품으로 백인빈의 「조용한 강」(1960)과 「블랙 죠」(1964)를 기억해 둘 필요가 있다. 미군 부대 근방에서 빈곤한 삶을 살아가는 민중들의 모습이라든지 이들이 살아가는 삶의 환경을 빼어난 서정적 은유로 포착하는 작가의 솜씨는 이후 70년대의 리얼리즘 계열 소설로 연결되는 상상력의 한 층위를 보여준다.

(3) 소외된 삶의 투시와 민중적 상상력

60년대 이후 우리 사회에서 추진되기 시작한 개발 중심의 경제적 근대화 과정은 농어민의 이주현상과 도시빈민층의 발생을 초래하면서 본격적인 계층 갈등을 만들어내기 시작했다. 분단 이후의 한국 근대사가 겪은 파행적 과정에 대한 작가들의 비판적인 시선은 사실적인 현실묘사를 바탕으로 한 일련의 작품들로 나타나기 시작했다. 특히 전쟁 후 지속적으로 남한의 사회체제에 영향력을 행사해온 미국의 존재는 소설 속에서 비판적인 대상으로 포착된다. 전후 사회가 성장 개발 과제에 역점을 두면서 이상적인 근대화의 모델로 제시한 미국사회의 모습은 소설 속에서 일그러진 자본주의의 상징으로 종종 드러난다.

풍자적인 입담을 활용하여 한반도의 정세에 간섭하는 외세에 대해 비판적인 의견을 피력하는 남정현의 「분지」(1965)는 작품이 표현하는 주제의 강렬성으로 인해 눈길을 모으는 작품이다. 반공법 위반 파동을 일으키기도 했던 이 작품은 반미정서를 직접적으로 환기하는 간명한 스토리로 짜여져 있다. 누이를 학대하는 미군을 바라보는 주인공의 시선, 유년의 기억을 고통스럽고 기괴한 서술로 털어놓는 방식, 강렬한 풍자정신, 외세에 예속되어 주체성을 잃고 있는 우리의 삶에 대한 통렬한 자각 등 이 소설이 환기하는 당대 현실의 모습은 매우 복합적이다. 전쟁 직후의 소설이 지녔던 반공이데올로기의 한계를 넘어서 미국에 대한 비판적 시선을 가져왔다는 점에서 「분지」는 1960년대가 산출한 소설의 한 성과라 할만하다.

제국주의 자본국가로서의 미국에 대한 비판적 성찰은 동세대의 이문구, 천승세의 소설에서도 나타나며, 이후 1970~80년대에 월남전을 비판적 소재로 다룬 작품들과도 연결되어 나타난다. 천승세의 소설은 토착적인 생활 풍속의 세계를 포착하는 사실적인 입담의 세계를 통해 근대화, 산업화 과정에서 소외된 주변부의 삶을 소설로 다룬다. 천승세의 초기 소설에서는 간혹 도시적인 체험도 드러나는데 그 계열 작품 중에서 가장 뛰어난 것은 「포대령」(1968)이다. 월남한 반공주의자 포대령은 제대 후에도 여전히 군대에서 보냈던 시절을 잊지 못하고 현실에서 유리된다. 미군장교를 거침없이 비판할 정도의 현실감각과 배짱을 지닌 포대령은 그 자신이 지닌 순수하고 낭만적인 기질을 흡수할 수 없는 사회 앞에서 좌절한다. 정직하고 용감무쌍한 포대령이 현실과 불화하는 이 장면에서 작가는 전후 사회의 모순적인 구조에 대한 성찰을 예리하게 암시한다.

이후 천승세의 소설은 어촌과 농촌의 핍박한 삶을 뛰어난 입담과 서정적인 묘사로서 담아내면서 당대 민중현실의 국면을 리얼하게 재현한다. 「만선」(1964)과 「낙월도」(1973)는 분단 이후 등장한 가장 뛰어난 어촌 소설의 전형을 보여주면서 일제강점기 시대의 빈궁문학이 묘파했던 현실적 비판력을 활기있게 되살린다. 토속적인 방언과 묘사로 가득한 그의 소설은 1970-80년대 민중 문학의 줄기를 형성하는 데 중요한 위치를 차지한다.

천승세와 더불어 뛰어난 방언의 세계와 토착적 풍속의 세계를 잘 살리고 있는 작가는 방영웅이다. 그의 출세작인 『분례기』(1967)는 '똥례'로 불리는 한 여성의 고단한 인생을 해학적으로 포착함으로써 당대 사회의 관습과 제도가 개인에게 가하는 갖가지 습속의 억압을 통렬하게 비꼰다. 방영웅의 소설에서 느껴지는 낙천적이면서 유머러스한 민중적 활력의 세계는 일제강점기 김유정 소설에서 익히 맛보던 것이기도 한다. 그의 소설이 호소하는 생명 그 자체에 대한 긍정적 사고와 자연적 본능에 대한 건강하고도 탐미적인 시선은 자칫하면 고정된 틀에 갇힐 수 있는 민중적 현실의 묘사를 한 차원 다르게 열어주었다.

다른 계열이긴 하지만 전병순의 소설들 역시 낙천적이고 명랑한 농촌 사람들의 삶을 활력 있는 필체로 그려내고 있어 주목할 만하다. 「상원도 달비장수」(1967) 역시 김유정 소설의 한 계보를 연상케 하는 해학적인 반전의 기법과 인간에 대한 따뜻한 긍정의 시선이 돋보이는 작품이다. 이외에도 가족적 서사를 역사적 변화의 상황에 연결 지어 차분하게 탐색한 박

용숙의 「소경 아즈바이」(1972), 「목수아바이」(1973)라든지 우리 소설사에서
보기 드물게 북방적인 생활 풍속사를 실감 있게 그려낸 이정호의 「감비
천불붙이」(1974) 역시 이 시기와 연결되는 리얼리즘 계열 소설의 한 성과
로 기록될 수 있을 것이다.

이상에서 살펴본 것처럼 1960년대의 소설문학은 전쟁체험이 남긴 환멸
과 혼란을 수습하고 자기 정체성의 자각을 선명하게 내세우는데서 출발
하였다. 4·19혁명의 체험은 작가들로 하여금 이전 세대에 대한 비판의식
과 더불어 자기 세대의 고유한 자리를 찾으려는 욕망을 불러일으켰다. 더
불어 분단체제하의 각종 모순 속에서 진행된 급속한 산업화의 과정은 소
외의 삶이 무엇인지를 새삼 자각하게 만들었다. 전후문학의 자장에서 벗
어나려는 이 시기의 소설들은 지식인적인 성찰의 방식, 도시적 삶에 대한
감각적 포착, 소외된 주변부의 삶에 대한 따뜻한 형상화를 통해 다양한
개성을 보여주며 공존한다. 분단체제의 모순과 산업화시대의 징후들을 담
아낸 1960년대의 소설문학은 사회 계층의 갈등 양상과 분단현실의 본격적
인 탐색의 대상으로 떠오르는 1970년대 이후의 소설들을 실질적으로 배태
하는 역할을 했다고 할 수 있을 것이다.

4) 산업화 현실과 1970년대 소설

1960년대 소설이 4·19가 갖는 전환기적 의미를 핵심으로 한다면 1970년
대 문학은 분단체제의 심화와 근대화 과정이 맞물려 있는 사회적 변화를
배경으로 한다. 1970년대 문학의 출발은 1960년대 문학과 연속적인 측면
에서 고찰되어야 하며 1970년대 문학의 씨앗 역시 "4·19혁명과 내적으로
깊은 관련을 가지면서 당시의 역사적 흐름에 동행하며 출현한"[27] 것이라

---

27) 임규찬, 「1970년대 소설과 민중·민족 현실의 발견」, 『20세기 한국소설 길라잡이』,

는 지적을 환기할 필요가 있다. 1960-70년대는 한국사회의 전 부문에 걸쳐 국가주도의 근대화, 도시화가 집중적으로 이루어졌던 시기이다. 전후 경제의 복구를 최우선적인 가치로 내세워 국가주도의 근대화 작업을 수행했던 군사정부는 토지개발정비와 도시계획사업을 통하여 본격적인 근대 자본주의 제도의 도시적 기반을 확립하였다. 급속한 도시화의 과정은 국토의 공간적 재편성과 생활 범주의 재구성을 가져왔으며 사회 전 부문에 걸친 근대화의 과정을 가속화시켰다. 특히 서울을 중심으로 추진된 거대도시 중심의 도시계획사업은 한국사회가 내세웠던 개발 중심의 근대화 과정의 정점에 놓인 것이라고 할 수 있다. 이 과정 속에서 문학 역시 분단 현실의 인식과 자본주의 근대화의 과정에 대한 성찰을 적극적으로 반영하게 되었다.

사회정치의 흐름으로 볼 때 1970년대에 전개된 반독재 민주주의 운동은 1970년대 문학의 흐름을 이해하는 데 핵심적인 사안이다. 전태일의 분신사건을 비롯하여 유신체제에 저항하는 사회각계의 운동이 적극적으로 일어나고 문학 내부에서도 문인간첩단 사건을 비롯하여 민청학련사건, 인혁당 사건을 둘러싸고 문인들의 구속 및 시위가 연이어 일어났다. 문인간첩단 사건은 실천적인 문학운동의 결성체가 출발하는 계기가 되었고 문학 표현의 자유와 민주주의의 수호를 염원하는 문인들의 실천적 움직임이 지속적으로 전개되었다. 문학을 통한 현실참여와 민주화운동을 위해 1974년 11월 18일 민족문학 계열의 문인들이 결성한 '자유실천문인협회'[28]는 언론자유화운동과 연계되어 문인들의 현실참여의 소명의식을 뚜렷하게 자각시키는 계기가 되었다. 1970년대 중반 이후 이념과 사상 쪽에서의 출판 탄

창비, 78쪽.

28) 자유실천문인협회의 탄생과 전개과정에 대해서는 박태순, 『민족문학작가회의 문예운동 30년사』(전3권), 작가회의 출판부 참조.

압과 금서 조치는 점점 가속화된다. 사회주의 사상가들에 대한 소개와 번역, 자본주의 비판, 현실 체제 비판적인 시선을 담은 많은 도서들이 출판 금지되었다. 이후 1980년에는 신군부세력이 언론을 장악하기 위해 물리적 강제력으로 언론매체를 폐지 또는 통합한 조치에 의해『창작과비평』,『문학과지성』,『씨알의 소리』등의 잡지들이 폐간되었다. 이러한 금서 조치는 다양한 표현기법과 실험을 담은 다양한 형태의 무크지와 출간물을 활성화하는 역작용도 일으켰다.

성장주의와 유신시대로 요약되는 1970년대의 사회현실 상황은 역설적으로 문학 영역에서 문제작들을 탄생시키는 결과를 낳았다. 신경림의 「농무」, 김지하의 「오적」, 황석영의 「객지」는 산업화과정에서 소외된 삶들에 대한 비판적인 인식과 민중적 삶의 형상화를 탁월하게 성취한 대표작들이라고 할 수 있다. 한국소설사의 흐름으로 볼 때 1970년대는 전후 문학 이후로 축적된 소설문학의 성과들이 가장 화려하게 꽃핀 시대라고도 할 수 있다. 이호철, 최일남, 황석영, 조세희, 이문구, 박경리, 박완서, 윤흥길 등 세대를 아우르는 작가들의 성취작들이 1970년대에 잇달아 발표되었으며, 신문, 잡지의 연재 지면 활성화와 맞물려 대중소설의 활황기를 맞았다. 1970년대는 소설장르가 그 어느 시대보다도 대중독자의 호응을 뜨겁게 받았던 시대이기도 하다. 조선작, 조해일, 최인호, 박범신, 한수산 등의 장편소설이 대중소설의 독특한 성과를 보여주었으며 전상국, 김용성, 최창학, 송영, 신상웅 등 고유한 개성을 지닌 작가들의 실험적 성취도 함께 하였다. 김주영, 조정래, 송기숙, 한승원 등 긴 서사적 호흡으로 당대의 현실을 포착하는 흐름도 주목된다. 분단현실의 인식과 심화 과정은 황석영의『장길산』, 박경리의『토지』, 이병주의『지리산』, 송기숙의『자랏골의 비가』, 김원일의『노을』등의 대하역사소설로 발화되었다.

(1) 산업화 과정과 노동소설, 농민소설의 흐름

황석영의 「객지」(1971)와 조세희의 『난장이가 쏘아올린 작은 공』(1978), 윤흥길의 「아홉 켤레의 구두로 남은 사내」(1976)은 산업화시대 노동자들의 고통스러운 현실을 선명하게 보여주는 작품들로 1970년대 소설의 대표작들이라고 할 수 있다. 「객지」는 1970년대 노동문학의 출발점으로도 일컬어진다. 떠돌이 노동자들이 겪는 노동의 소외과정을 객관적이고도 생생한 필치로 포착한 이 소설은 불합리한 현실에 대항하는 노동자들의 결집이 어떤 방식으로 이루어지는지 차분하게 추적하고 있다. 현실에서는 비록 노동자들의 연합과 투쟁이 실패하지만 소설의 결말에서 "꼭 내일이 아니라도 좋다"는 주인공의 다짐은 현실이 내포한 미래지향성의 의미를 강하게 드러낸다. 떠돌이 노동자를 다루긴 했지만 저임금과 가혹한 노동조건에 시달리는 사람들의 이야기를 본격화했다는 점에서 이 작품이 갖는 새로운 지점이 분명하다. 노동자의 눈으로 노동현장의 삶을 생생하고 실감나게 그려냄으로써 이후 1980년대에 본격화하는 노동문학의 한 지점을 예고하고 있었던 것이다.

1960-70년대의 도시소설들에서 나타난 도시공간으로서의 '서울'은 세계적인 자본주의 체제에 편입된 국가로서의 한국적 현실을 반영한 공간인 동시에 자체적인 근대화 논리 속에서 보여주는 변화의 특수성을 보여주는 복합적인 공간이라고 할 수 있다. 서울에서 이루어진 도시인구성장의 가속화는 이촌향도29) 현상을 수반하면서 급격한 사회계층의 분화 현

---

29) 대규모의 인구가 도시로 이동하는 이촌향도 (離村向都)현상은 한국에서 이루어진 도시중심의 산업화 과정을 나타내는 핵심적인 현상이다. 구혜근은 이촌향도 현상이 1960-70년대 이후 한국의 산업화 과정을 나타내는 특징임을 지적하며 특히 한국에서 발생한 이촌향도 현상의 특징이 고향으로 돌아가지 않는 '영구이농'의 형태를 보여줌을 주목한다. "한국에서 이농(離農)은 귀농(歸農)의 의사가 없는 영구이농이 대부분이었다. 그리하여 공간적으로 집중된 한국의 산업화는 남은 생애 동안

상을 낳았다. '서울'은 분단 이후로 진행된 남한사회의 급격한 성장개발정책을 압축시켜 보여주는 공간인 동시에 끊임없이 긴장관계 속에 주변부와 중심부가 계속 재구성되는 양상을 보여주는 공간이라고 할 수 있다.

조세희의 『난장이가 쏘아올린 작은 공』(1978)은 연작 소설의 형태를 통해서 소외계층으로서의 난장이 일가가 겪는 고통의 삶을 선명하게 형상화한다. 이 소설집이 보여주는 난장이와 쇠공의 상징은 당대 자본가와 노동자가 뚜렷하게 대립하는 소외현실과 이를 넘어서는 사랑의 문법을 환상적인 장치로 보여준다. 간결한 단문체와 시적인 상징들, 노동자들이 꿈꾸었던 이상적인 세계의 좌절, 자본가의 폭력이 드러난 이 작품은 「객지」와는 다른 방식으로 1970년대의 한국사회에 대한 예리한 비판을 설득력 있게 보여준 사례라고 할 수 있다. 황석영의 소설이 노동자 집단에 잠복한 생생한 활기와 삶의 낙관성, 미래의 활로를 끌어내는데 주목했다면 조세희의 소설은 "자유의 꿈과 그 좌절 및 공포 그리고 원한과 복수의 세계로 노동과 빈부문제를 형상화" 함으로써 "자유주의적인 세계관이 도달한 성취의 정점" 에 있다고 평가받기도 한다.[30]

황석영과 조세희의 소설에서 잘 드러난 것처럼 1960년대-70년대 한국사회에서 농촌의 해체와 재구성을 통해 이루어지는 거대도시의 집중화 현상은 당시 한국사회가 겪어온 근대화 과정의 모순을 집약적으로 드러낸다. 윤흥길의 「아홉 켤레의 구두로 남은 사내」는 획일적인 도시개발 과정에서 평범한 소시민 '권씨'가 시위에 가담하고 전과자가 되어 쫓겨다니는 비극적인 상황을 잘 그려낸 작품이다. 소설의 실제적 배경이 되는 것은 '광주 대단지 토지불하가격시정대책위원회'의 쟁의인데 이는 당시 서

도시 임금노동자로 살 완전노동자들로 구성된 노동계급 사회를 공업지대에 형성했다."(구해근, 『한국 노동계급의 형성』, 신광영 역, 창작과비평사, 2002, 42쪽.)
30) 윤지관, 「뫼비우스의 심층 : 환상과 리얼리즘」, 『창작과비평』, 2004년 봄호, 263쪽.

울을 중심으로 전개된 도시개발과정이 보여준 모순 양상을 압축하는 소설적 에피소드라고 할 수 있다.

소설은 자기 집 마련의 꿈이 수포로 돌아가면서 자기 삶이 처한 곤경을 돌아보게 되는 한 소시민의 변천 과정을 세심하게 다루고 있다. 조세희 소설의 '난장이'가 착취와 억압을 지속적으로 경험한 도시빈민이라면 윤흥길 소설의 '권씨'는 좀더 나은 삶을 위해 도시개발계획에 동참하다가 결국 그것이 거대한 모순과 착취의 일부임을 자각하게 되는 인물이다. 이 작품에서 권씨를 관찰하는 지식인 오선생은 권씨를 연민하고 이해하며 도움을 주려고 하면서도 동시에 지식인의 선행이 근본적으로 어떤 성찰의 면모를 갖는지 끊임없이 되돌아본다는 점에서 흥미롭다. 윤흥길은 이후 전개되는 연작소설들에서도 이러한 지식인들이 자신의 협소한 자의식을 벗어나 노동현장에 어떻게 뛰어들고 각성을 하는지를 지속적으로 탐구해 보인다.

노동소설과 더불어 1970년대 소설에서 주목할 만한 성과는 농민문학론과 농민소설의 성취이다. 1970년대 소설에서 농민문학의 전개는 농민문학 논쟁에서 본격적으로 시작되었다고 할 수 있다. 농민문학의 본질이 무엇인가에 대한 비평적 논의들도 활발하게 일어났지만 이문구의 소설과 신경림의 시를 중심으로 하는 뛰어난 농민문학이 발표된 것도 이 시기이다. 식민지 시대의 농민소설들이 자연발생적인 체험의 형상화에 집중되었다면 1970년대 이후로 발표된 농민소설들은 민중지향적인 의식으로 본격적으로 드러낸다. 농민문학의 대두와 활성화는 "산업화로 야기된 한국경제의 구조적 모순의 심화와 그에 대한 민중의 평범한 저항과 투쟁이 분출되는 70년대의 역사적 사실을 반영"[31]하는 증좌이기도 하다.

---

31) 이봉범, 「농민문제에 대한 문학적 주체성의 회복―1970년대 농민문학론과 농민소설」, 민족문학사연구소 현대문학분과, 『1970년대 문학연구』, 소명출판, 2000, 154~155쪽.

1950-60년대의 농민소설, 농촌소설의 계보라고 볼 수 있는 오유권, 하근찬, 김정한, 방영웅의 소설이 개인적인 체험을 섬세하게 주조하였다면 70년대의 농민문학은 근대화 과정 속에서 소외되는 농촌의 지역적 공간성 및 계급적인 자의식이 분출되는 과정을 적극적으로 드러내고 있다. 1970년대에 본격화한 연작, 장편소설의 장르적인 확산은 농민문학의 영역에서도 뚜렷한 흐름으로 감지된다. 전통적인 농촌공동체와 농촌현실을 다룬 이문구의 『관촌수필』은 유년기의 기억을 통하여 공동체의 정서를 복원한 수작이다. 소중한 추억의 공간 관촌을 애도의 눈길로 들여다보는 이 작품은 "이 작가가 그의 잃어진 육친과 쫓겨난 고향에 대해 바치는 최대의 문학적 헌사요 낳아 길러준 땅에 되돌리는 가장 귀한 갚음"[32] 이라는 평가를 받기도 하였다.

작가는 이 소설에서 농촌공동체의 훼손을 안타까워하면서 근대적 속도주의가 폄하하는 삶의 가치에 대해 새롭게 들여다보기를 요구한다. 이문구는 이후 『우리 동네』 연작에서도 해체되고 훼손되는 농촌공동체의 실상을 세밀하게 묘파하였다. 도시중심적인 개발 과정 속에서 농촌이 상대적인 소외와 빈곤으로 피폐해지고 있는 현실에 대한 비판이 담긴 문학적인 보고서인 셈이다. 이문구와 더불어 천승세의 원초적이고 토속적인 소설 세계와 송기숙의 『자릿골의 비가』에서 탐구되는 토지 수탈의 문제 역시 농민 주체의 형상화를 의식적으로 추구한 문제작이라고 할 수 있겠다.

(2) 분단 현실의 투시와 역사소설

근대화의 모순 속에서 정치적 타락상, 세태적 참상을 날카로운 시선으로 담아내는 1970년대 소설의 성취는 분단현실과 소시민적 일상의 세태

---

32) 염무웅, 『민중시대의 문학』, 창작과비평사, 1979, 330쪽.

관찰에서도 개성적인 방식으로 심화된다. 1970년대의 소설들은 공업화, 선진화를 목표로 하는 정부 주도하의 자본주의적 근대화 과정이 본격화하면서 산업화, 도시화 과정에서 발생하는 각종 사회모순이 개인의 일상에 어떠한 형태로 스며들고 있는가를 드러내준다. 특히 전후 문학의 한계를 넘어서 분단 현실을 어떻게 인식하고 형상화하는가는 이전 시대의 소설들과 달라진 지점이다. 가령 소시민 의식을 바탕으로 한 세태 풍자의 심화는 1970년에 발표된 이호철의 「큰 산」에도 나타난다. 이 작품은 이호철 소설 특유의 세태풍자를 담으면서도 한편으로는 실향민 의식을 넘어설 수 있는 정신적 지주로서의 '큰 산'에 대한 염원을 담고 있다. 이미 분단과 실향이 고착화된 평화로운 일상에 잠재한 불안과 공포 그리고 내 가족, 나의 집 안에만 액이 끼치지 않으면 된다는 이기적인 소시민주의에 대한 풍자적 묘사 밑에는 삶의 중심을 잡게끔 도와주는 존재로서의 큰 산에 대한 갈망이 가득하다. 이호철의 사례를 보듯이 1970년대 소설에서 분단현실의 인식은 전후문학의 폐쇄성과 허무주의를 넘어 역사 현실에 대한 복합적인 인식을 성취해가는 모습을 보인다.

박완서의 「엄마의 말뚝」 연작과 『나목』, 황석영의 「한씨연대기」, 현기영의 「순이삼촌」, 김원일의 「노을」, 조정래의 「유형의 땅」, 「황토」, 윤흥길의 「장마」, 전상국의 「아베의 가족」 등 가족사를 소재로 하여 분단이 남긴 상흔을 추적하는 작품, 해방 후의 사회 경제적 현실을 직접적으로 다룬 작품, 외세 자본의 유입을 비판적으로 성찰한 작품 등 다양한 갈래의 작품들이 발표되었다. 이 중 황석영의 「한씨연대기」는 분단이 고착화되는 과정에서 특정한 개인이 겪는 고난과 비극을 사실적으로 남납하게 묘파한 수작이라고 할 수 있다. 소설은 양심적인 한 의사가 한국전쟁을 겪는 과정에서 남과 북 양쪽에서 모두 수난을 겪는 이야기로서 한반도를 누르는 분단의 상황이 얼마나 개인들을 무기력하고 고통스럽게 몰아가는가를 적나라하게 보여준다. 박완서의 「엄마의 말뚝」 연작과 장편 『나목』 역시 한 가족을 철저하게 파괴하는 전쟁과 분단의 고통스러운 후유증을 생생하게 표출하고 있다. 박완서의 소설은 전쟁, 분단 전후의 사회적인 격동기를 시대적 배경으로 하며 주인공들의 생애사가 역사적인 변화와 맞물려 있음으로 인해 각 인물의 삶은 사회적인 맥락을 지니게 된다. 이는 한 개인의 자전적 체험이 사회현실의 변화 속에서 문학적인 보편성으로 승화되어야 한다는 작가의 신념을 고스란히 드러내는 것이다. 김원일의 『노을』 역시 분단문제 및 산업화시대의 사회적 모순에 끊임없는 관심을 기울여온 작가의 출발점을 짐작케 하는 작품이다.

한국전쟁 전후에 벌어진 참담한 양민 학살의 실상을 담아낸 문제적인 작품으로 현기영의 「순이 삼촌」(1978)을 주목할 필요가 있다.[33] 이 소설은 제주 4·3항쟁의 참혹성과 상처를 처음으로 폭로했던 현기영의 「순이 삼촌」은 냉전 체제와 반공이데올로기의 영향이 역사적 사실마저도 어떻게 은폐하고 왜곡하는가를 보여주는 작품이다. 「순이 삼촌」은 그간 서사화되지 않았던 제주도 4·3항쟁을 다루었다는 점에서 당대의 증언적인 성격을 강력하게 지닌다. 1949년 1월 16일 북제주군 조천면 북천리에서 일어난 양민학살 사건이 배경이 된 것으로 알려진 「순이 삼촌」은 1948년 4월 3일 군, 경찰, 서북청년단의 끔찍한 잔혹 행위가 배경이 되어 군경이 노약자까지도 모조리 학살하여 3만에서 5만 가까이의 사람들이 희생된 4·3항쟁의 역사를 서사의 한복판으로 가져왔다. "그렇다. 그 죽음은 한 달 전의 죽음이 아니라 이미 30년 전의 해묵은 죽음이었다. 당신은 그때 이미 죽은 사람이었다. 다만 30년 전 그 옴팡밭에서 구구식 총구에서 나간 총알이 30년의 우여곡절한 유예(猶豫)를 보내고 오늘에야 당신의 가슴 한복판을 꿰뚫

---

33) 백지연, 「'기억의 타살'에 맞서다－사상과 이념에 의해 금지된 시와 소설」, 『대산 문화』, 2014년 여름호, 56~59쪽.

었을 뿐"[34]이라는 주인공의 고백은 해방과 분단의 역사 속에 희생된 수많은 민중들의 삶을 절박하게 환기한다.

(3) 소설의 대중성과 여성문학의 가능성

한국 소설사에서 본격적으로 소설의 대중성 개념이 안착된 것은 1970년대라고 할 수 있다. 1910년대 신소설에서부터 다양한 방식의 상업성을 추구하는 대중소설들이 꾸준히 창작되어왔지만 본격적으로 출판사, 신문사 등을 통하여 소설이 활발하게 유통된 것은 1970년대에 이르러서이다. 1970년대의 소설에서 대중성은 흔히 상업성이나 통속성과 쉽게 연관되어 설명되지만 본질적인 의미에서 대중문화시대의 문화적 양상을 대중성이라고 말할 때 문학성과 대중성은 결코 괴리된 개념이 아니다.[35] 박완서, 황석영, 조세희, 박경리의 소설은 문학성과 대중성을 동시에 확보한 사례라고 할 수 있으며, 흔히 대중소설이라고 폄하되는 작품들 역시 날카로운 현실 비판을 확보한 의미 있는 사례가 적지 않다. 결혼과 가족, 여성문제를 둘러싼 쟁점들을 흥미롭고 신랄한 문체로 서사화한 박완서의『휘청거리는 오후』나 부당한 현실에 대한 호소력 있는 상징으로 당대의 화제작이 된 조세희의『난장이가 쏘아올린 작은 공』, 대하장편소설의 저력과 흥미를 불러일으킨 황석영의『장길산』과 박경리의『토지』역시 가독성 있는 서사로 독자를 사로잡은 좋은 사례다.

이와 함께 70년대 대중소설에서 나타난 중요한 소재적인 특징은 도시

---

34) 현기영, 「순이 삼촌」, 『순이 삼촌』, 창비, 2005, 74쪽.

35) 김현주는 70~80년대 민중 민족문학 논의가 문단의 주류가 되고 있을 때 대중소설이 제대로 평가되지 못했음을 지적하며, 대중이라는 용어를 민중과 민족 개념과 상반된 개념, 무자각적이고 실천력이 결여된 군중의 개념과 동일시할 수 없음을 분명히 한다(김현주, 「1970년대 대중소설 연구」, 민족문학사연구소 현대문학분과, 『1970년대 문학연구』, 소명출판, 2000, 183~184쪽).

에의 갈망과 성적인 이데올로기의 모순이라고 할 수 있다.36) 최인호, 조해일, 한수산, 박범신의 소설은 도시적 삶의 허위의식과 모순을 날카롭게 묘파하는 동시에 윤리의식의 문제를 흡인력 있는 스토리로 포착하였다. 조선작의 「영자의 전성시대」가 가부장적인 남성 욕망에 종속된 여성 주체의 비극적 삶을 그려낸다면 최인호의 『별들의 고향』 역시 성적인 일탈을 거듭하는 여성 주체의 좌절된 모습을 부각한다. 물질적인 일상에 포위되는 현대인들의 비극적인 모습이 특히 여성의 일대기를 통해 펼쳐지고 있는 것이다. 조해일의 『겨울여자』는 오히려 순결과 가족이데올로기를 벗어나 자유로운 행보를 걷는 독특한 여성상을 현시하는 동시에 당대 사회의 타락한 일상을 대조적인 구도로 보여준다.

이처럼 남성작가의 소설에 드러난 여성인물의 양상이 남성 인물의 시선에 의해 일정하게 대상화된 인물이라는 한계들을 많이 보여준다면 여성작가들의 작품은 다른 지점에서 이 한계를 돌파한다. 박완서, 서영은, 오정희, 김만옥, 이순, 김채원, 강석경, 이순 등의 여성작가 작품은 전후 현실과 근대화 과정 속에서 소외되는 여성들의 삶을 개성적으로 투시하였다. 1970년대 여성작가들은 전후문학이 환기하는 아버지 부재의 현실이라든지 가족 해체와 분열들이 어떤 방식으로 심화되는지를 세밀하게 묘사한다. 박완서의 『도시의 흉년』(1979)이 물신주의에 대한 날카로운 비판을 토대로 하여 도시 중산층의 삶을 묘파하였다면 오정희의 『불의 강』(1977)은 반복적 일상에 자리한 위기와 균열에 대한 치밀한 묘사를 통하여 소통이 단절된 황막한 풍경을 보여준다. 성장소설의 형식으로 황폐한 전후 현실의 분위기를 담아낸 「유년의 뜰」과 「중국인 거리」 역시 문제적인 작품이다. 강한 주체적 의지를 통해 불합리한 상황을 초월해가는 인물들의 모습을

---

36) 70년대 대중소설에서 상품화된 성적 행위의 주체에 대한 묘사와 도시적 환상의 극대화는 조해일, 조선작의 작품에서 드러난다(위의 책, 201쪽).

보여주는 서영은의 「사막을 건너는 법」(1975)나 근대화 과정 속에서 중산
층의 가족주의가 어떤 방식으로 정립되어 가는가를 흥미롭게 보여주는
이순의 「병어회」 역시 여성 소설의 성취를 보여주는 징표라고 할 수 있다.
이처럼 1970년대 소설에서 나타나는 중산층 가족주의에 대한 비판적 성찰
과 도시 일상에 대한 세밀한 성찰은 이후 1980-90년대 소설에서 본격화하
는 여성문학의 다양한 시도들을 짐작하게 하는 바탕이라고 할 수 있다.

4. 글로벌시대 확산기와 디아스포라의 성찰

1) 광주체험과 1980년대 소설

1980년대 소설은 광주항쟁의 경험을 문학 내재화하는 과정에서 출발한
다. 국가권력에 의해 자행된 폭력적 상황을 소설이 어떻게 수용하고 문자
화하느냐가 문제의 시발이었다. 발가벗은 권력의 노골적인 면모에 맞서 싸
운 80년 광주에서의 시민항쟁은 무자비한 탄압으로 좌절되지만 이후 80년
대의 시민 대항쟁과 노동자, 농민의 조직화를 가져오는 계기가 된다. 윤정
모, 김유택, 임철우, 문순태, 정도상, 최윤, 홍희담 등의 작가들은 모두 광
주항쟁의 역사적 의미와 고통, 참상, 상처 등을 다루고 있다. 윤정모는 광
주항쟁이 광주만의 문제가 아니라 결국 우리 사회를 둘러싼 벽을 무너뜨
리는 문제임을 보여주었으며 홍희담은 광주항쟁을 노동자의 시선으로 해
서해 내고 있다 항쟁을 이끈 사람들의 계급적 토대와 차이를 보여주며
기본적으로 사회의 근본적인 모순, 즉 가진 자와 못가진 자를 가로지르는
차이에 대한 비타협적 인식을 서술하고 있다. 구속되거나 부상당한 사람
들을 출신 성분별로 나누어 보는 인물의 모습에는 노동자야말로 모든 혁
명을 끝까지 완수해 낼 수 있는 유일한 계급이라는 생각을 보여준다.

87년 대투쟁을 거치며 노동자들은 사회적인 문제에 목소리를 내게 되고 이를 바탕으로 노동자의 삶을 다루고 노동자가 직접 창작하는 등의 노동문학에 대한 논의를 활발해진다. 그리고 유순하의 「생성」(1988), 김남일의 「파도」(1988), 정도상의 「새벽기차」(1988), 김영현의 「달맞이꽃」(1989), 방현석의 「새벽출정」(1989) 같은 작품들이 창작된다. 이들 노동소설은 1970년대의 노동자를 다룬 소설이 보여준 관념적이고 개인적 비극성에 초점을 맞춘 방식을 벗어나서 계급적 인식을 바탕으로 한 집단적인 해결책을 선호한다.

80년대의 분단소설은 전쟁을 유소년 기에 체험한 작가들에 의해 주로 창작되었다. 문순태의 「철쭉」(1981), 이동하의 「파편」(1982), 김원일의 「미망」(1982), 박완서의 「그해 겨울은 따뜻했네」(1982), 임철우의 「아버지의 땅」(1984), 이문열의 『영웅시대』(1984), 이창동의 「소지」(1985), 조정래의 『태백산맥』(1988) 등의 분단현실을 다룬 작품들이 나온다. 이창동은 분단의 비극을 극복하려는 염원을 소지의식으로 보여준다. 소지는 부정을 없애고 소원을 빌 기 위해 불에 태워 넣는 제의의식을 가리킨다. 민족의 분단과 이념의 대결, 그리고 이에 연계된 수많은 개인적이면서 사회적인 고통들을 함께 태워 넣는 것 분단극복을 위한 상징적 제의라 할 수 있다.

이문열의 『영웅시대』는 이전 소설들의 반공산주의적 접근과 무속적인 대안 제시를 벗어나서 직접적으로 사회주의의 이념을 선택한 한 주인공의 삶의 궤적을 다룬다. 소설은 이념에 대한 치열하고 반성적인 태도로 혼돈의 해방 전후 상황을 그려내고 있다. 해방 후 남로당원으로 활동하고 월북한 주인공 이동영의 삶의 과정을 통해 이념이 현실에서 어떻게 변질되어 가는지를 추적하면서 동시에 남한에 남은 그의 가족을 통해 부패한 남한 상황을 동시에 비판하고 있다. 한편, 기존의 분단소설들이 이데올로기나 외세 때문에 분단의 고통과 대립이 시작되었다는 설명이었다면 조정래의 『태백산맥』은 토지 개혁을 비롯한 경제적 문제로 인해 이념의 대립이 시작되었음을 사실감 있게 보여준다.

80년대의 억압적 분위기 속에서 소설은 형식파괴라는 방식으로 문학이 왜 존재해야 하는지를 묻는 작업이 이루어진다. 이인성, 최수철, 이승우 등이 대표적이다. 이인성은 「낯선 시간 속으로」를 통해 현재를 구성하되 이미 사라져버린 것들. 남아있는 것들 속에서 숨 쉬고 있는 아주 세밀하고 미미한 자취들에 관한 사유를 서술한다. 작가는 현재의 뒷면에 도사린 불안, 어둠, 미처 피어나지 못한 많은 가능성들을 서로 충돌시킨다. 최수철은 『고래 뱃속에서』에서 전통적인 서사와 시간 서술의 방법을 탈피해서 사소하고 우연적인 것들을 전경에 위치시킨다. 80년대에는 또한 여성 작가들의 작품 활동이 매우 활발해진다. 서영은, 오정희, 박완서, 양귀자 등의 작가들은 80년대의 시대 풍경과 윤리의식 등을 다룬다.

(1) 노동소설과 민중적 주체의 형상화

1980년은 광주민주화운동에서부터 시작된다. 쿠데타로 권력을 잡은 군사정권을 향해 많은 시민들은 계엄령 해제와 민주주의를 외친다. 광주에서 민주화 시위가 일어났지만 군사정권의 가혹한 진압작전에 무참히 꺾인다. 수많은 귀중한 인명이 총칼에 스러져갔지만 그들은 북한의 사주를 받은 빨갱이들의 소요로 왜곡된다. 폭압적 진압 후 남은 건 강요된 침묵뿐이었다. 그러나 곧 광주민주화운동을 본격적으로 다루기 시작한 작품들이 창작되기 시작한다.

광주의 상황을 사실적으로 묘사한 임철우의 『봄날』(1984) 이후 특히 윤정모의 「밤길」(1985)은 살아남은 자들의 임무가 무엇인지를 말하려는 작품이다. 소설은 광주에서의 학살이 벌어지는 도중 서울에 가서 누명을 벗겨달라는 대책회의의 임무를 받고 서울로 올라가는 이들의 여정을 그렸다. 위험한 상황에서 혼자만 빠져 나온 게 아니냐는 자책감에 김 신부는 "우

리도 지금 안전한 곳으로 대피하고 있는 게 아니란다. 거기에도 장벽은
있다. 그 장벽을 깨뜨려 달라는 임무가 우리에게 주어진 거야. 우린 그걸
해내야 돼. 비록 이 밤길이 영원히 끝나지 않는다 해도 이젠 서둘러야 한
다."[37]고 대답한다. 살아남은 자들은 죽은 자가 잃어버린 명예를 원래대로
되돌려야 할 문제뿐 아니라 결국 이 문제가 사회전체의 지배구조와 연결
된다는 인식을 보여준다. 광주라는 한 곳의 문제가 아니라 우리 개개인을
둘러싼 '벽'은 지배구조의 촉수와 어떤 식으로든 닿아있을 수밖에 없다는
것이다. 작품의 제목인 밤길은 그 길이 결코 쉽게 오지 않을 길이자 외로
움을 감내해야 하는 상황임을 암시한다.

　이 외에도 김유택의 「먼길」(1988), 임철우의 「직선과 독가스」(1984), 문순
태의 「일어서는 땅」(1986), 정도상의 「십오방 이야기」(1987), 최윤의 「저기
소리없이 한 점 꽃잎이 지고」(1988), 홍희담의 「깃발」(1988) 등도 모두 광주
항쟁의 역사적 의미와 고통, 참상, 상처 등을 다루고 있다. 이 중에서 홍희
담의 「깃발」은 광주항쟁을 노동자의 시선으로 바라본 작품이다. 민주주의
를 바라는 시민과 군사 권력의 대결이라는 시각에서 벗어나 좀 더 계급적
인 시선으로 사태를 바라보고 있다. 야학을 통해 만난 사람들과의 이야기,
5월 도청에서의 마지막 전투 등의 구체적 상황 묘사와 함께 계엄군의 광
주재진입을 앞둔 상황에서 벌어지는 강경파와 온건파의 대립을 보여준다.
지식인 위주의 온건파가 사태 수습을 위해 총을 반납하자고 주장하는 반
면 노동자 중심의 강경파는 끝까지 항쟁을 주장한다. 총까지 쏘는 험악한
상황 속에서 합의는 이루어지지 않는다. 여기에는 분명 노동자계급에 대
한 분명한 자각이 담겨있다.

　그들은 기본적으로 사회의 근본적인 모순, 즉 가진 자와 못가진 자를

---

37) 양귀자 외, 『80년대 대표소설』, 현암사, 1989, 57쪽.

가로지르는 차이에 대한 비타협적 인식을 지니고 있다. 구속되거나 부상당한 사람들을 출신성분별로 나누어 보는 인물의 모습에는 노동자야말로 모든 혁명을 끝까지 완수해 낼 수 있는 유일한 계급이라는 생각을 보여준다. 그래서 가령 "난 노동자라는 게 자랑스러워."[38]라는 인식은 그 이전의 소설들에서 찾아 볼 수 없는 매우 선명한 계급성이라 평가할 수 있다. 대학생들이나 지식인들의 일방적 조직화 대상으로서의 노동자가 아니다. 소설 속 야학에서 만난 대학생 선생님들은 우상이었지만 이내 그들의 계급적 한계성은 여지없이 노출되고 인물들은 차츰 지식인이 만들어 놓은 이념적 틀을 벗어나기 시작한다. 작품의 말미에 여공들은 수배를 피해 숨어있는 윤강일 선생님을 위해 3,000원을 만들어 준다. 그리고 이내 다시 3,000원에서 천 원을 꺼내 챙겨 나오는 여공 순분이의 모습은 계급적 갈림길의 분명한 선언으로 보인다. 작품은 광주를 뒤로 하고 노동자들의 출근길 행렬을 묘사하며 끝난다. 5월 항쟁은 광주민주화운동의 항쟁에서 멈추는 게 아니고 그 한계 또한 인식하고 극복하고 새로운 노동자 중심의 항쟁사를 다시 쓰겠다는 시작으로 자리매김된다.

광주항쟁을 뒤이어 1987년 대투쟁을 거치며 노동자들은 민주주의와 사회 현실의 문제에 더욱 목소리를 내게 되고 이에 발맞추어 『노동문학』, 『노동해방문학』 등의 전문잡지 등이 창간되기 시작한다. 또한 노동자의 삶을 다루고 노동자가 직접 창작하는 등의 노동문학에 대한 논의를 바탕으로 유순하의 「생성」(1988), 김남일의 「파도」(1988), 정도상의 「새벽기차」(1988), 김영현의 「달맞이꽃」(1989), 방현석의 「새벽출정」(1989) 같은 작품들이 창작된다.

이들 노농소설은 1970년대의 노동자들 다룬 소설이 보여준 인식, 가령 예를 들어 조세희의 『난장이가 쏘아 올린 작은 공』(1978)의 관념적이고 개

---

38) 위의 책, 502쪽.

인적 비극성에 초점을 맞춘 방식을 벗어나서 집단적인 해결책을 선호한다. 이를테면 위에서 살펴본 홍희담의 「깃발」에서도 그들은 "그런데 우린 권리를 빼앗겼어. 다시 찾아야 될 텐데 순순히 찾을 수가 없거든. 혼자서는 너무 약하고 힘을 합치면 강해지지."라고 하거나 『난장이가 쏘아 올린 작은 공』에 대해서 "뭐가 뭔지 모르겠네. 언니. 분명히 우리 얘기 같기도 한데. 이게 바로 글재주라는 거야. 우리 얘기를 이상하게 써 놓았잖아. 우리 얘긴 우리가 써야 되지 않겠니"[39]라고 말한다. 지식인들이 아닌 생산계급인 노동자들이 직접 자신들의 이야기를 보다 쉽게 다가갈 수 있는 형태의 문학에 대한 의식을 보여준다. 문학의 본질은 그 자체가 현실을 이해하고 바꾸어내는 데 도움이 되는 게 본질적이라는 이런 사고는 문학의 미적 자율성보다는 효용론적 관점에 서 있다. 물론 이 두 가지 면은 모두 밀접한 문학의 본질적인 부분이라는 관점에서 인정해야 한다.

80년대 노동문학의 대표적인 작품이 방현석의 「새벽출정」이다. 노동자들의 근로조건요구를 묵살한 회사에 대항해 노동자들은 파업을 벌이고 이에 맞서서 회사는 공장폐쇄를 결정한다. 150여 일에 걸친 파업 과정에 지친 노동자들은 하나 둘 파업장에서 빠져나간다. 회사의 가혹한 노동착취에 맞선 그들의 투쟁은 쉽지 않다. 철순은 플랜카드를 공장굴뚝에 매달려다 떨어져 실족사하고 부족한 자금은 다른 공장 노조의 도움으로 위기를 넘기기도 한다. 회사는 파업노동자들을 현금 2억 원에 구슬리며 노동조합을 분쇄할 방법을 획책한다. 이런 모든 교묘한 방해공작에도 불구하고 노동자들은 마지막까지 대오를 유지하며 새벽에 투쟁을 위한 출정식을 거행한다. 이 작품에서는 공장에서 벌어지는 노동자들을 향한 구체적인 착취의 형태와 사실이 핍진성 있게 그려지고 있다. 인원은 한정되어 있는데

---

39) 위의 책, 446쪽.

회사는 효율성을 더 높이기 위해 부서를 나누고 그 두 부서를 서로 경쟁
시킨다.

> 부서 분리의 이유를 회사는 다양한 품목을 신속하게 생산하기 위한 것이
> 라고 했다. 사실과는 거리가 멀었다. 그것은 며칠 지나지 않아서 명확하게
> 드러났다. 둘로 분리된 라인에 동일한 제품이 투입되었다. 그 결과는 서로
> 비교되지 않을 수 없었다. 한쪽에는 격려와 치하가, 또 한쪽에는 추궁과 압
> 박의 살아 있는 근거가 되었다. 치열한 경쟁을 피할 수 없었다. 민영의 라인
> 은 점심시간까지 죽여 가며 수량을 뽑아냈다. 철순의 화공 2부는 지시량조
> 차 채우지 못했다.[40]

일찍이 마르크스(K. Marx)는 자본주의는 역사상 가장 높은 효율성을 바
탕으로 100년도 안 된 짧은 시간에 기존에 인류가 만들어온 생산력보다
더 많은 걸 구축했다고 언급했다. 생산수단으로부터 분리된 노동자들은
자신의 몸뚱이 외에는 아무것도 소유하지 못하고 이를 시장에서 임금노
동형태로 매 순간 팔아서 생존을 유지하게 된다. 그들을 그런 핏빛 시장
에 내몬 시스템은 배후로 숨는다. 노동자들은 매순간 '자유'롭게 스스로
직업을 선택하고 '자유'롭게 일한다. 그러나 자본주의가 선사한 이 자유는
오직 다른 이들과 상품으로써 경쟁하다 버려지는 자유만을 의미한다. 그
들은 오직 교환가치의 수레바퀴 안에서 굴려진다. 다른 이와의 경쟁은 지
상명령이 되고 승자는 잠깐의 보상이 패자에게는 냉정한 도태만이 기다
린다. 그들은 서로에게 경쟁자이기를 강요당한다.

작품 속 노동자들은 곧 문제가 무엇이었는지를 깨닫는다. 두 부서의 평
균 생산량은 표준량으로 정해지고 지시량은 그보다도 많은 최고 생신량
을 기준으로 떨어졌다. 주가 바뀔 때마다 표준량과 지시량은 올라간다. 철

---

40) 위의 책, 520쪽.

순과 민영은 만나서 "사람들은 다 알고 있잖아. 너도 알고 있고. 왜 지시량이 늘어나는지, 무엇 때문인지."라고 말한다. 그들은 착취의 메커니즘을 몸으로 완전히 체득한다. 더 많은 노동이 더 많은 자유를 주지 않는다는 사실을 이해한다. 이런 깨달음은 70년대 노동문학이 아직 개척하지 못한 부분으로 자본주의 메커니즘은 노동자들의 자율적이고 내재화된 동기부여를 통해 자신의 안정을 도모하는 숙명을 타고 났다.

그리고 점차 가중화되는 노동의 끝에는 파국이 도사리고 있다. 자본은 보다 많은 잉여가치를 필연적으로 향하게 되고 이를 위해 보다 높은 효율과 노동자들의 집결을 요구한다. 집단화된 노동의 필요성은 자연스레 노동자들의 조직화를 위한 토대를 형성한다. 노동자들은 혼자의 힘이 아니라 노동조합이라는 의식화된 조직의 필요성을 알아 나가고 집단의 힘으로 사회를 바꾸는 과정을 이해한다. 「노동의 새벽」은 공장 메커니즘의 실상과 자본과의 전면적이고 비타협적인 투쟁을 알리는 작품으로 평가할 수 있다.

유순하의 「생성」도 위의 작품처럼 노동자들의 파업을 다루었지만 노동자의 시각이 아니라 중간관리층의 눈으로 현실을 바라본 작품이다. 사용자와 노동자의 격렬한 모순의 한가운데 처한 중간자의 입장이라는 설정에서도 이미 짐작이 가듯 이 작품은 혼돈의 과정을 면밀한 관찰자의 시선으로 그려내고 있다. '과격한' 노동운동에 대한 혐오와 함께 동시에 가혹한 노동조건에 대한 비판 모두를 담아냈다. "노동의 문제가 노동자의 희생이나 자기 소외만이 아니라, 자본주와 중간 관리층에게도 피할 수 없는 인간성의 황폐화를 초래한다는 사실"[41]을 드러냈다는 점에서 평가할 수 있는 작품이라 하겠다.

---

41) 권영민, 『한국현대문학사 2』, 민음사, 2002, 298쪽.

(2) 분단체제의 내상과 도시화의 양상

80년대의 분단소설은 전쟁을 유소년기에 체험한 작가들에 의해 주로 창작되었다. 문순태의 「철쭉」(1981), 이동하의 「파편」(1982), 김원일의 「미망」(1982), 박완서의 「그해 겨울은 따뜻했네」(1982), 임철우의 「아버지의 땅」(1984), 이문열의 『영웅시대』(1984), 이창동의 「소지」(1985), 조정래의 『태백산맥』(1988) 등의 분단현실을 다룬 작품들이 나온다.

이 중에서 이창동의 「소지」는 좌익 활동을 하다가 전쟁 중에 실종된 남편을 둔 한 할머니의 이야기이다. 그녀의 남편은 좌익 활동한 일로 어려움을 겪다가 보도연맹에 가입하고 이후 전쟁이 터지면서 실종된다. 여자는 남편 없이 아이를 키우다가 실종된 남편을 만나게 해준다는 꼬임에 빠져 강간을 당하고 아이를 낳는다. 큰 아들은 여자를 얻어 같이 살지만, 여자는 곧 집을 나가고 아이와 함께 남겨진다. 둘째 아들은 데모를 하다가 집에 형사가 찾아오게 된다. 소설은 과거와 현재를 중첩시켜서 의미를 만들어내는 방식을 취하고 있다. 먼저 좌익 활동을 하다 실종된 남편, 좌익 활동을 하는 둘째 아들의 의미쌍이 있다.

물론 할머니가 남편이 없는 이유와 아들이 아내가 없는 이유는 다르다. 전자가 이데올로기의 문제였다면 며느리의 가출은 "진작부터 집안에 박혀 오래 살림을 할 여자가 아니었"[42]다는 점에서 갈린다. 그러나 과거는 사라지지 않고 현재에까지 영향을 미친다. 큰 아들의 사관학교 탈락과 승진좌절은 모두 아버지의 좌익 활동으로 인한 결과물들이다. 문면에 나타나 있지는 않지만 아들이 식당집 여자와 만나 아이를 갖는 과정은 그런 암울한 현실에 대한 좌절의 문맥에서 가능하다. 그리고 할머니는 남편을 잃어버렸고 큰 아들은 아내를 잃어버린다. 회화의 데칼코마니처럼 과거는

---

42) 위의 책, 83쪽.

현재와 다르면서도 비슷한 양상을 만들어낸다.

또한 할머니의 기구한 생을 관통하는 부재는 사랑니의 통증과 대비된다. 과거에서 현재까지 계속되는 사랑니의 고통은 오직 고통으로만 현존하는 민족의 상처, 현재화한 상처의 고통 등으로 연결된다. 소설의 마지막에서 할머니는 둘째 아들의 좌익 팸플릿과 문건을 아픈 사랑니와 함께 불속에 던져 태운다. 소지는 부정을 없애고 소원을 빌기 위해 불에 태워넣는 제의의식을 가리킨다. 민족의 분단과 이념의 대결 그리고 이에 연계된 수많은 개인적이면서 사회적인 고통들을 함께 태워 넣는 것은 분단극복을 위한 상징적 제의라 할 수 있다. 물론 이렇게 이념적인 대결을 무속적인 방식으로 극복하려는 시도는 이미 윤흥길의 「장마」(1976)에서 이루어진 바 있다. 이데올로기 문제를 대하는 곤란함은 그것이 왼쪽이냐 오른쪽이냐를 물었던 가혹한 과거의 상흔이자 해방이후 체제유지를 위한 한 방법으로 이데올로기의 문제를 활용한 정치, 사회적 시스템의 영향이기도 하다. 이에 대한 극복의 지난함은 분단문제를 다룬 소설의 화자가 주로 어린아나 노인인 이유이기도 하다.

임철우의 「아버지의 땅」도 과거와 비슷하게 조우하는 이야기이다. 진지 참호공사를 하던 중 우연히 유골이 발견되고 화자는 마을의 노인을 불러와서 이 지역에 얽힌 이야기를 듣는다. 전쟁 중 빨치산들과 국군의 치열한 전투가 벌어졌고 많은 주민들이 끌려 다니다가 죽었다는 것이다. 화자의 아버지도 좌익 활동을 하다 실종되고 어머니는 아직도 남편을 기다리고 있다. 실종된 아버지로 인해 벌어진 여러 가지 어려움 속에서 아버지를 부정하던 화자는 무덤의 유골에서 아버지의 상을 겹쳐 본다. 그리고 그 아버지를 기다리는 어머니도 같이 연결된다.

소설 속 아버지는 "마루 밑 깊숙한 저편엔 언제나 까마득한 어둠이 도사리고" 있는 곳에 있는 자이며, 마치 "음습한 곰팡이 냄새"[43]와도 같이 존재하는 자이다. 우리 사회와 우리 내면에 마치 무의식처럼 존재한다. 그건 부정된 상태로만 존재하며 그 부정의 힘으로 현실을 옭아매는 영역이다. 수많은 세월동안 우리 모두의 마음속에 위치한 이념과 분단의 영역이 있다는 점을 인정해야 한다고 소설은 말한다. 그리고 이런 점이 이 소설의 문학사적 가치이다. 인식은 문제해결을 위해 가장 먼저 이루어져야 할 단계이기 때문이다. 우리 사회에 도사린 분단과 이념은 현실에서는 항상 부정태로서만이 겨우 이야기될 수 있었던 시기가 있었고, 소설은 이를 땅의 상징으로 풀어내고 있다.

> 어허, 대관절…… 대관절 그게 어떻다는 얘기요. 죽어서까지 원 아무리 이렇게 누운 다음에까지 이쪽이니 저쪽이니 하고 그런 걸 굳이 따져서 무얼 하자는 말이오. 죽은 사람이 뭣을 알길래……죄다 부질없는 짓이지. 쯔쯧44)

유골이 빨갱이 아니었냐는 군인들의 의혹에 마을 노인이 대답하는 방식이다. 이념의 문제가 얼마나 다루기 힘든 영역인지는 이 부분에서도 여지없이 드러나 있다. 이념이 문제가 될 수 없는 것은 그것이 과거의 문제로 당사자가 모두 죽었기 때문에 현재 그걸 따지려드는 사상검증은 부질없는 짓이 된다는 것이다. 아마 이데올로기가 왜 그토록 중요했고 왜 사람들은 그 문제에 많은 피를 흘릴 수밖에 없었는지를 묻는 정공법이 아니다.

이런 점에서 이문열의 『영웅시대』는 좀 다른 방식을 보여준다. 이전 소설들의 반공산주의적 접근과 무속적인 대안 제시를 벗어나서 직접적으로 사회주의의 이념을 선택한 한 주인공의 삶의 궤적을 다루고 있기 때문이다. 소설은 이념에 대한 치열히고 반성적인 태도로 혼돈외 해방전후 상황을 그려내고 있다. 대지주의 아들이었지만 해방 후 남로당원으로 활동하

---

43) 위의 책, 66쪽.
44) 위의 책, 73쪽.

고 월북한 주인공 이동영의 삶의 과정을 통해 이념이 현실에서 어떻게 변질되어 가는지를 추적하면서 동시에 남한에 남은 그의 가족을 통해 부패한 남한 상황을 동시에 비판하고 있다.

이 작품의 성과는 "지금까지 분단문학에서 다루지 못했던 사회주의 이데올로기 그 자체에 대한 금기의 벽을 깨고 있다. 또한 사회주의 이념을 지닌 지식인 주인공의 삶을 형상화하고 있다는 점에서 지금까지 남쪽 중심의 일방적인 이데올로기적 편향성을 극복하는 분단문학의 한 차원을 마련45)"했다는 평가를 받았다. 서두에서 작가는 "소년시절의 내게 있어서 공산주의란 말은 종종 피 묻은 칼이나 화약 냄새 나는 총 같은 것과 비슷한 것으로만 이해되었다. 그러나 차츰 철이 들면서 그것이 형체도 색깔도 냄새도 없는 다만 말이란 무책임한 그릇에 담겨진 생각의 다발이라는 걸 알게 되자 이번에는 그게 이상해졌다. 어찌하여 그런 생각의 다발이 피 묻은 칼이나 화약 냄새 나는 총이 되었는가?"46)라고 자문한다. 작가의 말에 이미 이데올로기를 바라보는 기본적인 입장이 노출되어 있는데 그에게 이데올로기는 사람들을 사로잡는 마력 같은 존재이지만 그 매력은 매우 파멸적이고 비극적인 현대사의 원인과 동격이다. 그런데 이런 시각은 이데올로기가 왜 생길 수밖에 없었는지 사람들이 왜 손쉽게 사로잡힐 수밖에 없었는지에 대한 대답으로는 충분하지는 못하다. 중요한건 이데올로기가 아니라 사람이라는 소설 속 설명이 관념적으로 느껴지는 이유이다.

이에 대한 돌파구는 조정래의 대하소설『태백산맥』에서 이루어진다. 이 소설은 "토지에 대한 소유욕은 기층민들의 오랜 생존적 욕망의 문제였다. 그러므로 토지를 둘러싼 이데올로기의 대립과 그로 인한 분단문제는 계층갈등에서 생긴 한의 폭발"47)로 평가받는다. 즉 기존의 분단소설들이 이

---

45) 김윤식, 김우종 외 34인,『한국현대문학사』, 현대문학, 1989, 516쪽.
46) 이문열,『영웅시대』, 민음사, 1984.

데올로기나 외세 때문에 분단의 고통과 대립이 시작되었다는 설명이었다면, 이 소설에 와서야 결국 토지 개혁을 비롯한 경제적 문제로 인해 이념의 대립이 시작되었음을 밝혀내고 있는 것이다. 『태백산맥』의 이런 성과는 1980년 중반 진보적 사회과학계에서 이루어진 사회구성체 논쟁 등의 한국사회와 근현대사의 경제적 토대분석 논쟁 등의 성과를 소설이 반영하면서 이루어진 측면도 있다.

한편 정도상의 「친구는 멀리 갔어도」(1988)는 80년대 대학가에서의 민주화 시위운동을 배경으로 강제 징집당한 한 대학생의 이야기이다. 학생 데모를 주도한 혐의로 강제 징집된 원태는 군에서 오발사고로 다른 군인을 죽이고 만다. 그러나 단순 과실의 사건은 그의 민주화운동 경력이 문제가 되고, 또 전쟁 때 월북한 외삼촌의 존재와 연결이 되면서 공안 사건으로 변질된다. 원태는 곧 보안사로 끌려가 모진 고문을 당한다. 원태는 온갖 고문에 결국 백기를 들고 그들이 원하는 대로 월북을 목적으로 살인을 했다는 조서를 인정한다. 그리고 학생운동의 조직도를 그려오라는 회유에 시달린다. 두려움과 양심 사이에서 고민하던 중, 인간적으로 가깝게 대해준 황병장도 사실은 원태를 감시하는 사람이란 걸 우연히 발견한다. 인간에 대한 배신감에 치를 떨며 원태는 양심을 지키기로 결심하고 거짓으로 만든 조직도를 보안사요원에게 넘겨준다. 그러나 몇 달 후 원태는 작업 중 지뢰를 건드려 폭사하고 만다.

작품에는 분단현실 속에서 체제에 대해 저항하는 사람들을 모두 친북 빨갱이로 낙인찍는 해방 이후의 정치적 상황에 대한 고찰이 보인다. 반세기동안 고착화된 남북대결의 상황은 반민주적인 체제유지를 위해 오히려 유리한 조건이 된다. 민주주의를 외치는 모든 이들의 머리에 용공이라는

---

47) 최동호 편저, 『남북한 현대문학사』, 나남출판사, 1995, 450쪽.

딱지를 붙이는 순간 그들은 민주투사에서 빨갱이로 전락한다. 우리 사회를 옥죄고 있는 강력한 이데올로기의 힘이라 하겠다. 분단은 독재체제에 축복이었고 모든 비정상을 정상으로 탈바꿈시켜내는 마법의 주술이었다.

작품에는 80년대 군사정권하에서 자행되던 잔인한 고민의 실상도 자세히 그려져 있다. 물고문과 전기고문, 구타와 잠 안 재우기 등 앞에서 연약한 한 인간이 어떻게 동물의 수준으로 격하되는지를 담담히 묘사한다. 유심히 봐야할 점은 그런 직접적인 고문뿐만 아니라 부대로 돌아온 그를 대하는 부대원들이 그를 투명인간처럼 대한다는 점이다. 그는 모든 인간적인 교류와 행위를 차단 당하고 타인들과 아무런 관계도 맺지 못한다. 원태는 자신의 양심을 지키기 위해서 끝까지 최선을 다하지만 조직사회는 거대한 벽으로 그에게 다가온다. 명령과 지시를 따라 일사분란하게 움직이는 체제하에서 개인의 자유와 선택은 그 의미가 크게 제약된다.

작가는 폭력과 통제로 점철된 80년대 사회의 억압성이 분단체제가 가져온 파국적 산물임을 주장하고 있다. 과거는 현재를 옥죄는 올가미처럼 놓인다. 1980년대의 분단소설은 "이들이 민족 분단의 현실을 소설적 관심의 대상으로 문제 삼게 된 것은 남북대화로 촉발된 민족적인 화합에의 열망에도 그 이유가 있긴 하지만, 무엇보다도 분단 상황의 고착 상태를 기정사실화하는 여러 가지 사회적 조건에 대한 반발과 그 인식에 기인한다."[48)는 평가는 결국 분단체제의 해소야말로 사회의 민주화와 개인의 자유를 더욱 확장하는 토대가 됨을 인식하고 있기 때문이다.

---

48) 권영민, 위의 책, 300쪽.

(3) 형식실험과 여성소설

80년대의 억압적 분위기 속에서 소설은 형식파괴라는 방식으로 문학이 왜 존재해야 하는지를 묻는 작업도 이루어진다. 이인성, 최수철, 이승우 등이 대표적이다. 이인성의 대표작인 「낯선 시간 속으로」(1983)는 80년대의 정치상황을 배경으로 두고 미구시로 내려온 한 대학생의 이야기를 내면의 흐름 기법으로 서술한 작품이다. 그는 군대에서 애인이 떠난 일로 자살을 시도했었다. 제대 후에 대학교에 복학했다가 혼자 미구시로 여행을 온다. 그리고 미구시를 배회한다. 그의 의식 속 순간순간 과거의 기억과 현재 발생하는 사건들이 마구 섞인다. 우체통을 계속 응시하기도 하고 낯선 사람들과 어울리기도 한다. 군대 있었을 때 그의 여자 친구는 친구와 함께 부대를 찾아와서 이제 새로운 사랑이 이 남자임을 직접 말해준다. 그리고 얼마 후 아버지의 부고를 받고도 미치지 않고 상처를 받아들이며 새로운 삶을 기약한다.

> 호수의 먼 윤곽이 아련히 선명하고, 얼어붙은 물껍질의 너른 벌판 위에 햇살이 눈부시다. 그 환한 햇살 속으로, 연록색 빛안개가 번져 있다. 나는, 모든 것을 수락한다. 그는. 순간(!), 마침내 기다림은 채워진다. 한 순간의 극심한 현기증을 넘어, 불현 듯 트여 오는 한없이 맑은 의식으로, 그는, 예기치 못한, 새로운, 완전히 새로운, 두렵기조차 한,[49]

마치 시처럼 행갈이를 하기도 하고 서술의 초점이 외부의 대상이 아니라 그 대상을 느끼고 받아들이는 의식, 감각의 표면을 응시하는 형태로 서술된다. 한 문장은 무수히 많은 쉼표로 분절되어 버리는데 이 쉼표는 현실을 분절시켜내는 과거의 기억들과 현재와의 충돌로 빚어지는 것이다. 그가 현재 서 있는 현존은 눈앞에 보이지는 않지만 분명 존재하는 과거의

---

49) 위의 책, 286쪽.

무수한 기억의 존재들의 틈입으로 불안한 상태가 된다. 단어와 문장들은 허물어지기 일쑤이다. 가령 우체통을 응시하는 주인공의 시선 속에서 우체통은 "그 견고하던 철제품이 이제 내 시선의 분노와 열기에 녹고 휘어져 형체를 잃어"[50) 버린다. 이 소설은 "가득찬 비어-있음"[51)에 대한 사유이다. 현재를 구성하되 이미 사라져버린 것들. 남아있는 것들 속에서 숨쉬고 있는 아주 세밀하고 미미한 자취들에 관한 사유이다. 작가는 현재의 뒷면에 도사린 불안과 어둠과 미처 피어나지 못한 많은 가능성들을 서로 충돌시켜내고 있다.

최수철의 『고래 뱃속에서』(1989)는 열네 편의 소설들을 묶어낸 연작 소설이다. 이 소설 전통적인 서사와 시간 서술의 방법을 탈피해서 사소하고 우연적인 것들이 전경에 위치해 있다. "잡다한 생각, 무자각적인 것처럼 보이는 느낌과 충동, 그리고 우연하게 맞부딪치는 사건들이 작품 속에서 의미를 창출하고 더 큰 의미로 묶이는 과정을 한마디로 규정할 수 있다면, 그것은 곧 이 소설이 활용한 연작성의 원리에 기초하는 것임을 알 수 있다. 그리고 그것은 소설 『고래 뱃속에서』가 시간성의 의미를 제거한 대신에 얻어내고 있는 공간화의 방법으로 설명"[52)된다. 최수철의 형식실험이 겨냥하는 건 "사회적 억압구조의 폭력성과 개인의 고통을 보다 효과적으로 드러내기 위한 것"[53)이다. 소설은 사회적 광기가 빚어낸 장면을 세부적으로 묘사한다. 세밀화된 감각과 장면의 구축은 폭력의 잔인함에 대한 묘사를 가리키는 셈이다.

80년대에는 또한 여성 작가들의 작품 활동이 매우 활발해진다. 서영은,

---

50) 위의 책, 332쪽.
51) 위의 책, 381쪽.
52) 권영민, 위의 책, 330쪽.
53) 김윤식 · 김우종 외 34인, 위의 책, 510쪽.

오정희, 박완서, 양귀자 등의 작가들은 80년대의 시대 풍경과 윤리의식 등
을 다루고 있다. 서영은의 초기 소설들은 주로 대도시에서 야성을 잃어버
리고 사는 도시인들의 삭막하고 피폐화된 감성과 생활을 다루고 있다. 인
물들은 매우 도시적인 반응과 생활만을 반복하고 여기에서 벗어나는 일
은 매우 요원하게 그려진다. 그녀의 대표작인 「먼 그대」(1983)는 유부남과
사랑에 빠진 한 여자의 기구한 삶을 다루고 있다. 생활과 남자가 주는 온
갖 핍박과 수치에도 불구하고 여주인공은 삶을 극복한다. 그녀의 마음속
에는 낙타가 한 마리 살고 있어서 "고통이여, 어서 나를 찔러라. 너의 무
자비한 칼날이 나를 갈가리 찢어도 나는 산다. 다리로 설 수 없으면 몸통
으로라도, 몸통이 없으면 모가지만으로라도."[54]라고 표호한다. 소설 속
'낙타'는 사막과도 같은 고통의 바다를 묵묵히 감내하는 삶의 태도를 가
리킨다. 여주인공 문자의 태도는 포기가 아니라 삶의 도전을 초극하는 자
세이다.

한편 오정희는 그녀의 소설에서 매우 강렬하고 파괴적인 이미지를 빈
번히 보여준다. 버려진 발전소에 방화를 하거나 젊은 가정부의 손가락을
깨무는 노인, 혹은 남편을 찾아 온 젊은 남성을 유혹하는 여인, 장애인과의
동성애적 애증 등을 세밀한 문장으로 서술하고 있다. 그녀의 소설이 추구하
는 파괴적인 이미지들은 고루한 일상으로부터 벗어나고자하는 몸부림과 모
색의 연장선에서 나온다. 「밤비」(1981)를 보면 작은 약국을 운영하는 여약사
가 등장한다. 그녀는 매일 약국을 소독약으로 거의 병적으로 닦는데, 그 이
유를 "자신의 생활에서 때때로 맡게 되는 막연한 부패의 냄새 때문"[55]으로
규정한다. 삶에 미만해 있는 권태와 우울은 약을 지으러 오는 손님들의 약
에 치명적인 독약을 넣고 싶다는 환상에 시달리는 형태로 드러난다.

54)『서영은 중단편전집 4』, 둥지, 1997, 28쪽.
55) 오정희, 『바람의 넋』, 문학과 지성사, 1997, 44쪽.

이미 통제 불능의 상태로 치닫는 내적 욕망의 일탈은 규격화된 사회시스템과 판에 박힌 일상만을 구가해오던 삶의 방식 자체를 문제 삼는다. 가령 「인어」(1981)는 입양한 딸에게 사실을 알려주려고 떠난 가족여행에서의 일을 다루고 있다. 그런데 여자는 입양한 딸을 대해 "숨기려 애썼음에도 불구하고 또한 끊임없는 죄책감에 시달리면서도 나는 내가 낳지 않은 아이에 대한 어쩔 수 없는 이물감, 거부감"56)을 느낀다. 여자를 사로잡는 건 자신이 아이를 사랑하는 게 당연하다는 생각과 동시에 그게 위선적인 마음일 수 있다는 불안감이다. 작가가 문제 삼는 건 우리가 가진 이율배반적 욕망의 실체이다. 작품의 제목인 인어(人魚)는 사람과 물고기의 합성어이다. 서로 이질적인 것들의 합체 물로 등장하는 게 바로 인간의 욕망이며, 그 요동치는 불안감을 냉정한 시선으로 보여주고 있다.

박완서는 도시 중산층 사람들의 이질적이고 속물적인 속성을 드러낸다. 그녀의 소설은 "한국 사회를 지탱해 온 가족주의적 윤리관이 여지없이 무너지면서, 물질주의와 출세주의가 인간을 타락시키고 있는 현실은 박완서의 소설에서 자주 접할 수 있는 문제"57)라는 평가를 받는다. 이를테면 「엄마의 말뚝1」(1980)은 자식에게 헌신하면서 억척스럽게 살아온 어머니의 기억을 회고하는 줄거리이다. 남편을 일찍 떠나보내고 과부가 된 어머니는 자식 교육열에 이끌려 서울로 오고 오빠를 신앙에 가까운 신념으로 떠받들며 키워냈지만 전쟁 중 오빠가 죽는다. 그리고 어머니는 다리를 다치고 약물 부작용으로 발작증상에 시달리다가 그 후 돌아가신다. 자식을 위해 헌신하는 한 어머니의 의지는 현실의 벽에 가로막혀 모두 깨져버린다. 전쟁과 이기심이 팽배한 현실에서 남은 가족을 지키기 위한 숭고한 노력을 사실적인 언어로 서술해 나가고 있다. 가족을 지키는 일은 그 안의 작고

---

56) 오정희, 위의 책, 61쪽.
57) 권영민, 위의 책, 315쪽.

어린 생명들을 살리려는 노력이며 이것이야말로 사회전체의 반생명주의
와 물질주의에 대한 대안이 될 수 있음을 보여준다.

2) 1990년대 이후 소설

(1) 1990년대 문학의 새로움 : '이념'에서 '내면'으로

1980년대 문학은 역사와 시대 현실의 중심으로 길을 떠났다. 이들의 질
주는 현실과 이상의 경계를 무화시킬 정도로 강렬했는데 여기에는 1970년
대 민족문학 논쟁, 1980년대 초의 노동 수기와 지식인 노동소설, 민족·민
중문학 주체논쟁으로 이어지는 일련의 과정이 그 밑그림으로 음각되어
있다. 특히 1987년 민주화 투쟁의 경험은 삶과 문학의 경계를 가로지르며
리얼리즘 문학의 가능성을 한껏 고양시켰다.

한편 1980년대 후반 소련을 중심으로 한 국가사회주의의 붕괴는 한국
의 문학 현실에 큰 파장을 일으켰다. 전 지구의 자본주의화는 거대담론의
붕괴와 미시담론의 급부상을 야기했다. 사회·역사적 상상력이 퇴조하고
개인의 내밀한 욕망이 주된 탐색의 대상이 된 것이다.

경직된 리얼리즘의 틈을 비집고 포스트모더니즘, 해체주의, 탈구조주의
등의 담론들이 1990년대 들어 적극적으로 수용되고 논의되었다. 이러한 담
론들은 급진적인 통찰력을 통해 근대성의 신화를 상대화하는 데 기여했지
만, 작품의 표면적 논리나 주변적 모티프를 분석하는 데 그침으로써 텍스트
중심주의에 함몰되었다는 비판을 받기도 하였다. 특히, 하일지의『경마장 가
는 길』(1990)과 이인화의『내가 누구인지 말할 수 있는 자는 누구인가』(1992)
등은 거대담론이 붕괴된 시대의 일상과 욕망을 포착하며 주체와 객체의 경
계 소멸, 탈중심화된 서사, 표절／혼성모방 등의 문제를 제기하기도 하였다.

1990년대를 대표하는 작가의 하나인 김영하의 소설은 1980년대에 만들

어진 공동체가 '나'라는 개별적 내면을 억압한 토대 위에서 형성된 것이라는 점을 보여준다. 그의 작품은 바로 이러한 양심과 정의의 이름으로 강요된 폭력의 양상을 드러낸다. 이런 점에서 1990년대는 1980년대가 억누른 또 다른 얼굴, 바로 '나'의 시대라 할 수 있다. 『호출』(1997), 『나는 나를 파괴할 권리가 있다』(1998) 등은 주체들을 상호 소통이 차단된 내면의 밀폐된 방 속에 가둠으로써 또 다른 폭력을 행사하는 1990년대 소설의 한 단면을 보여준다.

이렇듯 1990년대 들어 문학의 초점은 인간의 존엄을 쟁취하기 위한 투쟁에서 존재의 내면을 응시하는 방향으로 이동하게 되었다. 이를 욕망의 부활로 지칭할 수 있을 터인데, 역사(공동체 / 우리)에서 일상(개인 / 자아)으로 문학적 관심이 이동한 것이다. 인간답게 살기 위해, 혹은 최소한의 생계를 유지하기 위해 사회적 불평등의 조건과 길항했던 윤리 지향의 문학이, 어느덧 스스로의 내면(욕망 / 뿌리 / 기원)을 되돌아보는, 즉 '존재의 시원'을 탐구하는 문학으로 몸을 바꾼 것이다.

'인간은 물고기다. 은어다.'라는 명제로 대변되는 이러한 내면 지향의 문학은 만물의 영장으로 군림해 온 인간의 존엄을 무참하게 짓밟는다. 이성을 통해 문명의 창조자이자 자연의 지배자로 승승장구해 온 인간의 오만함을 정면에서 비판하는 선언인 셈이기 때문이다. 자신의 뿌리(시원)로 회귀했을 때, 이성이니 윤리니 도덕이니 하는 인간의 존엄성을 지탱하던 주춧돌이 자연스럽게 붕괴되기 때문이다.

1990년대와 행복하게 조우한 작가 윤대녕의 「은어낚시통신」(1994)은 이러한 경향의 맨 앞자리에 놓이는 작품이다. 시원의 공간은, 이를테면 생명이 만들어지는 어머니의 자궁이다. 자아와 타자 사이의 구분이 없는 동질감(일체감)의 세계다. 그러나 세상에 첫발을 내디딘 이후 우리는 다시 어머니의 자궁으로 돌아갈 수 없다. 다만, 메타포(비유 / 상징)를 통해 그 세계를 간접적으로 유추할 수 있을 따름이다. 여기에서 '시원으로 거슬러 올라가는' 행위는, '지금 이곳'의 현실과는 다른 진정한 현실을 찾아가는 작업으로 규정할 수 있다. 다만, '돌아가고자 하는 그곳은 어디인가?' 혹은 '무엇 때문에 회귀하는가?' 등의 질문을 견딜 수 있어야 할 것이다. 과거로의 회귀는 구체적 현실(돌아가지 못하게 하는 부정적 현실)과 팽팽한 긴장을 유지하고 있어야 한다. 그래야만 현실 도피(과거로의 퇴행)의 성격을 넘어, 부정한 현재를 지양(止揚)하는 '오래된 미래'로 돌아가는 일이 될 수 있기 때문이다.

신경숙 또한 1990년대 문학의 감수성을 가장 잘 포착해낸 작가다. 그녀와 1980년대 문학 사이의 거리는 「풍금이 있던 자리」(1993)에서 극명하게 나타난다. 한 여인이 있다. 그녀는 어린 시절 '그 여자'와 같이 사는 특이한 경험을 한다. 아버지의 외도로 '그 여자'가 짧은 기간 집에서 머물게 된 것이다. 가족을 위해 억척같이 살아온 전형적인 시골 아낙네인 친엄마와 향기로운 분 냄새, 샴푸 냄새를 풍기는 이국적인 '그 여자' 사이에서 어린 소녀는 내면적 갈등을 겪는다. 도덕(이성)적으로는 '그 여자'를 절대로 좋아해서는 안 되지만, 마음 한구석에서 본능적으로 끌리는 어쩔 수 없는 마음. 이를 1980년대적 윤리(이성, 의식)와 1990년대적 감수성(욕망, 무의식) 사이의 긴장이라 할 수는 없을까? 성인이 된 주인공은 어느새 유부남을 사랑함으로써 불륜의 사랑에 빠져든다. 자신도 모르는 사이에 과거의 '그 여자'와 같은 처지에 놓이게 된 것이다.

이 작품에서 화자는 '어머니'의 삶과 '그 여자'의 삶 사이에서 머뭇거린다. 신경숙의 감성적 문체는 이를 효과적으로 드러내는 장치로 기능한다. '그 여자'의 삶이 이미지의 형태로 드러나는 점에 주목해 보자. '그 여자'의 이미지는 맑고 투명하다. 하지만 이 맑고 투명한 이미지도 가족공동체의 기반을 흔드는 '나쁜 여자'의 꼬리표를 떼어내지는 못한다. 이 '나쁜 여자'의 이데올로기를 신비롭고 아름다운 이미지로 포장하는 것이 작가의 연금술이다. 편지투의 고백체는 이를 효과적으로 드러낸다. 독자는 이러한 문체에 감염됨으로써 '그 여자' 나아가 '화자'의 모습에 감정 이입된다.

　은희경의『새의 선물』(1995)은 1980년대 소설의 공동체적 문제의식을 전복시켜, '모순과 부조리로 가득 찬 세계를 살아가는 개인은 과연 건강한가?'라는 질문을 던진다. 1980년대 문학이 타자화시킨 개인의 내밀한 욕망을 실존적·존재론적 차원에서 본격적으로 문제 삼고 있는 셈이다. 1980년대 문학의 결핍을 진지하게 응시하고 이를 서사의 새로운 자양분으로 전환시킨 경우이다.『새의 선물』이 보여주는 냉소와 환멸은 우연이고 농담인 우리의 삶을 부둥켜안고 견디는 방식, 즉 삶의 고통을 창조적 에너지로 승화시키는 문학적 연금술의 하나이다.『새의 선물』은 1980년대 문학의 엄숙한 리얼리즘을 한 영악한 소녀의 냉소적 시선으로 상대화하고 그 빈자리에 다시 서민들의 생생한 일상적 삶을 음각하고 있다. 1990년대 이후 문학의 폐쇄적 내면풍경과 은희경 소설의 자의식이 구별되는 지점은 바로 여기이다.

　이렇듯 1990년대 문학은 국가사회주의의 붕괴라는 세계사적 격변을 매듭으로 1980년대 문학과 차별화 전략을 구사함으로써 자신의 정체성을 획득하였다. 이러한 1990년대 문학의 정체성은 주로 이전 문학과의 대조를 통해 강조되었는데, 이렇게 차이를 부각시키는 것만으로는 그들의 존재를 충분히 설명하기 어렵다. 어떤 새로움인가에 대한 치밀한 검증이 전제되지 않는다면, '새로움'의 신화를 재생산하는 데 그칠 수 있기 때문이다. 문학의 주변은 풍요로워졌는데, 그 내용은 빈곤하기 이를 데 없는 1990년대 문학의 내면풍경은 이와 무관하지 않다.

　(2) 분단소설의 새로운 모색

　지구가 하나의 네트워크로 연결되는 세계화의 시대, 우리만이 공유하고

있는 비극적 낱말이 있다. 분단이 그것이다. 벗어던지고 싶어도, 벗어던졌
다는 시늉을 해도 분단이라는 무거운 짐은 여전히 우리의 어깨를 짓누른
다. 이처럼 분단 현실은 벗어날 수 없는 운명의 굴레로 우리 작가들의 의
식·무의식을 옥죄어 왔다.

분단현실을 반영하는 용어인 분단문학은 조국의 분단과 관련된 소재를
다루면서 분단의 원인, 분단으로 발생한 비극적 삶, 좌우 이데올로기 대립
등을 중점적으로 형상화한 문학이다. 분단 상황이 지속되는 한 분단문학
은 우리 민족의 삶을 반영하는 특수한 표현양식으로 남을 것이다. 분단문
학의 최종 목표는 '문학'이라는 말 앞에 있는 '분단'을 지우는 것이다.

분단문학은 역사적으로 한정된 문학이다. 해방에서 전쟁으로 이어지는
비극적 현대사에 분단의 시작이 있었듯이, 대립적 냉전체제의 붕괴에 따
른 시대적 변화는 분단의 끝을 구체적으로 가늠해 보게 한다. 절망의 벽
으로 느껴졌던 분단 이데올로기는 우리의 일상 속으로 스며들고 있다. 이
러한 시대적 변화는 분단에 대한 인식의 변화를 요구한다. 고착된 분단의
성벽에 서서히 균열의 조짐이 보이고 있는 오늘의 현실에서, 분단 극복의
문제는 더 이상 당위의 차원이 아니라 구체적 현실의 문제로 우리에게 다
가오고 있다. 오늘의 시점에서 분단문학을 다시 한 번 점검해야 할 필요
성도 바로 여기에 있다.

1990년대 이후의 분단소설은 이전의 소설이 보여준 면모와 뚜렷하게
구별된다. 새로운 분단 세대는 전쟁의 상처를 직접 체험하지 못한 만큼
분단 현실에서 어느 정도 자유롭다. 이 자유로움은 분단 현실에 대하여
객관적 거리감을 확보할 가능성이 높다는 사실을 시사한다. 한편, 다원성,
개성을 전면에 내세운 새로운 세대의 감각이 우리의 정신사를 관통하고
있는 분단 현실을 과연 얼마나 깊이 있게 성찰할 수 있을 것인가 하는 우
려의 목소리도 있다. 그러나 그렇다고 하더라도 이들의 두 어깨에 분단

극복의 가능성이 걸려 있다는 사실은 부인할 수 없다.

최윤의 「아버지 감시」(1990)는 인물들이 처해 있는 상황이나 시·공간적 배경이 분단 현실의 중심에서 슬쩍 비껴 있다. 월북한 아버지는 탈북하여 중국에 살고 있으며, 아버지로 인해 남한에서 무수한 고통을 겪은 아들은 프랑스에 정착해 살고 있다. 이 두 사람이 상봉하는 곳도 프랑스이다. 이 작품은 분단 현실에서 비껴섬으로써 나름의 객관성을 확보하고 있으나, 동시에 관찰하는 주변인으로서의 위치는 분단 현실의 고통과 고뇌로부터 그만큼 벗어나 있다. 이는 가슴 아픈 현대사의 기억을 지적이고 서정적인 문체로 수용·감각화함으로써 우리 문학의 '틈'을 비집고 등장한 최윤 소설의 성과이자 한계이다.

전쟁의 와중에서 월남한 아버지의 서글픈 삶을 아들의 시각에서 조명하고 있는 김소진의 「쥐잡기」(1991)는 전쟁을 체험하지 못한 세대가 분단 현실을 어떻게 인식하고 있는지를 잘 보여주는 작품이다. 「쥐잡기」에 드러나는 아버지는 권위적이고 억압적인 이데올로기와는 무관한 인물이다. 휴전협정이 조인되고 포로수용소에서 이남과 이북을 선택해야 할 자리에서 아버지는 "잔뼈가 굵은 고향이 있고 부모 처자가 있는" 북쪽으로 가고 싶다는 생각과 "물밑쪽 같은 신세 이제 고향에 돌아가믄 뭘하겠나" 하는 생각 사이에서 혼란에 빠진다. 그러다 "폭동의 와중에서 우연히 아버지를 깨우는 바람에 목숨을 건지게 해준 흰쥐가 꼬랑지를 살랑살랑 흔들며 이남 쪽으로 걸음을 떼고 있는" 모습을 보고 남쪽을 선택한다. 「쥐잡기」에 드러난 아버지는 역사의 가장 밑바닥에서 역사의 실체를 형성해 온 민초이다. 이는 이데올로기가 가지는 권위적이고 억압적인 성격을 해체하고 있다는 점에서 중요한 시각의 전환이다. 이러한 아버지의 모습은 지금까지 우리 문학이 가져온 상징, 권위로서의 '아버지 상(像)'을 생활의 질서 속으로 끌어내리는 데 기여한다. 끈질긴 생명력의 상징으로 표상되는 쥐와의 싸움은, 분단의 상처로 인해 온전한 삶을 영위하지 못한 아버지가 분단 현실과 대결한 생의 마지막 전투였다고 할 수 있다. 이처럼 '쥐잡기'로 변주되는 분단의 상처는 일상 속에 스며들어 눈에 보이지 않는 운명의 굴레로 우리의 삶을 잠식하고 있다.

박상연의 『D.M.Z.』(1997)은 아버지의 지난 삶을 추적하는 아들의 시선과 판문점 총기 난사 사건을 수사해 나가는 이야기가 교차하면서 전개된다. 이 작품은 주인공의 시선을 한국인과 스위스인의 혼혈로 설정한 점, 남·북이 첨예하게 대립하고 있는 비무장지대를 배경으로 분단 현실을 우리 민족의 무의식적 억압의 측면에서 고찰한 점 그리고 남북 사병들의 구체적 만남 속에서 분단 현실을 다루었다는 점에서 새로운 분단소설의 가능성을 보여준다. 그러나 분단 현실을 과거지향적인 민족의식으로 해석했다는 점과 남북 사병들 사이의 소박한 휴머니즘으로 극복하려 했다는 점에서 한계가 드러난다.

황석영의 『손님』(2001)은 '분단'문학과 분단'문학'의 경계를 응시하고 있다. 이 작품은 지난 역사를 현재적 관점에서 재구성함으로써 미래지향적인 화해의 비전을 제시하고 있다는 점, 리얼리즘 사유 형식에 입각해 있던 분단 소설의 자의식을 근대 서사에 대한 자의식으로 확장시키고 있다는 점, 황해도 지노귀굿이라는 연희 양식을 통해 서구 중심의 근대 서사에 대한 반성적 성찰을 보여주고 있다는 점 그리고 기독교와 마르크시즘으로 대표되는 서구 문화의 바람직한 전용의 문제를 제기하고 있다는 점 등에서 주목을 요한다.

『손님』은 세계사적 보편성과 민속사적 특수성이 교차하는 현장인 한반도, 더 구체적으로는 황해도 '신천'을 배경으로 잃어버린 민족의 역사를 재구성함으로써 분단 현실을 다시 우리 문학의 중심 화두로 떠오르게 한다. 이는 서구 중심적 근대의 부정성에 대한 폭로인 동시에 그것에 의해 피폐해진 우리의 심성을 되찾는 작업의 일환이다. 특정한 역사적·문화적 패러다임이 다른 문화권에 여과 없이 강요될 때 그것의 폭력성과 한계가 선명하게 드러난다. 황석영은 『손님』에서 기독교와 마르크시즘으로 대표되는 서구 문화의 주체적 전용을 통해 새로운 분단소설의 가능성을 타진하고 있다. 이런 점에서 『손님』에 나타난 전통적 서사 규범은 서구의 세계관과 지배 담론에 의해 굴절된 우리 문화의 자의식을 유추할 수 있는 기회를 제공한다. 이러한 시도는 중심에 의해 소외된 주변 문화를 전경화함으로써 (신)식민주의적 담론의 허구성을 폭로하는 쪽으로 진행된다는 점에서 탈식민주의 담론의 현재적 가능성을 시사하고 있다.

(3) 노동소설의 심화와 확대

산업화 사회의 급변하는 시대현실을 총체적으로 담아내려는 시도와 그것의 불가능함(현실적 제약) 사이의 긴장이 1970년대 『난장이가 쏘아 올린 작은 공』(1979)의 연작 형식을 낳았다면, 1980년대의 노동소설은 중·단편 중심으로 발표되었다. 정화진의 「쇳물처럼」(1986), 방현석의 「새벽출정」(1989) 등이 대표적인 작품이다. 노동운동의 성과를 반영하는 이들의 작품은 노동자들의 도덕적 순결함에 바탕한 승리에 대한 확신과 일시적 패배에서 오는 비장미를 주로 다루고 있다.

1980년대 후반 이후 '노동해방문학', '당파적 문학' 등이 제기됨에 따라 노동문학은 노동자들의 삶을 진솔하게 표현한다는 소재적 차원을 넘어 남한 자본주의 사회의 모순을 전면적으로 제시하고 그 해결 방안을 모색하는 차원으로 나아간다. 사회 전반의 변혁을 문제 삼는 총체적 시각이 노동소설에 요구된 것이다. 이러한 현실적 요구에 따라 1990년대 초 장편 노동소설들이 본격적으로 발표되기 시작한다. 최초의 장편 노동소설이라고 평가되는 안재성의 『파업』(1989)의 뒤를 이어 『사랑의 조건』(1991), 『피에

타의 사랑』(1992), 정화진의 『철강지대』(1991), 김하경의 『그해 여름』(1991), 엄우흠의 『감색 운동화 한 켤레』(1991) 등이 잇달아 발표된다. 이들이 형상화하는 서사 공간은 조선조이거나 중공업 공장들이다. 이는 우리 사회의 자본주의 발전에 따른 결과이다. 노동의 소외를 극복할 대안으로써 사회주의 이념을 제시하고 있는 인물들이 이러한 서사 공간의 확장을 바탕으로 노동소설에 등장하게 된다. 이러한 사회주의자의 모습은 노동소설의 폭을 확장시켰지만, 극단적 이념지향으로 인해 작품 속에 뿌리내리지 못하는 역설적 운명을 보여준다.

방현석의 『십년간』(1995)은 자신의 문학적 토양이 되었던 1980년대의 전사(前史)를 총체적으로 형상화하려는 야심찬 시도를 담고 있는 작품이다. 이 작품의 시대적 배경이 되는 '십년간'은 1970년대라는 시공간이다. 1990년대 중반 70년대를 문제 삼는다는 것은 1980년대의 현실을 보다 객관적으로 바라보기 위한 노력의 일환으로 평가할 수 있다. 이 작품에서 주목할 점은 이전까지의 노동소설이 보여준 노동계급의 당파성, 주도성이 소설의 전면에서 물러나고 양심적 지식인들의 모습이 부각된다는 것이다. 노동소설이 공간이 중·소단위 공장에서 대단위 중공업 공장으로 확장되었다는 점이 1990년대 초반에 발표된 장편들의 특징이었다면 『십년간』에서는 작중인물들의 폭이 정치가, 검사, 노동자 등 양심적 지식인 계층으로 확장되고 있다.

방현석의 『당신의 왼편』(2000) 또한 1980년대의 현실에서 자유롭지 못하다. 이 작품에서 문제적 인물은 도건우이다. 그는 예술가, 노동자, 자본가의 삶을 함께 경험한 인물이다. 음악을 좋아해 대학에 진학한 건우는 문무대에서 보여준 현욱의 용기와 민영의 광주 체험을 전해 들으며 운동의 세계에 발을 들여놓는다. 이후 인천의 노동현장에 투신한다. 그는 작업 중 손가락이 절단되는 사고를 당한다. 왼손 검지와 중지를 잃은 건우는 약손가락을 살리기 위해 '집'으로 돌아온다. 노동자의 운명이 두 손가락을 잃게 했다면, 막강한 자본의 힘은 그의 약지를 살린다. 건우는 아버지의 사업을 물려받아 '도성 정밀'의 사장이 된다. 그는 양심적인 자본가로 자신의 꿈을 키워보려 하지만 회사는 끝내 도산하고 만다. '자신의 방법으로 이 세상이 달라지는 않겠지만 자신이 관계 맺고 있는 범위 내에서는 최소한 인간과 인간의 관계가 나아질 수 있'다는 그의 기대는 여지없이 무너진다. 하고 싶은 음악보다는 해야 할 일을 위해 청춘을 바친 한 인간의 죽음. '꿈을 꾸며 살고 싶어. 의미 없는 성공보다 의미 있는 실패를 하면서'라고 고백하던 건우의 죽음은 부정적 현실과 맞서 패배하는 서사시적 영웅을 연상시킨다. 이들에게 1980년대는 어떤 의미를 가질까? 작가는 건우의 말을 빌어 '몸의 기억'이라 말한다. 『당신의 왼편』은 이 '몸의 기억(1980년대)'을 연주한 작품이다. 방현석은 건우가 좋아한 <사콘느>라는 곡을 통해 2000년대 노동문학의 가능성을 타진하고 있는지도 모른다. '어둡고 고통스러운 주제를 이가 시릴 정도로 대담하고 정열적인 선율로 대비'하는, '정서의 고양과 감정의 배설'을 동시에 표출하는 '몸'의 문학. '불'의 시대, '운동'의 문학은 이렇게 '몸'의 문학으로 되살아나고 있다.

내성적 노동소설이라 지칭할 수 있는 신경숙의 『외딴방』(1995)은 산업화의 현장에서 훼손당한 개인의 내밀한 욕망을 추적함으로써 우리의 노동소설을 심화시켰다고 할 수 있다. 열여섯의 '나'와 열아홉의 외사촌은 고향을 떠나 도시로 온다. 이들은 구로1공단에 있는 동남전기주식회사에 취직한다. 힘겨운 노동 환경 속에서도 이들은 꿈을 잃지 않고 살아간다. 꿈꾸기를 현실화 하는 방법 중 하나는 공부하는 것이다. 학교에 다녀야 한다는 이유 때문에 이들은 노조탈퇴서에 서명을 하고, 잔업거부에 동참하지 않는다. 이들은 노동운동의 주변에 머문다. 이러한 설정은 노동운동에 대한 거리감을 확보하는 동시에 노조에 직접 참여하지 못하는 외사촌과 화자의 자의식까지 드러내 준다. 화자에게 치명적인 외상을 준 '희재 언니'는 유신말기 산업역군의 풍속화 속에 나오는 전형적인 노동자이다. 그녀는 자신의 공간에서 벗어날 수 없는 노동자의 비극적 운명을 보여준다. '희재 언니'의 죽음은 화자에게 꿈꾸기(글쓰기)에 대한 회의를 가져올 정도로 깊은 상처를 남긴다. 그녀의 죽음은 산업화의 과정에서 발생하는 노동자의 비극적 운명을 보여준다. 한 조각의 꿈조차도 품을 여유가 없었던 노동자의 초상은 애써 외면하려 해도 되살아나는 유신 말기 노동현실의 풍속화이다. 내면적인 삶의 밑바닥까지 위협하는 자본의 논리에 대한 고발이야말로 『외딴방』이 우리에게 주는 색다른 감동이다.

이재웅의 「젊은 노동자」(2006)는 자본의 논리가 지배하는 시대에 길을 잃고 방황하는 '젊은 노동자'의 절망을 전경화하고 있는 작품이다. 젊은 노동자 중택이 취직한 빵공장에서 일군의 노동자들이 파업을 계획한다. 하지만 '그 누구도' 그들의 전단지를 읽어주지 않는다. 진짜 노동자 황득수의 비난이 부메랑이 되어 돌아올 따름이다. 젊은 노동자 중택 또한 파업에 관심이 없다. 중택이 빵공장에서 만난 박 반장은 주목을 요하는 인물이다. 그는 마흔두 살이며, 두 딸의 아버지다. 스무 살부터 빵공장에서 일했으며, 본사의 노조 설립에 지대한 공을 세운 베테랑이다. 그는 지긋지긋한 공장에서 벗어나려고 주방용품 대리점도 차려보고 빵공장도 열어보았으나, 모두 실패했다. 지금도 이 생활을 그만둬야겠다고 생각한다. 그가 중택의 게으름을 질책하자, 중택은 '저는 아무 문제가 없어요'라고 답한다. 이에 박 반장은 '나도 젊은 시절에는 그렇게 말했지. 내 아버지에게도, 작업반장에게도'라고 응답한다. 박 반장은 '파업을 하겠다는 녀석들'은 물론 '젊은 노동자' 중택의 잿빛 '미래'를 보여주는 인물이다. 그것도 '아주 짧은 순간 돌아갈 곳을 잊'은 '이들'이 길을 찾았을 때 그러하다는 것이다. 하지만 작가는 이들이 길을 찾을 가능성조차 열어놓고 있지 않는데, 이는 냉혹한 근대의 메커니즘 앞에 어찌할 바를 몰라 바르르 떠는 '젊은 노동자'의 절망에 관심의 초점이 있기 때문이다.

김하경의 「초란」(2012)과 「워커바웃」(2012)은 노동운동에 대한 서사적 자의식을 전경화함으로써 노동소설의 깊이와 폭을 심화시키고 있는 작품이다. 「초란」의 화자는 노동현장에서 물러나 시골에 정착하여 소규모 농장을 경영하고 있다. 화자의 농장생활은 노동운동에 대한 죄책감에서 비롯되었다. 이를 극복하기 위한 노력은 두 방향에서 전개되면서 하나로 모인다. 먼저, '지금 여기'의 노동운동과 연대하기이다. 이는 노동 현장을 떠난 화자가 다시 그곳으로 돌아오는 과정과 맞물려 있다. 시대의 변화를 인정하면서도 '노동조합이 여전히 우리의 희망'임을 확인하기. 이는 자신의 '삶터'에서 노동운동과의 접점을 찾는 일이다. 현재의 위치에서 균형감각을 유지하며 노동운동과 연대하기, 이를테면 '대산노조 20년사 사업'의 '편집장' 같은 역할이 될 수 있겠다. 다음으로 영호에 대한 죄책감 없어나기이다. 자신의 삶에서 이룩한 성취, 즉 '자가사료로 키운 닭들'이 낳은 '초란'은 화자에게 '영호의 삶을 대신 살고 있다는 자괴감'에서 벗어나게 한다. 그는 자신의 '손아귀에 온전한' '삶을 틀어쥐었음을 실감'한다. 앞으로는 '영호의 이야기도, 우리 모두의 이야기도, 다 말할 수 있을' 것이라는 자신감을 회복한다. 노동소설가로 거듭나는 순간이다. 이렇듯 소설 쓰기는 노동운동에 대한 부채감을 떨쳐내고 소설가로서 다시 노동운동에 참여하는 작업이다.

「워커바웃」은 소설가로서의 자의식이 현장이 생생한 노동운동을 감싸고 있는 작품이다. 호주 원주민의 후손들이 조상의 땅을 순례하는 이야기, 즉 『나나의 고향』에 나오는 "Walkabout(숲 속의 떠돌이 생활)"이 현장의 노동운동을 감싸는 알레고리로 기능하고 있다. 또한 이 작품은 트라우마를 지닌 화자가 고향인 '율포조선소'의 농성장을 방문하고 돌아오는 회귀의 서

사를 지니고 있다. 한편, 노동자들의 투쟁과 함께 한 화자는 그들의 삶에
공감하고 이를 통해 과거의 상처를 극복하고 정신적으로 성숙·성장한다.
이렇듯, 「워커바웃」은 알레고리, 회귀의 구조, 성장 서사 등 소설 형식에
대한 자의식이 현실의 노동운동과 적절한 균형감각을 유지하며 미학적으
로 승화되고 있는 작품이다. 이러한 과정을 통해 '서울 강남'과 '율포조선
소'는 연대의 '삶터'로 거듭날 수 있게 된다.

(4) 탈북 디아스포라와 '탈국경'의 상상력

탈북 디아스포라 소설은 남과 북, 두 체제와 문화를 동시에 경험한 주
체들을 통해 남북한 사회의 구조적 모순을 비판적으로 바라볼 수 있는 시
각을 제공한다. 남북한문학의 소통은 상호침투와 충돌의 장 속에서 이질
성을 극복해가는 과정에서 그 가능성을 엿볼 수 있다. 하여, 탈북자 문제
의 문학적 형상화는 향후 전개될 남북 문화통합 연구의 새로운 시각을 제
공할 수 있다. 또한 탈북자의 문제는 인권, 전지구적 자본주의, 분단 모순
등이 얽힌 복잡한 문제를 안고 있다. 그들은 민족 분단의 '희생자'인 동시
에 자본주의 사회에 방치된 '약소자'라는 이중의 멍에를 짊어진 채 살아
가고 있다. 이에 탈북자의 삶을 다룬 문학은 근대적 일상과 분단 현실, 세
계사적 보편성과 민족사적 특수성이 얽혀 있는 복합적인 문제를 제기한
다. 따라서 탈북자 문제를 다룬 텍스트는 근대 국민국가의 의미와 한계는
물론 '미국→한국(남한)→중국(조선족)→북한' 순으로 서열화되는 신자유
주의 담론의 허구성을 성찰할 수 있는 계기를 마련해준다.

김지수의 「무거운 생」(1996)은 '인격의 파괴조차도 넘어선 존재에 대한
능멸'인 남편의 폭력 때문에 집을 박차고 나온 화자와 추위와 굶주림 그
리고 매질을 견디기 힘들어 '오직 목숨만 건질 수 있다면 어떤 일이라도
해낼 것' 같은 심정으로 탈북한 시베리아 벌목공의 삶을 포개 놓은 작품

이다. 이씨(이명운)는 한의사였는데, 치료 중 당 간부의 아들을 죽게 해서 시베리아 벌목공으로 가게 되고, 거기서 탈출한 탈북노동자다. 화자에게 이씨는 침울함과 어색함이 뒤엉킨 미묘한 인상의 '색다른 느낌'을 풍긴다. 이씨의 삶을 관찰하는 화자의 시선을 통해 '어떤 무거운 숙명을 지고 가는 듯이 한껏 침잠된 고통스런 표정'의 탈북자의 삶이 사실적으로 그려진다. 「무거운 생」은 탈북자의 현실을 구체적 일상의 문제와 연관하여 본격적으로 다루었다는 성과에도 불구하고, 심정적·감정적 화해(남과 북을 가로지르는 가족 이데올로기는 혈연적 동질감에 호소하는 민족 이데올로기와 그리 멀리 떨어져 있지 않다)의 차원에서 멈춘다.

전성태의 「강을 건너는 사람들」(2005)은 이념이 붕괴된 자리에 일상적 삶이 스며드는 과정을 섬뜩하게 그리고 있다. 겉으로는 국경을 탈출하는 탈북자들의 모습을 스케치한 소품으로 보이지만, 이념의 붕괴가 야기한 북한 사회의 실상이 적나라하게 음각되어 있다는 점에서 문제적이다. 문순태의 「울타리」(2006)는 탈북자 특집 취재를 맡은 기자가 '김노인' 삶을 추적하며 느낀 소회를 기록한 형식의 소설이다. 김노인과 최동호 씨의 삶은 화자에게 분단 현실을 곱씹어보는 계기를 마련한다. 이들의 삶은 우리가 쉽게 망각했던 과거의 이름으로 현재를 심문한다. 이 심문이 큰 울림을 발산하는 것은 '사람답게 사는 것'(인간의 존엄성)이라는 이름으로 현재의 경박한 삶을 질타하기 때문이다. 이 작품의 무게중심은 바로 여기에 있다. 그렇다면 21세기를 살아가는 근대인들이 인간의 존엄성을 지키며 살아가는 방법은 무엇일까?

작가는 경계인의 삶을 제안한다. '경계의 벽을 허물어, 만나고 싶어 하는 사람 만나게 해주고, 가고 싶어 하는 사람 가게 해 주는 역할을 하는 경계인.' 탈북자 문제에 지속적인 관심을 가지고 꾸준히 창작을 진행해온 작가로 박덕규를 들 수 있다. 그는 탈북자들의 남한 사회 적응 문제에 관심을 집중하고 있다. 남한 자본주의의 속물성과 북한의 현실을 대비하면서, 남·북을 동시에 심문하고 있는 것이다. 먼저 「노루 사냥」(2004)을 살펴보자. 1994년 탈북해서 한국에 온 박당삼은 한국의 한 요리 학원에 취직하여 북한 요리 특강 프로그램에 출현한다. '인민군 패잔병의 이미지'를 지닌 박당삼과 익살스런 진행의 강길동/잘 뻗은 날씬한 슈퍼모델 다리의 여미지를 대비시키는 작가의 시선은 남·북의 현실을 날카롭게 해부하고 있다.

이러한 박당삼의 모습은 천박한 자본의 논리가 판을 치는 남한의 현실을 되비추어 보는 거울의 기능을 한다. 「함께 있어도 외로움에 떠는 당신들」(2004) 또한 비슷한 문제의식을 담고 있다. 이 작품은 물질적 풍요 속에 정신적 빈곤을 겪고 있는 인간 군상들의 삶을, 탈북자들의 현실과 포개놓고 있는 작품이다. 박덕규의 탈북자 소설은 분단 현실이 근대적 일상의 영역으로 내려와 있음을 여실히 보여준다. 이념의 굴레(제약)에서 탈출한 탈북자들이 남한 자본주의 사회에 적응하는 문제를 초점화하고 있기 때문이다.

1990년대 중·단편 중심으로 창작되었던 탈북 디아스포라 소설은 2000년대 중·후반 이후 본격적인 장편들로 몸을 바꾸었다. 탈북 디아스포라 문학은 분단 문학의 경계를 심문하면서 세계를 향해 그 인식 지평을 확장하고 있다. 이는 탈북자 문학이 해방 이후 한반도의 분단 현실과 맞물려 있다는 점과 근대적 일상과 분단 현실, 세계사적 보편성과 민족사적 특수성이 얽혀 있는 복합적인 문제라는 사실에서 기인한다. 탈북자 문제는 위기의 북한체제, 남한사회의 시장지상주의와 소수자 문제, 통일시대의 가능성, 동북아의 국제질서와 인권문제, 세계의 제국주의적 자본질서 등을 가로지르는 문제적 사건인 것이다.

정도상의 『찔레꽃』(2008)은 조선족 인신매매단에 속아 고향(북한)을 떠난

한 여성의 삶을 다룬 연작 장편이다. 이 작품의 가장 큰 미덕은 '북한→중국(몽골)→남한'에 이르는 탈북의 여정, 즉 탈북의 삶을 규정짓는 전 공간을 작품의 무대로 끌어들이고 있다는 점이다. 충심과 재춘의 풋풋한 사랑에 비낀 북한의 열악한 현실이나 중국을 떠도는 소소(충심)의 비참한 삶, 그리고 우여곡절 끝에 남한에 건너온 은미(충심)의 내면은 인간다움을 포기하지 않으려는 한 탈북자의 눈물겨운 드라마를 구성하기에 부족함이 없다. 탈북자의 삶이 관찰의 대상이 아니라, 탈북의 삶을 살아가는 주체의 시각으로 그려지고 있다는 점 또한 주목할 일이다. '인간의 위신'을 지키기 위한 충심의 안간힘은 이 작품 전체를 지배하는 중심 모티프이다. '인간다움'을 유지하기 위해 몸부림치는 탈북자 문학의 현주소를 보여주는 대목이다. 황석영의 『바리데기』(2007)와 강영숙의 『리나』(2006)는 '탈국경의 상상력'을 펼쳐 보인다는 점에서 탈북자 문제 형상화의 새로운 양상을 보여주는 작품들이다. 『바리데기』는 한국의 전통 서사(바리 설화)를 차용하여 이를 세계의 신화로 확장하고 있다. '북한→중국→영국'이라는 공간의 이동 경로는 한국의 역사(분단현실)와 인류의 역사(근대사회의 형성과 발전과정)를 동시에 함축하고 있는데, 작가는 바리라는 초역사적 존재를 통해 근대 이전과 근대, 그리고 근대 이후를 매개하려는 의지를 표출하고 있다. 미국, 영국을 중심으로 한 신자유주의 담론에 대응하는 피억압 민중(디아스포라)의 연대는 한국문학의 새로운 가능성을 보여주고 있다.

한편 『리나』는 한반도라는 국민국가의 영역을 심문하는 탈국경의 문학적 상상력을 선보이고 있다. 국경을 떠도는 리나의 여정은 하나로 통합될 수 없는 디아스포라의 다층적 정체성을 함축하고 있는데, 이는 근대 서사의 동일담 담론 너머를 탐색하는 포스트모던 서사의 특징을 표상한다. 『리나』는 근대적 주체의 자기모색과 탈근대적 주체의 유목 사이에 존재하는 탈국경의 문학적 상상력이 다다른 자리를 보여주는 한 징후라 할 수 있다.

'단일성, 통일성, 동질성을 그 특징으로 하는', '저항적 주체이면서 동시에 국민국가에 감금된 형상'으로서의 수난자(민중) 이미지를 해체하고 있다는 점 또한 이 작품의 성취이다. 리나는 국경을 초월한 자본의 논리가 구획해 놓은 국가와 민중의 경계를 허물고 탈주하는 새로운 주체라 할 만하다.

이응준의 『국가의 사생활』(2009)과 강희진의 『유령』(2011)은 분단 현실을 형상화하는 젊은 세대들의 새로운 감수성을 유감없이 보여주고 있다. 이념과 체제를 넘어선 이들의 서사적 자의식은 기존의 분단소설이 지닌 엄숙함과 당위적 외침을 넘어 탈분단문학을 향한 새로운 가능성을 시사하고 있다. 특히, 다양한 장르의 서사 양식을 작품 속에 수용하여 분단체제의 모순에 적극적으로 응전하고 있다는 점은 주목할 만하다. 탈북 디아스포라를 서술의 주체로 등장시키고 있다는 점 또한 문제적이다. 지금까지 탈북자의 삶을 형상화한 작품들은 탈북자를 바라보는 관찰자의 시선을 중심으로 서술되었다. 이응준과 강희진의 작품에서 비로소 탈북자는 스스로의 주체적 시선을 획득하게 되었다고 할 수 있다. '우리/그들' 사이의 경계를 '그들'의 시선으로 심문하고 있다는 사실은 탈북 디아스포라 문학에 있어 중요한 전환점의 하나라 할 수 있다. 그들이 그들의 목소리로 북한의 냉혹한 현실을, 그리고 남한 자본주의의 문제점을 증언하고 있기 때문이다. 위의 두 작품은 궁극적으로 '통일을 어떻게 준비해야 하는가?', 혹은 '바람직한 통일을 성취하기 위해 우리가 어떻게 '변화'해야 하는가?'를 심문하는 탈분단 지향의 텍스트라 할 수 있다.

(b) 이방인 혹은 우리 안의 '타자'・연대의 문학을 위하어

주지하듯 이방인 문학은 국민국가의 배타적 영역을 거부한다. 하지만, 이들의 현실적 삶이 국민국가의 영역 안에서 영위된다는 사실 또한 부인할 수 없다. 따라서 이방인 문학은 국민국가의 모순을 비판하는 동시에 근대의 메커니즘을 껴안아야 하는 모순된 운명을 지닌다. 우리 안의 '타자', 즉 이방인에 대한 한국 문학의 관심은 그들이 처한 삶의 현실을 객관적으로 드러내는 데서 시작하여, 배제된 자의 시선이 어떻게 되돌아오는가에 대한 탐색을 거쳐, 그들과 우리의 삶이 소통·공감하며 만들어내는 아름다운 연대의 목소리로 나아간다. '나→나/너→우리'의 궤적을 그리며 나와 너 사이의 경계를 심문하고 있는 셈이다.

김재영의 「코끼리」(2004)는 외국인 노동자와 외국인 노동자, 외국인 노동자(아버지)와 조선족(어머니), 외국인 노동자와 한국의 노동자 사이의 배제·억압의 메커니즘과 그 갈등의 꼭짓점에 '리바이스 청바지와 나이키 점퍼'로 표상되는 신자유주의의 무국적 자본이 놓여 있다는 사실을, '너무 다양한 삶을 보아버린 열세 살'의 화자를 통해 길어 올리고 있다. 「코끼리」는 세계화의 허울을 쓴 지구촌의 요지경을, 우리가 자유와 민주주의라는 이름으로 외면한 냉혹한 자본의 논리를, 적나라하게 들추어내며, 우리의 내면 깊숙이 침전되어 있는 양심의 목소리를 소환한다. '어쩔 수 없지 않느냐'는 변명(실은 그들보다 나은 삶을 영위하고 있다는 안도감일지도 모른다)으로 합리화한 근대적 일상의 메커니즘을 질타하며, 내면을 정직하게 응시하라고 채찍질하고 있기 때문이리라.

이시백의 「새끼야 슈퍼」(2008)는 '못 사는 나라 것이라고 함부로 깔 본' 시선이 치명적인 부메랑으로 되돌아오는 과정을 진한 여운으로 전해주는 작품이다. 가구공장들이 '동산리'로 하나둘 찾아들게 되면서 묻어온 외국인 노동자들이 '동산슈퍼'의 고객이 된다. 동산슈퍼 주인 평식은 더듬거리며 물건을 찾는 그들에게 말끝마다 '새끼야'라는 욕을 덧붙인다. 이러다 보니 외국인 노동자들은 동산슈퍼를 '새끼야 슈퍼'라 부르게 되었다. 마흔을 넘긴 평식이 날씬하고 사근사근한 필리핀 마누라 안젤라를 얻게 된 것도 가게에 드나드는 필리핀 노동자가 다리를 놓아준 덕이었다. 카드놀이에 한창인 평식의 가게에 외국인 노동자 수루와 베루니가 들어온다. 구경하던 수루가 훈수를 둬서 돈을 잃자 평식은 분을 참지 못하고 수루를 무차별 폭행한다. 그때였다. 수루의 입에서 날카로운 외침이 터져 나왔다. '그만해. 나쁜 새끼야.' '새끼야'가 부메랑이 되어 평식에게 날라 온 셈이다. 그들에게 '새끼야'는 자조 섞인 자기 비하의 표상이면서 동시에 이러한 뒤틀리고 왜곡된 표상을 강요하는 상대에게 되돌려주는 부메랑이다.

시끄러운 소리에 나와 본 안젤라는 문도 제대로 열지 못한 채 눈물만 주룩주룩 흘린다. 신고를 받고 출동한 경찰에 의해 유치장 신세를 진 평식이 집으로 돌아오니 안젤라가 보따리를 싸서 달아났다. 면사무소에서 일주일마다 두 번씩 배운 서툰 한글로 적힌 편지에는 '당신이 수루를 때리는 걸 보고 무서워요. 우리나라 사람보고 새끼야 해서 나빠요. 당신 새끼야 하면 화난 거처럼 우리나라 사람도 화나요. 그리고 카드 하지 말아요. 내가 신고했어요. 착하게 살아요. 멀리 가니까 찾지 말아요'라고 적혀 있었다. 이방인에게 보낸 억압적이고 배타적인 목소리가 인간에 대한 신뢰, 따스한 애정이 담겨 있는 '서툰 한글'의 부메랑으로 되돌아온 형국이다. 이 부메랑이 평식의 내면을 후벼 파지만 이미 '버스'(안젤라)는 떠났다.

이명랑의 『나의 이복형제들』(2004)은 외지에서 흘러들어온 '영원'의 시선에 포착된 '이복형제들'의 삶을 그린 소설이다. 인도에서 온 노동자 '깜뎅이'와 '영원'은 지하 냉동창고를 함께 쓰고 있다. 한 장소를 공유하는 이들의 삶은 완벽에 가까운데, 그건 이들 사이에 '언어'가 존재하지 않기 때문이다. 여기에서 '언어'는 '자신이 어떤 사람이며 어떤 계급에 속한 인물인지를 그야말로 단박에 보여주는 신분증'으로서의 언어, 즉 비정상과 정상, 중심과 주변 등을 구분하는 무기로서의 언어이다. 따라서 이러한 도구적 합리성으로서의 '언어'를 거부하는 이복형제들의 언어는 불완전한 형태를 지닐 수밖에 없다. 서로의 이름을 소개하는 '한글로 표기된 영어'

는 비록 불완전하지만 '영원'과 '싼주'를 연결해주는 교감의 언어이다.'깜 뎅이'는 이 장면에서 비로소 자신의 이름을 부여받는다. 이들의 언어는 온 전한 한글도 영어도 아닌 것이다. 자본의 논리가 지배하는 영등포 시장에 서 '싼주'는 영국(미국)과 한국의 이중적 억압 속에서 정체성이 호명된다. '중국 머저리'의 언어도 마찬가지이다. '영원'은 이들의 불완전한 언어를 전용함으로써 이복형제들의 삶에 개입한다. 불완전한 언어는 근대의 논리 로부터 소외된 처지를 역설적으로 웅변한다. '영원'이 꿈꾸기가 불가능한 시대임에도 불구하고 가느다란 희망의 끈을 놓지 않고 있는 '깜뎅이'와 '머저리'의 순박한 삶을 수용할 수 있는 것도, 이들의 절망과 희망의 이중 주를 '꿈'이라는 형식을 통해 아름답게 수놓을 수 있는 것도 이 '습관적 교감'의 언어 때문이다.

조해진의 소설은 언어, 인종, 국적, 사고방식 등이 다른 '타자들' 사이의 공감에 관한 이야기이다. 작가는 특히 소통의 과정에 관심을 집중한다. 「천 사들의 도시」(2006)는 2인칭 서사의 구조를 지닌다. 이는 공감과 소통의 절 박함을 드러내는 방식의 하나이다. '타자'와의 거리를 줄이고자 하는 의 도, 즉 '나'에게로 '너'를 끌어당기고자 하는 작가의식을 투영하고 있기 때 문이다. '너'는 다섯 살 때 한국을 떠나 미국 중서부의 작은 마을에 입양 되어 15년을 그곳에서 살았다. '너'에게 언어는 '공포' 그 자체였다. '떠나 고 싶다는 충동'이 '너'의 '전두엽'에 '언어 이전의 감정'으로 스며든다. 그 곳에서 처음 배운 말은 '자살(suicide)'이었다. '너'의 언어는 '민족'과 '국가' 사이를 떠돈다. 한편, 화자는 한국에 온 '타자들'에게 '한국어'를 가르치는 강사이다. '한국어의 특수성'에 쉽게 적응하지 못하는 그들과 '영어'로 소 통하지만 늘 불완전하다.

이처럼 조해진의 인물들은 '주체'와 '타자', '한국어'와 '영어' 혹은 '모 국어'와 '타자들의 언어' 사이에 낀 존재들이다. 조해진의 소설은 이러한 간극을 넘어 '타인'과 '지옥'의 고통을 공유하는 '체온'의 언어를 꿈꾼다. 이는 서로의 밑바닥까지 내려가 소통하는 일이며, 침묵의 가면인 자기합리화의 허울을 벗어던지는 일이다. 「인터뷰」(2007)는 타자의 이야기를 듣는 방식으로 서사를 구성한 작품이다. '너'를 끌어안으려는 화자의 목소리가 배면으로 가라앉고 타자의 목소리가 전경화된다. 타자에게 다가가려는 욕망이 「천사들의 도시」와는 반대 방향으로 투사되고 있는 셈이다. 인터뷰의 대상으로 설정된 '나탈리아'는 고려인의 후손이다. 그녀는 모스크바 대학에서 학위논문을 받은 후 타슈켄트의 유명 사립 고등학교에서 러시아 문학을 가르치다가, 한국의 결혼 중개업체를 통해 소개 받은 '조'와 결혼하여 서울에 왔다. 작가는 서울에 '오기 위하여 그녀가 잃어버려야 했던 시간'에 관심을 집중한다. 그녀의 '검은 눈동자' '깊은 곳'에서 '발아될 시간만을 꿈꾸고 있'는, '그 누구도 경험한 적 없고 들어본 적도 없는 무수한 이야기들의 작은 씨앗들.' 작가가 응시하고 있는 지점은 바로 여기이다.

여기에는 1937년 연해주에서 중앙아시아로 강제 이주한 고려인의 한과 설움(할머니), 러시아어를 사용하고 그들의 음식을 먹고 그들의 사고로 살기 위해 노력한 아버지의 삶, 나아가 한국 남자와 결혼하여 한국인으로 살고자 한 나탈리아의 꿈이 스며있다. 나탈리아도 아버지도 할머니가 탔던 그 '화물열차'에서 내린 것이 아니다. 국가와 민족의 경계에 서 있는 중앙아시아 고려인의 이주사는 여전히 진행형이다. 나탈리아에게 '서울'은 '손에 닿지 못하는, 닿고 싶어도 도망만 가는 곳이기에' 결코 '들어갈 수 없는 곳'이다. 이 '서울'과 소통할 수 있는 언어를 갖지 못했기에 생기는 치욕감이, 강요당한 침묵을 뚫고 나오는 나탈리아의 '무력한 절규'는 타자들의 고통을 짐짓 외면함으로써 국민국가의 영역에 안주하는 우리들의 '맨얼굴'을 적나라하게 환기하고 있다. 이를 통해 작가는 타자의 고통을 왜곡하여 내면화하는 메커니즘, 즉 자기합리화로 인해 타자의 고통에 무감각해진 우리의 부끄러운 자의식을 아프게 들추어낸다.

박범신의 『나마스테』(2005)는 이방인들의 시선과 우리의 시선이 포개지는 지점을 집요하게 응시하고 있는 작품이다. 작가는 그들의 어조(카밀)를 생생하게 되살리는 데서부터 시작한다. 이는 한국어에 그들의 감성을 싣는 것(포개기)에 다름 아니다. 말줄임표와 쉼표는 한국어로 이주 노동자(카밀)의 어조를 생생하게 되살리는 데 기여하고 있다. 언어의 호흡을 통해 그들의 존재는 생명력을 부여받는다. 나아가 청각과 시각, 꿈과 현실, 나와 먼 곳의 교차를 통해 문화적 혼종의 단계로 진입한다. '나마스테'와 '옴 마니 밧 메홈'(연꽃에 보배를)은 그들의 언어/문화로 나아가는 하나의 길을 제시한다. 이는 사람과 사람 사이의 아름다운 다리를 놓는 소통의 시작이고, 억압적 근대 메커니즘 너머의 소통을 지향하는 주문의 소리이다. 이러한 다리는 단순히 근대 너머(근대 이전)의 이미지를 표상하는 데 그치지 않고, 신자유주의의 경제 논리가 강요한 이주노동자의 구체적 삶을 한국의 노동 현실과 연결하는 기능을 한다. '아름다운 세상'을 만들어 가는 '노동'을 매개로 '외국인 노동자'와 한국의 '가난하고 힘없는 사람들' 사이의 연대감이 형성된다. 한국의 노동현실이 카밀을 다시 태어나게 한 것이다.

이재웅의 「안내자」(2010)는 외국인 노동자의 후손들을 등장시켜 우리 사회가 직면한 딜레마적 상황을 제시하고 있다. 외국인 노동자의 후손인 권우와 준호는 자신들을 해고시킨 사장의 개를 죽이기로 결심한다. 억울하고 자존심이 상했기 때문에 '복수'를 해줘야 한다는 것이다. 도움을 구하러 찾아간 사람 중 하는 정말 순진하게도 '법이나 정부나 그런 기관'을 통해 억울함을 풀라고 조언한다. 권우와 준호는 '정말 그래서는 안 됐지만 웃고' 말았다. 하지만 이들의 '복수'와 '비웃음'이 우리가 '오랫동안 교육받아왔던 어떤 도덕의 감각을 위배'하는 것임은 분명하다. 그렇다면 이들의 억울함은 어떻게 해소되어야 하는가? 작가에 따르면 기존의 '도덕' '감

각을 위배'하지 않는 한 '방법이 없다.'

따라서 권우와 준호의 '복수'는 우리 시대의 절망을 어떻게 극복할 것 인가의 문제를 함축하고 있다. '국가나 법'이 '아무 소용이 없다는 것'을 알고 그 '누구의 힘도 빌리지 않고 온전히 자신들의 힘으로 복수'를 하려 는 것이기 때문이다. 자신의 권리를 찾으려는 이방인들의 객기 혹은 잠재 된 용기가, 이 땅에서 나고 자라 삶을 마무리하는 시점에 있는, 그것도 젊 은 시절 운동에 몸담았던 늙은이의 삶을 뿌리째 뒤흔들고 있다. '이 노인' 은 자신의 동조 행위가 '선택할 수밖에 없는 새로운 윤리의 길인지 아니 면 그저 범죄에 대한 단순한 감정의 운동인지 판별할 수' 없어 혼란에 빠 진다. 그는 젊은 시절의 '폭력적이고 과격한 형태'의 저항이 '너무 얌전한 것'은 아니었는지 곱씹어보고 있다. 왜냐하면 그때의 운동은 기존의 윤리 혹은 도덕적 감정에 바탕한 저항이었기 때문이다. 작가는 '배워 본 적 없' 는 '이러한 감정'을 통해 기존의 도덕 감각을 넘어서는 '새로운 윤리의 길'을 조심스럽게 모색하고 있는 것이다.

우리 안의 '타자', 즉 이방인에 대한 관심이 증가하면서 이들과의 교류, 연대에 대한 사회적 관심이 증폭되고 있다. 방현석의 「존재의 형식」(2002), 「랍스터를 먹는 시간」(2003), 김남일의 「중급 베트남어 회화」(2004), 「노을을 위하여」(2005) 등은 이와 같은 교류와 연대의 결실이라 할 수 있다. 특히, 오수연의 『황금지붕』(2007)은 중동 분쟁 체험의 생생한 증언에서 출발하여, 그들이 내면적 삶을 이해하기 위한 노력을 거쳐, 글쓰기를 매개로 한 소 통과 대화 그리고 공감의 장을 통해 결실을 맺었다. 그에게 중동 분쟁의 문학적 수용은 체험과 실천 그리고 이들 문학적 언어로 내면화하는 과정 이었다. 여기에는 타자의 고통과 연대하려는 오수연의 문학적 실천 양상 이 직·간접적으로 투영되어 있다. 그는 뒤틀리고 파편화될 수밖에 없는 팔레스타인 작가들의 내면에 자신의 삶을 포개놓고, 중동 분쟁의 현장을 창조적으로 수용하는 구원의 글쓰기를 힘겹게 실천하고 있는 중이다. 오수연은 지상에서 가장 참혹한 상태에 있는 지역들에 대한 체험·공감·대화를 바탕으로, 우리의 감각과 의식 자체를 쇄신하지 않고서는 그들에게 다가갈 수 없다는 사실을 웅변함으로써 한국문학이 나아가야 할 방향 하나를 제시하고 있다.

참고문헌

1. 기본자료

강경애, 『강경애 전집』, 소망출판사, 2006.

김동인, 「광화사」, 『야담』, 1935.

_____, 「발가락이 닮았다」, 『동광』, 1932.

_____, 「운현궁의 봄」, 『조선일보』, 1933.

김말봉, 『찔레꽃』, 지와 사랑, 2012.

김승옥, 「다산성」, 『창비』, 1965.

김원일, 「어둠의 혼」, 『월간문학』, 1973.

강희진, 『유령』, 은행나무, 2011.

남정현 「분지」, 『현대문학』, 1965.

무서명, 「거부오해」, 『대한매일신보』, 1906.

_____, 「쇼경과 안즘방이 문답」, 『대한매일신보』, 1905.

박경리, 「불신시대」, 『현대문학』, 1957.

박범신, 『나마스테』, 한겨레신문사, 2005.

박영희, 「지옥순례」, 『조선지광』, 1926.

박태원, 「소설가 구보씨의 일일」, 『조선중앙일보』, 1934.

_____, 『천변풍경』, 『조광』, 1936.

방현석, 『새벽출정』, 『창비』, 1989.

양귀자 외, 『80년대 대표소설』, 현암사, 1989.

안국선, 『금수회의록』, 황성서적업조합, 1908.

염상섭, 「만세전」, 『시대일보』, 1924.

오정희, 『바람의 넋』, 문학과 지성사, 1997.

유순하, 「생성」, 풀빛, 1988.

이광수, 『무정』, 『매일신보』, 1917.

이기영, 「농부 정도룡」, 『개벽』, 1926.

이명랑, 『나의 이복형제들』, 실천문학사, 2004.

이문열, 『영웅시대』, 민음사, 1984.

이시백, 「새끼야 슈퍼」, 삶이 보이는 창, 2008.

이응준, 『국가의 사생활』, 민음사, 2009.

이인직, 『귀의 성』, 『만세보』, 1906.

_____, 『치악산』, 유일서관, 1908.

이인화, 『내가 누구인지 말할 수 있는 자는 누구인가』, 세계사, 1992.

이 상, 「날개」, 『조광』, 1936.

이청준, 「병신과 머저리」, 『창비』, 1966.

이해조, 『자유종』, 광학서포, 1910.

서영은, 『서영은 중단편전집 4』, 둥지, 1997.

정도상, 「새벽기차」, 실천문학사, 1988.

전상국, 「아베의 가족」, 『한국문학』, 1979.

조선작, 『영자의 전성시대』, 『세대』, 1973.

채만식, 「레디메이드 인생」, 『신동아』, 1934.

_____, 『탁류』, 『조선일보』, 1937.

최명익, 「비 오는 길」, 『조광』, 1936.

최서해, 「탈출기」, 『조선문단』, 1925.

최인훈, 『광장』, 『새벽』, 1960.

최찬식, 『추월색』, 안동서관, 1912.

하일지, 『경마장 가는 길』, 민음사, 1990.

황석영, 「삼포 가는 길」, 『신동아』, 1973.

황순원, 「목넘이 마을의 개」, 『개벽』, 1948.

_____, 「독 짓는 늙은이」, 『문예』, 1950.

현진건, 「운수 좋은 날」, 『개벽』, 1924.

2. 단행본

권영민, 『한국현대문학사 2』, 민음사, 2002.

김명준, 『한국의 분단소설』, 청운, 2003.

김윤식·정호웅, 『한국 소설사』, 문학동네, 2000.

김윤식, 김우종 외 34인, 『한국현대문학사』, 현대문학, 1989.

김인옥, 『한국 현대 전향소설 연구』, 국학자료원, 2002.

김재용·김미란·노혜경 편역, 『식민주의와 비협력의 저항-일제말 전시기 일본어
　　　　소설선 2』, 역락, 2003.

송희복, 『해방기의 문학비평 연구』, 문학과지성사, 1993.

윤인진, 『코리안 디아스포라』, 고려대학교 출판부, 2004.
최동호 편저, 『남북한 현대문학사』, 나남출판사, 1995.

3. 논문

권영민, 「동시대인들의 꿈 혹은 고통」, 『문학수첩』, 1982.12.
_____, 「분단문학의 새로운 인식을 위해」, 『한국문학』, 1986.6.
김병익, 「'노동'문학과 노동'문학'」, 『문학과 사회』, 1988년 여름호.
김윤식, 「천의무봉과 대중성의 근거」, 『문학수첩』, 1988.1.
이동하, 「집없는 시대의 문학」, 『세계의 문학』, 1982년 겨울호.
이서영, 「세파 속의 생명주의와 비판의식」, 『현대문학』, 1985.5.
조남현, 「노동문학 정과리, 「허기와 식도락 그 단속순환의 세계」」, 『우리 세대의
        문학』, 1985.1.
진형준, 「원시적 건강성의 회원」, 『문학수첩』, 1986.1.
정영태, 「문학적 진실의 심화와 확대」, 『한국문학』, 1988.2.
정현기, 「태백산맥론」, 『동서문학』, 1989.11.

이 성 천 · 남 승 원

1. 북한 문단의 형성과 김일성 시대의 문학

1) 북한 문단의 기원과 형성

1945년 7월 26일 미·영·중 3국은 이른바 포츠담선언을 통해 일본에게 무조건 항복을 요구한다. 이후 일본 군부의 항복 결정과 도쿄만에서의 항복문서 조인식 이후 미군이 인천에 상륙한 것은 9월 8일이었다. 그러나 8월 8일에 대일본 선전포고를 한 소련은 이미 웅기, 나진, 청진, 나남 항구 등을 잇달아 점령하면서 개성에 도달했고 8월 19일에는 일본의 관동군 사령관에게 항복을 받아내면서 38선 이북지역에 대한 장악을 마친다.[1] 이는 모두 38선이 미·소 양군의 군사분계선으로 확정되기 이전에 벌어진 일들로, 한반도에 계급이념에 따른 국가 건설을 기획한 소련 군정의 의도가

---

1) 리처드 오버리, 류한수 옮김, 『스탈린과 히틀러의 전쟁』, 지식의풍경, 2003.

드러나 있다고 할 수 있다. 이에 따라 소련군은 해방 이후 우리 민족이 자발적으로 조직한 자치기구들을 해산시키고, 공산당이 주도하는 기구로 대체하기 시작한다.[2] 이후 일련의 과정을 거쳐 1946년 2월 8일 38도선 이북 전역의 행정과 정치를 담당할 기구로 북조선 임시인민위원회가 발족되고, 3월 23일 '김일성정강' 20항목이 발표되면서 김일성 중심의 사회주의체제가 본격화된다.

문단의 움직임 역시 동일한 수순을 거친다. 해방 후 10월, 이북지역 최초의 예술 활동 조직으로서 최명익을 회장으로 하여 자발적으로 결성된 평양예술문화협회는 소련 군정의 해체 명령과 함께 곧 평남지구 프롤레타리아 예술연맹과 강제 통합된다.[3] 이어 각 부문별 문학예술동맹체들이 전국적으로 결성되는 가운데 46년 1차 월북한 문인들을 포함하여 3월에는 전국단위의 북조선문학예술가동맹과 북조선문학예술총연맹(초대위원장 한설야)이 결성되기에 이른다.[4] 앞서 지적했듯이 이러한 북한에서의 예술 활동은 결국 남한의 영향력을 차단하고 당을 중심으로 하는 하위조직화의 일환으로 집약된다. 그것을 단적으로 보여주는 사건은 먼저 46년 5월 북조선 각도의 인민위원회·정당·사회단체, 선전원과 문화인 그리고 각종 예술인을 총망라하여 개최한 대회이다. 이미 행정기구를 장악한 김일성은 이 대회에 참석하여 자신의 연설을 통해 문학예술이 새로운 사회주의적 가치를 보다 널리 퍼뜨리는 데 필요한 선전도구로서의 인식을 명확히 하

---

2) 당시 북한 지역에서 대표적인 자치기구는 조만식을 위원장으로 한 평안남도건국준비위원회였다. 좌우를 넘나든 인사들을 망라하고, 여러 산하 부서까지 둔 이 기구는 해방 후 이틀 만에 발족되었다.

3) 평남지구 프롤레타리아 예술연맹은 당시 공산당 평양시당부의 문화부장이었던 고일환이 조직하였으며, 소련 군정의 재정적 지원을 받았다. 그 자세한 통합과정은 김용직, 『북한문학사』, 일지사, 2008, 20~32쪽 참고.

4) 자세한 시기에 대해서는 한길문학 편집부, 『남북한문학사연표』, 한길사, 1990 참고.

고 문화인들이 문화전선의 투사가 되어야 함을 강조한다. 이어 중앙예술
공작단을 결성하면서 그 의도를 실천적인 차원에서 보다 명확히 하게 된
다.5)

이후 해방의 기쁨을 노래하던 북한의 시편들은 소련군에 대한 찬양이
나 토지 개혁, 남녀평등법, 국유화 등 북한의 사회적 변혁을 위한 조치들
이 시행되는 것에 대한 의미들을 그리게 된다. 토지 개혁을 노래한 백인준
의 「그 날의 할아버지-토지개혁의 날」이나 박남수의 「할아버지 二題」, 남
녀평등법 실행의 기쁨을 표현한 백인준의 「녀인도」를 비롯하여 김우철의 「첫
選擧ㅅ 날」, 조명환 「어머니들 앞에」, 이정구 「추수의 나날」, 리원우 「療養
院」, 박팔양 「평양을 노래함」, 박세영 「쏘련군대는 오는가」 등이 그것이
다. 특히 박세영의 경우에는 해방 이후 문예정책의 변화와 실천적 양상을
직접적으로 보여준다는 점에서 주목된다.

① 약소 민족의 의로운 벗/조선 인민의 위대한 해방자/쏘련 군대여 오는
가?/이날 우리 30만 손들이/뜨거운 악수를 보내고/지나간 날 설움을 호소하
였더니,/쏘련 군대는 아니 오고/하이얀 노트 아메리칸만이/공중에서 삐라를
뿌렸다./지폐같은 종이로/시민들을 달래였다.

－「쏘련 군대는 오는가」 부분－

② V고지의 불사신 236호 중기/하냥 진공의 앞장을 서라/민청회의가 내린
영예 속에/조군실 사수 명중탄을 퍼부었다./적의 반돌격은 그칠 줄 모르고/
탄우는 쏟아져 전호를 허무는데,/밀려드는 승냥이 떼를 지척에 두고/원팔이
적탄에 뚫렸으니 어찌하리.

－「숲속의 사수 임명식」 부분－

5) 김일성, 「북조선 각도 인민위원회, 정당, 사회단체, 선전원, 문화인, 예술인 대회 연
설」(1946.5.24), 『김일성 저작집』 2, 조선로동당출판사, 1972, 231쪽.

③ 나는 우리시대의/더 없는 자랑을 안고/오늘도 여기 섰거니/이미 수 없이 권선기를 풀고/지금도 만선의 닻줄을 메고 당기듯/수없이 날라온 케블선에/나는 뻬찌날을 넣는다//피복선을 도려내면/굵은 동선트레는 금빛으로 번쩍이여/륭성한 조국의 래일을 보는 듯/위대한 쏘련인민의 넘원/뜨거운 그 손길은 예서도 느낀다.

―「나도 쓰딸린 거리를 건설한다」 부분―

박종원과 류만이 공저한 북한문학사『조선문학개관』의 시기 구분을 따르면 해방 이후부터 1960년대까지의 북한문학은 평화적 민주 건설 시기(1945.8-1950.6), 위대한 조국해방전쟁시기(1950.6-1953.7), 전후복구건설과 사회주의 기초건설을 위한 투쟁시기(1953.7-1960)의 세 단계로 나뉜다. 각 단계는 사회주의적 리얼리즘의 창작방법론을 따르면서도 다시 주제별로 분류되는데, 위에서 인용된 박세영의 시들은 이러한 북한시의 특성을 단적으로 확인할 수 있다.

①의 시는 평화적 민주 건설 시기에 쓰인 작품이다. 이 무렵 북한의 시 문학은 해방을 맞이하여 사회주의 조국을 건설하는 당면과제의 필요성을 선전하고 인민들의 동참을 유도한다. 주제별로는 해방시, 사회주의 체제 찬양시, 친소 및 국제적 연대의 시 등으로 분류하고 있다. 인용시는 리경구의 「영원한 악수」와 함께 '진정한 해방자 소련군대'를 찬양하는, 즉 앞서 분류한 친소 및 국제적 연대라는 주제에 긴밀하게 부응하는 대표적인 작품이다. 이 시는 소련의 군대를 '민족의 의로운 벗'이자 '조선 인민의 위대한 해방자'로 묘사하여 그들에 대한 우호적 시각을 선명하게 보여준다. 이는 김일성의 <10월 혁명과 조선 인민의 민족해방투쟁>에서 표명된 것처럼 미국에 대한 적개심과 소련에 대한 절대적 지지를 표방하는 이 시기 북한시의 한 전형을 보여준다 하겠다.

②의 인용시는 위대한 조국 해방전쟁시기에 발표된 작품이다. 이 시기 북한시의 유형은 「우리 문학예술에 있어서의 몇 가지 문제에 대하여」

(1951.6)와 같은 글에서 1) 인민군 예찬시, 2) 소·중공군 헌사시, 3) 김일성 우상화 시, 4) 인민영웅 예찬시, 5) 반제 반미시 등으로 분류된다. 위의 시는 이렇게 분류된 1), 2)의 내용에 해당하는 것으로 '조국 해방 전쟁' 당시 인민 영웅 '조군실'의 활약상을 소재로 하고 있다. 이 시는 실제 인물로 알려진 '조군실'을 '적의 흉탄에 왼팔을 관통 당하고도 오히려 굴하지 않고 어깨로 중기를 눌러 계속 쏘아댄' 전쟁의 '불사신'으로 그려낸다. 이는 인민군의 영웅적 전투 행위를 선전하여 "전쟁에 임하는 인민군들의 사기를 진작시키고 전쟁을 승리로 이끌어" 내려는 이 시기 북한시의 특징적인 경향을 잘 드러내는 것이다. 이와 유사한 작품으로 불굴의 의지로 전투에 임한 인민 영웅 문용기의 행적을 격정적인 음조로 형상화한 「나팔수」가 있다. 이 시들은 '영웅적 인물의 형상화'를 통해 인민군의 전투 의지를 강화한다는 점에서 북한의 '고상한 리얼리즘'의 창작 방법론에 충실한 작품이라 할 것이다.

③의 시는 전후복구건설과 사회주의 기초건설을 위한 투쟁시기의 작품이다. 전후 복구 건설시기의 시는 시대적 당면과제인 정권유지와 경제 재건이라는 주제가 내용의 주조를 이룬다. 이 중에서도 특히 경제 건설과 관련된 주제는 보다 비중 있게 다루어진다. '권선기', '케블선', '뻬찌날', '피복선' '동선트레' 등 산업 현장의 실제 도구들이 등장하는 위의 시 역시, 인민들의 근로 의욕을 고취시켜 경제 복구라는 시대적 당위에 부합하는 주제를 강조하고 있다. 이러한 시적 경향은 앞의 1), 2)항의 경우와 마찬가지로 해방기에서 1960년대에 이르는 박세영의 시가 각 시기별로 나타나는 북한시의 창작 원칙에 일정하게 대응하고 있음을 보여준다.

2) 문예정책의 변화와 창작 방향

해방공간에서 향후의 문예 활동과 창작 방향을 결정짓기 위한 움직임은

필화사건을 통해 그 중요한 계기를 마련하게 된다. 그것은 북조선예술총동
맹 기관지『문화전선』의 창간호(1946년 7월)에 실린 안막의 글「조선문학과 예
술의 기본 임무」에서 비롯된다.[6] 이 글에서 그는『문장독본』,『관서시인집』,
『응향』 등을 직접적으로 언급하면서 이른바 '민주주의적 조선민족문학예술
건설'에 대한 목표를 세워야 함을 강조하는 한편 언급한 작품들의 '무사상
성과 정치적 무관심성'을 비판하고 있다. 이 중에서『관서시인집』은 1946년
1월 평양의 인민문화사에서 발간된 공동시인집으로서 해방기념특집이라는
부제를 달고 있으며 판권의 소유는 평남인민정치위원회로 되어 있다.

　여기에 참여한 시인은 총 14명으로 평양예술문화협회의 황순원, 김조규
를 비롯하여 평남지구 프롤레타리아 예술동맹의 이원우, 김우철, 안용만
등이다.[7] 이 시인들이 참여한 조직의 성향을 고려해보면『관서시인집』에
대한 비판은 사회주의 노선을 채택한 평남지구 프롤레타리아 예술동맹이
분파투쟁에서의 주도권을 잡기 위한 의도에서 비롯된 것으로 해석할 수
있다. 실제로 평남지구 프롤레타리아 예술동맹은 평양예술문화협회를 해
체·흡수하게 된 것이나, 비판의 대상이 된 황순원, 박남수, 양명문 등이
월남을 하게 된 사실 역시 이를 뒷받침한다. 황순원의 작품과 그에 대한
안막의 비판적 언급을 직접 살펴보면 다음과 같다.

---

6) 북조선문학예술총동맹 기관지로서 만들어진『문화전선』의 창간호에는 앞서 3월에
　발표된 '김일성 정강'의 20개 항목이 실려 있다. 이같은 사실로 미루어 볼 때,『문화
　전선』의 당 기관지적 성격과 더불어 안막의 글 역시 한 개인의 의견이라기보다는
　이후 북한에서의 문학적 투쟁이 어떻게 진행되어야 할지를 선도하는 역할의 기획
　으로 보는 것이 타당할 것이다.『문화전선』에 대한 보다 자세한 사항들은 이상숙,「『문
　화전선』을 통해 본 북한시학 형성기 연구」,『한국근대문학연구』 23호, 2011 참고.
7)『관서시인집』은『근대서지』 6호(근대서지학회, 소명출판, 2012)에 영인본이 실려 있
　다. 그 외『관서시인집』에 대한 자세한 해제와 역할에 대한 의미는 같은 잡지에 실
　려 있는 유성호의「초기 북한 문단의 인적 구도와 시적 형상」과 오창은의「문학적
　자유와 정치적 역할의 충돌」 참고.

푸른 하늘이 조선하늘로 맑거나
저녁에 조선비로 비가 뿌리거나
나는 당신을 찾겠오.

내가 몇 번이고 이마를 쪼은
그 웃문턱이 낮디낮은
그 가난한 뒷골목 뒷골방에서
당신은 날 기다립쇼.

그 시뿌득 하고도 단 막걸리라도 괜찮고
그 따끈따끈 불이붙는 쇠주라면 더욱 좋소,
아이에 안주 걱정일랑 마시소
노랑태 한놈을 목침으로 문턱에다 두두리면 그만안요.

혹시 당신이 눈물어린 웃음속에
당신이 소처럼 살아온 이야길 하신다면
나는또 내가 말처럼 살아온 이야길 하리다.

이래 나는 당신이 거먹머리니
나도 거먹 머리오
당신 눈동자가 거머니
내 눈동자도 거멓다는걸 자랑 삼겠오.
　　　　　　　　　－ 황순원, 「푸른 하늘이」 전문8) －

『관서시인집』이 해방 기념 특집호라는데 불구하고 민주건설의 우렁찬 행
진을 도피하여 홀로 경제리(鏡濟里) 뒷골목 뒷골방 낡은 여인을 찾아가는 「푸
른 하늘이」라는 시의 작자 황순원이란 시인은 이 시에서 암흑한 기분과 색
정적인 기분을 읊었던 것이며 그리디기 이 시인은 해방된 북조선의 위대힌
현실에 대하여 악의와 노골적인 비방으로밖에 볼 수 없는 광시(狂詩)를 통하
여 발표하였던 것이다.9)

---

8) 『관서시인집』, 인민문화사, 1946, 5~7쪽. 띄어쓰기와 맞춤법은 발표지면을 따랐다.

안막의 언급으로 미루어 짐작할 수 있듯이, 해방 직후 북한에서의 문학 창작 방향은 비교적 짧은 기간 안에 결정되었다고 할 수 있다. 그럼에도 불구하고 『관서시인집』에 대한 비판은 시인이나 작품집에 대한 실질적인 조치까지 취해지지는 않았으며, 작품에 대한 긍정적인 평가 역시 어느 정도 양립할 수 있었다.[10] 하지만 새로운 창작 방향에 대한 실천적 모색이 여러모로 미흡한 상황에서 기존의 시문학, 즉 내밀한 개인의 감정을 서정적으로 표현한 작품에 대한 공격은 어쩔 수 없는 선택이라고 할 수 있다. 이것은 사회주의 노선에 맞는 문학적 방향을 모색하는 적합한 방식으로 손쉽게 선택되었으며, 『응향』에 대한 비판을 통해서 보다 구체화된 방안을 마련하는 한편 이후 북한 시문학 전개의 기틀을 마련하기에 이른다.

『응향』은 1946년 원산문학가동맹에서 발간된 시동인지 성격의 시집으로, 당시 원산 문예총의 위원장이었던 박경수가 주재하여 강홍운, 구상, 노향근, 박경수, 서창훈, 정률 등의 신인 작품들을 싣고 있는 것으로 알려져 있다. 이 중 서창훈은 원산 지역의 공산당 간부였으며, 정률은 한국계 소련인 군 장교였던 사실로 미루어 보면 시집의 실제 내용은 다양한 스펙트럼을 가졌을 것으로 판단된다.[11] 그러나 시집이 발간되자마자 북조선문학예술총동맹은 12일 20일에 상무위원회를 소집하고 이듬해 1월 15일부

---

9) 안막, 「민족문학과 민족예술건설의 고상한 수준을 위하여」, 『문화전선』 5호, 1947.8, 전승주 편, 『안막 선집』, 현대문학, 2010, 280쪽에서 재인용.

10) 안함광은 「시의 사상성과 진실성」(1949.9)에서 『관서시인집』에 실린 양명문의 작품에 대해 사상적 과오는 있으나 태도의 진실성은 높이 평가할 수 있다고 지적한다. 오영진, 『북한시의 사적 전개과정』, 경진, 2010, 33쪽.

11) 『응향』은 참여 문인들 중 월남한 시인들의 회고나, 그것에 대한 당시 평가들로 미루어 짐작할 뿐 아직 실제 책이 발굴되지 않아 그 작품의 전모를 알 수는 없다. 『응향』에 관련되어서는 김경숙, 『북한현대사사』, 태학사, 2004 : 이상숙, 「해방공간의 이데올로기와 시」, 『서정시학』 2005년 봄호 : 오태호 「'『응향』 결정서'를 둘러싼 해방기 문단의 인식론적 차이 연구」, 『어문논집』 48집, 2011 참고.

터 3일간 열린 제1차 확대상임위원회를 통해『응향』을 비롯하여 함흥의『문
장독본』, 신의주의『예원써클』 등에 수록된 작품들이 반동적 경향을 가지
고 있다고 규정한다.

　『응향』에 대한 비판은 안막의 글(「민족문학과 민족예술건설의 고상한 수준을
위하여」)을 비롯하여 백인준의 「문학예술은 인민에게 복무하여야 할 것이
다 : 원산문학가동맹 편집 시집『응향』을 평함」(『문학』 3호, 1947.7)에서 본격
화된다.12) 그는 강홍운과 박경수, 구상의 시편들을 지적하면서 신랄한 비
판을 가한다. 특히, 구상 시인의 작품 「길」에 대한 비판에서 백인준은 작
품에 사용된 몇몇 낯선 한자어 시어들을 비꼬는 투로 지적("…말을 이해하려
면 얼마나 공부를 하고 어떠한 정도의 학교를 졸업하여야 하는가?")하면서, 문학의
자율성보다는 어떠한 경우라도 인민 대중의 편에서 그들이 이해할 수 있
도록 봉사하는 작품이 되어야 함을 분명히 한다. 그러나 이 글들이 어찌
되었든 문학적 비판의 방식이었다면, 북한문학의 향방을 결정짓게 된 보
다 결정적인 계기는『문화전선』 3호(1947.2)에 실린 「『응향』에 관한 북조선
문학예술동맹 중앙상임위원회의 결정서」라고 할 수 있다. 실제 이 글은
게재되기 이전 1월에 이미『응향』의 문제점을 파악한 북조선문학예술총
동맹의 검열원들이 원산에 도착하여 개최한 열성자대회에『응향』의 시인
들을 참석시켜 낭독한 것으로 보인다.

　이 결정서는 총 네 가지 항목을 들어 시집으로서『응향』의 성격에 대한
비판과, 이를 간행한 원산문학동맹의 이단적 성격에 이르기까지 조목조목

---

12) 백인준은 북조선문학예술총동맹 시와 평론 분과위원회의 일원으로 당시 무명의
　　신인이었으나『응향』에 대한 비판으로 주목을 받게 된다. 이후 최고인민회의 대
　　의원 및 부의장을 역임하는 등 80~90년대에 이르기까지 북한 문화계를 대표하는
　　최고위급 인사가 된다(김용직,『해방직후 한국시와 시단의 형성전개사』, 푸른사상,
　　2009, 217~220쪽 참고). 이를 포함하여 '『응향』 필화사건'의 전개과정에 대해서는
　　박민규, 「『응향』을 둘러싼 사건과 분단체제의 비극」,『유심』 76호, 2014.7 참고.

지적하고 있다. 이어 다섯 가지 구체적인 이행사항을 적어두었는데, 그 핵심으로 시집『응향』의 발매를 금지하고 검열원을 파견하여 그 발간에 이르는 자세한 경위 조사와 함께 자기비판을 가질 것을 명시하고 있다. 이 결정서는 남측 좌익문학단체인 조선문학가동맹의 기관지『문학』 3호(1947.3)에도 게재되어 남한 내부에서도 그 입장 차이를 두고 격론이 벌어지게 된다. 이처럼 해방 직후 북한 문단의 성립기에서 '응향 사건'의 중요성은 작품의 내용에 대한 단순한 비판에 그치는 것이 아니라, 구체적인 지침을 담은 '결정서'를 작성하고 그에 따라 자기비판과 검열에 이르는 일련의 과정이 당을 중심으로 일사불란하게 이어지는 하나의 문학적 방향을 확립하는 계기였다는 데에 있다. 이런 분위기 속에서 이에 반발하는 시인들의 경우 황순원이나 구상 시인처럼 월남을 단행하거나, 또는『관서시인집』에 참여했던 김조규 시인의 경우처럼 자기반성을 통해 순응하는 등의 재편을 거치며 북한의 문단은 이데올로기적 가치관을 실현하는 도구로 탈바꿈된다.

사회주의 체제로의 전환을 위한 건국사상총동원 운동과 그 맥을 같이 하던 북한 내 문단은 당 중앙상무위원회가 '고상한 사실주의'를 문학예술 창작방법론으로 공식 채택(1947.3.28.)한 뒤 창작과 관련한 실질적인 지침도 갖게 된다. '고상한 사실주의'란 '창조적 노동의 성격, 영웅주의적 성격, 혁명적 낙관주의적 성격, 전진과 혁신의 성격'을 지닌 인물의 전범을 형상화함으로써 대중들에게 그러한 가치를 교양하는 것을 목표로 하는 창작방법론이다.13) 이에 따라 「밭갈이 노래」 등 집체 활동의 결과물로서 시작품들이 창작되는 한편, 인민 대중들의 정서를 직접적으로 고취시키기 위한 방편으로 북한 정권의 수립 과정과 그 중심에 있던 김일성의 위업을 찬양하는 노래시들이 쏟아지기 시작한다. 북한의 애국가로 사용되는 박세

---

13) 과학원 언어문화연구소 문학연구실, 『우리나라에서 맑스-레닌주의 문예이론의 창조적 발전』, 과학원출판사, 1962, 114쪽.

영의 「애국가」나 「빛나는 조국」, 지금까지도 '불멸의 혁명송가'로 여겨지는 리찬의 「김일성 장군의 노래」 그리고 「삼천만의 화창」, 「새소식」 등이 그 대표적인 작품들이다.

무엇보다도 당시 북한 시문학의 전범을 보여준 시인은 조기천(1913.11.6.-1951.7.31.)이다. 그는 널리 알려진 대로 오늘날까지 북한문단에서 항일혁명문예의 전범으로 평가받고 있는 장편서사시 『백두산』(1947)을 창작했다.14) '머리시 – 본시 – 맺음시' 등 모두 세 부분으로 구성된 이 작품은 일제강점기 백두산을 무대로 활약한 김일성 부대의 항일유격투쟁과 특히 1937년의 보천보 전투를 중심으로 다루고 있다. 실제 역사적 사실을 바탕으로 하면서도 문학적 형상화를 통해서 김일성을 중심으로 한 항일무장투쟁운동에 북한의 역사적 정체성을 두는 한편, 문학적으로도 어느 정도의 서정성을 담보한 이른바 '혁명적 낭만성'을 추구하고 있다는 점에서 『백두산』은 이후 북한문학의 성격을 결정짓는 작품이 된다.

3) 조국해방전쟁과 전후복구건설

6·25전쟁의 발발은 남북을 가리지 않고 현실 논리와 정권의 이념에 의한 문학적 종속 현상을 더욱 심화시켰다. 특히, 전쟁 이전부터 북한의 시들은 38선 부근에서 종종 발생한 무력 충돌 사건이나 대구 10월 항쟁, 제주 4·3항쟁 등 남한에서의 반정부 시위 등을 다루었다. 이를 통해 제국주의의 압제 하에 살고 있는 남한의 사람들 역시 통일을 열망하고 있으며 따라서 이를 해방시키는 것이 북한 인민군에게 부여된 필연적 목적이라

---

14) 류만은 『현대 조선시문학 연구』(사회과학출판사, 1988)에서 『백두산』을 일컬어 "현대 서사시의 풍격을 완전히 갖춘 새 시대 서사시 문학의 빛나는 모범"이라고 평가했다.

는 것을 표현했다.15) 이후 전세의 상황에 맞추어 전쟁을 독려하는 한편 남한의 정부와 미국 제국주의를 비난하는 작품, 또는 전쟁 영웅에 대한 추모와 칭송을 하는 작품 등이 창작되었다.

휴전 이후에는 남한에 대한 도덕적, 역사적 우월성을 바탕으로 한 이른바 '조국해방전쟁'에 승리했다는 북한 스스로의 선전에도 불구하고 전쟁으로 빚어진 참화를 복구하기 위해서는 강도 높은 동원체제가 만들어져야만 했다. 또한 앞으로도 북한이 남한을 해방시킬 수 있는 민주기지가 되기 위해서라면 상대방과의 확실한 구별을 통해 지속적인 우위를 차지할 수 있어야 한다고 보았다. 이에 따라 일체의 낡은 것과는 결별과 투쟁을 선언한다. 전쟁 시기까지도 북한에서 큰 역할을 담당했던 임화나 김남천 등 남로당계 문인들이 전쟁 이후 대거 숙청된 것이 이를 직접적으로 반증한다. 김일성을 중심으로 한 흔들림 없는 사회 체제 구축에 나서면서 이른바 반종파투쟁이 전 분야에 걸쳐 나타나게 된 것이다.

이미 조기천의 『백두산』을 통해서 북한의 역사와 당의 기원으로 삼게 된 김일성의 항일투쟁과 그 정신의 계승을 다룬 리맥의 「나는 로동당원이다」, 안룡만의 「어머니-당의 노래」, 김학연의 「화선에서」, 김영철의 「당과 조국을 위하여」, 김조규의 「간호장 박기춘」이나 서만일의 「봉선화」 같은 작품들이 발표되었다. 특히 서만일의 작품은 전쟁으로 인해 부상당한 병사들을 돌보는 간호사를 그리고 있는데, 절제된 어조와 더불어 토속적 소재인 '봉선화'를 매개로 정서를 표현함으로써 나름대로 서정성을 확보하고 있는 작품으로 전쟁기간 동안 발표된 북한시 가운데 높은 평가를 받기도 했다.16) 하지만 이 시기 발표된 작품의 주인공들은 대다수가 김일성의

---

15) 당시 발표된 시작품들의 모음집으로 문화전선사에서 간행한 종합시집 『한 깃발 아래에서』(1950.3)가 있다.

16) 오성호, 『북한시의 사적 전개과정』, 경진, 2010, 65~66쪽.

항일투쟁정신을 이어받은 당원들이자 영웅적 전사로서 어려운 상황 앞에서도 꺾이지 않는 의지와 조국을 위해서라면 기꺼이 자신을 바치겠다는 희생의 정신을 대변하고 있는 존재들이다. 따라서 이들은 모두 평범한 인물들이었음에도 불구하고 자신에게 주어진 임무를 성실히 수행함으로써 영웅적 면모를 드러낸다. 전시를 비롯하여 전후에 가능한 모든 자원들을 필요로 하는 총동원의 입장에서 북한 인민들의 희생과 헌신을 적극적으로 이끌어내기 위한 의도가 반영되어 있는 것이다.

따라서 당대에 필요로 하고 있던 북한 내부의 가치들을 구현하고 있는 인물들로서 도식적인 구도를 피할 수 없었는데, 한편으로는 그에 대한 비판도 나오게 된다.[17) 이는 당시 영향을 받고 있던 소련의 상황과도 연관이 있다. 1953년 스탈린 사후 소련 역시 문예 이론의 정립에 대한 논쟁이 있어왔는데, 북한에서도 사회주의적 사실주의를 둘러싸고 낡은 것과 새것이라는 대립구도하에 지속적인 문제제기가 발생한 것이다. 이 시기 북한의 시에 주된 기법으로 나타나고 있는 '풍자' 역시 이 때문에 사회적 지지를 받게 되었다. 풍자를 통한 낡은 것에 대한 비판과 폭로는 비판의 주체인 '새로운 것'의 위치를 보다 명확히 하는 한편, 도덕적 우월성을 자연스럽게 확보하는 동시에 일반 대중에게 보다 효과적인 동의를 얻어낼 수 있는 효과적인 방법이기 때문이다. 대표적인 작품으로는 정준기의 「그의 목덜미를 짚으라」, 박석정의 「토론만 하는 사람」 등을 들 수 있다.[18)

하지만, 이 같은 비판의 자율성 역시 스탈린 사후 소련에서 벌어진 그의 개인숭배에 대한 비판이 행해지면서 북한에서도 당의 집체적인 지도

---

17) 김명수, 「서정시에 있어서의 전형성·성격·쓰찔」과 박근, 「서정시에서 갈등과 성격」,(『조선문학』, 1956.6) 그리고 엄호석 「시대와 서정시인」,(『조선문학』, 1957.7) 등을 들 수 있다.
18) 오성호, 앞의 책, 77~78쪽.

를 강조하는 분위기 가운데에서 잠시 동안 이루어질 수 있었다. 전후에 이루어진 본격적인 복구건설을 위해서는 보다 강력한 중심 체제를 필요로 했는데, 1957-8년 '천리마운동'이 본격적으로 시작되면서부터는 토론과 논쟁을 통한 방법보다는 흔들림 없이 사회주의 국가 건설을 추구할 수 있는 강력한 지도가 필요해진 것이다. 이에 따라 김일성을 중심으로 한 당의 지도가 강조되는 가운데 ① 당의 의도와 사상노선에 충실할 것, ② 인민의 현실, 곧 생산현장에 파고들어 그 체험을 바탕으로 할 것, ③ 사회주의 예술이 요구하는 바 군중의 지도와 교양에 기여할 것, ④ 천리마 기수들의 영웅적인 모습을 부각시킬 것[19]과 같은 구체적인 창작 지도이론이 제시되기에 이른다. 이에 따라 노동의 각 현장에서 벌어지는 사건들과 그와 관련된 구체적 인물이 등장하는 작품들이 창작되기에 이른다.

구체적으로는 우선 기존 농지 소유 체제에 대한 비판과 더불어 농업에서의 생산성 향상을 위한 농촌 집단화 문제가 제기되었다. 1953년 당 중앙위원회 제6차 전원회의에서 김일성에 의해 처음 제기된 이 문제는 당시 부농들의 반발이 있었지만 결국 58년도에 이르면 집단화가 완료된다.[20] 허진계의 「모닥불」, 박산운의 「논두렁회의」 등의 작품은 이 집단화가 이루어지는 가운데 아직도 구태를 버리지 못한 주인공이 결국 집단화의 장점을 직접 목격하게 되면서 스스로를 반성하고 적극적으로 동참하게 되는 내용을 담고 있다.

이후 전후복구건설이 어느 정도 가시적인 성과를 이룩하게 되면서 이용악의 연작시 「평남관개시초」, 정문향의 「새들은 숲으로 간다」, 김순석의 『황금의 땅』 등 실제 북한 대중들의 희생과 노력으로 결실을 맺은 사업에 대한 평가와 그 감격을 다룬 작품들이 창작된다. 이 작품들에는 '인

---

19) 김일성, 「천리마 시대에 맞는 문학을 창조할 것」, 『김일성 저작집』 14, 조선로동당 출판사, 1972, 453~455쪽.
20) 서동만, 『북조선 사회주의체제 성립사』, 선인, 2005.

민영웅'들이 등장하고 있지만, 이같은 성과는 무엇보다 문제 제기에 이은 '현지 지도'를 통해 대중들의 실질적인 삶의 개선을 위한 열성적인 노력을 아끼지 않은 김일성의 헌신 때문이라고 할 수 있다. 안용만의 「수령의 미소」, 양운한의 「그분의 손길」 등의 작품은 이처럼 현지지도를 나온 김일성과 현장 노동자와의 감격스러운 만남을 통해 북한이 몰두하고 있던 전후 복구건설을 위한 노력이 김일성을 중심으로 끊임없이 이루어질 수 있도록 정신무장을 요구하고 있다고 할 수 있다. 전후 복구 건설의 가시적인 성과와 더불어 이와 같은 정신무장은 북한 대중들에게 여전히 제국주의의 압제에 시달리고 있는 남한을 해방시킬 수 있는 자신감을 부여한다. 상민의 「황태자전하」, 조벽암의 「서운한 종점」이나 「확성기 소리 울려가는 남녘」 등 남한의 정세에 대한 비판이나 통일에 대한 강한 열망을 드러내는 작품들은 결국 전후 복구 건설기에 김일성이 강조한 '민주기지 강화론'의 연장선상에서 창작되었다고 할 수 있다.

4) 사회주의 확립과 문예이론

해방 직후부터 전쟁을 거쳐 전후 복구를 향해 총력운동을 펼치는 시기에 이르기까지 북한에서는 김일성을 중심으로 한 사회주의적 체제를 비교적 짧은 기간 안에 성립할 수 있었다. 때문에 성립과정에서부터 자유로운 논의보다는 당이 주도하는 사회적 요구에 부응할 수 있는 지도방안이 각 분야에 제시되었다. 문학의 경우도 예외는 아니어서 일찍이 '『응향』사건'에서 볼 수 있었던 것처럼 미적 자율성을 보장하기보다 사회주의적 가치나 그 우월성을 실천적으로 드러낼 수 있는 문예이론이 중시되었다. 하지만 처음부터 하나의 주도적 문예이론이 존재했던 것은 아니다.

해방 직후 기존의 문학과 차별성을 요구하는 논의들이 나오는 가운데

이기영은 북한에서 요구되는 문학예술을 '인민예술'이라고 말한다. 그에 의하면 인민예술이란 유물사관에 의한 올바른 세계관을 바탕으로 사회주의 예술의 특수성과 사상성에 대한 인식을 창작의 기초에 두고 그에 걸맞는 창작기술을 통해 내용과 형식이 통일된 작품을 생산해야 한다는 것이다.[21] 하지만 구체적인 창작 원리를 제시하는 데에는 이르지 못한다. 이어 한효에 의해서 새로운 창작방법론으로 제시된 것이 '혁명적 낭만주의'이다. 그는 기존의 창작방법론에 대한 탐구가 서구 이론에 대한 무비판적인 추수이며 지나치게 도식적이라는 점을 비판한다. 그리고 사실주의나 낭만주의에 대한 정확한 이해를 바탕으로, 기존의 부르주아 문학에서는 분리되어 있던 두 가지의 경향을 진보적 민주주의에 입각해서 결합시킨 혁명적 낭만주의를 통해서 작품을 창작해야 한다는 것이다.[22]

47년경에는 창작과 관련된 구체적이고 실질적인 문학예술장작방법론으로 '고상한 사실주의'가 공식 채택되는데, 이것은 이후 주체문예이론으로 이어지는 북한의 도식적이고 획일적인 문예이론의 선구적 역할을 하게 된다.

> 1946년 북조선문학자, 예술가들은 우리 조국과 우리 인민과 우리의 영명하신 영도자 김일성장군에 대한 무한한 헌신성을 발휘하면서 우리 문학과 예술 사업을 민주주의 조국건설의 참다운 '차륜과 나사'가 되게 하기 위하여 투쟁해왔으며 일제의 극악한 민족압박과 봉건압박으로 말미암아 현저한 낙후상태에 놓여 있는 조선민족문학과 민족예술을 세계문학예술의 최고의 높이에 제고시키기 위하여 투쟁해왔던 것이다. (…중략…)
> 조선문학과 예술이 이 고귀한 역할을 놀기 위하여서는 우리의 문학예술작품이 고상한 사상으로써 충실되어 있어야 하며 고상한 예술성을 보유하여야만 가능한 것이다.

---

21) 리기영, 「창작방법상에 대한 기본적 제문제」, 『문화전선』 창간호, 1946.7.
22) 한효, 「창작방법론의 전제」, 『문화전선』 2호, 1946.11.

이 위대한 시대에 호흡하는 우리 문학자 예술가들은 고상한 사상으로써
무장되고 고상한 예술적 수단을 보유함으로써 참으로 '인간정신의 기사'의
역할을 놀 수 있는 많은 우수한 문학과 연극, 음악, 미술, 무용, 영화, 사진
등을 내놓으므로써 조국건설을 방조하는 영광스러운 임무를 수행하여야 한
다.23)

이 결정서를 통해 알 수 있듯이, 새로운 조국을 건설하는 '고귀한 임무'
를 맡게 된 문학예술인들에게 제시된 '고상한' 태도는 창작방법론이자 누
구나 갖추어야 할 당위적 태도이다. 실제로 이 결정서는 당위적 책무를
다하지 못하는 것에 대한 '결점'까지도 구체적으로 제시하면서 구태를 벗
고 새롭게 제시되는 방법에 의한 창작활동을 독려하고 있다.

'고상한 사상성과 예술성'이 북한문학의 새로운 지침으로 확정된 뒤, 안
막은 「민족문학과 민족예술 건설의 고상한 수준을 위하여」(『문화전선』 5호,
1947)라는 글을 통해서 '고상하다'는 말이 단순히 예술분야에만 국한되는
것이 아니라 사상이나 도덕, 감정 등 전 분야에 걸쳐 적용이 가능하다고
하면서 '고상함'이라는 의미의 외연을 확장한다. 특히, 조국과 인민의 이
익에 부합하는 민족적 품성을 고상한 품성이라 하고 그것을 지닌 '새로운
조선사람'의 형상화를 주문하고 있는데, 이것의 전형적인 인물을 상정했
을 경우 북한 내의 논리상 김일성으로 수렴될 수밖에 없다는 점에서 고상
한 사실주의는 이후 수령형상문학론으로 이어질 단초를 제공한다.

이후 한효의 「고상한 리얼리즘의 체득-문학창조에 대한 김일성장군의
교훈」(『조선문학』, 1947.9)이나, 「북조선문학예술총동맹 제4차 중앙위원회 결
정서」(『조선문학』, 1947.12) 등을 통해 '고상한 리얼리즘'은 유동적인 의미를
가지고 있는 수사적 표현에서 12가지 구체적인 지침을 포함하여 북한에
서 유일무이한 창작방법론의 지위를 갖기에 이른다.24) 전쟁 시기에는 고

---

23) 「북조선문학예술총동맹 제1차 확대상임위원회 결정서」, 『문화전선』 4호, 1947.

상한 사실주의를 배경으로 한 '고상한 애국주의'가 하나의 방법론으로 제시된다. 기본적인 의미에서는 큰 차이가 있는 것은 아니지만, 전쟁에 임하는 인민들의 내면을 결속하기 위한 실천적인 방편으로서 승리를 위한 희생을 다짐하는 내용을 그려야 하는 것으로 보다 구체화된다.

전후 국토의 복구와 사회주의 건설을 위한 혁명적 대고조를 강조하면서 본격적으로 시작된 천리마운동시기에는 역시 사회적 목표를 독려하기 위한 문예이론으로서 '천리마 기수'의 형상을 내세우는 것이 강조되었다. 천리마 기수란 원래 공업부문을 중심으로 생산성 향상을 통한 경제 개발 정책으로 시작된 천리마운동에서 생산 현장에서 뛰어난 성과를 거둔 사람들에게 훈장을 수여하고 부른 명칭이었다. 실제로 천리마운동을 통해서 북한의 공업생산량이 증가하자 그 결과에 주목한 김일성은 천리마 시대에 맞는 예술을 창조할 것을 독려하는 창작지도 지침을 발표한다. 이처럼 천리마운동 자체가 사회 전 분야로 확산되면서 천리마운동은 사상적 동원의 성격을 가질 수밖에 없게 되었고, 이 과정에서 천리마 기수는 사회주의 낙원 건설을 향한 일종의 정신적 구심점으로 기능하게 되었다. 말하자면, 천리마 기수는 오로지 당과 국가를 위해 사심 없는 희생과 도덕정신으로 무장한 새로운 공산주의적 인간형이라고 할 수 있다.[25]

---

24) 고상한 사실주의의 의미 확장과 정착 과정에 대해 보다 자세한 내용은 오태호, 「해방기 북한문학의 '고상한 리얼리즘' 논의의 전개 과정 고찰」, 『우리어문연구』 46집, 2013 참고.
25) 다음의 글은 이 같은 천리마 기수의 의미를 잘 말해주고 있다.
"서정시에서 공산주의자의 전형을 창조한다는 것은 결코 어떤 모범 일군을 한때 미담을 이야기하거나 이런 사람들의 외모적 초상과 행동을 전달하는 것을 결코 의미하지 않는다. 그것은 전체를 위하여 살며 전체 속에서 자신의 행복을 찾으며 당과 혁명의 의지대로 사는 사람들의 항구적인 도덕적 품격과 그의 인도주의적 정신 세계의 높이를 전형화한다는 것을 의미한다."(박종식, 「서정시와 현대성」, 『조선문학』, 1961.7. 104쪽)

불에 데인 어린 하수에게 나누어 준
한없이 귀중한 당신들의 피와 살이여
사람에 대한 뜨거운 사랑으로 하여
피와 살 바쳐도 아픈 줄 몰랐어라

우리 어느 때 이처럼 값 높은 이야기
이처럼 가슴 뜨거워지는 이야기를
한 번인들 듣고 또 본 일이 있었던가
또 어찌 생각인들 할 수 있었던가?

(…중략…)

로농당 시대의 우리 천리마 기수들은
로동 계급의 아들 딸이 모두 자기 혈육
피도 아낌 없이 웃으며 뽑아 주고
살도 거리낌 없이 태연히 나눠 주누나
　　　　　　　　－박팔양, 「귀중한 당신들」 부분26) －

　화상을 당한 '하수'라는 소년의 치료를 위해 자신들의 피부를 이식해서 치료한 흥남 의대생들의 이야기를 소재로 하고 있는 이 작품에서 볼 수 있는 것처럼, 천리마 기수는 사회적 가치의 실현을 위해서라면 기꺼이 자신을 희생할 줄 아는 존재들이다. 같은 소재를 다룬 안충모의 「학창시절에」를 비롯하여 이병철의 「아바이 안전원」, 정서촌의 「하늘의 별들이 다 아는 처녀」, 민병균의 「별들은 알고 웃고 있다」 등의 작품들에서 이 같은 인물형상은 반복해서 나타나고 있다.
　수지하듯 천리마 기수 형상의 창조는 생산성 증대를 통한 경제 발전을 이룩하기 위해 제시된 창작방법론이라고 할 수 있다. 그러나 북한 내부적 논리 안에서 모든 발전은 근본적으로 당과 김일성의 영향력을 벗어나서 이루어질 수는 없다. 따라서 천리마 기수를 통한 발전을 강조하는 한편으로 항일혁명가 그리고 궁극적으로는 항일혁명을 이끈 지도자인 김일성을 그 역사적, 도덕적 기원에 두게 된다. 따라서 김일성 수령의 지도를 받아들여 자발적인 실천에 나선 북한의 인민들은 천리마운동이 단순히 국가 주도적인 일방적 움직임이 아니라 그 안에서 김일성 수령과 보다 끈끈한 관계를 맺을 수 있는 계기로 받아들여진다. 끝없이 이어지는 혁명 전통의 역사 속에서 김일성을 위시한 북한 인민 전체가 '혁명의 대가족'을 이루는 것이 가능해지는 것이다.

5) 주체문예이론과 북한의 시

(1) 주체문학론의 확립과 주체형 공산주의자의 전형성 창조

① 주체문학론의 확립과정

해방 이후 유물사관에 기초를 둔 사회주의 문예이론을 상황에 맞추어 발전시켜왔던 북한문학은 1967년을 기점으로 이와는 완전히 다른 변모를 하게 된다. 김일성을 비롯하여 후계자가 될 김정일, 그리고 가계 전체를 중심으로 북한 유일의 주체사상과 주체사관에 바탕을 둔 주체문학론의 도입이 바로 그것이다. '주체'라는 개념은 원래 반종파 투쟁의 기치를 내걸고 사대주의를 비판하면서 숙청 등을 통해 북한의 정권을 확립하기 위해 내세운 것이었다. 이후 60년대 들어 북한은 전후복구사업에 소련이나 중공 등 사회주의 국가들의 지원을 바랐으나 그것이 뜻한 바대로 되지 않았다. 자립적 노선을 걸을 수밖에 없게 된 상황에서 북한은 자립의 노선을 걷게 되었고 그것이 주체주의를 전면화하는 계기가 되었다.

초기에 주체사상은 근로인민대중이 모두 저마다 '주체'가 되어 교조주의를 배격하고 조국의 발전을 위해 자발적으로 나서야 한다는 정도의 실질적인 운동에 가까웠다. 모스크바대학 철학연구원에서 공부를 마치고 돌아온 황장엽이 1958년 마침내 중앙당 서기실의 이론비서로 발탁되면서부터 다소 막연했던 주체의 개념은 철학적 체계를 갖추게 된다. 그리고 일찍부터 당의 선전선동부에서 활동하고 있었던 김정일에 의해 드디어 수령인 김일성이 주체사상의 절대적 핵으로 위치하게 되었다.[27] 1967년 5월 제15차 당중앙위원회 전원회의에서 항일유격투쟁과정에서부터 김일성의 동지였던 이효돈, 김도만, 박금철 등을 숙청하면서 김일성에 대한 개인숭배체제는 가속화의 길을 걷게 된다. 이후 연말에 개최된 조선민주주의 인민공화국 최고인민회의 제4기 제1차 회의에서 김일성이 내각 수상의 명의로 된 논문 「국가 활동의 모든 분야에서 자주, 자립, 자위의 혁명전신을 더욱 철저히 구현하자」를 발표함으로써 주체사상은 북한 내 전 분야의 확고한 지도지침으로 공표되기에 이른다.

② 수령의 형상

주체문학론이 문학창작방법론으로 확정된 이후 실질적인 목표는 수령의 유일성과 절대적 능력을 찬양하는 한편, 그에 대한 충성을 다짐하는 송가의 창작이다. 이는 특히 김정일의 주도적 노력으로 발족된 '4·15 문학창작단'의 집체활동을 통해서 이루어졌는데 「수령님의 만수무강 축원합니다」(1970) 등이 그 대표작이라고 할 수 있다. 이때 구체적인 문학적 형

---

27) "당의 유일사상체계는 곧 수령님의 사상체계이며 영도체계입니다. 우리당 안에서는 오직 수령님의 혁명사상과 영도만이 있을 수 있으며 그것을 떠나서는 우리당의 존재에 대하여 생각할 수 없습니다. 위대한 수령님의 혁명사상은 우리당과 혁명의 영원한 지도사상입니다."(1967년 6월 15일 발표)
김정일, 「반당혁명분자들의 사상여독을 뿌리 빼고 당의 유일사상 체계를 세울 데 대하여」, 『김정일선집』 1, 조선로동당출판사, 1992, 238쪽.

상화로 요구되는 것이 '수령형상창조'이다. 이에 대한 직접적 정의는 다음과 같다.

> 사회주의, 공산주의 문학예술에서 노동계급의 위대한 수령의 영광찬란한 혁명활동력사와 숭고한 공산주의적 풍모를 형상화하는 것, (…중략…) 수령의 형상을 창조하는 것은 사회주의, 공산주의 문학예술의 건설과 창조에서 나서는 가장 중요한 문제이며 로동계급의 혁명적 문학예술의 당성을 규정하는 근본적인 고리이다. (…중략…) 사회주의, 공산주의 문학예술은 수령의 혁명사상을 구현하고 수령의 혁명위업에 복무하는 것을 사명으로 한다. 사회주의, 공산주의 문학예술이 수령의 혁명사상을 구현하며 수령의 혁명위업에 복무하려면 수령을 빛나게 형상하는 것이 무엇보다도 중요한 문제로 나선다.[28]

여기서 '수령'은 보편적 용어가 아니라 김일성을 지칭하는 것임은 물론인데, 이처럼 주체형 공산주의자의 최고 전형으로서 김일성을 집중적으로 형상화할 수 있어야 한다는 것이 주체문학론의 요지라고 할 수 있다. 이에 따라 가장 먼저 김일성의 개인적인 덕성과 함께 그가 벌였던 항일투쟁활동이 먼저 다루어진다. 김일성의 개인사는 고스란히 북한 인민에 대한 구원사와 다르지 않으며, 북한문학 역시 김일성 수령으로 끊임없이 회귀함으로써 수령이 인민의 구원자임을 보여줄 수 있어야 하기 때문이다.[29]

> 오, 백두산이여!
> 만고풍상을 이겨낸 조선의 산이여!
> 경애하는 어버이수령님을 우러를 때
> 언제나 함께 떠오르는 이름이여!
>
> 이 나라 강산에 해와 달은 빛을 잃었어도

---

28) 사회과학원 주체문학연구소, 『문학예술사전』 중, 과학백과사전종합출판사, 1991.
29) 오성호, 앞의 책, 134쪽.

인민은 너를 우러러보았다.
네 머리우에 빛나는 하나의 큰 별,
찬란히 광채를 뿌리는 장수별을…

아, 민족의 태양 김일성장군!
조국의 운명을 한몸에 안으시고
동에 번쩍 서에 번쩍
일제의 머리우에 불벼락 안길 때
너의 뇌성벽력은 장군님의 서리발기상이 되였다.

－리맥, 「백두산」 부분30) －

장편서사시인 이 작품에서 볼 수 있는 것처럼 '백두산'과 같이 북한을
상징할 수 있는 자연물을 등장시키는 한편 그것을 김일성의 능력과 연결
해서 수령을 절대적인 의미로 자연스럽게 만들고 있다. 리맥의 다른 작품
「인민이 드리는 축원의 한 마음」과 「빛나라 영광의 반세기여」, 오영재의
「태양은 누리를 비친다」와 「주체의 태양」 등 수많은 작품들이 이와 비슷
한 방식을 통해서 수령의 형상을 창조하고 있다. 이와 더불어 김일성의
가계 전부를 '혁명적 가정'으로 형상화하기 시작한다. 북한문학이 지도적
인 창작방법론만을 도식적이고 기계적으로 따른 채 자율성을 바탕으로
생동하는 문학과 멀어지게 된 결정적 지점이 바로 여기이다. 모든 것의
중심으로서 김일성은 출생부터 현재에 이르기까지 그 어떤 갈등의 요소
없이 가치가 이미 구현된 상태이거나 최소한 그것의 예비 상태로 문학작
품에 형상화되어야 했다. 이를 위해서는 그의 가계 역시 주체사상의 실현
을 가져올 수령의 행위를 준비하고 예견할 수 있는 것으로 그려져야 했기
때문이다. 이것은 이전 시기 북한문학이 실제의 사건이나 인물들에 의미
를 부여하는 다소 소극적인 방식과는 달리, 목적을 위해서 문학의 자율성

30) 『인민의 념원』, 문예출판사, 1976.

을 적극적으로 재구성하는 데로 나아갔음을 확연히 보여준다.

수령의 위대함은 초월적이고 절대적인 동시에 인민의 곁에서 그들의 어려움을 직접 듣고 또한 실질적으로 해결해주는 친근한 어버이의 모습으로 그려진다. 구체적으로는 인민과 수령을 매개해주는 '당'을 강조하는 한편,[31] 김일성의 인간애를 내세우게 된다.

> 무릎을 가리운 병사의 낡은 솜옷
> 전선에서 아버지가 입고 온것이리
> 그이의 시선은 무거우셨고,
> 용감한 병사의 아들다웁게
> 어깨를 쭉 펴고 서있는
> 그 소년이 기특하신듯
> 작은 어깨를 두드리시던 어버이수령님
> ― 박세옥, 「어버이사랑에 대한 이야기」 부분[32] ―

이 작품에서 볼 수 있는 것처럼, 김일성은 낡은 옷을 입고 있는 소년의 모습에 가슴 아파하고 거기에 그치는 것이 아니라 전국의 아이들에게 옷을 입히고자 스스로도 또 인민 전부에게 절약을 강조하는 인간적인 모습으로 그려지고 있다. 인훈·김석천의 「인민의 어버이」, 김석주의 「창밖에

---

31) 주체문학예술의 이론적 근간인 '당성'이 여기에서 비롯된다. 직접 인용해보면 다음과 같다.
"문학예술이 당의 수중에 장악된 힘있는 사상적무기로서 당과 수령에게 충실하고 당과 수령의 혁명위업을 위하여 복무하려면 마땅히 수령의 혁명사상, 당의 유일사상으로 일관되여야 한다. 사회주의문학예술은 창작사업에서 수령의 사상과 그 구현인 당정책에 철저히 의거함으로써 당성을 뚜렷이 구현하게 된다. 수령의 사상과 당정책을 창작의 기초로 하고 창작 전과정의 지침으로 삼으려 창작총화의 기준으로 삼는데 사회주의문학예술이 당성을 철저히 구현한 혁명적문학예술로 되는 확고한 담보가 있다."(사회과학원 주체문학연구소, 『문학예술사전』 상, 과학백과사전종합출판사, 1991.)
32) 『인민의 넘원』, 문예출판사, 1976.

비가 와도 눈이 내려도」, 정서촌의 「조선의 새벽별」, 안창만의 「태양의 노
래」, 리일섭의 「우리 어버이」 등 김일성의 인간애를 강조하는 작품들이
대거 창작된다.[33] 뿐만 아니라 김일성의 아내인 김정숙이나, 중단 없이 혁
명과업을 완수할 수 있는 후계자로서의 김정일에 대한 찬양도 수령을 형
상화하는 창작 범주에 적극적으로 포함시킨다.[34]

> 가시덤불과 험산준령 많던
> 혁명의 새벽길을 개척하시고
> 주체의 락원 조국땅에 마련하신
> 위대한 수령님의 찬란한 그 위업
>
> 그 위업 이어받으시여
> 주체사상의 깊은 진리
> 만민의 가슴가슴에 안겨주시고
> 온 누리를 찬연히 빛내이시는
> 친애하는 지도자 김정일 동지!
>   ─김윤호, 「오직 한마음 억년청춘을」 부분[35] ─

위에서 직접 확인할 수 있는 것처럼, 김일성 수령의 모든 위업은 자연
스럽게 아들인 김정일에게로 흘러들어간다. 이것은 주체사상과 또 그 중
심으로서 수령의 절대성을 드높이는 한편, 선대의 가계와 더불어 후대로

---

33) 김경숙, 「북한 '수령형상문학'의 역사적 변모양상」, 『민족문학사연구』 51권, 2013.
34) "우리 문학의 사상예술적 높이는 무엇보다 노동계급의 문학에서 초미의 문제이며,
혁명적 수령관 확립에서 기본을 이루는 수령형상창조를 성과적으로 진행하고 있
는 데서 나타나고 있다. 여기에서 우리를 기쁘게 하는 것은 당중앙을 영원히 모시
고 따르려는 우리 인민의 절절한 염원과 의지를 반영하여 사상의 영재이며 탁월한
영도력과 고매한 공산주의적 덕성의 체현자인 김정일 동지의 숭고한 모습을 다양
한 형식으로 모시기 시작한 것이다."(강능수, 「혁명적 문학건설의 위대한 기치」, 『조
선문학』, 1985.1.)
35) 김윤호, 『내고향』, 문예출판사, 1987.

이어지면서까지 변함없는 수령의 위대함이 총체성을 획득하는 방법이기도 하다. 이와 더불어 외부적으로는 수령의 권력이 김정일로 승계된다고 하더라도 북한이 추구하는 가치는 훼손됨 없이 흔들리지 않고 이어질 것이라는 확신을 심어줄 수 있다.

③ 숨은 영웅

'수령 형상'을 통해 김일성을 중심으로 한 당의 지배는 확고하게 성립할 수 있었다. 이것이 북한 인민들의 정신적 무장을 확고히 하는 방법으로 내부적 결속을 다지는 방법이었다고 한다면, 천리마 대고조기 이후 북한 사회 전반적인 생산성의 감소는 주체사상을 훼손하지 않는 범위에서 보다 실질적인 방법을 고안해낼 필요가 생겼다. 그것은 생산을 담당했던 계층인 노동자와 농민들에게서 김일성의 숭고한 정신을 일상에서 그대로 계승해서 보여주는 '숨은 영웅'을 그려내는 방법이다. 1980년 10월에 개최된 제6차 당대회에서 '숨은 영웅 따라 배우기 운동'이 제안되었는데 수령형상이 본받고 따라야 할 최선의 가치라고 한다면, '숨은 영웅'은 그것을 그대로 일상에 구현한 전형으로 그 어떤 대가도 없이 사회 전체를 위해 어떤 어려움이 있어도 자신에게 주어진 일을 묵묵히 완수해나가는 존재라고 할 수 있다. 숨은 영웅은 모습 그대로 주체사상이 실현된 일종의 결과물이자 다시 그 사상의 완벽함을 보여주는 증거이기도 하다.

이것은 먼저 3대 혁명 소조원이나 당 일꾼 등의 형상으로 제시되었다. 특히, 중요한 형상으로 제시된 것은 1975년 김정일의 지도로 주창된 '3대 혁명 붉은기 쟁취 운동'을 행하는 소조원들이었다. 3대 혁명 운동은 '사상도 기술도 문화도 주체의 요구대로!'라는 슬로건 아래 사상, 기술, 문화의 각 분야에서 자신이 맡은 일을 책임지고 완수할 수 있도록 정신 무장을 강요하는 운동이었다. 그리고 그 운동을 담당할 운동원들로는 당시 신세대 엘리트 대학생들을 구성하여 각 생산 현장에 투입하게 된다. 이들은 김정일의 정치적 전위부대로서 현장에 파견되어 중간간부와 노동자의 중간에서 이른바 낡은 사고와 태도를 쇄신하는 역할을 담당하고 있었다.[36]

> 가는 길이 어렵고 일이 험해도
> 어버이 수령님의 뜻을 받들어
> 금은보화 캐는 일에 앞장서자고
> 흥분 어린 음성, 그 숨결 뜨겁던
> 3대 혁명 소조원 동무여
>
> 불빛 환한 칸데라를
> 물기어린 암벽에 걸어놓고
> 하루일의 시작에 앞서
> 어버이 수령님의 교시를 한자한자 새겨주는
> 그것을 생활의 첫 일과는 삼는 그대
>   ―김영남, 「막장의 불빛」 부분[37]―

이 작품에서 볼 수 있는 것처럼, 젊은 활력을 가진 이들은 힘겨운 노동의 현장에 활력을 불어넣는 것이 가능한 존재들인 동시에, 수령의 가치를 있는 그대로 전달하는 것이 가능한 순수한 존재들로 그려진다. 김정호의 「높이 들자, 3대혁명 붉은기」, 오필천의 「3대혁명의 진군길 따라」 등을 통해서 3대 혁명 소조원들의 모습은 공산주의의 전형으로 나타난다. 이른바 '신세대론'의 일종이라고 할 수 있는 이같은 방법은 성과를 거두기 어려운 이중의 단점을 지니고 있다고 할 수 있다. 주체사상의 관점에서라면 이들은 다른 사상을 전혀 받아들이지 않은 순수한 주체사상의 세대로서 현장의 '낡은 것'들을 배격하고 지도할 수 있어야 하시만, 실무적인 판단에서는 경험이 많은 노동자나 관리감독자의 지식을 따라갈 수 없다. 다른

---

36) 오성호, 앞의 책, 169쪽.
37) 『조선문학』, 1976.8.

한편으로 이들은 교육받은 젊은 엘리트 계층으로서 미래를 책임져야 할 새로운 계층으로 제시되었지만 특정 집단이나 계층의 강한 이미지로 인해서 사회적 위화감을 조성할 우려가 바로 그것이다. 따라서 3대혁명 소조원들에 대한 형상화는 지속적으로 이루어지는 한편 새로운 전형에 대한 다양한 논의가 이루어지는 가운데 이 같은 단점을 피하는 한편 인민들의 자발성을 강조하기에 더욱 용이한 형태로서 '숨은 영웅'이 제시되기에 이른다.

> 숨은 마음
> 사람마다 그 마음 간직하고
> 사람마다 그 길을 걷기에
> 수수한 작업복에
> 흔히 보는 보통사람
>
> 저만이 간직한 속 깊은 마음 다 알 수 없어도
> 나에겐 생각되여라
> 그 모두 시대의 숨은 영웅인듯
>
> 꽃은 피여도 소리없이 피고
> 피여나는 것도 볼 수 없듯이
> 함께 일하고
> 이웃에 살면서도
> 우리 미처 모르고 지내는 숨은 영웅
>   -김석주, 「그 모습 수수하고 평범해도」 부분[38]-

'숨은 영웅'이란 이 작품에서 직접 제시되고 있는 것처럼 무엇보다도 먼저 "보통사람"을 말한다. 그리고 자신의 사회적 위치나 그에 따라 주어

---

38) 『조선문학』, 1980.6.

진 임무와 상관없이 수령과 인민을 위하여 자신의 위치에서 묵묵히 일을 해내는 우리의 "이웃"이다. 따라서 일반인들에게서 비롯된 숨은 영웅의 형상은 특별히 주어진 임무를 수행해내는 것이 아니어도 자신의 위치에서 공산주의적 가치를 실현하는 것이 가능하며, 주변 사람들을 직접적으로 감화시켜 주체사상에 어울리는 면모를 가질 수 있게 만드는 자발적인 모습이라고 할 수 있다. 강복례의 「공장의 주인공」, 강영수의 「운반공 처녀」 등의 작품에서 이같은 숨은 영웅의 형상을 찾아볼 수 있다. 숨은 영웅의 형상을 그려내고자 하는 노력은 일상에서 벌어지는 인민들의 모습을 자연스럽게 담아낼 수 있다는 점, 특수한 사건이나 영웅적 이름의 영향 아래에서 벗어나 시인들에 의한 소재 발굴이 가능하다는 점에서 어찌 보면 북한문학의 내부에 자율성을 불러일으킬 수 있는 가능성을 가지고 있다고 할 수도 있다. 하지만 '숨은 영웅'에 부여된 사회적 의미를 강조하는 방식은 결국 인민 전체에 대한 동원이라는 목표를 드러내는 방식으로 수령의 의미에 모두 수렴되는 결과를 빚어낼 수밖에 없었다.

(2) 『주체문학론』

김일성을 중심으로 하는 주체문학론이 지금까지도 북한에서 유일한 창작방법론이 되기까지 김정일의 역할은 절대적이었다. 1967년 북한 노동당 선전선동부 과장을 시작으로 곧 선전선동부를 장악한 김정일은 1973년 『영화예술론』을 시작으로 연극에서 무용, 음악, 건축에 이르기까지 각 문화예술분야의 이론서들을 간행하면서 세밀한 창작 지침을 지도해나갔다. 그런 가운데 주체문학론으로 처음 나온 단행본은 1971년 『혁명의 위대한 수령 김일성 동지의 주체문예사상』이다. 실제 창작활동의 지침으로 널리 알려진 것은 1975년 사회과학원 문학연구소가 집필한 『주체사상에 기초한 문예리론』이라고 할 수 있다. 총 11장으로 구성된 이 책은 일방적으로 수령의 위대함만을 강조하는 데에서 벗어나 구체적인 창작방법을 제시했다. 특히, 주체문예이론에서 나름 독창적인 이론으로 평가받는 '종자론' 역시 이 책에 의해 처음으로 등장하기에 이른다. 이 모든 과정에서의 단점을 보완한 결과로 제시된 것이 1992년 김정일의 『주체문학론』(조선로동당출판사)이라고 할 수 있다.

총 7장으로 구성되어 있는 이 책의 1장이 '시대와 문예관'이라는 점은 특기할 만하다. 이는 주체문예이론을 계승하는 한편으로 90년대 들어와 변화를 겪고 있는 시대적 요구에 부응하기 위한 것이라고 할 수 있기 때문이다. 따라서 김정일은 '주체성'을 강조하면서 동시에 민족적 특성을 고려해야 한다고 말한다. 특히 김정일은 "문학에서 어떤 인물을 전형으로 내세우려면 일반화의 요구와 함께 개성화의 요구"도 실현되어야 하며 "문학에서 사상성이 없으면 예술성이 없고 예술성이 없으면 사상성도 있을 수 없다"고 말하고 있다. 이처럼 '개성'과 '예술성'을 강조하고 있는 점은 북한 내부에서도 일정 부분 변화를 받아들이고자 하는 긍정적인 면이라고 할 수 있다.[39] 6장 '문학형태와 창작실천'에서는 보다 당위성을 극복하고자 하는 시도도 확인할 수 있어 보다 의미를 갖는다.[40]

2장에서는 민족문학의 전통을 재평가하고 새롭게 해석해야 한다는 주장을 펼친다. 복고주의는 당연히 배제해야 하겠지만, 조선시대의 문학적 전통을 아예 무시하는 것 역시 허무주의적 경향이라고 비판하면서 과거의 문학유산을 보다 유연하게 받아들여야 한다는 것이다. 김정일에 따르면, 계급주의를 의도적으로 표방하지 않은 작품에서도 시대의 현실을 잘 반영

---

39) 김종회, 「『주체문학론』 이후 북한 문학의 방향성」, 『한국문학논총』 39집, 2005.
40) "시문학의 서정성을 높이자면 시인의 개성적인 얼굴을 뚜렷이 드러내는 것이 필요하다. 시의 서정은 시인 자신의 정서를 직접 표현하는 주정이다."(김정일, 『주체문학론』, 조선로동당출판사, 1992, 228쪽.)

한다면 항일정신이나 반제의식을 드러낸 것이 있을 수 있기 때문이다.

이 같은 주체문학론에 의해 새롭게 제시되고 있는 것은 '주체적 인간'의 형상이다. 새로운 형태의 창작이론은 결국 인간에 대한 새로운 해석이라고 할 수 있으며, 이때 모든 것의 주인이면서 모든 것을 결정하는 존재로서 제시된 것이 바로 주체적 인간이라고 할 수 있다.[41] 이는 '사실주의 – 사회적 사실주의'의 단점을 극복하고 새로운 공산주의적 인간형을 제시하는 주체사실주의의 원칙으로 제시된다. 김일성이 직접 창작하고 공연한 작품인 『성황당』이나 '리순신 장군' 등이 주체사실주의를 잘 반영한 작품이라고 할 수 있다.

이 책에서 가장 중요한 부분은 5장이라고 할 수 있다. 북한의 문학이론 가운데 가장 독창적이면서 큰 비중을 차지하고 있는 '종자론'이 여기에서 처음으로 제시되고 있기 때문이다. 내용과 형식이 유기적으로 되어 있어야 함을 언급하는 종자론은 독창적 이론으로 평가를 받는다. 종자는 ① 작품의 핵으로서 작가가 말하는 기본문제가 있고, 형상의 요소들이 뿌리내릴 바탕이 있는 사상적 알맹이 ② 생활에 대한 진지한 연구와 그 본질에 대한 심오한 인식에 기초하여 파악된 사상적 알맹이 ③ 형상의 요소들이 뿌리내릴 바탕이 있는 생활의 사상적 알맹이 등의 뜻을 가지고 있다.[42] '종자'는 이처럼 영화를 비롯한 각종 문화예술장르, 심지어는 노동현장에서 생산성을 향상시키는 것으로도 등장하고 있지만 실제 '종자'가 무엇인지

---

41) "문학에서 주체성을 구현하는 것은 무엇보다도 인간을 그리며 인간에게 복무하는 문학 자체의 인간학적인 본성으로부터 흘러나오는 필수적인 요구이다. 문학은 자기 운명의 주인으로서 자주적으로 살며 발전하려는 자기 인민의 지향과 요구를 옳게 반영할 때에만 인간과 생활을 현실에서와 같이 진실하게 보여줄 수 있으며 인간을 존엄하고 힘 있는 존재로 키우는 데 참답게 이바지할 수 있다."(김정일, 위의 책, 29쪽.)

42) 김종회, 「해방 후 북한문학의 전개와 실증적 연구 방향」, 김종회 편, 『북한문학의 이해』, 청동거울, 1999, 25쪽.

는 더 이상 구체적으로 나타나지 못한다. 따라서 '종자'만 있으면 모든 성취를 이룰 수 있다고 하면서도 실제 작품의 창작에 있어서나 실생활에서 그것을 담기 위해서는 어떻게 해야 하는지에 관련되어 구체적인 창작방법에는 미흡할 수밖에 없다. 결국 『주체문학론』은 당위성을 극복하고 실제 생활에 이르기까지 개성과 예술성을 확보하려는 의도에도 불구하고 선군정치시대에 이른바 '총대문학'이나 '반제반미'를 드러내는 작품들의 창작을 유도하는 일방적인 지도의 역할을 하게 된다.

2. 수령형상 문학의 계승과 변이

1) 김정일 시대와 문예이론

(1) 김일성의 사망과 강성대국 시대

90년대 이후 북한은 연이은 동구권 사회주의 국가의 몰락으로 인한 국제적 고립과 사회주의 국가 체제 지속에 위기를 맞게 된다. 그리고 1994년 김일성의 갑작스러운 죽음은 내부적으로도 체제전환의 국면을 마련할 필요성을 깨닫게 된다. 경제적으로는 이전 시기부터 비롯된 물자 부족현상에 이어 95년의 대홍수 피해로 인해 공황상태에 빠지게 된다. 이처럼 정치적으로나 경제적으로 어려움을 겪던 시기에 북한은 또 한 번의 사상무장을 통하여 난국을 타개하고자 한다. 먼저, 김일성의 죽음은 갑작스러웠지만 김정일로의 권력 승계는 큰 무리 없이 이루어진다. 일찍이 암묵적으로나마 후계자의 역할을 자임해온 김정일은 1980년 조선로동당 제6차 대회를 통해 공식적인 2인자로 지정되었다. 따라서 김일성 사망 이후 3년간의 유훈통치 기간에 김정일로의 권력 승계가 큰 저항 없이 이루어질 수 있었다. 더구나 김일성이 사망한 이후에도 북한 내의 유일한 지도사상으로 한결같이 받들고 있는 주체사상의 체계화를 담당하고 완성시킨 것이 실제 김정일이었다는 점은 사상을 통한 내부의 결속 역시 무난하게 이어질 수 있음을 시사한다.

> 사실이였구나
> 수령님 돌아가신 것 사실이였구나
> 엄연한 현실이 번개같이 뇌리를 칠 때
> 눈물도 순식간에 마르고 오열도 뚝 멎으며
>
> (…중략…)
>
> 약해지는 마음 체념의 밑바닥으로 주저 앉으려 할 때
> 문득 벽에 모신 초상화 우러러보니
> ≪나 여기있소. 김정일 동지와 함께.
> 내 어디로 가겠소. 동무들을 두고…≫
>
> 그렇다! 명백해 졌다 모든 것!
> 김정일 동지 높이 모시고 나가는 길에
> 수령님은 언제나 우리와 함께 계신다!
> …지그시 지그시 굳어져 오르는 새로운 맹세여!
> ㅡ백인준, 「새로운 맹세」 부분43) ㅡ

발표 당시 조선문학동맹 부위원장이었던 백인준의 이 작품은 김일성의 사망 이후 김정일로 이어지는 북한 내부의 사정을 명확하게 보여주고 있다. 김일성의 죽음은 ㄱ 자체로는 물론 전 북한 인민의 주체할 수 없는 슬픈 사건임에는 분명하지만, 그것을 극복하는 한편 김정일을 중심으로 끊임없이 혁명 과업을 완수하는 것이 김일성의 '유훈'이었음을 깨닫고 그

---

43) 『조선문학』, 1994.8.

정신을 이어나가야만 한다. 이때 현실의 어려움을 극복하기 위해 내세워진 것은 '우리식 사회주의'라는 통치 이념이다. 이미 91년 5월 당 중앙위원회 책임 일꾼들에게 행한 담화에서 드러나고 있는 대로 '우리식 사회주의'는 서구 자본주의의 침략에 대항하고 있는 북한의 체제를 가장 우월한 것으로 내세우고 있다.[44] 이에 따라 문학 유산을 옹호하는 한편, 국토애 및 애국심에 호소하는 문학작품의 창작을 지도하는 '우리식 문학'을 비롯하여 전 영역에 걸쳐 북한을 거룩한 공동체로 만들기 위한 시도가 나오게 된다.

　구체적으로 그것은 두 가지 방식을 모색한다. 처음으로 선택된 것은 이상적인 목표를 설정하고 독려함으로써 곧 다가올 장밋빛 미래에 대한 환상을 공유하는 방법이다. '강성대국론'이 바로 그것인데, 심각한 경제난 속에서도 1998년 인공위성 광명성 1호를 발사하는 등 사회·문화의 전 영역에서 혁명적 낙관주의를 바탕으로 강한 나라를 건설할 수 있다는 희망과 함께 그것을 달성하기 위한 의지를 다짐한다. 하지만 대홍수로 인해 전체 곡물 수요량의 절반가량이나 부족한 수확량을 보이는 절대적 가난의 상황은 낙관적인 가치를 떠올리는 것만으로는 극복될 수 없는 것이었다. 따라서 정해진 목표를 달성하기 위해서는 한층 강한 사상적 독려가 필요할 수밖에 없게 되었는데, 그것이 바로 '선군정치론'이다. 선군정치란 말 그대로 모든 영역에서 군대를 가장 앞세우는 혁명적 노선을 말한다. 이는 그간 북한의 동원 정책이 노동자나 농민 등 생산 현장에서 일하는 계층을 통해서 이루어진 것과는 조금 다른 성격을 보여준다. 우선, 김일성에 비해 군대에서 작전을 행사한 경력이 없는 김정일이 군부의 지지를 얻기 위한 방책으로도 볼 수 있다. 하지만 이와 같은 '선군후로(先軍後勞)'의

---

44) 김영철, 「1990년대 북한시의 동향 연구」, 『한국시학연구』 7권, 2002.

노선은 군대의 엄격한 규율체계를 사회 전반의 지도이념으로 삼아 북한 사회 전체가 목적 달성을 위한 병영화를 이루어야 할만큼 당시의 시대 상황을 절박한 것으로 인식하고 있다는 방증이기도 하다.

북한은 이를 위해 선군혁명문학이라 명명하고 혁명적 군인정신을 체현하고 있는 인간의 형상을 그릴 것을 주문한다.[45] 그리고 그에 맞추어 김철혁의 「명령만 내리시라」, 김석천의 「영원한 우리의 노래」, 유동호의 「제2의 천리마 대진군의 노래」, 류명호의 「선군찬가」 등 '친애하는 장군님'의 명령에 대해 영웅적 희생정신을 가지고 결사관철하는 의지를 가진 인민군 장병들의 정치 도덕적 풍모를 그리는 시작품들이 창작된다.[46]

이와 더불어 북한 인민들에게 구체적으로 제시된 사회 운동이 바로 '고난의 행군'이다. 고난의 행군은 원래 일제강점기 시절 일본의 대규모 토벌작전으로 인해 항일유격활동을 하던 김일성의 부대가 추위와 굶주림 속에서 100일간의 행군을 한 사건을 말한다. 국민당의 장개석에 쫓긴 중국 공산당의 일화에서 비롯되었을 이 이야기는 사회적 운동으로 다시 되살아난다. 극도의 경제적 궁핍에 시달리던 시기에 이때의 행군과 같은 정신을 되살리는 것이 가장 필요하다는 의도였다. 이는 또한 60년대의 천리마 운동과도 그 맥을 같이 한다고 볼 수 있다. 하지만 천리마운동시기에는 그것을 이끄는 주 계층으로 생산 현장의 노동자들이 제시되었다고 한다면, 고난의 행군시기에는 그것을 선도하는 계층으로 군인이 부각되었던 것이 다른 점이라고 할 수 있다.

　　사람들이여
　　어버이 수령님이 그리울수록

---

45) 「인민군대의 정치사상적 위력을 깊이 있게 반영한 문학작품 창작에서 변혁을 일으키자」, 『조선문학』, 1994.7.

46) 오성호, 「수령 사후의 북한시 연구」, 『배달말』 43권, 2008.

머리들어 붉은기를 더 높이 우러르라
위대한 장군님을 받들려거든
붉은기 아래 다진 맹세
버리지 말라

　　　　　　　　　　　－홍현양, 「붉은기 찬가」 부분[47] －

'고난의 행군'은 '붉은기 운동'과 밀접한 관련이 있다. 1994년 8월 28일
『로동신문』의 「붉은기를 높이 들자」라는 김정일의 글을 통해 공식화되었
는데, '붉은기'의 의미는 이 작품에서 확연히 드러나 있는 것처럼 사상적
순결성을 상징하는 것으로 김일성 수령이 제시한 혁명위업을 끝까지 지
키고자 하는 지조와 절개, 혁명적 신념을 표상하는 기치이다.[48]

　이처럼 김정일은 김일성의 사망 이전 공식적인 후계자로 등장하면서부터
주체사상을 강화하며 후계자로서 자신의 위치를 공고히 해왔다. 따라서 김
정일은 실제 김일성의 죽음 이후 내외적으로 보다 힘겨운 조건들에 맞닥뜨린
북한의 상황 속에서도 정당한 후계자의 위치에서 고난의 행군이나 붉은기 운
동, 선군혁명 정치 등 흔들림 없는 지도를 통해 북한 사회를 이끌어 나가게
된다. 그리고 1998년 9월에는 유훈통치를 마감하며 제9기 최고인민회의 제5차
회의에서 국방위원장에 취임함으로써 권력승계를 완성하게 된다.

(2) 6 · 15 선언 이후의 시문학 : 통일시와 서정성

　해방 이후 분단이 지속되고 있는 한반도에서 남북관계의 가장 중요한 사
건은 2000년 6월의 남북정상회담이라고 할 수 있다. 유훈통치를 마감하고
공식적으로 북한의 최고 권력자가 된 김정일과 처음으로 여야 정권교체가

---

47) 『조선문학』, 1996.10.
48) 홍용희, 「김정일 시대와 북한시의 동향」, 『통일시대와 북한문학』, 국학자료원,
　　2010.

이루어진 남한의 김대중 대통령의 만남은 그 자체만으로도 한반도를 둘러
싸고 있던 긴장관계를 어느 정도는 해소시킨 사건이었다. 특히, 6·15 남북
공동선언은 그 만남의 구체적인 성과물이라 할 수 있다. 이를 통해 남북한
은 보다 직접적인 차원의 민간 교류가 확대되는 등 남북관계에서 질적으로나
양적으로 변화를 겪게 된다. 문학이 사회적 차원의 확고한 운동으로서 존재
하는 북한문학의 특수성상 이 같은 사회적 변화는 역시 북한문학 내부에 큰
영향을 주게 된다. 가장 두드러지는 변화로는 먼저 통일의 의지를 드러낸 시
들이 보다 많이 창작되었다는 점을 들 수 있다. 물론, 박철의 「산천이여, 나와
함께 가자」, 정성철의 「미제야 기억하라」, 한금란의 「이것이 미국이다」 등
미국을 향한 적대감과 함께 통일의식을 드러내는 시들은 많이 창작되어 왔
다. 하지만 이런 작품들이 선전·선동에 목적을 두고 노골적으로 반미사상
을 드러낸 작품이었다고 한다면, 문익환 목사나 임수경 등 남한 인사들의
방북과 비전향 장기수의 북송 등과 같은 구체적인 사건들을 접하게 된 이
후에는 기존의 통일시들과 다소 달라진 모습을 보이고 있다고 할 수 있다.

> 30여년간 기나긴 세월
> 그 고독을 어떻게 이겨냈습니까
> 말없는 나무라도 썩어서 흩어질텐데
>
> 눈이 있어 뭐랍니까
> 보지 못하는 눈
> 입이 있어 뭐랍니까
> 말을 나눌 사람이 없는 입
>
> 날카로운 발톱으로
> 가슴을 훑어 내는 고독
> 창으로 찔러도 오고
> 칼로 베여도 오는 고독
>
> ─오영재, 「고독」[49]─

1993년 김영삼 정부가 들어서면서 비전향 장기수(리인모)를 처음으로 북으로 송환시킨 사례가 생겨났다. 이후 6·15 공동선언문에 의거하여 2000년에는 추가로 송환 희망자 63명을 송환시켰으며, 2005년에는 전향을 철회했으나 송환되지 못한 채 남한에서 사망한 정순택의 시신을 송환시키기도 하였다. 이에 따라 김명익의 「고향집에서」, 정성환의 「불사조들이 돌아왔다」, 주경의 「하얀 종이장」, 김휘조의 「비전향 장기수와 그의 안해에 대한 련시」, 김정곤의 「상봉」, 오영재의 「건강하고 장수하시라」 등과 같은 작품들이 창작되었다.

특히 위에서 확인할 수 있는 오영재의 「고독」이라는 작품은 비전향 장기수를 다루고 있는 작품이지만 그 어떤 주의나 사상에 대한 맹목적인 찬양으로 일색하고 있기보다는 시련을 겪으면서 지낸 온 장기수의 고독한 내면을 그리고 있다는 점을 주목할 수 있다. 이념적 대립을 가장 첨예하게 보여주는 장기수 문제는 북한 체제의 우월함이나 김정일의 놀라운 능력을 선전하기에 좋은 사건이라고 할 수 있으며 실제로도 이처럼 활용한 작품들이 창작되었음은 물론이다. 하지만 체제의 우월함을 떠나 오랜 시간 고통 받은 장기수를 휴머니즘적 차원에서 그리고 있는 이 작품은 90년대 이후 '서정'을 강조하면서 보다 문학 작품의 완성도를 추구하기 시작한 북한문학의 변화를 단적으로 보여주는 사례라고 할 수 있다.[50] 비전향 장기수와 같은 구체적 사건들로 인해 촉발된 통일과 관련된 문제는 90년대 북한문학의 가장 큰 주제[51]로 부각되는 한편, 보다 인간적인 면을 작품에 포함시키게 된다.

---

49) 『조선문학』, 2001.5.

50) 김영철, 위의 글.

51) "작가들은 안팎의 분렬주의자들의 구태의연한 〈두 개 조선〉 조작책동을 예리하게 폭로단죄하며 분단의 장벽을 허물고 조국통일의 성업을 이룩하기 위해 모든 것을 다바쳐 싸우고 있는 주인공들의 성격을 훌륭하게 창조함으로써 조국통일을 위한 우리 인민의 투쟁에 적극 이바지하여야 한다."(「조국통일주제의 작품을 왕성하게 창작하자」, 『조선문학』, 1990.5.)

참으로
그날이 와서 통일이 와서
문득 어머니를 만날 수 있다면

아아, 너무도 억이 막혀
수수십년 새겨온 그 말들을 다 잊고
가슴 터지고 심장이 터지는 소리
다만 엄마― 하고 울릴게다

장에 갔던 어머니 늦어만 와도
엎어질 듯 달려가 안기던 목소리
하루만 떨어졌다 만나도
마냥 응석을 부리던 목소리

세밤 자고 오마고
외가에 간 어머니건만
까맣게 기다리던 그 세밤이
천번 만번 지나도록 못오신 어머니
　　　　―리종덕, 「참으로 어머니를 문득 만난다면」 부분52) ―

　북한이 내세우고 있는 통일시의 요건으로 가장 중요한 것은 물론 사회
적·역사적 임무를 작품이 얼마나 보여주고 있는가이다. 북한에서 통일시
인으로 알려진 장혜명의 작품이 높은 평가를 받는 것도 같은 이유에서이
다. 장혜명은 김일성 종합대학 재학시절 쓴 「남녘의 학우들에게」라는 작
품을 통해서 대학생을 중심으로 한 통일 논의를 고조시킨 시인으로 평가
를 받고 있는데, 그의 작품 역시 통일을 향한 사명과 책임감을 잘 보여주
고 있기 때문이다.53) 이같은 통일 열망을 가장 잘 표현한 남한의 시인으

---

52) 『조선문학』, 1991.6.
53) 최희건, 「조국통일의 열원과 시인의 시정신」, 『조선문학』, 2001.3.

로 김남주를 들면서도 북한의 통일방식인 '연방제'를 잘 드러내지 않은 점을 한계로 평가하고 있는 데에서 알 수 있듯이, 북한 체제의 사회 인식 방법이 문학 작품을 평가하는 변함없는 기준임은 여전하다.[54]

그러나 위에서 인용한 작품에서 볼 수 있는 것처럼 통일에 관련된 문제는 이산가족 등 보다 인간적이고 개인적인 사건들과 필연적으로 연관될 수밖에 없다. 통일을 반드시 달성해야 할 목표라고 한다면, 체제의 우월성에 대한 선전과 통일을 가로막고 있다고 여기는 세력에 대한 비판과 더불어 분단으로 인해 떨어지게 된 가족의 상봉은 실제 인민들에게 호응을 이끌어내기 위한 가장 좋은 방편 중의 하나이기 때문이다. 김정호의 「큰 기쁨」, 신지락의 「어머니의 모습-림진강 나루가에 한그루 버드나무가 있다」, 권강일의 「나를 알겠느냐」 등도 이처럼 가족 단위에서 일상적으로 벌어지는 내면의 모습을 형상화함으로써 통일 염원에 대한 보편적인 공감을 불러일으키고 있다.

우리네 탄전엔 푸른 공원이 있어
나는 일마치면 그리로 가군 했네
기쁨에 함뿍 취한 꽃들의 노래 속에
막장의 자랑을 저마다 안고서
우리는 거기서 만났었네

숫저이 지녔던 그 말들을
설렁이는 잎새들이 걷어가고 말았는지
애꿎은 풀잎만 자곡자곡 밟다
시작한 그 말은 탄이야기였네
그는 채탄이야기, 나는 운탄 이야기

54) 이상숙, 「6·15 남북공동선언 이후 북한의 시」, 『현대문학이론연구』 36권, 2009.

(⋯중략⋯)

수렁수렁 설레는 수림가에서
천년을 기다린 듯 우리 다시 만날적에
나는 알았네. 긴밤을 공간없이 채우는
밈없는 그 이야기 탄이야기 가득할 때
내 가슴에도 사랑이 가득차오름을
                              ―황성하, 「정다운 공원에서」 부분[55] ―

그런 면에서 김정철의 「청춘, 사랑」, 권태여의 「소나기」, 서진명의 「새벽」이나 위의 작품 등이 남녀 간의 사랑을 다루고 있는 점은 북한문학의 큰 변화라고 할 수 있다. 물론, 이 작품에 등장한 서정적 주인공으로서의 남녀는 노동의 공간을 배경으로 등장하고 있으며, 이들이 느끼는 사랑의 감정 역시 완전히 자유로운 내면의 정서라기보다는 구체적인 행위로서 노동을 독려하기 위한 목적과 밀접하게 연관되어 있다. 그럼에도 불구하고 노동의 가치만을 내세우고 있던 이전 시기의 작품들과 비교했을 때 내밀한 감정인 사랑을 노동과 결부시켜 표현함으로써 서정성을 확보하기 위해 노력하고 있다는 점에서 높은 평가를 할 수 있다.

이처럼 북한의 시문학은 90년대 이후 6·15 남북공동선언에 이르기까지 일련의 정치적 사건들을 경험하면서 변화를 보인다. 그것은 서정성의 확보라는 측면으로 요약될 수 있다. 이때 가장 두드러지는 서정시편은 아름다운 자연의 풍경을 노래하고 있는 풍경시 또는 산수이다.

아쉬워라
차마 발걸음 떼기가
비로봉의 폭포소리

---

55) 『조선문학』, 1990.2.

구룡연의 장쾌한 노래소리
천하를 울리며
이 가슴을 그냥 내려쬫네

신선의 날개옷인양
골마다 내리는 흰안개
정든님의 애무인양 내 몸을 감싸고 도네
                                   —리정택, 「금강산을 떠나가며」 부분56) —

멀어졌다 가까워졌다
천년수림 우듬지 파도치는 소리를
중중첩첩 묘향산의 산세를
묵화처럼 우아하게 그려주고

이 산에서 삐쭁 저 골에서 쪼르릉
근심 걱정 하나 없는 새소리는
아름다운 묘향산의 모습을 눈감아도 선히 보여오게 하는구나
                                   —허창일, 「천하절승 묘향산」 부분57) —

넝변이라 넝변의 약산동대는
노래도 많고 시도 많소
좋은 철 진달래 꽃철에 찾아오니
시 한 수 저절로 떠오르오
바위우에 층층 꽃은 웃고
꽃속에 겹겹이
바윗돌 솟았으니
꽃과 바위 천층이요
꽃과 바위 만겹이라고

---

56) 『조선문학』, 1991.8
57) 위의 책, 1991.8.

(…중략…)

굽어보이 벼랑은 백길인가 천길인가
그 아래 푸른 물은 깊고깊구나
아홉 마리 용이 누었다는
전설도 깊은 그 이름 구룡강이라오
— 김정철, 「약산의 진달래」 부분[58] —

해빛 따르는 진달래 밝은 웃음에
내 생의 자욱자욱을 비쳐보는 마음
그대 위한 진정에 한점 티라도 있다면
마주 웃기 차마 부끄러우리

아 어제도 오늘도
때없이 때없이
백두의 눈비속에
기꺼이 서보는 내마음아!
— 윤병규, 「백두산의 진달래」 부분[59] —

위의 세 작품은 각각 금강산, 묘향산, 약산, 백두산을 소재로 하여 자연
대상물의 아름다움을 보여주고 있다. 이들 작품은 북한시에서 흔히 볼 수
있는 사회국가 건설에 대한 구호나 그것을 달성하고자 하는 정치적 전략
이 최소한 겉으로는 완전히 드러나 있지 않다는 점에서 그 변화를 짐작하
게 한다. 「백두산의 진달래」 같은 경우 작품의 소재인 '백두산'이 김일성
은 물론이고 김정일로 이어지는 혁명가계의 가장 중요한 장소이자 상징
적 공간이라는 점을 감안하고 그에 대한 언급이 포함되어 있지 않다는 점
이 다소 놀라울 정도이다.

---

58) 『조선문학』, 1994.1.
59) 『조선문학』, 1990.3.

물론, 실제로 이 작품을 대하는 북한의 인민들이라면 무의식 중에라도 백두산을 김일성과 겹쳐놓고 생각할 수밖에 없을 수도 있다. 하지만 그에 대한 최소한의 언급도 없다는 사실은 이전의 북한시가 사상의 전달에만 중점을 두어왔다면 서정적 내용과 형식미에 대한 고려가 이루어졌다는 데에 의미를 둘 수 있다. 단순하고 평면적인 묘사들로 인해 세련된 정제미와는 거리가 있지만, 금강산이나 백두산 등 예전부터 한반도의 상징적인 자연물에 대한 묘사는 이념을 넘어 민족적 정서의 감응을 이끌어 낼 수 있는 힘을 가지고 있다고 하겠다. 이와 더불어 전통적인 민속 행사나 토속적 음식 등을 소재로 하고 있는 백의선의 「5월 단오」, 박세일의 「옥류관 국수맛」 등도 비교적 높은 서정성을 확보하고자 하는 노력과 이념을 뛰어 넘는 우리 것에 대한 의식이 돋보인다.60)

> 누구에게나 있더라
> 그가 평범한 사람이든
> 아니면 이름난 영웅이든
> 그가 산촌에서 살아가든
> 화려한 도시에서 살아가든
>
> 소중하고도 깨끗이 지녔다면
> 그는 참다운 사람
> 인간이 인간으로 되게 하는 것 귀중하게 값높이 지니지 못했다면
> 그가 사람이라도 사람답지 않게 되는 것

---

60) 두 작품의 부분을 인용해보면 다음과 같다.
  "하늘의 은방울이 맑게 울리니/ 북소리, 웃음 속에 하늘 땅이 묻히겠네/ 둥근 단오 떡 손에 든채/ 동네방네 아이들 다 달려오고/ 저기 씨름터의 누런 송아지도/ 제 좋아 껑충 뛰노라네"(백의선, 「오월단오」, 『조선문학』, 1990.5.)
  "대동강에 담긴 보름달을 건져온 듯/ 시누런 놋쟁반에 들여온 국수//(…)//함흥의 신흥관, 원산의 송도각/ 이름난 식당국수 다 가져다놔도/ 옥류관 국수 곁에도 못간다나"(박세일, 「옥류관 국수맛」, 『조선문학』, 1990.7)

심장이 멎으면
저하나 개인을 잃지만
량심을 버리면
자신도 부모도 온 세상을 버리나니

그것이더라
누구나 수월히 말하는
인간의 량심
사람마다 참답게 지니기란 헐치 않는 것
                    ─한원희, 『삶은 어디에』 서장 부분─

한편, 조기천의 『백두산』 이래 혁명이념을 가장 잘 표현할 수 있다고
여겨지던 서사시에서도 변화의 움직임이 있음을 알 수 있다. 인용된 한원
희의 작품을 포함하여 박산운의 『두더지 고개』, 김철의 『끝나지 않은 담
화』, 오영재의 『인민의 아들』, 민병준의 『꽃세상』, 김병두의 『인간찬가』
등이 90년대 이후 창작된 서사시 작품들이다. 기존의 서사시들이 김일성
의 영웅적 행위들에 대한 형상화에 집중하고 있다면, 이 작품들은 그것을
대신한 김정일의 모습을 그리고 있는데 초인간적인 영웅의 면모보다는
인간적 진실성이나 성실함을 그리는 데에 주력하고 있다.[61] 이것은 90년
대 이후 북한의 시문학이 전반적으로 서정성을 확보하는 데로 나아가면
서 서사시에서도 혁명 주체에서 인간 주체로의 변모를 적극적으로 드러
내고 있다는 것을 의미한다.

---

61) 이선이, 「1990년대 북한 서사시의 변화와 한계」, 김종회 편, 앞의 책.

2) 김정일 『주체문학론』의 분산과 전이 양상

(1) 주체문학론의 전통과 계승

북한에서 김정일이 1992년에 간행한 『주체문학론』은 이십여 년의 세월이 흐른 현재까지도 여전히 북한 문예창작방법의 <교범>으로 기능한다. 근래에도 북한의 시인 작가들은 이 "불후의 고전적 로작"을 기반으로, "추호의 동요 없이" 당과 운명을 같이하는 혁명가62)의 역할을 충실히 수행하고 있다. 이 점은 북한의 공식적인 문예 월간지 『조선문학』을 통해서 직접적으로 확인할 수 있는데, 특히 근자에는 매월호마다 「주체문학의 대강」이라는 난을 따로 마련하여 『주체문학론』의 주요 내용들을 거듭 강조하고 있는 실정이다. 그런데 『주체문학론』에서 제시한 창작 지침들은 사실, 따지고 보면 그리 새로운 것이 아니다. 이제까지 북한문학은 시기별, 현안별로 약간의 차이점을 노정하고 있을 뿐, 당과 인민과 수령을 중심으로 하는 북조선 사회주의 체제와 김일성·김정일 부자의 권력 유지를 위한 강력한 도구, 또는 반제반미의 사상적 무기로 우선적으로 기능해왔기 때문이다. 따라서 김정일의 『주체문학론』과 이를 바탕으로 창작된 작품들은 궁극적으로 북한문학의 '오래된 전통'인 당의 공식적인 지배 이데올로기를 재생산하는 일종의 체제 종속적 문학 담론의 연장선상에 놓여 있다고 할 수 있다. 단지, 오늘날 북한 문예창작이론의 전통은 주체문학론이라는 이름으로 새롭게 호명되고 있을 뿐이다. 이러한 사실은 북한문학이 여전히 전통적 혁명 정신을 근간으로 하고 있으며, 그 혁명의 기본정신, 다시 말해 "주체 조선의 정신은 세기와 세기를 이어 계승"되고 있음을 보여준다. 이즈음에도 북한문학은 시기별 정책 과제 및 통치 방식에 민감하게 반응하며, 김일성 부자의 우상화 작업, 반제반미 사상의 강화 등과 같은

---

62) 김정일, 『주체문학론』, 조선로동당출판사, 1992, 3~21쪽 참조.

전통적 주제의 반복적 테두리에서 벗어나지 못하고 있는 것이다.

한편, 전통적 주제의 공동화(公同化) 현상은 심층 차원에서 북한의 권력 구조에 별다른 변화가 없음을 암시한다. 실제로 21세기 북한의 권력 체계는 김일성 주석 사후에도 별다른 변화를 감지할 수 없다. 1994년 7월 김일성 사망 이후, 북한의 권력 개편이 조심스럽게 예견되기도 했다. 그러나 현재까지도 근본적인 변화의 조짐은 발견되지 않고 있다. 오히려 북한은 김일성 사후 3년 동안을 유훈통치기간(1994~1997)으로 정하는 등, 당과 수령을 정점으로 한 기존의 '우리식 사회주의'[63] 통치 체제를 지속적으로 강화해왔다. 90년대 이후 북한의 권력 체계에서 유일한 변화가 감지된다면, 그것은 김일성 사후 국가 주석의 빈자리를 김정일 체제로 메우고 있다는 사실뿐이다. 그러나 국가 권력의 세습이라는 측면에서 김정일 체제란 곧 김일성 시대의 연장을 의미한다. 실제로 북한은 김일성 사망 직후부터 "'김정일이 곧 김일성이다'라는 공식 구호가 사회 전반에 내면화되어"[64] 있다. 또한 본격적인 김정일 시대로 돌입한 이후에도 '김일성 민족'이라는 인식이 북한의 인민 대중들 사이에 깊숙이 각인되어 있다. 이러한 사실들은 김일성 사망 이후에도 그의 영향력이 북한 사회에 지속적으로 작용하고 있음을 단적으로 입증하는 것인데,[65] 이로 인하여 북한은 남한의 경우

---

[63] 곽승지에 따르면 북한에서 통용되는 '우리식 사회주의'는 1978년 12월 15일 김정일의 연설, 「당의 전투력을 높여 사회주의 건설에서 새로운 전환을 일으키자」에서 처음 사용되었다(곽승지, 「북한의 '우리식 사회주의' 성격에 관한 연구」, 동국대학교 박사학위 논문, 1997, 55~57쪽).

[64] 홍용희, 「'주체문학론'의 정립과 시대정신의 요청 – 최근 북한 시의 특성과 동향」, 『문학사상』, 2002, 11, 46쪽.

[65] 이러한 사실은 여러 경로를 통해서 분명하게 확인된다. 특히 '죽은 김일성의 영향력이 전 사회를 지배하던'(김동훈, 「체제의 위기와 돌파구로서의 문학 – '유훈통치기' 북한문학의 동향」, http://my.netian.com/~ksskdh/sub__nk.htm) 북한의 유훈통치기는 극단적인 예에 해당한다고 할 수 있다.

와 달리 김정일 체제로 진입한 이후에도 기존의 권력구도에서 탈피하지 못했다고 잠정적으로 평가할 수 있다.

21세기 들어서도 북한의 권력 구조가 근본적인 차원에서 변화하지 않았다는 사실은 어떤 면에서 당 정책 노선의 기본 방향이 일관되게 유지되고 있음을 의미한다. 즉 당, 수령, 주체사상을 기반으로 시대별 현안에 부응하는 북한의 정책이 이 시기에도 꾸준하게 제시되고 있는 것이다. 가령 '붉은기 사상, 고난의 행군, 강성대국과 선군정치' 등은 이 과정에서 견인된 것들이다. 붉은기 사상과 고난의 행군은 1995년 대홍수 사건을 전후로 극심한 식량난과 경제적 어려움에 직면한 북한이 "수령이 높이 치켜들었던 붉은 기" 혁명 정신과 김일성의 항일 유격대 활동에서 기원한 '고난의 행군'[66] 정신을 사상적으로 강화함으로써 현실의 위기를 극복하려는 의도에서 정책적으로 제시되었다. 또한 "군대를 혁명의 기둥으로 튼튼히 세우고 그 위력으로 경제건설의 눈부신 비약을 일으키는 것"을 목표로 한 사회주의 강성대국론과 선군정치 사상도 이러한 북한의 정책 결정 과정과 무관하지 않다. 이 정책들은 모두 당, 수령, 주체 사상에 기반을 두면서도 각 시대의 심각한 현실적 문제들을 직접적으로 제기하고 있다는 측면에서 21세기 '북한식' 정책노선의 한 전형을 보여준다.

최근 북한의 주요 정책들은 체제 종속적인 북한 문예의 성격상 이 시기 문예이론과 창작방법론에 적극적으로 수용된다. 이 무렵의 북한문학은 붉은기 사상, 고난의 행군, 강성대국과 선군정치 등 각각의 정치적 과제에

---

66) 김일성의 항일 유격대가 1938년 11월에서 1939년 2월까지 북부 국경 일대를 다시 진출하는 과정을 혁명 역사에서는 '고난의 행군'으로 기록한다. 고난의 행군 정신이란, 그때 김일성을 수령으로 한 혁명의 사령부를 목숨으로 지키기 위해 싸운 항일 유격대원들의 혁명에 대한 무한한 충실성과 불요불굴의 투쟁 정신을 말한다 (노귀남, 「김정일 시대의 북한문학」, 김종회 편, 『북한 문학의 이해 2』, 청동거울, 2002, 150쪽 참조).

민감하게 반응하며 이것들을 주제로 한 작품들이 주를 이루고 있다. 특히 90년대 후반부터는 '선군정치'가 북한의 핵심 정치 이념으로 제기되는 까닭에 선군정치의 시대정신을 형상화하는 작품들이 속출한다. 아울러 북한 문학의 오래된 주제인 김일성 부자 우상화 작업의 문학적 표출도 이 시기 들어 한층 강화되어 나타난다. 이는 '선군정치시대'의 북한문학에 뚜렷하게 나타나는 주목할만한 현상이다. 이에 따라 여기에서는 김정일의 『주체문학론』이 간행된 90년대 이후의 북한시의 흐름을 주요 작가 및 작품 분석을 통해 구체적으로 살펴보기로 한다.

(2) 선군정치시대의 시적 형상

선군정치는 단적으로 말해서 군대를 중시하고 이를 통해 선대의 혁명 위업을 완성해 나가자는 북한식 통치 이데올로기이다. 1998년을 전후로 북한은 선군정치를 국내외에 공식적으로 표명[67]한다. 북한이 이처럼 선군정치를 적극적으로 표방하는 이유는 무엇보다도 경제 위기와 체제 모순의 한계를 "혁명적인 군인 정신"으로 극복하고자 하는 데 있다. 1998년 이후 북한은 그동안 지속되어 온 식량난과 경제 위기에서 어느 정도 벗어나고 있기는 하나, 국가 차원에서 근본적인 문제를 해결할 수는 없었다. 이에 따라 체제 붕괴의 국가적 위기를 사상 강화로 돌파하게 되는데, 이것이 바로 인민군대를 전위로 삼아 혁명적 동지 의식을 강조한 '선군정치'로 제시된 것이다. 북한에서 '선군정치는 만능의 정치방식'[68]으로 인식된다.

---

67) 북한에서 군대의 위상을 강조한 글은 1997년 <혁명적 군인 정신을 따라 배울데 대하여>에서 가장 먼저 발견된다. 김정일의 이 글은 혁명적 군인 정신을 북한의 당원과 인민들이 따라 배워야 할 투쟁 정신이며 '오늘의 난관을 뚫고 승리적으로 전진하기 위한 사상 정신적 양식'으로 밝히고 있다. 그러나 김정일의 핵심 정책이념으로 제시된 선군정치의 공식화는 98년 이후로 보는 것이 일반적이다.

68) 『로동신문』, 2003.1.3일자 사설 6쪽.

고립과 압살 봉쇄의 쇠사슬을/우리 과연 무엇으로 끊었더냐/그처럼 어려
운 <고난의 행군>을/무엇으로 이겨 냈더냐/그러면 말해 주리 선군혁명의 총
대가/장군님 틀어쥐신 백두산 총대가//그 총대에 받들려/내 조국은 강성대국
으로 일떠서나니/제국주의 무리가 악을 쓰며 발악해도/총대로 승리하는 김
정일 조선으로/새 세기에 더욱 빛을 뿌리나니//아, 장군님 높이 모셔/세상에
존엄 높은 백두산 총대여/김일성민족의 넋으로 추켜 든/무적필승의 총대가
우리에게 있어/혁명의 최후승리는 밝아 오리라!

-리동수, 「백두산 총대」 부분-

북한의 문예정책이 당의 정책에 복속된다는 점을 감안하면 선군정치가
공표된 이후 적지 않은 북한문학 작품들이 선군정치 이념을 표방하고 있음
을 추측하기란 그리 어려운 일이 아니다. 정치적 이념과 미학적 실천을 동
일시하는 북한문학의 특성상 현 체제 북한의 지도 이념으로 자리 잡은 선
군정치를 형상화하는 문학 작품은 이미 어느 정도 예견된 것이다. 현재 북
한에서 선군정치를 문학적으로 형상화한 것이 바로 선군혁명문학[69]이다.
선군혁명문학은 '총대'를 중시하는 선군정치의 시대정신이 반영된 것으로
서, "선군영장이신 우리 당과 인민의 위대한 령도자 김정일 동지에 대한 절
대적인 숭배심을 간직하고 그이의 사상과 령도에 충실할 때", 또한 "위대한
장군님과 영원한 혁명동지로 될 때" "빛나는 성과를 담보할 수 있다."[70] 인
용시는 이러한 선군 혁명 문학, 즉 '총대' 문학의 모범적 사례에 해당한다.

인용시에서 우선적으로 주목되는 것은 '총대'라는 시어의 빈번한 사용
이다. 이 시에서 총대는 작품 전체를 이끌어가는 핵심 단어이자 동시에
각각의 연을 연결하는 매개어로 기능한다. 이에 따라 위의 시는 총대의
시어를 중심으로 재구될 수 있는데 이를 내용 순으로 살펴보면, ① 제국

---

69) 노귀남, 「선군 혁명의 문학적 형상」, 『문학과 창작』, 2001.7, 67쪽.
70) 「조국해방전쟁승리 50돐을 맞는 올해를 선군혁명문학의 성과로 빛내이자」, 『조선
   문학』, 2003.1, 6쪽.

주의자들의 '고립과 압살 봉쇄의 쇠사슬을' 끊은 것은 '선군 혁명의 총대'이고, ② '장군님 틀어쥐신 백두산 총대'이며, ③ '세상에서 존엄 높은 백두산 총대'이다. 그리고 ④ '그 총대에 받들려' '혁명의 최후 승리는 밝아'온다로 정리된다. 여기서 총대는 북한 혁명 역사상 최악의 시련기로 꼽히는 90년대 중 후반의 '고난의 행군' 기간을 비롯하여 현실의 모든 문제를 해결하는 '무적 필승'의 대상으로 인식되고 있다. 또한 이 시에서 그것은 북한 인민대중들에게 혁명의 '찬연한' 승리를 보장하는 '최후의' 수단이기도 하다. 이런 이유로 시적 화자는 '총대'의 중요성을 전 10연으로 구성된 이 시에서 반복적으로 강조하고 북한의 인민대중들에게 '혁명의 수뇌부'를 총대 정신으로 지켜 나가자고 격앙된 어조로 주장한다. 그렇다면 이 시의 화자가 그토록 신뢰하고 소중하게 받아들이는 총대란 무엇인가. 아울러 혁명의 최후 승리를 장담할 수 있는 근거로서의 총대 정신이란 무엇인가. 위의 시에서 '총대'란 작품 전반에 산재되어 있는 '군복', '총', '권총' 등의 시어들이 환기하는 의미와 마찬가지로 궁극적으로 군대를 지칭한다. 즉 총대란 김일성 · 김정일 부자의 '사상과 령도'에 따르는 인민군대를 말하며, 총대 정신이란 군대를 중시하고 이를 바탕으로 혁명적 동지의식을 발휘해 현 북한의 체제를 결사옹위하자는 군은 결의에 다름 아니다. 결과적으로 이 시는 총대를 '총동원'하여 현재 북한에서 군대의 중요성을 새삼 확인하고 북한 인민대중들로 하여금 혁명적 군인 정신을 계승하기를 당부하고 있다. 이 점에서 이 시는 전형적인 '총대문학', 혹은 '선군혁명문학'이라고 할 수 있다.

군대를 우대하고 총대를 위주로 혁명의 파업을 완수해 나가려는 시적 주제의식은 선군 혁명문학론의 두드러진 특징이다. 이런 의미에서 선군혁명문학은 『주체문학론』 이후 북한시에 나타난 새로운 유형이라 할 것이다. 그러나 위의 시에서 살펴보았듯이 김일성 · 김정일 부자에 대한 우상화 작업을 함께 수행하고 있다는 점에서, 한편으로 선군혁명문학은 이제까지 북한문학의 왜곡된 '전통'이라 할 수 있는 수령형상문학의 연장선에 놓여 있다고 할 수 있다. 이러한 사실은 『조선문학』에 게재된 작품들의 면면을 통해서도 다양하게 확인된다. 가령, 「선군길에 부치어」(2006, 1월호), 「철령의 선군전설」(2006, 6월호), 「병사의 길동무」(2006, 6월호) 등이 있는데, "장군님과 내 운명 하나로 이어준/군가는 영원한 병사의 길동무/아 군가를 부르며 한생을 빛내리"(「병사의 길동무」)의 대목은 그 좋은 예에 해당한다. 이들 작품은 제목에서 암시되듯 '총대 문학'과의 연관성을 분명하게 드러내면서도, 동시에 당과 김일성 부자에 대한 맹목적인 충성심을 빼놓지 않고 기록하고 있다.

> 쌓이고 쌓인 그리움이/화산처럼 분출하는 땅/한없이 열렬한 그 뜨거움이/병사의 총창 우에 담겨져 있어/더 밝아지고/더 억세여 지고/더 무거워 진 나의 조국//기쁘게 받으십시오/총대로 안아 올린 아름다운 이 강산/총대로 가꾼 조국의 아름다운 모습//아버지가 집을 떠나 먼길을 갈 때/맏자식에게 집을 맡기듯이/병사의 어깨 우에 맡긴 민의 집/백두산 총대우에 맡긴 사회주의 집/이 집을 지킨 자랑으로 하여/병사는 긍지로 가슴 부풀게 아닙니까
>
> ―박해출, 「병사의 인사」 부분―

위의 시는 외국 방문을 마치고 돌아온 김정일을 맞는 한 병사의 감회를 적어놓은 작품이다. 총 8연으로 구성된 이 시에서 특히 주목을 요구하는 대목은 위의 인용 부분이다. 병사의 '쌓이고 쌓인 그리움'을 뒤로하고 김정일은 연말에 러시아와 중국을 방문하고 돌아온다. 인용시는 이런 김정일의 정치 일정을 '아버지가 집을 떠나 먼 길을 가'는 것에 비유하고 있다. 이 시의 화자가 김정일을 아버지에 비유하고 있다는 사실은 북한이 '김일성 민족'을 자처하고 있음을 염두에 둘 때, '수령형상'이라는 북한문학의 특수한 성격을 고려할 때 그다지 특이할만한 현상은 아니다. 그런데 여기서 한 가지 흥미로

운 점은 이 시에서 시적 화자로 등장하는 '병사'의 가계적 신분이 '맏자식'
으로 상정되고 있다는 것이다. 이 점은 최근 북한에서 군대가 차지하는 위상
을 분명하게 보여주는 중요한 단서로 작용한다. 선군정치시대의 김정일 체
제에서 구심적 역할을 해나가야 할 대상이 군대임을 이 시는 새삼스럽게 확
인 시켜주고 있는 것이다. "맏자식에게 집을 맡기듯이/병사의 어깨 우에 맡
긴 인민의 집/백두산 총대 우에 맡긴 사회주의 집." 이 집은 다름 아닌 '선군
혁명문학'이라는 명패를 단 오늘날 북한문학의 현 주소인 것이다.

(3) 수령형상문학의 분산과 전이

북한의 공식적인 문예지 『조선문학』을 지속적으로 살피다보면 북한문
학의 특성과 관련된 한 가지 흥미로운 사실을 발견할 수 있다. 그것은 이
잡지가 매 시기 북한의 정치적 당면 과제를 우선적으로 반영하면서도, 한
편으로는 월(月)별 단위로 형성된 하나의 공통 주제를 반복하고 있는 것이
다. 예를 들어 이제까지 간행된『조선문학』'4월호들'에는 시대별 당의 정
책 방침을 노골적으로 표출한 작품들과 함께 김일성의 가계에 초역사적
의미를 부여한다거나 혹은 사회주의 조국 건설에 헌신적으로 이바지한
김일성의 업적을 찬양하는, 이른바 '수령 형상화 문학' 작품들이 집중적으
로 실려 있다.[71] 또한 80년대 이후의 5월호 잡지들은 한동안 광주민주항
쟁이라는 남한의 특정 사건을 매개하여 '북한식 사회주의' 체제의 우월성
과 반제반미사상을 강조한 작품들로 구성된다. 그것뿐만이 아니다. '조국
해방전쟁시기' 인민군들의 영웅적 활약상과 전투적 혁명 정신을 시화한

---

71) 김정일의『주체 문학론』에 따르면 북한에서 '수령을 형상화하는 문학은 송가문학
과 백두산 전설에서부터 시작'된다. "우리나라에서 수령을 형상화하는 문학은 송가
문학과 백두산 전설에서부터 시작되었다. 혁명 송가『조선의 별』은 우리나라에서
처음으로 로동계급의 수령을 노래한 혁명적인 가요이다."(김정일, 앞의 책, 127쪽.)

작품 유형은 주로 『조선문학』 6월호를 통해 꾸준하게 소개되고 있다. 이 같은 사실은 그동안 북한문학이 미학적 자율성의 측면과는 무관하게 시기별 당의 정치 사업에 철저하게 종속되어 선전 선동의 기능에 바탕을 두고 전개되어 왔음을 단적으로 보여준다. 『조선문학』 각 월호에 나타난 월별 주제의 주기적 반복 현상은 북한문학을 획일적, 도식적, 단선적, 전체적으로 규정할 수 있는 한 단서를 우리에게 제공하고 있는 것이다.

> ① 총대에 어린 열혈의 뜨거움으로/총대에 비낀 정의로움으로/멸적의 서리발우에 불같은 사랑이 흐르는/탄생의 봄/아름다운 총대의 봄모습이여//그 총대로 우리 수령님/광복의 봄을 이 땅에 안아오셨고/그 총대를 드시고 우리 장군님/이 땅에 선군의 봄을 화창히 꽃피우시나니
>
> ─신문경, 「총대의 봄」 부분─

> ② 나는 가슴치며 굽어본다/저 위험천만한 길로/우리 장군님 이 산상에 오르셨단 말인가/전화의 그 날 이 고지 병사들에게 콩나물 콩까지 보내주시던/어버이 수령님의 그 사랑 안으시고//오르시여/이 산악의 끝까지 오르시여/병실의 온돌도 짚어보시고/흰김서린 취사장도 다 돌아보신/자애로운 어버이 우리 장군님//자욱자국 펼쳐 가신 사랑을 안고/한치한치 새겨 가신 은정을 안고/굽이굽이 뻗어 오른 저 길은/우리 장군님 이 산정에 휘휘 감아놓은/영원한 사랑의 혈맥이 아닌가//이 산의 흙은 흙이 아니다/이 산의 돌은 돌이 아니다/햇빛으로 내리는 장군님 사랑을 안고/장엄하게 솟아오른 1211고지/영웅의 고지/오, 이 고지는/선군조선의 위력을 떨치며 솟아 빛나는/백두령장 김정일 장군님의 사랑의 고지이다/승리의 고지이다
>
> ─문동식, 「령장의 고지」 부분─

위의 인용시들은 대개가 김일성이 태어난 달인 4월을 맞아 생전에 그가 지녔던 인민에 대한 자애심과 인간주의적인 면모, 탁월한 지도력을 적극적으로 조명하고 있다. 이 시들에서 김일성은 "한치의 간격도 없이 인민과 꼭 같으신 그이/인민을 그리도 아끼고 사랑하시고/인민을 위해 한평생 다 바쳐

오신/인민의 자애로운 어버이”(「인민의 영원한 고향집」)로 ‘변함없이’ 그려진다. 여기서 한 가지 유의할 사항은 90년대 이후, 이와 같은 ‘김일성 수령 형상화 작품’ 계열의 시편들에는 자주 김정일의 모습이 투사되어 있다는 것이다. 이는 김일성 사망 이후 북한의 인민 대중들 사이에 ‘김정일이 곧 김일성’이라는 인식이 점차적으로 확산되고 있다는 점, 아울러 북한의 실질적 최고 지도자가 김정일이라는 사실 등과 무관하지 않은 것으로 여겨진다.

인용한 ①의 시 「총대의 봄」은 시제에서 환기되듯이 ‘총대정신’을 강조한 작품이다. 전 8연으로 구성된 위의 시는 7연을 기점으로 전반부는 김일성이, 후반부에는 김정일이 등장하여 ‘침략과 압제에는 총으로만 대답’한다는 총대 철학의 ‘절대의 진리’를 되새기고 있다. 이 시에서 김일성은 ‘자주적 총대의 첫 대오’를 결성하여 ‘광복의 봄을 이 땅에 안아 오신’ 존재로, 김정일은 ‘그 총대를 드시고’ ‘이 땅에 선군의 봄을 화창히 꽃 피운’ 존재로 묘사된다. ‘반일 인민 유격대’ 시절 ‘이 세상 모든 불의를 향해 터친’ 김일성의 총대 정신은 ‘세월이 흘러도 변하지 않을 절대의 진리로’ 김정일에 의해 ‘오늘도 선언’되고 있는 것이다. 이는 궁극적으로 과거 김일성의 혁명 철학이 오늘날 김정일에 의해 일관되게 유지, 계승되고 있음을 암시해준다. 아울러 이 시에서 총대철학은 김일성·김정일 부자가 ‘개입’되어 있다는 사실 하나만으로도 혁명적 정통성과 현재적 의미를 부여받을 수 있다.

총대 철학을 배경으로 김일성·김정일 부자가 ‘공존’하고 있는 시적 장면은 ②의 인용시에서도 발견된다. ②의 시 「령장의 고지」에서 병사들에 대한 김일성 ‘어버이 수령님의 그 사랑’이 고스란히 ‘백두령장 김정일 장군님’에게 ‘전수’되는 것은 결코 우연이 아니다. 당연하게도 김일성 사후의 북한에서 김정일은 곧 김일성이기 때문이다. 인용시는 ‘50년대 파편들이 아직도 밟히는’ ‘1211 고지’를 방문한 김정일의 모습에, ‘전화의 그 날이 고지 병사들에게/콩나물 콩까지 보내주시던’ 김일성의 모습을 중첩시킴으로써 이 점을 효과적으로 부각하고 있다. 이 시에서 1950년 전쟁 당시 '영웅의 고지 1211 고지'는 김정일 체제로 들어선 지금, '백두령장 김정일 장군님의/사랑의 고지이다/승리의 고지이다'로 새롭게 명명된다.

김일성에 이어 김정일 개인숭배가 본격화 된 1980년대 이후, 북한이 '존엄 높은 김일성 민족'이며 '김정일 장군님의 나라'(「백두 삼천리벌의 봄」)라는 인식은 현재 북한문학에 나타나는 보편적인 현상이다. 그만큼 지난 이십여 년 간 김정일은 정치·경제·사회·문화의 모든 영역에서 확실한 입지 기반을 구축해왔다. 이에 따라 반세기 동안 김일성에게 집중되었던 '수령 우상화'의 문학적 작업도 차츰 김정일에게로 분산, 전이되는 양상을 보인다.

> ① 수수한 차림으로/그렇게도 조용히/그이께서 당중앙위원회에 들어서신/그날로부터/그날로부터 40 성상//전변의 세월이었다/승리의 세월이었다/백두에서 휘날려온 그 붉은 기폭이/내 조국의 푸른 하늘가에/더 높이 더욱 세차게 휘날려온…//그이 아니셨다면/그 누구도 헤치지 못했으리/력사의 방향타를 틀어잡으시고/대를 이어 활짝 열어오신/조선의 길 주체의 한 길//위대한 김정일 동지/오직 그이께서만이/천리혜안의 예지로 먼 앞날을 내다보시며/강철의 담력으로 첩첩시련을 쓸어버리시며/자욱자욱 위대한 헌신으로/빛나는 오늘을 안아오셨나니
>
> ―김송남, 「40성상은 말한다」 부분―

> ② 그 날!/그 순간!/우리 어버이께서는/차디찬 대지의 강설 그 손에 다 걸어 안으시고/자신의 온기를 대지에 다 부어주시였나니/(…중략…)/이 나라의 가장 살기 좋은 고장으로 꾸리시려/준엄한 이 세월에/자신의 넋을 바쳐 가시는/어버이 장군님/(…중략…)/그 어느 사적지의 이름 없는 강사가/감자를 먹으니/얼굴이 달덩이처럼 되었더라는/자랑겨운 소박한 이야기도/기쁘게 들어주신 어버이 장군님
>
> ―박정애, 「백두 삼천리 벌의 봄」, 부분(밑줄은 필자)―

김정일은 만 22세이던 1964년 봄 김일성 종합대학 경제학부 정치경제

학과를 졸업한 후, 이 해 6월 19일 곧바로 <조선 로동당 중앙위원회 조직 지도부 호위과> 지도원으로 공식적인 업무를 시작한다. 이후 그는 조선 로동당 문화 예술부 부장, 당의 선전 선동부 부장, 조선노동당 비서, 정무 원 총리, 정치국 상무위원회 위원 등의 자리를 두루 거치면서 1973년 이래 20년이 넘는 후계자 수업을 받고, 드디어 90년대 북한 최고 통치자의 위치 에 오르게 된다.72) 2004년은 김정일이 정치에 입문한 지 꼭 40년이 되는 해이다. 김일성 통치 시대가 그러했듯이 김정일 체제를 완성하려는 북한 이 이 '역사적' 순간을 절대 놓칠 리가 없었다. 그로 인해 2004년 6월만큼 은『조선문학』'월별 주제', 즉 조국 해방전쟁 시기의 인민 영웅들의 전투 적 혁명정신을 형상화 한 작품들 대신에 '40성상 하루같이 낮과 밤을 이 어오신' 김정일의 '고귀한 헌신'(최정용, 「내 마음의 영원한 불빛」)을 기록한 작 품들로 가득 차있다. 이 잡지에 게재된 총 18편의 작품 가운데 무려 12편 이 '마흔 해의 령마루에서/우리 당의 혁명 실록에 백승으로 아로새겨진' (오필천, 「마흔해의 령마루에서」) 김정일의 정치적 일대기를 직간접적으로 언 급하고 있다는 사실은 이러한 사정을 반영한다.

①의 인용시는 지난 40성상(星霜) 동안 '력사의 방향타를 틀어잡으시고' '조선의 길 주체의 한 길'을 걸어온 김정일의 업적을 찬양한 작품이다. 인 용시에 따르면 사십 년 전 김정일은 '수수한 차림으로/그렇게도 조용히' '당중앙위원회에 들어'섰다. 그리고 '그 날로부터 40성상', 김정일은 '그이 아니셨다면/그 누구도 헤치지 못했'을 '위대한 새 시대를 펼'쳐 왔다. 이 시에서 '전변의 세월'과 '승리의 세월'이었던 40성상(星霜)은 김정일의 정치 적 업무 능력에 대해 다음과 같이 평가하고 있다. "아 40 성상은 밀한다/이 세월우에 내 나라 반만년 력사의 위대한 시대가 살고/이 세월우에/김일성

---

72) 김학준, 『북한 50년사』, 동아출판사, 1995 참조.

조선의 천만년 미래가/주체의 이름으로 빗발친다고!……". 김송남의 「40성상
은 말한다」는 이처럼 김정일의 정치 입문 시기부터 현재까지의 행보를 비
교적 소상하게 제시하며 역사적 의미를 역설한다. 이 시에서도 역시 김정
일은 '천리 혜안의 예지로 먼 앞날을 내다보시며' '총대 중시의 수령님 뜻
을' 유지·계승하는 절대적 존재로 일관되게 그려지고 있다. 특이한 점은
이 시가 전반적으로 김정일에 대한 감회를 회고하는 데 중점을 두면서도,
궁극적으로는 북한의 미래 문제를 강조하고 있다는 사실이다. 가령, "걸으
시는 한자욱 한자욱에/우리식 사회주의의 운명이 실려있고/맞고 보내시는
날과 달에/우리 조국의 미래 천만년이 이어져 있"다고 표현하는 대목은 여
기에 해당한다. 미래 북한의 운명이 '오로지' 김정일에게 달려있다는 인식
은 최근 북한문학에 나타나는 두드러진 특징이다. 이는 <김일성 통치시대-
김일성·김정일 공동 통치시대-김정일 통치시대>로 이어져 온 북한 정
치사에서 김정일의 위상을 더욱 강화하려는 의도로 파악된다.

　이런 관점에서 접근 할 때, ②의 인용시는 더욱 문제적이다. 전 61행으
로 구성된 박정애의 장시 「백두 삼천리 벌의 봄」은 김정일의 헌신적 노고
와 인간적인 면모를 노래한 작품이다. 이 시에서 시인은 김정일 '장군님의
무한한 애국의 그 세계'를 자연 사물과 연계하여 생동감 있게 제시한다.
그러나 이 시에서 우리가 우선적으로 강조해 둘 것은 '호칭' 변화의 문제
이다. 그동안 김일성에게만 제한적으로 사용되었던 '어버이'라는 호칭이
이 시에서 보이듯, 언제부턴가 북한에서 김정일에게도 확대, 적용되고 있
는 것이다. 북한 사회에서 김일성·김정일을 지시하는 호칭의 문제가 그
리 간단하지 않은 사안73)임을 감안하면 이는 결코 간과할 수 없는 중대한

---

73) 북한에서 김일성, 김정일 부자에 대한 호칭의 문제는 매우 중요한 사안으로써, 일
　　종의 역사적 의미를 지닌다. 신형기와 오성호에 의하면 북한 문학작품에서 김일성
　　에게 '영도자'라는 표현을 가장 먼저 쓴 시기는 1946년 8월이다. 이 무렵 북조선예

사건이다. 김정일이 '어버이'의 호칭을 획득했다는 사실은 바야흐로 그의 존재가 김일성과 동등한 반열에 놓여 있음을 상징적으로 의미하기 때문이다. 90년대 이후 북한시에 나타난 이 같은 호칭 변화의 문제는 김정일의 위상을 극단적으로 보여주는 좋은 사례인 동시에, 김정일 형상화 작업과 관련된 북한시의 전개 방향을 예고하기에 충분한 것으로 판단된다.

(4) 정치 이념과 미학의 실천적 양상

북한은 사회 전체가 혁명 구호로 구조화된 구호의 나라[74]이다. 북한 사회 구석구석에서 쉽게 발견되는 혁명 구호는 김일성 주체 사상과 '북한식' 사회주의적 교양을 인민 대중에게 직접적으로 전달하는 방법적 통로이자, 동시에 인민 대중들을 강력하게 통제하는 일종의 사회적 기제이다. 아울러 북한에서 혁명 구호는 사회 역사적 전환기마다 제기된 당의 정치 사상과 이념을 단적으로 보여주는 상징적 기표로 작용하기도 한다. 따라서 북한 체제에서 혁명 구호가 지니는 기능과 역할의 중요성은 단순히 그것이 겉으로 드러난 일시적 사회 현상의 차원을 넘어 사회 내부의 구조적 질서와 밀접하게 연관된다는 점에서 아무리 강조해도 결코 지나치지 않다. 북한에는 당 차원에서 제시한 구호가 아니라 인민들 스스로 만들어 낸 것이어서 북한 당국이 매우 자랑스럽게 선전하는 혁명 구호가 하나 있다. "당이 결심하면 우리는 한다"가 바로 그것인데, 이 간단한 혁명 구호는 당의 정책과 인민의 실천이 수직적 관계에 놓여있는 북한의 사회 구조

술 총동맹이 펴낸 『우리의 태양』에는 박세영의 시 「햇볕에 살리라」가 실려 있는데, 여기서 처음 발견된다(신형기·오성호, 『북한문학사』, 평민사, 2000, 19쪽).

74) 북한을 '구호의 나라'라고 지칭할 때, 단순히 그것은 겉으로 드러난 일시적 사회 현상만을 의미하지 않는다. 북한의 혁명구호는 단선적이고 표층적인 차원을 넘어 사회 내부의 구조적 질서와 밀접하게 연관된다. 이와 관련된 내용은 다음의 글을 참조할 것. 이성천, 「혁명구호와 시적 주제의 상관성」, 『문학수첩』, 2003년 가을호.

를 압축적으로 보여준다. 또한 이 혁명 구호를 통하여 우리는 당의 정책 지침이 곧바로 문예 정책에 반영되는 북한문학의 체제 종속적 성격을 재차 확인할 수 있는 것이다.

앞서 언급했듯이, 북한의 문학은 정치적 이념과 미학적 실천을 동일시하는 양상을 보인다. 인민 대중들의 혁명적 사상 감정 유발을 궁극적 목표로 삼는 북한문학의 특성상, 각 시기별 당의 '결심'은 곧바로 문학 작품의 주제에 적극적으로 수용된다. 이에 따라 북한에서 발표된 대부분의 작품들에서는 주제의 공동화(公同化) 현상이 목격된다. 특히『조선문학』에 실린 작품들은 매 시기별로 제기된 당의 정책 사업에 민감하게 반응하며 조선 노동당의 공식적인 기관지로서의 역할을 수행하는 데 충실하게 이바지하고 있다. 이런 측면에서 잠정적으로 북한문학은 예술 본연의 창조적 목소리를 담고 있기보다는 당 정책 지침을 강박적으로 반복하는 '에코의 문학'이라고 할 수 있을 것이다.

당의 '결심'을 강박적으로 실천하는 북한문학의 획일적 성격은 김일성 주석에 대한 추모, 조국 광복을 기념하는 내용을 순차적으로 다루는 다음의 작품에서도 뚜렷하게 나타난다. 이 작품은 수령 형상화 작업 및 북조선 사회주의 체제의 정당성 확보, 반제 반미 사상 등과 결부된 21세기 북한의 핵심정책을 일정하게 반영하고 있다.

1.
(…전략…)얼마나 많은 침략의 무리가/얼마나 악착하게 밀려들었던가/오늘의 노병 - 그 날의 젊은 병사들/고향을 지켜 자신의 존엄을 지켜/무자비한 강철의 총대가 되었다/원쑤격멸의 불이 되었다//지금도 눈앞에 헌헌한 격전장/피의 뒤섞임/금시 눈앞에 보여 오는/쓰러진 전우의 감지 못한 눈동자/그것으로 더 무거워진 억센 주먹으로/침략자들의 정수리에 철추를 내렸다/오 그것이 전쟁이었다

2.

(…중략…)못 잊을 전승의 환희여/고지에 터진 만세 소리/부둥켜 안은 전사들의 포옹/이겼다는 그 말이 가슴에 부풀어 터질 것만 같은/이 땅, 이 하늘에 가득찬 격정//길가에 딩구는 돌멩이에서도/승리라는 그 말이 튕겨나고/들에 핀 한송이 꽃도/승리라고 속삭이는/아, 이 승리가 우리의 것이다//위대한 강철의 령장/우리의 김일성 동지의 령도아래/인민은 승리한 인민이 되었다/조국은 승리한 조국이 되었다/그날부터 전승의 새 력사가/이 강토우에 굽이쳐 흘렀다/아, 우리는 승리하였다!

3.

전쟁과 승리!/떼여놓고 부를 수 없다/만약 전쟁이 강요된다면/오직 승리만으로 끝나야 하는/그것이 우리의 신념이기에/우리는 전쟁을 이긴 민족/이제 다시/또 전쟁이 있다해도/다 이겨야 할 우리/다 이기고야 말 민족//승리는 어길 수 없는 우리의 전통!/전쟁은 침략자들의 것이여도/승리는 영원히 우리의 것이다

—이명근, 「전쟁과 승리」 부분—

인용한 시는 '조국해방전쟁 승리 50돌'을 기념하여 창작된 작품이다. 전 3부의 장시 형태로 쓰여진 위의 시는 대략 과거 '조국해방전쟁'의 역사적 의미(1부)─승리한 전쟁의 현재적 의미(2부)─'또 다시'(미래) 발발할지도 모르는 전쟁에 대한 승리의 확신(3부)을 중심 내용으로 전개되고 있다. 이를 구체적으로 살펴보면, 먼저 1부에서는 전쟁 당시 인민군의 활약상을 회고하며 '조국해방전쟁'의 역사적 의미를 중점적으로 부각하고 있다. 이 시에서 '침략의 무리가' '악착하게 밀려들었던' '조국해방전쟁'은 '정의와 부정의의 대결'로 규정된다. 2부에서는 '아 우리는 승리하였다'의 시구에서 드러나듯 '조국해방전쟁'을 승리한 전쟁으로 평가하고 전쟁 승리의 감회와 현재적 의미를 적고 있다. '이제', '다시', '만약', '앞으로' 등 미래 시간의 의미를 환기하는 부사어를 총동원하고 있는 3부에서는 '이제 다시 또 전쟁이 있다'면 혹은 '만약 앞으로 전쟁이 강요된다면/오직 승리로 끝나야'

한다며 전쟁 승리에 대한 당위성을 직접적으로 표출한다. 또한 '승리는 어
길 수 없는 우리의 전통/전쟁은 침략자들의 것이여도/승리는 영원히 우리
의 것이다'의 부분에서 확인되듯 승리에 대한 확신이 적극적으로 표명되
고 있다. 이 시는 1, 2, 3부의 첫 행에 각각 전쟁!, 승리!, 전쟁과 승리! 등의
핵심 시어를 명기하여 이 같은 내용을 효과적으로 전달하고 있다.

여기서 한 가지 주목할 점은 이 시의 독특한 전개 방식이다. 이 시는 과
거의 역사적 사실을 상기하고 그것을 현재적 상황으로 치환하여 앞으로
닥칠 현실 문제와 결부시키고 있다. '오, 그것이 전쟁이었다', '아 우리는
승리하였다', '승리는 영원히 우리의 것이다'의 순으로 각 부의 마지막 행
에 제시된 시구가 이를 증명한다. 그렇다면 첫 행과 마지막 행의 의도적
배치에서 강조된, 이 같은 시상 전개 방식은 무엇을 의미하는가. 이에 대
한 해답은 북한이 처해 있는 현실 상황을 염두에 두면 쉽게 얻어진다. 핵
문제와 관련된 미국의 강경 대응 방침으로 인해 심각한 국가적 위기를 맞
고 있는 북한이 내부적으로 할 수 있는 일은 인민 대중들의 반제 반미 사
상을 한층 고양하고, 인민 대중을 전승 불패의 혁명 정신으로 재무장시키
는 것이다. 결국 위의 시는 '미제'의 침략 전쟁으로 규정된 역사적 사건의
환기를 통해 전통적 혁명 정신을 강화함으로써 현실의 위기 국면을 타파
하고자 하는 데 그 목적이 있다.

과거의 역사적 사건을 매개로 현실의 난관을 극복하고자 하는 이 같은
창작 방법은 북한문학에 나타나는 중요한 특징 가운데 하나이다. '붉은기
사상'과 '고난의 행군' 시기로 명명되는 90년대 중반의 적지 않은 북한 문
학작품들이 항일 무장 투쟁 시기의 혁명 정신과 연계하여 쓰여졌다는 사
실은 이를 입증하는 좋은 예에 해당한다. 북한문학은 이후에도 이러한 창
작 방법을 꾸준하게 따르고 있는데, 북한이 당면한 정치적 과제를 반영하
듯 '미제'와 관련된 역사적 사건들이 자주 등장하고 있다.

한편, 고향과 부모에 대한 그리움을 형상화하거나 결혼, 이사와 같은 일 상적 소재들을 시적 대상으로 한 몇몇 예외적 시편들이 발견된다. 이 시들 은 월별 특성을 강조한 작품들과 소재, 제재적 측면에서 일정한 편차를 보 이고 있다. 그러나 이 시들은 김일성·김정일 부자에 대한 찬양 및 북조선 사회주의 체제 옹호, '미제국주의'에 대한 강한 적대감을 시적 주제로 설정 하고 있다는 점에서 결과적으로는 앞서의 시들과 크게 변별되지 않는다.

> 먼 출장지에서 돌아오는 저녁/열려진 대문가로 들어서는 듯/나는 고향산 천이 시작되는 여기/수리령 고개를 넘어선다//얼마나 자주 이렇게 다녀오더 냐/했어도 올적마다 다급해지는 걸음/저녁 밥짓는 연기냄새에조차/가슴 이 리 두근거려지는 곳이여//반가와라 어데선가 어슴푸레 소영각소리/성큼해서 날 넘겨보는 강냉이 이삭들/향기 뿜내는 반룽골 배밭을 흔들며/방목지에서 넘어오는 저녁염소울음소리//고래등마냥 웅크린 포전머리 풀거름엔/노래만 큼 일이라던 그 얼굴도 짚이여온다/그 사이에도 회관무대는 비우지 않았을/ 용섭이, 명복이, 세근이, 창숙이//그리웠노라 이 순간 맞이하는 그 모두/오이 랭국에 땀들이던 논밭을 바래우고/송이버섯 자래우려 솔숲을 흔드는 산촌바 람/평온한 저녁가에 벌써 나는 밤새의 퍼덕임
>
> ─리진협, 「내 고향아!」 부분─

위의 시는 북한의 주목받는 젊은 신진 시인 리진협의 「내 고향아!」의 일부이다. 「우리 가꾼 고향은」, 「잊지 않으리라」, 「흥, 좋을사 이 아니 흥 인가」, 「불이났네」 등의 작품으로 우리에게 알려진 리진협은 현재 북한 시단에서 특유의 개성과 내밀한 정서를 바탕으로 독자적인 시세계를 구 축한 시인으로 평가받고 있다. 이제까지 그의 시에 내려진 "시로 씌여진 동화 세계", 또는 "서정시다운 서정시" 등의 찬사[75]는 이러한 평가를 뒷받 침한다. 리진협의 시가 간직한 시적 개성과 내밀한 서정성은 인용시에서

---

75) 류만, 「시인은 누구나 시를 쓰고 있다. 그러나……」, 『조선문학』, 2002.9, 14쪽.

도 쉽게 확인할 수 있다. 출장지에서 고향으로 돌아오는 노동자의 벅찬 감회를 그린 위의 시는 기존 북한의 경직화된 시들과는 달리 낭만적 정서의 분위기를 한껏 연출하고 있다. 특히 '이삭', '배밭', '염소울음', '풀거름' 등의 친근한 자연 소재들의 출현은 이 시의 서정성을 심화하는 데 일조한다. 인용 부분만 놓고 보면 이러한 설명은 별 무리가 없어 보인다. 그러나 인용 부분 다음에 이어지는, "아 선군길 굽이굽이 우리 장군님!/야전복자락에 품어안아 지켜주신 그 모두/잃었다면 내 정말 가을비 오는 타향의 저녁/꿈길처럼 눈물로써 그리워했을 이 고향길//그러안노라! 이 저녁 더더욱 치미는 마음/백번다시 마주해도 참다운 사회주의 품아/그러안으면서도 그러안으면서도 멀리서처럼/아아! 몸부림쳐 불러오는 사랑아, 내 고향아"의 시 후반부에 이르면 사정은 전혀 달라진다. 이 지점에서 이 시는 이제까지 북한시의 한계로 지적되어 온 주제의 상투성과 도식성 등의 문제점이 한꺼번에 노출되고 있는 것이다. 리진협의 이 시가 비록 나름의 시적 서정을 간직하고 북한시의 새로운 가능성을 보여주고 있기는 하나, 기존 북한시의 치명적 약점을 극복하지 못하고 있다는 사실은 지적하지 않을 수 없다. 북한시의 극미한 변화가 감지되는 시기에 북한의 유망한 젊은 시인에게 당의 '결심'에서 비껴선 작품을 기대하는 것은 여전히, 아직은 무리인 것으로 판단된다. 이는 90년대 이후에도 북한문학이 교조적, 획일적, 도식적, 전체주의적 성격에서 탈피하지 못했음을 단적으로 입증한다. 이런 측면에서 90년대 이후의 북한시는 기존의 '전통적' 창작 방법에서 크게 벗어나지 못했다고 할 수 있다.

앞에서도 언급했듯이 선군혁명문학은 선군정치를 문학적으로 형상화한 것이다. 90년대 중반 이후 북한 사회는 선군정치를 적극적으로 표방한다. 이러한 사실은 90년대의 북한 사회가 직면한 국가적 위기상황과 밀접하게 관련된다. 가령 붉은기 사상, 고난의 행군, 강성대국 등은 이 시기 북한의 위기상황을 상징적으로 드러내주는 정치적 테제들이다. 붉은기 사상과 고난의 행군은 1995년 대홍수 사건으로 인해 극심한 식량난과 경제적 어려움에 처한 북한이 김일성 부대와 빨치산의 혁명 정신을 사상적으로 강화함으로써 국가적 위기를 극복하려는 의도에서 정책적으로 제시된 것이다. 또한 군대를 혁명 사상의 근간으로 하여 경제건설의 눈부신 비약을 목표로 한 사회주의 강성대국론과 선군정치 사상도 이러한 북한의 정책 결정 과정에서 비롯되었다. 이러한 북한의 정책들은 정치적 이념과 미학적 실천을 동일시하는 북한문학의 특성상, 이 시기 북한시에 고스란히 반영되어 있다. 그리고 이 점은 북한문학의 전형적 성격을 단적으로 보여주는 것으로 파악된다.

90년대 이후 북한시는 1967년 북한에서 제기된 유일 주체 사상에 근거를 두면서도, 한편으로는 각 시대의 현실 문제를 직접적으로 제기하는 붉은기 사상, 고난의 행군, 강성대국과 선군정치 등 각각의 정치적 과제에 민감하게 반응하고 있는 것이다. 특히 90년대 후반부터는 '선군정치'가 북한의 핵심 정치 이념으로 제기되는 까닭에 선군정치의 시대정신을 형상화하는 작품들이 속출하고 있다. 아울러 북한문학의 오래된 주제인 김일성 부자 우상화 작업과 반제반미사상의 문학적 표출도 이 시기 들어 한층 강화되어 나타나는데, 이는 90년대 이후 북한의 시문학에 두드러지게 나타나는 특징이라고 할 것이다.

3) 김정은 시대의 시

(1) 김정일의 사망과 강성국가 시대

김정일은 북한 내 예술문화 전반을 장악한 뒤 주체문학론을 완성하는 과정에서 김일성의 뒤를 잇는 세습구도를 스스로 마련하는 등 일찍부터 후계자로서의 정당성을 확보해왔다. 하지만 이와는 달리 3남인 김정은으로 이어지는 승계과정에는 시간적으로 그만큼의 여유를 가질 수는 없었다. 하지만 북한의 3대 세습이 불안정할 것이라는 여러 예측에도 불구하고 2011년 12월 17일 김정일의 사망 이후 3년여의 시간 동안 김정은을 중심으로 체제가 어느 정도 안착된 것으로 보인다.

김정은이 처음 후계자로 등장한 것은 2008년 김정일이 뇌졸중으로 쓰러진 이후부터로 알려졌는데, 2009년 김정은의 생일인 1월 8일에는 '후계교시'가 내려오면서 후계자로서 김정은이 공식적으로 언급되기 시작했다. 이후 북한 내 언론을 통하여 김정은을 찬양하는 가요로 알려진 '발걸음' 관련 기사들이 연이어 보도되면서 김정은으로의 후계구도가 본격화되었음을 보여준다.[76] 1년만인 2010년 9월 27일에 북한은 조선인민군 대장으로 김정은을 임명했으며, 이어 28일 44년 만에 개최한 제3차 당 대표자회의에서 당 중앙군사위 위원장이었던 김정일을 재신임하고 부위원장에 김정은을 선출함으로써 공식적인 후계자 과정을 마무리한다. 이때 촬영한 기념사진을 통하여 김정은의 얼굴이 외부에 처음 알려지게 되었으며, 10월 6일 북한에서는 김정은의 후계자 지명을 축하하는 공식 행사도 개최된다. 김정일이 사망한 뒤에는 조선인민군 최고사령관으로 임명되고, 2012년 4월에 개최한 제4차 당 대표자회의에서 노동당 제1비서 연이어 국방위원회 제1위원장으로 추대되면서 김정일의 직책을 모두 세습하는 데 성공한다.

김정은이 후계자로서의 승계과정을 마무리한 시점은 공교롭게도 북한이 오랜 시간 동안 염원해 온 목표였던 '강성대국' 달성의 원년이었다. 하지만 그 대표적 사업인 평양시 10만 세대 건설 사업도 만수대지구 일부만을 완공하였을 뿐이었다.[77] 따라서 대표자가 바뀐 북한으로서는 강성대국

---

76) 고유환, 「김정은 후계구축 논리와 징후」, 『통일문제연구』 22권 1호, 2010.
77) 오양열, 「2012년도 북한 문학예술계의 성과와 동향」, 편집부, 『문예연감 2013』, 한

건설이라는 기존의 목표가 실패했음을 드러내지 않는 한편, 실질적 달성
이 가능한 새로운 목표를 제시하는 것이 필요했다. 그것이 2012년 북한의
신년공동사설을 통해 등장한 '강성국가'라는 수정된 목표이다.

> 이제는 금강의 메부리처럼 솟아오른
> 창전거리의 고층살림집들
> 그림처럼 펼쳐안던 대동강아
> 오늘은 네 아름다운 흐름의 복판에
> 또 하나의 락원의 풍경 새겨 안았구나!
>
> 릉라 인민유원지! 그 이름도 뜻깊다
> 기쁨과 웃음이 넘쳐나는 곱등어관
> 인민들의 행복이 무지개로 피여나는 미끄럼대 회전그네
> 곳곳의 화려한 청량음료점들
>
> (…중략…)
>
> 아, 이 땅 곳곳에 새로 태여나는
> 강성국가 락원의 모습이여
> 인민의 이름으로 부르는 그 이름으로
> 인민사랑 영원하거니
> 김정은원수님의 높은 뜻 어린 창조물
> 천세만세 이땅에 빛을 뿌리리라
>   ―허수산, 「인민의 이름으로 부른다」 부분78) ―

'강성대국'이 현실적 고난을 이겨내기 위해 이상적으로 제시된 목표라
고 한다면 그만큼 강력한 구심점으로서의 지도자가 있다는 방증이다. 하
지만 젊은 지도자의 역할을 감당해야 할 김정은 체제에서는 고난 극복을

국문화예술위원회, 2013.
78) 『조선문학』, 2012.10.

강제하는 리더십을 표출하기보다는 보다 실질적인 차원에서 달라진 모습 자체를 제시하고자 한다. 이 작품에서 볼 수 있는 것처럼 '고층살림집, 유원지, 곱등어관(돌고래관), 회전그네, 청량음료점' 등 일반 생활시설이나 위락시설의 건설이 바로 그것인데, 김정은 시대 북한 인민들에게 새롭게 제시된 '강성국가'의 모습이라고 할 수 있다.[79] 실제로도 김정은은 군부대나 국가적 중요 시설물보다는 유원지나 공장 등의 생산 시설물들에 대한 현지지도를 많이 하고 있다. 이를 통해 북한 인민 개개인에 대한 접촉이 늘어나면서 강성국가라는 목표도 자연스럽게 확산될 수 있는 것으로 볼 수 있다. 이에 따라 류옥화의 「우리는 이렇게 시를 쓴다」, 이명옥의 「그이의 부탁」, 최선녀의 「무슨 말을 하랍니까」, 리성희의 「별들도 웃는 밤」 등 김정은의 현지지도에 감화 받은 현장 노동자들의 작품도 창작되기에 이른다.

(2) 계승과 발전 : 「발걸음」

김정은이 아홉 살이던 1992년 당시 북한 최고의 작곡가인 보천보전자악단의 리종오가 생일 축하곡으로 만들었다고 알려진 노래 「발걸음」은 2009년 10월에 조선중앙TV를 통해 합창되는 모습이 방영되면서 이후 북한 사회에 빠르게 전파되었다. 이 노래는 이후 조선인민공훈국가합창단에 의해서 신년음악회에서 연주되거나 각종 행사 음악으로 사용되기도 하였는데, 북한 대중들에게 노래를 지도하는 모습까지도 언론을 통해서 노출되는 등 북한 사회 전반에 널리 알려진다.[80] 그 이후 「발걸음」에서 비롯

---

79) 실제로도 김정은은 2012년 4월 6일 발표한 담화에서 인민생활을 향상시키기 위해서 우선적으로 먹는 문제, 인민소비품 문제, 살림집 문제, 먹는 물 문제, 땔감 문제 등을 해결해야 한다고 지적하고 있다(박영정, 「김정은 시대의 북한 문화예술의 현황과 전망」, 『제9차 통일문화정책포럼 자료집』, 문화체육관광부·한국문화관광연구원, 2012.11.21).

80) 주정화, 「북한의 음악정치」, 『사회과학연구』 31집, 경성대 사회과학연구소, 2015.2, 146쪽.

된 '발걸음' 내지 '발자국'의 강조는 시문학 전반에도 지속적으로 등장하면서 김정은에 대한 하나의 이미지로 굳어지게 된다. 특히, 이 노래는 그 유명세에 비해 그간 가사와 곡을 공식적으로 공개하지 않았었는데, 2012년 1월 1일 조선중앙TV가 제작한 화면음악(뮤직비디오)을 통해 처음으로 공개되었다는 사실은 김정은 시대의 출발을 상징적으로 보여준다고 할 수 있다.

척척척척척 발걸음 우리 김대장발걸음
2월의 정기 뿌리며 앞으로 척척척
발걸음 발걸음 힘차게 한번 구르면
온 나라 강산이 반기여 척척척

척척척척척 발걸음 우리 김대장발걸음
2월의 기상 떨치며 앞으로 척척척
발걸음 발걸음 힘차게 한번 구르면
온 나라 인민이 따라서 척척척

척척척척척 발걸음 우리 김대장발걸음
2월의 위업 받들어 앞으로 척척척
발걸음 발걸음 더 높이 울려퍼져라
찬란한 미래를 앞당겨 척척척

아— 발걸음 더 높이 울려퍼져라
찬란한 미래를 앞당겨 척척척[81]

여기서 '우리 김대장'이 당연히 김정은을 의미한다면, '2월'과 관련된 인물은 물론 김정일이다. 결국 이 가사를 통해 확인할 수 있는 것은 김정일의 권력승계과정에서도 그랬던 것처럼, 김정은 역시 새로운 지도자로서의 면

---

81) 조선중앙TV가 제작한 영상에서 자막으로 제시된 가사 부분을 그대로 옮겼다.

모를 과시하는 한편으로 선대의 이미지를 최대한 이어받음으로써 무리없이
체제를 유지하고자 하는 북한 체제의 작동 방식이다. 그때 '척척척'이라는
의성어를 통한 '발걸음'의 강조는 두 측면 모두에서 성공적으로 기능한다.

먼저, '발걸음'은 김정일의 현지 지도를 상징하는 방식과 긴밀하게 연
결되어 있다. 애초에 '발걸음'은 군부대를 비롯하여 각 지역 등 현지 지도
를 우선한 김정일의 이른바 '선군 장정 천만리'를 상징화한 표현에서 비
롯되었다. 뿐만 아니라, 김정일의 현지 지도를 칭송하는 경우에 '발걸음'
은 최남순이 시 「거룩한 발자욱」(『문학신문』, 2011.9.24)에서 "오, 최고사령관
김 동지/거룩한 그 발자욱을/항일의 옛 전장에 찍으심은/수령과 어머님 앞
에/그리고 조국의 력사 앞에/승리를 떨치는 혁명의 전통이 계승됨을/다시
한 번 확인하신 것 아니더냐"고 한 것처럼 다시 김일성의 항일혁명전통에
까지 그 의미를 두고 있는 것으로 확장되어 나타난다. 따라서 "김대장 발
걸음"은 그 자체만으로도 김일성 – 김정일로 이어지면서 북한 사회에 제
시된 이상적인 목표가 김정은에 이르러서도 한치의 흔들림 없이 최선의
방향으로 나아가는 것을 의미하게 된다. 더불어 북한 대중들에게는 믿고
따라야 할 단 하나의 가치를 다시 한 번 각인시키는 역할을 한다.

실제 이 노래를 처음 공개한 방송영상을 보면 김정은이 화면에 단독으
로 등장하지 않는다. 오히려 현지지도를 나온 생전의 김정일과 가까운 위
치에서 그를 보좌하는 모습으로 나온다. 김정은을 찬양하는 노래로서 공
식적으로 발표되는 영상임에도 불구하고 김정일과 동시에 등장할 수 밖
에 없다는 것은, 김정은의 독자적인 역할이나 의미보다는 선대의 통치를
이어받은 역할을 강조하는 것이 북한 내부에서 그만큼 중요하다고 생각
하고 있음을 미루어 짐작할 수 있다. 이는 3대 세습으로 이어지는 북한 정
권의 정통성과 안정성을 우려하는 외부의 시선과는 달리 북한 체체 내부
를 공고하게 다지는 기능을 충실히 수행한다. 이때 '발걸음'은 김정은만의

것이 아니라 북한 체제의 특수한 사정과 그것을 지속시켜나가는 후계 구
도 전반을 추인하고 있다고 해도 과언이 아니다.

> 아 어버이수령님의 거룩한 발자욱소리
> 그 소리에 울려오는 불멸의 혁명송가
>
> <김일성장군의 노래>

> 그 자욱 소리 노래에 실려
> 저 생각깊은 개선문에서 울려오는가
> 그 발자욱소리 만민의 인생사에 실려
> 주체사상탑 군상아래서
> 쿵쿵 메아리쳐오는가
>
> ─김재원, 「영원한 메아리」 부분82) ─

> 광장을 쩡쩡 구르며 내닫는 발걸음 발걸음
> 저 철의 대오를 사열하시는 장군님의 품으로
> 흘러간 우리 당의 력사
> 흘러갈 우리 당의 력사가 달려와 안기나니
>
> ─김덕선, 「영광의 노래 드리노라」 부분83) ─

「발걸음」 이전에 발표된 위의 두 작품에서 확인할 수 있는 것처럼 '발
자욱소리'의 기원은 김일성에게로 직접 거슬러 올라간다. 그리고 김일성
이 행한 "거룩한" 일들은 '개선문─주체사상탑'과 같은 기념비적 건축물
과 결부됨으로써 시간과 공간을 초월하여 북한 전체와 인민 모두에게 골
고루 혜택이 돌아가는 영웅적 행위로 강조되고 있다. 또한 현재적 차원에
서 이것은 단순히 지나간 과거의 일이 아니라 김정은을 중심으로 고스란
히 지속될 수밖에 없는 정당성을 확보하게 된다.

---

82) 『조선문학』, 2010.5.
83) 『조선문학』, 2010.10.

다른 한편, 선대의 위업을 계승하는 동시에 새로운 지도자로서의 능력과 면모를 보여주어야 한다는 측면에서도 「발걸음」은 의미를 갖는다. 김정은으로 이어지는 북한 체제가 연착륙하기 위해서는 선대의 능력을 계승하는 것뿐만이 아니라 김정은의 능력에 대한 확신과 믿음이 관건일 수밖에 없다. 따라서 이 노래가 강조하고 있는 '발걸음'은 앞선 업적을 떠올리게 만드는 한편 그것을 따라가면서 새로운 현실에 맞게 수행하는 주체인 김정은의 능력을 역동적으로 강조하는 역할을 맡고 있다고 할 수 있다. 공식적 발표 이후 나오게 된 「발걸음」에 대한 평가에서도 역시 김정은에 대한 이미지는 바로 이 '발걸음'에 응축되어 있다고 할 수 있다.[84]

특히, 권선철은 김정은의 교시를 따라 발걸음과 보폭을 맞추는 일이 모두 하나가 되어 시련과 역경을 이겨내고 전진하기 위해 인민에게 부여된 역사적 행위라고 진단하고 있다. 「발걸음」을 처음으로 공개한 영상에서 김정은은 앞서 말했듯이 김정일의 근거리에서 보좌하는 역할로 비춰진다. 그러나 김정일이 선글라스를 착용해서 얼굴을 모두 드러내지 않고 웃음기도 없이 등장하고 있다면, 김정은은 환한 웃음이 가득한 채 젊고 역동적인 동작을 취하고 있어서 누가 보아도 신구 세력의 대비로 여겨진다. 이처럼 '발걸음'은 선대로부터 이어진 업적을 상징하는 동시에 북한 사회 전면에 새롭게 등장한 권력자인 김정은이 선대를 잇는 유일한 정통 계승자이자 북한 인민을 구원하는 능력을 가진 유일한 지도자라는 것을 효과적으로 형상화하는 데에 기여하고 있음을 알 수 있다.

> 2012년, 새해의 첫아침!
> 천만의 대오와 대오를 부르며

---

84) 한충혁, 「찬란한 미래에로 나아가는 선군조선의 기상을 보여주는 명곡 노래 <발걸음>을 부르며」, 『로동신문』, 2012.2.19 ; 권선철, 「<발걸음>의 메아리는 우렁차고 환희롭다」, 『조선문학』, 2012.6.

장엄한 대진군의 앞장에서
힘차게 울린다
척척척척… 발걸음소리
　　　－박현철, 「위대한 령장의 발걸음따라 앞으로」 부분[85] －

　이후 김정은의 정권 계승 작업은 비교적 빠른 속도로 진행된다. 이에
따라 발표되는 작품들 역시 위에서 확인할 수 있는 것처럼 '발걸음'이 가
지고 있는 진취적인 이미지를 직접적으로 사용하는 한편, 선대로부터 이
어진 모든 위업을 김정은에게 집중시킨다. 가령, 2012년『조선문학』1월호
에 실린 김일성종합대학 문학대학의 집체작 「인민이여 우리에겐 김정은
대장이 계신다」를 보면 "김정은 동지!/그이는 우리의 김일성 동지/그이는
우리의 김정일 동지/그이는 우리 당 우리 조국/그이는 우리의 태양"이라는
구절이 등장하고 있다. 지도자와 당과 국가를 일치시키고자 하는 북한사
회의 특수성은 익히 알려져 있다. 하지만 '태양'이 김일성을 상징하는 것
임을 감안한다면 김정은이 북한의 지도자로 공식 등장한 첫 해에 바로 문
학작품을 통해 김일성과 동일한 존재로 격상되었다는 점은 김정일이 정
권을 계승하던 시기와는 사뭇 다른 양상이라고 할 수 있다.
　김남호의 「우리의 태양」(『조선문학』, 2012.1)이나 송정우의 「그이의 모습에
서 내 보았노라」(『조선문학』, 2012.3), 엄정호의 「축원의 광장 행복의 노래」(『조
선문학』, 2012.9) 등의 작품에서도 역시 김정은은 '김일성－김정일'의 역할을
곧바로 계승하고 있다. 김정일의 경우 김일성이 사망하기 오래 전부터 이
미 2인자로서 위치를 굳혀왔음에도, 김일성 사망 뒤 3년여의 유훈통치 기
간을 두면서 신중하게 지도자의 자리를 계승했던 것과 비교한다면 다소
놀라운 양상이라고 할 수 있다. 이는 북한 정권이 권력 승계 과정을 바라
보는 외부 현실에 그만큼 민감하게 반응하고 있음을 보여주고 있다고 할

85)『로동신문』, 2012.1.4.

수 있다. 김일성 사망 이전에 이미 대내외적으로 2인자의 자리를 굳히고
있었던 김정일에 비해, 이제 막 외부에 알려지게 된 김정은으로의 승계
과정이 길어지고 복잡한 과정을 거쳐야 한다면 그것은 곧 체제 불안의 요
소가 될 수밖에 없을 것이다. 따라서 '발걸음'을 통한 역동적 이미지를 통
해서 선대의 위업을 변함없이 이어나가는 한편, 새로운 시대에 걸맞는 새
로운 지도자상을 강조하게 된 것이라 할 수 있다.

(3) 새로운 지도자상 : '청년'

  김정은의 정권 승계 이후 북한 사회의 목표가 '강성대국'에서 '강성국
가'로 변경되었다는 사실은 생활과 밀착된 목표로의 수정을 의미한다. 이
에 따라서 김정은의 이미지 역시 김일성이나 김정일의 '자애로운 어버이'
상처럼 근엄함과 신성성을 강조하는 데에서, 그의 생물학적 나이에 맞추
어 젊고 역동적인 측면과 친근함을 강조하는 데에 역점을 둔다. 여전히
경색되어 있는 남북관계에도 불구하고 기사를 통해 접하게 되는 김정은
은 일반 가정을 방문해서 어린아이에게도 쉽게 농담을 건넨다거나, 남한
의 젊은 세대들이 흔히 하는 농담도 잘 하는 사람으로 비춰지고 있다. 이
러한 사실은 북한이 외부에 전달하고 싶어하는, 북한을 현실적으로 이끌
어갈 능력이 충분한 젊은 지도자라는 김정은의 이미지를 어느 정도는 성
공적으로 만들어 가고 있다고 할 수 있다. 김정은의 등장 이후 최근 북한
의 시문학이 김정은과 관련해서 집중하고 있는 것은 바로 이 지점이다.

> 그 음성 심장에 메아리쳐 울릴 때
> 우리는 추억아닌 현실로 보고 들었다
> 조국개선연설을 하시던 수령님의 그 모습
>   ─정영갑, 「위대한 태양의 축복」 부분86) ─

이 작품 역시 김정은을 그대로 '태양'과 등치시키고 있다. 김일성을 떠올리고 있다는 점에서 김정은의 능력을 최소한 선대와 완전히 동일한 위치에 두고 있다는 점도 역시 확인할 수 있다. 그러나 이 작품에서 보다 눈여겨보아야 할 것은 그 모든 것이 "현실"로, 즉 현재의 지도자인 김정은에게 모두 집중되어 있다는 점이다. 그럴 때 김정은의 '젊음'은 지도자로서의 약점이 아니라, 김일성과 김정일을 "추억"하는 세대 모두에게까지 오히려 그의 최대 장점으로 변하게 된다.

> 해빛넘친 창가에서
> 아기를 품에 안고
> 무한한 행복에 미소짓는
> 젊은 녀인의 그 밝은 얼굴
>
> 유보도의자에 앉아 공부하는
> 청년대학생의 열정넘친 저 눈빛
> 공장을 나선 청춘들의
> 활기에 넘친 힘찬 발걸음
> 얼마나 환희로운 모습들인가
>
> ─ 이명근, 「사랑의 절정」 부분[87] ─

그럴 때, 모든 '젊음'은 그 자체로도 칭송의 대상이 된다. 위의 작품에서 확인할 수 있는 것처럼 "젊은 녀인"은 그 어떤 구체적인 행위에 앞서 희망을 상징하는 모습이며, "청년대학생"이나 "공장을 나선 청춘"은 각 분야에서 자신들의 젊음을 바쳐 매진하고 있는 모습 그대로 조국의 밝은 미래를 만들 수 있는 확신을 보여주는 행위가 된다. 그것은 새로운 지도

---

86) 『조선문학』, 2012.5.
87) 『조선문학』, 2012.4.

자인 김정은에게서 비롯된 '청년'의 이미지가 북한 전체를 "힘찬 발걸음"으로 만들고 있다는 믿음을 보여준다.

현지지도를 강조하면서도 군부대를 중심으로 했던 김정일과 달리 김정은은 북한 인민들의 생활 현실과 보다 밀착된 현장들을 방문한다. 심지어 군부대를 시찰할 때에도 작은 목선을 타고 서해상을 나간다거나, 폭우 속에서도 군부대를 방문하고 최전방 여성포병부대를 첫 군부대 방문지로 선택하는 등 안정적인 상황에서 보고를 받는 형식적인 시찰보다는 마치 자신도 군인이 되어 같은 현장을 체험하는 모습을 보여준다. 현장을 강조하는 '청년 지도자'로서 젊음의 활력을 통치의 방법으로 최대한 활용하고 있는 것이다. 류옥화의 「우리는 이렇게 시는 쓴다」를 비롯하여, 이명옥 「그이의 부탁」, 최선녀 「무슨 말을 하랍니까」, 리성희 「별들도 웃는 밤」, 리송숙 「밝은 얼굴」 등 전업시인이 아니라 김정은의 현지지도에 감화하는 보통의 사람들이 쓴 시들은 그가 보여주는 현장우선정책과 젊음의 강조를 그만큼 중요하게 여기고 있음을 방증한다.[88]

> 그 언제 이런 일 있어봤던가
> 그 어느 다심한 일군도 유치원에 오면
> 귀여움에 겨워 만족해할 뿐
> 그 누구도 열지 못했다
> 아이들의 동심의 문 미래의 문
>
> ―백하, 「미래의 문을 여시다」 부분[89] ―

그것은 '젊음' 이미지의 김정은이 단순히 생물학적 조건을 내세우고 있는 것이 아니라 "유치원" "아이들의 동심"까지도 세심하게 이해하고 소통

---

88) 김성수, 「김정은 시대 초의 북한문학 동향」, 『민족문학사연구』 50집, 2012, 506쪽.
89) 『조선문학』, 2012.11.

하는 능력을 가지고 있다는 것을 의미한다. 이것은 김일성과 김정일이 내세우고 있는 '어버이' 상 보다 김정은이 인민에게 한층 다가가기 위한 노력을 벌이고 있다는 점을 보여준다. 아이들의 "귀여움에 겨워 만족해"하는 어버이에서 나아가 그들의 눈높이에서 직접 소통하는 능력을 갖춘 김정은의 모습은 북한 사회에서 분명 새로운 것이면서도 북한 인민의 공감을 직접 이끌어내고자 하는 노력을 보여주고 있다.

> 그렇다 내 아들아
> 너는 림산마을분교 15명 학생중 하나여도
> 너는 온 나라가 다 아는 소년단원
> 경애하는 김정은장군님의 사랑과 믿음을
> 천만배의 충정으로 보답해야 할
> 선군조선의 나어린 소년혁명가
> 김일성 김정일조선의 미래의 주인
>
> ─박상민, 「축복받은 아들에게」 부분90) ─

김정은을 통한 '젊음'의 강조는 결국 북한 정권의 목표 달성을 향한 또 한 번의 인민 총동원을 의미하는 것과 다르지 않다. 김정은이 비교적 어린 나이에도 불구하고 새로운 시대에 걸맞는 지도자 상을 가지고 있다면, 이 작품에서 확인할 수 있는 것처럼 어린 "소년단원" 또한 새로운 시대에 부응하기 위한 노력을 경주해야 하는 것은 마땅한 일이 된다. 그럴 때 어린이는 보호받으며 미래를 준비하고 있는 대상이 아니라, 고난과 역경을 직접 마주하며 새로운 시대를 만들어 가야 할 "소년혁명가"와 같은 북한 사회의 주체 계층으로 전환된다.

보다 흥미로운 것은 이것이 사회적인 책무로 부여되는 것이 아니라, 아

---

90) 『조선문학』, 2012.8.

버지가 아들에게 전달되는 방식을 통해 가정 내에서 자발적인 담론으로 계승되고 있다는 점이다. 이것은 김정은의 정권 승계로 이어지는 북한 사회의 변화가 북한 인민들의 실제 생활의 현장에 무리 없이 고스란히 전달될 수 있도록 하기 원하는 의도를 반영하고 있는 것으로 보인다.

이처럼 북한은 젊은 청년의 이미지를 내세워 김정은 중심사회로의 변화를 꾀하고 있다. 이 같은 북한의 의도는 앞서 살펴본 작품들에서처럼 김일성과 김정일에서부터 이어지는 선대의 위업을 물려받는 한편, 실용적이고 직접적인 생활의 개선을 추구하는 김정은만의 개성적 능력을 강조하는 데에 어느 정도 성공하고 있다. 북한 생활환경의 실제 변화·발전과 간극이 멀어질수록 이것의 효과는 급감하겠지만, 최소한 표면적으로나마 김정은 시대의 북한 시문학은 그의 이미지를 새롭게 만드는 데에 적합한 방식을 찾아낸 것으로 보인다.

참고문헌

1. 기본자료

『관서시인집』, 인민문화사, 1946.

『한 깃발 아래에서』, 문화전선사, 1950.3.

『김일성 저작집』 2·14, 조선로동당출판사, 1972.

『인민의 념원』, 문예출판사, 1976.

『현대 조선시문학 연구』, 사회과학출판사, 1988.

「조국통일주제의 작품을 왕성하게 창작하자」, 『조선문학』, 1990.5.

『김정일선집』 1, 조선로동당출판사, 1992.

「조국해방전쟁승리 50돐을 맞는 올해를 선군혁명문학의 성과로 빛내이자」, 『조선문학』, 2003.1.

과학원 언어문화연구소 문학연구실, 『우리나라에서 맑스-레닌주의 문예이론의 창조적 발전』, 과학원 출판사, 1962.

권선철, 「<발걸음>의 메아리는 우렁차고 환희롭다」, 『조선문학』, 2012.6.

김명수, 「서정시에 있어서의 전형성·성격·쓰찔」, 『조선문학』, 1956.6.

김윤호, 『내고향』, 문예출판사, 1987.

김정일, 『주체문학론』, 조선로동당출판사, 1992.

류 만, 『조선문학사(1926-1945)』, 사회과학출판사, 1992.

류 만, 「시인은 누구나 시를 쓰고 있다. 그러나…」, 『조선문학』, 2002.9.

박 근, 「서정시에서 갈등과 성격」, 『조선문학』, 1956.6.

박종식, 「서정시와 현대성」, 『조선문학』, 1961.7.

사회과학원 주체문학연구소, 『문학예술사전』 상·중, 과학백과사전종합출판사, 1991.

엄호석, 「시대와 서정시인」, 『조선문학』, 1957.7.

윤세평, 『해방전 조선문학』, 조선작가동맹출판사, 1958.

최희건, 「조국통일의 열원과 시인의 시정신」, 『조선문학』, 2001 3

한충혁, 「찬란한 미래에로 나아가는 선군조선의 기상을 보여주는 명곡 노래 <발걸음>을 부르며」, 『로동신문』, 2012.2.19.

2. 단행본

강진호, 『총서 불멸의 역사 연구』, 소명출판, 2009.

권영민, 『북한의 문학』, 을유문화사, 1989.

김경숙, 『북한현대시사』, 태학사, 2004.

김용직, 『북한문학사』, 일지사, 2008.

_____, 『해방직후 한국시와 시단의 형성전개사』, 푸른사상, 2009.

김종회 편, 『북한문학의 이해(1~4)』, 청동거울, 1999.

김학준, 『북한 50년사』, 동아출판사, 1995.

목원대학교 국어국문과 엮음, 『북한문학의 이해』, 국학자료원, 2002.

서동만, 『북조선 사회주의체제 성립사』, 선인, 2005.

신형기 · 오성호, 『북한문학사』, 평민사, 2000.

오성호, 『북한시의 사적 전개과정』, 경진, 2010.

이종석, 『조선로동당 연구』, 역사비평사, 1995.

이화여자대학교 통일학연구원 편, 『북한문학의 지형도』, 이화여대출판부, 2008.

전영선, 『북한의 문학예술 운영체계와 문예이론』, 역락, 2002.

한길문학 편집부, 『남북한문학사연표』, 한길사, 1990.

리처드 오버리, 류한수 옮김, 『스탈린과 히틀러의 전쟁』, 지식의풍경, 2003.

3. 논문

고유환, 「김정은 후계구축 논리와 징후」, 『통일문제연구』 22권 1호, 2010.

곽승지, 「북한의 '우리식 사회주의' 성격에 관한 연구」, 동국대학교 박사학위 논문, 1997.

김성수, 「김정은 시대 초의 북한문학 동향」, 『민족문학사연구』 50집, 2012.

김영철, 「1990년대 북한시의 동향 연구」, 『한국시학연구』 7권, 2002.

김종회, 「『주체문학론』 이후 북한 문학의 방향성」, 『한국문학논총』 39집, 2005.

노귀남, 「선군 혁명의 문학적 형상」, 『문학과 창작』, 2001.7.

박민규, 「『응향』을 둘러싼 사건과 분단체제의 비극」, 『유심』 76호, 2014.7.

박영정, 「김정은 시대의 북한 문화예술의 현황과 전망」, 『제9차 통일문화정책포럼 자료집』, 문화체육관광부 · 한국문화관광연구원, 2012.11.21.

오성호, 「수령 사후의 북한시 연구」, 『배달말』 43권, 2008.

오양열, 「2012년도 북한 문학예술계의 성과와 동향」, 편집부, 『문예연감 2013』,

한국문화예술위원회, 2013.

오창은, 「문학적 자유와 정치적 역할의 충돌」, 『근대서지』 6호, 소명출판, 2012.

오태호, 「'『응향』 결정서'를 둘러싼 해방기 문단의 인식론적 차이 연구」, 『어문논집』 48집, 2011.

_____, 「해방기 북한문학의 '고상한 리얼리즘' 논의의 전개 과정 고찰」, 『우리어문연구』 46집, 2013.

유성호, 「초기 북한 문단의 인적 구도와 시적 형상」, 『근대서지』 6호, 소명출판, 2012.

이상숙, 「해방공간의 이데올로기와 시」, 『서정시학』 2005년 봄호.

_____, 「6 · 15 남북공동선언 이후 북한의 시」, 『현대문학이론연구』 36권, 2009.

_____, 「『문화전선』을 통해 본 북한시학 형성기 연구」, 『한국근대문학연구』 23호, 2011.

이성천, 「혁명구호와 시적 주제의 상관성」, 『문학수첩』, 2003년 가을호.

_____, 「『주체문학론』 이후의 북한시 연구」, 『한민족문화연구』 19집. 2006.12.

_____, 「북한 문예지 『조선문학』의 유형적 특성 고찰」, 『어문연구』, 2010.6.

주정화, 「북한의 음악정치」, 『사회과학연구』 31집, 경성대 사회과학연구소, 2015.2.

홍용희, 「'주체문학론'의 정립과 시대정신의 요청-최근 북한 시의 특성과 동향」, 『문학수첩』, 2002년 11월호.

_____, 「김정일 시대와 북한시의 동향」, 『통일시대와 북한문학』, 국학자료원, 2010.

오 태 호 · 노 희 준

1. 분단시대 문학의 꽃과 열매

북한의 해방 후 문학 전개는 1967년을 기점으로 '사회주의적 사실주의 시기'와 '유일주체사상시기'로 대분된다. 이 중에서 민족분단 대립기(해방 후-1970년대)의 문학은 네 단계[1]로 나눌 수 있다. 북한문학은 다른 나라의 문학사와 달리 당의 문예정책에 의해 직접적인 영향을 받아 형성되는 양상을 보인다.

그러나 북한의 문학사 기술에서 거리를 두고 바라보면 김일성이 주체성

---

1) 평화적 민주건설시기(1945.8-1950.6), 위대한 조국해방전쟁시기(1950.6-1953.7), 전후 복구건설과 사회주의 기초건설을 위한 투쟁시기(1953.7-1960), 사회주의의 전면적 건설과 사회주의의 기초건설을 앞당기기 위한 투쟁시기(1961년 이후-현재)를 말한 다(박종원 · 류만, 『조선문학개관Ⅱ』, 사회과학출판사, 1986(인동, 1988) 참조).

을 처음 언급한 것은 55년으로 거슬러 올라간다는 점, 대외적 상황상 50년대 말부터 독자노선이 심각하게 고민되었다는 점[2] 등을 고려하여 60년대 이전과 이후로 나눌 수도 있다. 본격적인 주체사상은 67년에 발표되었으나 변화의 조짐은 50년대 말부터 형성되었다고 볼 수도 있다.

1) 평화적 민주건설시기

(1) 개관

해방 직후 북한의 정책은 친일파와 제국주의적 요소의 제거, 토지 개혁과 제반 민주개혁을 통한 '혁명적 민주기지 건설'에 집중된다. 정치적으로 '건국사상총동원운동'의 시기에 속하는 것이다. 이 시기 당의 문예정책은 1946년 5월 24일 김일성의 연설, 「문화인들은 문화전선의 투사로 되어야 한다」는 말에 함축되어 있다. 여기서 문화전선이란 '민주주의적 민족문화를 건설'하기 위한 근본원칙과 제반임무를 뜻한다. "내용에서 민주주의적이고 형식에서 민족적인 혁명적이며 인민적인 문화"의 건설이다.

민주 민족적 내용형식론은 "선진 국가들의 문화 가운데서 조선 사람의

---

2) 김일성이 최초로 '주체사상'에 대해 언급한 것은 1955년 12월 28일로 거슬러 올라간다. 그가 주체사상을 언급한 것은 스탈린 사망 이후의 소련 정세변화가 스탈린 모방주의를 유지했던 김일성에게 독자노선의 필요성을 상기시켰기 때문이다. 또한 북한의 경제적 이해관계나 대외 강대국과의 관계를 감안할 때, 김일성이 주체성을 심각하게 고민한 시기는 1960년 초반으로 거슬러 올라간다. 이는 1950년대 말의 중소분쟁 격화와 중국군 철수(1958.3) 등의 사건이 그로 하여금 자신의 입장(주체성)에 몰두하게끔 했기 때문이다. 1961년 9월 조선노동당 제4차 대회가 개최되었을 때에 김일성은 이미 주체성 이론하에 자신의 경제 노선을 추진할 수 있는 위치에 있었다. 그는 숙적들을 처단하고 절대 권력을 수립하는 데 성공했으며, 북한에는 소련 점령군도 중국 점령군도 존재하지 않게 되었다. 그럼에도 그가 55년부터 63년까지의 8년 동안 주체성을 언급하지 않은 것은 중국과의 외교관계가 불안했기 때문이다(서대숙, 『북한의 지도자 김일성』, 청계연구소, 1989, 120~140쪽 참조).

비위에 맞는 진보적인 것"3)을 섭취하는 것을 골자로 한다. 이는 1947년 당 중앙상무위원회의 결정서인 「북조선에 있어서의 민주주의 민족문화 건설에 관하여」의 '고상한 사실주의'로 집약된다. '고상한 사실주의'는 1947년 김일성 신년사에서, "사상적, 정치적, 예술적으로 고상한 작품을 생산할 것"에 대한 요구로 처음 언급된다. 당시 북한문학이론이 대부분 소련에서 받아들여졌다는 점을 감안할 때, 이 문예정책은 소련의 문학론을 당시 북한의 건국사상총동원운동을 가속화시킬 수 있는 문학론으로 토착화시키는 작업으로 이해된다. "조선인민의 민족적 사명과 민족적 발전은 사회주의 소련 및 평화애호 인민과의 구체적 연계 속에 그 담보의 열쇠가 있는 것"4)이라는 표현에서 알 수 있듯, 이 당시 사실주의는 소련과의 견고한 친선관계를 강조하고 있다.

여기서 중요한 것은 '혁명적 낭만성' 혹은 '혁명적 낭만주의'이다. 이는 "인간을 현실에서 이탈시키지 않으면서 인간을 현실 이상으로 향상"시키는 '로맨티시즘'으로 '사회적 영웅'5)을 그릴 것에 대한 요구이다. 다시 말해 여기서 중요시되는 것은 건국사상을 구현한 인간타입을 창조하는 문제이다. 이 시기의 평론은 '민족문학론'과 '고상한 리얼리즘'을 정립하고자 한다. '민족문학론'이 전통의 계승과 민족정체성 확립에 주요한 문화예술론이라면 '고상한 리얼리즘'은 현재 북한 사회주의에 가장 유용한 예술형식을 확립하기 위한 창작방법론에 해당한다. 전자가 전략이라면 후자는 전술에 해당하는 것이다.

민족문화론은 1946년 3월 25일 결성된 북조선문예총연맹을 중심으로 제창된다. 한설야의 「예술운동의 본질적 발전과 방향에 대하여」, 안막의 「조

---

3) 『김일성 저작집』 2권, 235쪽.
4) 엄호석, 「조선문학과 애국주의 사상」, 『문학의 전진』, 1950.8 참조.
5) 이정구, 「창작방법에 대한 변증법적 리해를 위하여」, 『문학예술』, 1949.9 참조.

선문학과 예술의 기본임무」,「조선 민족문화건설과 민주주의 노선」, 한효의
「문학과 민주건설」, 윤세평의 「신민족문화수립을 위하여」, 이청원의 「조선
민족문화에 대하여」 등이 대표적인 논의이며 가장 주목을 요하는 것은 안
함광의 「민족문화론」이다.

안함광은 "민족문화는 과거 조선의 민족주의 문화를 계승하는 것이 아
니라 프로문학의 이념을 현 단계적 특질 위에서 계승해야 할 것"이라고
말하면서 "당대의 정치적 과업이 진보적 민주주의 국가수립"에 있음을 분
명히 한다.6) 주목할 점은 민족문화의 개념인데 이전의 민족주의 문학은
부르주아 문학이며, 반일 투쟁의 문화적 임무와 봉건적 요소를 철저히 숙
청하지 못했기 때문에 전통에서 제외되어야 한다. 북한의 문학사는 근대
국가 성립 이전, 다시 말해서 1947년 이전의 한국문학을 모두 배제하고 있
는 셈이다. 일제식민지 상황의 특수성을 들어 카프가 문학적 임무뿐 아니
라 정치적 사업까지 떠맡아야 했다는 사실을 강조하고 있을 뿐 카프의 전
통이 민족현실의 총체성을 담보할 수 있는가의 문제에 대해서는 언급하
고 있지 않기 때문이다.

'고상한 사실주의'의 전개는 위에 언급한 바와 같다. 이러한 당의 문예정
책에 따라 이 시기의 소설문학은 1) 수령찬양소설 2) 민주개혁찬양소설 3) 새
조국 건설의 투쟁을 반영한 소설 4) 남조선 인민의 투쟁을 다룬 소설로 나누
어진다. 수령찬양소설은 강훈 「장군님을 맞는 날」, 한설야 「개선」, 민주개혁
찬양소설은 리기영 「개벽」,『땅』, 황건 「산곡」 등이 있다. 새 조국 건설시기의
투쟁을 반영한 소설에는 리북명 「로동일가」, 박웅설 「류산」, 윤시철 「이앙」,
천세봉 「오월」,「땅의 서곡」, 한설야 「탄갱촌」, 황건 「탄맥」 등이, 남조선 인민
의 투쟁을 다룬 소설에는 리동규 「그전날밤」, 박태민 「제2전구」가 있다.

---

6) 안함광, 「민족문화론」,『해방기념평론집』, 1946.8.

(2) 작가작품론

'고상한 사실주의'의 원칙을 잘 보여주는 단편은 한설야의 「개선」이다. 김일성의 1945년 10월 14일 평양시 환영군중대회의 개선연설을 주제로 다룬 작품으로 "해방 후 위대한 수령님의 형상에 바쳐진 첫 소설작품"이자 "위대한 장군님을 환영하기 위해 모여온 군중들이 수풀처럼 설레이는 공설운동장에 대한 묘사와 장군님을 뵙고저 머리를 솟구어 서로 키돋움하는 사람들, 장군님의 연설에 귀기울이는 군중들에 대한 생동한 묘사는 위대한 수령님에 대한 우리 인민의 흠모와 신뢰의 정이 얼마나 뜨겁고 열렬한가를 그대로 말해주고 있다"[7]라는 평가에서 짐작할 수 있듯, 고상한 사실주의가 수령의 항일무장투쟁의 계승에 목적을 두고 있음을 알게 한다. 비슷한 내용을 담고 있는 아동단편소설에는 「장군님을 맞는 날」이 있다. 천정송의 「유격대」는 이러한 장군님의 뜻을 계승한 항일무장투쟁의 역사를 간도지방애국청년들의 당대 활약상을 통해 보여준다.

'혁명적 낭만성'이라는 개념에 주목할 때 이 시기 소설 중 가장 주목되는 작품은 무엇보다 이기영의 『땅』이다. 이 소설은 "지난날… 가장 반동적이고 악독한 계급은 지주계급이었습니다. 지주가 얼마나 우리 농민들을 가혹하게 압박하고 착취하였는가는 소설『땅』만 읽어 보아도 잘 알 수 있습니다."라는 표현에서 알 수 있듯 이 시기를 대표하는 작품이다.

이기영의 다른 작품에서처럼 이 소설에서도 주동인물과 반동인물, 즉 농민계급 곽바우와 지주계급 고병상의 대립은 두드러진다. 소극적이고 반혁명적인 곽바우가 면당 위원장인 강균의 영도에 의해 지주계급을 타파하는 소영웅으로 탄생한다는 줄거리를 갖고 있다. 여기에서 강균이 노동계급이 아닌 소부르주아 계급으로 등장하고 있다는 점에 주목할 필요가

---

7) 『조선문학사』 10, 사회과학출판사, 1994, 135쪽.

있다. 이는 토지 개혁과 현실적 토대의 물리적 실천은 곽바우 같은 농민
계급에 의해 이루어지지만, 당을 대표하여 농민이 올바른 길을 열어나가
게끔 지도적 역할을 수행하는 것은 강균 같은 지식인의 몫임을 강조하는
것이기 때문이다. 이 소설은 당의 매개하에 새 조국건설의 영웅적 인물이
탄생하는 모습을 그려냄으로써 '자기의 인식적 교양자적 기능'을 훌륭히
수행하고 있다.

2) 조국해방전쟁시기

(1) 개관

한국전쟁은 '미제와 이승만 괴뢰집단의 식민지'인 남한을 '민주기지'인
북한이 해방시키려 했던 시기에 해당한다. 위대한 조국해방전쟁시기의 문
학은 조국 사회주의 건설이라는 대전략 속에서, 미국의 식민지 남한을 해
방시키겠다는 의도를 강하게 담고 있다. 1951년 6월 30일 김일성이 작가
예술가들의 담화 "우리문학예술의 몇 가지 문제에 대하여"에서 밝히고 있
듯, 이 시기 문학의 임무는 전투에 임하는 인민군들의 사기를 진작시킴과
동시에 후방의 인민들을 고무시키고 전쟁을 승리로 이끌어 전 조선의 사
회주의화를 이루는 데 있다.[8]

이 시기 문예정책의 노선에는 '무기성'이 두드러진다. 1950년 6월 26일
의 김일성 방송 연설의 한 대목을 인용하면, 이 시기 문학의 임무는 "문학
예술의 모든 사업을 전시체제로 개편하고… 싸우는 우리 인민들의 수준
에서 가장 강력하고도 예리한 무기가 되"는 것이다. 이와 함께 주변 사회
주의 국가의 성원을 강화하고 이러한 국제적 입장에서 반미의식을 고취

---

8) 『조선문학통사』, 211쪽.

하려는 경향이 나타나는 것은 필연적이라 할 수 있다. 1950년 7월 8일에 행해진 두 번째 방송연설에서 김일성은 소련 및 다른 사회주의 국가의 국제적 성원을 주지시키면서 "미제 무력 침공자들의 침략목적을 낱낱이 폭로하면서 (…중략…) 미제의 무력침공을 격퇴하고 우리 인민들의 (…중략…) 투지의 강대성을 침략자들에게 보여주어야 한다"라고 강조한다.9)

이 시기 소설문학은 단편을 중심으로 전개된다. '혁명적이고 전투적인 시문학'을 요구한다는 『조선문학개관』의 표현이 말해주듯이 이 시기는 시의 시대이다. 전쟁의 급박한 상황에 순발력 있게 대처해야 한다는 조건을 충족시키기에 장편보다 단편이 유리했음은 물론이다. 강력한 무기성, 선동성을 지닌 작품에 무게중심이 주어진 것이다. 정론문학(논설문)과 실화문학(논픽션)이 등장했음은 소설뿐만 아니라 이 시기의 산문문학 전체가 사실성, 기동성, 선동성, 즉각적인 감화력 등에 봉사했음을 말해준다.

이러한 역사적 요구하에 영웅소설이 많이 쓰여졌다. 김일성 찬양문학역시 '영웅'이라는 테마에 흡수되어 진행되었다. 반미·반남한 소설도 이시기 이후 북한문학에 자주 등장하는 주제로 부상했다. 전방의 영웅소설은 김만선의 「사냥꾼」, 윤세중의 「구대원과 신대원」, 윤시철의 「나팔수의 공훈」, 천세봉의 「고향의 아들」, 황건의 「불타는 섬」, 「행복」 등이 쓰여졌다. 이 중에서 「행복」만이 중편이고 나머지는 모두 단편이다.

후방의 영웅소설에는 류근순의 「회신 속에서」, 리종민의 「궤도 위에서」 등이 있다. 반미 반남한 소설은 김형교의 「뻑다구 장군」, 한설야의 「승냥이」가 대표적이다. 장편소설로는 한설야의 『대동강』이 대표적이다. 실화문학으로는 김사량의 「서울서 수원으로」, 「우리는 이렇게 이겼다」, 「락동강반의 전호속에서」, 「지리산유격구를 지나며」, 「바다가 보인다」와 리북

---

9) 과학원 역사연구소, 『조선통사(하)』, 오월, 1989, 400쪽.

명의 「격전지구 문산에서」, 남궁만의 「미군격멸기」, 「금강도하전투」, 고일환의 「안성해방전투」 등의 종군기와 리정구의 「야전병원에서」, 「해방된 서울」, 「토지받은 농민의 기쁨」, 황건의 「암흑의 밤은 밝았다」 등의 종군실기가 있다.

(2) 작가작품론

이 시기 소설의 목적은 김일성 전통의 해방전쟁에의 계승에 있다. 상당수의 작품이 "농민출신의 평범한 한 전사의 전형적 모습을 통하여 인민군 전사들이 지닌 경애하는 최고사령관동지의 명령에 대한 절대성, 무조건성의 혁명정신과 자기의 임무에 대한 성실성과 완강성, 락천적인 전투적기백을 실감있게 보여"10)주는 데 주력하고 있다. 이에 해당하는 단편소설에는 윤세중의 「분대장」, 김영석의 「화식병」, 박태민의 「벼랑에서」 등이 있다.

황건의 단편 「불타는 섬」은 시기가 요구하는 전쟁 상황에서의 승전의식 고취를 잘 수행했음은 물론 영웅소설과 실화소설 형식의 결합, 이를 통해 김일성 지도자를 찬양하는 복합적인 주제를 형상화하여 대표적인 작품이 되었다. 이 소설은 월미도 전투의 실화를 바탕으로 리태훈 중대장과 통신수 안정희의 목숨에 앞서는 애국심을 보여줌으로써 애국정신과 승전의식을 강조하고 있다. 리태훈은 목숨을 걸고 진격하는 솔선수범을 통해 장병들의 육탄돌격을 유도한다. 하지만 이는 소설의 말미에서 보여지듯이 김일성 수령의 정신이 리태훈을 통해 육화된 경우에 해당한다.

"김일성 장군님께서 (…중략…) 조국땅 어디에나 자기의 사랑하는 아들딸들이, 그중에서도 미더운 당원들이 총칼을 들고 서 있는 것을 눈앞에" 보고 있다. 친애하는 아버지 김일성이 모든 인민을 공평하게 사랑하고 있

---

10) 『조선문학사』 11, 사회과학출판사, 1994, 132쪽.

다는 믿음을 술회하는 대목이다. 김일성은 단순한 우상이 아니라 전 인민의 가슴속에 '육화된 영웅'으로 나타난다. 전쟁을 성공적으로 수행할 보편적 영웅의 핵심에 김일성의 만주항일투쟁의 계승이 있는 것이다. 리기영은 이 시기에도 장편으로 보편적인 인간감정과 전쟁이 요구하는 바의 이데올로기를 결합하는 웅대한 주제의식을 보여준다.

> 애인과 애인간의 사랑도, 형과 동생과의 사랑도, 아버지와 아들과 어머니와 딸과의 사랑도, 결코 그것이 현재 우리들이 생활하고 있는 사회를 떠나서는, 그 처지를 떠나서는 문제가 서지 않는다고 확신하게 되었습니다. 그런 까닭으로 우리들의 사랑이라는 것은 이와 같은 사회적인 그 처지의 기준 우에서 정립되고 평가되어야 합니다. (…중략…) 이성간의 사랑은 단순한 개인과 개인의 결합만이 그 전부가 아닐 것입니다. 육체적 결합을 초월하고 결합되는 사랑! 동지적 사랑이라 할가? 이런 사랑이야말로 육체적 결합을 전제로 하고 출발하는 련애라는 것보다는 더 크고 힘있고 영구한 것인 줄로 나는 생각합니다. 련애도 물론 진실한 동지간에 결합되는 것이래야 일평생 가는 것이 있기야 있지만.[11]

그들의 혁명적 목표를 개인적 사랑과 '함께 가는 것'으로 구현한 것이 희준과 옥희의 사랑이다. 사랑은 사상에 바탕을 두어야 하며 당의 목적에 부합되어야만 진정하다. 이는 문학만이 아니라 인간 감정의 모든 영역이 무기화되어야 함을 의미한다. 자신의 모든 감정을 제도할 수 있는 인간이야말로 전쟁과 혁명의 승리에 복무할 수 있는 이시기의 진정한 영웅, 즉 '고상한 인간'인 것이다.

이 시기 주목할 만한 장편소설은 한설야의 『대동강』이다. 해방 후 북한에서 처음 창작된 다부작 장편소설로 대동강 – 해방탑 – 룡악산 3부로 구성돼 있다. "1950년 10월부터 1951년 2월까지를 시대적 배경으로 하여 평

---

11) 리기영, 『고향』, 조선작가동맹출판사, 1995, 468~469쪽.

양인쇄공장 로동자들의 애국적인 투쟁을 형상화"[12]한 작품이다. 적들의 반동적인 신문발간을 방해, 궤멸하는 것에서 시작한 인쇄공장 노동자들의 투쟁이 미군의 수용소에 대한 공격으로 발전했다가 인민군이 다시 주둔하자 인쇄공장을 재건하는 과정으로 구성되어 있어 반미, 반공의식이 전면에 드러난다. 점순이가 신문의 활자를 조작하여 "대한민국 대통령 이승만 박사"를 "대한망국 개통령 이승만 박살"로, "맥아더장군이 미군은 금년 크리스마스는 미국가서 축배를 들것이라고 성명"을 "살인강도 두목 맥아더는 금년 크리스마스를 지옥가서 고배를 들것이라고 성명"했다로 바꾸어놓는 이야기 등등이 그러하다. 작업장-전쟁터-작업장으로 이어지는 전후복구건설시기문학의 도식을 예고하고 있어서 흥미롭기도 하다.

전술했듯이 실화문학이 등장했음도 특기할만하다. 김사량의 종군실기가 높이 평가받는 것은 "대중적영웅주의의 바탕에 놓인 위대한 수령님에 대한 열화같은 충성심과 숭고한 애국심을 격조높이 찬양"하고 "미제를 타승하고 기어이 이긴다는 사상을 반영"[13]하였기 때문이다. 현장을 그대로 보도한다는 형식하에 이데올로기성―주제사상적 내용―을 부각할 것이 이 장르의 관건이었음을 알 수 있다.

3) 전후복구건설 및 사회주의 기초건설시기

(1) 개관

스탈린의 사망(1953) 이후 1953년과 1956년에 열린 두 차례의 작가대회를 통해 반종파투쟁이 전개되면서 김일성의 유일지배체제가 강화되는 시기이다. 이념적으로 '주체'의 문제가 제기되고 실천적으로 '천리마운동'이

---

12) 『조선문학사』 11, 앞의 책, 161쪽.
13) 같은 책, 198~199쪽.

결정된다. 천리마운동은 1956년 12월 '노동당 중앙위원회'에서 결정된 것으로 사회주의 경제건설을 이루어 주민을 공산주의적 인간형으로 개조함으로써 사회주의의 완전승리를 이루기 위한 일대 혁명운동이자 대중적 선동사업이다.

이 시기 김일성의 정치적 관건은 체제정비와 경제 재건이었다.

체제정비는 전쟁의 책임을 당의 외부로 떠넘기는 데 집중되었다. 대내적으로는 전쟁실패의 원인을 숙적들에게 넘겨 동료들과 인민들의 지지를 얻고, 대외적으로는 3개년 경제계획을 성공적으로 수행하기 위해 소련의 차관을 받게 된다.[14] '모든 것을 전쟁의 승리를 위하여'라는 구호는 '모든 것을 민주기지 강화를 위한 전후 인민경제 복구발전에로'라는 구호로 전환된다.[15]

정권유지를 위한 대표적인 정치적 공작은 남로당계 숙청이다. 전쟁의 실패는 공산당의 실패가 아니라 일부 내부세력의 반동과 종파주의에 의한 것으로 치부된다. 문예정책에도 일대 변화가 이는데 '당성·인민성·계급성'과 '사회주의적 사실주의'의 강화라는 기본노선 하에 카프의 문학적 전통의 되새김[16]과 도식주의에 대한 비판이 뒤따른다. 도식주의 비판은 이미 1948년 이후로 꾸준히 제기되어온 것으로 영웅적 인물을 강조하는 '고상한 리얼리즘'에 대한 비판이라고 할 수 있다. '고상한 리얼리즘'은 평범한 인물과 부정적 인물을 배제함으로써 현실을 현실 그 자체로 반영한다는 사회주의 리얼리즘의 원칙을 제한하게 된다는 것이다. 이러한 문세가 히필 전쟁 이후에 제기된 것은 대내적인 원인과 대외적인 원인으로

---

14) 서대숙, 앞의 책, 120~138쪽.

15) 『조선문학통사』, 297쪽.

16) 대표적 논문으로 한설야의 「전국작가예술가 대회에서 진술한 한설야 위원장의 보고」(『조선문학』, 1953,10)를 들 수 있다.

나누어 생각해볼 수 있다. 이는 오랫동안 누적된 창작계의 불만, 전쟁의 긴장을 누그러뜨리기 위해 어느 정도 개인에게 자율성을 부여해야한다는 대내적 원인이 말렌코프의 연설을 포함한 소련의 리얼리즘 논의, 소련 당 20차 대회에서의 스탈린 비판과 평화공존론의 제기라는 대외적 원인에 힘입어 표출된 것이다.[17]

엄호석은 "우리 선전 노동자들을 (…중략…) 일면적으로 보여줌으로써 (…중략…) 중요한 개인 생활간의 측면들로부터 제외한 결과"[18]라고 말하고 있으며, 한효는 '사상적 허약성'을 지적하면서 임화, 이태준 등을 과거 형식주의와 퇴폐주의의 영향에서 벗어나지 못한 부르주아 미학이라고 비판한다.[19]

도식주의에 대한 비판은 비평분야에서 나오기 시작했지만 창작에 이르러 큰 결실을 맺었다고 할 수 있다.[20] 이 시기 소설문학은 도식주의와 무갈등성을 반대하는 문예정책의 변모에 따라 내용과 소재가 다양화된다. 로력주제소설, 농업협동소설, 조국해방전쟁소설, 계급교양소설, 력사소설, 남조선 인민의 투쟁을 다룬 소설로 나눌 수 있다.

로력주제소설은 리북명의 「새날」, 윤세중의 『시련 속에서』, 유항림의 「직맹반장」, 변희근의 「빛나는 전망」 「겨울밤의 이야기」 등이다. 농업협동소설에는 단편으로 강형구의 「출발」, 김만성의 「태봉령감」, 중편으로 리근영의 「첫수확」, 장편으로 천세봉의 『석개울의 새봄』 등이 있다. 조국해방전쟁소설은 중편이 두드러지는데 김영석의 「젊은 용사들」, 석윤기의 「전사들」, 윤세중의 「도성소대장과 그의 전우들」이 여기에 해당한다. 계급교

17) 김재용, 『분단구조와 북한문학』, 소명출판, 2000, 50~53쪽.

18) 엄호석, 「사회주의 리얼리즘과 우리문학」, 『조선문학』, 1953.3.

19) 한효, 「도식주의에 반대하여」, 『제2차 조선작가대회문헌집』, 조선작가동맹출판사, 1956.

20) 김재용, 앞의 책, 56쪽.

양소설로는 황건의 장편소설 『개마고원』이, 역사소설로는 리기영의 『두만강』, 최명익의 『서산대사』가 대표적이다. 남조선 인민의 투쟁을 다룬 소설은 리근영의 「그들은 굴하지 않았다」, 최재석의 「탈출」 등이 단편이고, 장편으로는 엄홍섭의 『동틀무렵』이 있다.

(2) 작가작품론

도식주의 비판작품에 있어 흥미로운 사실은 58년 이후 도식주의 논쟁이 가라앉으면서 오히려 부르주아 문학으로 비판받는 작품이 적지 않다는 것이다. 소설에서는 남포 가까운 추수농업협동조합을 무대로 하여 이기주의를 청산하지 못하는 부정적 인물을 그리고 있는 전개경의 「나비」(『조선문학』, 1956.11)가 대표적이다.[21]

이기영의 『두만강』이 지속적으로 높이 평가받았다면, 천세봉의 『석개울의 새봄』은 주체사상 이후 주목을 받지 못하게 된다. 이기영의 『두만강』은 『땅』과 마찬가지로 긍정적 인물과 부정적 인물의 대립이 중심축이다. 빈농민 출신의 박곰손은 한길주에 의해 애써 개간한 땅을 빼앗기고 화전민 생활과 옥고 등 갖은 고초를 겪고 나서야 투쟁을 하지 않고는 새로운 사회를 건설할 방법이 없다는 사실을 깨닫고 의병운동에 참여하게 된다. 여기에서도 주인공을 역사의 바른 길로 인도하는 지도자적 인물이 등장하는데, 양반 출신의 선진적 인텔리 리진경이 그이다. 전작과 다를 바 없는 구도에도 불구하고 이 작품이 도식주의의 비판에서 벗어나게 된 것은 당의 올바른 지도를 강조하는 『땅』과 달리 농민들의 계급투쟁은 김일성 혁명투쟁의 연장선에 있다는 주제의식 때문으로 보인다.

천세봉의 『석개울의 새봄』은 『땅』의 연속선상에 놓이면서도 사뭇 다른

---

21) 같은 책, 69~70쪽.

문제제기를 하고 있다. 우선 중심인물인 김창혁과 미제국주의의 대리인인 강덕기가 등장하여 주된 갈등을 빚고 있다는 점에서는 『땅』과 기본적인 설정이 같다. 하지만 이 작품은 반혁명세력이라는 '외부적 요인'뿐만이 아니라 중농들의 복잡한 세력갈등, 협동조합 건설의 실질적인 문제 등 '내부적 요인'을 전면에 드러내놓고 있다는 점에서 계급갈등보다는 농촌문제 그 자체에 좀 더 주목하고 있는 듯한 인상을 준다. 더구나 3부에서는 김창혁을 무능력한 관리위원장으로 묘사하는 등 당의 지도가 한 명의 창조적인 농군을 종속적인 관료로 전락시키는 모습을 형상화하고 있어서 의미심장하다. 1부가 『조선문학개관』과 『조선문학사』에서 극찬받은 것과 대조적으로 2부, 3부가 언급조차 되지 않고 있는 것은 이러한 <사실주의적 반영>이 67년 이후의 <우리식 사회주의> 혹은 <주체 사실주의>라는 당의 노선과 문예정책에 얼마나 배치되는 것인가를 잘 보여준다.

윤세중의 『시련속에서』는 림태준이라는 주인공을 통해 이러한 문제들을 깔끔하게 해결하는 면모를 보인다. 림태준은 김일성 수령의 전후복구 건설 명령에 적극적으로 따르면서도 일제강점기의 온갖 시련을 극복한 인물이기 때문이다. 소설의 줄거리는 일 년여에 걸친 황해제철소의 전후복구 건설사업에 있지만 낭만적이고 창의적인 인물을 부정적이고 수구적인 인물과의 갈등을 통해 드러내는 서사의 부차적 요소도 중요하다. 림태준은 대학교원으로서 인텔리임에 분명하지만 동시에 보수주의, 경험주의, 공명출세주의를 대표하는 박봉서, 서만덕과의 사상투쟁에 성공적으로 승리하는 분명한 노동계급출신인 것이다.22) 이러한 림태준의 출신성분과 창조적인 성향이야말로 50톤로를 100톤로로 안정적으로 발전시키는 중요한 요건임을 작가는 여러 가지 장치를 통해 강조하고 있다.

---

22) "그는 광복 후 위대한 수령님의 품속에서 자란 로동계급출신의 새 인텔리이다"(『조선문학사』 12, 사회과학출판사, 1999, 115쪽.)

황건의 첫 장편소설『개마고원』은 항일무장투쟁정신의 계승을 강조한
다. 해방 후 새조국건설시기가 시대적 배경인 이 작품은 빈농출신이 당원
의 영도를 받아 계급투쟁을 완수하는 도식을 따르고 있다.[23] 일제의 가혹
한 착취와 억압을 받은 김경석은 해방 전 조국광복회 회원이었던 김재하
의 올바른 영도를 받아 김일성 원수와 그를 선두로 한 공산주의자들의 혁
명적 전통을 계승한다. '오직 김일성 원수를 선두로 한 공산주의자들의 무
장투쟁을 경험한 김재하에 의해서만 가능했다'는 사실을 강조한다. 새조
국건설시기와 이 시기를 구세대와 신세대의 교체라는 관점으로 바라보는
것은 30년대 김일성 항일무장투쟁의 정신을 전후복구건설시기의 투쟁에
이양하려는 의도를 강하게 품고 있다.

4) 사회주의 전면적 건설시기

(1) 개관

북한은 1958년 8월을 기해 생산관계의 사회주의적 개조가 완성됨에 따라
공산주의 사회로 진입하게 되었다고 천명한다. 애초 1957-61년까지로 계획
되어 있던 경제개발 5개년 계획이 '천리마운동'에 힘입어 1959년에 조기 성
취된다. 이에 힘입어 1961년부터를 '사회주의 전면적 건설을 위한 투쟁시
기'로 천명한다.[24] 문학에서는 '천리마 현실 반영기'라고 불리는 시기이다.

---

23) 작가는 여러 가지의 진실한 생활체험을 통하여 얻어진 생활적 재료들을 예술적 형
   상에로 옮겨 놓음에 있어서 생활에서의 긍정적인 것과 부정적인 것을 첨예화된 대
   립 속에서 치열한 투쟁에로 내옴으로써 긍정적인 것에 대한 아름다움과 동경, 부정
   적인 것에 대한 증오와 멸시의 감정으로 인민들을 교양하는 문학예술의 과업을 수행
   하려고 노력하였다(조중곤, 「개마고원에 대한 약간의 고찰」,『조선문학』, 1957.12,『현
   대문학비평자료집(이북편)』 4, 320쪽에서 재인용).
24) 윤재근·박상천,『북한의 현대문학Ⅱ』, 고려원, 1990, 277쪽.

김일성이 독자노선을 고민하기 시작한 시기이기는 하지만 아직 나아갈 방향이 정해지지 않았다는 점에서 67년 이후와 상당히 다른 양상을 보인다. "민족문제를 포함한 민족적 특수성에 대한 자각을 하고 있지만 그렇다고 민족환원주의나 민족주의로 경사되지 않는 지적균형을 유지하고 있었던 것"[25]으로 '민족적 특성'과 '민족적 성격'[26]에 대한 논의가 활발하게 이루어졌다.

'공산주의 교양'이 전면에 부각되면서, '사상·문화·기술'의 3대 혁명이 제시된다. 사상혁명을 통해 사람을 개조하고, 문화혁명을 통해 사회를 개조하고, 기술혁명을 통해 자연을 개조한다는 내용이다. 이 중 문예정책에 있어서 가장 중요한 것은 '사상개조', 즉 새로운 사회주의적 인간형의 창조였다.

이 중 문예정책에서 가장 중요시된 것은 '사상개조'였다. 이 시기 문학의 과제는 무엇보다 '천리마 현실의 반영과 천리마 기수의 전형창조'였다. 이와 함께 전시기에 강조된 항일무장투쟁의 계승이 김일성 수령의 영도력에 대한 칭송으로 이어지며, 조국해방전쟁과 반미 통일염원의 작품들이 창작된다.

천리마 현실의 반영과 천리마 기수의 전형창조는 주로 단편소설에 의해 이루어지는데 이는 북한이 조국해방전쟁의 정신을 천리마운동에 옮겨 심음으로써 개조의 가속화와 함께 전후시기를 완전히 극복하는 계기로 삼으려 했음을 의미한다. 단편으로 김병훈의 「해주-하성서 온 편지」, 「일동무들」, 권정웅의 「백일홍」, 석윤기의 「행복」, 리병수의 「령북땅」, 김북향의 「당원」, 이윤영의 「진심」, 최창학의 「애착」, 중편으로 리북명의 「당의 아들」, 김홍부의 「회담」, 현희균의 「청춘의 고향」, 장편으로 윤시철의

---

25) 김재용, 앞의 책, 74쪽.
26) 같은 책, 80쪽.

「거센 흐름」이 있다.

항일무장투쟁 및 김일성 수령의 영도력 강조는 '항일유격대원들의 고상한 사상정신적 풍모를 형상화한 작품들'을 통해 인민들의 사상성을 고양하는데 그 목적을 갖고 있는 것으로, 림춘추의 『청년전위』, 박달의 『서광』 등이 있다. 항일혁명투사의 형상은 소설보다는 시에 더 두드러지게 나타난다.

조국해방전쟁과 통일염원의 작품들은 사실상 전쟁위협이 사라진 상태에서 계속해서 미국의 도발위협을 강조함으로써 대내적인 결집을 꾀하기 위한 방편이었다고 볼 수 있다. 이에 따라 '조국해방전쟁 현실과 인민군대의 영웅적 투쟁을 형상화하여 인민들을 교육시켜야 한다는 미명하에 6·25전쟁의 상황을 사실주의적으로 담은 작품들을 창작하였다. 김재규의 「포화 속에서」, 정창윤의 「포성」, 장편으로 '조국해방전쟁을 서사적 화폭으로 형상화'[27]한 석윤기의 『시대의 탄생』이 대표적이다. 이 외에도 해방 이후 농촌에서의 계급투쟁을 그린 천세봉의 『대하는 흐른다』 1부, 갑오농민전쟁 이전의 사회적 상황을 담은 박태원의 『계명산천은 밝아오느냐』 등은 이 시기에 높이 평가받은 작품들이다.

(2) 작가작품론

천리마운동을 다룬 소설의 인물들은 평범한 영웅의 면모를 갖는다. 권정웅의 「백일홍」은 영예군인인 현우혁이 고산지대 낙석감시원을 도맡아 나서서 자신의 임무를 성실하게 수행해나간다는 줄거리를 갖고 있다. 진재환의 「고기떼는 강으로 나간다」 역시 양어공 우대성과 양어장 기술지도원 계준하가 칠색송어라는 희귀한 물고기를 온갖 우여곡절 끝에 길러

---

27) 김종회·고인환·이성천, 『작품으로 읽는 북한문학의 변화와 전망』, 역락, 2007, 52쪽.

냄은 물론 마침내는 양어장의 울타리를 벗어나 넓은 강으로 몰고 나온다는 내용이다. 이러한 단편소설에서 중요한 것은 새로운 '성격창조'이다. '성격형성의 정황을 옳게 설정'하고 '성격발전의 계기들을 정확히 해명'28)하여야 한다. "투쟁과정을 역사적으로 보여주는 것을 기본으로 한 것이 아니라 칠색송어와 같은 진귀한 물고기도 대량생산하여 근로자들의 식탁에 오르도록 하기 위하여 자기의 모든 지혜와 열정을 다 바쳐 투쟁하는 주인공 대성의 정신도덕적 풍모를 해명하는 데 초점을 두었"29)다는 점이 중요하다.

"이 시기의 단편들은 천리마 시대의 본질을 깊이있게 구현할 수 있는 철학적이고 독창적인 종자들을 심어놓은 데 기초하여 사회주의의 높은 봉우리를 점령하는 데서 나서는 절실한 사회적문제들을 제기하고 예술적으로 심오하게 해명하였으며 천리마기수들의 고상한 사상정신적 풍모를 깊이있게 형상함으로써 천리마시대의 시대정신을 반영하는 데서 보다 높은 경지에 올라섰다."30)

장편에서는 김일성 동지의 혁명전통을 이어받는 주제가 두드러진다. 이를테면 림춘추의 『청년전위』는 "위대한 수령님께서 밝히신 항일무장투쟁로선을 높이 받들고 투쟁하는 길에서 조선청년들이 어떻게 견결한 혁명가, 혁명의 전위로 자라났으며 조국의 광복과 혁명의 승리를 위하여 몸과 마음 다 바쳐 영웅적으로 싸웠는가 하는 것을 폭넓은 서사시적 화폭으로 깊이있게 형상"31)하였다.

석윤기의 『시대의 탄생』은 전쟁이 터지기 직전에서부터 조국해방전쟁시기 이후까지의 이야기를 다루고 있는 소설로 '혁명적 가계'를 지닌 광

---

28) 이상태, 「천리마 현실반영과 단편소설」, 『현대문학비평자료집 6』, 이선영·김병민·김재용 편, 태학사, 284쪽.
29) 같은 글, 같은 책, 286쪽.
30) 『조선문학사』 13, 사회과학출판사, 1998, 102쪽.
31) 같은 책, 115쪽.

산노동자 세철이 대학시험을 준비하다가 전쟁이 발발하자 참전하여 미제 침략자들의 만행을 직접 목격하면서 김일성 수령님의 위대함을 깨닫고 한명의 훌륭한 전사로 성장해간다는 내용을 담고 있다. 계급투쟁의 과정과 조국해방전쟁의 전개를 하나의 과정으로 처리하고, 무엇보다 이 모든 것에 대한 김일성 수령의 영도력을 찬양하고 있다는 점에서 문예정책의 나아갈 바를 정확하게 짚고 있는 작품으로 평가받는다.

이러한 '성격창조'의 문제는 천세봉의 장편소설『대하는 흐른다』(1부)에서도 마찬가지다. 이 소설은 해방 직후 농촌에서의 계급투쟁을 마영기, 강형진, 배덕현, 한덕삼 등의 긍정적 인물과 배덕수, 김 장로, 서상국 등 부정적 인물들 간의 갈등으로 그려낸 작품으로 무엇보다 주인공 마영기의 '성격발전' 과정에 그 미학적 평가가 집중된다. "인물들의 정신적 본질의 고정성과 질적인 발전의 완만성을 일부러 강조함으로써 그들의 개성을 더욱 두드러지게 부각하고 있"으며, "매개인물의 성격이 그에게 고유한 내부적인 성격발전의 논리에 따라 움직인다"는 것과 "성격의 발전과 질적 변화의 완만성을 그 자체의 내부적 논리를 통하여 잘 보여주었다는 것"[32]이 이 작품의 가장 뛰어난 성과이다.

남한의 사회주의 혁명을 다룬 작품들도 이 시기에 등장하여 눈길을 뜬다. 전주설의 「첫시련」은 남조선 인민들의 반미구국투쟁을 그린 중편소설로서 "미제침략자들을 반대하는 남조선로동계급의 투쟁을 형상한 첫 작품"이다.

---

32) 최일룡, 「대하의 흐름을 재현한 역작」, 『현대문학비평자료집 6』, 366쪽.

5) 사회주의 완전승리를 앞당기기 위한 투쟁시기(Ⅰ)

(1) 개관

1967년 이후는 "당의 유일사상을 더욱 철저히 세우며 사회주의의 완전 승리, 온 사회의 주체사상화를 앞당기기 위한 투쟁시기"로 기술된다. 이 시기의 문학은 기존의 마르크스－레닌주의 미학에서 벗어나 주체사상을 유일사상체계로 받아들이는 주체 문예이론을 창작 지침으로 삼게 된다. 1967년 5월 당중앙위원회 제4기 15차 전원회의는 당의 유일사상을 '주체사 상'으로 확립하고, 이후 여러 교시 및 연설들과 더불어 1972년 12월 27일 최고인민회의 제5기 1차 회의에서는 헌법을 개정하여 기존의 '인민민주주의헌법'(1948.9.28) 대신에 '사회주의헌법'을 채택하면서 항일무장투쟁의 혁명 전통을 계승한다는 규정과 주체사상을 국가의 지도이념으로 삼는 자주적인 사회주의 국가라는 규정을 새로이 첨가한다.

여기서 말하는 온 사회의 주체사상화는 곧 김일성 권력의 절대화, 신성화를 의미한다. 그리고 온 사회의 주체사상화를 위한 전초적 운동으로 3대 혁명 소조운동이 있었는데 이의 실질적인 책임자는 바로 김정일이었다. 이는 북한에서의 세대교체의 시작을 의미하는 것이며 이 시기부터 김정일의 권력이 부각되기 시작한다.[33]

이 시기에 김정일은 1967년 4·15 창작단 설립을 주도하면서 수령형상 문학인 '불멸의 역사' 총서 작업을 이끌고, 항일혁명전통의 계승과 더불어 불후의 고전적 명작인 『피바다』, 『한 자위단원의 운명』, 『꽃파는 처녀』 등 3대 고전의 재창작 작업을 진행하면서 '종자론'과 '속도전'의 개념을 밝혀 '문예학 발전의 전기'를 마련한 것으로 평가받는다. 그의 저서인 『영화예

---

33) 고봉준, 「1960~1970년대 북한문학의 흐름」, 『북한문학의 이해』, 김종회 편, 청동거울, 1999, 80~81쪽.

술론』(1973)은 '불후의 고전적 노작' 가운데 하나로 꼽히면서 영화예술의 지침서로 지금까지도 계속해서 활용되고 있다.

권정웅의 『1932년』(1972)을 필두로 30권이 넘게 지금도 계속해서 창작되고 있는 『불멸의 역사』 총서는 수령의 혁명 역사와 불멸의 업적을 생생하게 제시함으로써 인민들에게 수령의 위대성과 고매한 풍모를 인식하게 하고, 수령을 따라 배우도록 만드는 목적을 수행한다는 점에서 수령형상 문학의 교본이 된다.

이 시기 문예정책의 키워드는 '집체창작'과 '속도전', 그리고 '종자론'의 등장으로 집약된다. '집체창작'과 '속도전'은 생산의 질과 양을 동시에 담보할 수 있는 창작방법으로 김정일에 의해 제기된 것이다. 이는 곧 제도적으로 뒷받침되어 1967년 4월 15일 김일성의 55회 생일에 4·15 창작단이, 1968년 4월 25일에는 김일성 항일 유격대 창설 36주년 기념일에 백두산 창작단이 발족되었다.

'종자'는 이후 주체사실주의의 주요개념으로 부상하는 것으로 여기서 '종자'란 "작품의 핵으로서 작가가 말하려는 기본문제가 있고 형상의 요소들이 뿌리내릴 바탕이 있는 생활의 사상적 알맹이"[34]로서, 좋은 종자란 "고상한 사상성을 구현할 가능성과 지향성"[35]을 가지고 있어야 한다. 종자를 골라잡는 데서 가장 중요한 문제는 "생활 속에서 위대한 수령님의 교시와 그 구현인 당 정책의 요구에 맞는 종자를 골라잡는 것[36]"이다. 결국 수령님의 교시와 당 정책에 들어맞는 일상생활의 묘사만이 종자가 되는 셈이다.

---

34) 『북한의 문예이론(주체사상에 기초한 문예이론)』, 사회과학원 문학연구소, 북한문예연구자료선, 인동, 1989, 207쪽.

35) 같은 책, 211쪽.

36) 같은 책, 215쪽.

(2) 작가작품론

'불멸의 역사' 총서의 창작지침은 다음과 같다. 첫째, 김일성의 위대한 풍모를 형상화한다. 둘째, 혁명역사를 생활적으로 진실하게 그린다. 셋째, 김일성뿐만 아니라 김일성이 출생한 가정을 일대기식이 아닌 역사적 사건을 중심으로 단계별로 창작한다. 넷째, 수령의 형상을 시기적으로 통일시키는 문제를 제시하고 그 구체적인 미학적 실천방법까지 밝힌다.[37]

이 시기에 창작된 것으로는 권정웅의『1932년』, 천세봉의『혁명의 려명』, 석윤기의『고난의 행군』, 현승걸 최학수의『백두산 기슭』이 있다. 이 시기의 소설은 '불멸의 역사' 총서 창작 지침의 영향을 받아 김일성뿐만 아니라 김일성의 가족까지 우상화하는 경향을 보인다. 이기영『역사의 새벽길』에서의 김일성 아버지 찬양, 남효재『조선의 어머니』의 김일성 어머니 찬양이 여기에 해당하며,『충성의 한길에서』는 김일성 아내 김정숙을 찬양하고 있다.

조국해방전쟁과 항일무장투쟁시기를 배경으로 한 혁명적 대작이 다수 완성된다. 이는 1964년 11월 7일 혁명적 작품을 창작할 데 대한 김일성의 교시로부터 시작되었다. 혁명적 대작은 "우리 혁명은 북반부의 사회주의 건설만으로 만족할 수 없으며 남반부 인민들의 투쟁을 지지하며 그들을 구원해야 할 성스러운 역사적 위업을 반드시 성취하여야 한다. (…중략…) 그러므로 우리의 문학예술은 자기 사업의 중심을 인민들을 혁명적으로 각성시키고 혁명가－투사로 육성하는 데 집중하여야 하는" 혁명정세발전의 합법칙적 요구로서, "오늘 우리 인민은 자신들의 투쟁에 의하여 이룩되어진 위대하고도 영웅적인 자기의 영광스러운 혁명역사를 드높은 긍지와 자부심을 가지고 자랑스럽게 회고하며 자신들이 발붙이고 사는 우리

의 현실과 자신들의 영웅적 투쟁에 의하여 반드시 쟁취하고야 말 조국의 휘황한 미래를 열렬히 구가한, 사상 예술적으로 완벽한 예술작품을 요구한다."[38] 천세봉의 『고난의 역사』, 석윤기『무성하는 해바라기들』, 김병훈 『불타는 시절』, 정창윤의『천산령을 넘어』, 박태원『계명산천은 밝아오느냐』 등이 이에 해당하는 작품들이다.

　3대 고전의 재창작, 공산주의적 인간형 창조 등도 이 시기 문예정책의 주요노선이다. 석윤기의『무성하는 해바라기들』은 이전 시기(천리마운동시기)의 '평범한 영웅'과 '혁명적 가계'라는 모티브를 반복한다. 주인공 박진규와 주삼녀는 평범한 개인이지만 개인사와 계급적 기반에 의해 이미 확보된 혁명성을 갖고 있다. 박진규의 부친 박병무는 구한말 자진방위대 병정으로서 조선군대 해산과 망국을 한탄하여 간도로 이주한 인물이다. 주삼녀의 부친 역시 고종에게 외국의 침략적 본성을 알리는 소장을 올린 바 있다. 이러한 가계의 내력에 개인적인 삶의 시련과 고난이 결합되면서 이들은 진정한 혁명적 인물로 거듭난다. 두 사람의 관계에서는 '동지적 사랑'이 강조된다. 그들에게는 혁명의 과정이 사랑이 공고해지는 과정이다. '혁명을 하라'는 박진규의 말을 받들어 투쟁위원회 간부들로부터 적들을 유인하는 주삼녀의 죽음은 비극적 이별이 아니라 사랑의 완성이다. 이후 유철로 성명을 바꾼 박진규는 김일성의 지도를 받은 이후 동만의 추수폭동을 승리로 이끄는 인물로 성장한다.

　김병훈의『불타는 시절』의 주인공 박성진도 '대중적 영웅'이다. 혈기에 넘칠뿐 현실인식과 투쟁방법을 전혀 모르는 젊은이가 매개적 인물인 고찬명의 희생에 감동을 받아 올바른 혁명의 길에 나서게 되는 '성격발선과정'이 주요하게 그려진다.

---

38) 이억일, 「혁명적 대작의 미학적 특성과 그의 형상적 구현 문제」,『현대문학비평자료집 6』, 315～316쪽.

혁명적 대작은 이러한 '대중적 영웅주의'에 '서사시적 화폭'을 가지고 있을 것을 임무로 한다. 가장 높은 평가를 받는 작품은 박태원의 『계명산 천은 밝아오느냐』이다. 이 작품은 "갑오농민전쟁 전야의 역사적 현실과 민란사건들을 거대한 규모로 넓은 무대 위에 포괄"39)하고 있다. 세도정권의 반역사적 위정과 봉건지배층의 농민착취가 절정에 이른 1860년대를 배경으로 하여 자연발생적인 계급투쟁의 발전을 익산민란의 실제인물 및 몰락양반, 아전, 소작농에 이르기까지 다양한 계층의 인물들을 통해 드러냈다는 점이 특징이다. 이들은 "비록 개인적으로 직접 얽혀있지는 않지만 작중 인물들의 내적 연관과 생활 현실의 필연적인 연관관계"40)에 의해 서사의 긴장을 처음부터 끝까지 유지시킨다. 긍정적 인물과 적대적 인물이 다소 도식적으로 대립하고 있는 다른 작품과 달리 이 소설은 다양한 민중적 인물과 그들이 기반하고 있는 민중적 세계관을 담보했다는 점에서 미학적 우수성을 가진다.

3대 고전이란 『피바다』, 『한 자위단원의 운명』, 『꽃 파는 처녀』를 말한다. 모든 문학작품들의 전범이 될 수 있는 숭고한 경지의 정전을 만들어내고자 하는 의도에서 출발하였다. 말하자면 '만들어진 고전'이라고 할 수 있는데 1953년 항일유격투쟁 전적지 조사단이 '발굴'하고 이후 몇 차례의 답사활동을 통해 확정했다는 『피바다』가 대표적이다. 3대 고전은 김일성의 주체사상과 혁명적 문예사상이 완벽하게 구현된 고전적 모범으로서 '구전되어 오던 이야기를 토대'로 만들어진 김일성 항일무장투쟁정신의 자취이다. 소설로는 1972년 4·15 창작단의 집체창작방법을 통해 재구성되었다.

'평범한 민중적 인물'은 3대 고전에 있어서도 필수적이다. 『피바다』의

39) 김병걸, 「혁명적 대작에서 작가의 창작적 개성과 예술적 기교」, 『현대문학비평자료집 6』, 400쪽.
40) 같은 글, 같은 책, 404쪽.

원남이 어머니, 『한 자위단원의 운명』의 갑룡이, 『꽃 파는 처녀』의 꽃분이는 계급적 자각 없이 지주와 일제에 의해 억압받고 수탈 받는 민중이다. 하지만 특별한 사건에 의해 고무되어 자신들의 고난이 개인적 운명이 아니라 사회적 역사적 모순임을 깨닫고 항일 유격대 활동에 참여하게 된다. 『피바다』는 주민들이 대동단결하여 폭동을 일으키는 장면으로 끝나고, 『꽃 파는 처녀』는 공산당원이 된 꽃분이의 모습을 통해 혁명의 밝은 미래를 암시하며, 『한 자위단원의 운명』은 토벌대와 투쟁을 벌인 자위단원들이 항일유격대에 입성하는 과정을 통해 김일성 항일무장투쟁의 역사적 필연성을 선전, 고무한다. 이는 3대 고전의 주요한 창작원칙인 '통속성'과 '대중성'을 반영한 결과로 인물에의 감정이입을 통해 혁명적 감정을 불러일으키는 전형적인 수법을 취하고 있다.

2. 다원주의 문학과 정체성

1) 사회주의 완전승리를 앞당기기 위한 투쟁시기(Ⅱ)

(1) 개관

　"온 사회의 주체사상화"를 강조하는 1980년대 이후 북한 문예정책의 실질적 담당자는 김정일이다. 김정일은 1973년 9월 당중앙위원회 전원회의에서 '조직 및 선전담당비서'로 선출된 이래로 1980년 10월 조선로동당 제6차 대회에서 후계자로 확정된다. 후계자로 확정되기 이전인 1980년 1월 제3차 조선작가동맹대회에서 김정일이 '당중앙'의 이름으로 내린 문예지도지침은 '심오한 철학성, 도식주의의 극복, 숨은 영웅의 발굴' 등이다. 특히 '숨은 영웅'을 공산주의적 인간의 참된 전형으로 간주하면서 '숨은 영

웅'의 문학적 형상화가 새로운 과제로 등장하게 된다.41)

1980년대 북한 소설의 큰 흐름은 두 갈래로 볼 수 있다. 하나는 수령형상 문학으로서 김일성의 항일무장투쟁사를 다룬 '총서『불멸의 력사』' 역사소 설, 김정일의 지도를 강조한 '총서『불멸의 향도』' 역사소설을 비롯한 김일 성 가계를 다룬 작품들이다. 다른 하나는 사회주의 현실 주제 문학으로서 세대 간의 갈등, 부부 간의 갈등, 여성의 사회 참여를 둘러싼 갈등, 경제 문 제와 관련된 갈등, 조국통일 주제 문학 등이 대표적인 주제들이다.

1980년대에 들어와서 수령형상문학인『불멸의 력사』총서의 지속 발간 과 더불어『불멸의 향도』라는 김정일의 풍모를 그린 장편소설이 발간되 기 시작한다. 따라서 1980년대 북한문학은 수령형상문학을 큰 축으로 하 면서 '해방 후 혁명투쟁 형상화, 역사 주제, 조국통일(조국해방전쟁) 주제, 사회주의 현실 주제' 등으로 나눌 수 있다. '총서『불멸의 력사』의 항일혁 명투쟁시기편'이 완성되고, '해방후편'에 대한 장편소설 창작이 지속된다. 특히 천세봉과 석윤기의 창작활동이 고평된다.

김재용42)은 '현실 주제 북한 소설이 지닌 새로운 특징'을 첫째 '숨은 영 웅의 형상화(최상순의 「나의 교단」(1982) 등)', 둘째 '사회 내부에서 제기되는 절실하고 의의 있는 문제'인 '도농 격차와 갈등(김동욱의 「병사의 고향」(1982) 등), 세대 간의 갈등(백남룡의 「60년 후」(1985) 등), 여성 문제(김교섭의 「생활의 언 덕」(1984) 등)' 등의 형상화, 셋째 예술적 기량의 성숙(이희남의 중편 「여덟시간」 (1986) 등) 등으로 나누어 설명한다. 이외에도 탄광에서의 보람을 다룬 글(허 인수의 「검은 금」(1985) 등)들과 김일성이 장편소설의 교양적 가치를 높게 평 가하고 '당성 단련의 교과서'라고 주목한 김보행의 『녀당원』(1982) 등은 1980년대 북한문학을 평가할 때 주목해야 할 작품들이다.

---

41) 김정웅・천재규,『조선문학사 15』, 사회과학출판사, 주체87(1998), 4~20쪽.
42) 김재용,『북한문학의 역사적 이해』, 문학과지성사, 1994.

이와 더불어 1980년대 북한문학은 김홍섭이 「단편소설의 양상을 다양하게 살리자」(『조선문학』, 1981.1)라는 평론에서 "단편소설 문학이 우리시대의 다양하고 풍부한 생활을 높은 예술적 경지에서 생동하게 형상화하기 위해서는 그 생활적 정서의 다양성에 맞게 양상을 잘 살리는 데 심중한 주의를 돌려야 한다"라고 주장하는 것에서도 알 수 있듯 단편소설 양식이 강조된다. 또한 1980년대 중반을 넘어서면서 과학자와 기술자를 주인공으로 한 소설이 시의성을 띠게 되면서, 과학자들을 새로운 시대의 전형으로 그려 과학 기술에의 대중적 관심을 유도해야 한다고 주장하게 된다.[43] 그리하여 장편 실화소설 『탐구자의 한 생』(리규택, 1989)은 과학 탐구로 일관한 '세계적인 유전학자 계응상'의 일생을 탐구한 역작이라는 평가를 받는다.[44] 뿐만 아니라 서해바다에서 항암성분을 갖는 벼를 개발하는 청년과 학자들의 노력을 형상화하면서 본격적인 과학환상소설을 대표한다고 평가받는 중편 『푸른 이삭』(황정상, 1988)도 이 시기에 발간된다.

(2) 작가작품론

1980년대에 발표된 총서 『불멸의 력사』 목록은 다음과 같다. 1939년 5월부터 '대부대 선회 작전'이 시작되기 전까지를 작품화한 석윤기의 『두만강지구』(1980), 1939년 9월부터 1940년 3월 대 부대 선회를 지도하는 과정을 작품화한 김병훈의 『준엄한 전구』(1981), 1930년 6월 카륜회의 이후의 모습을 작품화한 석윤기의 『대지는 푸르다』(1981), 1933년부터 1934년 두만강 연안 유격 근거지 창설까지를 작품화한 리종렬의 『근거지의 봄』(1981),

---

43) 「작가들은 문학작품에서 과학자 기술자들의 형상을 훌륭히 창조하자」, 『조선문학』 '머리글', 1986.3 ; 김홍섭, 「과학자의 전형적 성격 탐구」, 『조선문학』, 1987.1 ; 오정애, 「현대과학 기술의 급속한 발전과 과학환상소설」, 『조선문학』, 1989.8.
44) 김성혜, 「인간학의 높은 경지를 특색 있게 개척한 빛나는 화폭」, 『조선문학』, 1990.12.

1925년에서 1926년 10월 '타도제국주의동맹' 결성까지를 작품화한 김정의 『닻은 올랐다』(1982), 1929년부터 1930년 6월 '카륜회의'까지 작품화한 천세봉의 『은하수』(1982), 1936년 8월 무송현성 전투에서 1937년까지를 작품화한 최학수의 『압록강』(1983), 1937년 가을부터 1938년까지를 작품화한 진재환의 『잊지 못할 겨울』(1984), 1931년 12월 '명월구 회의'에서 1932년 4월 반일인민혁명군 창건까지를 작품화한 석윤기의 『봄우뢰』(1985), 1934년부터 1936년 사이의 북만 원정을 작품화한 박유학의 『혈로』(1988), 일제의 탄압과 책동으로 부모를 잃은 고아들을 거두는 과정을 작품화한 최창학의 『위대한 사랑』(1988), 1945년 해방 직후부터 1946년까지 작품화한 권정웅의 『빛나는 아침』(1988) 등이 있다.

사회주의 현실주제를 다룬 작품 중에서 제재를 중심으로 다시 구분하면, 첫째, 세대 간의 갈등을 다룬 소설이 있다. 젊은 세대가 구세대의 혁명적 열정과 노고를 수용하여 새로운 미래를 개척하는 작품으로 신용선의 「나의 선생님」(1982), 세대 간의 갈등 문제를 치밀하게 묘사했다고 평가받는 김삼복의 「세대」(1985), 구세대의 일꾼이 현재 처지에 만족하지 않고 지속적으로 노동과 투쟁에 나서는 혁명 정신을 형상화한 백남룡의 「60년 후」(1985), 매일 지나가던 건설장의 길을 보며 오늘의 출근길과 어제의 전선길이 하나의 길이라는 사실을 깨닫는 내용의 한웅빈의 「전선길」(1980.6) 등이 있다.

둘째, 여성 문제에 관한 소설이 있다. 백남룡의 「벗」(1988)은 이혼 문제를 둘러싼 갈등과 그 해소 가능성을 표현한 작품이다. 김교섭의 「생활의 언덕」(1984)은 부부간의 갈등 과정을 통해서 여성의 사회적 역할에 대해 문제제기하고 있는 작품이다. 이러한 작품들은 여성들이 가사 노동과 직장 노동 사이에서 고통을 겪으면서도 충실히 자신의 역할을 수행하고 있다는 점을 부각시키면서 '생산성 향상'이라는 측면을 강조한다.

셋째, 관료주의를 둘러싼 갈등에 관한 소설이 있다. 백남룡의 「생명」

(1985), 안홍윤의 「칼도마소리」(1987) 등이 있다. 이 작품들은 무사안일주의
나 관료주의를 어떻게 극복해내고 있는지를 보여주는 작품이다.

넷째, 과학기술을 다룬 소설이 있다. 소설에 등장하는 청년 과학자나 기
술자는 당과 수령에 대한 충성심이 강하고, 창조적 지혜와 열정의 소유자
로 형상화된다. 허춘식의 「야금기지」(1986)와 리회남의 「여덟시간」(1986) 등
이 포함된다.

다섯째, 농촌소설의 경우 북한 사회의 경제적 낙후성을 드러냄으로써,
농촌의 인텔리화와 혁신과학기술안 도입의 필요성이 제시된다. 김삼복의
「향토」(1988)가 이에 해당한다.

여섯째, 조국통일 주제의 소설이다. 고병삼의 「미완성조각」(1983.8)은 1980년
5·18 광주민주화운동을 경험하는 남한 청년들의 모습을 통해 북한 체제의
우월성을 강조하는 작품이다.

이외에도 1980년대에 주목받는 역사소설로는 중종반정부터 삼포왜란까
지의 시기를 통해 일본과 일본에 빌붙은 매판세력에 대한 인민들의 투쟁
을 형상화한 홍석중의 『높새바람』(1983/1990), 박태민의 『성벽에 비낀 불길』
(1983) 등이 있다. 박태원의 『갑오농민전쟁』(1977/1980/1986)은 동학농민전쟁
을 이끈 전봉준과 허구적 인물 오상민을 중심으로 부패하고 무능한 봉건
지배층과 간교한 외세에 맞서 싸운 인민들의 항쟁의 역사를 다룬 장편역
사소설이다. 남한에서는 1989년에 8권으로 출간되었다.

2) 주체문학론 심화 시기

(1) 개관

북한은 1990년에 '우리식대로 살자'는 구호를 앞세우고 1986년 7월 「주
체사상 교양에서 제기되는 몇 가지 문제에 대하여」에서 김정일이 제기한

'조선민족제일주의'를 전면에 내세워 '조선민족 제일주의 정신이 세상에서 가장 우월한 사회주의 제도에서 사는 긍지와 자부심'이라며 북한이 '사회주의의 모범나라'임을 강조한다. 1980년대 후반부터 지속된 소련의 해체와 동구 사회주의권의 몰락에 따른 체제 위기의식에 뒤이어 1994년 김일성의 사망 이후, 북한의 구호는 '붉은기 정신(1994), 고난의 행군(1996), 강성대국건설/선군정치시대(1998)' 등으로 이어지면서 북한문학은 '추모문학, 단군문학, 태양민족문학'으로 명명작업을 진행하게 된다.

1994년 7월 8일 김일성의 사망 이후 1997년 10월까지 3년 동안 유훈통치 기간이 존재한다. '김일성에 대한 존경과 예의 차원'만이 아니라 경제난과 일맥상통하는 유훈통치 기간이다. 수령형상의 창조 문제는 '고난의 행군' 시기 북한문학의 핵심적 과제에 해당한다. 1997년 10월 10일 '노동당 창당 55주년'을 기해 '고난의 행군'이 끝난 것으로 선언, 선포된다. 이후 '강성대국건설'이 중요한 구호로 등장한다.

1990년대 이후의 북한문학은 김정일의 『주체문학론』(1992)이 내포하고 있는 북한의 폐쇄적 민족자주성 논리의 강화와 유연한 대외적 개방·개혁의 모색이라는 지배전략의 이중성에 상응하는 특성을 보인다. 즉 『주체문학론』은 북한문학 내부의 변화와 불변 사이의 미세한 긴장을 주목하고, 당위와 욕망, 혁명과 일상, 이념과 기교, 내용과 형식 등을 변주하면서 다양한 스펙트럼을 보여주고 있다.

1967년 이후 주체문예이론을 집대성한 『주체문학론』은 1992년 이후 북한문학의 창작 지침으로 작용한다. '1. 시대와 문예관, 2. 유산과 전통, 3. 세계관과 창작방법, 4. 사회정치적생명체와 문학, 5. 생활과 형상, 6. 문학형태와 창작실천, 7. 당의 령도와 문학사업' 등으로 구성된 『주체문학론』은 '주체의 인간학'을 강조하면서 '주체사실주의'를 창작방법으로 하는 등 기존의 논의를 재확인하고 있다. 다만 '유산과 전통'에서 "20세기초엽의 우리 나라 문학작품을 더 많이 찾아내고 옳게 평가하여야 한다"[45]는 등 전통과 유산에 대한 긍정적 성찰을 함께 주문함으로써 공정한 평가의 중요성을 제시하고 있는 것은 주목할 만한 내용이다.

1990년대 북한소설 역시 1980년대와 유사하게 다루어진다. 90년대 초반에는 '세대 간의 갈등(1, 2, 3, 4세대 간) 문제'와 '과학기술문제', 남한 사람들의 방북 이후 '조국통일 주제' 등이 새로운 방식으로 다루어진다.[46] 하지만 90년대를 통틀어 여전히 김일성, 김정일, 김정숙 중심의 『불멸의 력사』와 『불멸의 향도』, 『충성의 한길에서』 연작이 강조되고 있으며, 사회주의 위업의 옹호와 고난의 행군 시기 현실에 대한 작품의 형상화, 조국해방전쟁 주제, 조국통일 주제, 력사적 사실 주제 작품 등이 강조된다.[47] 또한 1980년대에 이어 과학환상소설은 '환상의 사유 형식'을 지니고 있으며, 그 환상은 자주적이고 창조적인 인간의 고유한 사유 형식으로 간주된다는 점에서 중요하게 대두된다. 과학적 환상은 허황된 공상이 아니라 미래로 열린 가능성의 사색이므로 과학환상소설은 미래에 대한 동경과 사랑을 갖도록 인민들을 교양해야 하는 특성을 내포하는 것이다.[48]

김일성 사후(1994.7)에 등장한 1995년 북한의 신년사 제목 '위대한 령도자 김정일 동지는 곧 경애하는 수령이시다'와 1996년 북한의 신년사 제목 '붉은 기를 높이 들고 새해의 진군을 힘있게 다그쳐 나가자'에서 알 수 있듯, 북한은 '김일성=김정일'의 공식을 강화하면서 1990년대 중반 이후 '조선민족 제일주의 정신'을 토대로 하여 '붉은 기 정신, 사회주의 3대(사상, 경제, 군사) 진지 강화, 고난의 행군 정신' 등을 강조하게 된다. 1990년대

45) 김정일, 『주체문학론』, 조선로동당출판사, 1992, 82쪽 참조.
46) 김재용, 「최근(1990년대) 북한 소설의 경향과 그 역사적 의미」, 『북한 문학의 역사적 이해』, 문학과지성사, 1994, 278~323쪽 참조.
47) 류만·최광일, 『조선문학사 16』, 사회과학출판사, 2012, 126~235쪽.
48) 황정상, 『과학환상문학 창작』, 문학예술종합출판사, 1993.

중반에 오면 '수령형상창조'가 '수령형상문학, 추모문학, 단군문학'의 형
태로 반복 강화된다. 그리하여 고난의 행군 정신을 담은 리희남의 「리별
과 상봉」(『조선문학』, 1996.1), 통일 이후 남북한 사람이 함께 일하는 풍경을
그린 한인준의 「찬란한 아침」(『조선문학』, 1995.8), 조수희의 「함장의 웃음」(『조
선문학』, 1996.1) 등은 수령결사옹위정신을 강조하는 1990년대 문학의 경직
된 표정을 보여준다.

(2) 작가작품론

1990년대에도 총서 『불멸의 력사』는 지속적으로 발간된다. 그리하여
1950년 '조국해방전쟁'의 발발로부터 '대전해방 전투'까지 작품화한 안동
춘의 『50년 여름』(1990), 해방 직후부터 토지 개혁이 성공하기까지 작품화
한 천세봉의 『조선의 봄』(1991), 서울 방어전투작전을 펼치고 전략적 필요
에서 일시적인 후퇴까지를 작품화한 정기종의 『조선의 힘』(1992), 반공세를
성공시키고 정전 담판장에서 항복서를 받기까지 작품화한 김수경의 『승리』
(1994), 백보흠의 『영생』(1997) 등이 창작된다. 김정일의 지도를 형상화한 총서
『불멸의 향도』도 대대적으로 창작된다. 그리하여 처음으로 권정웅의 『푸른
하늘』(1992)이 창작되고, 이후 백남룡의 『동해천리』(1996), 정기종의 『력사의
대화』(1997), 리종렬의 『평양은 선언한다』(1997) 등이 창작된다.

수령형상문학을 다룬 단편들도 있다. 한웅빈의 「두 번째 상봉」(1999)은
체제 안과 바깥의 북한 체제에 대한 시각 차이를 드러내면서 체제의 강건
함을 강조한다. 김문창의 「새벽산보」(1992.2)는 김정일이 비상한 정력으로
여러 일을 한꺼번에 처리하는 탁월한 지도자로 형상화된다. 엄성영의 「재
부」(1992.4)는 수령의 전형을 인민에 대한 아량과 자애로 그리는 데 반해,
김정일은 충신의 전형과 탁월한 지도자 전형을 함께 그려낸다. 백남룡의
「옛정」(1991.4)은 김일성이 '원두막지기령감'과 45년 만에 재회하여 나누는

우정을 그린 소설이다. 수령형상문학과 관련된 리희남의 「상봉」(1996.7)은 김일성의 내면세계에 대한 기술을 통해 항일무장투쟁시기의 투사였던 조윤호에 대한 추억과 대형자동차 운전노동자인 리종구에 대한 안타까운 회고를 보여준 점이 높게 평가된다. 이외에도 붉은 기 정신이 구현된 소설작품으로 한웅빈의 「기다리는 계절」(1996.7), 조빈의 「녀전사의 길」, 석남진의 「한녀교원의 사랑」, 김은옥의 「바다사람들」이 주목된다. 송병준의 「첫 녀성락하병들」(1999.9)은 육체적 약점에도 불구하고 김정숙의 자상한 배려 속에 낙하에 성공하는 여성들의 모습이 그려진다.

1990년대에도 '사회주의 현실 주제'를 다룬 소설로는, 첫째 신구세대간의 갈등이 다뤄진다. 그리하여 정현철의 「희열」(1990), 리규택의 「인간의 수업」(1992), 리덕성의 「아들에게 보내는 편지」(1992), 혁명 2세대의 영웅적 희생정신을 혁명 3세대가 계승하여 혁명 4세대에게 전하는 정신세계의 숭고성을 그려낸 석유균의 「지향」(1999) 등이 주목된다.

둘째로 여성문제에 대한 소설이다. 강복례의 「직장장의 하루」(1992)는 긍정적인 여성 인물형을 부각시키고 있고, 리광식의 「벗에 대한 이야기」(1990)는 부정적인 여성 인물형이 어떻게 갱신하는가를 보여준 작품이다. 방정강의 「어머니의 마음」은 고부간의 갈등 구조를 통해 신구 세대간의 오해와 화해를 다룬 작품이다. 정현철의 「삶의 향기」(1991.11)는 결혼 문제를 매개로 해서 가부장적 가치의 해체와 새로운 개성적 가치의 모색을 그린 작품이다. 조상호의 「우리의 하늘」(1997.4)에서는 김일성의 추억 속에 등장하는 전사들의 위훈, 꽃다운 청춘을 바치는 여성영웅 김선옥의 이야기가 그려진다.

류정옥의 「방직공의 노래」(1997.4)는 부엌데기로 천대받던 여성이 신성한 노동자로서 각성되고 대우받는 이야기가 그려진다. 김성희의 「형제봉의 새벽노을」(1999.3)은 이상적 결혼 이후 사별한 화자와 노처녀 사양공으로 공훈을 세우는 '송순'의 이야기가 그려진다. 김혜영의 「다시 본 모습」(1999.1)은 육체적 고통을 극복하여 임무를 완성하고 서로에 대한 이해 속에 지향점과 실현 과정을 중시하는 결혼관이 등장한다. 방정강의 「겨울밤의 은하수」(1997.3)는 유훈을 받들면서 오월의 활력으로 사랑에 빠진 청춘들의 사랑 이야기가 그려진다. 정영종의 「사랑의 메아리」(1999.7)는 빼어난 미모를 갖춘 여성이 6·25전쟁 전후를 통해 부상을 입었음에도 불구하고 간호사로서 '인간의 사랑'과 '조국의 사랑'을 합일시키는 이야기가 그려진다.

셋째로 관료주의를 다룬 소설이 있다. 최웅진의 「이웃들」, 강수의 「언제나 그날처럼」(1992), 한웅빈의 「행운에 대한 기대」(1993) 등이 그것이다. 한웅빈의 「'행운'에 대한 기대」(1993. 10)는 안일과 이익을 추구하는 아내를 부정적 인물로 형상화하면서 결과적으로는 당의 지도를 찬양하는 일상적 생활을 풍자해낸 작품이다. 관료주의를 다룬 작품들은 긍정적 인물들의 전범을 통해 부정적 인간형들이 자신의 과오를 반성하는 내용으로 그려진다. 엄휘철의 「열쇠」(1990.1)와 리준호의 「은행지도원」(1990.8)은 은행일군이 등장하는 작품으로 현장의 실정을 정확히 인식하고 자금 통제를 통해 건설과 생산에서의 낭비를 막고 조국의 재부를 책임지는 모습이 그려진다. 전인광의 「5중대 방위목표」(1998.1)는 혁명적 낭만주의가 전면에 배치되지만 구체적으로는 북한 사회의 관료주의에 대해 비판하는 작품이다.

넷째로 농촌소설을 다룬 리명의 「명부암」(1994) 등이 있다. 박사영의 「운명」(1998)은 식량난과 경제적 어려움을 극복해낼 기대를 그려낸다. 이성식의 「행복의 방아」(1998)도 체제에 대한 흔들림 없는 긍정과 전망을 담고 있다. 조근의 「뻐스에서」(1993)는 영예군인에 대한 국가적 차원의 사회적 예우를 다루고 있으며, 김용한의 「마지막 낚시질」(1990.8)은 돈과 물건에 욕심이 없이 경노동 직장에서 나온 뒤 낚시질을 통해 유치원 아이들을 돌보는 최영감을 긍정적 주인공으로 그려낸 작품이다. 한웅빈의 「새로운 기슭에서」(1990.5)는 새로이 간석지를 배정받은 제대군인 화자가 제2의 고향에 뿌리내리는 이야기를 그린 작품이다. 한웅빈의 「기다리는 계절」(1996.7)은 1996년의 북한사회가 수령의 부활을 꿈꾸는 것이 아니라 '풍년난알'이라는 풍요가 깃들기를 꿈꾸고 있음을 보여준다.

다섯째로 과학기술과 생산성 제고를 다룬 소설들이다. 방하일의 「교수의 시간표」(1990.1)는 '우리 식' 제철법의 성공을 위해 70평생을 노력한 노동자가 그려진다. 이명균의 「조선의 높이」(1993.4)는 '우리 식' 야금법에 의한 대형로를 완성해내려는 시당책임비서의 모습이 그려진다. 림길명의 「돌격대원들의 하루」(1990.2), 석남진의 「산정의 랑만」(1990.6), 주유훈의 「북방의 봄」(1990.9), 김철준의 「건설장소묘」(1992.8) 등은 청년돌격대들의 건설현장을 통해 속도전으로 임무를 완수하는 기적을 창조하는 돌격대의 전형을 보여준다. 박종렬의 중편 『별은 돌아오리라』(1993)는 로봇 전문가인 노학자 한세웅이 새로운 에너지 자원원소인 114번 원소 탐사에 몰두하는 이야기로서 제국주의의 핵 위협에 맞서 북한이 방어적 대책을 세워야 한다는 정치적 논리 속에 사이보그 소재의 형상화를 보여주는 과학환상소설이다.

여섯째로 조국통일 주제의 소설이다. 분단 현실에서 북한 사람들의 고통을 다룬 작품으로 김명익의 「림진강」(1990), 리호의 「옛말처럼」(1990)이 있다. 이산가족의 아픔을 다룬 작품으로 류도희의 「열쇠」(1990)는 공장 지배인인 박성규가 고향 경기도 가평에 남아 있는 어머니를 그리워하는 내용이다. 림종상의 「쇠찌르레기」(1990)는 실화로서 남한과 북한에서 조류학을 전공한 3대의 이야기를 다루고 있다. 해외동포의 현실에서 통일을 다룬 작품으로 설진기의 「조국과의 상봉」(1990), 림병순의 「고향」(1990)이 있다.

1989년 방북을 소재로 다룬 김금녀의 「우리의 소원」(1995), 임수경의 방북 사건을 다룬 리종렬의 「산제비」는 카프 출신 시인이며 북한 애국가의 작사자인 박세영 시인의 미망인 김숙화 할머니가 제13차 세계청년학생축전에 참가한 임수경을 통해 통일의 열망과 기대를 드러내는 작품이다. 주유훈의 「어머니 오시다」(1996)는 바이올린을 매개로 하여 제3국에 거주하는 어머니가 북한에 와서 40년 만에 아들 황설규를 만나는 내용을 담고 있다. 주유훈의 「어머니 오시다」(1996)는 헤어진 아들과의 만남을 고대하는 어머니와 북한의 저명한 음악가인 아들 황설규의 극적인 상봉을 통해, 분단의 아픔과 조국 통일의 필요성을 다룬 작품이다. 남대현의 「상봉」(1992.7)은 이산가족이 가지는 행복한 짧은 상봉 뒤에 필연적인 이별의 슬픔을 강조함으로써 통일운동의 당위성을 강조하는 작품의 전형적 구도를 보여준다. 최승칠의 「함정」(1998.5)은 자유와 민주를 향한 열망의 광주항쟁이 주체사상을 신봉하는 이들에 의해 전개되었음을 다룬 작품이다. 김병훈의 장편소설 『개이지 않는 하늘』(1994)은 남한 사회를 배경으로 재일동포 간첩단과 광주항쟁을 다루고 있다.

3) 선군시대의 문학

(1) 개관

2000년대 북한문학의 지향점은 조선작가동맹 기관지인 『조선문학』을 검토하면 확인할 수 있다. 먼저 2000년 1월호는 '머리글' 「2천년대가 왔다 모두 다 태양민족문학건설에로!」에서 "사회주의 조선의 시조, 김일성 민족의 시조를 모시고 파란만장의 20세기 가시덤불길을 헤쳐 새 세기를 빛내이는 도약대를 마련한 시대의 영웅적 주인공들을 태양민족문학의 형상세계에서 빛나는 군상으로 아로새겨지게 하자"라며 태양민족문학을 전면에 내세운다. 21세기의 태양 김정일이 제시한 '강성대국건설'을 향해 태양민족문학으로 매진하자고 독려하고 있는 것이다.

또한『조선문학』2003년 1월호는 '머리글' 「조국해방전쟁승리 50돐을 맞는 올해를 선군혁명문학의 성과로 빛내이자」에서 "선군령장이신 우리 당과 인민의 위대한 령도자 김정일 동지에 대한 절대적인 숭배심을 간직하고 그이의 사상과 령도에 충실하는 것은 선군혁명문학을 성과적으로 건설하기 위한 근본담보이며 근본비결"이라면서 "오직 장군님의 사상과 의도대로만 창작하고 생활하는 선군시대의 작가로 튼튼히 준비되여야 한다"고 강조한다. 그리고 2005년 1월 1일 북한이 '노동신문, 조선인민군, 청년전위' 등 3개 신문 공동사설 형태로 발표한 신년사를 보면, 제목 '전당, 전군, 전민이 일심단결하여 선군의 위력을 더 높이 떨치자!'라는 구호와 함께 "인민군대의 모범을 온 사회가 본받아야 하"며, 작가들은 "격동적인 오늘의 시대정신을 깊이있게 반영하고 인민들에게 열렬한 조국애를 심어주는 혁명적인 문학예술작품들을 많이 창작하여야 한다"고 강조한다.

이 시기 북한문학은 수령이 부재한 공간에서 선군혁명사상을 앞세우며 '당-군-민'의 삼위일체 속에서 김정일에 대한 절대적 충성을 토대로 '태양민족문학, 선군혁명문학'의 기치를 높이 들고 있다. 실제 작품 창작에서는 1980년대 이후 반복되어온 주제들과 거의 변화가 없다.

(2) 작가작품론

선군혁명문학을 위시한 작품으로는 다음과 같은 작품들이 있다. 주체사상의 우월성을 선전하며 '조선민족 제일주의 정신'을 강조하는 양창조의 「두번째 기자회견」(『조선문학』, 2000.2), 소련의 붕괴 과정을 4대에 걸친 한 가문의 비극적인 몰락과정을 통해 보여주면서 '선군혁명문학'의 특성을 보여주는 림화원의 「다섯번째 사진」(『조선문학』 2001.2), 농업생산량 제고에 성공한 이야기를 통해 역설적으로 북한의 식량난을 반증하며 과학기술중시의 특성을 보여주는 리성식의 「아지랑이 피는 들」(『조선문학』, 2000.5) 등을 통해 알 수 있듯, 북한은 강성대국건설을 위해 선군혁명문학을 여전히 강조한다. 한웅빈의 「스물한발의 <포성>」(2001.4-6)은 군인건설자를 통해 조국과 동지에 대한 고귀한 희생을 일기체로 그린 소설로 '총대 철학'을 강조한다. 강호진의 「어머니의 당부」(2003.6)는 군인으로 대를 잇는 영예군인 가정 이야기를 다룬 작품이다. 리희남의 「한 가정에 대한 이야기」(2004.5)는 제대군인 이야기를 통해 한 가정의 생존보다 인민이 국가를 살려내야 하는 역설적 현실을 보여주는 작품이다.

한웅빈의 「채 쏘지 못한 총탄−한 전쟁로병의 이야기 중에서」(2005.1-3)는 서술자 '나'가 6·25전쟁 당시 낙동강 전투에서 전사한 순재 상등병의 경기관총 투혼 등을 추억하는 작품이다. 조산호의 「추억」(2001.9)은 김일성의 회고담을 통해 총대만이 조국과 인민을 보위한다는 내용이 그려진다. 리경명의 「한 여교원에 대한 추억」(2001.9)은 6·25전쟁 시기 김일성의 초상을 안전히 모시고 장렬하게 희생되는 여교원의 이야기가 전개된다. 장기성의 「나의 시어머니」(2003.9)는 1946년도 당원인 시어머니를 따라 당원이 된 며느리 이야기가 그려진다. 조상호의 「래일」(2003.12)에서는 김정숙에 대한 일화가 그려진다.

사회주의 현실 주제를 다룬 작품으로는 첫째, 세대론적 갈등을 다룬 소설이 있다. 신세대와 구세대 간의 갈등을 형상화한 김홍익의 「산화석」(『조선문학』, 2003.3)이 있다. 라광철의 「토양」(2001.11)은 구세대의 숭고한 희생과 신세대의 창조적 의지가 만나 고무안붙임의 자주화에 성공하는 이야기를 다룬다. 변월녀의 「푸르른 대지」(2001.3)는 과학기술을 중시하고 기성세대의 희생으로 세대간의 화합과 협력을 이끌어내는 작품이다. 김영선의 「불길」(2005.5)은 신세대 여성을 통해 구세대의 공적을 혁신해나가는 과정이 그려진다. 김정희의 「젊어지는 교단」(2005.6)은 여교사 오유정을 통해 북한 교육 내용의 질적 변화와 선군사상으로 부장한 신세대 교육자의 열정을 보여준다.

둘째, 여성 문제를 다룬 소설이 있다. 청춘 남녀간의 애정문제를 다룬 김자경의 「사랑의 샘줄기」(『청년문학』, 2002.12), 리승섭의 「삶의 위치」(『청년문학』, 2002.11) 등이 있다. 김혜성의 「열쇠」(2004.4)는 1990년대 중반 이후의 극심한 경제난 속에 가정 해체 위기에 돌입한 상황 속에서 여성이 실질적 가장의 역할을 담당하고 있음을 보여준 작품이다. 김길손의 「숨결을 안고 온 처녀」(2004.8)는 요직에 있는 아버지의 지위를 이용해 성공해 보려던 아들을 화자로 하여 자신의 잘못된 생각을 고쳐가는 과정을 그린 작품이다. 김택룡의 「고향」(2003.11)은 제대 군인의 편지를 받으면서 고향의 양어장을 지킬지 연인과 함께 낯선 고장으로 향할지를 고민하면서 첫사랑의 감정의 흐름을 효과적으로 형상화한 작품이다.

홍영남의 「푸른 언덕」(2003.11)은 산골청년을 만나 속앓이하는 처녀의 모습을 생생하게 형상화한 작품이다. 김성희의 「룡산의 메아리」(2001.5)에서는 고난의 행군 이후 돼지고기가 줄어든 상황에서 풀과 고기를 바꾸라는 주제를 관찰하는 사양공 처녀들의 이야기가 그려진다. 김창수의 「차번호만-하나」(2000.10)는 애정의 관계를 사상적 동지관계로 승화시킨 청년돌격대의 솔선수범과 동지애의 확인 과정이 그려진다. 김명진의 「밝은 웃음」(2006.3)은 네 번째 아이를 임신한 여인이 주체적으로 가정과 직장에 충실하면서 선군가정의 지향점을 제시한다. 김정희의 「버들꽃」(2006.1)은 선군가정 속에서 가정주부와 관리위원장 역할을 병행하는 여성의 모습이 등장한다. 류정옥의 「금대봉 마루」(2005.4)는 장애를 갖게 된 영예 여성군인이 선군영도를 지키며 사랑을 이어가는 이야기가 그려진다.

셋째, 관료주의를 다룬 소설이 있다. 숨은 일꾼의 형상화를 다룬 윤경찬의 「동력」(『청년문학』, 2003.1)이 있다. 최영학의 「한생의 밑천」(2003.6)은 제금 직장을 다닌 아버지의 유언으로 삶의 태도가 변한 아들과 극단적인 자력갱생의 모습이 그려진다. 변창률의 「밑천」(2005.11)은 '선군 시대 숨은 영웅'

인 문인숙 당비서의 이야기를 통해, 체제 위기를 극복할 대안이 '자기의 본분을 자각한 대중'이라는 밑천을 만드는 것이라는 메시지를 전달하면서 '생활적 전형'을 제시한다. 변창률의 「듣고 싶은 목소리」(2006.7)는 농촌의 신실한 3분조장의 시선으로 작업 총화 지각 소동, 김매기 때 부실한 밭이랑 책임 문제 등에서 보이는 세세한 갈등을 섬세하게 묘사한 작품이다.

넷째, 농촌소설이 있다. 도시의 삶을 동경하는 농촌 총각의 성장을 다룬 변영건의 「씨앗의 소원」(『청년문학』, 2002.8)이 있다. 김창림의 「옆집 사람」(2002.11)과 리승섭의 「삶의 위치」(2002.12)는 농촌 소설로서 개인의 명예와 이익을 추구하는 인물이 '우리'를 우선시하는 주변인물과의 갈등을 해소하면서 '당'과 '장군님'의 뜻을 받드는 영웅으로 고양된다는 서사를 드러낸다. 강혜옥의 「고향에 온 처녀」(2002.10)는 불도젤 운전수의 시선으로 교대 운전수로 나선 나이 어린 처녀의 영웅적 행위를 묘사하고 있는 작품이다. 지인철의 「막내딸」(2002.11)은 도시에서 집안의 응석받이로 자란 막내딸이 농촌에서 청년 분조장으로 성장한 이야기를 다룬 작품이다.

손영복의 「이 땅의 재부」(2003.1)는 영예군인을 주인공으로 하여 농업전문학교를 졸업한 뒤 좋은 품종의 쌀을 개발하려는 내용을 다룬 작품이다. 박윤의 실화소설 「바다밑에도 땅이 있다」(2002.12)는 나라에 손을 내밀지 않고, 개인의 노력과 돈으로 국가 재산인 수산기지를 꾸려가는 모범적인 교양을 그린 작품이다. 변창률의 「영근 이삭」(2004.1)은 농촌 가정의 재부가 늘어가는 내용을 통해 가정이 살아야 집단도 산다는 것을 강조한 작품이다. 2000년대 변창률의 단편들(「한 분조장의 수기」(2001.1), 「영근 이삭」(2004.1), 「밑천」(2005.11), 「듣고 싶은 목소리」(2006.7), 「우리는 약속했다」(2007.7), 「두 제대군인 분조장」(『문학신문』, 2008.10.11) 등)은 실리사회주의로 무장한 신임 분조장의 시선에서 변화하는 북한 농촌 사회를 담아내고 있다. 변창률의 「영근 이삭」은 협동농장을 무대로 농민들의 일상을 주된 내용으로 그리면서 식량난

해소와 경제난 극복에 진력하는 오늘날의 북한 사회의 모습을 통해 경제적 합리성을 소유한 개인이 등장한다.

다섯째, 과학기술과 생산성 제고와 관련된 소설이 있다. 김명익의 「생의 메아리」(2001.8)는 수령의 보호를 받으면서 긍정적인 기업인으로 성장하는 자본가를 형상화하고 있다. 양해모의 「결석대표」(2000.10)는 기술자 가정의 기아와 몰락이 바로 산업 기반의 붕괴와 직결되고 있음을 보여주는 작품이다. 한웅빈의 단편집 『우리 세대』에 실린 「소원」(2006)은 전쟁주제 그림으로 알려진 화가에 대한 이야기를 통해 오늘의 인민들을 대신한 젊은 무명용사가 있었음을 강조하는 작품이다. 한웅빈의 「딸의 고민」(2006)은 일상 속에 숨은 진정한 노동자로서의 영웅이 어떤 인물인지를 성찰적으로 제시하는 단편이다. 한웅빈의 「고백」(2006)은 공장 노동자들의 기술 혁신 문제를 제기한 단편소설이다. 한웅빈의 「행운에 대한 기대」와 「행복한 결말」은 처갓집 근처 공장으로 출장가게 된 화자가 처갓집과 공장을 들르면서 주택배정 문제와 공장 자재 문제를 운 좋게 해결한다는 이야기를 그리고 있다.

여섯째, 과학환상소설이 있다. 리금철의 「붉은 섬광」(2002.9)은 북한 과학자의 고귀하고 헌신적인 윤리적 품성을 통해 미제국주의를 날카롭게 비판하면서 정의로운 기술실현을 강조하는 북한이 대안적 미래 세계로 설정되고 있는 과학환상소설이다. 리철만의 「박사의 희망」(2002.8)은 자본주의 체제를 거부하며 대의명분을 중시하는 희생적 연구자의 윤리를 통해 미래 사회가 이상적인 사회주의 체제의 긍정적 승리일 것임을 예견하는 과학환상소설이다.

일곱째, 조국통일 관련 소설이 있다. '선군혁명문학'[49]의 구호적 이데올

---

49) 노귀남은 '선군혁명사상'을 현 북한의 지도이념체제로 보고 2001년 들어 본격적으로 선군혁명문학론이 대두되고 있다고 판단한다(노귀남, 「김정일 시대의 북한문학 −

로기가 압도하고 있는 2000년대 북한문학에서 남한문학과의 접점을 마련하기란 쉽지 않다. 6·15 남북정상회담을 배경으로 한 김남호의 중편『만남』(평양출판사, 2001)에서는 6·15 공동선언을 취재하러 갔던 남측 기자를 주인공으로 하고 있지만, 김정일의 대가적 풍모에 대한 찬탄, 남측에서의 '김정일 열풍'이 김정일을 지도자로 하여 한반도가 통일될 수밖에 없음을 예견하는 하나의 명백한 단초라고 기술하면서 김정일의 지도력을 극구 찬양한다.

특히 이 소설이 문제적인 것은 실제의 남녘 H기자를 모델로 하고 있다고 작가 후기에 밝힘으로써 소설의 허구성을 실재화하는 우를 범하고 있다는 점에서 드러난다. 반미 소설로는 윤경수의「푸른 하늘」(2001.8)은 미국의 폭력문화와 그에 물든 남한 사회를 비판하면서 북한의 전통문화의 우수성을 드러낸 작품이다. 박경심의「침묵의 웨침」(2000.6)은 6·25전쟁 당시 미군의 신천대학살을 상기시키면서 미국을 승냥이보다 더 흉물스런 괴물로 형상화한다. 김송남의「클린톤 <능력>」(2000.3)은 빌 클린턴 대통령과 모니카 르윈스키의 추문을 풍자하면서 제3세계에 대한 미국의 일방적 지배를 비판한다. 김교섭의「누이의 목소리」(2000)는 통일 염원이 자기희생을 매개로 실현될 수 있음을 강조한 작품이다. 남대현의 장편소설『통일련가』(2005)는 북쪽으로 송환된 남쪽 출신의 비전향장기수 고광인의 삶을 취재한 실화소설이다. 김철민의「회답할 때가 되었다」(2007.7)는 스위스 대사관 참사 안류경에게 온 필라델피아 거주 미국인인 제임스 케빈의 편지 4통(1993, 2002, 2005, 2006년)을 통해 2006년 미국의 북핵 압박의 기원을 살펴보는 반미문학, 수령형상소설이라고 할 수 있다.

사회주의 강성대국 건설과 관련하여」, 김종회 편,『북한문학의 이해 2』, 청동거울, 2002, 151쪽 참조).

4) 김정은 시대의 문학

(1) 개관

김정은 시대의 북한문학의 동향은 '선군과 민생 사이'[50]로 요약된다.『조선문학』에 게재되어 김정은 시대 북한문학의 향방을 가늠해볼 수 있는 최초의 비평문은 2012년 1월호에 실린 김선일의 논설「주체문학창조와 건설의 위대한 기치 - 위대한령도자 김정일 동지의 불후의 고전적로작『주체문학론』발표20돐을 맞으며」이다. 이 원고 말미에 김선일은 "우리 문학은 경애하는 김정일 장군님의 령도아래 김일성 조선의 100년사와 더불어 길이 빛날 명작들로 주체문학의 보물고를 빛내인 자랑과 긍지를 안고 앞으로도 영원불멸할 주체문학의 대강 -『주체문학론』에서 밝혀진 위대한 사상리론의 기치를 더욱 높이 들고 경애하는 김정은 동지의 령도를 받들어 새로운 주체100년대에도 주체문학, 선군혁명문학의 전성기를 펼치며 주체적문예사상과 리론의 불패의 진리성과 생활력을 과시해나갈 것"[51]이라고 천명한다. 김정은 시대의 문학이 주체 100년의 역사와 함께하며『주체문학론』(1992) 이래로 걸어온 김정일 시대의 문학적 방향을 계승하면서 수령형상문학을 필두로 '주체문학, 선군혁명문학'을 지속할 것이라는 관점이 드러난다. '김일성 조선, 김정일 장군'의 뜻을 이어 '김정은 동지의 영도'를 강조하고 있는 것이다.

2월호에서 박춘택은 논설「위대한 김정일 동지께서 선군시대 문학발전

---

50) 김성수,「김정은 시대 초의 북한문학 동향 - 2010~2012년『조선문학』,『문학신문』분석을 중심으로」,『민족문학사연구』통권 50호, 민족문학사학회 민족문학사연구소, 2012.12.31, 481~513쪽.

51) 김선일,「주체문학창조와 건설의 위대한 기치 - 위대한령도자 김정일 동지의 불후의 고전적로작『주체문학론』발표20돐을 맞으며」,『조선문학』, 문학예술출판사, 2012년 1월호, 59쪽.

에 쌓아올리신 불멸의 업적을 길이 빛내여나가자」라는 글에서 '김정일＝ 김정은'을 강조하면서 김정은의 '숭고한 형상 창조'의 중요성과 김정은을 김정일의 '위대한 계승자'이자 '또 다른 령도자'로서 '사랑의 역사'를 증거하는 존재로 강조한다. 그리하여 "우리 당과 인민의 최고령도자이신 경애하는 김정은 동지의 숭고한 형상을 창조하는 것은 오늘 우리 군대와 인민의 절절한 념원이며 최대의 희망"이라면서 "경애하는 김정은 동지는 우리의 생명이시며 모든 승리와 영광의 기치이시며 선군조선의 찬란한 미래"라고 하고, 작가들이 "사상도 령도도 풍모도 위대한 장군님 그대로이신 경애하는 김정은 동지의 위대성을 형상한 작품들을 훌륭히 창작하여 천만군민모두를 김정은 동지와 사상도 뜻도 운명도 미래도 함께 하는 견결한 선군혁명동지로 되게 하는데 적극 이바지"하여야 하며, "철석같은 신념을 간직하고 사상과 령도의 유일성을 확고히 보장하여야 한다."52)고 강조한다. 즉 '김정일＝김정은'이므로 '김정은의 위대성' 형상화와 함께 천만군민의 '견결한 선군혁명동지화'를 위해 확고한 신념으로 김정은의 '사상과 령도의 유일성'을 문학적 형상으로 지지해야 한다는 것이다.

김정은이 '조선노동당 제1비서' 겸 '국방위원회 제1위원장'에 추대된 4월호 론설 「주체문학발전에 쌓아올리신 불멸의 업적을 만대에 빛대여나가자」에서도 '김일성 민족'과 '김정일 조선'이 강조되면서 "경애하는 김정은 동지의 선군혁명령도따라 백두의 성스러운 혈통을 꿋꿋이 이어나가며 사회주의강성국가의 령마루에로 힘있게 돌진해나아가는 총진군대오의 돌격나팔수, 기수로서의 사명과 역할"53)에 충실해야 한다는 당위성이 강조된

---

52) 박춘택, 「위대한 김정일 동지께서 선군시대 문학발전에 쌓아올리신 불멸의 업적을 길이 빛내여나가자」, 『조선문학』, 문학예술출판사, 2012년 2월호, 28쪽.
53) 론설 「주체문학발전에 쌓아올리신 불멸의 업적을 만대에 빛대여나가자」, 『조선문학』, 문학예술출판사, 2012년 4월호, 17쪽.

다. "백두의 성스러운 혈통'이라는 김일성 가계의 강조 속에 새로운 시대의 레토릭으로서 '김일성 민족, 김정일 조선, 김정은 영도'를 전면에 내세우며 김정은의 영도 내용을 문학적으로 담보해야 한다는 것이다. '공화국원수'로 추대된 7월호 론설 「경애하는 김정은 동지의 사상과 령도를 받들어 주체문학건설에서 새로운 전환을 일으켜나가자」에서도 "경애하는 김정은 동지의 숭고한 형상을 창조하는 것은 주체문학, 선군혁명문학의 담당자들인 우리 작가들의 최상의 영예이며 숭고한 의무이며 본분"임을 강조하면서, '수령형상문학'이 "주체문학, 선군혁명문학의 핵이며 영원한 생명력의 근본원천"[54]임을 강조한다. 여기에서는 특히 '김정일 애국주의'와 함께 '대중적 선구자의 형상'이 강조된다. 즉 "선군시대의 전형적인 인간성격, 김정일 애국주의로 자신의 심장을 불태우며 내 나라, 내 조국을 더욱 부강하게 하기 위해 투쟁하는 참다운 애국자, 대중의 앞장에 서서 실천적인 모범으로 대중을 이끌고나가는 선구자의 형상을 창조하는 것"이 중요하게 대두된다.

'김정일 애국주의'에 대한 강조는 표면적으로는 김일성 가계를 중심으로 형상화하는 '수령형상문학'이 김정은 시대에도 문학의 핵심적 의제가 될 것임과 동시에, 이면적으로 볼 때 '김정일 애국주의'를 강조하면서 대내외에 산재하는 체제 불안적 시선들을 돌파하고자 하는 것이다. 결과적으로 '김정일 애국주의'는 김정일에 대한 애도와 헌사지만, 김정일의 후계자이자 계승자로서 김정은의 미미한 지도력을 상쇄하려는 고육지책적인 의도로 파악된다 마치 1994년 김일성 사후 '고난의 행군' 시기 김일성주의가 재삼 강조되었듯, 김정일 사후 김정은 시대의 체제 결속을 위해 '김정일 애국주의'가 재삼 강조되고 있는 것이다.

---

54) 론설 「경애하는 김정은 동지의 사상과 령도를 받들어 주체문학건설에서 새로운 전환을 일으켜나가자」, 『조선문학』, 문학예술출판사, 2012년 7월호, 28쪽.

그러므로 권선철의 평론 「선군승리의 불멸의 화폭에 대한 감명깊은 형상세계―총서『불멸의 향도』장편소설『오성산』(박윤 작)을 읽고」에서 김정일의 일대기를 조명하는 '총서『불멸의 향도』' 연작에서 '김정은의 동행'을 강조하는 것은 김정은 시대의 '수령형상문학의 향방'을 가늠하게 한다. 즉 '김정일 애국주의'의 강조 속에 '김정은 권력'의 정당성을 강조하게 되는 것이다. 2012년의 평론들의 의견을 종합해 보면 '김일성＝김정일＝김정은'의 3대 세습이 문학 담론 차원에서는 이미 안착화되어 있으며, 김정은의 우상화 작업이 김정일 시대의 담론적 계승을 통해 전면적으로 무리 없이 진행되고 있음이 드러난다.

(2) 작가작품론

① '김정일 애국주의'의 형상화

'김정일 애국주의'는 밤낮을 이어가며 사회주의 강성대국 건설을 위해 헌신한 지도자의 형상을 담론화하여 애국자의 전형으로 표현한 것에 해당한다. 특히 1994년 김일성의 사망 이후 김일성의 유지를 받들어 '고난의 행군' 시기를 극복해냈던 김정일처럼, 김정일의 유지를 이어받아 '선군(핵개발)'과 경제 발전을 통해 체제를 유지하려는 김정은의 전략적 담론이라고 할 수 있다. 12월호 '편집부의 말'에 「위대한 추억의 해 주체101(2012)년을 보내며」에서 "올해 주체 101(2012)년은 경애하는 김정은 동지를 조선로동당 제1비서로, 조선민주주의인민공화국 국방위원회 제1위원장으로, 조선민주주의인민공화국 원수로 높이 받들어모신 조국청사에 특기할 뜻깊은 해"55)였다면서 "위대한 김정일 동지의 숭고한 애국주의를 자신의 리상으로, 삶과 투쟁의 근본으로 삼고 조국의 부강번영을 위해 아낌없이 헌신

---

55) 편집부, 「편집부의 말」, 『조선문학』, 2012년 12월호, 76쪽.

하고 있는 우리 선군시대의 애국자들, 시대의 전형들을 찾아 신발창이 닳도록 현실 속으로 들어가 인간수업을 하면서 살진 이삭과 같은 훌륭한 작품들을 많이 창작"하였음이 주목된다.

즉 김정은의 '권력 승계'와 함께 김정일의 '숭고한 애국주의'를 이상적 목표로 삼는 '선군 시대의 애국자, 시대의 전형'이 발굴된 점이 고평된다. 그리하여 그 구체적 텍스트로 "희천발전소건설장에서 단편소설 「재부」(전충일)가 나왔고 2·8비날론련합기업소에서 「비날론을 사랑한다」(석남진)가 나왔으며 탄광, 광산들에서 「아이적 목소리」(김혜인), 「의리」(오광천), 강선땅에서 「꽃은 열매를 남긴다」(김경일), 알곡생산의 전투장인 농업전선에서 「아흐레갈이」(강철), 「대지의 노래」(박종철)들이 훌륭히 창작"되어 "개성있는 인물형상과 특색있는 구성, 독특한 문체들을 갖춘 단편소설들로 풍요하게 단장"되었다고 평가한다.

'김정일 애국주의'는 우선 김정일의 인민생활 향상을 위한 애국적인 현지지도를 통해 그 구체적 실천 양상이 드러난다. 최종하의 「깊은 뿌리」(2012.1)는 강성국가건설을 진두지휘하면서 전기난방 문제로 인해 신경을 많이 쓰는 등 인민생활을 고민하는 김정일의 형상이 그려진다. 강성국가건설을 향한 김정일의 지도는 석남진의 「사진에 깃든 이야기」(2012.2)에서 김정일이 함흥 2·8비날론련합기업소에서 '현대적인 비날론 공장준공'을 축하하며 74명의 혁신자들에게 '로력영웅칭호'를 수여하게 된 이야기 속에 과거를 회상하는 작품으로 이어진다.

석남진의 작품이 김일성과 김정일의 서사 중첩을 통해 '수령 형상'과 '애국적 인민'의 모습을 투사하고 있다면, '김정일－김정은' 가계 구도를 강조하는 작품으로는 김정일의 사망과 김정은의 지도를 연결하는 김하늘의 「영원한 품」(2012.3)이 있다. 이 작품은 김정은의 위대성을 담아낸 최초의 단편소설이라는 점에서 주목을 요한다.56) 김정일의 사망 이전에 '김정일의 인민생활 부문'에 대한 지시가 있고 '김정은의 가르치심'을 따라 지시의 관철이 집행된다. 비통한 눈물 속에서도 '김정은의 사랑'이 '변함없는 어머니'처럼 김정일의 사망 자리를 매우고 있는 형국이다.

'김정일 애국주의'의 핵심에는 '선군'이 자리함은 물론이다. '고난의 행군' 시기 이후 지속적으로 강조해온 문학적 방향이 '선군혁명문학'이기 때문이다. 김영선의 「분계선 호랑이」(2012.5)는 김정일의 판문점 현지지도를 그리면서 '선군문학적 지향'을 담은 작품이다.

'김정일 애국주의'에서 '선군'과 함께 지속적으로 강조되는 것이 '인민생활 향상' 담론이다. 조상호의 「대홍단의 아침노을」(2012.6)은 제대군인 마을에 현지지도를 나간 김정일의 형상을 통해 인민생활 향상에 대한 다심한 배려를 그린 작품이다. 곽성호의 「사랑의 약속」(2012.8)에서도 인민생활 향상 담론이 인공위성 발사와 연결되어 형상화된다. 즉 "인공지구위성 <광명성2>호가 발사"된 이후 김정일이 "일촉즉발의 첨예한 정세가 조성"[57]된 상황에서 '박하사탕' 공장을 현지지도한 내용에서도 다루어진다. 김금옥의 「꽃향기」(2012.9) 역시 '인민 생활 향상'을 강조하는 텍스트이다. 김정일이 평양에서 맛좋은 '봄, 가을 무'를 군인들에게 먹이려고 고민하다가 코스모스를 보며 김일성의 지도를 받은 김숙임을 떠올린다. 김정일은 30여 년 전 평안남도지방을 현지 지도하던 김일성 수령과의 동행을 떠올

---

56) 김성수는 이 작품을 김정은의 '친근한 지도자 이미지 담론'의 작품으로 평가한다 (김성수, 「김정은 시대 초의 북한 문학의 동향」, 앞의 책, 499~501쪽). 오창은은 표면적으로는 새로운 지도자 김정은의 세심한 보살핌을 통해 대를 이어 '영원한 품'이 지속되고 있음을 보여주지만, 이면적 독해를 통해 김정일의 사망 소식이 지연 전달됨으로써 '김정일 사망에 대한 북한 내부의 의구심 제기'가 있었음을 추론하기도 한다(오창은, 「인민의 자기 통치를 위한 기억과 재현의 통치 – 김정일 사후 북한 소설에 나타난 '통치와 안전'의 작동」, 『김정은 시대의 북한 문학예술 – 3대 세습과 청년지도자의 발걸음』, 도서출판 경진, 2014, 211~233쪽).

57) 곽성호, 「사랑의 약속」, 『조선문학』, 2012년 8월호, 6쪽.

리는데, 그때 김일성이 숙임동무가 남새농사를 잘 지었다고 격려한 내용을 회상한다. 이번에는 김정일이 격려하면서, 김정일의 "다심하면서도 크나큰 믿음과 사랑"과 "따사로운 태양의 품에서 다시 새롭게 인생을 받아안은 것"[58]을 형상화한 작품이다.

이렇듯 2012년 '김정은 시대'를 가로지르는 '김정일 애국주의'는 김정일의 현지지도를 통해 '선군'을 기본으로 하고 '인민생활 향상'이라는 경제력의 발전을 강조한다. 사회주의 강성국가 건설을 위해 경공업과 식료가공공업 등을 지도하고 농업발전을 위해 헌신적 지도를 아끼지 않다가 사망한 김정일의 애국적 형상과 세심한 품성을 강조하고 있는 작품들이다. 역설적이게도 김정은 시대에 '김정일 애국주의'를 강조하는 것은 아직 김정은이 권력 기반을 공고히 장악하지 못했음을 반증하는 것이기도 하다. 그러므로 김정일의 헌신적 지도를 계승하려는 '계승자의 이미지'를 더욱 강조하고 있는 것으로 파악된다.

② '최첨단 시대'의 돌파

'최첨단 시대의 돌파'는 최상진의 「안해의 풍경화」에서 김정일의 현지지도에서 나온 표현임이 드러난다. 뿐만 아니라 김하늘의 「영원한 품」에서도 림해철 수산성 부국장이 "오늘의 강성국가건설대전－총공격전에서 진격로를 열어제끼는 종심타격의 최첨단에 서 있는가?"[59]라면서 자신을 반성하듯 2012년은 '강성국가건설'을 위해 '최첨단 시대'를 어떻게 돌파할 것인가가 화두가 된다. '최첨단 시대'는 문학 작품 속에서 '최첨단 돌파전의 시대, 총공격전의 시대, 새로운 전리마 대진군 시대, 대고조 시대, 지식경제시대' 등의 유사한 표현으로 활용되지만, 지식과 기술이 급속도로 발

---

58) 김금옥, 「꽃향기」, 『조선문학』, 2012년 9월호, 17쪽.
59) 김하늘, 「영원한 품」, 3월호, 31쪽.

전하는 21세기를 강조하면서 최고속의 강행군을 통해 목표를 달성하는 시대라는 의미를 내포하는 것으로 판단된다. 그런 점에서 1960년대 천리마운동이나 1970년대 속도전을 연상케 한다.[60]

우선 김경일의 「우리 삶의 주로」(2012.4)는 기초식품공장 식료기계기사인 신해와 제대 이후 기초식품공장에서 일했던 진석이 장 생산공정의 기계화에 관련된 기술혁신조에 망라된 이야기가 그려진다. 백상균의 「자격」(2012.5)에서도 "최첨단시대", "최첨단돌파전의 시대", "지식경제시대의 일군"이 되려면 "어버이장군님을 잃고 가슴을 치던 그 뼈저린 죄책감"[61]으로 평생 죄인으로 살아야 한다는 당위성이 대두된다. 김철순의 「꽃은 열매를 남긴다」(2012.7)에서는 차인석과 현아의 1만 톤 프레스 현대화 체계설계에 대한 경쟁 이야기가 그려진다. 현아는 "실력전의 시대에 실력경쟁을 하자"면서 1만 톤 프레스를 "지구를 들어올리는 지레대 만드는 기계"에 비유하며 강성국가건설의 추진축으로 생각한다. 결국 자력갱생의 정신과 '우리 식 사회주의'의 입장에서 최첨단 시대를 돌파하라는 당의 입장을 승인하고 있는 것이다.

한철순의 「준마기수」는 수덕협동농장에서 "주체농법의 요구대로 농사"를 지도하려는 정화국 관리위원장을 통해 '반올림반장'인 오성길의 '허풍'과 '형식주의'를 경계하면서 "오늘의 최첨단시대"의 책무를 강조한다. 즉

---

60) 이것은 2013년에 이르면 '마식령 속도'라는 새로운 속도전 개념을 낳는다. 김정은은 "전체 군인 건설자들은 단숨에의 정신으로 스키장 건설을 화약에 불이 달린 것처럼, 폭풍처럼 전격적으로 밀고 나감으로써 21세기의 새로운 일당백 공격속도, '마식령속도'를 창조하라"면서 공사 속도를 높이라는 주문을 직접 내렸으며, 마식령 스키장은 북한에서 처음으로 일반 주민에게 개방되는 대규모 스키장으로 북한에서 최고지도자가 직접 호소문까지 발표하면서 건설 성과를 독려하고 있는 것이다. 김 위원장은 5월 27일에도 마식령 스키장 공사 현장을 찾아 시찰한 바 있다(배상은 기자, 「北김정은, 스키장 '올해안 무조건 완공' 지시」, 『뉴스 1』, 2013.6.5).

61) 백상균, 「자격」, 『조선문학』, 2012년 5월호, 64쪽.

"어제와 오늘이 다르게 지식과 기술이 폭발적인 속도로 발전"하는 시대임을 감안하여 영농기술의 발전을 위해 연구를 지속해야 하는 것이 강조된다. 지식과 기술의 비약적 발전이 진행되는 '최첨단의 시대'에 '준마기수'란 '2000년대형 천리마기수'에 해당하는 것이다. 김정일이 '최첨단 시대의 돌파'를 지도했다는 언급이 나오는 최성진의 「안해의 풍경화」(2012.7)는 과학자인 남편 '나'와 주부에서 화가가 된 '아내'의 이야기를 통해 선군정치의 사랑을 깨닫는 이야기를 다룬 작품이다. 칫솔 개발을 소재로 한 엄호삼의 「꽃피는 시절에」(2012.12)는 '일용품공장 칫솔직장 현장기사인 리주경'의 최첨단 돌파 이야기를 담고 있다. 최첨단 시대를 돌파하려면 교만과 자만이 아니라 자기 반성과 함께 헌신적인 노력과 치열한 성찰이 필요함이 강조된다.

이렇게 보면 '최첨단 시대'란 인민 생활 향상을 위해 수많은 근로 인민들이 헌신적 노력과 열정을 통해 최고속으로 대고조의 진군을 수행하는 시대임이 드러난다. 이 시대에는 장류 생산공정의 현대화를 통해 식료 공업의 일대 도약을 꾀하는 젊은 청년들이 있으며, 김정일의 사망에 대한 죄책감 속에 지식경제시대의 새로운 일군이 되려는 반성도 있고, '준마 기수'가 되어 영농기술의 발전을 위해 헌신하는 관리위원장이 있으며, 1만톤 프레스 현대화 체계 설계를 위해 당의 사상과 자력갱생의 정신을 담보하는 설계자가 있고, 남편은 과학자로서 나라의 농업 발전에 기여하고 아내는 그림으로 선군 정치의 사랑을 형상화하는 아름다운 부부가 있으며, 외제 일용품보다 나은 '우리 식 일용품' 개발을 위해 헌신하는 연구사가 있다. 이들을 묶어세우는 존재는 아직 '김정일'이며 '김정일 애국주의'의 이름으로 '김정은 시대'가 강조하는 일군들이 된다.

③ 긍정적 주인공들−양심과 헌신의 목소리

김정은 시대의 북한문학에도 기존 주체 사실주의 문학에 담겨 있는 양심과 헌신의 목소리를 내포한 긍정적 주인공으로서 희생적 영웅의 이야기가 지속된다. 경제적 어려움 속에서도 조국의 미래를 위해 자각적이고 양심적인 성찰의 목소리가 주를 이룬다. 당과 국가 앞에서 솔직성과 순수성을 강조하고, 말썽꾼이 있다면 모범적 인간의 향기를 통해 선군 시대의 인간으로 개조하면 된다. '애국의 심장'으로 이기주의적 품성을 극복하는 노동자들이 주목되며, 공사 기간을 단축하기 위해 헌신적 희생을 마다하지 않는 긍정적 주인공들이 형상화된다. 즉 농촌노동자, 건설노동자, 탄광노동자 등이 그 주인공들이다.

김정은 시대를 개척해 가는 긍정적 주인공들로 강조되는 형상으로는 첫째로 농촌 노동자들을 들 수 있다. 김혜영의 「인간의 향기」(2012.2)는 우인향이 15년 동안 선동원으로 일해온 분조를 떠나 10리 밖에 있는 다른 작업반 부문당비서로 임명되어 가서 말썽꾼 '기계다리' 기용만을 교화하는 내용을 그리고 있다. 농촌에서의 3대의 계승(김일성→김정일→김정은)을 우회적으로 강조하는 강철의 「아흐레 갈이」(2012)는 60세를 눈앞에 둔 작업반장 박호와 청년분조 분조장이 된 제대군인 처녀 옥님의 이야기다. 3대가 함께 사회주의 강성국가를 위해 노력한 이야기는 '김일성－김정일－김정은'으로 이어지는 수령 가계의 닮은꼴로서 3대 세습을 정당화하는 서사적 골격이라고 판단된다. 고향 땅을 지키는 농촌 청년들의 이야기를 다룬 박종철의 「대지의 노래」(2012.7)는 전국 근로자 노래경연 2등 당선자인 27세 신상철이 한국전쟁 당시 미군에 의해 희생된 할아버지 리 농맹위원장의 손자라면서 고향땅을 지키겠다는 내용이 그려진다. 이외에도 농촌 문제를 다룬 리기창의 「사랑의 열매」(2012.9)에서는 "위대한 수령님 탄생 100돐"을 맞아 동해기슭에 펼쳐진 진펄을 개간하여 옥토벌로 전변시키기로 결정하고 청년돌격대를 조직한 이야기가 그려진다.

2000년대 속도전의 대명사인 '희천속도'를 소설로 형상화한 긍정적 주인공들의 두 번째 부류로는 건설 노동자들의 형상을 들 수 있다. 임순영의 「희천처녀」(2012.2)는 '희천발전소'[62] 건설과 관련하여 애국적 열정을 가진 청년 '곰처녀' 림경주와 박진 대대장의 이야기가 그려진다. 박진 대대장의 경우는 '애국자의 표상'이 되고, "천년을 책임지고 만년을 보증하자!"라고 새겨진 언제벽의 구호는 조국의 내일을 확신한 희천발전소 돌격대원들의 헌신성을 증명한다. '희천발전소'라는 동일한 공간을 소재로 한 전충일의 「재부」(2012.8)는 굴착기 운전수 남편들이 일하고 있는 희천건설장에 가서 아내들도 굴착기 운전수가 된 일화를 다루고 있는 작품이다.

긍정적 인물의 세 번째 부류로는 탄광 노동자를 들 수 있다. 김혜인의 「아이적 목소리」(2012.1)에서는 도인민위원회 국장 김학철이 금진청년탄광에서 대형굴착기 소대장으로 일하는 아들을 찾아간 일화를 통해 양심의 목소리를 재확인하는 작품이다. 이러한 헌신적 희생의 형상이 담긴 탄광 노동자의 전형은 '실화문학'이라는 장르명으로 게재되어 있는 한철순의 「보석은 땅속깊이」(2012.11)에서 구체적으로 그려진다. 특히 이 작품은 권력을 승계한 원수로서 김정은의 '말씀'이 나오는 첫 소설이라는 점에서 주목을 요한다. 즉 "훌륭한 인간입니다. 이 동무의 영웅적소행을 잊지 말며 동지들을 위해 바친 그의 값높은 삶이 언제나 우리의 마음속에 빛나도록 희생된 동무의 몫까지 합쳐 더 많은 일을 합시다. 2012.2.1 김정은"[63]이라는 글이 서두에 나온다. 그만큼 김정은이 새로운 지도자로서 인민의 영웅적 희

---

62) 북한 자강도 용림군의 장자강 유역과 희천시의 청천강 유역에 건설된 희천 1·2호 발전소를 가리킨다. 2001년에 착공하였으나 경제난 등을 이유로 방치하였다가 2009년 3월부터 본격적인 공사에 착수하여 2012년 4월 5일 완공식을 열었다. 1호 발전소는 장자강 상류를 용림댐(룡림언제)으로 막고 30㎞의 물길굴(수로터널)을 통하여 낙차가 큰 청천강 상류로 떨어뜨려 전기를 생산하는 전형적인 유역변경식 수력발전소이다. 용림댐은 높이 121m, 길이 580m, 최대낙차 길이 390m이며, 저수지 총용적은 5억 5,000만㎥, 발전능력은 15만㎾이다('희천발전소', 두산백과).

63) 한철순, 「보석은 땅속깊이」, 『조선문학』, 2012년 11월호, 30쪽.

생을 높이 평가하고 있음이 드러난다.

이상의 작품들을 확인해 보면 '원수와 당과 국가'를 위해 농촌노동자, 건설노동자, 탄광노동자 들이 자신의 직분을 수행하면서 양심의 목소리로 헌신을 기울이는 긍정적 인물들이 사회주의 현실 주제를 다룬 북한 단편소설의 주인공들임을 확인할 수 있다. 김정일의 유훈 관철이 김정은의 세심한 사랑과 함께 추앙되면서 김정은 시대의 북한문학 속에서도 '주체문학'의 위세는 여전함을 확인할 수 있다. 주체문학의 위세는 선군혁명문학의 이름 아래에 '주체사실주의'라는 창작방법론을 활용하여 사회주의 강성대국 건설에 필요한 '긍정적 인물'을 형상화하면서 지속될 것으로 판단된다.

참고문헌

1. 기본자료

김정일, 『주체문학론』, 조선로동당출판사, 1992.
박종원・류만, 『조선문학개관Ⅱ』, 사회과학출판사, 1986(인동, 1988).
사회과학원, 『문학대사전』1~5, 사회과학출판사, 1999.
사회과학원 문학연구소, 『북한의 문예이론(주체사상에 기초한 문예이론)』, 사회
　　　　과학원 문학연구소, 북한문예연구자료선, 인동, 1989.
＿＿＿＿＿＿＿＿＿＿＿＿, 『조선문학사』(1959~1975), 과학백과사전출판사, 1977.
＿＿＿＿＿＿＿＿＿＿＿＿, 『조선문학통사 - 현대문학편』, 사회과학출판사, 1959.
사회과학원 주체문학연구소, 『조선문학사 1~16』, 사회과학출판사, 1991~2012.
과학원 역사연구소, 『조선통사』, 오월, 1988.
최길상, 『주체문학의 새 경지』, 문예출판사, 1999.
황정상, 『과학환상문학 창작』, 문학예술종합출판사, 1993.

2. 단행본

강진호 외, 『북한의 문화정전, 총서 '불멸의 력사'를 읽는다』, 소명출판, 2009.
권영민 편, 『북한의 문학』, 을유문화사, 1989.
김성수, 『통일의 문학 비평의 논리』, 책세상, 2000.
김용직, 『북한문학사』, 일지사, 2008.
김윤식, 『북한문학사론』, 새미, 1995.
김재용, 『북한문학의 역사적 이해』, 문학과지성사, 1994.
＿＿＿, 『분단구조와 북한문학』, 소명출판, 2000.
김종회 편, 『북한문학의 이해』(1~4), 청동거울, 1999~2007.
김종회・고인환・이성천, 『작품으로 읽는 북한문학의 변화와 전망』, 역락, 2007.
남북문학예술연구회, 『해방기 북한문학예술의 형성과 전개』, 역락, 2012.
＿＿＿＿＿＿＿＿＿＿, 『김정은 시대의 북한문학예술 - 3대 세습과 청년지도자의
　　　　발걸음』, 역락, 2014.
남원진, 『이야기의 힘과 근대 미달의 양식』, 경진, 2011.
민족문학사연구소, 『북한의 우리문학사 인식』, 창비, 1991.

민족문학사연구소 남북한문학사연구반, 『북한의 우리문학사 재인식』, 소명출판, 2014.

박태상, 『북한문학의 동향』, 깊은샘, 2002.

_____, 『북한문학의 사적 탐구』, 깊은샘, 2006.

서대숙, 서주석 역, 『북한의 지도자 김일성』, 청계연구소, 1989.

서동만, 『북조선 사회주의 체제 성립사』, 선인, 2005.

신형기, 『북한소설의 이해』, 실천문학사, 1996.

신형기·오성호, 『북한문학사』, 평민사, 2000.

윤재근·박상천, 『북한의 현대문학Ⅱ』, 고려원, 1990.

이명재 편, 『북한문학사전』, 국학자료원, 1995.

이선영·김병민·김재용 편, 『현대문학비평자료집』(1~8), 태학사, 1993.

이종석, 『새로 쓴 현대 북한의 이해』, 역사비평사, 2000.

이화여자대학교 통일학연구원 편, 『북한문학의 지형도』, 이화여자대학교 출판부, 2008.

_____, 『북한문학의 지형도2-선군시대의 문학』, 청동 거울, 2009.

임영태, 『북한 50년사』, 들녘, 1999.

임옥규, 『북한역사소설의 재인식』, 역락, 2008.

전영선, 『북한의 문학과 예술』, 역락, 2004.

최동호 편, 『남북한 현대문학사』, 나남출판, 1995.

한국문화기술연구소, 『북한 문학예술의 장르론적 이해』, 도서출판 경진, 2010.

찰스 암스트롱, 김연철·이정우 역, 『북조선 탄생』, 서해문집, 2006.

▌저자 소개(게재순)

1권

　김종회 _ 경희대학교 국어국문학과

　홍용희 _ 경희사이버대학교 미디어문예창작학과

　고봉준 _ 경희대 후마니타스칼리지

　강정구 _ 경희대학교 인문학연구원

　고인환 _ 경희대학교 후마니타스칼리지

　백지연 _ 경희대학교 후마니타스칼리지

　이　훈 _ 경희대학교 후마니타스칼리지

　이성천 _ 경희대학교 후마니타스칼리지

　남승원 _ 경희대학교 후마니타스칼리지

　오태호 _ 경희대학교 후마니타스칼리지

　노희준 _ 경희대학교 후마니타스칼리지

2권

　차성연 _ 경희대학교 후마니타스칼리지

　장은영 _ 조선대학교 기초교육대학

　이정선 _ 경희대학교 후마니타스칼리지

　문경연 _ 동국대학교 다르마칼리지

　윤송아 _ 경희대학교 후마니타스칼리지

　최종환 _ 경희대힉교 후마니타스칸리지

　신정순 _ 미국 노스이스턴 일리노이대학교

　채근병 _ 경희대 후마니타스칼리지

한민족 문학사 1

- 남북한 문학사 -

인 쇄 2015년 12월 14일
발 행 2015년 12월 22일
지은이 김종회 외
펴낸이 이대현
편 집 오정대
디자인 이홍주
펴낸곳 도서출판 역락
　　　　서울시 서초구 동광로 46길 6-6(문창빌딩 2F)
　　　　전화 02-3409-2058(영업부), 3409-2060(편집부)
　　　　팩시밀리 02-3409-2059
　　　　이메일 youkrack@hanmail.net
　　　　역락블로그 http://blog.naver.com/youkrack3888
　　　　등록 1999년 4월 19일 제303-2002-000014호

ISBN 979-11-5686-280-2 94810
　　　　979-11-5686-279-6 (세트)

정 가 30,000원

* 파본은 구입처에서 바꾸어 드립니다.

이 도서의 국립중앙도서관 출판예정도서목록(CIP)은 서지정보유통지원시스템 홈페이지(http://seoji.nl.go.kr)와 국가자료공동목록시스템(http://www.nl.go.kr/kolisnet)에서 이용하실 수 있습니다.(CIP제어번호 : CIP2015033642)